"十三五"国家重点出版物出版规划项目

国家社会科学基金重点项目（18AWW005）

外国小说发展史系列丛书

俄罗斯小说发展史

吴　笛 —— 著

浙江工商大学出版社

ZHEJIANG GONGSHANG UNIVERSITY PRESS

·杭州·

图书在版编目(CIP)数据

俄罗斯小说发展史 / 吴笛著. — 杭州：浙江工商
大学出版社，2022.7
　ISBN 978-7-5178-4810-3

　Ⅰ.①俄… Ⅱ.①吴… Ⅲ.①小说史－俄罗斯 Ⅳ.
①I512.074

　中国版本图书馆 CIP 数据核字(2022)第 010061 号

俄罗斯小说发展史
ELUOSI XIAOSHUO FAZHAN SHI

吴　笛　著

出 品 人	鲍观明
丛书策划	钟仲南
责任编辑	钟仲南　吴岳婷
责任校对	何小玲
封面设计	观止堂_未　氓
责任印制	包建辉
出版发行	浙江工商大学出版社
	（杭州市教工路 198 号　邮政编码 310012）
	（E-mail:zjgsupress@163.com）
	（网址:http://www.zjgsupress.com）
	电话:0571－88904980,88831806（传真）
排　　版	杭州朝曦图文设计有限公司
印　　刷	杭州高腾印务有限公司
开　　本	710mm×1000mm　1/16
印　　张	38
字　　数	719 千
版印次	2022 年 7 月第 1 版　2022 年 7 月第 1 次印刷
书　　号	ISBN 978-7-5178-4810-3
定　　价	168.00 元

吴　笛

作者简介 ——————

　　吴笛，文学博士，现任浙江大学世界文学与比较文学研究所所长、教授、博士生导师，浙江大学世界文学跨学科研究中心副主任，浙江越秀外国语学院外国语言文化研究院首席专家，并任安徽师范大学、合肥工业大学、浙江工业大学、杭州电子科技大学等十多所高校兼职教授，兼任（中国）中外语言文化比较学会会长、中国外国文学学会英国文学分会副会长、浙江省比较文学与外国文学学会会长、国际 A&HCI 期刊 *Interdisciplinary Studies of Literature* 副主编，系中国作家协会会员。主持"外国文学经典生成与传播研究"等国家社科基金重大项目、重点项目、重大项目子课题、一般项目、后期资助项目等多种国家级科研项目的研究，已经出版《英国玄学派诗歌研究》《哈代新论》等 10 多部学术专著、《苔丝》《雪莱抒情诗全集》等 30 多部文学译著，以及《外国文学经典生成与传播研究》《外国诗歌鉴赏辞典》等 70 多部外国文学类编著。

总　序

陆建德[*]

　　英国小说家简·奥斯丁说过,在小说里,心智最伟大的力量得以显现,"有关人性最透彻深刻的思想,对人性各种形态最精妙的描述,最生动丰富的机智和幽默,通过最恰当的语言向世人传达"。20世纪以来,小说在文学中的地位比奥斯丁所处的时代更突出,它确实是"一部生活的闪光之书"(戴·赫·劳伦斯语),为一种广义上的道德关怀所照亮。英国批评家弗兰克·克莫德在20世纪末指出:"即使是在当今的状况下,小说仍然可能是伦理探究的最佳工具。"但是这一说未必适用于中国古代小说。

　　"小说"一词在中文里历史久远,《汉书·艺文志》将"小说家"列为九流十家之末,他们的记录与历史相通,但不同于官方的正史,系"街谈巷语,道听途说者之所造也"。《殷芸小说》据说产生于南北朝时期的梁代,是我国最早以"小说"命名的著作,多为不经之谈。唐传奇的出现带来新气象,如鲁迅在《中国小说史略》中所说:"小说亦如诗,至唐代而一变,虽尚不离于搜奇记逸,然叙述宛转,文辞华艳,与六朝之粗陈梗概者较,演进之迹甚明,而尤显者乃在是时则始有意为小说。"

　　但是中国现代小说的产生有特殊的时代背景,离不开外来的影响。我国近现代文学的奠基人和杰出代表,往往也是翻译家。这种现象在世界文学史上是不多见的。晚清之前,传统文人重诗文,小说作为一种文学创作形式,地位不高,

---

　　* 陆建德:籍贯浙江海宁,生于杭州。中国社会科学院文学研究所研究员,博士生导师。研究方向为英美文学。曾任中国社会科学院外国文学研究所副所长、党委书记,研究生院外文系系主任、研究生院学位委员会副主席和教授委员会执行委员,中国社会科学院文学研究所所长兼文学系主任,《文学评论》主编、《中国文学年鉴》主编、《外国文学动态》主编(2002—2009)、《外国文学评论》主编(2010)。出版专著有《麻雀啁啾》《破碎思想的残编》《思想背后的利益》《潜行乌贼》等。

主要是供人消遣的。到了 20 世纪 20 年代中期，小说受重视的程度已不可同日而语。1899 年初《巴黎茶花女遗事》出版，大受读书人欢迎，有严复诗句为证："可怜一卷《茶花女》，断尽支那游子肠。"1924 年 10 月 9 日，近代文学家、翻译家林纾在京病逝。一个月后，郑振铎在商务印书馆的《小说月报》上发表《林琴南先生》一文，从三方面总结这位福建先贤对中国文坛的贡献。首先，林译小说填平了中西文化之间的深沟，读者近距离观察西方社会，"了然地明白了他们的家庭情形，他们的社会的内部的情形，以及他们的国民性。且明白了'中'与'西'原不是两个截然相异的名词"。总之，"他们"与"我们"同样是人。其次，中国读书人以为中国传统文学至高无上，林译小说风行后，方知欧美不仅有物质文明上的成就，欧美作家也可与太史公比肩。再者，小说的翻译创作深受林纾译作影响，文人心目中小说的地位由此改观，自林纾以后，才有以小说家自命的文人。郑振铎这番话实际上暗含了这样一个结论：中国现代小说的发达，有赖于域外小说的引进。鲁迅也是在接触了外国文学之后，才不再相信小说的功能就是消磨时间。他在作于 1933 年春的《我怎么做起小说来》一文中写道："说到'为什么'做小说罢，我仍抱着十多年前的'启蒙主义'，以为必须是'为人生'，而且要改良这人生。"

各国小说的演进史背后是不是存在"为人生"或"救世"的动机？这个问题不容易回答。浙江工商大学出版社的"外国小说发展史系列丛书"充分展示了小说发展的多元性和复杂性。丛书共 9 册，主要分国别成书，如法国、英国、美国、俄国（含苏联）、日本、德国、澳大利亚和伊朗。西班牙在拉丁美洲有漫长的殖民史，被殖民国家独立后依然使用西班牙语，在文学创作上也是互相影响，因此将西班牙语小说统一处理也是非常合理的。各卷执笔者多年浸淫于相关国别、语种文学的研究，卓然成家。丛书的最大特点，就在于此。我以为只有把这 9 册小说史比照阅读，才会收到最大的成效。当然，如何把各国小说发展史的故事讲得更好，还有待于读者的积极参与。我在阅读书稿的时候，也有很多想法，在此略说一二。首先是如何看待文学中的宗教因素。中国学者也容易忽略文学中隐性的宗教呈现。其次，《美国小说发展史》最后部分（第十二章第八节）介绍的是"华裔小说"，反映了中国学者的族裔关怀。国内图书市场和美国文学研究界特别关注华裔作家在美国取得的成就，学术期刊往往也乐意发表相关的论文。其实有的华裔作家完全融入了美国的主流文化，族裔背景对他们而言未必如我们想象中那么重要，美国华裔小说家任碧莲（Gish Jen）来华访问时就对笔者这样说过。

再者,美国自从 20 世纪六七十年代以来,作家队伍中的少数族裔尤其是拉丁美洲人(即所谓的 Latinos)越来越多,他们中间不少人还从未进入过我们的视野。我特意提到这一点,是想借此机会追思《美国小说发展史》作者毛信德教授。

再回到克莫德"小说是伦理探究的最佳工具"一说。读者在阅读小说的时候总是参与其间的,如果幸运的话,也能收到痛苦的自我反思的功效。能激发读者思考的书总是好书,希望后辈学者多多关注这套丛书,写出比较小说史的大文章来。

2018 年 6 月 17 日

前　　言

在多年的外国文学教学生涯中，俄罗斯文学给我留下了美妙的印象，同时，俄罗斯经典作品的阅读也伴随着我度过了美好的时光。回想起来，我最早真正接触的外国文学便是俄罗斯小说。自从我于 1983 年翻译出版第一部俄罗斯小说——邦达列夫的《最后的炮轰》以来，至今已经过去三十八个年头了。我多年来主要的翻译和研究领域是欧美诗歌，于是，撰写这部《俄罗斯小说发展史》，算是我在外国文学翻译和研究中的一定意义上的"不忘初心"了。

就俄罗斯小说研究而言，长期以来国内所关注的是 19 世纪以来的俄罗斯小说，仿佛俄罗斯小说没有祖先，没有谱系，突然腾空而起，以普希金、果戈理、屠格涅夫、陀思妥耶夫斯基、托尔斯泰等灿若群星的名字横空于世，称霸文坛。所以，在撰写这部书稿的时候，我力图追溯源头，从常被忽略的古代俄罗斯小说开始发掘，以"基辅罗斯时期小说的源头""13—15 世纪小说艺术的雏形""16—17 世纪：小说创作题材的转向"等三章的篇幅，力图对 10 世纪至 17 世纪的俄罗斯古代小说进行深入探究，认为俄罗斯文学的发展如同其他民族文学，经历了从文献到文学的过程，认为中世纪的《往年纪事》等作品具有浓郁的叙事色彩和小说源头的特质，尤其是《往年纪事》中的故事（Повесть），与现代小说在名称方面有着密切的关联。同样，也以"18 世纪小说的成型""卡拉姆津与感伤主义小说""亚历山大一世统治时期的小说创作"等三章的篇幅，探究了普希金登台之前的俄罗斯小说的发展。

对待普希金之后的小说，也力求体现国际视野，客观公正地对待在西方受到重视而在我国和俄罗斯学界受到忽略的小说家，如什梅廖夫等作家的小说创作。对于这些被忽略的作家，也给予一定的篇幅进行论述。在研究俄罗斯文学发展进程的同时，无论是 18 世纪的拉吉舍夫，19 世纪的普希金和果戈理，或是 20 世纪的布尔加科夫，对于这些经典作家的经典小说，都力图在细读文本的基础上，以跨学科的理念，进行深入的探究，发掘其中的新的内涵，努力体现中国学者独立的学术立场。

这部《俄罗斯小说发展史》的撰写，也是一项"命题作文"，是应"外国小说发展史系列丛书"之邀而进行的研究。该项工作开始于我所主持的国家社科基金重大项目"外国文学经典生成与传播研究"大致完成的 2016 年。为了顺利开展

《俄罗斯小说发展史》的撰写，我前后收集了五百多种有利于该项研究的外文文献，包括文学史类著作和重要小说家专论著作，其中最为重要的是俄罗斯科学院俄罗斯文学研究所主编的一系列文学史著作，包括《俄罗斯翻译文学史》、四卷集《俄罗斯文学史》，以及著名文学史家利哈乔夫主编的十五卷集《古代俄罗斯文学文库》。另有科学出版社出版的两卷集《俄国长篇小说史》，以及莫斯科大学出版社出版的《19世纪俄国长篇小说史》等。此外，包括各位主要小说家的俄文版作品全集以及中文版作品全集，如《托尔斯泰全集》《陀思妥耶夫斯基全集》《普希金全集》《果戈理全集》等。收集的文献中还包括一百多种英文著作，主要为文学史著作，如《剑桥俄国文学史》《剑桥俄国经典小说指南》，以及作家专论等著作。

这部《俄罗斯小说发展史》力图基于丰富的一手文献资料和文学文本，从整体发展与局部细节考据的视角，探究俄罗斯小说的起源与发轫问题，以及演进、发展、繁荣与转型，探究俄罗斯小说艺术的独特之处以及在特定的历史语境下小说这一艺术文类得以生成的进程及其对世界文坛的艺术贡献和其独有的地位与意义。

这部《俄罗斯小说发展史》于2018年获得国家社科基金重点项目立项，并于2020年以优秀等级结项。在此由衷地感谢在项目立项和结项过程中给予大力支持和充分肯定的各位专家，你们对拙著的厚爱是对我的极大鞭策和鼓励。

感谢浙江工商大学出版社鲍观明社长和钟仲南总编，自浙江工商大学出版社成立以来，你们以极大的魄力和人格魅力，出版了二十四卷《狄更斯全集》等多种优秀的著作，为我国的外国文学事业做出了杰出的贡献。你们的大力支持是拙著《俄罗斯小说发展史》得以顺利完成的根本保证。

由于受到篇幅的限定，本书对于侦探小说等一些通俗小说，没有论述，而且，出于探究艺术个性的考虑，对于多人合著的小说，也没有涉及，这是应该说明的。在该书即将面世之际，期待专家和读者们的批评指正。

吴　笛

2021年2月28日

目　　录

第三编　俄罗斯小说艺术的辉煌

第四编　俄罗斯小说艺术的现代转型

绪　论　俄罗斯历史进程与俄罗斯文学的发展

在人类历史的发展进程中,自近代社会以来,尤其是自 18 世纪以来,小说这种艺术形式,逐渐取代诗歌,成为最贴近生活、最能反映时代精神,而且流传最广、读者群最大的文学类型。小说这种文学类型,不仅源远流长,与人类文明的进程同步发展,而且以独到的形式,甚至直接的方式反映了生活,折射了时代精神,以顽强的生命力证实了自己的独特的价值和存在的意义。俄罗斯文学也不例外,小说在社会生活中占有极其重要的地位,它和着生活和时代的脉搏一起跳动,凝聚着俄罗斯民族各个历史发展阶段的精神火花,记录着社会政治与民众生活的变迁。不同历史时期的俄罗斯小说家的优秀作品,抒写了俄罗斯民族的历史命运,刻画了俄罗斯人的性格特征,成为俄罗斯社会发展、民族革命和思想倾向的一面镜子,而且在一定的历史时期以独有的艺术魅力和创作方法引领着世界文学的潮流和发展的方向,无疑是世界文化遗产中的一个宝贵的组成部分。尤其是 19 世纪的俄罗斯经典小说,以其独到的现实主义创作风格、深邃的思想内涵和独到的审美理念,以及卓越的艺术表现力和感染力,在世界文学发展史上占据着极其重要的地位。

俄罗斯小说的发展源头,可以追溯到中世纪,也就是俄罗斯文学史所称的"基辅罗斯"时期。俄罗斯文学,最早的应推口头上流传的"圣诞歌"(коляда)、"壮士歌"(былина)等民间作品①,但是,由于没有相应的文字记载,这些口头文学创作多半湮没于那些不可复现的年代。包括小说在内的古代俄罗斯文学的生成及其发展,是与俄罗斯国家的建立密切相关的,而且,也与俄罗斯民族性格的形成具有紧密的关联。所以,最早的文学作品中,都洋溢着英雄主义和爱国主义的精神。如最早的形成文字的文学成就——12 世纪的《伊戈尔远征记》(*Слово о полку Игореве*),就具有强烈的英雄主义精神及高昂的爱国主义热忱。这部描写抵御外敌侵略的英雄史诗,不仅是古代俄罗斯文学中最为卓越的成就,与法国的《罗兰之歌》、西班牙的《熙德之歌》、英国的《贝奥武夫》等一起,代表着中世纪英雄史诗的辉煌,而且也以其鲜明的叙事色彩,作用于俄罗斯叙事文学特别是小说

---

① 　Б. П. Городецкий ред. *История русской поэзии в двух томах*，Том 1，Ленинград：Издательство Наука，1968，с. 13 - 25.

这一类型的成型与发展。

自公元 988 年基辅大公定基督教(希腊东正教)为国教,从而使得俄罗斯民族文化以及俄罗斯文学得以产生起,直到 17 世纪为止,属于"古罗斯文学"发展阶段。在这长达八个世纪的漫长的时间里,由于传播途径的影响,古代俄罗斯文学作品主要是通过口头传播以及手抄本形式得以流传,所以,这一阶段的俄罗斯文学发展得较为缓慢,无论是文学创作还是文学理论,都远远落后于英、法等西欧国家。篇幅相对较长的小说这一艺术形式更是受到传播途径的影响,受众有限,发展缓慢。就文学理论而言,发展也是相对落后的,俄罗斯最早论述文学理论的著作,也是 17 世纪才得以出现。最早的重要理论著作是斯莫特里茨基(Максим Гераси́мович Смотри́цкий)所著的《语法》(Грамматика)。该著作共由"正字法"(орфография)、"词源学"(этимология)、"句法"(синтаксис)、"诗律学"(просодия)等四个部分组成。该《语法》于 1619 年出版,其后在俄罗斯、乌克兰、白俄罗斯以及保加利亚、塞尔维亚等地大范围流传。这一部《语法》与波洛茨基的《赞美诗集》等著作一起,被罗蒙诺索夫看成"通往博学的大门"[①]。正是这部《语法》,对俄罗斯文学语言以及语法学产生了近两个世纪的影响。

正是由于俄罗斯文学在 17 世纪之前发展较为缓慢,加上俄罗斯本土的传播途径的限定,所以在当时未能产生享誉世界文坛的作家和具有广泛影响力的作品。

俄罗斯小说的发展源头可以追溯到基辅罗斯时期。在这一时期,小说的生成要素和叙事成分主要体现在英雄史诗《伊戈尔远征记》和编年史《往年纪事》(Повесть временных лет)等作品中。

在 13 世纪至 15 世纪,由于统一的基辅罗斯不复存在,以及蒙古-鞑靼人的征服,统一的古代的俄罗斯文化受到了一定的摧残,甚至分裂成俄罗斯、乌克兰、白俄罗斯等各种不同的文化,但是,就俄罗斯文学而言,异族的入侵以及广大民众的反抗,使得这一时期的文学作品中呈现了难能可贵的反抗异族侵略的主题以及洋溢着强烈的爱国主义和英雄主义精神。尤其是《拔都侵袭梁赞的故事》(Повесть о разорении Рязани Батыем)、《亚历山大·涅夫斯基传》(Повесть о житии Александра Невского)等历史故事和"圣徒传"(Агиография),在俄罗斯小说萌芽和成型的过程中,以及小说作品从韵文体形式朝散文体形式转型的过程中,都发挥了重要的积极作用。"'圣徒传'在俄罗斯古代文学的体裁体系中,占有重要的地位。传记类作品在俄罗斯的文学土壤中,自古代文学的起始就开

---

① Н. И. Прокофьев Сост. *Древняя русская литература*. *Хрестоматия*,Москва:Издательство *Просвещене*,1980,с. 299 – 300.

始产生,并且在 17 世纪之前的文学中发挥了积极的作用。"①《拔都侵袭梁赞的故事》等作品则为"历史小说"以及"传记小说"的形成提供了最初的范式。尤其是《拔都侵袭梁赞的故事》,继承了《往年纪事》的传统,使得"Повесть"这一术语进一步得以普及,并且开始关注人物形象的塑造,以对话等形式突出人物的性格特征,显现出了较为明显的叙事成分和小说要素,为"中篇小说"的逐步成型进一步奠定了坚实的基础。

16 世纪初期,莫斯科大公瓦西里三世收复普斯柯夫和梁赞,统一的近代意义上的俄罗斯国家最终得以形成。于是,《关于康士坦丁大帝的传说》(*Сказание о Константине*)与《关于苏丹穆罕默德的传说》(*Сказание о Магметесалтане*)等宣扬君主权力和塑造理想君主形象的作品开始出现。

17 世纪,由于拉辛等领导的农民起义的爆发,具有长篇小说某些特性的《萨瓦·格鲁德岑的故事》(*Повесть о Савве Грудцыне*)等宗教教诲小说也得以生成,而且,由于翻译小说的影响,世俗性作品也在这一时期开始诞生,从贴近现实生活的《卡尔普·苏杜洛夫的故事》(*Повесть о Карпе Сутулове*)、《弗罗尔·斯科别耶夫的故事》(*Повесть о Фроле Скобееве*)等小说作品中,我们可以看出,小说逐渐摆脱了宗教神学的束缚,其独立的价值和意义开始得到人们的认可,于是,以小说这种形式为主要代表的散文体作品的创作被赋予了更大的自由空间。

尽管在 17 世纪之前俄罗斯小说有了一些成就,但是总体而言,发展较为缓慢,文学成就相对有限,并且在文学创作和文学理论等各个方面都落后于西欧等国家的文学。

然而,正如我国学者所说:"俄国小说起步较晚,但一旦崛起就突飞猛进,特别是 19 世纪,名家辈出,灿若群星,标志着小说艺术的高峰,令世界瞩目。"②到了 18 世纪,俄罗斯的小说创作在思潮和风格方面都经历了迅速的发展变化,开始出现具有影响的优秀作家,并且逐步改变游离于西欧文学之外的局面,开始与世界文学的主潮接轨。自 18 世纪 30 年代开始,在短短的六十年内,俄罗斯的小说经过古典主义、启蒙主义的整体发展,接着以约十年的时间,在卡拉姆津、拉吉舍夫等重要作家的创作中,突破了古典主义,为感伤主义和浪漫主义文学的发展拓开了道路,并为 19 世纪上半叶以亚历山大·普希金为代表的俄罗斯文学的"黄金时代"奠定了基础。

18 世纪,由于印刷术的普及,以及西欧小说的进一步译介,小说,尤其是长篇小说这一艺术形式在俄罗斯大地上得以扎根,相继成型。特别是到了 18 世纪

---

① Л. А. Дмитриев. *Житийные повести русского Севера как памятники литературы XIII–XVII вв. Эволюция жанра легендарно-биографических сказаний*, Ленинград: издательство Наука, 1973, с.3.

② 任子峰:《俄国小说史》,北京大学出版社,2010 年,第 1 页。

50 年代之后,俄国逐渐兴起了小说创作的热潮,就连长篇小说这种篇幅浩瀚的艺术形式,通过法语、德语、英语的译介,也逐渐被俄国文坛认可,被普通读者接受。到了 18 世纪 60 年代,被誉为"俄国第一位长篇小说家"的费多尔·艾敏的长篇小说受到文坛极大的关注和读者普遍的喜爱。他于 18 世纪 60 年代出版的四卷集长篇小说《欧内斯特与多拉夫拉的书简》不仅是他最成功的长篇小说,而且是俄国小说发展史上最初的书信体长篇小说。该小说以书信这种形式,突出反映主人公内心世界的心理冲突和情感较量,为俄罗斯后来的小说中注重心理描写的创作倾向,发出了最早的声音,提供了最初的范例,也为俄罗斯感伤主义文学在小说创作和诗歌创作两个领域的共同发展做出了积极的贡献。除了费多尔·艾敏,米哈伊尔·楚尔科夫的长篇小说《标致的厨师,或荡妇历险记》以及马特维尔·科马洛夫的长篇小说《骗子万卡·凯恩的故事》和《英国绅士乔治和勃兰登堡伯爵夫人露易莎的历险故事》等作品,也都具有启蒙主义创作倾向,在 18 世纪俄罗斯小说发展中占有显著的地位。

如果说从公元 988 年开始直到 17 世纪,属于古罗斯文学,那么从 18 世纪开始,俄罗斯文学则从古代迈向了近代。在此转型中,小说艺术的成型功不可没。经过长期的铺陈和积累,18 世纪 50 年代之后,小说这种艺术形式终于在俄罗斯文学中得以成型。从此,一系列成功的小说作品开始涌现。

尽管费多尔·艾敏以及一系列翻译小说在俄罗斯小说发展史上贡献突出,但 18 世纪的俄罗斯小说创作中最具代表性的成就是卡拉姆津的感伤主义小说和拉吉舍夫的纪实小说。

18 世纪的最后十年,卡拉姆津、德米特里耶夫、拉吉舍夫等人的创作,形成了俄国文学史上具有鲜明特色、与西方文学思潮明确接轨的感伤主义时期。源自 18 世纪中叶英国的感伤主义文学思潮,反对古典主义对理性的崇拜,推崇情感,同时又受到启蒙主义的民主性的影响,着重描写人物的不幸和痛苦,以唤起人民的同情之心。作为感伤主义重要作家和理论家的卡拉姆津,强调忠实于自然和想象的自由,认为创作灵感的主要源泉只能是自然,只有自然才是艺术的永恒的原本,是美与灵感取之不尽的源泉。[①] 他的这些观点,不仅是俄国感伤主义文学的根基,而且成了俄国浪漫主义文学理论的源泉之一。

在小说创作实践方面,卡拉姆津无疑是俄罗斯感伤主义小说的最杰出的代表,他所创作的长篇小说《一个俄国旅行者的书简》、中篇小说《可怜的丽莎》等作品,以风景描绘和心理分析见长,并且有着后来的俄罗斯浪漫主义小说所特有的忧伤和苦闷的情调。他同情下层人民,关注普通人物,揭示他们的内心世界。他

---

① 参见尼古拉耶夫等:《俄国文艺学史》,刘保端译,生活·读书·新知三联书店,1987 年,第 56 页。

还从民间文学中汲取丰富的营养,使得文学语言贴近受过教育的贵族阶层的口头语言,并且注意充分吸收西欧语言的积极要素,特别是法语的语言特征和营养,从而极大地丰富了文学作品的艺术表现力。他的感伤主义小说以及相应的创作理论,对于近代俄罗斯小说艺术的发展,起了重要的作用。

如果说对于社会苦难,卡拉姆津只能发出哀叹和表示无奈,只能发出一种同情的声音,并且抱有逃避社会现实的态度,那么,拉吉舍夫则完全相反,他积极参与社会斗争。

拉吉舍夫深受西方启蒙主义思想的熏陶。他的代表作《从彼得堡到莫斯科旅行记》(*Путешествие из Петербурга в Москву*)也是采用感伤主义文学所惯用的体裁,描写旅途见闻,内容涉及俄罗斯政治、经济、道德、法律等各个方面,与此同时,他在这部作品中,注意抒发自己的切身感受,表达自己的政治主张、革命思想和反抗意识,谴责不合理的专制制度。这是一部具有强烈批判精神和思想深度的纪实小说,这部作品中所表现出的前所未有的革命热情和人道主义思想以及对专制制度和社会现实的批判,极大地影响了随之而来的整个 19 世纪的俄罗斯文学。

可以说,在俄罗斯小说发展史上,经过费多尔·艾敏、米哈伊尔·楚尔科夫、马特维伊·科马洛夫等作家的努力,尤其是卡拉姆津的创作,小说这种文学体裁终于在俄国文坛得以成型,为 19 世纪俄罗斯小说的繁荣奠定了应有的基础。

跨入 19 世纪之后,在作为小说家的卡拉姆津与同样作为小说家的普希金之间,存在着诗歌相对繁荣的亚历山大一世统治时期的文学。在这一时期,俄罗斯诗坛出现了茹科夫斯基等著名诗人。他们赞同卡拉姆津的诗学主张,并且向德、英、意等国的文学寻求创作的灵感和精神的契合。随着歌德、华兹华斯、柯尔律治等作家的作品在俄国的译介以及拜伦主义旋风的影响,俄国的浪漫主义基本上与席卷欧洲的这一运动同步发展,很快趋于成熟,并且随着这一成熟,俄罗斯文学迅速进入了它发展进程中的"黄金时代",出现了普希金、巴拉丁斯基、莱蒙托夫、丘特切夫等举世闻名的诗人和震撼人心的作品。正是重要诗人群体和一系列诗歌作品的出现,掩盖了这一时期小说创作的成就。

实际上,在卡拉姆津与普希金之间的二十多年的时间里,俄国的小说创作虽然不及诗歌创作成就那般突出,但是也在教育小说、历史小说等创作方面取得了一定的成就,在卡拉姆津和普希金两个时代之间架起了一座必要的桥梁。

1812 年,俄国反抗拿破仑的卫国战争促进了民族意识和潜在的革命意识的觉醒,俄国浪漫主义文学开始出现了新的音调,以昂扬的公民激情反映了 19 世纪俄国民族解放运动的开端,作家成了"民族的自我意识的带路人"①,并以鲜明的俄罗斯民族特色和民族语言开始了俄罗斯文学发展的新阶段。在这个新阶段中,在跨入新世纪的头二十五年的亚历山大一世统治时期,主要是启蒙主义小说、感伤主义小说、浪漫主义小说等三种创作倾向平行发展、相互交织的格局。不过,虽然出现了伊兹梅洛夫、纳列日内、别斯图热夫等相对而言比较重要的小说家以及《俄罗斯的吉尔·布拉斯,又名契斯佳科夫公爵奇遇记》等较为重要的小说类作品,但是总体而言,没有出现一流的作家和作品,仿佛俄国小说的创作在卡拉姆津之后,需要稍作休整,为普希金等作家的登场在后台做一些必要的准备。

谈及 19 世纪俄国文学发展时期的划分,学界一贯认为,俄国文学的发展与俄国历史密切相关。"长期以来,19 世纪俄罗斯文学的演变,与民族解放运动的历史紧密相连,分为贵族革命时期、平民知识分子时期、无产阶级革命时期。"②尽管这一观点显得陈旧,但是,也没有更好的说法可以取代,所以依然被很多学者认可。无论如何划分,不可否认的是,"19 世纪俄国文学是国家精神生活的中心,这一角色决定了它的若干特征——对社会及个人的真理上下求索的昂扬激情,穷根究底、永不安宁的不懈思考,深刻的批判精神,既担当起当代社会难以解决的、折磨人心的问题与矛盾得令人惊叹的责任,又对那些个人、俄国社会日常生活甚于全人类的根深蒂固的、'永恒性'的话题表示关注"③。正是文学所能发挥的巨大的社会功能,使得 19 世纪俄国文学奋起一跃,跨入世界文学的前列。

自 19 世纪 30 年代开始直到进行农奴制改革的 1861 年,在俄罗斯伟大的作家普希金创作的影响之下,小说这种创作类型,特别是反映 19 世纪俄国社会现实的长篇小说,开始呈现出了繁荣的局面,"在农奴制改革之前,普希金和莱蒙托夫,果戈理与赫尔岑,屠格涅夫与冈察洛夫,就已经创作了俄罗斯的社会心理小说"④。

作为俄国浪漫主义文学杰出代表的普希金,完成了 17 世纪末开始的俄罗斯文学语言的形成过程,从而在各个方面都为俄国文学的发展提供了典范作品。特别是他在浪漫主义的抒情诗和叙事诗的创作中,十分注意书面语与日常口头

---

① 基列耶夫斯基:《1829 俄国文学述评》,引自尼古拉耶夫等:《俄国文艺学史》,刘保端译,生活·读书·新知三联书店,1987 年,第 73 页。

② В. Я. Линков. *История русской литературы*（*вторая половина XIX века*）, М.: Издательство Московского университета, 2010, с. 26.

③ 高尔基世界文学研究所:《世界文学史》第 7 卷·上册,蔡捷等译,上海文艺出版社,2013 年,第 147 页。

④ А. С. Бушмин и др. *История русского романа в двух томах*, Москва: Издательство Наука, т. 2, 1964, с. 3.

语言的完美结合,广泛吸取民间语言的艺术精华,使得文学作品接近民族的生活实际和周围的社会现实,不仅为俄罗斯文学语言的最终形成做出了卓越的贡献,而且解决了俄罗斯文学的民族性问题,使得俄罗斯文学走向了世界文学的前列。在诗歌创作方面取得了理想的成就之后,普希金随后转向了小说创作。但是,与诗歌相比,小说的基本要素有哪些? 主要的区别是什么? 是叙事、虚构、传奇与抒情、纪实的区别,还是散文体与韵文体的区别? 对于这些问题,普希金以自己的创作实践作了理想的回答。

尽管现代小说的创作是以散文体的形式为主的,但是,散文体还是韵文体并不是划分小说与诗歌的根本界限,于是,就有了散文体小说和诗体小说的说法。尤其是普希金的诗体长篇小说《叶甫盖尼·奥涅金》,将韵文体的小说纳入了小说艺术的范畴,在以诗歌为主体的俄罗斯文学向以小说为主体的俄罗斯文学转型过程中,他的这一行为,无疑起到了必要的承上启下的作用。

19世纪30年代,在俄罗斯小说发展史上,是普希金的诗体长篇小说《叶甫盖尼·奥涅金》得以面世的时代,同时也是他的散文体中篇小说《上尉的女儿》和短篇小说集《别尔金小说集》相继面世的年代。普希金在这些小说中所使用的艺术表现手段,为俄罗斯小说艺术树立了典范,极大地作用于其后的俄罗斯小说艺术的发展。同样,普希金也以自己卓越的小说创作完成了俄国文学从浪漫主义向现实主义的转向。

从19世纪40年代起,尽管浪漫主义运动的余波尚未完全消逝,然而,这一运动已经被挤出舞台的前列,文学中的主导地位已经让给了现实主义文学。由于落后的封建农奴制度日益暴露出腐败的一面,俄国社会上出现了种种社会思潮,探寻解决社会问题的方式和民族的出路。因此,人们已经不再满足于浪漫主义的自我扩张、情感的漫溢以及想入非非,而是要求文学准确、客观、清醒地反映社会现实,要求文学从"理想的诗"转为"现实的诗",并且"忠实于生活的现实性的一切细节、颜色和浓淡色度","在全部赤裸裸的真实中来再现生活"。[①] 于是,以别林斯基和果戈理为代表的作家和文艺批评家以极大的热情和革命民主主义精神探索俄国19世纪现实主义文学中的"谁之罪"和"怎么办"这两个极为重要的中心主题。

在普希金之后,莱蒙托夫、果戈理等作家进一步确立了俄罗斯小说中的民主立场和现实主义创作主张,尤其是在果戈理的引领下,出现了以真实反映俄国社会现实并以讽刺风格和批判方向为主要特性的俄国自然派文学,使得19世纪40年代的俄国小说创作出现了整体的繁荣,其中包括莱蒙托夫的《当代英雄》、

---

　① 　别林斯基:《论俄国中篇小说和果戈理君的中篇小说》,《别林斯基选集》第1卷,满涛译,上海文艺出版社,1963年,第147页。

果戈理的代表作《死魂灵》、赫尔岑的代表作《谁之罪?》等一系列重要作品。

如果说19世纪三四十年代浪漫主义的余波尚在,以及浪漫主义诗人丘特切夫仍然占领文坛的话,那么,到了19世纪五六十年代,在俄罗斯文坛,小说这一艺术类型已经占据难以撼动的牢固的地位,尤其是屠格涅夫、陀思妥耶夫斯基、托尔斯泰这三位举世闻名的小说家开始陆续登上文坛,从事小说创作,逐渐开始主宰俄国文学的发展。

而且,从19世纪30年代至农奴制改革的1861年,俄罗斯文学创作中的一个中心主题就是探讨俄国社会"谁之罪"这一问题。并且随之出现了与这一中心问题相适应的主要艺术形象——"多余的人"和"小人物"这两个系列形象。

"多余的人"和"小人物"这两类形象都是由普希金首创的。"多余的人"这一系列形象首先出现在普希金的诗体长篇小说《叶甫盖尼·奥涅金》中,随后经过莱蒙托夫笔下的毕巧林、屠格涅夫笔下的罗亭,直到冈察洛夫长篇小说《奥勃洛莫夫》中的奥勃洛莫夫,"多余的人"形象一直在19世纪上半叶的小说作品中占据重要地位。

而"小人物"系列形象,贯穿着整个19世纪的俄罗斯文学,自普希金的《驿站长》起,经过果戈理、陀思妥耶夫斯基,一直延续到契诃夫的短篇小说创作。

1861年,俄国实行了农奴制改革,在此之后,俄国的资本主义得以迅猛地发展,资产阶级思想以及相应的世界观开始在俄国渗透,但是,与此同时,俄国社会中大量的封建残余以及封建思想依然存在,并且与新兴的资本主义因素交织为一体,极大地影响了这一时期的小说创作。自1861年起,俄国社会从贵族革命时期转向资产阶级革命时期,与之相适应的是,小说创作中,"多余的人"系列形象退出了文坛,被"新人""探索型人物"等系列人物形象所取代。

五六十年代登上文坛的19世纪后期最伟大的小说家屠格涅夫、陀思妥耶夫斯基、托尔斯泰,各具特色,异彩纷呈。

屠格涅夫的小说创作能够紧扣时代的脉搏,触及时代的焦点主题,他所创作的自《罗亭》到《处女地》的每一部长篇小说,都反映了特定的时代精神,这些小说作品合在一起,构成了从19世纪30年代到70年代俄罗斯社会生活的一部独特的编年史。

陀思妥耶夫斯基的小说创作,在承袭俄国优秀的现实主义文学传统的同时,积极开拓,在心理探索以及心理分析方面,取得了卓越的成就。他善于通过梦境和幻觉来展现人物的内心世界。他不仅创作了篇幅浩瀚的《卡拉马佐夫兄弟》《罪与罚》等长篇小说,而且在《穷人》《白夜》等中短篇小说创作方面,同样享有盛誉。他创作的《罪与罚》等长篇小说,在通过人物内心的激烈矛盾冲突来揭示人物性格的同时,更注重宣扬自己的宗教救世思想。

托尔斯泰的小说创作则以不断变化的处于矛盾状态的世界观来表现处于矛

盾状况的不断变化的俄国社会现实,因而被誉为"俄国革命的一面镜子"。他创作的长篇小说《战争与和平》,既有对俄国重大历史事件的宏观的艺术概括,也有对家庭日常生活的微观的描述。他在对宏观的战争以及和平时期的微观家庭生活两个方面的描绘中,展现出了卓越的艺术才华。他的长篇小说《安娜·卡列尼娜》,所表现的是"一切都翻了个身,一切都刚刚安排"的农奴制改革之后的俄国社会风貌,尤其是新的资产阶级思想与旧的封建残余之间的冲撞。而他的长篇小说《复活》则是"托尔斯泰主义"这一思想的具体体现,而且塑造了聂赫留朵夫这一"忏悔的贵族"与"探索型人物"的丰满的典型形象。

除了长篇小说的成就,契诃夫的短篇小说创作艺术手法高超,他以出色的幽默与讽刺以及从平凡的事件中反映重大社会问题为主要创作特色,在世界短篇小说创作领域享有盛誉。

19 世纪 80 年代起,世界上的各种社会思潮影响俄国,也作用于俄国文坛,尤其是马克思主义开始传播,无产阶级领袖列宁开始从事革命活动,并于 1895 年在圣彼得堡建立了"工人阶级解放斗争协会",从此,俄国社会开始进入无产阶级革命阶段。

自 19 世纪 90 年代中期起,随着社会历史的发展变化和哲学思潮的影响以及"世纪末情绪"的弥漫,俄罗斯文学中也出现了与传统文学迥异的一些特征,属于现代派的象征主义、未来主义等文学思潮开始出现,标志着俄罗斯文学"白银时代"的到来,预告了 20 世纪初期俄罗斯文学的繁荣。

俄国文学的"白银时代"是相对于普希金时期的"黄金时代"而言的。20 世纪初期"白银时代"俄罗斯文学的繁荣,是以影响深远的三大流派,即象征派、阿克梅派、未来派作为标志的。大约开始于 1895 年、结束于 1925 年的现代主义运动,在三大流派作家的创作中,得到了充分的体现。这三大流派,主要以诗歌成就为特色,但是,在小说创作方面,同样成就斐然,特别是其中的象征主义文学。

产生于社会动荡年代的象征派(Символизм),其哲学基础是神秘主义。象征派作家相信,在现象世界之外存在着一个神秘的超现实的世界。对于这一世界,我们用理性的手段是无法认知的,只有借助于艺术家的直觉所创造出来的象征才能够近似地再现它。因此,在象征主义的文学中,现实的形象往往失去了具体的含义,被富于暗示和联想的象征意象所取代,真实的形象成了抽象的、神秘的观念。象征主义小说家、诗人兼理论家别雷就曾写道:"艺术中的象征主义的典型特征就是竭力把现实的形象当成工具,传达所体验的意识的内容。"[①]

俄国象征派文学,以梅列日科夫斯基、巴尔蒙特、勃留索夫、索洛古勃、吉皮乌斯等一批作家为主要代表。这些作家深受尼采、叔本华等哲学思想的影响,并

---

① Андрей Белый. *Арабески. Книга статей*, М. : Мусагет, 1911, c.258.

且充分吸取了波德莱尔等法国象征派诗人的艺术技巧。尼采的著作自 1894 年开始在俄国译介,法国象征派诗歌也是自 19 世纪 90 年代起在俄国得到系统介绍。在当时的俄国文坛,"尼采主义""颓废派""象征派"等几乎成了同义词。[①]然而,俄国象征派作家尽管在哲学思想和艺术技巧方面受到西欧文化的影响,他们本人却不愿对此予以承认。他们竭力否认与西欧文化之间的根本联系,转而在俄罗斯传统文化中寻找自身的脉搏与渊源。

在"白银时代",象征主义作家梅列日科夫斯基、别雷等,同时在小说和诗歌方面取得了辉煌的成就。梅列日科夫斯基的长篇小说三部曲《基督与反基督》、别雷的长篇小说《彼得堡》、勃留索夫的长篇小说《燃烧的天使》、索洛古勃的长篇小说《卑微的魔鬼》以及长篇小说三部曲《创造的神话》、吉皮乌斯的长篇小说《鬼的玩物》等等,都是象征主义小说艺术的代表性成就。

除了象征派的小说艺术成就,这一时期的俄罗斯文坛还有一批出色的小说家,其中包括:库普林、蒲宁、安德列耶夫、列米佐夫、苔菲、扎米亚京、皮里尼亚克等。尤其是库普林的《决斗》、蒲宁的《米佳的爱情》、安德列耶夫的《七个绞刑犯的故事》、苔菲的《静静的河湾》、扎米亚京的《我们》、皮里尼亚克的《裸年》和《不灭的月亮的故事》等,使"白银时代"大为增色。

在现代主义文学繁荣的同时,以高尔基为代表的无产阶级文学同样取得了卓越的成就,在世界无产阶级文学创作领域占有举足轻重的领导地位。高尔基的《母亲》等作品在无产阶级以及现实主义文学中,产生了深远的影响。尤其在十月革命胜利、苏联无产阶级政权建立以后,高尔基所倡导的社会主义现实主义创作方法得以弘扬。

20 世纪初的现代主义文学运动结束之后,曾经属于这些流派的作家,多半转入了苏维埃文学的创作。自 20 年代中期至 50 年代中期,俄罗斯小说创作在创作手法上完成了向社会主义现实主义过渡之后,经过复杂的发展过程,出现了一系列热情歌颂社会主义革命和建设以及苏维埃时代新生活的优秀作家和作品,为世界文坛增添了新的活力。尤其是在 1934 年,全苏作家代表大会得以召开,这次会议极为重要,会上确立了社会主义现实主义的创作原则,这一原则为其后俄罗斯文学的长期发展,奠定了坚实的理论基础。

1917 年的十月革命,对俄罗斯小说的发展产生了深远的影响。十月革命后,在国内战争和国民经济恢复时期,高尔基的《克里姆·萨姆金的一生》被誉为"俄罗斯精神生活的编年史"。绥拉菲莫维奇的《铁流》、富尔曼诺夫的《恰巴耶夫》、法捷耶夫的《毁灭》等三部长篇小说反映了时代的风貌,被誉为 20 世纪 20 年代苏联文学史上三部里程碑式的作品。30 年代的奥斯特洛夫斯基的长篇小

---

① АН СССР. *На рубеже XIX-XX вв*,Ленинград:издательство Наука,1991,с.49.

说《钢铁是怎样炼成的》讲述了保尔·柯察金等一代无产阶级新人在革命的暴风骤雨中锻炼成长的艰难历程。而 20 年代至 40 年代初完成的肖洛霍夫的《静静的顿河》和阿·托尔斯泰的《苦难的历程》三部曲更是反映十月革命和国内战争时期一系列事件的史诗性作品,在 20 世纪俄罗斯小说史上具有极其重要的意义和价值。肖洛霍夫的《静静的顿河》这部长篇巨著不仅对特定的历史时期进行了审视,而且塑造了格里高力·麦列霍夫这位独特的哥萨克人的艺术形象,书写了他的顽强性格和悲剧命运。

而布尔加科夫的长篇小说《大师与玛格丽特》,则是魔幻现实的呈现,成为世界文坛的经典作品。

1941 年,德国法西斯侵略者突然进攻苏联,反抗法西斯的苏联卫国战争爆发。从 1941 年至 1945 年的苏联卫国战争期间,吉洪诺夫、西蒙诺夫、法捷耶夫、爱伦堡、肖洛霍夫、格罗斯曼等许多优秀的作家都奔赴战争前线,在部队服役,有的在前线建立了不朽的功勋,有的创作了伟大的战地作品,有的则在战场上献出了自己宝贵的年轻的生命。卫国战争期间,著名的小说作品,如巴甫连科的《俄罗斯的故事》、瓦西里耶夫斯卡娅的《虹》、戈尔巴托夫的《不屈的人们》、格罗斯曼的《人民是不朽的》、普拉东诺夫的《保卫七家村》、亚历山大·别克的《恐惧与无畏》、列昂诺夫的《攻克维利科舒姆斯克》、西蒙诺夫的《日日夜夜》、肖洛霍夫的《他们为祖国而战》、法捷耶夫的《青年近卫军》等,深刻揭露法西斯的暴行,表达了人民对侵略者的满腔仇恨,塑造了战争中的英雄形象,歌颂了爱国主义精神,极大地激发了人们的斗争意志,以及战胜德寇的决心。

卫国战争虽然只有四年时间,但是对文学创作产生了深远的影响,在相当长的时间内,直到 20 世纪 80 年代,它都是俄罗斯小说创作的一个重要的题材。尤其在战争结束后的 40 年代末至 50 年代,参加过卫国战争的一批作家创作了许多杰出的卫国战争题材的作品。其中包括波列沃依的《真正的人》、列昂诺夫的《俄罗斯森林》、西蒙诺夫的《生者与死者》、肖洛霍夫的《一个人的遭遇》等许多著名的小说作品。

1953 年,斯大林逝世之后,自 20 世纪 50 年代中期开始,由于国家政治的变革以及社会环境的变化,一些作家的思想和创作活动也深受影响,俄罗斯作家开始进入新的探索阶段。1954 年召开的第二次全苏作家代表大会,以及 1956 年召开的苏共第二十次代表大会,对苏联文学的发展进程都产生了重要的影响。

这一时期的小说创作,针对过去较长一段时间内粉饰现实的创作倾向进行了深刻的反思,在"积极干预生活"的口号下,出现了"奥维奇金流派"等客观反映现实的创作倾向。尤其是爱伦堡的《解冻》,揭示了苏联社会中存在的严重官僚主义作风,使得这部小说的名称成为一个历史时期的文学的象征。

20 世纪五六十年代比较重要的小说家除了爱伦堡,还有列昂诺夫、柯切托夫、田德里亚科夫、阿勃拉莫夫、格罗斯曼、帕斯捷尔纳克等作家。柯切托夫的《叶尔绍夫兄弟》、田德里亚科夫的《审判》、阿勃拉莫夫的《兄弟姐妹》、格罗斯曼所创作的在国外出版的《生活与命运》、帕斯捷尔纳克的《日瓦戈医生》、索尔仁尼琴的《癌症楼》等，都是这一时期小说创作艺术成就的体现。

尤其是帕斯捷尔纳克的长篇小说《日瓦戈医生》，通过主人公尤里·日瓦戈的命运，折射了 20 世纪俄罗斯时代的变迁，以及知识分子在特定历史时期的精神追求和悲剧命运，成为俄罗斯文学的现代经典，为帕斯捷尔纳克赢得了世界性的巨大声誉。

20 世纪七八十年代的苏联文坛的小说创作，一改五六十年代思想活跃以及混乱的局面，出现了相对的平稳。阿勃拉莫夫的四部曲《普里亚斯林一家》、斯塔德纽克的《战争》、普罗斯库林的长篇小说《命运》、邦达列夫的包括长篇小说《选择》在内的"知识分子三部曲"、索尔仁尼琴的长篇小说《1914 年 8 月》、拉斯普京的《活下去，并且要记住》、艾特玛托夫的《白轮船》等，都是这一时期的主要小说创作成就。但是，在 70 年代，由于在国外出版了长篇小说《古拉格群岛》受到批判，索尔仁尼琴被剥夺了苏联国籍，驱逐出境，直到 80 年代后期，他的作品才开始"回归"，重新引起文坛的关注。

自 20 世纪 80 年代之后，由于受到英美等国家的后现代主义思潮以及文化观念的影响，俄罗斯文坛出现过一些实验性的"新潮"文艺作品，起了少许开拓创新的作用，但是未能形成自己的特色。紧接着，1991 年底，苏联解体，由于政治生活和社会经济制度的变更以及通俗文化的冲击，俄罗斯文学进入低谷，并且徘徊在低谷中，等待着新世纪的降临和新世纪中的小说创作的发展和繁荣。

总体而言，苏维埃时代的俄罗斯小说具有广泛的民众性，消除了将艺术与普通人民隔离的社会障碍，"抒写人民，表达人民的情感体验，歌颂人民的坚强意志"[①]。因此，文学适应了新生活的需求，为人民大众所喜闻乐见，具有强盛的生命力。这一时期的作品洋溢着高昂的革命热情、浪漫主义的激情以及爱国主义精神和乐观主义信念。

当然，由于文艺政策的反复等客观现实的限制以及某些人为的影响，这一时期的文学创作中也存在着相当程度的公式化、概念化的倾向。有时候过分重视作品的思想内涵，因而忽略了艺术形式与技巧，过分强调教育功能，因而忽略了作品的审美价值，也在一定程度上阻碍了俄罗斯小说艺术的发展。

1991 年底，苏联解体，俄罗斯小说创作领域也因此遭受重创，虽然解体是一个政治事件，但是对俄罗斯小说家以及俄罗斯小说创作的影响却是异常巨大的。

---

① АН СССР. *История русской советской поэзии*，Ленинград：издательство Наука，1983，с. 21.

在相当长的时间内,因为身份认同的危机以及经济体制的变更,俄罗斯小说无论在体量上还是在社会地位方面,都无法与苏联时代的小说创作相提并论。文学作品不再是高雅的精神食粮,而是降格为普通的文化产品,文学家也不再是受人膜拜的"人类灵魂的工程师",而是降格为普普通通的文化商品的生产者,这对许许多多在苏联时期享有声望的作家来说,都是难以想象的折磨。

然而,经过一段时间的休整,俄罗斯小说创作逐渐恢复元气,俄罗斯小说家开始进行新的探索。在 20 世纪 90 年代后期,出现了多种创作倾向并存的局面。苏联时期成名的一批小说家,包括邦达列夫、斯塔德纽克、卡尔波夫、普罗斯库林、拉斯普京、阿列克谢耶夫等等,在一度彷徨之后,依然坚守现实主义的创作立场,以饱满的热忱,重新返回文坛,如邦达列夫的长篇小说《百慕大三角》、斯塔德纽克的中篇小说《无悔的自白》、卡尔波夫的长篇小说《大元帅》、普罗斯库林的长篇小说《兽的数目》、拉斯普京的中篇小说《伊万的女儿和伊万的母亲》、阿列克谢耶夫的长篇小说《我的斯大林格勒》等等,弥补了苏联解体后的某些缺陷,在承上启下意义上发挥了一定的作用。

与此同时,属于后现代主义等各种创作流派的小说家陆续登场,活跃在苏联解体后的俄罗斯小说创作领域,随着时间的推移,彼特鲁舍夫斯卡娅、托尔斯泰娅、索罗京、佩列文等当代小说家逐渐赢得声誉,代表了俄罗斯小说创作的发展趋势。

从以上叙述中可以看到,俄罗斯小说的源头可以追溯到中世纪的英雄史诗和编年故事,17 世纪之前就在"故事"(或"中篇小说")的创作方面卓有成就,形成了自身的特色。到了 18 世纪,小说这一艺术类型,尤其是长篇小说,作为特定的创作门类已经成型,并在卡拉姆津等作家的创作中得到了辉煌的体现。

19 世纪的俄罗斯小说创作,在世界文坛处于引领地位,由普希金开创的 19 世纪小说创作的辉煌,经过果戈理等作家的努力,在俄国革命的各个阶段都紧扣时代主题,反映时代精神。俄罗斯小说创作,在屠格涅夫、陀思妥耶夫斯基、托尔斯泰、契诃夫等小说家的共同推动下,在世界文坛享有了举足轻重的领先地位。

跨入 20 世纪以后,直到新的 21 世纪,俄罗斯文学的发展深深受到时局的变迁和政治因素的影响。1917 年,俄国十月革命获得了胜利,其后引发了社会主义现实主义这一创作方法的诞生,并且促使世界无产阶级文学向纵深发展,多种文学倾向以及多种文学思潮并行发展的格局得以终结,各种文学组织也由统一的苏联作家协会取代。1953 年斯大林逝世后的"去斯大林化",以及 1956 年发起的对斯大林的批判,同时引发了思想上的混乱和思想上的解放,一段时间内,以"解冻文学"为主要代表的文学作品主宰文坛。1964 年赫鲁晓夫下台后直到 1984 年勃列日涅夫执政结束的年月里,苏联文学取得了相对的繁荣。而 1985

年戈尔巴乔夫执政以后,其"新思维"的影响引发了思想的转型,出现了"回归文学"的热潮,传统的社会主义现实主义文学受到了挑战和冲击。而 1991 年苏联解体后,俄罗斯不仅在政治体制和经济体制方面发生了根本的变革,同时,在精神文化领域,人们也普遍产生了身份认同危机,这一切引起了思想文化领域的一定的混乱和较长时间的探索,俄罗斯何去何从,大国的形象如何重塑,都在一定程度上引发了作家的创作灵感,甚至直到 2014 年,亚历山大·普罗汉诺夫的长篇小说《克里米亚》,依然对身份危机耿耿于怀,极力体现"新帝国主义"思想。

由于时代的巨变和政权的更替,俄罗斯文学原有的文学体制同样经受全面的变革,俄罗斯作家原先所坚持的文学主张,所想象的"历史使命",都遭遇了全面的危机,于是,传统的现实主义创作方法受到全面的冲击,后现代主义等各种文学思潮和创作方法开始波及俄罗斯文坛,与原有的格局形成了强烈的冲撞。

可见,进入 20 世纪之后,俄罗斯文学与社会政治发生了密切的关联,每一次社会政治上的波动,都会引发文学上新的主题的展开,甚至是创作方法的变更。随之,文学的功能,甚至是文学的定义,也都相应发生了根本性的变更。

这部《俄罗斯小说发展史》,旨在全面探索俄罗斯小说艺术的渊源及其发展历程,不再从"俄苏"的视角审视俄罗斯小说的发展,不再将俄罗斯小说的发展强行分为"俄国"和"苏联"两部分,而是从俄罗斯民族文化的视角审视其整体的发展线索,真正体现世界学界所公认的"русская литература"或"Russian literature"的理念。从整体发展的格局进行审视,《俄罗斯小说发展史》涉及的是俄罗斯文学发展历程的各个阶段,包括古代俄罗斯文学、苏维埃俄罗斯文学,以及苏联解体后的当代俄罗斯文学。

本书力图通过大量的一手文献资料和文学文本,从整体发展与局部细节考据的视角,探究俄罗斯小说的起源,以及演进、发展、繁荣与转型,探究俄罗斯小说艺术的独特之处以及在特定的历史语境下小说这一文学体裁得以生成的进程及其对世界文坛的艺术贡献和其独有的地位与意义。

在学术思想方面,笔者力求在史实的基础上进行客观呈现,避免主观臆想,以世界小说艺术发展的整体思维,看待俄罗斯小说艺术的发展;同时,客观揭示包括宗教思想在内的俄罗斯小说的思想意蕴,以世界文学的小说艺术发展史的整体格局审视俄罗斯小说的发展,并且注意充分汲取俄罗斯小说研究领域的各家营养,力求厘清俄罗斯小说艺术发展的全貌,探索俄罗斯小说的精神和艺术特质以及对世界小说艺术发展所做出的独特贡献。

第一编　俄罗斯小说的源头与雏形

第一章　基辅罗斯时期小说的源头

从 10 世纪到 17 世纪,在西欧文学史中,属于中古文学时期和文艺复兴时期。而同一时期的俄罗斯文学,则被称为"古罗斯文学"。所以,世界文学史范畴的俄罗斯文学中的中古时期,是不同于英、法等西欧国家的,而是与古代罗斯历史发展同步的一个时期。在这一时期,俄罗斯文学的发展显得极为缓慢,没有经历过西欧文学中的文艺复兴这样重要的历史阶段,无论是文学创作还是文学理论,都远远落后于英、法等西欧国家,更缺少西欧文学中的文艺复兴时期的文学的辉煌。正如俄国文学史家米尔斯基所说:"从 11 世纪开始直到 17 世纪结束,俄罗斯文学的存在完全脱离于同时期拉丁基督教世界的发展。"①尽管如此,古代俄罗斯文学所做出的贡献也是难以抹杀的,正如俄罗斯文学史家库斯科夫所说:"古代俄罗斯文学是坚实的基础,在此基础上耸立着 18—20 世纪俄罗斯民族艺术文化的宏伟大厦。其根基中蕴含着崇高的道德理想,蕴含着对人的信仰,对人具有无限的道德完善之可能性的信仰,对词语力量及其能够改变人的内心世界的信仰,蕴含着为俄罗斯大地—国家—祖国服务的爱国主义激情,蕴含着对善最终必将战胜邪恶势力、全人类必将统一起来、统一必将战胜万恶之分裂的信仰。不了解古代俄罗斯文学史,我们就无法理解普希金创作的全部深度、果戈理创作的精神本质、Л. 托尔斯泰的道德探索、陀思妥耶夫斯基的哲理深度、俄罗斯象征主义的特色、未来主义作家在词语方面的探索。"②由此可见,在俄罗斯文学的发展历程中,古代俄罗斯文学也是近现代俄罗斯文学这棵参天大树的错综复杂的根基。

当时,人们对"文学"这一概念的理解,也不同于我们今天对这一概念的认知,更多是从文化层面而言的。而就小说创作而言,发展是更为缓慢的,甚至在很长的时间里,都没有出现过真正意义上的可以与古罗马以及西欧相对应的小说这种艺术形式。古代俄罗斯文学,主要艺术形式包括两种:一是编年史(包括历史故事),二是圣徒传(包括传记)。编年史这种形式是基于史实而创作的,尽

---

① D. S. Mirsky. *A History of Russian Literature*：*From Its Beginnings to* 1900, ed. by Francis J. Whitfield, New York：Alfred A. Knopf, 1958, p.3.

② 转引自张存霞主编:《俄苏小说史》,阳光出版社,2017 年,第 11 页。

管有时也包含着虚构的或者至少是非史实的成分。相对而言,圣徒传中的虚构成分要更为浓烈一些,主要是因为这些圣徒传本身就包含着一些幻想的成分,其作者在处理史料时,也充分发挥了文学的技巧,尤其是想象的功能。俄罗斯文学史家米尔斯基曾经中肯地指出圣徒传中所存在的虚构成分,他写道:"很难在圣徒传记和虚构作品间画出一道清晰界限。两者间存在大片中间地带,当代历史学家通常倾向将其归入虚构作品,而当时的读者却将其视为地道的圣徒传记。众多的传说与圣徒真实生活的关系,一如伪经之于《圣经》。"①由此我们也不难看出圣徒传等作品中所具有的虚构的叙事成分。因此,在古代俄罗斯文学的起始时期,虽然没有真正意义上的小说这种文学类型,却与小说之间有着密切的渊源关系,无论是编年史还是圣徒传,其中都具有一定程度的小说要素。

如上所述,在俄罗斯学界,所对应的世界文学史上的中古文学,指的是 10 世纪至 17 世纪的文学,称为"古代俄罗斯文学"(Древнерусская литература),或者"古代罗斯文学"(литература Древней Руси)。但是我们应该看到,"罗斯"(Русь)这个中文译名,尽管被广泛接受和使用,其实并不准确,它与"俄罗斯"之间的区别并不是在于缺少"俄"字,而是相同的概念,根本不缺"俄"字,只是缺少并不重要的后缀。俄罗斯著名文学史家利哈乔夫对此做过较好的解释:"罗斯——是那个时代所有的历史文献中对这一民族和国家的自我称呼。这一自我称呼的形容词被写成'русьский'或者'русский'。我们称这一时期的东斯拉夫文学为'俄罗斯'文学,有时,在这一名称前加上'古代'一词。"②可见,"罗斯"与"俄罗斯"只是名词与形容词的区别,本来就是一个概念。

"古代俄罗斯文学,是创作于 10 世纪至 17 世纪文学作品的总汇。"③就地理概念而言,古代俄罗斯文学的地理空间所指的是从基辅到诺夫哥罗德这一区域。在 10 世纪至 13 世纪的时候,这是统一的民族文学。就民族与国家而言,"从 10 世纪至 13 世纪的罗斯,这是俄罗斯、白俄罗斯、乌克兰这三个东斯拉夫民族的共同的开端。在这一开端,从波罗的海的拉多加湖到黑海之畔的特穆托罗卡尼(Тмутороками),从喀尔巴阡山脉到伏尔加河,罗斯是一个幅员广阔的整体。抄写员、建设者、艺术家,从一个公国到一个公国,对于他们,东斯拉夫文化是他们

---

① 米尔斯基:《俄国文学史》上卷,刘文飞译,人民出版社,2013 年,第 32 页。

② Д. С. Лихачев. "Величие Древней Литературы". См. ИРЛИ, РАН. *Библиотека литературы Древней Руси*, Под ред. Д. С. Лихачева, Л. А. Дмитриева, А. А. Алексеева, Н. В. Понырко. - СПб. : Наука, 1997. Т. 1: XI - XII века, с. 7.

③ А. С. Дёмин Сост. *Древнерусская литература*, Москва: Издательство МГУ, 2000, с. 3.

共同的事业。他们共同拥有唯一的渊源——俄罗斯国家"①。直到到了14世纪之后，它才分化为俄罗斯、白俄罗斯、乌克兰三个民族的文学。而俄罗斯民族文学的中心相应地转移到了弗拉基米尔、特维尔、莫斯科、梁赞等地。于是，古代俄罗斯文学又从14世纪延续到了17世纪。

　　就文学创作的主题而言，尽管有学者坚持认为，"古代俄罗斯文学，可以视为同一个主题同一种题材的文学，这一题材，就是世界历史，这一主题，就是人类生活的意义"②，但是，从流传下来的文学作品来看，古代俄罗斯文学的基本主题还是呈现出多样性的特征，尤其体现在宗教主题、公民主题、战争主题等三个方面。不过，爱情主题等一些世俗主题的作品也是存在的，主要体现在一些民间文学作品中。③而这些主题，也为后来俄罗斯小说的发展提供了焦点和内容的支撑。所以，从《往年纪事》开始，虽然小说这种艺术形式尚未出现，但是，小说的元素已经开始存在于各种体裁的文学作品中，为后来小说艺术的发展和繁荣，发挥了奠基和源头的功能。

第一节　基辅罗斯的形成与文学的起始

　　公元988年④，基辅大公弗拉基米尔定基督教（希腊东正教）为国教，逐步形成了统一的古代俄罗斯国家——基辅罗斯。以基督教（希腊东正教）为国教的统一国家的初步形成，对于俄罗斯民族文化的生成与发展，起了重要的奠基作用，从而促使了古代俄罗斯文化的萌生，甚至是俄罗斯语言的萌生。正如《俄国古代文学史》的作者所述："基督教在俄罗斯古代文化创立过程中，发挥了进步作用。"⑤正是在这一时期，俄罗斯语言在早些时候西里尔字母产生之后逐步得以确立，所以，"俄罗斯古文字的产生不迟于10世纪初，但文学的产生与基督教的输入是同时的"⑥。正是因为古代俄罗斯国家基辅罗斯的建立，古代俄罗斯文学的产生才有了可能。譬如，《剑桥俄国文学史》的编者认为："俄国文学的起始年

①　Д. С. Лихачев. "Величие Древней Литературы". См. ИРЛИ, РАН. *Библиотека литературы Древней Руси*, Под ред. Д. С. Лихачева, Л. А. Дмитриева, А. А. Алексеева, Н. В. Понырко. СПб.：Наука, 1997. Т. 1：XI-XII века, с.7.

②　Д. С. Лихачев. "Своеобразие древнерусской литературы". В кн.：Лихачева В. Д., Лихачев Д. С. *Художественное наследие древней Руси и современность*, Л., 1971, с.56.

③　关于古代俄罗斯文学的三个基本主题，参见：А. С. Дёмин Сост. *Древнерусская литература*, Москва：Издательство МГУ, 2000, с.13.

④　公元988年是学界普遍认可的俄国起源的年份。

⑤　В. В. Кусков. *История древнерусской литературы*, Москва：Издательство Высшая школа, 2003, с.29.

⑥　曹靖华主编：《俄苏文学史》第1卷，河南教育出版社，1992年，第6页。

份,是传统的富有政治色彩的年份:公元 988 年。这是基辅罗斯确定基督教为国教的年份。"①可见,俄罗斯文学的起始,是以基辅罗斯的形成为前提的。

俄罗斯文学在 10 世纪得以产生直到 17 世纪的漫长的时间里,发展是极为缓慢的。虽然也有《伊戈尔远征记》等一些文学成就,但是,相对于同一时期西欧文学的丰硕成就,是相对落后的。无论是创作还是评论,都不及英、法、西班牙等西欧的一些国家。

虽然,在世界文学史上这一时期的文学属于中世纪文学和文艺复兴时期的文学范畴,但是,在古代俄罗斯文学中,中世纪文学的理念不是很强,没有骑士文学、城市文学等西欧典型的中世纪的文学形式,而像文艺复兴这样的重要的文学现象在俄罗斯文学中则根本没有出现过。正因如此,这一时期的文学,在俄罗斯文学史界,才不是称为中古文学,而是称为古代俄罗斯文学。

在基辅罗斯出现之前,东欧平原大约在 6 世纪出现了东斯拉夫人的氏族部落。这一时期的东斯拉夫人还没有自己的文字。到了 9 世纪,这些氏族部落逐渐发展成为以某一城市为中心的小公国,后来,奥列格(Олег)消灭了诸多小公国,并且攻占了基辅,在此基础上建立了统一的大公国——基辅罗斯。到了 9 世纪上半期,古代罗斯人已经有了自己的文字。据有关考证,到了 9 世纪中叶的时候,东斯拉夫人所在地的南部地区就已经有了相当成熟的文字。

有了文字,文学作品就不再仅仅依靠口头传播的形式流传了。不过,由于印刷术尚未出现,口头传播依然是一个重要的流传途径。当然,因为有了文字,所以就有了记录的可能,口头文学作品通过文字在桦树皮等书写材料上被记载,这就成了一条较受认可的传播途径了。于是,自 10 世纪至 17 世纪,古代俄罗斯的文学作品,其传播主要是通过口头和手抄本等途径来实现的。书面印刷形式的传播在俄罗斯直到 18 世纪才逐渐开始被接受和普及。尽管"书籍印刷于 16 世纪中叶出现在莫斯科"②,但是,其发展非常缓慢,对文学传播的影响微乎其微,甚至到了 17 世纪的时候,俄罗斯的文学作品基本上还是以手抄本的形式流传的。直到 18 世纪,书籍印刷才开始在俄国普及,自 18 世纪上半叶起,各种形式的杂志陆续创办起来。

正是因为包括传播途径在内的各方面的综合影响,所以,在漫长的历史时期,在俄国文坛,小说创作不仅远远落后于西欧,亦远远落后于自己本民族的诗歌创作。这是因为诗歌相对而言显得短小精悍,与小说相比,更加便于转抄,便于流传。19 世纪 30 年代,在普希金死后,莱蒙托夫的《诗人之死》以手抄本形式

---

① Charles A. Moser ed. *The Cambridge History of Russian Literature*, Cambridge: Cambridge University Press, 1996, p. XⅡ.

② Д. С. Лихачев ред. *История русской литературы Х-ХⅦ вв*, Москва: Просвещение, 1980, с. 4.

迅速传遍整个俄国就是一个典型的例子。而小说,尤其是中长篇小说,在缺少印刷技术的年代,以手抄本的形式进行流传相对而言要困难得多。这也许就是古代俄罗斯文学中诗歌成就要高于小说成就的一个重要的原因。

在没有印刷术的远古时代,文学艺术作品在漫长的时间里不断地转抄、流传和发展的进程中,也经历了不断地校正、修改、压缩、删节的过程,因此,常常没有相对固定的文本,有时,甚至连作者也难以考证。正是经过长达几个世纪的流传,有的作品逐渐地消失而去,被人遗忘,有的作品则经过岁月的洗礼,顽强地生存下来。

在基辅罗斯时期,俄罗斯文学中的小说这种艺术形式尚未完全成型,只是属于俄罗斯小说艺术形式得以发展的雏形阶段,或者说,还是属于小说艺术发展的源头,或是成型的初始阶段。当然,其他文学类型的发展,必然作用于小说。对于小说与其他文学类型的关系,巴赫金就坚持认为:“小说是讽刺地模拟其他体裁(恰恰是把它们作为不同体裁来模拟),揭露它们形式和语言的假定性质,排除一些体裁,把另一些体裁纳入自己的结构,赋予它们新的含义和新的语调。”①

尚处于发展的雏形时期的古代俄罗斯的小说,大约经历了三个发展阶段:13世纪20年代之前基辅罗斯时期的小说,13世纪20年代至15世纪的小说,以及16世纪至17世纪的小说。

基辅罗斯时期,文学主要有两个发展中心,即南方的城市基辅和北方的城市诺夫哥罗德。这一时期,虽然没有出现真正意义上的小说这一艺术类型,但是,在俄罗斯早期的英雄史诗《伊戈尔远征记》、编年史《往年纪事》,以及《律法与神恩》(*Слове о Законе и Благодати*)、《鲍里斯与格列伯的故事》(*Сказание о Борисе и Глебе*)等一些重要作品中,已经有了鲜明的叙事色彩和小说艺术的一些结构特征和基本要素。尤其是《往年纪事》中的故事(*Повесть*),与现代小说在名称方面就有着密切的关联。而且,这些作品,既有贯穿始终的主题,也有着性格各异的人物形象。这些鲜明的艺术特性,无疑为其后俄罗斯小说艺术形式的发展,提供了最初的要素,打下了最初的根基。

第二节　基辅罗斯时期的小说

基辅罗斯时期的文学,实际上包含两个历史时期的文学,既包括真正意义上的基辅罗斯时期,也包括由基辅罗斯所分化而出的公国时期。基辅作为“俄罗斯

---

① 巴赫金:《巴赫金全集》第 3 卷,钱中文主编,河北教育出版社,1998 年,第 507 页。

城市之母"①,有着巨大的影响力,即使是基辅罗斯随后分裂成若干个公国,诺夫哥罗德在政治上也已经成为中心的时候,甚至其地位和势力根本不如其他的公国的时候,基辅的文化地位也占据优势,其他城市,包括诺夫哥罗德,就文化而言,是无法与基辅平起平坐的。基辅依然在文化方面具有凝聚力,在较长的历史时期里依然作为文化中心而存在着,吸引着刚刚分化而出的小公国并且主导着它们的文化发展。许多具有里程碑意义的重要的文学作品,包括编年史、圣徒传等文学类型,也都是在基辅产生的。

　　这一时期,由于宗教在基辅罗斯的公国形成并在民众生活中发挥着极其重要的作用,如同中世纪的其他欧洲国家一样,为宗教神权服务的宗教文学颇为盛行。这些宗教文学,主要形式是圣徒传和布道文等。其中有的是从希腊文等文字翻译过来的,有的是基辅罗斯的作家自己所创作的。俄文《圣经》(Библия)自从 9 世纪中叶基里尔(康斯坦丁)创立斯拉夫语不久,就从希腊文"βιβλία"翻译过来。在 10 世纪至 11 世纪,许多《圣经》中单独的故事从保加利亚流传到古罗斯,到了 12 世纪,就已经有了东正教的《圣经》译本。由于《圣经》的流传,"圣徒传"这一文学形式开始得到发展,这类作品主要讲述圣徒的言行以及他们所建立的功勋。"圣徒传是一种纪实性的人物传记,但其中不乏曲折的、苦难和虔信基督教的故事。"②这类作品中,比较著名的有《基辅山洞修道院圣徒传》《修道院长丹尼伊尔巡礼记》等。仅仅从这些作品的名称中,我们不难看出其中的叙事色彩和小说构成要素。

　　除了《圣经》的翻译影响了俄罗斯宗教文学的发展之外,其他形式的翻译作品的出现也影响了俄罗斯文学的进程,成为"涌入俄罗斯 11 世纪至 12 世纪文学的一股汹涌的潮流"③,从而带入了传记、布道文、赞美歌等一系列新的文学类型,在引入新的思想观念、促使俄罗斯人新的世界观形成的同时,引入了新的表现手法,于是,"翻译文学促使了俄罗斯文学中一系列形象、象征、隐喻等技巧的形成"④。在 11 世纪至 12 世纪,翻译的作品中较为著名的有:《康斯坦丁传》(Житие Константина-Кирилла)、《尼古拉的奇迹》(Чудеса Николы

---

① А. О. Шелемова. *История древней русской литературы*,Москва:ФЛИНТА,2015,с. 8.

② 任子峰:《俄国小说史》,北京大学出版社,2010 年,第 9 页。

③ Д. С. Лихачев. "Переводная литература в развитии литературы домонгольской Руси",См. *Библиотека литературы Древней Руси*,Под ред. Д. С. Лихачева,Л. А. Дмитриева,А. А. Алексеева,Н. В. Понырко. СПб. : Наука,1997. Т. 2:XI-XII века,с. 6.

④ Д. С. Лихачев. "Переводная литература в развитии литературы домонгольской Руси",См. *Библиотека литературы Древней Руси*,Под ред. Д. С. Лихачева,Л. А. Дмитриева,А. А. Алексеева,Н. В. Понырко. СПб. : Наука,1997. Т. 2:XI-XII века,с. 6.

Мирликийского)、《瓦尔拉姆与约萨夫的故事》(*Повесть о Варлааме и Иоасафе*)等等。

正是因为文学翻译以及在此基础上的文明互鉴,在 10 世纪末和 11 世纪初才开始涌现的基辅罗斯文学,从一开始就表现出了极为优秀的一面,仿佛从一开头就显得较为成熟,在我们的面前似乎突然间就涌现出了成熟的、结构复杂的、内容深邃的文学作品,并且在一定程度上见证了民族自觉与历史自觉的发展。其实这也不是奇迹,不仅与文学翻译有关,而且与这一地区的历史语境,尤其是对拜占庭的基督教文化的借鉴以及保加利亚语言的影响,都具有密切的关联。

毫无疑问,古代俄罗斯从拜占庭接受了基督教信仰,于是力图以自己的民族语言进行宗教布道和相应的崇拜。正因如此,在古代俄罗斯的文学史上,就没有了古罗马或者古希腊的发展阶段。古代俄罗斯从一开始就有别于西欧的许多国家,不是以古希腊或古拉丁语,而是以为广大民众所理解的自己的文学语言来享受文学作品的魅力。

除了拜占庭文化,古代俄罗斯文学得以常态发展的又一个重要的原因是保加利亚语言文化的影响。在俄罗斯尚未选择基督教为国教之前,基督教就已经存在于同语系的保加利亚语言文化之中。保加利亚已经经历了自己的文学繁荣时代——西蒙王时代。保加利亚丰富的原创作品和翻译作品源源不断地流入古代俄罗斯文学,被俄罗斯人接受,于是就成了俄罗斯文学的有机的组成部分。在古代俄罗斯,一些文人不仅不断改写古代保加利亚的文学作品,而且直接以手抄本的形式传播保加利亚的作品。就两种语言的差异而言,古代保加利亚语言与古代俄罗斯语言只是稍稍有些区别,并不影响人们的阅读和接受以及作品的传播。古代保加利亚语言为俄罗斯文学语言提供了许多抽象的词汇。古代保加利亚文学语言与古代俄罗斯日常语言两者的汇合,使得俄罗斯文学语言有了丰富的同义词汇和浓郁的语义色彩。

当然,尽管拜占庭文化与保加利亚语言为古代俄罗斯文学的发展提供了契机,但是,成熟文学在古代俄罗斯的迅速涌现并非仅仅源于与强大的古老文学的关联,亦非仅仅源于对保加利亚文学作品和手抄书籍的整体借鉴。最为关键的是,俄罗斯的土壤本身就非常适合于语言艺术的创造,尤其是在古代俄罗斯幅员广阔的大地上,口头的民间文学的繁荣,发挥了一定的作用。所有这些要素的合力,推动了古代俄罗斯文学的发展。

就与小说密切相关的散文体作品而言,早在 1040 年至 1050 年间出现的伊拉里昂(Иларион)的《律法与神恩》(*Слове о Законе и Благодати*),就显得极为完善，充分体现了俄语文学的雄辩色彩，被誉为"11世纪最为杰出的雄辩散文作品"①。

《律法与神恩》创作于1037—1050年间。作者伊拉里昂是一名大主教，在这部作品中，他以出色的形式和华丽的语言表述了极为深邃的思想。作品中充满着缜密的分析和逻辑推理，以及象征手法的运用，譬如，涉及法与神赐的关系以及它们的功能时，作者写道："须知，法是先驱，是神赐和真理的仆从，而真理则是神赐，是未来世纪的仆从，是永恒生命的仆从。因为法引导了受法约束者通往美好的洗礼，而洗礼将引导自己的孩子通往永恒的生命。"②《律法与神恩》中涉及基辅罗斯在世界历史中的地位、基辅罗斯人的历史作用。作品语言不仅优美，而且极为凝练，被一些学者视为"世界演说艺术的典范"③。这部作品可以视为俄罗斯小说艺术起始源头的一个标志。

古代俄罗斯文学开创时期的比较重要的作品还有《洞穴修道院费奥多西传》（*Житие Феодосия Печерского*）和《鲍里斯与格列伯的故事》（*Сказание о Борисе и Глебе*）等作品。这两部作品主要写的是圣徒的传记，但同样具有一定的叙事色彩和小说要素。其中，《洞穴修道院费奥多西传》在描写单个人物方面，富有一定的独特性和首创性。这部作品创作于11世纪80年代，从费奥多西的出生开始写起，书写这位圣徒的虔诚的生活经历。通过对他以及当时生活场景的描写，作品真实地反映了基辅罗斯时期的社会生活和风土人情。我们可以从中看到乡下地主的日常生活。而费奥多西朝基辅的迁移也使得我们看到了当时满载商品的四轮马车在路上行驶的真实画面。还有，作品中对活跃在基辅周边地区的匪帮的描述，对审判以及法官的描述，等等，都显得生动具体，较好地展现了当时的生活情景。

《鲍里斯与格列伯的故事》也属于圣徒传的范畴。该作品自始至终都是以作品中的人物作为第一人称来进行叙述的，以作品中人物的身份来表现他们在受难之前的思想和愿望。其中蕴含着对俄罗斯国家的深沉的热爱，尤其是在此突出俄罗斯作为国家的整体内涵："保卫自己的国家吧，像伟大的德米特里一样帮助自己的国家吧。……如果说，伟大而善良的德米特里只是就一个城邦而言，那

---

① В. В. Кусков. *История древнерусской литературы*，Москва：Издательство Высшая школа，2003，с. 74.

② ИРЛИ，РАН. *Библиотека литературы Древней Руси*，Под ред. Д. С. Лихачева，Л. А. Дмитриева，А. А. Алексеева，Н. В. Понырко. СПб.：Наука，1997. Т. 1：XI-XII века，с. 27.

③ Д. С. Лихачев. "Величие Древней Литературы". См. ИРЛИ，РАН. *Библиотека литературы Древней Руси*，Под ред. Д. С. Лихачева，Л. А. Дмитриева，А. А. Алексеева，Н. В. Понырко. СПб.：Наука，1997. Т. 1：XI-XII века，с. 20.

么你们,不是就一个城邦,或是两个城邦,更不是就某一个部落而进行祈祷,你们是为了整个俄罗斯大地!"①可见,在城邦和国家之间,作者所看重的是国家利益,作品所蕴含的也是国家意识。

正是这一国家意识的萌芽,突出地表现了俄罗斯民族文化的一体性以及承袭关系,正如俄罗斯著名文学评论家利哈乔夫所言:"在整个发展进程中,文学始终是历史的学校。文学不仅传达有关历史的信息,也试图确定俄罗斯历史在世界历史中的地位,展现人们以及人类存在的意义,拓展俄罗斯国家意识。"②利哈乔夫甚至考察了语言在其中所发挥的积极作用:"在巨大的空间,人们特别敏锐地感受到一体性的重要,并且高度评价自己的统一,首先是语言的统一,他们以同一种语言说话,以同一种语言歌唱,以同一种语言述说悠久的传统,述说统一的见证。在当时的条件下,甚至连'语言'(язык)这一词语也具有'人民'和'民族'之意。文学的功能同样显得特别重要。文学也服务于这一联合的目的,反映人们'联合'的意识。"③

基辅罗斯时期,就文学性而言,英雄史诗《伊戈尔远征记》和编年史《往年纪事》等作品显得最为典型,也最为重要。然而,我们也可以看出,在这两部作品中,无疑蕴含着鲜明的叙事成分和一些基本的小说艺术要素。

古代俄罗斯文学,追溯其发展源头,最早的应推口头上流传的"圣诞歌"(коляда)、"壮士歌"(былина)等民间作品,④而且,"壮士歌是最具雄心的和使用最为广泛的大众叙事文学形式"⑤,但是,在远古时代,缺乏文字记载,这些口头创作由于口头流传的局限性,多半湮没于那些不可复现的年代。而最早的形成文字的文学成就则已经是12世纪的《往年纪事》和《伊戈尔远征记》了。

《往年纪事》是俄罗斯编年史中的一种,成书于基辅,根据俄罗斯文学史家的

① См. *Библиотека литературы Древней Руси*,Под ред. Д. С. Лихачева,Л. А. Дмитриева,А. А. Алексеева,Н. В. Понырко. СПб.:Наука,1997. Т. 1:XI-XII века,с. 349.

② Д. С. Лихачев. "Величие Древней Литературы". См. ИРЛИ,РАН. *Библиотека литературы Древней Руси*,Под ред. Д. С. Лихачева,Л. А. Дмитриева,А. А. Алексеева,Н. В. Понырко. СПб.:Наука,1997. Т. 1:XI-XII века,с. 9.

③ Д. С. Лихачев. "Величие Древней Литературы". См. ИРЛИ,РАН. *Библиотека литературы Древней Руси*,Под ред. Д. С. Лихачева,Л. А. Дмитриева,А. А. Алексеева,Н. В. Понырко. СПб.:Наука,1997. Т. 1:XI-XII века,с. 8.

④ Институтом русской литературы,АН СССР. *История русской поэзии в двух томах*,Том I,Ленинград:Ленинградское отделение издательства *Наука*,1968,с. 13 - 25.

⑤ Andrew Kahn, Mark Lipovetsky, Irina Reyfman, and Stephanie Sandler. *A History of Russian Literature*,Oxford:Oxford University Press,2018,p. 48.

研究,大约成书于 1113 年。[①] 这部作品的意义是多方面的。"《往年纪事》既是重要的历史著作,也是杰出的文学作品,反映了古代俄罗斯国家的建立,其政治和文化的繁荣,也反映了封建割据的起始过程。"[②]这部编年史的全名较长,题为《这就是往年纪事,俄罗斯国家是怎么来的,首先在基辅为王的是谁,俄罗斯国家是怎样起源的》(*Се повести времяньных лет, откуду есть пошла Руская земля, кто в Киеве нача первее княжити, и откуду Руская земля стала есть*),通常简称《往年纪事》。但是,从这一较长的标题中,我们可以看出,这部作品就题材而言,所讲述的并不是普通的故事,而是涉及一些宏大题材,尤其是涉及俄罗斯国家和民族起源以及国家治理等方面的重要历史事件,所以又被一些历史学家视为历史著作。

由于该编年史是俄罗斯文学中最早的编年史,后来常常被放在其他编年史的卷首,正因为作为卷首,所以它又被称为《俄罗斯编年序史》(*Первоначальная летопись*)。在内容上,《俄罗斯编年序史》开篇所写的是大地的划分以及俄罗斯民族起源的故事。

这些故事,具有一定的叙事文学色彩,因为它不是历史事件的真实记录,而是往往就某一事件进行书写,故事与故事之间也并不强调内在的逻辑关系,而是常常独立成篇。

在编年史《往年纪事》中,记载和书写了许多独立成篇的故事,如奥列格出征君士坦丁堡、伊戈尔远征希腊、奥丽加为死去的丈夫伊戈尔复仇、诸侯之间的内讧、奥列格之死等等。如在记载奥列格之死的一篇故事中写道:

> 秋天来了。奥列格想起自己的一匹马。他曾决定永远不乘骑它,却饲养着它。因为,他在以前询问过巫术师和占术师:"我将会因什么事而死?"有位巫术师对他说:"王公啊,你喜爱乘骑的那匹马,将置你于死地!"奥列格将这些话铭记在心头。他说:"我一辈子再不骑它,更不见到它。"但下令饲养它,不许让它见到自己。奥列格去希腊之前,已经有好几年没见到那匹马。
>
> 奥列格返回基辅,在这里又度过四年光景,到第五年头,奥列格想起巫术师曾预言过,将置其于死地的自己的那匹马。他召来马厩长问道:"我下令让喂养和好好照管的我的那匹马,现在在什么地方呢?"马厩长回禀:"已经死了。"奥列格冷笑着嘲弄、谴责那个巫术师:"这些占

---

① 关于这部作品的成书年代,可参见 A. O. Шелемова. *История древней русской литературы*,Москва:ФЛИНТА,2015,с.5.

② В. В. Кусков. *История древнерусской литературы*,Москва:Издательство Высшая школа,2003,с.49.

卜师们说的不准啊,全都是在扯谎。马已经死了,可我不是还活着吗?"他下令为自己整鞍备马:"我要去看看它的遗骸骷髅。"当奥列格来到那个地方,看到散在地上的马匹裸露的白骨和头颅壳,便从马上下来,笑着说:"就是这个脑壳要弄死我吗?"边说边用脚去踹那个头盖骨,猛地从那里面窜出一条蛇,咬伤奥列格的脚。奥列格因此病倒,死去了。所有的人无不悲痛欲绝,恸哭不已……①

　　从上段故事引文中,我们可以清楚地看到,这一故事不仅有着小说作品的情节、对话等一些基本要素,以及小说语言的修辞特性等文学色彩,而且在艺术结构方面,有着重要的制造悬念的特征。从有关奥列格死亡的情节描述中,也可以看出这部作品的文学性所在。因为有关毒蛇咬死奥列格这件事,并非史实,仅是传说而已,而且存有多种传说。有学者认为该传说是根据瑞典的相关传说演义而来;还有学者认为,奥列格是远征西里西亚时,会师途中在草原上被蛇咬死的;更有学者认为,奥列格是在大海里游泳的时候被水蛇咬伤而死的。尽管传说颇多,但有一点是可以肯定的,奥列格确实是被毒蛇所咬而死。由此可见,《往年纪事》即使是历史纪实,也是在史实的基础上充分发挥小说的虚构特性以及艺术想象力所创作而成的。

　　在有关奥丽加如何为死去的丈夫伊戈尔复仇的故事中,更是充满了精彩曲折的情节性以及丰富的艺术想象力。因为伊斯科罗斯坦城的居民杀死了奥丽加的丈夫,奥丽加和她的儿子共同攻打伊斯科罗斯坦城,而德列夫利安人则坚守城池,双方的战斗显得十分激烈。奥丽加和她的儿子坚持攻打了整整一个夏天,仍未能夺取城池。后来,奥丽加使用妙计,终于攻克了该城:

　　　　奥丽加冥思苦索,一计涌上心头,她向城里派去使者,告诉对方:"你们究竟想坚持到什么时候呢? 要知道,你们的其他城市都归顺了我,交纳贡赋后,已经在利用、耕种自己的田野和农田。可是,你们却拒绝交纳贡赋,准备饿死。"德列夫利安人回答:"我们是乐意交纳贡赋的,可你不是要为自己的丈夫复仇吗?"奥丽加对他们说:"在你们(使者)来基辅时,我已经两度复仇,而为自己丈夫举行特里兹纳时,又第三次复了仇。我已经为自己的丈夫雪了耻,消了恨。因此,我再不想复仇了。我希望的只是从你们这里多少收取一些贡赋,与你们缔结和约,然后班师回朝。"

　　　　德列夫利安人问:"你还想得到什么呢? 我们十分乐意为你交纳蜂

---

① 王钺:《〈往年纪事〉译注》,甘肃民族出版社,1994 年,第 81—82 页。

蜜和毛皮。"她说:"你们现在已经没有蜂蜜和毛皮了。我向你们征收的不多。每户给我三只鸽子和三只麻雀,我不想像我丈夫那样,向你们征收沉重的贡赋,只交纳这点吧。你们已经被包围得疲惫不堪,不再多要求什么了。"德列夫利安人很高兴,向每户征收到三只鸽子和三只麻雀,恭敬地献给奥丽加。奥丽加向他们说:"这表示你们已经投降了我和我的儿子。回城去吧。我明天早晨离去,返回自己的城市。"德列夫利安人高兴地回到城里,把这件事告诉给所有的人,城里人为此喜悦万分。

奥丽加把鸽子和麻雀一一分给士兵,指示给每只鸽子和麻雀绑扎上发火物。它装在小包内,用细绳捆好。黄昏时分,奥丽加命令士兵放飞鸽子和麻雀。鸽子和麻雀飞向自己的巢穴——鸽子进鸽巢,麻雀钻屋檐。这样一来,鸽巢、贮物室、棚子和干草堆燃烧起火,所有的房屋相继引燃,火势甚猛,以致无法扑灭。人们纷纷从城里拥出逃难,奥丽加下令军队活捉他们。奥丽加占领城市,将它夷为平地。[①]

在上述故事中,作者注重奥丽加这一形象的塑造,将奥丽加的性格刻画得非常鲜明,她不仅爱憎分明,疾恶如仇,而且善于思索,足智多谋。她巧妙地利用收取贡赋这一契机,以表面上的轻描淡写的言语,设法赢得了德列夫利安人的信任,消除了对方的戒心,从而攻克了城市,实现了自己复仇的愿望。

可见,在编年史《往年纪事》中,人物性格的鲜明塑造、复杂曲折的情节结构、简洁生动的人物对话,尤其是灵活自如的散文体叙事风格,无不体现了小说艺术的源头特性。

在这部编年史中,既有一些历史纪实,也有传记、传奇等文学形式。"编年史是僧侣们在修道院中对国家重大历史事件按年代编写的史书,是俄罗斯古代文学中最有价值的文学性历史文献。每一民族在发展到一定阶段时,从本身利益出发都要留下自己的历史记录,这是民族意识提高的表现。"[②]

不仅在《往年纪事》等散文体作品中有小说艺术形式的源头特性,基辅罗斯时期的韵文体作品也不例外。英雄史诗《伊戈尔远征记》就具有这样的特性。在古代俄罗斯文学中,《伊戈尔远征记》是一部描写抵御外敌侵略的诗篇,这部作品不仅是古代俄罗斯文学中的卓越的典范,而且与法国的《罗兰之歌》、西班牙的《熙德之歌》、英国的《贝奥武夫》等一起,成了中世纪英雄史诗中的代表性作品,它以爱国主义的热忱和高度的艺术性在世界文学宝库中占有一席之地。

《伊戈尔远征记》约成书于1185年5月至1187年10月之间。然而这部作

---

① 王钺:《〈往年纪事〉译注》,甘肃民族出版社,1994年,第117—118页。

② 曹靖华主编:《俄苏文学史》第1卷,河南教育出版社,1992年,第7页。

品在历史上被长期湮没,直到 1795 年,考古学家穆辛-普希金才发现一部 16 世纪的手抄本,并于 1800 年公开出版。

《伊戈尔远征记》成书的年代,正值古代俄罗斯封建割据的时候,当时的基辅罗斯开始分裂成许多公国,彼此之间颇为不和,甚至仇视,相互争权夺利,同时又经常受到游牧民族的侵扰,譬如,它当时就受到突厥草原游牧民族波洛夫人的侵扰。《伊戈尔远征记》这部史诗就是在这样的背景下写成的。

整部史诗除了序诗和尾声外,主体共分为三个部分:第一部分写诺夫哥罗德王公伊戈尔在没有同别的王公进行商议,也没有告知基辅大公的情况下,便同自己的几个亲属一起召集军队,擅自向草原上的游牧民族波洛夫人进军,但是由于力量单薄,伊戈尔遭遇失败;第二部分书写作为诸侯之长的基辅大公在得知伊戈尔失败后所发出的号召,这一号召是要求诸王公停止内讧、保卫国土的"金玉良言";第三部分写伊戈尔的妻子雅罗斯拉夫娜在得知丈夫被俘后的令人感动的哭诉和诉求,"哦,风啊,风啊!你为何吹得如此猛烈?主啊?为何要让可汗的利箭乘着你轻盈的翅膀,落在我丈夫的勇士们身上?"[1],这一部分还抒写了伊戈尔最后逃出波洛夫人的囚禁,重归祖国的情形。

这部史诗的作者在作品中既歌颂了伊戈尔英勇尚武的优秀品质,也批评了他追求个人荣誉的动机以及由此而导致的失败,并且谴责了诸王公之间的不和以及各公国之间的分裂。因此,作品中洋溢着鲜明的爱国主义思想和强烈渴望国家团结统一的意愿。作者通过这一不大的历史事件,借助于种种艺术手段,成功地表现了作品的主题:诸王公之间的封建割据必将关系到国家的生死存亡,王公们必须从失败中吸取教训,团结一致,抵御外敌,消除内讧,消除国家的分裂。所以,马克思在谈及《伊戈尔远征记》的时候写道:"这部史诗的要点是号召俄罗斯王公们在一大帮真正的蒙古军的进犯面前团结起来。"[2]

就艺术而言,这部史诗的作者运用了多种艺术形式和艺术手段。"《伊戈尔远征记》不仅仅具有使其显得独具一格的节律散文体的特性,这是很难对其分类的。它既不是抒情诗,也不是史诗,更不是政论讲演。它是所有这些体裁的融合。它的骨骼是叙事。"[3]

史诗主要内容中的三个部分,便是由叙事、忠告、抒情所构成的"三位一体";史诗充分吸取了民间文学艺术的营养,以民间诗歌和民间的口头语作为创作的基础;史诗尤其突出地运用了象征和比喻等一些艺术手段,诗中的太阳、风雨、黑夜、大地、河流、植物、鸟兽等自然意象宛如有灵之物,诗中的人物及其行动和情

---

① 转引自米尔斯基:《俄国文学史》上卷,刘文飞译,人民出版社,2013 年,第 22 页。

② 马克思、恩格斯:《马克思恩格斯全集》第 29 卷,人民出版社,1974 年,第 23 页。

③ D. S. Mirsky. *A History of Russian Literature*:*From Its Beginnings to* 1900, ed. by Francis J. Whitfield, New York:Alfred A. Knopf, 1958,p. 13.

感,以及政治、军事和社会力量,无不以这些自然意象作为象征来加以体察和表达,使得作品充满庄严和神秘的抒情气氛。

这部英雄史诗对俄罗斯小说艺术的影响是多方面的,除了叙事与抒情的融合、对民间文学营养的汲取,最为重要的,无疑是这部作品的主题。这部具有高昂的爱国主义激情和英勇善武精神的作品对后世俄罗斯战争题材的小说所产生的影响是难以估量的。

除了《伊戈尔远征记》和《往年纪事》等作品,在基辅罗斯,与小说这种艺术形式有密切关联的,还有"圣父书"(Патерики)。"'圣父书'是基辅罗斯的一些短篇故事集,大部分内容是讲述以虔诚和苦行而著称的僧侣的故事。"①这一方面,与欧洲中世纪的教会神权统治一切的社会政治语境也是吻合的。很多时候,文学成了神学的附庸,文学创作的目的,也是以宗教神权为基础的国家的意志。正如《剑桥俄国文学史》的编者所言:"既然教堂与国家在中世纪的俄罗斯是密切联系在一起的,既然大多数文学是与宗教相连的,那么,文学自然支撑国家的意志。作家根本没有将自己视为国家或国家统治者的敌手,所以,他们大多与社会和国家的使命保持一致。"②

基辅罗斯时期,俄罗斯在文学方面的成就还十分有限,尤其在小说这种艺术形式方面,还只是这种艺术形式发展的一个源头而已,但是,对于俄罗斯小说艺术的发展,依然是具有深远意义的。在弘扬公民性、颂扬英雄主义以及爱国主义激情等思想性方面,古代俄罗斯文学更是为后世文学创作,尤其是小说创作,奠定了坚实的基础。

---

① Д. С. Лихачев ред. *История русской литературы* X - XVII *вв*, Москва:Просвещение,1979,с. 45.

② Charles A. Moser ed. *The Cambridge History of Russian Literature*, Cambridge:Cambridge University Press,1996,p. 2.

第二章　13—15 世纪小说艺术的雏形

自 13 世纪至 15 世纪,在俄罗斯小说发展历程中,是一个颇具重要意义的时期,其意义主要在于文学逐渐摆脱了包括宗教和编年史在内的泛文化的内涵,并且逐渐从这种泛文化内涵朝文学本身挺进。正是在这样的社会和文化语境促使之下,小说逐渐有了自己的雏形。

13 世纪,对于基辅罗斯来说,无疑是一个悲惨的世纪。由于国家不断地变更和分化,跨入 13 世纪之后,统一的基辅罗斯不复存在了,基辅也不再是文化中心,也不再具备吸引那些已经逐步分裂的大小不一的公国的能力了。于是,政治中心也逐渐从基辅向东北方向的莫斯科等城市转移。与此同时,在蒙古草原上,蒙古-鞑靼游牧民族建立了幅员广阔的蒙古帝国。在 13 世纪初期,古代罗斯就遭遇了蒙古-鞑靼人的入侵。1221 年至 1223 年,蒙古-鞑靼人就占领了高加索和外高加索地区,到达古代罗斯,并且击败了古代罗斯。蒙古帝国先后征服东北罗斯、西南罗斯,还征服了基辅等地区,从此之后,罗斯就沦于蒙古人的统治,直到 1480 年,蒙古军才不战而退,古代罗斯才得以从异族的统治中被解救出来。

第一节　13—15 世纪小说概述

自 13 世纪初至 1480 年的长达近二百年的异族统治,使得古代俄罗斯的文化受到了极为严重的摧残。学界普遍认为,蒙古-鞑靼人入侵是东斯拉夫民族史的一个分界线,之前,是东斯拉夫各民族的共同的古代罗斯时期,而蒙古-鞑靼人入侵之后,统一的基辅罗斯不复存在了,于是就分别形成了俄罗斯、乌克兰、白俄罗斯三个民族。

就俄罗斯民族文学而言,这一时期,主要出现的是三类主题的作品,一是为信念而英勇作战的战争故事,二是记载重要事件的历史故事或记载重要人物的传记,三是记载旅行见闻的游记作品。

一　战争故事

这一时期的战争故事大多书写俄罗斯人民不畏强暴、反抗异族入侵的英勇斗争。这类作品中,洋溢着浓郁的爱国主义激情。在 13 世纪至 15 世纪,这类作品中,最具代表性的是《拔都侵袭梁赞的故事》。此外,还有《攻占皇城的故事》(*Повесть о взятии Царьграда*)、《利比兹战斗的故事》(*Повесть обитве на Липице*)、《卡尔克河上战斗的故事》(*Повесть о битве на реке Калке*)、《俄罗斯大地覆没记》(*Слово о погибели Русской земли*)等作品。

《攻占皇城的故事》这部作品中,所书写的是十字军远征参加者攻占康斯坦丁堡的故事。"俄罗斯作者的生动的、充满了细部真实的描写,不仅显得趣味盎然,而且显得珍贵,因为它以详尽的叙述丰富了拜占庭历史学家对于这一事件的描述。"[①]

《利比兹战斗的故事》所书写的是 1216 年诺夫哥罗德人与苏兹达尔人在利比兹所进行的战斗。作品谴责了大公之间所存在的相互仇视现象。

《卡尔克河上战斗的故事》所书写的是 1223 年的一次战斗。

《俄罗斯大地覆没记》所书写的是蒙古-鞑靼人入侵古代罗斯的经过。事件发生在 1238 年至 1246 年间。这部作品的艺术特色,在于"书面风格与民歌口头语言风格的结合"[②]。从作品的整体结构以及相应的思想内容来看,它非常接近《伊戈尔远征记》,表现出了崇高的爱国主义热忱以及强烈的民族意识。作品的开头,便以抒情的笔触进行颂扬:"啊,明媚灿烂的、美丽如画的俄罗斯大地啊!你的美艳值得赞颂:无数的湖泊碧波荡漾,河流与源泉纵横交错,陡峭的群山高高耸立,还有挺拔的橡树、清新的原野、各种各样的野兽和鸟雀、数不尽的繁华的城市、景色迷人的村落,以及像修道院一样僻静的庭院……"[③]类似的抒情描绘,充满对祖国山河的无比眷恋,而且将俄罗斯大地作为受众或倾诉的对象,进行歌颂,不仅体现出了叙事文学中的抒情表白,而且在直抒胸臆方面也显得颇具特色。

二　历史故事

这个时期的文学在历史故事方面成就更高,作品也更为丰富,譬如《囚犯丹尼尔的祈求》《捷甫盖尼的事业》《拔都侵袭梁赞的故事》和《亚历山大·涅夫斯基传》等作品,书写的就是在当时的社会语境下所形成的富有浓郁的文学色彩的历

---

① ИРЛИ,РАН. *Библиотека литературы Древней Руси*,Под ред. Д. С. Лихачева, Л. А. Дмитриева,А. А. Алексеева,Н. В. Понырко. СПб.:Наука,1997. Т. 5:ⅩⅢ век,с. 450.

② Н. К. Гудзий. *История древней русской литературы*,Москва:Наука,1976,с. 105.

③ См. ИРЛИ,РАН. *Библиотека литературы Древней Руси*,Под ред. Д. С. Лихачева,Л. А. Дмитриева,А. А. Алексеева,Н. В. Понырко. СПб.:Наука,1997. Т. 5:ⅩⅢ век,с. 90.

史故事。

《囚犯丹尼尔的祈求》(*Моление Даниила Заточника*)是俄罗斯 13 世纪的重要作品。这是一部书信体作品,由作者(一位失去遗产的富家子弟)于 1213—1236 年写给雅罗斯拉夫王公的书信所组成。作者似乎非常需要王子的器重和帮助,将他看成是自己一切方面的靠山和希望。在这部作品中,叙述者似乎陷入困境之中,难以自拔,急需王子的拯救。虽然深陷困境,但他依然怀着乐观的信念,而且他头脑聪明,富有才华,为了证明自己的才智,他在信中经常引经据典,尤其是善于引用《圣经》中的语句,也时常引用文学经典中的词语,以此来强调自己的才华和学识,以便引起王子的注意和赏识。有俄罗斯学者认为,《囚犯丹尼尔的祈求》是俄罗斯文学史上现实社会政治书写的最初的尝试。

而《捷甫盖尼的事业》(*Девгениево деяние*)也是 13 世纪的作品,相对而言成就更高,而且,它是古代俄罗斯文学史上一部较为典型的叙事作品。

《捷甫盖尼的事业》主要情节是叙述希腊拜占庭人与撒拉逊人之间所进行的英勇的斗争,作品也讲述了捷甫盖尼(Девгений)所建立的功勋。而捷甫盖尼的形象,则是中世纪理想英雄的具体体现。这部作品的风格融汇了口头民间诗歌的表述传统以及基辅罗斯战争故事的叙述风格。

捷甫盖尼在十二岁的时候,就学会了舞剑,十三岁的时候,就会使用长矛,到了十四岁的时候,他就想战胜所有的野兽。他坚信他的一切力量都来自神力。

捷甫盖尼建立了许多功勋。作品中所描述的最早的功勋发生在狩猎场上。他轻而易举地战胜了各种各样的野兽。他战胜过黑熊,打败过凶猛的狮子,还截断了三条巨蛇的头。作者描写这些功勋主要是为了强调:捷甫盖尼不是普通的人类,而是神的后裔。这一方面,该作品与古希腊罗马神话传说以及由此为素材而创作的西欧的一些英雄史诗类作品,是有一定的渊源关系的。

作品还叙述了捷甫盖尼战胜勇敢的菲力帕帕和斯特拉吉戈多娃的故事。捷甫盖尼战胜菲力帕帕之后,菲力帕帕告诉他,世上还有比他捷甫盖尼更为强大的人,名字叫作斯特拉吉克,其人的女儿斯特拉吉戈多娃,不仅有着男人的野性和勇气,而且其美貌胜过世上的任何一名美女。聪明的捷甫盖尼决心赢得斯特拉吉戈多娃的爱情。他来到了斯特拉吉克的庭院,可是恰逢斯特拉吉克不在家中。捷甫盖尼开始"围攻"。他穿上了盛装,在古斯琴的伴奏下,唱起了情歌。

其实,斯特拉吉戈多娃对捷甫盖尼是一见钟情。捷甫盖尼对于这一点也是心知肚明的,所以他以胜利者的腔调询问她:究竟是愿意做他的妻子还是愿意做他的俘虏?可见,捷甫盖尼此时已经轻而易举地赢取了姑娘的爱情,但是,他有着强烈的荣誉感,他不愿意以强盗一般的方式抢走这个美丽的姑娘。

因此,等到斯特拉吉克归来之后,捷甫盖尼重新来到了院子里,砸开了院子大门,高声呼喊着他的名字。可是,斯特拉吉克怎么也难以相信,竟然有人胆敢跑到他家的庭院里胡作非为,乱喊乱叫。捷甫盖尼依旧劫持了斯特拉吉戈多娃,将她放到了自己的马背上,唱着欢快的歌儿离开了庭院。但是,见到没有人前来追赶的时候,捷甫盖尼又转身返回斯特拉吉克的家中,再一次肆无忌惮地大喊大叫。最后,斯特拉吉克意识到捷甫盖尼确实给他的家庭带来了侮辱,败坏了他的名声,于是召唤自己的两个儿子迅速集结部队进行反击。斯特拉吉克准备应战的时候,捷甫盖尼却在睡觉。当斯特拉吉克集结好人马向捷甫盖尼扑来的时候,斯特拉吉戈多娃出于恋情而唤醒了捷甫盖尼。由此,两人达成了协议,捷甫盖尼不得杀害自己未来的亲属。

捷甫盖尼在斯特拉吉克的队伍中间像雄鹰一样自由地翱翔穿梭,更像一柄锋利的柴刀在草丛中任意割草。他战败了斯特拉吉克的两万人马。他也抓获了斯特拉吉克,后者向他请求宽恕,并祝愿他与斯特拉吉戈多娃幸福美满。

捷甫盖尼与斯特拉吉戈多娃举行了盛大的婚礼,喜庆延续了半年的时间。作品中有很多篇幅描绘婚礼的盛大场面,将捷甫盖尼视为基督徒的榜样。作品中还书写了捷甫盖尼战胜瓦西里国王等其他的功勋,突出其作为神的创造物所具有的巨大能量。作品的最后则是描写他感悟到人生有限,只想过上几年宁静的生活。

西方有学者认为,这部作品实际上是以中世纪希腊(拜占庭)叙事诗《边民英雄狄根尼斯》为蓝本改编而成的。这部拜占庭叙事诗创作于 10—12 世纪,所叙述的是东罗马公主与阿拉伯酋长所生的儿子狄根尼斯的经历。所以,"狄根尼斯"意为"源自双重国籍"。狄根尼斯武艺高超,因为英勇豪迈,他被选为管理边境地区的首领。这部作品讲述了这位英雄所受的教养以及他的婚姻,讲述了他所遭遇的许多惊险,特别是与强盗以及地方将领进行搏斗的经历,还有他在富丽堂皇的城堡中的宁静的生活,作品最后的结局是他在病死之后人们为他举行了隆重的葬礼。

但是,俄罗斯学界对此有过强烈的争议。白银时代的著名学者弗谢沃洛德·米勒(Всеволод Фёдорович Миллер)就曾坚持认为该作品为俄罗斯首创,而且仔细论证在词汇使用以及形象体系方面该作品与《伊戈尔远征记》之间的相似性。尤其是两部经典所歌颂的都是英勇尚武的精神,而且都是通过战争来进行描写和刻画人物的。作者还喜爱通过描写梦幻的方式来预示将要发生的事件。就修辞技巧而言,这两部作品在具体的比喻手法使用方面也很相似,譬如,将参战的将士比作雄鹰、鸦群,将英雄比作太阳,等等。[①]

《捷甫盖尼的事业》这部作品无论是翻译的,还是改编的,或是原创的,不可

---

① 参见:О. В. Творогов. "Девгениево деяние", Энциклопедия "Слова о полку Игореве": В 5 т.,СПб.:Дмитрий Буланин,1995. Т. 2. Г-И. с. 98 - 99.

否定的一点是：该部作品对俄罗斯小说的发展产生了难以忽略的影响。甚至有学者认为，标题中的"деяние"本身就具有"长篇小说"之意，"деяние"甚至可以翻译成现代俄语的"长篇小说"。[①] 于是，《俄国长篇小说发展史》的作者进一步将《捷甫盖尼的事业》这部作品定性为"关于捷甫盖尼的长篇小说"，是一种"历险类长篇小说，或者讲述一个主人公的长篇小说"。[②]

这部作品所提供的信息也是极为丰富的，它不仅描述了捷甫盖尼的英勇善武的形象，而且讲述了他与斯特拉吉戈多娃之间从相恋到结婚的婚恋故事，使得作品充满了浪漫的气息。从这一意义上来说，"деяние"不仅具有"长篇小说"这一体裁的成分，而且有"爱情故事"这一题材的内涵。

可见，这部作品在情节曲折的历险故事的描写以及人物形象的塑造方面，成就非凡，而且，即使是从古希腊翻译而来的，我们也可以看出，译入和改编的作品，同样在俄罗斯小说艺术的成型过程中，发挥了应有的积极作用。

三　游记作品

这一时期的游记类作品，有《印度王国的故事》（*Сказание об Индийском царстве*）、《三海旅行》（*Хожение за три моря*）等。其中以 15 世纪的阿法纳西·尼基金（Афана́сий Ники́тин）的《三海旅行》最为著名。

《三海旅行》是俄国商人所书写的在印度经商的种种经历，完全属于商人作者业余的创作，不带任何官方色彩，这一点，无疑显得非常珍贵。所以，俄罗斯有学者认为："15 世纪特维尔商人阿法纳西·尼基金所创作的《三海旅行》，毫无疑问，是古代俄罗斯文学最为杰出的里程碑式的文学作品之一。"[③]

《三海旅行》的作者阿法纳西·尼基金出生年月不详，卒于 1475 年。他是出生于特维尔的一名商人，也是第一个旅行至印度的俄罗斯人。《三海旅行》这部作品是他在 1468—1474 年间的旅行记录，记载着作者游历高加索、波斯、克里米亚、印度等地的经历，但绝大部分内容是记录他在印度四年的旅行。

所谓"三海"，指的是杰尔宾特古城边的里海、印度洋，以及黑海。阿法纳西·尼基金一面旅行，一面将旅行见闻记录下来，书写这部游记。其中写得最多的是他在印度的经历。他生动地描述了各种历险，尤其是他被俘的经历，他也详尽地记录了印度的风土人情以及普通民众的日常生活习俗，还描绘了异域的自然

---

① А. И. Стендер-Петерсен. "О так называемом Девгениевом деянии", *Scando-Slavica*. T. I, 1954, c. 87 - 97.

② Д. С. Лихачев. *История русского романа*. Том 1, с. 27.

③ РАН. ИРЛИ. *Библиотека литературы Древней Руси*, Под ред. Д. С. Лихачева, Л. А. Дмитриева, А. А. Алексеева, Н. В. Понырко. СПб.：Наука, 1997. Т. 7：Вторая половина XV века, с. 544.

风光。

由于尼基金在印度生活了四年,他渐渐熟悉了那里的文化,因而对那里的描述显得具体生动:

> 这里是印度人的国度,普通的印度人们都是赤脚走路,头上不围纱巾,胸口裸露着,头发扎成一根辫子。到处都能见到孕妇,女人每年都生孩子,因而她们的子女特别多。男人们显得朴实,无论男人女人,都常常一丝不挂,而且身上晒得黝黑。我不管走到何处,身后总是围着许多人,他们对白色人种感到十分惊奇。①

在他的描述中,有着将印度与俄国社会进行比较的情况,所以很多现象在他看来是不可思议的。

正是因为尼基金在印度与广大民众打成一片,了解他们,所以他的记叙不仅生动,而且真实可信。通过相互之间的不断交往,印度人对尼基金也逐渐产生了信任,并且对他产生了一定的好感,到后来,他们甚至不再像先前那样向他藏匿自己的妻子了。尼基金也一样,他逐渐接受了他们的信仰,理解了他们的习俗,甚至能够使用他们的语言进行祷告。尼基金对印度之行的一些详尽的描绘,为我们提供了许多那个时代有关印度文化的真实的信息,但是,有时,他的描绘中,也有一些文学色彩过于浓烈的幻想的成分。

《三海旅行》这部作品是俄罗斯文学史上第一部非宗教性质的游记作品。该作品对后世卡拉姆津等作家的游记类小说创作具有一定的启示作用以及相应的影响。同一时期恰恰是西欧文艺复兴的开创时期,尤其在意大利,文艺复兴的热潮已经兴起,人文主义的精神内涵已经开始被人们接受,而中世纪的宗教神权也开始失去自己的地位,因此,这部非宗教性质的体现民众日常生活的游记,无形中与西欧的文艺复兴思潮形成了一定的呼应。

第二节 《拔都侵袭梁赞的故事》

古代罗斯重要的作品之一《拔都侵袭梁赞的故事》所讲述的是关于战争的故事。在这部作品中,洋溢着浓郁的爱国主义精神以及强烈的英雄主义精神,书写了古代俄罗斯人民不怕牺牲、英勇顽强地反抗异族入侵的斗争。该作品在 13 世纪至 15 世纪的俄罗斯文学中,代表了弘扬爱国主义这一重要的基调,而且深深

---

① А. Никитин. *Хожение за три моря Афанасия Никитина* 1466 – 1472 *гг.* М. – Л.：Издательство Академии наук СССР，1958.

地影响了其后的古代俄罗斯文学中相关题材的创作。

拔都侵袭梁赞这一历史事件的发生时间是 1237 年,然而,《拔都侵袭梁赞的故事》这部文学作品的创作时间,要比该历史事件晚得多。该作品大约是创作于 14 世纪初叶。由于该书的成书时间与该历史事件发生时间相差了将近一个世纪,所以,该书在编年史范畴意义上的历史纪实性质大打折扣,文学性显然强于纪实性,而且其中并不排除少数文学的虚构成分。所以俄罗斯学者断言:"《拔都侵袭梁赞的故事》并非梁赞人反抗入侵之敌的史实性的记录。"①

对于小说生成要素而言,注重人物形象的塑造在这部作品中有了一定的体现。《拔都侵袭梁赞的故事》特别注重英雄形象的塑造,尤其是对梁赞大公的儿子费道尔和梁赞勇士叶夫巴季·柯洛夫拉特的描写,如同《捷甫盖尼的事业》中的捷甫盖尼,人物的个性色彩尤为鲜明,已经具有了小说艺术形式方面的一些基本的要素。故事描述拔都率领大军侵袭梁赞,要求梁赞大公尤利·英格列维奇(Юрий Ингоревич)向他交纳财产和人员作为贡赋。梁赞大公发出求助但遭到拒绝之后,便派自己的儿子费道尔·尤里耶维奇(Федор Юрьевич)前去拜见拔都,并携带厚礼相求,希望拔都不要贸然攻打梁赞。拔都收下厚礼之后,假惺惺地表示不再攻打梁赞,然而,他却提出了一个带有侮辱性的条件,要求梁赞大公向他奉送妻女或姐妹,尤其是费道尔年轻美貌的妻子叶甫普拉克西娅(Евпраксия)。面对拔都蛮横无理的要求,费道尔也只能愤怒地回答道:"除非你打败我们,那么才可能占有我们的妻子。"②

未能得逞的拔都勃然大怒,他立刻命令手下的人采取行动,残忍地杀害了费道尔,还杀死了他所有的随从人员,并且将他们的尸体残忍地丢给野兽撕咬。只有一个名叫阿波尼兹的卫士侥幸地躲了起来,死里逃生,并将费道尔被残忍杀害的消息带回了梁赞。得知丈夫的死讯后,叶甫普拉克西娅悲痛欲绝,抱着幼小的儿子在宫殿里跳楼而亡。

梁赞人不顾力量悬殊,决心拼一死战。梁赞大公尤利·英格列维奇强忍失去爱子的悲痛,坚定地说:"我们宁愿以死换生,也不愿接受邪恶者的奴役。"③于是,梁赞大公开始集结部队,人们为了保卫自己的土地,不怕牺牲,与敌英勇奋战,最后,他们全都献出了自己的生命,无一生还。与此同时,拔都的部队也遭受了惨重的损失。见到许多鞑靼人死亡,拔都也大为震惊,愤怒之下,他下令对梁

---

① Н. И. Пруцков ред. *История русской литературы в четырех томах. Том первый. Древнерусская литература. Литература XVIII века.* Ленинград: Издательство Наука, Ленинградское отделение, 1980, с. 76.

② Д. С. Лихачев Д. С. *Повести о Николе Заразском* (тексты). Том 7. М. - Л.: ТОДРЛ, 1949, с. 288.

③ 同上,第 289 页。

赞进行毁灭性的打击,他们逼近了梁赞城,残酷地屠杀平民百姓。梁赞居民奋不顾身,保卫自己的家园,然而,终究寡不敌众,经过六天奋战,梁赞城的居民全都被杀,甚至没有了亲人哀悼死去的亲人:

> 城里没有留下一个活人,全都遭遇死亡。没有人呻吟,也没有人哭泣。没有父母为子女痛哭,也没有子女为父母悲泣,没有兄长哀悼同胞,也没有亲友哀悼近邻,唯有尸横遍野。①

在这部作品中,感人至深的艺术形象还有名叫叶夫巴季·柯洛夫拉特(Евпатий Коловрат)的梁赞勇士。这个勇士为了城邦的利益,为了报仇雪恨,毅然不顾个人的安危,即使面对无比强大的敌人,他也毫不畏惧,积极参加战斗,勇敢杀敌。在拔都血洗梁赞的时候,他到外地收税,因而侥幸逃过一劫。但是,作为一名军队官员,他并没有因此而感到庆幸,从而袖手旁观,苟且偷生,而是疾恶如仇,寻找时机,积极应战,为国捐躯。当他从外地返回梁赞的时候,他所见到的,是被毁的梁赞的惨状,以及被杀同胞的血肉模糊的尸体,他感到十分震惊,于是,他率领自己仅有的一千七百名士兵,奋勇追击已经离去的鞑靼敌人,在苏兹达尔大地,他的人马追上了敌人,发起冲锋,与拔都的军队展开了殊死的激战。始料不及的鞑靼人误以为来者是复活过来的梁赞士兵,感到十分惧怕,因而伤亡惨重。但是,叶夫巴季的兵力与拔都兵力相比,依然过于悬殊,他虽然竭尽全力,最终仍战死沙场。拔都十分欣赏叶夫巴季的果断勇敢,赞美道:"啊,叶夫巴季啊!假如你是我的部下,我一定将你紧紧地拥抱在我的胸口!"②为了表示尊崇,拔都把叶夫巴季的尸体还给了幸存的少数士兵,让他们将英雄的尸体带回梁赞安葬。

可见,崇尚英雄精神是作战双方共同的特性。"《拔都侵袭梁赞的故事》是俄罗斯古代文学杰作之一,它的高度的爱国主义思想鲜明地体现了俄罗斯人民在蒙古人入侵时期饱受的巨大苦难以及为保卫祖国不惜牺牲一切的高尚精神。"③在弘扬爱国主义精神、歌颂英雄人物方面,这部作品对于小说这一体裁在注重主题呈现和形象塑造方面,起到了一定程度的承前启后的作用。

由于《拔都侵袭梁赞的故事》这部作品在主题方面的价值和意义,它经常被收到各种合集中,或与时间和内容相近的历史故事组成系列作品而广为流传,尤其是通过内容相近的故事的合集《尼古拉·扎拉兹基故事集》(Повести о

---

① Д. С. Лихачев Д. С. Повести о Николе Заразском (тексты). Том 7. М. - Л.:ТОДРЛ,1949, с. 292.

② 同上,第 295 页。

③ 曹靖华主编:《俄苏文学史》第 1 卷,河南教育出版社,1992 年,第 15 页。

Николе Заразском）而流传。

在艺术形式上，《拔都侵袭梁赞的故事》已经不同于《伊戈尔远征记》等12世纪及之前的作品。这部作品不仅一改韵文趋势，以散文体进行书写，而且其中有不少生动的对话，旨在突出人物的性格特征。仅从这一点，我们就可以看出，《拔都侵袭梁赞的故事》中已经具有了小说这一艺术形式的基本要素，尤其是已经具有了历史小说的雏形，表明了13世纪之后俄罗斯文学的新的发展趋势。

第三节　《亚历山大·涅夫斯基传》

如果说《拔都侵袭梁赞的故事》是历史故事方面的代表，那么，《亚历山大·涅夫斯基传》在13世纪至15世纪的俄罗斯文学史上，无疑是圣徒传或传记方面的代表了。

亚历山大·涅夫斯基是弗拉基米尔大公雅罗斯拉夫·弗谢沃洛多维奇（Ярослав Всеволодович）（1236—1251年在位）的儿子。1236年，他被选为诺夫哥罗德大公，任至1251年，从1252年起，他被选为弗拉基米尔大公。

《亚历山大·涅夫斯基传》这部作品大约成书于1280年左右的弗拉基米尔。作者佚名，但通过具体描写可以看出，作者无疑是一位能够接近亚历山大·涅夫斯基或者拥有大量一手文献资料的人物。作者以第一人称进行叙述，按照作者的说法，所陈述的事情是从祖辈那里听来的，同时他们也是涅夫斯基成人年代的见证人。

在这部具有强烈传记色彩的作品中，古代俄罗斯著名统帅亚历山大·涅夫斯基作为作品的主人公，被描写成一位个头高大、聪明英俊的杰出人物，他声音洪亮，"如同民间的铜管乐器"，而且英勇无畏，是一个具有传奇色彩的人物。作品所着力书写的，是他在两次著名战役中所取得的战绩。一次是描写他在涅瓦河畔战胜瑞典人的故事，另一次是描写他在北方楚德湖打败日耳曼骑士团的故事。

在涅瓦河上的战斗中，亚历山大·涅夫斯基在早上六点就遭遇敌人，展开激战，杀死了无数的敌人，甚至连瑞典国王的脸上也留下了刀剑的痕迹。作品中还详尽地描写了亚历山大·涅夫斯基手下六名勇士的战斗经历，其中包括奥列克塞奇、亚库诺维奇、雅科夫、拉特米尔等勇士。他们奋勇作战，以一当十，有着惊人的毅力和大无畏的气概，打败敌方部队，击毁敌方的战舰。

有时候，作者对战争场景的描绘显得十分细致逼真，譬如在楚德湖的一次战役中，当日耳曼骑士团的人马临近的时候，亚历山大·涅夫斯基大公率领士兵英勇迎战，作者对楚德湖上的一场激战，进行了极其生动的描绘：

事情发生在礼拜六,当太阳升起的时候,敌对双方扭打在一起。战斗极为惨烈,遍地都是厮杀的声音,刀光剑影,楚德湖似乎成了一个死湖,甚至看不见湖上的冰块,整个湖面全都被鲜血所覆盖。[①]

我们从作品对楚德湖战役的这段描写中,可以看出,这部作品已经有了注重故事时间、场景的作用,以及注重具体的战争细节描写,还原战争真实面目的创作倾向。

综上所述,自 13 世纪至 15 世纪,是统一的基辅罗斯不复存在,古代罗斯沦为异族统治,又经过热血奋战,从长达二百年的异族统治中被解救出来的一个独特的时期。与此相应的是,在这一时期的俄罗斯文学创作中,反抗异族侵略、歌颂民族英雄的主题尤为突出。就小说这一艺术形式本身的发展而言,经过两个世纪的发展,到了 17 世纪后期,文学自身所具有的独立的价值和意义才得到充分的认可。因为这一时期的创作,如《三海旅行》《囚犯丹尼尔的祈求》《捷甫盖尼的事业》,以及《拔都侵袭梁赞的故事》《亚历山大·涅夫斯基传》等作品,在非宗教的游记类小说、历险类小说、政治题材小说、历史题材小说,以及传记类小说的创作方面,都为俄罗斯小说艺术形式的发展,构建了雏形。

---

① Д. С. Лихачев, Л. А. Дмитриев, Н. В. Понырко ред. *Библиотека литературы Древней Руси*, СПб. : Наука, 2006. Том 5, *Повесть о житии Александра Невского*. с. 364.

第三章　16—17 世纪：小说创作题材的转向

16 世纪初,莫斯科大公瓦西里三世最后收复普斯科夫和梁赞,统一的俄罗斯国家得以最终形成。在统一的国家得以形成之后,又有一些地区不断加入俄罗斯国家。一方面,新加入的地区带来了新的要素、新的习惯、新的风俗、新的艺术;另一方面,新的地区,如喀山、阿斯特拉罕等原先非俄罗斯地区的加入,加深了内在的矛盾。到了 17 世纪,各种形式的农民起义在俄罗斯不断地爆发。于是,中央集权的巩固以及对中央集权的反抗,体现在这一时期作家所创作的许多文学作品中。就小说创作而言,17 世纪的俄罗斯作家,已经充分意识到自己作为作家的职责,"17 世纪作家的自我意识几乎达到了近代的水准"①。

第一节　16—17 世纪小说创作概述

在 16—17 世纪的俄罗斯文学中,与小说艺术源头相关的体裁除了 13—15 世纪固有的圣徒传和历史故事之外,比较突出的是政论题材的作品以及世俗小说和讽刺小说。

在 16 世纪的俄罗斯文学中,政论题材的作品占据了主导的地位。著名政论作家伊万·佩列斯韦托夫(Иван Пересветов),在其代表性作品《关于康士坦丁大帝的传说》与《关于苏丹穆罕默德的传说》中,极力宣扬君主的权力,抨击门阀贵族,塑造了理想君主穆罕默德的形象。而《瓦西里三世患病与逝世的故事》(Повесть о болезни и смерти Василия Ⅲ)则属于历史题材的创作。这部作品在俄罗斯 16 世纪表现个性特征的作品中,显得尤为突出。"《瓦西里三世患病与逝世的故事》的文学价值是毋庸怀疑的。富有感染力的细部描写,叙述中的戏剧冲突,以及敏锐的戏剧情景,都在作品中表达出来。"②可见,此处所提及的"文学

---

　① РАН. ИРЛИ. *Библиотека литературы Древней Руси*, Под ред. Д. С. Лихачева, Л. А. Дмитриева, Н. В. Понырко. СПб. : Наука, 2006. Т. 15: ⅩⅦ век, с. 8.

　② РАН. ИРЛИ. *Библиотека литературы Древней Руси*, Под ред. Д. С. Лихачева, Л. А. Дмитриева, А. А. Алексеева, Н. В. Понырко. СПб. : Наука, 2000. Т. 10: ⅩⅥ век. с. 563.

价值",实为叙事艺术的特性。

16 世纪的俄罗斯文学中,还有一部作品值得一提,这部作品便是《治家格言》(*Домострой*),这是一部要求在家庭生活中无条件服从家长的法典性作品,尽管它后来成为家庭生活中必须恪守的陈规陋俗的一个代名词,但是其文学价值以及史料价值是不可忽略的。"借助于这部作品,我们可以置身于 15 世纪与16 世纪我们祖辈的日常生活,并且参与他们的'交谈'。"①

到了 17 世纪,就社会政治语境而言,农民起义开始迅猛地爆发,比较著名的包括 17 世纪之初的声势浩大的波洛特尼科夫农民起义,以及六七十年代更为壮阔的拉辛领导的农民起义。于是,中央集权的巩固以及对中央集权的反抗,体现在这一时期作家所创作的许多文学作品中。而 17 世纪 80 年代彼得大帝执政后所实施的改革开放决策,更使俄罗斯文学开始走出故步自封的窘境,开始了向世界先进文化学习的进程,从而极大地影响了俄罗斯文学的走向。

独特的时代语境促使 17 世纪的俄罗斯作家充分意识到自己作为作家的职责,开始产生了强烈的自我意识。17 世纪后期,文学自身所具有的独立的意义得到了人们充分的认可,因而各种题材的文学作品开始以小说艺术形式呈现出来,并且逐渐向世俗的内容转向,即使是宗教题材的作品,也开始具有了宗教教谕小说的丰富内涵。

在西欧文学中,自 14 世纪起,文艺复兴运动从意大利波及英国、法国、德国、西班牙等许多国家,然而,由于政治、宗教、制度等因素的制约,文艺复兴运动并没有波及俄国。无论在戏剧、诗歌还是在小说创作领域,俄国都没有出现像西欧那样的辉煌的文学成就。这一点,正如俄国作家普希金感叹的:"俄罗斯长期置身于欧洲大局之外。它从拜占庭接受了基督教之光,却从未参与罗马天主教世界的政治变革和思想意识领域的活动。伟大的文艺复兴时代没有对俄罗斯产生任何影响;骑士精神高尚的狂热没有使我们的先辈们振奋;十字军东征引起的有良好作用的震动在北方这块麻木的土地上没有得到任何反响……"②在世界文学发展的这个重要的时期,俄国文学独立在外,以自己的独特的方式发展。不过,尽管文艺复兴作为反封建、反教会神权、反禁欲主义的思想文化运动没有在俄国引起反响,但是,就文学创作题材而言,以及理解人在历史中的作用和意义及理解人自身的独立价值而言,西欧文艺复兴运动在俄国文学中还是留下了一定痕迹的,尤其是体现在从圣徒传之类的创作转向"世俗小说"之类的创作上。

---

① РАН. ИРЛИ. *Библиотека литературы Древней Руси*,Под ред. Д. С. Лихачева,Л. А. Дмитриева,А. А. Алексеева,Н. В. Понырко. СПб.:Наука,2000. Т. 10:XVI век. с. 581.

② 普希金:《论俄罗斯文学之贫困》,参见沈念驹、吴笛主编:《普希金全集》第 6 卷,浙江文艺出版社,2012 年,第 294 页。

　　就文化氛围而言,在 17 世纪,西欧文学中的大量的世俗性文学作品,包括骑士小说,都开始被翻译介绍到俄国,引发了文学创作方面的显著的变化。根据俄罗斯学者统计,整个 16 世纪,翻译成俄文的作品只有 26 部,17 世纪上半叶,翻译成俄文的作品为 13 部,而 17 世纪下半叶,翻译成俄文的作品达到 114 部。①由此可见,17 世纪下半叶俄国文坛发生的变化是多么剧烈。与此相应的是,17世纪下半叶,在小说创作题材方面,俄罗斯文学也开始从宗教题材以及反抗异族战争的英雄题材逐渐向日常生活题材转向,一些具有世俗性的中篇小说开始在俄罗斯诞生。

　　就宗教题材向世俗题材转向而言,17 世纪的小说创作对于俄罗斯文学的发展来说,是一个重要的转折点。正是在这一世纪,文学自身所具有的独立的意义和独立的价值在社会上得到了人们的充分的认可,文学与现实生活之间的关系也得到了充分的重视。于是,人们已经开始意识到,文学不再是宗教神学的奴仆,不再是阐释经文的附庸,也不再等同于具体的事务写作。由此,散文体作品的创作被赋予了更大的自由。在形式方面,这一时期的作品打破了前期宗教文学的种种成规和限定,作家们不断地进行开拓创新,开始创作情节结构更为丰富、思想意识更为深邃、创作技艺更加娴熟、人物性格更加丰满复杂的作品,譬如《戈列-兹洛恰斯基的故事》(Повесть о Горе-Злочастии)、《萨瓦·格鲁德岑的故事》等小说充满了时代精神和生活气息。而且,诸如《萨瓦·格鲁德岑的故事》②等小说作品,被一些学者视为"俄罗斯文学史上长篇小说创作的最初的尝试"③。而《俄国长篇小说发展史》的作者直称其为"第一部俄罗斯长篇小说","其中,无疑有着未来长篇小说的多种萌芽的成分"。④

　　《萨瓦·格鲁德岑的故事》创作于 17 世纪 70 年代,其中描写了 17 世纪上半叶丰富多彩的社会历史事件以及日常的百姓生活情景,作品中的同名主人公萨瓦·格鲁德岑是浮士德似的人物,他将自己的灵魂出卖给魔鬼,但并不是为了获取知识,而是为了权势和享乐。不过,尽管魔鬼对他精心侍候,他最终还是幡然醒悟,在修道院中得到了灵魂的拯救。从作品的内容可以看出,这部作品属于宗

---

　　① Ю. Д. Левин ред. *История русской переводной художественной литературы. Древняя Русь. XVIII век. Проза.* Том 1. СПб. : Дмитрий Буланин, 1995, с.117.

　　② Изд. текста см. : Скрипиль М. О. *Повесть о Савве Грудцыне.* (Тексты). Том 5, М. - Л. : ТОДРЛ, 1947. с.225 – 308.

　　③ Н. И. Пруцков ред. *История русской литературы в четырех томах.* Том первый. *Древнерусская литература. Литература XVIII века,* Ленинград: Издательство Наука, Ленинградское отделение, 1980, с.228.

　　④ А. С. Бушмин, и др. *История русского романа.* Том 1, Москва-Ленинград: Наука, 1962, с.41.

教教谕小说的范畴,作者尤为关心年轻人的命运。

如同《萨瓦·格鲁德岑的故事》,《戈列-兹洛恰斯基的故事》的作者现在也无从考证。这部作品具有很强的情节性,类似一部诗体小说。同样,这部作品也在一定程度上书写了年轻人的命运。在《戈列-兹洛恰斯基的故事》中,故事情节的引子是叙述与亚当和夏娃有关的《圣经》故事。作者书写了他们如何违背上帝的意志而犯下了原罪,并被逐出乐园遭受苦难,但是更为主要的,是强调这一原罪所产生的后果以及对于人类的进步意义。

在情节的引子之后,作品转向了一对夫妇对一个年轻人的教诲。父母告诫这位年轻人要杜绝罪恶的行为,不可酗酒,不可纵欲,不可偷窃,不可撒谎,更不可对父母不敬。

而这个年轻人就是作品的主人公。在作品中没有出现过他的姓名,只是称他为年轻人。他因为不愿遵从父母要循规蹈矩的告诫而离家出走。他随身带了很大数目的金钱。因为有钱,他纵酒作乐,身边围着一帮狐朋狗友。年轻人逐渐堕落,他耗尽了钱财后,那群朋友纷纷离他而去。他只好动身去了异乡,寻求生存。

主人公在异乡开始了新的生活,经过努力,他积攒了很多的钱财,于是他产生了结婚的念头。然而,在婚礼上,他犯下了又一个新的错误:炫耀自己的财富。他不加克制地自我吹嘘引起了魔鬼戈列-兹洛恰斯基的注意。戈列-兹洛恰斯基跟随这个年轻人,关注他的一举一动,唆使他去干坏事。在梦中,戈列-兹洛恰斯基先是以自己的身份出现在年轻人的眼前,后来又以天使长加夫里尔的身份出现。经过最后一次变化,年轻人开始遵从戈列-兹洛恰斯基的理念,挥金如土,纸醉金迷,最后落得一贫如洗。

衣不遮体、食不果腹的主人公只想投河自尽,了此一生,这时,这个年轻人后悔莫及,不过,在这个时候,魔鬼戈列-兹洛恰斯基又出现在这个年轻人的跟前,并且与他签订了一份条约,答应供他吃喝玩乐,但是要求他必须绝对服从魔鬼的意志。这一情形,就像歌德《浮士德》中的浮士德与靡菲斯特所达成的契约。于是,这个年轻的主人公被带到另一岸边,有吃有喝,但是受到魔鬼的管教,这使他回想起自己的父母,他想回到父母的身边,但是,这一点没有得到戈列-兹洛恰斯基的准许。年轻的主人公由此下定决心去了修道院,成为一名僧侣。直到这时,戈列-兹洛恰斯基才永远地离他而去。

《戈列-兹洛恰斯基的故事》虽然具有宗教教谕小说的内涵,但是已经开始有了对日常生活的关注,尤其是其中所塑造的年轻人这一形象不愿循规蹈矩,体现了探寻新的生活方式的时代精神,典型地反映了17世纪小说不满现状、勇于探索的这一重要的转型。

第二节　"世俗小说"的出现

《戈列-兹洛恰斯基的故事》这部作品在一定意义上标志着 17 世纪俄罗斯文学宗教题材向日常生活题材的转型。在此之后,俄罗斯文坛开始陆续出现了一些纯粹描写世俗生活的小说作品,在文学史上称为"世俗小说"(Бытовые повести)。文学作品从而有了坚实的现实意义。其中比较典型的作品有《卡尔普·苏杜洛夫的故事》(Повесть о Карпе Сутулове)、《弗罗尔·斯科别耶夫的故事》(Повесть о Фроле Скобееве)等。

在《卡尔普·苏杜洛夫的故事》中,卡尔普·苏杜洛夫是一个富裕的商人,他与妻子达吉雅娜相亲相爱,但是,苏杜洛夫有段时间需要到外地经商,他找到了好友阿法纳西,请求他在必要的时候在经济方面能够帮助达吉雅娜,等他回来之后必然加倍酬谢。阿法纳西满口答应了。丈夫走后,达吉雅娜为了打发时日,经常举行聚会,邀请女士们参加,花费较大。三年之后,家里的余钱花完了,达吉雅娜想起了丈夫临行时的嘱咐,于是,前往丈夫好友阿法纳西家里借钱。阿法纳西同意借钱,但是附加了一个条件:要求达吉雅娜同他睡一晚上,就借一百卢布。可怜的女子非常为难,于是说,她需要同神父商量一下。

达吉雅娜将自己向阿法纳西借钱的经历告诉了神父,谁知神父说,同他睡一个晚上,就可以借到二百卢布。十分惊讶的达吉雅娜只得跑去找大主教。当她将自己借钱的经历告诉大主教之后,谁知大主教开口对她说,他在同样的条件下,可以借给她三百卢布。

在这种情况下,达吉雅娜只得依靠自己的才智,巧妙地作弄了三个男人,并且获得了急需的金钱。

这部题为《卡尔普·苏杜洛夫的故事》的作品,尽管是以富商卡尔普·苏杜洛夫的名字为题名的,但是实际上作品所重点讲述的是富商的妻子达吉雅娜的故事。在 17 世纪的文学作品中,虽然没有以女性名字作为题名的,但是能以女性作为作品的主人公,这一事实本身就充分说明了时代的进步,更何况与后来普希金诗体长篇小说《叶甫盖尼·奥涅金》中的女主人公同名的达吉雅娜,在这部作品中被塑造成一个忠贞并且聪颖的女性形象。相应的,其中的三个男性却是有悖于自己身份的小人。达吉雅娜面对困境,不折不从,在极为不利的条件下,她经过思索和精心设计,借助于时间的巧妙安排,将三个男人约来之后,又使得他们不得不躲进了箱子里面,让他们因贪欲以及背信弃义而付出了应有的代价。

《弗罗尔·斯科别耶夫的故事》叙述的是主人公弗罗尔·斯科别耶夫为了改变现实生活的困境而做出的一系列有悖于传统贵族道德观念的抉择。

斯科别耶夫是一名住在诺夫哥罗德的没落的贵族。此地还住着大贵族——

御前大臣纳尔金-纳肖金,他的女儿安努施佳待字闺中。弗罗尔·斯科别耶夫为了改变自己的生活困境,就想打安努施佳的主意,通过婚姻来实现自己改变命运的愿望。他想方设法,结识了纳尔金-纳肖金的管家,并且通过贿赂安努施佳的奶妈,终于在一个圣诞节节期,以男扮女装的方式,混进了大贵族家庭举办的晚会,接近了安努施佳,利用进行游戏的机会,骗取了她的爱情。由于地位低微,他无法明媒正娶,所以,只能利用机会,弄到了一辆四轮马车,接走了安努施佳,与她暗中成婚。安努施佳的父亲纳尔金-纳肖金虽然怒火万丈,百般刁难,但迫于木已成舟,只能容忍这门婚事,认了这个女婿。弗罗尔·斯科别耶夫和安努施佳获赠了大笔财产和两块领地,过上了安逸的生活。

作者在这篇小说中,重点不是揭示弗罗尔·斯科别耶夫的骗局,而是反映弗罗尔世俗的选择以及他的机智与狡黠。而且,作者注重人物性格的刻画,无论是弗罗尔·斯科别耶夫还是作品中的女主人公安努施佳,都表现出了一定的个性特征,两者都具有反抗传统道德观念、注重现实生活之意义的倾向。

虽然这些表现世俗性的小说作品艺术成就还不算很高,产生的影响也相对有限,但是,就题材而言,反映了小说创作从中古的宗教神权朝近代生活的过渡。尤其是其中的世俗人物形象的塑造,与后世西欧文学中的"往上爬"形象以及叛逆者形象具有一定的相似性。

第三节 "讽刺小说"的萌芽

除了"世俗小说",这一时期的小说作品中,现实意义较强的还有"讽刺小说"(Сатирическая повесть)。这类讽刺小说出现于17世纪下半叶,它承袭了民间文学的传统,对宫廷以及贵族采取了讽刺批判的态度,表现出了鲜明的民主立场,正因如此,有学者将此界定为"民主讽刺作品"(демократическая сатира)。[1] 这充分表明讽刺艺术的使用对民主意识的萌生所发生的作用。

这类讽刺小说的主题显得丰富多彩,所涉及的内容是多方面的,但是,大多涉及那个时代的较为重要的社会政治问题。如《贪赃枉法的审判》(*Повесть о Шемякином суде*)、《酒鬼的故事》(*Повесть о бражнике*)、《叶尔肖·叶尔肖维奇》(*Повесть о Ерше Ершовиче*)等作品,就具有一定的代表性。

《贪赃枉法的审判》是"根据穷富两个农民兄弟打官司的故事改编的。这篇小说揭露了17世纪俄国法院昏庸的法官受贿的行为"[2]。该作品以幽默讽刺的

---

① А. О. Шелемова. *История древней русской литературы*,Москва:Издательство ФЛИНТА,2015,с. 35.

② Н. К. Гудзий. *История древней русской литературы*,Москва-Ленинград:Наука,1976,с. 486.

手法,通过对主人公的三次犯罪和三种惩罚的描写,揭示了法官的贪婪与法律的不公。贫穷的主人公借马运货时,由于没有借到轭,他就将绳子直接系在马尾巴上,结果弄断了马尾巴。于是,他成了被告。他与原告一起去城里打官司的途中,发生了第二件不幸事件,他在夜间从高板床上摔了下来,砸到了摇篮上,从而砸死了牧师的婴孩。于是,牧师也加入了打官司的行列。进城的时候,穷苦的被告万念俱灰,于是决定从桥上跳入河中,了此一生。谁知,跳下去的时候,却砸中了桥下一名生病的老者,无意中砸死了这名老者。于是,老者的儿子也加入了控告者的行列。

在法院审理中,被告不经意间向法官舍米亚金展示了一袋石头。可是法官却误以为这是用来对他进行贿赂的金银财宝,于是便做出了有利于被告的判决:被告必须将失去尾巴的马留在自己的家中,直到尾巴长好之后才能归还原告;被告必须将失去婴孩的牧师的妻子接到自己的家中,直到与她生出新的婴孩后将她连同婴孩归还原告;还有,被告必须接受第三名原告从同一座桥上跳下来的一砸。

判决下达之后,法官就满心急迫地等待自己的贿赂,满以为可以从被告处得到那一袋金银财宝了,谁知,被告告诉他,袋里所装的是在得到不利判决的情况下用来砸死法官的石头。于是,法官尽管没有得到贿赂,却也庆幸自己的判决为自己捡回了一条性命。

如果说《贪赃枉法的审判》所讽刺的是法律,那么,《酒鬼的故事》所讽刺的则是宗教了。在最后的审判时刻,酒鬼被挡在天堂大门之外,不能进入天堂,然而在小说的作者看来,喝酒不是酗酒,爱酒是民族文化的特性,酒鬼不是醉鬼,所以,在作品中,酒鬼说:"而我——我在所有的神圣的日子里喝着酒,但是,每一坛酒都是为了上帝的荣誉而喝,丝毫没有弃绝基督,没有伤害过任何人……"[1]

《叶尔肖·叶尔肖维奇》是16世纪至17世纪之交的俄罗斯讽刺小说,也有学者认为该作品创作于17世纪20至40年代。[2]

这部小说也是围绕法庭诉讼而展开的。被告和原告之间的激烈的辩论成为小说的重要内容。罗斯托夫湖畔的居民列西和果洛夫利殴打了叶尔肖,按照列西和果洛夫利的说法,叶尔肖是非法闯入本该属于他们的罗斯托夫湖区的。叶尔肖先是请求他们在此过夜,然后又小住了一段时间,就这样留了下来,并且生养孩子,还把一个女儿嫁给了万德什的儿子。随后,他与自己的儿子和女婿一起,将列西和果洛夫利赶出自己的世袭领地,并将罗斯托夫湖占为己有。

---

[1]　РАН. ИРЛИ. Библиотека литературы Древней Руси, Под ред. Д. С. Лихачева, Л. А. Дмитриева, Н. В. Понырко. СПб. : Наука, 2010. Т. 16: XVII век, с. 419.

[2]　*Повесть о Ерше Ершовиче, сыне Щетинникове*. Сатирическое произведение, Словарь русской цивилизации.

　　叶尔肖则坚持认为,他是贵族的后裔,莫斯科的许多达官贵人都与他相识,而罗斯托夫湖本来就是属于他的家族的,本是属于他爷爷的。列西和果洛夫利只是他父亲的农奴。而叶尔肖出于同情,解除了他们之间的奴役关系,给了他们自由。在饥荒年代,他们住到了伏尔加河湾,现在才回到罗斯托夫湖畔。

　　双方都没有拥有罗斯托夫湖的证明文件。列西和果洛夫利找了几名证人。证人说,罗斯托夫湖本就属于列西和果洛夫利,而叶尔肖是个骗子,说他在莫斯科也只是作为酒鬼而出名。尽管叶尔肖认为,这些证人都是列西和果洛夫利的亲属或同伙,但是,法庭最后依然将罗斯托夫湖判给了列西和果洛夫利。

　　这部作品是以法庭审判的形式创作的。其中,对于16—17世纪的诉讼程序进行了讽刺性模拟。与被驯服的、笨拙的原告,法官以及证人相比,叶尔肖显得勇敢大胆、精明强干。就讽刺技巧而言,这部作品在相当大的程度上借鉴了民间动物故事的技巧。无论是作品的主题还是所运用的技巧,都可以看出俄国文学朝世俗生活的转型。

　　著名评论家利哈乔夫认为:"如果扼要概述17世纪在俄罗斯文学史以及俄罗斯文化史上的整体意义,那么,我们不得不说,最为重要的是,这一世纪是逐渐从古代文学向新文学过渡,以及从中世纪文化向新时期文化转型的一个世纪。"[1]17世纪的俄罗斯文学中的过渡和转型,不仅体现在理论上,更是体现在创作实践中;不仅体现在主题和艺术手法方面,而且体现在语言风格方面。在17世纪之前的俄罗斯古代文学中,作品中的话语常常由作者本人陈述,而不是由作品中的人物陈述。到了17世纪,这种情况有所改观。譬如,在《贪赃枉法的审判》中,不仅有作者的叙述,而且有多处作品人物之间的对话。在审理第一个有关借马的案件时,作品并不是直接陈述判决的结果,而是由贪婪的法官直接发话,他对原告说:"既然你的马儿尾巴断了,那么在你的马儿尾巴没有长好之前,不要从被告者那儿弄回马儿。待到你的马儿尾巴长好的时候,你才能牵回。"[2]作品中不再限于作者的陈述,而是增加了人物的对话,使得作品语言更加贴近现实生活。更何况,这部作品"包含了17世纪俄国日常生活的特点,俄国的法律术语,也非常广泛地反映了当时俄国的法院审判程序和司法实践"[3]。

　　而且,作品中的人物不再仅仅是牧师或皇族人员,而是有了商人、法官等其他人物形象,甚至是农民等下层小人物的形象,这些没有受过多少正规教育的下

---

　　① РАН. ИРЛИ. *Библиотека литературы Древней Руси*, Под ред. Д. С. Лихачева, Л. А. Дмитриева, Н. В. Понырко. СПб. : Наука, 2006. Т. 15: XVII век, с. 5.

　　② РАН. ИРЛИ. *Библиотека литературы Древней Руси*, Под ред. Д. С. Лихачева, Л. А. Дмитриева, Н. В. Понырко. СПб. : Наука, 2010. Т. 16: XVII век, с. 402.

　　③ Н. К. Гудзий. *История древней русской литературы*. Москва-Ленинград: Наука, 1976, с. 487.

层平民百姓的语言,本来是不能进入文学的大雅之堂的。而 17 世纪文学中这些人物形象的塑造以及相应的下层人物语言的介入,在摆脱书面语,使得文学贴近生活本质等方面,无疑起到了重要的作用。

在人类历史的发展进程中,小说这种艺术形式源远流长,虽然一直处于发展的进程之中,但是,早在中古时期,它就已经开始了自己的征程,并且以自己独到的艺术形式,表现了社会风貌,以及时代与生活,以顽强的生命力证实了小说艺术得以存在的价值和意义。

俄国也不例外,俄国中古时期的小说创作尚处于起源阶段,只是俄罗斯小说发展的一个源头,只是在部分其他类型的作品中出现了叙事成分,有了一些小说的要素,而且也只是后来的俄罗斯小说这棵参天大树的一根幼苗而已,还没有真正出现过现代意义上的小说这种艺术形式,尤其是长篇小说这种艺术形式,甚至连俄罗斯本国学者也不得不承认:"就实质而言,我们必须承认,在俄罗斯古代文学中,在直到 17 世纪的俄罗斯文学全部发展进程中,在原创性文学而不是翻译文学中,没有出现过任何形式的长篇小说。历险长篇小说、游记长篇小说、爱情长篇小说,或者任何类似于中世纪希腊的、拜占庭的或西欧的长篇小说,都没有出现在古代俄罗斯。"[1]然而,尽管如此,小说这种艺术其实在 17 世纪之前就已经有了自己的雏形,而且已经在社会生活中占据了应有的地位,发挥重要的作用。这一时期,小说艺术和着时代生活的脉搏一起跳动,正如利哈乔夫所说:"17世纪之前的俄罗斯古代文学,以深刻的历史主义为其特色。文学植根于俄罗斯人民世世代代掌控的俄罗斯大地。俄罗斯文学与俄罗斯大地以及俄罗斯历史紧密地联系在一起。"[2]同样,世界文学的影响不可忽略,以至于有学者认为:"也许,俄罗斯文学在其发展的各个历史阶段,对于外界的影响,都是抱有非常开放的态度,或者说准备吸收大量的翻译作品。"[3]于是,俄罗斯古代文学凝聚着各个历史发展时期的精神火花,它是人类的心灵轨迹的记录,是俄国小说艺术的最初的成就,也是世界文化遗产中的一个宝贵的组成部分。

---

① А. С. Бушмин. *История русского романа в двух томах*. Том 1, Москва: Издательство Наука, 1962 – 1964, с. 27.

② Д. С. Лихачев. "Величие Древней Литературы", ИРЛИ, РАН. *Библиотека литературы Древней Руси*, Под ред. Д. С. Лихачева, Л. А. Дмитриева, А. А. Алексеева, Н. В. Понырко. СПб.: Наука, 1997. Т. 1: XI - XII века, с. 8.

③ Neil Cornwell ed. *The Routledge Companion to Russian Literature*, New York: Routledge, 2001, p. 20.

第二编　俄罗斯小说的成型

第四章　18 世纪小说的成型

从某种意义上来说,18 世纪对于俄罗斯是一个非常重要的世纪。18 世纪俄罗斯历史的开篇便是彼得大帝的改革。俄罗斯文学也是如此,俄罗斯文学史中的古代终于结束。而 18 世纪的起始,为俄罗斯文学史开启了崭新的一页。俄罗斯小说艺术的发展更是如此,正是自 18 世纪起,小说这种艺术形式真正得以成型。

18 世纪的俄国文学创作开始逐渐走出了低谷,摆脱了长达近八百年的总体上几乎停滞不前的状态。就文学史而言,进入 18 世纪,也就是进入一个新的文学发展时期,自 10 世纪至 17 世纪的俄罗斯古代文学阶段终于结束,俄罗斯近代文学得以开始。而且,俄国文学从此逐步与世界文坛接轨。翻开世界文学史,我们可以发现,在 18 世纪之前,无论是以意大利为发端的文艺复兴运动,还是以法国为主体的古典主义文学思潮,似乎都将俄国文学排除在外,与之没有关联。在相当长的历史时期内,俄国文学都游离于欧洲文学,与西欧文学产生了严重的脱节现象。然而到了 18 世纪,尤其是从 18 世纪 20 年代起,在诗歌、戏剧两个领域的创作方面,俄国文学成就斐然,80 年代之后,小说创作奋起直追,与诗歌、戏剧齐头并进,文学创作开始更大范围地贴近生活,甚至在总体上形成了从韵文体创作朝散文体文学创作转向的格局。

所以,18 世纪的俄国文学是开始并且处在重要转型期的文学。就文学功能而言,18 世纪俄罗斯文学不同于古代文学的一个显著标志是,文学在现实生活中已经发挥了应有的作用。就社会政治语境而言,自 17 世纪起,各种形式的农民起义在俄罗斯不断地爆发。于是,中央集权的巩固以及对中央集权的反抗,体现在这一时期作家所创作的许多文学作品中。这一时期的俄国作家已经充分意识到自己作为作家的社会职责,开始以自己的文学作品介入社会生活,尤其在法律书写方面,拉吉舍夫的《从彼得堡到莫斯科旅行记》便是一部反映法律事件、坚守法律正义以及抒发法律理想的杰出作品。

第一节　18 世纪小说创作概论

18 世纪俄国文学的发展和鲜明的变化,不仅与接轨西欧的文学有关,也与俄国自身的社会文化语境有着紧密的关联。自 17 世纪末至 18 世纪初,对于俄国文学的发展来说,无论是主题思想还是创作形式,都出现了一个积极的转向。这一转向的出现在一定程度上取决于当时的社会政治生活的转向,尤其与 1682 年至 1725 年彼得大帝的统治有着密切的关联。彼得大帝所实施的改革开放决策不仅作用于俄罗斯国家和社会的发展,而且极大地影响了俄罗斯文学的走向,使得俄罗斯文学走出故步自封的窘境,开始了向世界先进文化学习的进程。康捷米尔、特列佳科夫斯基、罗蒙诺索夫、苏马罗科夫等作家,都积极地运用法国古典主义的一些规则,使得俄罗斯文学走上了与世界文学接轨的进程。到了 18 世纪下半叶,许多西欧国家掀起了感伤主义文学的热潮,而俄国的感伤主义文学紧随西欧文学,尤其是卡拉姆津和拉吉舍夫等作家,在小说创作领域取得了与西欧文学相比毫不逊色的文学成就。

一　从诗歌向小说过渡

在文学形式方面,18 世纪俄罗斯文学的一个显著的变化,就是创作热点逐渐从诗歌创作转向小说创作。进入 18 世纪的时候,在彼得大帝实施改革开放决策的历史语境之下,俄国文学开始出现了向西欧文学学习的热潮,形成与西欧文学同步接轨、平行发展的创作倾向,这一特性,尤其体现在古典主义文学、启蒙主义文学和感伤主义文学这三种典型的文学思潮方面。正如俄国著名作家亚历山大·普希金所说:"我国的文学是在 18 世纪突然出现的,这极似俄国贵族的出现,没有祖先,也没有谱系。"[①]普希金在此所说的没有祖先和谱系,尽管较为片面,但主要是着眼于俄罗斯文学传统而言的,是着眼于俄罗斯古代文学发展的现状而发出的感慨。就世界文学传统而言,尤其是西欧文学传统,其思潮对 18 世纪俄罗斯文学的作用,无疑是极为明显的。

在 18 世纪,印刷术在俄国得以真正地运用,这一点,对于小说这一艺术形式的发展至关重要。"在世界文学经典传播过程中,印刷术的产生和发展起了革命性的作用。印刷术的出现,使得文学经典的传播工具,走出了漫长的人工抄写的历史,摆脱了繁杂的人工劳动,文学经典从此开始能够被大量复制,广为传播,从而极大地推进了人类文明的历史发展进程。"[②]印刷术不仅为篇幅较长的小说作品的流传提供了便捷的途径,而且对人们的思想观念产生了至关重要的影响。在中世纪的诗体作品中,由于教会神权统治一切,宗教主题的作品占据突出的地位,而且,宗教诗歌的主要传播场所是教堂。上教堂不仅是人们宗教信仰的需

---

① 普希金:《一篇论述俄国文学的文章的提纲》,沈念驹、吴笛主编:《普希金全集》第 6 卷,浙江文艺出版社,2012 年,第 219 页。

② 吴笛:《外国文学经典生成与传播研究》第 2 卷,北京大学出版社,2019 年,第 17—18 页。

要,也是知识普及和信息传播的需要。而印刷术的运用无疑对于改变人们以教堂为传播主体的文化传播方式,发挥了极为重要的作用。

于是,这一时期在文化传播的方式和方法方面,产生了革命性的变更。17世纪的英国作家安德鲁·马维尔就曾对这一现象有过极为深刻的理解,他曾经惊呼:"印刷机(邪恶的机器)就在与宗教改革几乎同一时间被发现,这给我们教会训诫造成的极大混乱,让所有教义都无法予以弥补。"①传播途径所发生的变化,使得人们的思想也随后从教堂建筑转向了更为广泛的现实生活,同样,便捷的印刷术,使得文化的传播不再仅仅依靠教堂里的神职人员的口头传播,更不再依靠耗费时间的繁重的手工抄写。于是,短小精悍的诗歌作品失去了便于抄写及传播迅捷的优势,因为手工抄写耗时而难以实现便捷传播的长篇小说,在印刷术得以充分运用的时代,也不再像过去那样处于劣势。这一切,对于长篇小说的成型和流传,尤其是反映现实生活的长篇小说这一艺术形式的成型、发展和流传,都提供了极大的可能和技术的保障。

在印刷术得以普及,各种杂志陆续创办的情况下,为了满足普通读者的阅读需求,俄罗斯一些文人开始大量翻译西欧等一些外国的文学作品。正是印刷术的发展和普及,激发了一些文人创办杂志的热忱,而文学杂志又在小说译介方面发挥了重要的作用。实际上,文学杂志也是从西欧借鉴的一种文学传播形式,而且,"在18世纪俄国从西欧所借鉴的所有文学传播形式中,没有任何一种比杂志更为经久不衰"②。尤其是在小说创作方面,正是在缺乏自身的优良文学传统的环境下,文学家首先通过译介西欧小说等方式,使得小说这一艺术形式在俄罗斯的土地得以生根,得以成型,得以流传,得以壮大,获得了一定的发展,并且为19世纪俄罗斯小说艺术的繁荣以及在现实主义文学思潮中引领世界文学,奠定了扎实的基础。

18世纪的俄国文学,是各种文学体裁开始逐步成型,得到作家和读者认可的一个时期。但是,在各种文学类型得以成型的过程中,小说这一艺术形式一开始是落后于诗歌和戏剧的,尤其是落后于诗歌创作。在18世纪各种文学类型得以成型和繁荣过程中,首先成型的是诗歌这一创作类型,随后是戏剧创作。从18世纪20年代至80年代,俄罗斯的诗歌和戏剧都已经获得了良好的发展。尤其在18世纪上半叶,统治俄国文坛的主要是诗歌类作品,而且开始出现了在俄国文学史上产生一定影响和发挥积极作用的一些诗人。其中,既有著名启蒙主义作家罗蒙诺索夫、杰尔查文、特列佳科夫斯基等,也有感伤主义的代表诗人德

---

① 转引自麦基恩:《英国小说的起源(1600—1740)》,胡振明译,华东师范大学出版社,2015年,第80页。

② Robert A. Maguire. "Introduction". See Deborah A. Martinsen ed. *Literary Journals in Imperial Russia*, Cambridge: Cambridge University Press, 1997, p.1.

米特里耶夫、卡拉姆津等。所以，正如西方学者所言，"俄国近代文学所有的奠基者几乎都是诗人"[①]。这一说法虽然总体上有失偏颇，却大致反映了 18 世纪相当长的时间里俄国文坛的创作倾向和基本状况。

当然，尽管 18 世纪上半叶的诗歌和戏剧方面的艺术成就胜于小说，但是，小说创作相对于 17 世纪之前，发展和进步还是非常明显的。特别是在彼得大帝时代的小说创作中，其艺术特性发生了根本性的变化，在反映一系列新的社会政治问题方面，已经有了重要的开拓。彼得大帝执政时期，人们与守旧的过时的国家机器所进行的尖锐的斗争以及崇尚科学和改革开放的理念，对于年轻一代思想的发展以及公民意识的形成，都产生了积极的作用。于是，彼得大帝时代小说的主人公，极大地区别于 17 世纪以前俄罗斯文学中的主人公。这一时期的小说主人公常常并非显贵，而是平凡的实际生活中的人物，他们热衷于科学，通过自己的勤劳和奋斗，依靠自身的聪明才智，赢得了社会地位和人们的尊敬。譬如，佚名小说作品《瓦西里·柯辽茨基的故事》（*Гистория о российском матросе Василии Кориотском и о прекрасной королевне Ираклии Флоренской земли*）中的主人公瓦西里·柯辽茨基便是其中的一个杰出的代表。瓦西里不同于其他的水手，他以自己的学识，克服了种种障碍，获得了理想的实现。瓦西里在周游西欧的时候，遇上海难，漂到了荒岛，他从海盗手中救出了佛罗伦萨公主伊拉克丽，两人随即坠入情网。瓦西里依靠自己的卓越的才能，战胜了重重困难，经历了生死考验，终于与公主完婚，并且继承了佛罗伦萨王位。这部作品之所以在 18 世纪获得高度认可，还在于作品的主人公瓦西里·柯辽茨基体现了彼得大帝改革时代的精神风貌，是理想的贵族青年的代表。

18 世纪上半叶，就小说而言，特列佳科夫斯基所翻译的长篇小说《爱情岛之旅》（*Едва в остров Любви*，1730）的意义是不可忽略的。在诗歌和戏剧胜于小说的时代，这部翻译小说是具有一定影响的，尤其在形式方面。就译文而言，这部译著正如著名理论家洛特曼所说："特列佳科夫斯基的这部译著翻译得极为准确。"然而，就翻译文化而言，同样如洛特曼所言："《爱情岛之旅》从法国文化语境移植到俄国文化语境之后，不仅其语义发生了变化，而且，其文化功能也发生了变化"[②]。

自 18 世纪 50 年代后期开始，俄罗斯文坛中诗歌与戏剧创作优于小说的情况逐渐发生了明显的变更。尤其在一些文学刊物创立之后，情况得以发生根本

---

① Charles A. Moser ed. *The Cambridge History of Russian Literature*，Cambridge：Cambridge University Press，1992，p. 68.

② Ю. М. Лотман. *О русской литературе：Статьи и исследования*（1958 – 1993）. *История русской прозы. Теория литературы*，Санкт-Петербург：Издательство Искусство—СПБ，1997，173.

性的改变。苏马罗科夫于 1759 年开始主编俄国最早的文学刊物之一《勤奋的蜜蜂》(*Трудолюбивая пчела*，1759)，在这份刊物上，除了诗歌，他也给讽刺性的散文体作品以一定的篇幅，于是，散文体作品终于有了自己的园地。

　　紧随苏马罗科夫，1760 年，一组陆军军校的教师开始编辑名为《消磨闲暇时光》(*Праздное время，в пользу употребленное*)的杂志。仍是这同一批作家，开始系统翻译英国和法国的小说。譬如，弗拉基米尔·鲁金(Влади́мир Лукин，1737—1794)和叶拉津·鲁金(Елагин Лукин)翻译了普雷沃斯特的《G 侯爵历险记》(*Приключения маркиза Г.，или жизнь благородного человека，оставившего свет*)，谢苗·波罗申(Семён Порошин)翻译了普雷沃斯特的《英国哲学家》(*Философ аглинский，или Житие Клевеландово…*，1760)。这些翻译作品对小说艺术的发展同样起到了促进的作用。

　　尽管在 1750 年之前，除了特列佳科夫斯基翻译的长篇小说《爱情岛之旅》之外，俄国文坛其实根本没有出现过真正意义上的可以称为小说的艺术形式，但是，自从 1750 年起，由于一些俄罗斯作家向西欧等国家的文学创作借鉴，长篇小说这种艺术形式开始在俄国文坛上被很多作家自觉地运用。首先在俄国出现的是西欧长篇小说的一些译本。为了适应俄国读者的阅读需求，俄国的一些翻译家从法语、德语、英语等一些语种中翻译了多部长篇小说，介绍给俄国文坛。甚至连 18 世纪中后期的同时代的作品也被迅速译成俄文，如法国小说家伏尔泰的《憨第德或老实人》、英国小说家笛福的《摩尔·弗兰德斯》等，都是在当时就被翻译成俄文出版。西欧小说的俄文翻译，使得不懂外文的俄国读者和作家有了一种了解世界文学动态和创作倾向的良好机会，从而打开了俄国通往世界文学的窗口。正是翻译小说的兴起，在俄罗斯民族文学发展以及民族审美情趣的形成方面，发挥了应有的积极的促进作用。"对于 18 世纪的俄国来说，翻译文学具有特别重要的意义。"[①]紧接着翻译文学的热潮，1763 年，地地道道的属于俄罗斯民族文学的长篇小说便开始出现了。

　　到了 18 世纪八九十年代的时候，小说这种艺术形式得以真正被俄国文坛认可，并且开始逐渐被广大读者接受。尤其是拉吉舍夫的《从彼得堡到莫斯科旅行记》以及卡拉姆津的《一个俄国旅行者的书简》的面世，彻底改变了 18 世纪俄罗斯文坛小说创作落后于诗歌和戏剧创作的局面。于是，卡拉姆津和拉吉舍夫的小说创作，与罗蒙诺索夫、杰尔查文等诗人的诗歌创作，以及冯维辛等剧作家的戏剧创作，共同构筑了 18 世纪后期俄罗斯文学三足鼎立的基本格局。而且，俄罗斯的小说艺术从诗歌和戏剧中汲取了充分的营养，尤其是俄罗斯诗歌中的自

---

① Институт Русской Литературы (Пушкинский дом). *История русской переводной художественной литературы*，Санкт-Петербург：Издательство дмитрий буланин，1995，с. 9.

然书写和抒情手法,以及冯维辛等剧作中的对话和讽刺技巧,都深深地影响了俄罗斯小说艺术的形成和发展进程。

18 世纪,除了拉吉舍夫、卡拉姆津等重要作家之外,在小说领域做出贡献的还有艾敏(Ф. А. Эмин)、赫拉斯科夫(М. М. Храсков)、楚尔科夫(М. Д. Чулков)、波波夫(М. И. Попов)、科马洛夫(Матвей Комаров)、廖夫申(В. А. Левшин)、库尔加诺夫(Н. Г. Курганов)等作家。

二 艾敏——俄国第一位长篇小说作家

18 世纪后期,随着近代长篇小说在西欧的兴起,长篇小说这一重要艺术形式在俄国也得以出现,俄罗斯民族文学界的第一位长篇小说作家名为艾敏。不过,他所创作的一系列作品,大多是属于历险小说以及哲理小说的范畴。

费多尔·亚历山大洛维奇·艾敏(Фёдор Александрович Эмин,1735—1770),被誉为“俄国第一位长篇小说家”[1],但是,有关他早年的生平存有一定的争议,有资料认为他出生于波兰[2],也有资料认为他出生于土耳其[3]。现在人们倾向于认为他出生在土耳其的君士坦丁堡[4]。比较可信的是,他跟随自己的俄罗斯籍父母游历过欧洲的许多国家,直到 18 世纪 50 年代末 60 年代初,他才开始活跃于圣彼得堡的上流社会,并且曾在叶卡捷琳娜二世的宫廷供职,在俄国外交部担任翻译等工作。艾敏通晓英语、意大利语、西班牙语、葡萄牙语、波兰语、土耳其语等多门外语,也熟知这些语种国家的地域文化。于是,在外交部工作之余,他又刻苦锤炼自己的俄语功底,到了 1763 年的时候,他的俄文功底就已经训练得非常出色了,他自此开始,既将外国的文学作品译成俄文,又用俄文发表自己所创作的文学作品。可见,他是一位具有多种语言天赋的作家。

艾敏在自 1763 年起直到他逝世的短短六七年时间里,共出版了二十五部作品,其中包括七部长篇小说以及长篇小说俄文译著,如《受到赞赏的忠贞不渝,或利萨尔克与萨尔曼达的历险》(*Награждённая постоянность,или Приключения Лизарка и Сарманды*)等。他所翻译的小说,主要译自意大利语、西班牙语、英语和波兰语。作为一位使用多种文字进行文学翻译活动的作家,艾敏的文学创作

---

① Charles A. Moser ed. *The Cambridge History of Russian Literature*, Cambridge: Cambridge University Press, 1992, p. 69.

② Н. И. Новиков. *Опыт исторического словаря о российских писателях*, СПб., 1772, с. 253—258.

③ Е. Б. Бешенковский, *Жизнь Федора Эмина*. XVIII век. Сб. 11. - Л., 1976, с. 253 - 280.

④ П. А. Орлов. *История русской литературы* XVIII *века:Учеб. для ун-тов*, Москва: Издательство Высшая школа, 1991, с. 117.

也具有一定的世界文学意识，他的作品的题材常常涉及在国外的历险。他所创作的最为知名的长篇小说是探险题材的作品《反复无常的命运，或密拉蒙德的历险》(Непостоянная фортуна，или Похождения Мирамонда)和《费米斯托克尔历险记》(Приключения Фемистокла и разные политические，гражданские，философические，физические и военные его с сыном своим разговоры，постоянная жизнь и жестокость фортуны，его гонящей)。这两部长篇小说的故事情节发生在欧洲的各个不同的国家。主人公经历了难以想象的苦难，但是最后的结局却是万事大吉。在《反复无常的命运，或密拉蒙德的历险》的序言中，艾敏强调，在其中的一个主人公费里达塔身上，他书写了自己的生活，描绘了自我的形象。尽管艾敏的这几部小说中没有抒写俄罗斯本土的风土人情和社会生活，但是，其中所阐述的美学与社会学等方面的问题，却激发了 18 世纪 60 年代的俄罗斯读者进行深入的思考。"艾敏的长篇小说具有百科全书的特性，帮助读者熟知全世界的地理、历史和政治，而且其中充满了政论插笔，讨论政治以及道德哲学等命题。"①

艾敏不仅是俄罗斯文学史上首先有长篇小说面世的作家，而且是创作第一部书信体小说的作家。

艾敏的最后一部长篇小说题为《欧内斯特与多拉夫拉的书简》(Письма Эрнеста и Доравры，1766)，这是他最为成功的长篇小说，共分四卷，也是俄国文学史上最初的书信体小说的尝试。在小说艺术形式上，这部小说是对法国作家卢梭的长篇小说《新爱洛伊丝》的成功的借鉴。小说以主人公欧内斯特给自己的恋人多拉夫拉写信的方式，讲述自己的过去，倾诉对她的爱情，说他第一次见到她的时候，就被她的美貌"征服"，就被她的目光俘获，如在第一部第三封信中，欧内斯特在致多拉夫拉的信中写道：

> 我的眼睛多么迅疾地与您的目光相遇啊，就在那个时刻，我的眼睛突然变得清澈起来，因为在此之前，我从未像见您这样清晰地见过任何人。您点燃了我的眼神，照亮了我的理智……②

女主人公多拉夫拉是一个情感炽热、热情奔放，但十分珍惜自身荣誉的姑娘。一开始，当她收到来自欧内斯特的对她进行赞美的书信时，她常以戏谑的态度对待，随后，他们逐渐开始相互爱恋，倾吐衷肠。多拉夫拉不顾社会地位的悬

---

① Н. И. Пруцков. История русской литературы в четырех томах. Том первый. Институт Русской Литературы (Пушкинский дом)，с. 403.

② Ф. А. Эмин. Письма Эрнеста и Доравры，См：В. А. Западов. Русская литература XVIII века，1770 - 1775. Хрестоматия，Москва：Просвещение，1979.

殊以及世俗的等级观念,与欧内斯特真诚相爱。她爱恋欧内斯特的时候,不仅大胆地向他表白,而且将这份爱情告诉自己的闺蜜普里赫丽雅。然而,当她得知欧内斯特原先的妻子依然活在世上的时候,她勇于克制自己的情感,为了尊重别人的家庭以及他人的幸福,遵从父命,嫁给他人。

这部长篇小说以心理分析见长,体现了长篇小说这一艺术形式在刻画人物性格方面的独特优势,而且时常让彼此相对立的情感在内心世界进行反复较量和搏斗。譬如,男主人公欧内斯特满怀对多拉夫拉的热切的情感,将她的爱情视为珍宝,然而,当多拉夫拉决心"堕落",扑到他的怀抱中,决意委身于他的时候,他又表现出了强烈的理性,为了不损害对方的名誉而极力克制自己的欲望。

女主人公多拉夫拉也是一样。一方面她具有传统的俄罗斯女子珍惜名声、勇于克制的美德,另一方面,她将爱情视为生命的全部意义所在,甚至企求爱情的分享。在她得知欧内斯特与原来的妻子住到一起的时候,她告诉欧内斯特说,他对妻子赋予肉体的爱情是他所应有的义务,而她——多拉夫拉,只是企求一种纯洁的精神之爱。

欧内斯特也坚信没有被世俗玷污的纯洁的爱情能够永恒,能够伴随他的一生,但是,事实表明,这种柏拉图式的精神之爱,同样难以与时间抗衡,难以达到永恒。最后,面对现实,欧内斯特也只得痛苦地沉思:"我的炽热的爱情终结于冷漠的议论。"

艾敏的长篇小说《欧内斯特与多拉夫拉的书简》不仅是俄国小说发展史上最早的书信体小说,也是俄国感伤主义文学最初的艺术成就。这部小说不仅书写了欧内斯特与多拉夫拉之间感伤而动人的爱情故事,同时通过两个男主人公欧内斯特和伊波利特之间的往来书信,对俄国社会政治等方面的一些重要命题进行了沉思和议论,尤其是对俄国专制农奴制下的农奴们的凄凉的生活状况进行了真实的描写,对于当时的社会现实进行了揭露和讽喻。

三 米哈伊尔·楚尔科夫的小说

米哈伊尔·德米特里耶维奇·楚尔科夫(Михаил Дмитриевич Чулков,1743—1792),也是俄国 18 世纪比较出色的一位小说家,他出身于莫斯科的一个普通的军人家庭,1755 年至 1758 年,他曾在莫斯科大学附属中学学习,随后成为普通的大学剧院的演员,自 1761 年起,他成为彼得堡皇家剧院的演员。自 1765 年起,楚尔科夫步入仕途,担任过宫廷军需官等职。到了 18 世纪 60 年代后期,他开始转向文学,翻译文学作品,从事文学创作活动,以及从事编纂辞典、汇集民歌、创办杂志等工作。他出版过多部短篇小说与故事集,在这些作品集中,他在借鉴俄罗斯民间创作的基础上,反映了俄国当时的现实生活。在其分五个部分的短篇小说集《讥嘲者,又名斯拉夫童话》(Пересмешник, или

Славянские сказки，1789)中，作者采用"故事套故事"的形式，以诙谐的笔调讲述一些具有浓郁的俄罗斯色彩的民间故事，描述了奇风异俗，并且充满了爱国主义的情感。其中比较著名的有《珍贵的梭鱼》和《凄惨的命运》。《凄惨的命运》书写了贫苦农民司索依的悲苦的生活经历，他被迫充军，回到家乡发现自己所有的亲人都被有钱有势的人残杀，但是，由于他无钱行贿，杀人犯逍遥法外，没有得到应有的惩罚。

楚尔科夫所创作的代表作品是他的长篇小说《标致的厨师，或荡妇历险记》(*Пригожая повариха，или Похождения развратной женщины*，1770)。这部长篇小说以第一人称进行叙述，主线是一个人物的传记，讲述了一个中士的遗孀马尔多娜(Мартона)自甘堕落以及与命运抗争的故事。马尔多娜的丈夫是个普通的人物，在波尔塔瓦战役中战死之后，没有给妻子留下任何遗产。于是，这位十九岁的中士的遗孀意识到自己的处境，充分认识到"从财富中诞生荣誉"的重要性。她为了摆脱贫穷的生活，总是从一个情人转向另一个情人，并且听从了妓院女老板的建议，从而得到了一个贵族老爷的庇护，并且依靠他的金钱，雇用了一名女仆，以自己的美貌在社会上站稳了脚跟，赢得了别人的羡慕以及应有的荣耀。

这部作品情节曲折，内容丰富，西方有学者认为："《标致的厨师，或荡妇历险记》不仅是俄国的第一部历险小说，而且是俄国第一部'影射小说'(roman-`a-clef)。"[1]此处所说的影射，是指对彼得大帝与后来的女皇叶卡捷琳娜之关系的一种影射。

虽然作品是以波尔塔瓦战争为背景的，但是，这部作品并非一部历史题材的小说。作品的主要文学价值在于刻画了女主人公马尔多娜这一较为独特的艺术形象。整部作品的结构也主要是基于女主人公的贪欲和历险而展开的。马尔多娜在作品的开端部分就强调："我想，我的很多姐妹会指责我厚颜无耻，但是，这一恶行大体上对于女性来说是很自然的事情，那么我也就心甘情愿地放任自己了。"[2]正是出于这样的心理，在作品的第一部中，马尔多娜放纵自己，以此改善自己的处境。她虽然曾经一度沦落为一个厨娘，但是，多半情况下，她依靠男性，过着无忧无虑的生活。尤其是她与一名七十多岁的退役中校的交往，使得她的生活状况获得了根本的改观。当然，马尔多娜的性格也是非常复杂的，在堕落的同时，也时常展现出她的善良的一面，正如她自己所说："甚至连堕落的女人头脑

① Caryl Emerson. *The Cambridge Introduction to Russian Literature*，Cambridge：Cambridge University Press，2008，p. 93.

② Mikhail D. Chulkov. *The Comely Cook，or The Adventures of a Debauched Woman*，in Segal，*The Literature of Eighteenth-Century Russia*，pp. 26—68；quote on p. 29.

里也会存有某些理性的。"[1]

四　马特维伊·科马洛夫的小说

18世纪后半叶,俄国最为流行的小说家,无疑要数马特维伊·科马洛夫(Матвей Комаров,1738?—1815?)。他农奴出身,早年生平无从知晓,自称"莫斯科人"。曾为一个莫斯科地区的女地主谢尔巴乔娃做用人,在主人去世之后,他获得自由。他尽管是农奴出身,地位低下,但是他很有天分,通过大量的阅读,接受了启蒙主义思想的熏陶,赢得了社会的承认,他所创作的长篇小说《骗子万卡·凯恩的故事》(История мошенника Ваньки Каина,1779)和《英国绅士乔治和勃兰登堡伯爵夫人露易莎的历险故事》(Повесть о приключении английского милорда Георга и бранденбургской маркграфини Фредерики Луизы,1782),继承了俄罗斯民间文学的优良传统,并且汲取了西欧骑士传奇的技巧,在18世纪的俄国通俗小说中占有突出的地位,拥有广泛的读者,正因如此,列夫·托尔斯泰称科马洛夫是"最为出色的俄罗斯作家"。

马特维伊·科马洛夫之所以被列夫·托尔斯泰如此高估,是因为他确实是一个讲故事的高手,如在《英国绅士乔治和勃兰登堡伯爵夫人露易莎的历险故事》开头部分,作者写道:

> 在一个极其晴朗美妙的日子里,下午一点钟的时候,黑压压的乌云突然来临,覆盖了清澈的天空,一团一团的乌云,形如一座一座的山峦,在飓风的驱赶下,就像黑沉沉的海洋,汹涌、翻腾。雷鸣、闪电、冰雹、暴雨,全都汇集一体,大地上的一切生物,全都惊恐万分。
>
> 大家狂跑,寻求救助的可能;老者朝天空举起双手,祈求上帝饶恕罪孽;年轻人躲在可容身之处,高声呼喊;妻子们和姑娘们发出凄惨的哭叫,跑进屋内,将大门紧紧地关闭;田野里的庄稼人似乎不再指望得到拯救……年轻的英国绅士乔治,在这个时候正好牵着猎犬,走在田野上,为了躲避这场可怕的暴风雨,他不得不跑进树林……[2]

从这部小说开端的描写,我们就可以看出,马特维伊·科马洛夫的这部小说不仅情节曲折,显得跌宕起伏,而且小说语言也显得极为简洁凝练、流畅生动。

---

[1]　Mikhail D. Chulkov. *The Comely Cook*, or *The Adventures of a Debauched Woman*, in Segal, *The Literature of Eighteenth-Century Russia*, pp. 26—68; quote on p. 50.

[2]　Матвей Комаров. *Повесть о приключении английского милорда Георга и бранденбургской маркграфини Фредерики Луизы*, Издательство Типография И. Д. Сытина и Ко. 1918.

五　廖夫申的小说创作

瓦西里・亚历山大谢维奇・廖夫申（Васи́лий Алексе́евич Лёвшин，1746—1826），出生在斯摩棱斯克，主要生活在圣彼得堡。年少的时候主要是在家庭接受了良好的教育。1765 年起，他曾在部队服役，官至中尉，参加过 1768 至 1774 年的俄土战争。

在文学领域，廖夫申以翻译和创作为 18 世纪后期的俄国文学做出了贡献。他的第一部作品《闲暇时分谜语分享》（*Загадки, служащие для невинного разделения праздного времени*）于 1773 年面世。他的作品长达二百五十卷，包括译作和改编作品。他从德语、法语和意大利语翻译的文学作品数量非常可观，主要是在 18 世纪七八十年代面世，其中包括《德国长篇小说文库》（*Библиотека немецких романов*，1780）。他著有二十多部喜剧作品，其中包括《爱的盛典》（*Торжество любви*，1787）。在小说创作方面，他所创作的主要是乌托邦小说，如《最新的旅程》（*Новейшее путешествие*，1784）。在这部作品中，他以先见之明，在俄国文学史上第一次书写了登月旅行。

除了《最新的旅程》，他的骑士魔幻探险作品集《俄罗斯童话》（*Русские сказки*，1780—1783）也取得了巨大的成功。

18 世纪俄国文坛最为杰出的小说家，是感伤主义代表作家卡拉姆津，他在《可怜的丽莎》等小说的创作中表达了他在《秋》等抒情诗作品中同样的感伤主义情调。

与此同时，拉吉舍夫的纪实小说也在 18 世纪的俄国文坛以及俄国小说发展史上，占有重要的地位。而中篇小说《瓦西里・柯辽茨基的故事》中所表述的瓦西里的进取精神以及对知识的渴求，则最能反映 18 世纪俄国的时代精神。

第二节　《瓦西里・柯辽茨基的故事》

中篇小说《瓦西里・柯辽茨基的故事》全称为《俄罗斯水兵瓦西里・柯辽茨基与佛罗伦萨美丽公主伊拉克丽娅的故事》（*Гистория о российском матросе Василии Кориотском и о прекрасной королевне Ираклии Флоренской земли*），是彼得大帝时代俄国文学中著名的爱情文学经典之一。在 18 世纪初期，这部小说以三种手抄本形式流传，作者已经难以考证。而且，从内容上看，有学者认为这部小说并非俄罗斯作家的原创，而是从外国文学作品改编而来的，但是反映了彼得大帝时代的精神，折射了彼得时代社会的变革。

这部小说所描写的是破落的贵族之子瓦西里・柯辽茨基的种种历险。柯辽茨基从小挨饿,为了生计,他到了彼得堡,在海军舰队当上了水兵。他到过许多国家,还被派往荷兰学习。在国外,他勤奋地学习航海事业,并且极为勤俭,将自己节省下来的钱寄给父母。完成学业之后,他即刻回到祖国。在接下去的一次海上航行中,他遇到了一场风暴,海船遇难,他落到了海盗居住的海岛上。

在海岛上,随着时间的流逝柯辽茨基被迫成为海盗的头目,参与了一系列袭击事件。他在海盗的俘虏中,发现了佛罗伦萨公主伊拉克丽娅。柯辽茨基爱上了美丽的公主,从强盗手中救出了她,然后和她一起逃到了奥地利。经过一系列磨难和历险,他后来遇到了奥地利国王。柯辽茨基向奥地利国王讲述了自己所经历的一切,尤其是怎样拯救了佛罗伦萨公主。国王欣赏勇敢的俄罗斯水兵,把他当作兄弟一样看待,并且邀请他们住到了自己的宫殿中。奥地利国王还告诉柯辽茨基,说佛罗伦萨国王已经派了自己的一位海军上将外出寻找公主,并且承诺,如果海军上将完成了任务,就将公主许配给他。

过了一段时间,佛罗伦萨海军上将的船队来到了奥地利王国。当他从国王口中得知公主的下落之后,便以欺骗的手段引诱伊拉克丽娅登上他自己的舰船,将她带回了佛罗伦萨,并且命令手下官兵将柯辽茨基扔到了海里,将其处死。但是,柯辽茨基却大难不死,并且设法赶到了佛罗伦萨。

海军上将要求佛罗伦萨国王遵守诺言,将公主嫁给他。伊拉克丽娅以为柯辽茨基已经被处死,所以在去教堂举行婚礼的时候,她依然穿着黑色的衣裙,以此作为丧服,悼念自己心爱的柯辽茨基。然而,在即将举行婚礼的教堂里,突然出现了柯辽茨基的身影。他弹起了竖琴,唱起了动人的咏叹调,伊拉克丽娅即刻知道自己的恋人依然活在人间,于是,她向国王说出了真相,揭穿了海军上将的骗局。结果,阴险奸诈的佛罗伦萨海军上将得到了应有的惩罚,被判死刑。而柯辽茨基最终与伊拉克丽娅结婚,并且在老国王死后,继承了佛罗伦萨王位。

这篇小说中,伊拉克丽娅公主的形象显得生动逼真,极为感人,她与柯辽茨基相亲相爱,她忠诚于这份爱情,并以独特的方式与包办婚姻进行了抗争:

> 国王走向伊拉克丽娅公主,亲切地说:"我亲爱的女儿,美丽的伊拉克丽娅公主! 请你打扮一下,该走向合法婚礼的殿堂了。"
>
> 公主听了自己父王所说的话,即刻失声痛哭,她跪在父亲的脚前,开口说道:"我的慈祥的父王啊,请求您发一点国王和父亲的慈悲,不要将我嫁给那个海军上将吧。"
>
> "怎么能不嫁呢? 我可不愿让你耽搁呀。请你打扮吧,该去教堂了。"
>
> 公主看到无论如何也不能说服父亲,于是泪流满面,悲叹着说:"我还有什么可打扮的,我已经没有了伴侣,假如我的伴侣还活着,我一定

会快活的。"

　　听了女儿的话,国王和王后极为惊奇,向女儿问道:"我们亲爱的女儿,美丽的伊拉克丽娅公主,究竟发生了什么事,请向我们细细道来。"

　　公主满怀高尚的忧伤,什么也没有回答,走进了闺房,随后穿上了一身黑色的衣裙,走了出来,上了轿式马车。①

　　在这部中篇小说中,主人公瓦西里·柯辽茨基的形象塑造得较为感人,他的身上具有许多优秀的品质。他孝顺父母,热爱祖国,并且具有很强的求知欲和进取心。他不满于俄国舰队的现状,到荷兰求学,学业完成之后,他抵挡住了各种诱惑,毅然回到祖国,服务于祖国的航海事业。在爱情方面,他同样表现出了良好的品德,忠诚于爱情,听从于心灵的呼唤,以极大的毅力和智慧,终于获得了爱情和成功。在他的身上,体现了俄罗斯民族在彼得大帝统治时代进行海上扩张及殖民他邦的强烈愿望和时代精神。"瓦西里的经历和情绪,他的进取心和求知欲,较为准确地体现了彼得时期新生一代的风貌。"②

第三节　拉吉舍夫的纪实小说

　　拉吉舍夫是一名极其富有政治理想的作家,他看透了俄国专制农奴制的实质,以自己的创作来传达和实践自己的理想,甚至为此付出了生命的代价。他的长篇纪实小说《从彼得堡到莫斯科旅行记》中的一个典型特性是法律书写,不仅反映法律事件,坚守法律正义,而且抒发自己的法律理想,对于我们了解农奴制的实质,具有重要的认知价值,而且无疑是文学法律批评的优秀文本。

一　法律修养与法律书写

　　亚历山大·尼古拉耶维奇·拉吉舍夫（Александр Николаевич Радищев,1749—1802)出身于萨拉托夫省库茨涅佐夫县上阿勃里雅佐沃村的一个地主家庭。他的父亲学识渊博,精通拉丁语、波兰语、法语、德语等四种语言。拉吉舍夫在家乡美妙的自然风光中度过了自己美好的童年时光。在孩童时代,拉吉舍夫的父亲为儿子请了一名来自法国的家庭教师,但是教学效果似乎不太理想,与父亲的期望存有差距。于是,1756 年,拉吉舍夫被送往莫斯科,住到了他舅舅的家里,并且开始接受一位极好的法国家庭教师的教育,取得了良好的效果。1762

---

　　①　А. В. Кокорев Сост. *Хрестоматия по русской литературе* XⅧ *в.*, Москва:Просвещение, 1965, c. 22.

　　②　李兆林、徐玉琴:《简明俄国文学史》,北京师范大学出版社,1993 年,第 18 页。

年,他进入圣彼得堡贵族军事学校学习。四年之后,他以优异成绩毕业,并作为十二名留学成员中的一员,被选派到德国深造,进入莱比锡大学攻读法律。在德国,他深受卢梭、狄德罗等人启蒙主义思想的熏陶。

1771 年,拉吉舍夫从德国莱比锡大学毕业之后,怀着报效祖国的满腔热忱,回到了俄国首都圣彼得堡,进入俄国枢密院工作,担任了九品文官。不久之后,他又转任军职。1775 年,他休假结婚。两年之后,进入俄国贸易部工作,在此结识了后来在他遭遇流放期间给予他极大帮助的沃伦佐夫公爵。从 1780 年起,他又进入圣彼得堡海关工作。他似乎仕途顺利,甚至可以说飞黄腾达,到 1790 年遭到被捕时,他已经当上了海关关长的要职。但是,出自良心的文学创作,使得他的命运发生了根本的改变,不仅失去了要职,而且遭到逮捕。

拉吉舍夫是因为《从彼得堡到莫斯科旅行记》这部作品的出版而遭到逮捕的。这部作品因而值得从文学法律批评的视角进行审视。

美国著名学者波斯纳教授认为:"法律作为文学的主题无所不在。西方文化从一开始就渗透着法律的技术和意象。文学作品的作者一直注意着法律。"[①]拉吉舍夫就是这样一位对法律问题极为关注的作家,对他文学作品中相关的法律问题的深入探讨,无疑可以加深我们对其作品的理解以及对其创作思想的认识。同样,拉吉舍夫的法律思考以及相应的法律理想对于法律的完善以及法律的正义亦具有参考价值。

在拉吉舍夫创作的年代,俄国所使用的主要是《国民会议法典》(*Соборное уложение*)[②]。该法典于 1649 年颁发,直到 1832 年才被废除,被《俄罗斯帝国法典大全》(*Полное собрание законов Российской империи*)取代。《国民会议法典》主要是为适应罗曼诺夫王朝的统治需求而产生的,它在彼得一世时代,以及 18 世纪中后期叶卡捷琳娜二世统治时代,都为俄国的强盛发挥了一定的作用。然而,在叶卡捷琳娜二世统治时代,法律的弊端也充分体现出来,尤其是拉吉舍夫开始攻读法律的 18 世纪 60 年代,"一系列颁发的法规彻底地剥夺了农奴制度下农民的一切权利,甚至包括正式的司法权"[③]。

拉吉舍夫是一名极其富有政治理想的作家,他看透了俄国专制农奴制的实质,以自己的创作来传达和实践自己的法律理想,甚至为此而付出了生命的代价。就拉吉舍夫的文学创作而言,其作品的价值正如西方学者麦克康奈尔的概

---

① 波斯纳:《法律与文学(增订版)》,李国庆译,中国政法大学出版社,2002 年,第 4 页。

② "Соборное уложение"的中文译法较多,如《会议法典》《世界通史》、《法典》《俄国史》)、《会典》《外国法制史》、《法律大全》《大俄汉词典》)、《宗教会议法典》《俄国宗教史》)等,现采用《辞海》和《欧洲历史大辞典》等书的译名《国民会议法典》。

③ В. А. Западов. "Александр Радищев — человек и писатель", А. Н. Радищев. *Сочинения*, Москва: Художественная литература, 1988, с. 4.

括:"(拉吉舍夫所强调的是)在法律面前一切阶级的平等、废除等级制度、废除陪审团审判制度、信仰自由、出版自由、农奴解放、人身保护权,以及贸易自由。"①而在这中肯的概括中,与法律相关的要素占有绝对的比例。

拉吉舍夫深受卢梭、狄德罗等西欧启蒙主义思想家的熏陶,并且在自己的作品中极力宣传这一思想。从圣彼得堡贵族军事学校毕业之后,他被选派到德国深造,进入莱比锡大学攻读法律。从德国莱比锡大学毕业之后,他怀着报效祖国的满腔热忱,回到了俄国首都圣彼得堡,先后进入政界和军界工作,尽管担任要职,但是自己所攻读的法律专业,却毫无用武之地。由于看透了沙皇专制制度的实质,难以在实践中实现自己的法律理想,他便出于自己的良心,以文学创作来传达自己的法律理想和法学观念。然而,出自良心的文学创作,使得他的命运发生了根本的改变,不仅失去了要职,而且遭到逮捕。

拉吉舍夫是因为《从彼得堡到莫斯科旅行记》这部作品的出版而遭到逮捕的。由于他在这部文学作品中表达了对女皇的极度不满情绪以及对理想君主的呼唤,其相关内容极大地激怒了当时的女皇叶卡捷琳娜二世,于是,女皇认定该书的作者是一个"比普加乔夫更坏的暴徒"②,并且立即下令逮捕了拉吉舍夫。根据女皇的旨意,俄国刑事法庭判决拉吉舍夫死刑,后来才改判为十年时间的流放。1796年,叶卡捷琳娜二世逝世之后,新登基的沙皇保罗一世为了赢取社会的好感,巩固自己的地位,对拉吉舍夫开恩,不仅准许他结束在西伯利亚的流放,而且恢复了他的官职和贵族头衔。

1801年,在保罗一世被谋杀之后,亚历山大一世即位,新的沙皇成立了法律编纂委员会,并且任命拉吉舍夫为编纂委员会委员。这时,拉吉舍夫格外振奋,觉得自己在法律方面的修养终于有了用武之地,于是以积极的态度参与相关的工作,提出了一些具有温和改良色彩的法律草案。然而,他的主张不仅未能得到应有的重视,反而被认为是过激的行动,当时的法律编纂委员会主席扎瓦多夫斯基伯爵责备拉吉舍夫"想跟过去一样瞎胡扯"③,甚至威胁他,要把他再度流放到西伯利亚去。拉吉舍夫的满腔热忱遭到冷遇,觉得无法实现自己的抱负,感到深受打击,1802年9月,他在绝望中服毒自杀身亡,为了自己所钟爱的法学事业,以及难以实现的法学抱负,他悲惨地结束了自己的一生。

在沙皇专制制度下,编纂一部具有启蒙主义理想的法律文本,其实是不切实

---

①　Allen McConnell. "The Empress and Her Protégé: Catherine Ⅱ and Radischev", *The Journal of Modern History*, Vol. 36, No. 1 (Mar., 1964), p. 26.

②　И. Д. Смолянов. *Великий писатель-революционер Александр Николаевич Радищев. К 200-летию со дня рождения*, Псков: Псковиздат, 1949, с. 4.

③　普希金:《亚历山大·拉吉舍夫》,参见沈念驹、吴笛主编:《普希金全集》第6卷,浙江文艺出版社,2012年,第344页。

际的幻想,因为,"俄罗斯专制主义者的法典编纂规划并不是由法律的实际执行需要或利益集团的需要所激发起来的,而是由时尚和君主及其君主政体之声望考量而激发起来的"①。但是,拉吉舍夫的《从彼得堡到莫斯科旅行记》等文学创作,充分体现了他的法律理想,对于我们理解他的文学创作与法学思想之间的关系,对于把握他作品中的深邃的思想内涵,无疑具有重要的参照意义。

二　奴役制度的腐败与法律意识的启蒙

拉吉舍夫的启蒙主义思想集中体现于对农奴制的反抗。而这种反抗又集中体现在 1790 年 5 月出版的《从彼得堡到莫斯科旅行记》这部作品中。《从彼得堡到莫斯科旅行记》是拉吉舍夫的代表性作品,也是他作为一个贵族革命家的政治主张、社会理想及法律意识的集中体现。"这部作品标志着 18 世纪俄国社会思想的顶峰。"②这部《从彼得堡到莫斯科旅行记》也受到了当时流行于俄国文坛的感伤主义文学思潮的影响,尤其是英国作家斯泰恩《感伤的旅行》的影响。作品采用游记的形式,来展现俄罗斯社会的现实情景,作者书写自己的所见所闻,抒发自己内心世界真实的感受,呼唤法律正义,宣扬启蒙主义思想,尤其是法律意识的启蒙。正因如此,他的作品对俄罗斯社会的发展,有着重要的启迪作用。正如文学评论家奥尔洛夫(Вл. Орлов)所言:"迄今为止,以非凡的原则性和勇敢精神在这部书中所陈述的自由解放思想,对俄罗斯社会一代又一代的先进的活动家的思想意识,产生了难以估量的巨大影响。"③

《从彼得堡到莫斯科旅行记》全书共分二十六章,每章的标题都颇具特色,是从彼得堡到莫斯科沿途各地的城市和乡村的地名。这部作品实为纪实小说,其中记录了作者在每个地方的所见所闻、所思所感,内容涉及社会政治、经济、文化、道德、法律、婚姻等各个方面的话题。作品本是记录和论述这些话题的一些分散片段的集合,而这些分散的片段又主要是通过以城市和乡村的名称作为章节标题而彼此联结起来,形成一个整体。作者描绘了他同时代的俄罗斯的画卷,关注农奴制下的农奴的悲惨的生活状况以及农奴主的残暴本性。在这部作品中,拉吉舍夫揭示了专制制度下的种种弊端和社会矛盾,体现出了强烈的向往自由、反对暴政的思想,以及对理想社会和理想君主的热切期盼。正是因为这部作品中的激进思想,作者深深地激怒了当时的女皇叶卡捷琳娜二世。

---

① 魏磊杰、张建文主编:《俄罗斯联邦民法典的过去、现在及其未来》,中国政法大学出版社,2012 年,第 5 页。

② П. А. Орлов. *История русской литературы XVIII века*, Москва:Высшая школа,1991, с. 134.

③ Вл. Орлов. *Радищев и русская литература*, Ленинград:Советский писатель, 1952, с. 9.

由于看到了俄国社会现实中法律制度的腐败,拉吉舍夫不仅在作品中敢于谴责俄国农奴专制制度,而且在作品中插入了自己的《自由颂》(*Вольность*)和《论罗蒙诺索夫》(*Слово о Ломоносове*)等具有政治倾向性的诗文,使得作品形式显得灵活多变,内容也更为丰富多彩。这些诗文也是对长篇游记思想内容的有效补充,凝练的诗句更能展现作家的思想倾向。

拉吉舍夫作为启蒙主义思想家,由于具有强烈的法律意识,认识到俄国农民遭受奴役的违法之处,从而极力谴责这种制度的腐败,呼吁农奴的解放以及废除腐朽的奴役制度。在《自由颂》一诗中,拉吉舍夫认为一个人生来是自由的,只是由于统治者坐在威严的宝座上,握着铁的权杖,扼杀了自由。叶卡捷琳娜二世读了《自由颂》之后,曾在批语中写道:"《颂》是一首非常清楚的反诗,诗中以断头台威胁沙皇,赞赏克伦威尔的榜样。这几页有犯罪意图,完全是造反。应该问问该诗的作者,诗的用意何在?"[1]应该说,叶卡捷琳娜二世确实没有曲解作品,而是把握了作品的"要害"和精髓,只不过混淆了正义与犯罪的界限。

这部作品中所体现的反对暴政的思想在作品的开头部分就得以充分阐明。作者在描写了平民百姓备受苦难的事实之后,提出了只有依靠自己才能够得到拯救的思想,他写道:

> 我举目四顾,人们的苦难刺痛了我的心。我扪心自思,我发现,人们所遭受的不幸原是人们自己所造成,而且往往只是由于人们未能正视周围的事物。我心里想:难道造化对自己的儿女竟如此悭吝,永远要向无辜迷途的羔羊隐瞒真理?难道这个可怕的后娘生下我们就是为了让我们备受苦难而永远不能享受幸福?这一想法使我的理智为之战栗,而我的心灵则把这种念头丢到九霄云外。我发现人的拯救者就是他自己。"揭去翳障,睁开眼睛,就能幸福。"[2]

在"人们的苦难刺痛了我的心"等语句中,我们可以领悟到拉吉舍夫那颗敏感的心,也清楚地看出作者身上所具有的浓郁的人道主义思想,尤其是对民众的深切的人道主义的同情。联想到拉吉舍夫在这部作品的卷首所写下的"这头怪物身躯庞大,肥胖臃肿,张开百张血盆大口,猖猖而吠"这样的语句,更能看出作者对俄国农奴社会本质的认知以及对农奴制所抱有的满腔仇恨。

在题为"柳班"的一章中,作者不仅书写了农奴的苦难生活,而且以法律的名

① И. Д. Смолянов. *Великий писатель-революционер Александр Николаевич Радищев. К 200-летию со дня рождения*, Псков: Псковиздат, 1949, с. 7.

② 拉吉舍夫:《从彼得堡到莫斯科旅行记》,汤毓强等译,外国文学出版社,1982年,第2页。

义,对统治阶级进行了谴责和判决:"发抖吧,残忍的地主,在你的每一个农民的头上我都看到对你的判决。"①

当然,拉吉舍夫在创作中也在一定意义上受到了法国启蒙思想家卢梭"返回自然"等思想观念的影响。早在法国莱比锡大学攻读法律期间,拉吉舍夫就对卢梭的启蒙主义思想发生了浓烈的兴趣,认真研读了卢梭的相关著作。② 然而,拉吉舍夫并没有完全沉溺在人间的苦难之中,而是能够超越哀伤,善于以俄罗斯大自然的美丽景致与当时残酷的社会现实进行强烈的对照,以自然的美来驱除社会不公的消极作用,即使是在苦难面前,也要表现出一种乐观的信念,从俄罗斯美丽的大自然中感受美的品质和爱国主义的情怀。

在这一方面,拉吉舍夫无疑具有后来欧洲浪漫主义所独具的一些典型特征。即使在黑暗的社会和黑暗的地理空间,拉吉舍夫也能够以其敏锐的心灵,感知夜晚的美妙:"静悄悄的夜晚,非常明亮,清新的空气使人感到一种特殊的、只可意会而不能言传的柔情蜜意。我想不能辜负大自然的仁慈……"③

哪怕是在茫茫大海上漫无目的地航行漂泊的时候,拉吉舍夫也能领悟大自然的魅力,被美丽的景致感染:

> 单调的桨声使我昏昏欲睡,桨端滴落的水珠的闪闪光辉也未能使懒洋洋的眼神振奋起来。诗人的想象力已经把我带到了帕馥斯和阿马方特的美妙的草地。突然,远方刮起了大风,那刺耳的呼啸声驱散了我的睡意。我的沉重的眼睛看到了密集的浓云,黑压压一片,迅速向我们头上飞来,似乎要压下来。镜面一般的海上开始掀起波浪,巨浪初起的拍击声打破了大海的沉寂。就是这种景象也使我高兴。我欣赏着大自然的壮丽景色。④

拉吉舍夫的《从彼得堡到莫斯科旅行记》作为一部长篇纪实小说,真实地反映了当时社会的现实情景。这部作品的内容涉及俄国社会生活的方方面面。无论是男子、妇女还是儿童,都生活在社会的底层,遭受不公的欺凌,在苦难中挣扎,毫无欢乐可言。甚至连本该欢乐的婚礼,也存在着苦难。在题为"黑泥村"的

---

① 拉吉舍夫:《从彼得堡到莫斯科旅行记》,汤毓强等译,外国文学出版社,1982年,第12、15页。

② П. А. Орлов. *История русской литературы XVIII века*, Москва: Высшая школа, 1991, с. 131.

③ 拉吉舍夫:《从彼得堡到莫斯科旅行记》,汤毓强等译,外国文学出版社,1982年,第16页。

④ 同上,第17页。

一章中,作者所描写的一场婚礼,就是一个典型的例证。婚礼本该是欢快的,但是,发生在黑泥村的婚礼,却只有悲哀:

> 我在这里又看见贵族对农民实行专制统治的一个相当普遍的例子。正在举行婚礼。但是既看不到欢乐的迎亲车队,也看不到羞怯的新娘脸上欢乐的眼泪。即将成亲的新人不是喜气盈盈,他们的脸上流露出的是悲哀和忧愁。他们互相仇恨。他们在主人的威逼下被引向刑场,走向众生之父、温情与欢乐的赐予者、真正幸福的缔造者、创世主的祭坛。①

拉吉舍夫在此揭露了俄国婚姻的不自由的状态,原本应该喜气盈盈的婚礼在此却如同刑场一般。在当时的俄国,"不自由的婚姻是一种根深蒂固的罪恶"②。而这种不自由的婚姻的罪魁祸首,是当权者为所欲为,专横跋扈,正如普希金所说:"拉吉舍夫在《黑泥村》一章中谈到了不自由的婚姻,并痛心疾首地指责老爷们的专横和掌管城市的人们(市长)的放任纵容。"③

拉吉舍夫看清了社会上所存在的各种苦难的根源及其本质特性。他深深地懂得,所有这一切苦难都是农奴制的本质特征所决定的。这部作品所描写的内容,广泛涉及政治、经济、宗教、法律、道德、婚姻等方方面面的问题。拉吉舍夫尤其善于从他所擅长的法律视角来进行思考,对俄国社会现实中的种种不公予以谴责,对农奴所遭遇的奴役进行谴责。在他看来,农民不仅不能作为违背基本法律精神的买卖的对象,而且应是国家巨大的财富:"农民被公正地认为是国家的富裕、力量和强盛的源泉。"④可是,俄国法律的不公,导致了农民的苦难,使得广大农民阶层成为法律的受害者。"但就在这里可以看出法律的弱点和缺陷,法律的滥用和法律的可以说是粗糙的一面,这里也可以看出贵族的贪婪、强暴、对农民的迫害和穷人毫无保障的状态。贪婪的野兽,贪得无厌的吸血鬼,我们给农民留下了什么?只有我们无法夺走的空气,是的,只有空气!我们不仅剥夺农民地里的产物、粮食和水,而且往往要他们的命。"⑤

尽管在大多数的情况下,统治者没有使用法律直接取走农民的性命,但是,法律却允许对农民进行慢慢地折磨:

---

①　拉吉舍夫:《从彼得堡到莫斯科旅行记》,汤毓强等译,外国文学出版社,1982年,第210页。

②③　普希金:《从莫斯科到彼得堡旅行记》,参见沈念驹、吴笛主编:《普希金全集》第6卷,浙江文艺出版社,2012年,第278页。

④⑤　拉吉舍夫:《从彼得堡到莫斯科旅行记》,汤毓强等译,外国文学出版社,1982年,第209页。

法律是不准夺走他们的生命的。但那只是禁止一下子弄死他们。有多少方法可以把他们慢慢折磨死啊！一方面几乎拥有无限的权力，另一方面却是毫无保障的弱者。因为地主对农民的关系既是立法者，又是法官，又是他自己所作的判决的执行人，而且，如果他愿意的话，他还可以做原告，被告对他不敢说半个不字。这就是戴着枷锁的囚徒的命运，这就是被关在臭气熏天的牢房里的囚犯的命运，这就是套着颈轭的犍牛的命运……①

在拉吉舍夫看来，农民遭受奴役，人格不能获得独立，主要是由法律的不公引起的。在题为"柳班"的一章中，他借用一名旅行者的口吻，对当时的法律进行了愤怒的声讨："地主的农民在法律上不是人，除非他们犯了刑事罪，才把他们当人审判。只有当他们破坏社会秩序、成为罪犯的时候，保护他们的政府才知道他们是社会的成员！"②正因如此，西方学者认为拉吉舍夫"是以伦理道德、人道主义，以及法律根基对俄国的农奴制度进行遣责的"③。

当然，在呼吁废除农奴制，并且对不合理的法律制度进行严厉批判的同时，拉吉舍夫也在《从彼得堡到莫斯科旅行记》这部作品中抒发了自己的法律理想，将自己的法学思想贯穿其中。因为，拉吉舍夫是"与俄国以及欧洲启蒙主义文学密切相连"④的作家，而在俄国启蒙主义文学中，对理想君主与理想社会的描写无疑也是一个重要的内容。

拉吉舍夫这部作品中的启蒙主义思想倾向，还体现在作品主人公的选择和塑造方面。有俄罗斯学者中肯地指出："在《从彼得堡到莫斯科旅行记》中，人民第一次在俄罗斯文学中成为作品的真正的主人公。这里的人民指的是普通民众。拉吉舍夫思考俄罗斯历史命运的时候，也总是将此与对俄罗斯人民的性格以及心灵的理解密切结合的。"⑤人民这一概念，显然，在拉吉舍夫看来，首先所涉及的就是普通的劳动人民，尤其是生活在俄罗斯大地上的广大农民。作品中

---

① 拉吉舍夫:《从彼得堡到莫斯科旅行记》,汤毓强等译,外国文学出版社,1982 年,第 209 页。

② 拉吉舍夫:《从彼得堡到莫斯科旅行记》,汤毓强等译,外国文学出版社,1982 年,第 12 页。

③ David M. Lang. "Radishchev and the Legislative Commission of Alexander I", *The American Slavic and East European Review*, Vol. 6, No. 3/4 (Dec. , 1947), p. 11.

④ Институт Русской Литературы (Пушкинский дом). *История русской литературы в четырех томах*, Том первый. Лениград: Издательство Наука,1980, с. 483.

⑤ Институт Русской Литературы (Пушкинский дом). *История русской литературы в четырех томах*, Том первый. Лениград: Издательство Наука,1980, с. 492.

的旅行者与普通农民等人民群众的每一次相逢,总是能够揭示其性格中的某些特性,成为集体形象的一个组成要素。

三　天赋人权与法律理想

生活在俄罗斯大地上的普通的劳动人民,是他作品中的真正的主人公,也是他心目中的法律条文所应保护的对象。除了呼吁废除农奴制之外,拉吉舍夫法律思想中的又一核心内涵就是反对暴政,为民服务,为民造福。在《立法经验》(Опыт о законодавстве)一文中,拉吉舍夫将这一理念明晰地陈述出来,他坚持认为:“国家是一个庞然大物,其使命就是为民造福。”①

拉吉舍夫不仅在宏观的层面上不断地陈述他的这一法律思想,而且通过具体法律案件,来“实践”他的这一为民造福的法律理想。在《从彼得堡到莫斯科旅行记》中,有一章题为“扎伊佐沃”(Зайцово),在这一章中,拉吉舍夫通过对一个刑事案件的审判,提出了对农民进行应有的法律保护的问题。这一章的内容,体现了作者所具有的法律意识,可以视为文学法律批评的合适的文本。在该章中,拉吉舍夫叙述了一个八等官员的恶行,他在乡村欺压农民,简直到了令人发指的地步。“他自认为是高官显宦,而把农民当作赏赐给他的牲畜(他大概以为,他统治他们的权力是上帝给他的),他可以随心所欲地驱使他们去干活。他自私自利,积累钱财,生性残忍,脾气暴躁,卑鄙无耻,因而对待弱者总是蛮横无礼。”②作为高官显宦,他却冷酷残忍,还能超越法律,肆意妄为,对下层百姓任意欺压。可见,法律正义的缺失,是社会邪恶的本质体现。

这个八等官员有三个儿子,其中一个儿子看中了一个农民的未婚妻,于是,他心怀鬼胎,一直寻找合适的机会来对这个农民的未婚妻下手。在这个农民就要结婚的日子里,趁新郎去贵族老爷家上缴结婚税的关键时候,八等官员家的三个儿子巧妙地利用了这一时机,跑到了这个农民的家中,将新娘拖进了储藏室,对她实施强奸。新郎返回家园的时候,发现了这几个贵族恶少的罪行,奋力救出了未婚妻,并且拿起棍棒打了贵族恶少。但是,贵族老爷却不问青红皂白,反而利用权势,将新郎父子及新娘全都抓到了自己的家中,用皮鞭对农民父子狠狠地抽打,并将新娘交给贵族少爷肆意蹂躏。新郎不顾一切地救下了未婚妻,逃出了魔窟,但是,三个贵族少爷仍然不肯罢休,紧紧追击他们,新郎在无路可逃的情况下,拔出了篱笆桩子进行自卫。附近的许多农民听到了吵闹声,纷纷围到了贵族老爷的院子附近,逐渐明白了事情的原委。贵族老爷见状,不仅没有收敛,反而

①　А. Н. Радищев. *Полное собрание сочинений в трех томах*, Том Третий, Москва: Издательство Академии Наук СССР, 1954, с.5.

②　拉吉舍夫:《从彼得堡到莫斯科旅行记》,汤毓强等译,外国文学出版社,1982年,第67页。

变得更加猖獗,他拿起沉重的手杖逢人就打,很快就把一个农民打得晕倒在地,不省人事。这时,农民群众被彻底激怒了,奋起反抗,于是大家一起动手,谁都不愿失去这一复仇的机会,当场打死了贵族父子四人。

于是,忍无可忍、被迫进行自卫的农民群众被作为"杀人凶手",遭到了起诉和法庭审判。多个农民面临谋杀罪的指控,情况十分危急。本来,按照当时的法律,这些"肇事者"将被判处死刑,或者当众鞭打以及终身监禁和苦役。然而,在审判过程中,有良心的庭长坚持认为,这些农民的行为属于被迫自卫,他不顾同僚们的激烈反对和无端诽谤,坚持认为农民是无罪的:"人生下来就是完全平等的。我们都有同样的肢体,都有智慧和意志。因此,人如果不和社会发生关系,那么,他的行动是不受任何人支配的。"①

随后,庭长以天赋权利为依据,宣布杀死残暴的八等文官的农民属于正当防卫,不负刑事责任:

> 当法律不能或者不愿意卫护公民时,当公民面临灾难,而政权又不能及时予以援助时,公民就可以利用自卫、安全和幸福生活的天赋权利。因为一个公民成为公民以后,仍然是一个人,而一个人生来就有的第一个权利就是自卫、安全和幸福生活……当他纵容儿子们奸污妇女时,当他对肝肠寸断的夫妇再加凌辱时,当他看到农民反对他的凶恶统治而去处死他们时,那时保护公民的法律就被弃置不顾了,那时就感觉不到法律的权利了……公民受侮辱时,真正的法律不可能剥夺他的这种权利。因此杀死残暴的八等文官的农民在法律上是无罪的。②

庭长在对农民的辩护中所阐述的这些观点,无疑是作家拉吉舍夫自己的世界观及法律观的重要体现。从某种意义上可以说,庭长其实就是拉吉舍夫的化身,就是他的民主思想的代言人。拉吉舍夫继承了法国启蒙思想家卢梭的天赋人权和社会契约论的基本观点,并且将这些观点恰当地运用到俄国的现实生活中。这些观点,对于 18 世纪俄国启蒙主义思想的形成和发展以及对封建农奴专制制度的反抗,都具有重要的积极意义。"扎伊佐沃"这一章内容,也体现了拉吉舍夫深厚的法律修养,以及他对法律正义的强烈期盼。"法律"这两个字对于拉吉舍夫来说是极为神圣的,所以,当他看到法律被统治者视为对平民百姓进行欺压的一种工具时,他感到极为悲愤。在题为"柳班"的一章中,叙述者反复强调法

---

①② 拉吉舍夫:《从彼得堡到莫斯科旅行记》,汤毓强等译,外国文学出版社,1982 年,第 77 页。

律的使命,看到农民受到虐待时,他呼吁:"法律是禁止虐待人的。"①当他看到贵族以法律为借口对农民施暴时,他愤怒至极,甚至"滚滚热泪夺眶而出",厉声发出质问:"法律? 你竟敢侮辱这个神圣的字眼?"②在此,拉吉舍夫通过叙述者的口吻,表达了自己对当时俄国农奴制专制制度下的法律不公的强烈控诉,更是传达了他作为法律学者对法律正义以及为民伸张正义的优秀法制文本的诉求。

在艺术特色方面,拉吉舍夫的这部纪实小说也表现出了极为高超的艺术技巧。

首先,在艺术形式方面,拉吉舍夫采用"游记"的方式,广泛地展现俄罗斯大地的社会现实。"游记"这一形式,按照俄罗斯学者的观点,主要有三种:一是具有科探性质的游记,二是综合性质的游记,三是文学性质的游记。③ 拉吉舍夫的游记虽然属于文学性质的范畴,但是,其中绝少虚构,而是社会现实的真实呈现。他的这一现实主义的创作手法,极大地拓展了叙述空间。在运用"游记"的方式反映社会现实这一方面,拉吉舍夫深深地影响了俄国社会思想的发展,"拉吉舍夫的《从彼得堡到莫斯科旅行记》是俄国历史上最伟大的改革文献之一"④。"游记"也极大地影响了俄罗斯小说的发展,不仅影响了同时代卡拉姆津的长篇小说的《一个俄国旅行者的书简》,而且深深影响了 19 世纪作家的创作,尤其是普希金的诗体长篇小说《叶甫盖尼·奥涅金》和《1829 年远征时游阿尔兹鲁姆》等作品,还有冈察洛夫的《战舰"巴拉达"号》等作品以及其他许多作家的创作。

其次,在《从彼得堡到莫斯科旅行记》这部作品中,就具体的创作技巧而言,拉吉舍夫表现出了卓越的艺术才华,采用了多种艺术手段,尤其是拉吉舍夫善于使用比喻等艺术手法。譬如,在这部作品的开端,他将专制农奴制俄国比作一头"身躯庞大,肥胖臃肿,张开百张血盆大口"的怪兽,将看不清社会真实面目的沙皇比喻为双眼患了白翳,完全像盲人一般看不清真相。⑤ 即便如此,拉吉舍夫对祖国的前景依然抱有乐观的信念,他同样以比喻的手法写道:"社会上的一些个别的、小小的混乱现象并不会破坏社会的秩序,正如一颗小小的弹丸落到辽阔的

①　拉吉舍夫:《从彼得堡到莫斯科旅行记》,汤毓强等译,外国文学出版社,1982 年,第 12 页。

②　同上,第 15 页。

③　В. И. Коровин. *История русской литературы* XIX *века. В* 3 ч. Ч. 1 (1795 – 1830 годы),М. : Гуманитар, изд. центр ВЛАДОС, 2005. с.26.

④　R. P. Thaler. "Catherine II's Reaction to Radishchev", *Slavic and East-European Studies* , Vol. 2, No. 3 (Automne/Autumn, 1957), p.155.

⑤　拉吉舍夫:《从彼得堡到莫斯科旅行记》,汤毓强等译,外国文学出版社,1982 年,第 39 页。

海面上不会掀起轩然大波一样。"①

拉吉舍夫作为 18 世纪一位具有法学修养的俄国作家,其《从彼得堡到莫斯科旅行记》是俄国文学史上一部"最为激烈地控诉农奴制和专制制度"②的作品。拉吉舍夫在自己的作品中不仅宏观地表达了自己的具有强烈的民主意识的法学思想,而且以具体的司法案件为例,控诉社会现实,体现他法律书写中的问题意识,突出为民造福的法律理念。他作品中的法律书写并非限于法律的滥用,而是借此批判农奴制度。鉴于这部作品的创作发生在普加乔夫起义后不久,这部作品的法律书写,尤其是作品中书写的农奴所遭遇的法律的不公,也是对历史事件的反思,对普加乔夫起义成因的剖析以及对新的暴动的警示。

拉吉舍夫所创作的《从彼得堡到莫斯科旅行记》这部纪实小说不仅是俄国文学史上的一部杰作,而且在呼唤法律正义以及弘扬民主和法制等方面,无疑也具有重要的文献价值,体现了他作为"真正意义上的启蒙思想家"③的一面。同样,对于文学法律批评而言,拉吉舍夫的作品无疑是难能可贵的不可忽略的理想文本。

综上所述,在俄罗斯小说发展史上,18 世纪是一个较为关键的世纪,经过费多尔·艾敏、米哈伊尔·楚尔科夫、马特维伊·科马洛夫,尤其是卡拉姆津、拉吉舍夫等作家的共同努力,小说这种文学体裁,尤其是长篇小说这一艺术形式,终于在俄国文坛得以成型,特别是卡拉姆津的感伤主义小说以及拉吉舍夫的纪实小说,为 19 世纪俄罗斯小说的发展,奠定了扎实的基础,发挥了重要的影响和作用。

---

① 拉吉舍夫:《从彼得堡到莫斯科旅行记》,汤毓强等译,外国文学出版社,1982 年,第 24—25 页。

② Allen McConnell. *A Russian Philosophe Alexander Radishchev*, The Hague, Netherlands: Martinus Nijhoff Publishers, 1964, p. Ⅷ.

③ 同上,第 81 页。

第五章　卡拉姆津与感伤主义小说

18世纪俄罗斯感伤主义文学最杰出的代表卡拉姆津,不仅是俄罗斯小说语言的重要革新者,而且在作品题材的选择等方面,也为俄罗斯小说的最终成型做出了极其重要的艺术贡献。"在他的创作中,全面而又明晰地揭示了感伤主义这种创作倾向的艺术的可能。"①

尼古拉·米哈伊洛维奇·卡拉姆津(Николай Михайлович Карамзин,1766—1826)在俄国小说史上,是一个具有里程碑意义的作家。他在俄国文学史上是一位出色的俄罗斯语言革新者。他善于采用"仿造词语"的方式,极大地丰富了俄语词汇。在1803年至1815年之间,他出版了十一卷集的《文集》,主编文学和政治半月刊《欧罗巴导报》(Вестник Европы),并且撰写出版了十二卷集的《俄罗斯国家史》(История государства Российского)。所有这一切,在引导和规范俄罗斯语言方面,都起到了一定的革新作用。

可以说,无论是他的散文体作品还是诗歌作品,都对俄罗斯文学语言的发展,产生了决定性的影响。他明确反对使用教会斯拉夫语的措辞和语法结构,并且提倡借鉴法语等外来语的优势,使得自己的创作贴近时代,贴近生活,不仅创造了许多新词,而且使得许多旧的词汇产生了适应时代精神的新的内涵。

第一节　感伤主义小说的代表

卡拉姆津出身于辛比尔斯克的一个地主家庭,在父亲的庄园度过自己的童年,在辛比尔斯克私立寄宿学校接受了最初的教育。1778年进入莫斯科的一所寄宿中学,与此同时,1781年至1782年间,在莫斯科大学旁听。1783年,根据他父亲的要求,他进入近卫军兵团服役。在部队服役期间,卡拉姆津开始了最初的文学创作活动。没过多久,他便退伍。退伍后先在辛比尔斯克住了一段时间,然后迁居莫斯科。在莫斯科,他开始结识文学界的人物,包括翻译家阿列克塞·库图佐夫(А. М. Кутузов),以及彼得罗夫(А. А. Петров)等作家,并且参与俄国第

---

① П. А. Орлов, *История русской литературы XVIII века：Учеб. для ун-тов*，Москва：Издательство Высшая школа，1991，с.147.

一份供儿童阅读的刊物《儿童心智阅读》(*Детское чтение для сердца и разума*)的编辑工作。

1789 年至 1790 年，卡拉姆津到欧洲旅行，在巴黎期间，目睹了当时所发生的法国大革命。基于这一亲身经历，他后来创作了《一个俄国旅行者的书简》(*Письма русского путешественника*)。这部长篇小说的发表，不仅标志着俄国感伤主义文学的兴起，而且促进了俄国感伤主义文学的发展，也使得卡拉姆津一举成名，受到推崇，甚至被一些学者誉为"俄国长篇小说之父"①。

从欧洲旅行归来之后，卡拉姆津居住在莫斯科。从此，他开始了作家与杂志编辑的职业生涯。1791 年至 1792 年，卡拉姆津主编重要的文学期刊《莫斯科杂志》(*Московский журнал*)，以这份杂志为领地，引领俄国的文学创作。正是在这份杂志上，卡拉姆津发表了俄国感伤主义起始之作《一个俄国旅行者的书简》的部分章节，后来，他著名的中篇小说《可怜的丽莎》(*Бедная Лиза*)也是在这份刊物上发表的。

1802 年至 1803 年，他主编政治性文学杂志《欧罗巴通报》(*Вестник Европы*)，这份刊物在引领文学导向方面，同样发挥了重要的作用。1804 年起，他全力投入十二卷本的《俄罗斯国家史》(*История государства Российского*)的写作，这部著名的历史著作，为俄国历史的梳理和总结做出了重要贡献。

在文学创作领域，中篇小说《可怜的丽莎》、长篇小说《一个俄国旅行者的书简》等重要作品的面世，加上卡拉姆津所创办和主编的《莫斯科杂志》《欧罗巴通报》等刊物，以及其参与出版的一系列相应的文集，开创了俄国文学中的感伤主义文学的一个辉煌的时代。《可怜的丽莎》《一个俄国旅行者的书简》成为俄国感伤主义文学的代表性作品，卡拉姆津从而成为感伤主义的领袖人物，于是，感伤主义成为俄国文学中风靡一时的主要创作倾向。

不仅在小说创作领域，而且在诗歌创作方面，卡拉姆津也是一个具有代表意义的俄罗斯感伤主义诗人。在诗歌创作方面，卡拉姆津往俄罗斯抒情诗歌中注入了风景主题、心理分析以及俄罗斯浪漫主义所特有的忧伤和苦闷的情调，而且具有很强的哲理性。如在抒情诗《秋》的结尾部分，卡拉姆津突出了人与自然的差异。在他看来，大自然具有自我更新的能力，而人的生命所缺乏的恰恰就是这一能力。人的生命一旦衰老，哪怕是在春天，也难以得到复原了。该诗从大自然萧瑟的秋景开头，自然而然地转向了对短暂的人的生命的感叹，表现出了感伤主义所惯常表露的哀伤情调。

卡拉姆津在创作中强调忠实于自然和想象的自由，认为诗歌描写的对象和

---

① В. В. Сиповский ред. *Русские повести* XVII - XVIII，СПб. : Издание А. С. Суврина，1905，с. Ⅴ.

灵感的主要源泉只能是自然,只有自然才是艺术的永恒的原本,是美和灵感取之不尽的源泉。他的这些观点,也成了俄国浪漫主义文学理论的一个源泉。

在俄罗斯文学史上,感伤主义文学是一个不应忽略的文学现象,它是古典主义文学与浪漫主义文学之间的一座桥梁。俄国的感伤主义文学成就极高,不仅体现在诗歌领域,也体现在小说领域。就小说而言,感伤主义文学对俄罗斯小说艺术的发展产生了重要的影响。"近代俄罗斯小说是在 18 世纪下半叶产生的,而感伤主义小说则与近代俄罗斯小说的起源发生着密切的关联。"①

作为世界文学史上的一种具有生命力的存在,感伤主义内涵极为丰富,而且,对其后的浪漫主义有着直接的影响。感伤主义不只是多愁善感的情怀,更多地体现在思想层面,是一种体察人民的世界观的体现。巴赫金就曾批评对感伤主义做"狭隘的和轻蔑的评价",认为:"以多愁善感偷换感伤主义,而这只是感伤主义的副产品。生活中的善感动情,以善感动情为时髦。但其基础是对人和对世界(对自然界、动物、物品)的一种特殊的有深刻内容的态度。这一视角可以看到并理解(艺术地把握)现实中那些在其他流派看来不存在的方面。"②在巴赫金看来,感伤主义是以完全新颖的观念重新评价人与世界,尤其是重新审视了小人物以及琐碎小事中的美感和认知价值。

而卡拉姆津便是一位在诗歌创作领域和小说创作领域都为俄国感伤主义文学做出贡献的作家。卡拉姆津在俄国感伤主义文学理论方面同样为这派文学的发展做出了应有的贡献。在一篇题为《一个作家需要些什么?》(*Что нужно автору?*)的文章中,他论述了感伤主义文学的基本特性。他写道:"人们说,做一个作家需要才华和知识,需要敏锐的思维和生动的想象。说得正确,但是这些远远不够。作家还需要有一颗善良的温存的心灵……你要想成为一个作家,那么请你读一读人类不幸的历史,——如果你的心并不为此滴血,那么你最好把笔丢在一旁,否则这支笔只会向我们描绘你心灵的冷酷与阴暗。"③由此可见,卡拉姆津特别强调感伤情调所具有的重要意义,在他看来,对于一个作家来说,最为重要的不是生动的想象等才华和技巧,而是具有一颗感知人类不幸历史的善良的心,一个作家应该与人类同甘苦共命运,以敏锐的思维与善良的心灵感受并且抒写人类的苦难。怀有"一颗善良的温存的心灵"来呈现"人类不幸的历史",是卡拉姆津的感伤主义伦理思想的精神实质。一个作家之必要条件,除了艺术才华,还要心地善良,能感知人类的不幸,抒写人类的苦难,激发人们的怜悯与

①　Gitta Hammarberg. *From the Idyll to the Novel*:*Karamzin's Sentimentalist Prose*,Cambridge:Cambridge University Press,1991,p. Ⅸ.

②　巴赫金:《巴赫金全集》第 4 卷,钱中文主编,河北教育出版社,1998 年,第 298 页。

③　Н. М. Карамзин. "Что нужно автору?" См. Н. М. Карамзин. *Избранные сочинения в двух томах*,М.:Л.:Художественная литература,1964. Т. 2,с. 120 – 121.

同情。

他所创作的中篇小说《叶甫盖尼与尤利娅》(*Евгений и Юлия*,1789)以及长篇小说《一个俄国旅行者的书简》,充分表明他是一位思维敏锐,善于感受人类苦难的具有感伤主义伦理思想的作家。

卡拉姆津的伦理思想常常通过理想的人物形象进行体现。在中篇小说《叶甫盖尼与尤利娅》中,他就塑造了一系列类似的人物形象。虽然在题材等方面可能受到卡拉姆津自己所翻译的法国小说的启迪和影响,但是毫无疑问,属于原创性作品,其中的三个主人公都是卡拉姆津理想中的人物形象。作品中的 L 夫人是一个理想的母亲,她将全部的热忱倾注于孩子的教育,尤其是关爱自己的养女尤利娅的成长。同样,叶甫盖尼与尤利娅也是理想的青年,富有爱心,乐于助人,心地善良,深受人们的爱戴,甚至深受庄园里的农奴的喜爱。这部作品"被誉为俄国文学史上的第一篇感伤主义小说"[1],尽管该作品的叙述者"我"还不像后期作品那样典型,但是其基调是感伤的,尤其是当叶甫盖尼在国外读书的时候,他与 L 夫人以及尤利娅的信件成了两个女人的巨大的慰藉。然而,爱情的欢乐敌不过命运的无常,叶甫盖尼的疾病与死亡增添了小说的伤感。尤其是在小说结束的时候,尤利娅待在叶甫盖尼的坟头,她的泪水浇灌着叶甫盖尼坟头的花朵。《叶甫盖尼与尤利娅》这部作品所具有的爱情题材以及其他一些感伤主义要素在后来的《可怜的丽莎》等作品中得到了进一步的拓展。

1791 年,卡拉姆津在《莫斯科杂志》上开始刊载《一个俄国旅行者的书简》,几年后,又以书的形式出版。这部作品的创作,与作者在国外旅行的印象直接相关。同时,这部作品显然受到了英国小说家劳伦斯·斯特恩的《感伤的旅行》的影响,尤其在小说形式和构思方面。当然,德国著名作家歌德的中篇小说《少年维特的烦恼》,对卡拉姆津以及当时的俄国作家所产生的影响也是显而易见的。《少年维特的烦恼》于 1781 年在圣彼得堡翻译成俄文出版,译者是加尔森科夫。"《少年维特的烦恼》像在欧洲其他任何地方一样,赢得了读者热切地阅读,并且也被作家所效仿。"[2]由此可见,卡拉姆津在随后的 18 世纪 90 年代的文学创作,对歌德创作形式上的借鉴以及受其思想情绪上的影响也是不能忽略的。

卡拉姆津的《一个俄国旅行者的书简》是一部书信体小说。书信体小说这种艺术形式为直接表达心绪和情感提供了最大可能性。小说中所叙说的一切,周围世界,自然,人们,事件,全都通过主人公的感觉展现出来。主人公兼叙述者的基本特性就是紧张的感觉和思维。与友人的别离使他深深感到自己孤独无援,

---

① Gitta Hammarberg. *From the Idyll to the Novel*：*Karamzin's Sentimentalist Prose*，Cambridge：Cambridge University Press，1991，p. 132.

② John G. Frank. "Pushkin and Goethe"，*The Slavonic and East European Review*，Vol. 26，No. 66 (Nov. , 1947)，p. 146.

被遗弃他乡。如在第一封信中,作者深重地感到自己与祖国以及亲人的疏远。然而,旅行者在途中所遭遇的困难使他摆脱了其他郁悒的情绪。

在《一个俄国旅行者的书简》这部作品中,占有支配地位的是抑郁的心情,主人公总是陷于伦理困境,有时候,甚至令人感到,作者似乎不允许自己欢快,不让自己获得愉悦的思绪。在作品开篇的一封信中,就渗透着这样的忧伤:

> 整个途中,我的脑袋中没有出现过一丝快乐的思绪,在通往特维尔的最后一站,我的忧伤变得更加强烈,在一个乡村客栈,站在法国王后和罗马帝王的画像前,我心中郁闷,很想像莎士比亚所说的那样:把自己的心哭出来吧。①

当然,卡拉姆津在作品中主要探索的,是怎样努力摆脱人类不幸命运思想的桎梏,走出伦理困境。所以,这部作品中所体现的伦理思想,也表达了作者自己对生活和幸福的独到理解。在作者看来,真正幸福的人,是具有一颗纯洁心灵的人,他不企求命运的过多的给予,善于与他人和平地生活。幸福的基础是拥有人与人之间的愉快的交谈,拥有对大自然之美的感悟,还有爱情的欢乐。这样的幸福是人人都能够获得的,毫不取决于一个人的社会属性。所以,这部基调感伤的作品中,又渗透着哲理的思考,并且有着对自由平等的理想社会的眷恋与向往。尤其是作者在这部作品中强调了作为作家的民族立场,作者以"俄国旅行者"身份,与外国作家和学者讨论文学和政治,表现出了一定的民主倾向和人道主义精神。他甚至在作品中表现出了一定的世界文学意识,认为对于作家,首先是做人,然而才是做俄国人。正因如此,同时代的人认为卡拉姆津具有"贵族世界主义"(дворянский космополитизм)的思想特性。②

如果说《一个俄国旅行者的书简》在结构方面较多受到英国作家劳伦斯·斯特恩的《感伤的旅行》的深刻影响,作品中所描写的很多内容也都是发生在国外的话,那么,卡拉姆津的中篇小说《贵族女儿娜塔莉娅》(Наталья, боярская дочь,1792)所描写的内容则是发生在俄国国内,发生在莫斯科的事件了。

这部中篇小说就小说的结尾而言,尽管不同于《可怜的丽莎》,没有了那样的悲剧的结局,但是,在作品的主人公身上及其经历中,依然有着感伤的情调。

这种感伤情调尤其体现在贵族老爷安德列耶夫身上。作为莫斯科的一位富

---

① Н. М. Карамзин. *Избранные сочинения в двух томах*, М.；Л.：Художественная литература, 1964. Т. 1, с. 82.

② П. Берков и Г. Макагоненко. "Жизнь и творчество Н. М. Карамзина. Вступительная статья". См. Н. М. Карамзин. *Избранные сочинения в двух томах*, М.；Л.：Художественная литература, 1964. Т. 1, с. 25.

裕的贵族老爷,他慷慨好客,聪明能干,因而深得沙皇的信任。然而,令人无比遗憾的是,这位年过六旬的贵族老爷,却早已失去了自己的爱妻,于是女儿娜塔莉娅成了他唯一的安慰和欢乐的源泉。可是,随着娜塔莉娅逐渐长大成人,她也不再依恋于父亲的宠爱。终于有一天,她与一个心爱的男子一起离家出走,住进了密林深处,留下来的年老的安德列耶夫格外孤独凄凉。

当然,作品是以"贵族女儿娜塔莉娅"作为书名的,卡拉姆津在此主要是塑造了一位出类拔萃的贵族女性的形象。作品中的开头部分,她被描写成谁都无法与她媲美的温顺的姑娘:

> 我们美丽的娜塔莉娅拥有一颗美丽的心灵,她像鸽子一样温柔,像天使一样纯洁,像五月的气候一样可爱,总之,她是拥有一切美好品质的姑娘……[1]

白天的时候,娜塔莉娅常常不停地做些手工活儿,到了晚上,她则与其他姑娘一起玩耍。一个老保姆,也就是她已故母亲的忠诚的女仆,现在像母亲一样照管她。娜塔莉娅心地纯洁善良,成了她父亲失去爱妻之后极大的安慰:

> 日祷之后,娜塔莉娅总是分发几个戈比给贫穷的人们,然后走向自己的父亲,带着温柔的爱恋亲吻他的手。看到自己的女儿一天天变得更为美丽更为温柔,老人家简直高兴得热泪盈眶,不知道该如何感谢上帝馈赠了这样的无价之宝。[2]

然而,这一切未能长久持续。娜塔莉娅少女时代的无忧无虑,结束于恋爱时节所陷入的伦理困境。在她生命的第十七个春天的时候,她突然发现,大地上所有的生物都是成双结对的,于是,爱的需求在她的心中逐渐萌生,爱的意识在她身上得以苏醒。她从而变得忧伤,常常沉思默想,因为她不理解自己心灵的朦胧的愿望。在一个冬天的日子里,当她上教堂做日祷的时候,她在教堂里发现了一个英俊的年轻人。她立刻明白,这就是她的心灵的归宿。于是,她默默地听从心灵的呼唤,出于对恋人的情感而断然抛开了自己的父亲。但她的这一摆脱情感困境的行为,却让自己陷入了伦理混乱。她如同普希金《驿站长》中的杜尼娅,不顾养育之恩以及生父的不幸,跟随恋人私奔。

---

① Н. М. Карамзин. "Наталья, боярская дочь". См. Н. М. Карамзин. *Избранные сочинения в двух томах*, М. ; Л. : Художественная литература, 1964. Т. 1, с. 626.

② 同上,第 628 页。

　　她所选择并跟随私奔的小伙子是阿列克塞。一连几天,阿列克塞总是将姑娘送到她家门口,不敢先开口说话。还是保姆安排两者相见。阿列克塞向娜塔莉娅表白了爱情,并且劝说她与他秘密结婚。因为阿列克塞担心,她的贵族父亲是不会认他这个女婿的,所以向娜塔莉娅承诺,等到他们结婚以后,他们再恳求安德列耶夫答应他们的结合。

　　他们说服了保姆,当天晚上,阿列克塞将娜塔莉娅带到了一个古老的小教堂里,一位上了年纪的神父为他们举行了婚礼。随后,新婚夫妇带上了年老的保姆,到了丛林深处。在一间小木屋里,他们住了下来。老保姆非常害怕,决定将亲爱的姑娘交给这个"强盗"。

　　作者卡拉姆津为了体现感伤主义伦理思想,在这传统的悲凉故事中,却安插了一个道德榜样。阿列克塞并不类似于《驿站长》中的骠骑兵。生活在深林中的时候,阿列克塞承认,说自己是被贬黜的贵族刘波斯拉夫斯基的儿子。三十多年前,一些知名的贵族联合起来反对年轻国家的合法政权。阿列克塞的父亲没有参与暴动,但是因为遭到诽谤而被捕。"忠诚的朋友为他打开了牢狱的大门。"这个贵族父亲从牢房里逃跑了,在异乡生活了多年,最后在唯一的儿子的怀抱中离开了人世。

　　阿列克塞安葬了自己的父亲,回到了莫斯科,为的是要重新恢复家庭的荣誉。好心的朋友在密林地带为他建造了一处避难所。住在深林避难所的时候,阿列克塞经常去莫斯科,正是有一次在莫斯科,他遇到了娜塔莉娅,并爱上了她。

　　与此同时,贵族老爷安德列耶夫发现了女儿的私奔之事。他将阿列克塞所写的离别信给沙皇看。看了信后,沙皇立刻命令手下人马帮助寻找自己忠诚奴仆的女儿。沙皇人马一直搜查到树林附近,但是都没有获得成功。在这段时间里,娜塔莉娅与自己亲爱的丈夫以及保姆住在密林深处,过着幸福的生活。

　　然而,出乎自然的男女恋情只是自然选择的延伸,难以获得真正的幸福。"在人通过自然选择获得人的形式之后,人仍然处于伦理混沌之中,只有经过伦理启蒙,人才能产生伦理意识,进入伦理选择的阶段。"[①]娜塔莉娅的行为充分说明了这一点。她尽管过着美满的幸福生活,尽管做出了舍弃父亲投向情人的抉择,但是,她依然陷入沉重的伦理困境,这个做女儿的无法忘记自己的父亲。她力图从伦理困境中解脱出来,如何解脱呢?作者卡拉姆津通过这一人物表达了自己的崇高的伦理思想:以对公民义务的服从驱除属于小我范畴的个人情感困境。于是,在卡拉姆津笔下,娜塔莉娅开始托人了解有关贵族父亲的信息。正是在与外界接触的过程中,她和阿列克塞了解到一个重要的消息:他们的国家爆发了与立陶宛之间的战争。阿列克塞决心参与战争,以便为自己的家族恢复名誉。

---

　　① 聂珍钊:《文学伦理学批评导论》,北京大学出版社,2014年,第258页。

他决定将娜塔莉娅托付给她的父亲,但是,娜塔莉娅坚决反对,她不愿与丈夫分离,于是,她女扮男装,自称是阿列克塞的弟弟,与他一起奔赴战场。

小说的结局是欢快的。娜塔莉娅与阿列克塞的婚姻终于得到了父亲的同意。

经过一段时间的战争,信使为沙皇带来了战争获得胜利的消息。随后,战争指挥官向沙皇详细报告了有关战争的情况,并且讲述了一对勇敢的兄弟的事迹,正是他们两人毫不顾及个人安危,率领大家英勇地向敌人发起进攻,才掌握了主动权,赢得了战争的胜利。沙皇亲切地会见两位英雄,于是得知其中一位是被贬黜的贵族刘波斯拉夫斯基的儿子。沙皇其实已经从最近死去的一个暴乱者的口中得知刘波斯拉夫斯基是被人陷害的。而贵族老爷安德列耶夫惊喜地发现,其中的另一个英雄正是他的女儿娜塔莉娅。于是,沙皇和贵族老爷原谅了两个年轻人擅作主张的婚姻,待他们回到城中,安排年轻夫妇再一次举行了婚礼。阿列克塞成了沙皇身边的红人,而贵族老爷安德列耶夫活到了最高寿龄,最后在外孙和外孙女的呵护下,安详地离开了人世。

为了增强故事的真实性,卡拉姆津在小说的开头和结尾部分都安排了一个"讲故事的人"的角色。这个讲故事的人非常怀旧,为了再现昔日的荣光,他决定转述他祖父的祖母所讲过的一个故事。而且,时隔一个世纪以后,这个讲故事的人还曾在一座古老的小教堂的墓地找到了铭刻着娜塔莉娅和阿列克塞这对夫妇姓名的墓碑,而这座小教堂,正是他们第一次举行婚礼的地方。

进入 19 世纪之后,卡拉姆津创作了长篇小说《当代骑士》(*Рыцарь нашего времени*,1803)。这部小说分三期刊载在《欧罗巴通报》杂志上。这部小说共分三十章,所讲述的是性格温和、心理敏感的主人公列昂成长的故事。小说特别注重主人公对文学作品的阅读和思考,如在第六章中,作者写道:

> 一部部长篇小说为列昂打开了新的世界。他仿佛使用了神灯一样,看到了许许多多性格各异的人物纷纷登场,看到了许许多多离奇古怪的事件,以及各种各样的历险,还有直到现在他都一无所知的命运的游戏⋯⋯在他的眼前,不断地掀开新的帷幕:一个场景接着一个场景,一群人物接着一群人物涌现。列昂的心灵在书的海洋中遨游,就像克里斯托弗·哥伦布在大西洋上遨游⋯⋯①

这部小说具有一定的自传色彩,大多内容所表达的是作者对青少年时代的

---

① Н. М. Карамзин. *Избранные сочинения в двух томах*, Москва: Художественная литература,1964,с.765.

回忆,正如国外学者的概括,这部小说是"一部名叫列昂的孩童从出生到十一岁的心理传记"①。尤里·洛特曼认为,卡拉姆津的《当代骑士》"源自善良孩童的愿望,体现了人类美好的可能性"②。作品对于孩童的心理做了较好的描写,以至于有学者将这部小说誉为俄国文学中第一部描绘孩童心理状态的作品。③

而且,从《当代骑士》这部作品的标题中,我们就不难看出,这部作品的意义还在于对莱蒙托夫的长篇小说《当代英雄》所产生的实质性的启迪和影响。这一影响不仅体现在书名的相似性方面,更体现在心理描写的启示方面。

在艺术技巧方面,这部长篇小说不仅一如既往地体现生命的哲理,而且在具体意象使用方面,作者喜欢借用自然意象来表现生命的周期,突出两者之间的相似性。如在第四章中,作者写道:"到处都有斯芬克斯之谜,甚至连俄狄浦斯本人也无法回答。玫瑰虽然凋谢,荆棘却留存下来……一个幸运的青年的生命,本可以称为命运和自然的微笑,却可以像流星一样,在瞬间之内凋亡。"④可见,即使是充满哲理性的表述,也同样蕴含着感伤的情调。

第二节 《可怜的丽莎》

正是因为卡拉姆津有一颗"善良温存的心灵",所以他在作品中所祈求的是后来被普希金等作家所承袭的宽恕与同情。而且,这一"同情"也在一定程度上承袭了英国伦理学家大卫·休谟的同情主义伦理思想。"在休谟看来,道德情感既不来自先天的自私心,也不来自先天的利他心,而是由同情产生的。"⑤

《可怜的丽莎》(Бедная Лиза)是卡拉姆津最具代表性的中篇小说,也是俄国感伤主义文学的代表作,就对读者产生的影响力而言,这部作品胜于他的长篇小说《一个俄国旅行者的书简》。中篇小说《可怜的丽莎》于1792年发表在《莫斯科杂志》上,1796年出版单行本。

就题材来说,《可怜的丽莎》这部中篇小说显然在一定程度上受到了西欧爱

---

① Gitta Hammarberg. *From the Idyll to the Novel*:*Karamzin's Sentimentalist Prose*,Cambridge:Cambridge University Press,1991,p.252.

② Ю. М. Лотман. "Карамзин Николай Михайлович",*Русские писатели*. 1800 - 1917:*Биографический словарь*. Т. 2:Г—К. М.:Большая Российская энциклопедия,1992,c.475.

③ Е. Н. Купиянова. "Русский роман первой четверти векаОт сентиментальной повести к роману",*История русского романа* в двух томах,Москва:Издательство АН СССР,1962.Т. 1,c. 66 - 85.

④ Н. М. Карамзин. *Избранные сочинения в двух томах*,Москва:Художественная литература,1964,c.761.

⑤ 刘伏海:《西方伦理思想主要学派概论》,湖南师范大学出版社,1992年,第240页。

情小说的影响，但是，卡拉姆津在创作过程中，特别注重俄罗斯文化元素的介入。

如在故事发生的地点方面，作者的定位非常明晰，也非常具体，强调故事是发生在莫斯科郊外的西蒙诺夫修道院附近的乡村。而且，在这篇作品的开头部分，作者对莫斯科以及郊外美丽迷人的景致进行了出色的描绘，突出故事发生的俄国场景。

这个故事本来就是西方文学作品里常见的出身贫寒的姑娘与富家子弟的不相称的恋情以及由此而引发的全部悲剧。但是，卡拉姆津将这一题材成功地移植到了俄罗斯社会语境的小说创作中。这部小说的成功主要包括以下几个方面：

首先，在作品主人公的选择方面，卡拉姆津所着重描写的对象不是其他作品中所热衷的贵族女子，而是贫苦的农家女丽莎，而且，作者对丽莎寄予深切的人道主义的同情和怜悯。丽莎与她多病的母亲生活在莫斯科城郊的一座修道院附近，住在一间破败的茅舍里。为了维持生计，丽莎采摘鲜花，拿到莫斯科去卖，可谓俄罗斯的卖花姑娘。正是在卖花的过程中，她遇见了一个英俊的青年艾拉斯特，从而引起了她全部的悲剧。

在卡拉姆津的笔下，丽莎尽管出身贫寒，但是有着朴质的自然的美。正是她身上所具有的纯洁无瑕的美深深地打动了艾拉斯特，使得艾拉斯特觉得，自己在丽莎的身上终于找到了久久寻求的东西。于是，他们开始交往，每个夜晚，他们在河畔，或在白桦林中，或在古老的橡树下相会。他们享受着纯洁的爱情的欢乐。小说中丽莎的质朴的美不仅打动了艾拉斯特，也打动着每一个读者。

其次，这篇小说充满了人道主义的同情，作者以自然法则与社会法则进行对照，对贫富差别和社会鸿沟进行反思和批判。男主人公艾拉斯特是一个富裕的贵族青年，他头脑聪明，心地善良，但是他性格软弱，行为轻佻。他本想与世俗的传统观念进行抗争，所以，他能够被女主人公丽莎的质朴的美感染，并且不顾社会鸿沟，深深地爱上了她。在开头的几个星期里，仿佛任何事情也不能妨碍他们的幸福，什么也不能阻止他们的交往。然而，在与丽莎的实际交往过程中，他却绝少想到婚姻层面的问题。只是有一天晚上，丽莎与艾拉斯特幽会时，无比忧伤地告诉他，有一个农民的儿子向她求婚，她的母亲也希望她嫁给这个农民的儿子。这个时候，艾拉斯特才安慰丽莎，并且发出山盟海誓，表示等老妇人百年之后，就把丽莎接到城里，与她生活在一起，永不分离。可是，丽莎看出了他们之间存在的阶级差别，于是提醒艾拉斯特，他们难以成为眷属，不可能结为夫妻，她只是一个农家之女，艾拉斯特却是贵族子弟。而艾拉斯特一反花花公子的常态，坚持认为，出身无关紧要，最为重要的是一个人的心灵。他们的感情因此而更为深挚。

然而，山盟海誓取代不了严酷的社会现实。尽管他们的幽会继续进行着，但是似乎一切都在悄悄地发生变化。渐渐地，对于艾拉斯特来说，他不再觉得丽莎是一位纯洁的天使了，更不觉得这份爱情究竟有多么新鲜了。丽莎很快发觉了这一点，并且为此感到忧伤。有一次幽会之后，艾拉斯特告诉丽莎，说他被召唤去部队服役，他们必须分离一段时间，并且表示他从部队返回之后，就会与她相会，永不分离。我们可以想象，丽莎与恋人的分离该是多么痛苦。然而，她总是抱着希望，每天早晨醒来的时候，她总是想着艾拉斯特，想着他们将要重逢的幸福。事情就这样过去了两个月。有一天，丽莎来到了莫斯科，在一条大街上，她看到艾拉斯特坐在一辆豪华的马车上，在一幢气派的楼房前面停了下来。艾拉斯特下了车，正要走上台阶，突然发现了身边的丽莎。他面色煞白，一句话也没说，就立即把她带进自己的书房，关上了门，对她解释说，情境已经发生了变化，他已经订婚了。不等丽莎神志清醒，他就把丽莎带出了书房，吩咐仆人把她送出了院子。

从艾拉斯特对丽莎的恋情来看，尽管艾拉斯特口口声声表示他不在乎一个人的出身，而是在乎心灵，实际上，他无法摆脱阶级的鸿沟，也难以消除阶级的偏见。当他决心与丽莎相爱并且山盟海誓的时候，所表示的也是要等丽莎的母亲去世以后，他才有可能娶丽莎，与她一起生活。这一前提本身就是对平民百姓的一种藐视。而他在部队里输光了家产的时候，他同样也不愿意心甘情愿地选择爱情，与贫苦的丽莎一起生活，而是选择与他所不爱的一个上了年纪的富孀结婚，以便继续贵族的生活。可见，爱情在金钱面前不堪一击，艾拉斯特所选择的不是爱情和质朴的生活，而且金钱与贵族的生活方式。

《可怜的丽莎》这部小说跳出了爱情小说的圈子，促使读者思考丽莎悲剧的社会成因。在小说的后半部分，丽莎得知艾拉斯特变心之后，顿时觉得心灰意冷，最后她在与艾拉斯特曾经幽会过的老橡树下，投水自杀身亡。更为令人悲痛的是，丽莎的母亲也因过度悲痛而死。那么，究竟谁是造成这一悲剧事件的凶手呢？尽管艾拉斯特也感到伤心，觉得自己就是造成丽莎悲剧的凶手，但是，真正造成丽莎悲剧的，不是艾拉斯特，而是当时普遍存在的社会偏见和传统观念。从这一意义上讲，丽莎的悲剧不是她个人的悲剧，而是社会的悲剧。即使是活下来追求到了荣华富贵的艾拉斯特，一生也是在痛苦中度过的。我们从小说的最后一段同样可以看出艾拉斯特的"可怜"之处：

> 艾拉斯特直到生命的最后时刻都郁郁不欢。得知丽莎的命运之后，他无法控制自己，认为自己就是杀人凶手。在他临死前一年，我认识了他。他亲口跟我讲了这个故事，并且领我去了丽莎的坟墓。——

现在,也许,他们已经和好如初了!①

从这一段的描述中,我们可以看出其中悲剧的普遍性。作者向我们强调,我们所读的整篇作品,原来就是艾拉斯特本人讲述的,其实就是艾拉斯特本人的忏悔!而小说的叙述者,不过是故事的转述者而已,不过是将艾拉斯特口头的忏悔变成文字形式的陈述。正因如此,俄罗斯评论家贝科夫甚至认为:小说中最可怜的,莫过于艾拉斯特,小说的标题甚至可以理解为"可怜的艾拉斯特"。② 可见,对于丽莎的悲剧,卡拉姆津并没有过多地指责或批判艾拉斯特,只是书写他性格的懦弱,而且对于他的这种懦弱还寄予一定的同情。

正是这部小说中对婚姻爱情的世俗观念的批判以及这部作品中所体现出来的人道主义同情以及在当时具有重要意义的仁爱思想,使得它成为俄国感伤主义文学的一个典范,并且受到文坛的广泛关注。赫尔岑说:"卡拉姆津后期创作对文学的影响,可以与叶卡捷琳娜对社会的影响相提并论。他使得文学充满仁爱。"③正是因为这部作品充满了同情和仁爱,所以才引起读者的共鸣,受到读者的喜爱,也使得读者信以为真,"就连女主人公最后自杀身亡的那口小池塘,也成为人们朝圣的地方"④。

再其次,《可怜的丽莎》体现了卡拉姆津在刻画人物心理方面的独到的手法。卡拉姆津在这部小说中展现出了出色的心理分析能力,尤其是善于揭示男女主人公内心世界的细腻活动,以及恋爱过程的细腻体验。卡拉姆津并不像以前的作家那样依靠独白的手段来展现内心的状态,而是善于使用外部肖像的细节描写或者其他外部动作来表现人物的内心世界。譬如,艾拉斯特第一次来到丽莎的住所,与丽莎母亲进行交谈的时候,我们可以设想丽莎不平静的复杂的心情。

作者便是通过丽莎外部形象的描写以及细小的外部动作来体现丽莎此时的心境的:"此刻,在丽莎的一双眼睛中洋溢着幸福的神情,她想竭力隐藏这种神情,可是,她的双颊却在燃烧,如同夏天傍晚的灿烂的霞光;她盯着自己左边的袖

---

① Н. М. Карамзин. "Бедная Лиза",См. Н. М. Карамзин. *Избранные сочинения в двух томах*, М.；Л.：Художественная литература, 1964. Т. 1, с. 621.

② П. Н. Берков. "Державин и Карамзин в истории русской литературы конца XVIII-начала XIX века". *XVIII век*, Сборник 8, Л.：Изд-во "Наука", Ленинградское отд-ние, 1969, с. 15.

③ А. И. Герцен. "О развитии революционных идей в России. Гл. III. Пётр I." См. *Собрание сочинений в тридцати томах*, М.：Издательство АН СССР, 1954. Т. 7, с. 190.

④ Mark Gamsa. *The Reading of Russian Literature in China：A Moral Example and Manual of Practice*, London：Palgrave Macmillan, 2010, p. 97.

口,又用自己的右手心不在焉地拧着这只袖口。"①我们从这细腻的描述中,可以真切地感受到丽莎激动而又羞怯的内心世界。对于这部作品的心理描写的价值,俄罗斯评论家卡奴诺娃写道:"卡拉姆津对文学的最重要的贡献,是他在创建俄罗斯中篇小说以及创建俄罗斯心理散文方面所发挥的作用。"②卡拉姆津这种创始价值无疑是值得肯定的。

最后,在小说叙述技巧和语言风格方面,卡拉姆津的《可怜的丽莎》也显得独具一格。这部小说是以第三人称进行叙事的。而叙事者是一个喜欢观赏自然美景的莫斯科人,他总是对大自然的美丽景致有着独特的敏锐的感悟,同样,在描述丽莎的美貌时,叙述者也是突出她所拥有的自然清新的一面。而且,叙述者认识作品的男主人公艾拉斯特,正是从他口中了解到丽莎的故事,还与艾拉斯特一起去过丽莎的坟头。所有这一切,加强了所叙述事件的真实性,使得读者在阅读过程中,始终具有一种身临其境的感觉。

在语言风格方面,卡拉姆津善于使用贴近生活的语言,他的作品从而显得极为清新自然,朴实简洁,毫无雕琢之感。如描写丽莎与艾拉斯特初次相逢时,艾拉斯特从丽莎手上买了五戈比的鲜花,却坚持要付一卢布的钱,由此展开了两人的一段对话:

> 丽莎无比震惊,鼓起勇气朝年轻人看了一眼,——顿时满脸绯红,她垂下眼帘,跟他说,她不能收下这一卢布。
>
> "为什么不收?"
>
> "我不能多收钱。"
>
> "我觉得,经过美丽姑娘之手所采摘的美丽的铃兰花,是值这个价钱的。你若是不肯收下,那么我就付给你五个戈比吧。我想以后买花,就只从你这儿买了,我也期盼你采摘的鲜花,以后只卖给我呢。"③

无论是叙述者的语言,还是丽莎与艾拉斯特之间的对话,都显得简洁质朴、清新自然,而且极为凝练。这一风格特征给俄罗斯文学注入的新的特质,正如俄罗斯学者的相关总结:"简练的叙述,细腻的笔法,善于使读者参与主人公的感受,以及小说作者和人物形象的情感相互呼应的时而阴郁的裁相式景色、时而欢

---

① Н. М. Карамзин. *Избранные сочинения в двух томах*, М.; Л.: Художественная литература, 1964. Т. 1, с. 610.

② Ф. З. Канунова. *Из истории русской повести* (историко-литературное значение повестей Н. М. Карамзина), Томск, 1967. с. 25.

③ Н. М. Карамзин. "*Бедная Лиза*", См. Н. М. Карамзин. *Избранные сочинения в двух томах*, М.; Л.: Художественная литература, 1964. Т. 1, с. 608.

乐的春天景色或风起云涌的森严景色,还有复杂的心理描写,所有这一切对于俄国读者来说都是全新的。"①正是这篇小说贴近生活的语言,毫无雕琢之感的表述,以及人们所熟悉的事件,深深感染了读者,使其易于被广大读者接受。这也是使得小说这种艺术形式在俄国文学史开始占据一席之地的一个重要原因。

综上所述,卡拉姆津在俄罗斯小说发展史上有着独特的价值和地位。他所倡导的感伤主义创作倾向不仅吸引了俄国国内的广大读者,而且在俄罗斯文学与西欧文学接轨方面发挥了重要作用,他所实践的长篇、中篇、短篇等各种形式的小说体裁,更为俄罗斯小说艺术形式的发展做出了应有的贡献。

---

① 高尔基世界文学研究所:《世界文学史》第 5 卷·下册,戚德平等译,上海文艺出版社,2013 年,第 615 页。

第六章　亚历山大一世统治时期的小说创作

在著名的感伤主义作家卡拉姆津与卓越的浪漫主义和现实主义作家普希金之间,是否存在真空地带? 在此期间,俄国的小说创作是否成就斐然? 或者毫无作为,一片空白? 这些问题,相对而言,对大多数人来说都是一个显得较为陌生的话题,无论是俄罗斯本土学者还是西方的从事俄罗斯文学研究的学者,在这一方面尽管有所研究,但涉足不多。那么,在这段时期,俄罗斯小说在经过18世纪的短暂繁荣之后,是否就戛然而止,绝少成就,后继乏人呢? 答案显然是否定的。在亚历山大一世统治时期(1801—1825),俄罗斯文坛与西欧文坛之间的差距显然是在逐步缩小,尤其是俄罗斯浪漫主义文学运动几乎与西欧同步展开,一些小说家开始以自己力所能及的创作,为俄罗斯的小说艺术播下理想的种子,为即将来临的小说创作的繁荣进行了应有的铺陈,并且为杰出的天才作家亚历山大·普希金的登台做足了必要的幕前准备。

第一节　亚历山大一世统治时期小说创作概论

在作为小说家的卡拉姆津的长篇小说和中篇小说面世之后,直到普希金的诗体长篇小说以及中短篇小说出现之前,在俄国文坛并非一片空白,而是涌现出了一批优秀的抒情诗人,如巴丘什科夫、格涅吉奇、茹科夫斯基、巴拉丁斯基等等。正是由于这些诗人的创作成就相对而言显得较为辉煌,夺人眼目,所以在一定程度上掩盖了这一时期的小说家的创作成就。尽管在相关的学术研究中对亚历山大一世统治时期小说创作不够重视这一倾向到了20世纪初始的时候,已经发生了一些改变,并且有一定数量的小说作品开始被学界重新发现和重视,被读者欣然接受,同时也被出版机构再版,但是,发生在19世纪末和20世纪初期的现代主义思潮,以及1917年无产阶级革命胜利之后社会主义现实主义文学逐渐占据突出地位,使得刚刚开始得到重视的亚历山大一世统治时期的小说自然而然地再一次受到了忽略。

其实,亚历山大一世统治时期的文学也在多个方面较好地作用于俄罗斯文学的发展进程。在卡拉姆津与普希金之间的二十多年的时间里,俄国的小说创作并不是一片空白,而是在某些方面有所进步和发展,尤其在教育小说、历史小说等创作方面,甚至取得了不小的成就,起码在卡拉姆津与普希金两位小说家之间,起到了一种桥梁的作用。正如有学者所言:"随着新的体裁和叙事模式逐渐引入俄国文坛,散文体小说也在卡拉姆津和普希金之间进入了一个拐点。"①在这一时期,就文学思潮来看,西欧的影响较为明显,具有启蒙主义、感伤主义、前浪漫主义、浪漫主义等多种思潮交织一体的倾向。

18世纪19世纪之交,法国大革命深深作用于俄国文学,西欧的小说作品不断地被翻译成俄文出版,赢得了俄国广大读者的喜爱,上述多种创作思潮交织一体的倾向,充分说明俄罗斯文学极大地受到世界文学思潮及整体进程的影响。进入19世纪之后,俄罗斯文学开始逐渐与世界文学接轨,并且与其进程同步发展。尤其是自19世纪30年代起,俄罗斯的小说创作开始了长达将近一个世纪的空前的繁荣,在世界小说发展史上发挥了关键性的引领作用。在这一转向和发展进程中,首先应当提及的,应是普希金的小说创作,包括《上尉的女儿》等中篇小说创作、《驿站长》等短篇小说创作,以及《叶甫盖尼·奥涅金》这一诗体长篇小说的创作,这些作品都为俄罗斯小说艺术的进一步发展,提供了典范,奠定了扎实的基础。继普希金之后出现的杰出小说家果戈理,无疑是俄罗斯真正意义上的现实主义小说家,他的长篇小说《死魂灵》,以及中篇小说《外套》等,都是描绘俄罗斯社会现实的世界文学史上经久不衰的名篇。其后应当提及的是屠格涅夫,他的小说作品,组合在一起,可以构成俄国从19世纪30年代到70年代的一部独特的编年史。

俄国文学在19世纪30年代之后所取得的这一切成就,都与浪漫主义文学在19世纪初期的良好开局和稳步发展密不可分。正是亚历山大一世统治时期在文学创作方面的良好开局,为整个19世纪的俄罗斯文学创作的繁荣和发展奠定了极为坚实的基础。在茹科夫斯基、普希金、巴拉丁斯基等作家进行诗歌创作的同时,一些小说家也开始为浪漫主义文学的繁荣做出了积极的贡献。

就小说创作而言,在亚历山大一世统治时期,俄国文学要比西欧所流行的文学思潮及创作倾向稍晚一步,并且由此形成了多种文学思潮同时作用、平行发展的现象,主要的格局是启蒙主义小说、感伤主义小说、浪漫主义小说等三种倾向的小说创作同时存在,形成了三足鼎立的局面,有时彼此冲突,有时相互交织,并且出现了一些在俄罗斯文学史上理应占据地位的作家,其中包括伊兹梅洛夫、纳列日内、别斯图热夫等相对而言比较重要的小说家,也出现了包括《俄罗斯的吉尔·布拉斯,又名契斯佳科夫公爵奇遇记》等小说在内的较为重要的作品。

---

① Alessandra Tosi. *Waiting for Pushkin*: *Russian Fiction in the Reign of Alexander I* (1801—1825), Amsterdam: Rodopi, 2006, p. 376.

俄国文学在迈向 19 世纪门槛的时候，之所以出现多种创作倾向平行发展的格局，是因为作用于小说创作的，不仅有社会历史语境方面的因素，也有俄罗斯自身的传统文化语境所发生的作用。

在 19 世纪的头二十五年所发生的重要的历史事件中，首先应当提及的便是俄国反抗拿破仑的卫国战争的爆发。这一场战争不仅深深影响了俄罗斯社会历史的进程，而且也在极大程度上促使了俄罗斯广大民众的民族意识的觉醒。而 1825 年在圣彼得堡爆发的十二月党人起义，更是这一民族意识觉醒的体现。

就文化语境而言，这一时期的主要特征是民族意识觉醒之后的强烈的文化需求，具体体现在图书市场的兴起、文学沙龙的展开，以及各种类型的文学社团的创办和相关文学类杂志的发行上。于是，俄罗斯文学的发展有了现实的消费需求，文化市场开始呈现出较为活跃的格局。同时，这一时期的文学翻译，尤其是西欧文学作品的翻译，也适应了市场的需要，占据了应有的阵地，呈现出一定程度的繁荣的局面。尤其自 18 世纪 90 年代起，西欧的翻译小说在俄国具有了广泛的读者需求，在俄罗斯文坛，"出现了对于那个时代而言数量可观的西欧长篇小说和感伤主义中篇小说的译本"[①]。跨入 19 世纪之后，根据俄罗斯《俄国长篇小说发展史》作者的统计，仅仅在 1801 年至 1811 年这十年之间，就有大约四百多部翻译小说在俄国面世。翻译小说出版规模如此之大，具有如此数量的翻译版本，即使在当代，也是极为可观的，而且，对于俄罗斯本土小说的创作所产生的潜移默化的影响也是难以估量的。"在亚历山大统治时期，俄国文学翻译的数量急剧增长，西方文学作品和批评著作以其新的丰富的美学理论、风格、主题、体裁，引导俄国文学的方向。"[②]

正是由于西欧等外国文学的引入以及外国文学翻译事业的繁荣，俄国民族文学得以从西欧文学中获得应有的营养，俄国小说创作得以健康发展和不断成熟。所以，如斯特拉达（Vittorio Strada）所说："18 世纪终结之后，俄国文学与西欧文学之间的关系从单一的被动模仿转向了积极的'解放'。"[③]

这一时期，最重要的小说家无疑是伊兹梅洛夫、纳列日内和别斯图热夫。此外，茹科夫斯基、格涅吉奇等一些抒情诗人，也在小说创作方面对俄罗斯文学有所贡献。

---

① А. С. Бушмин. *История русского романа в двух томах*，Москва：Издательство：Наука，1962 - 1964.

② Alessandra Tosi. *Waiting for Pushkin*：*Russian Fiction in the Reign of Alexander I* (1801—1825)，Amsterdam：Rodopi，2006，p. 13.

③ V. Strada. "Saggio introduttivo" in Iu. Lotman, *Da Rousseau a Tolstoj*，Bologna：Il Mulino，1984，p. 33.

一 茹科夫斯基

茹科夫斯基在俄罗斯文坛是一位举足轻重的人物,是亚历山大一世统治时期俄国最为著名的作家,对于俄国文学的发展进程,对于普希金在俄国民族文学中的地位的确立,都发挥了重要的作用。别林斯基认为:"茹科夫斯基的功绩是不可估量的,他在俄国文学中的意义是伟大的。"①不过,就文学创作而言,他的文学成就主要体现在诗歌领域。作为俄国早期浪漫主义文学的杰出代表,他的抒情诗创作在我国学界广为人知,然而,他在小说领域的艺术成就以及相应的研究,在相当长的时间内在我国学界基本无人涉足。

瓦西里·安德烈耶维奇·茹科夫斯基(Василий Андреевич Жуковский,1783—1852),被誉为俄国浪漫主义诗歌的奠基人和俄国早期浪漫主义文学的杰出代表。他在 19 世纪早期的俄国文学和社会生活中占据十分重要的位置。茹科夫斯基不仅是一位杰出的作家,而且是一位优秀的文学评论家和一位重要的文学活动的组织者,他经常组织各种各样的文学沙龙和其他形式的文学活动,他还创办了《欧罗巴通报》这份重要的刊物,为俄国文化的发展,提供了一个重要的平台。而且,自 1826 年起,他担任未来沙皇亚历山大二世的私人教师,这一身份,在很多方面,为俄国文坛的健康发展发挥了积极的作用。

茹科夫斯基在俄国文学史上的一个突出的贡献,就是发现了普希金的诗才,当普希金还在皇村学校读书的时候,茹科夫斯基就在诗歌朗诵会上表现出了对普希金诗歌创作的欣赏,给予极高的评价,并以恰当的方式对他予以激励,这在普希金成才过程中无疑发挥了重要的作用,而且其后他以自己的优势地位一直支持普希金的文学事业。别林斯基说茹科夫斯基的创作"使俄国诗歌获得了心灵",又说:"没有茹科夫斯基,我们也就不会有普希金。"②这些说法不无道理。茹科夫斯基在文学翻译方面也成就卓著,他曾翻译过荷马史诗《奥德修纪》、东方史诗《鲁斯捷姆和佐拉布》、托马斯·格雷的《墓园挽歌》,以及拜伦、席勒等许多外国作家的作品。

他所创作的谣曲《柳德米拉》(Людмила)具有浓郁的浪漫主义色彩,也有鲜明的叙事色彩以及小说的情节性。如果不是用韵文写就,我们一定会认为这是一篇出色的浪漫主义小说。

然而,茹科夫斯基的艺术成就并不限于韵文体作品,他的艺术成就还包括一些散文体的小说创作。如《三根腰带》(Три пояса)、《三姐妹》(Три сестры)、《忧

---

① 别林斯基:《别林斯基选集》第 4 卷,满涛、辛未艾译,上海译文出版社,1991 年,第 190 页。

② 同上,第 192 页。

伤的事件》(*Печальнное происшествие*)、《幸福的谎言》(*Счастливая ложь*)、《初次躁动》(*Первое движение*)等,都是典型的小说创作。

在《忧伤的事件》中,他抒写了令人忧伤的恋情。作品的女主人公,与《可怜的丽莎》中的女主人公同名。出身低下的宫廷侍女丽莎真诚地与一个名叫利奥多尔的青年相恋,"虽然她涉世不深,她却毫不提防地倾心于自己心灵的召唤"①。利奥多尔也是如此,"爱情对于他,是幸福的体现,他对丽莎的恋情,是他一切高尚行为和美好情感的源泉"②。秘密相处了两年之后,丽莎和利奥多尔的恋情终因一个有钱有势的 Z 中校的干涉,而忧伤地终结。

而在《幸福的谎言》这篇小说的结尾,茹科夫斯基借助于作品中的主人公的话语,道出了具有哲理性的结论:"有时,谎言相对于真理,并不显得更糟。"③

茹科夫斯基所创作的中篇小说《玛丽亚森林》(*Марьина роща*,1809)是哥特主题与浪漫主义特色相互作用的小说作品,被称为"出现在俄国的第一部哥特式中篇小说"④。作品情节中充满了作家本人对爱情的思考。作品中的女主人公玛丽亚深深地爱着年轻歌手乌斯拉德,但是,由于种种原因,她受到蒙骗,嫁给了他人,而且过早地离开了人世。她过早的逝世也与她对乌斯拉德的恋情具有关联,当然,更为重要的是这部作品具有惩恶扬善的思想倾向,杀害玛丽亚的凶手罗格盖未能逃脱天道的惩罚,他在骑马的时候,因马儿受到野狼的惊吓,他被抛下马背,淹死在水中。

在作品中,乌斯拉德始终坚信自己与玛丽亚之间的永恒的爱情,更相信玛丽亚如同"大地上的紫罗兰",定会重新绽放。作品中常常以抒情的笔调描写大自然的质朴的美丽。"到处笼罩着吉祥的气氛,空气中洋溢着花儿盛开的椴树的芳香。有时候,在树林的深处,传来夜莺的歌声,或是黄鹂的忧郁的鸣唱;有时候,变幻无常的清风摇曳着树梢;有时候,胆怯的兔子被簌簌的风声所惊吓,急速跃进灌木丛中,弄得枝丫发出*丝丝*的响声。"⑤在这部作品中,年轻的歌手乌斯拉德是一个充满忧伤的人物形象,他怀念过去的时光,哀叹失去的欢乐,他在作品中哀叹道:

我的欢乐啊,你究竟去了何方? 昔日的时辰,你究竟消逝于何处?

---

①② В. А. Жуковский. *Полное собрание сочинений и писем В* 20 *т.*，Том 10. Проза 1807 - 1811 гг. Кн. 2. / Ред. И. А. Айзикова. — М.：Языки славянской культуры，2014，с. 60.

③　同上,第 72 页。

④　Alessandra Tosi. *Waiting for Pushkin*：*Russian Fiction in the Reign of Alexander I* (1801—1825)，Amsterdam：Rodopi，2006，p. 350.

⑤　В. А. Жуковский. *Сочинения в 3 томах*，М：Худ. литература，1980，Том 3，с. 339.

我来到我曾经度过美好生活的地方，影影绰绰的森林，阳光明媚的河流，绿草如茵的河岸，你们一如既往，丝毫也没有改变，然而，我的幸福啊，你却不见踪影。像往常一样，芳香馥郁的椴树飘溢出甜美的气息，像往常一样，声音嘹亮的夜莺或是不露身影的黄鹂在密林深处放歌，然而，那个曾经为芳香的椴树而欢欣，并且伴随着夜莺或黄鹂嘹亮的歌声，憧憬着自己幸福未来的人，却已今非昔比。[①]

从以上的书写中，我们不难看出，主要作为浪漫主义诗人的茹科夫斯基所创作的小说作品，依然洋溢着浓郁的抒情气息。清新自然的诗化语言，情景交融的书写风格，使得他的小说创作同样令人喜爱，给人留下强烈的印象。与此同时，茹科夫斯基的作品中，有着对现实生活的真实的描绘，不仅反映现实中所存在的种种不公，而且以早期浪漫主义特有的笔触表现面对现实而流露出的浓郁的忧伤情调，无疑，《玛丽亚森林》可以视为茹科夫斯基浪漫主义小说创作的巅峰之作。

二　格涅吉奇

格涅吉奇是以文学翻译而开始登上俄国文坛的，他的主要文学成就包括诗歌创作、小说创作和文学翻译，由于文学翻译等方面的成就，他于1811年被选为俄国科学院院士。

尼古拉·伊凡诺维奇·格涅吉奇（Николай Иванович Гнедич，1784—1833）出身于波尔塔瓦的一个古老的但并不富裕的贵族家庭。而且，他父母早亡。1793年，格涅吉奇进入波尔塔瓦神学校学习，五年之后，转入哈尔科夫学校。1800年，中学毕业后，格涅吉奇到了莫斯科，不久进入莫斯科大学哲学系学习。大学课程尚未修完，他就到了圣彼得堡，在政府机关供职。

格涅吉奇在世的时候，在俄国文坛以文学翻译而著名。他翻译了莎士比亚的《李尔王》、弥尔顿的《失乐园》等经典作品，尤其以《伊利亚特》的俄文翻译而享誉俄国文坛。与此同时，格涅吉奇在年轻的时候，创作过不少小说作品，包括中篇小说《莫里兹，或复仇的牺牲》（Мориц, или Жертва мщения，1802）以及长篇小说《唐柯拉多，或复仇的精灵与西班牙人的残暴》（Дон Коррадо де Геррера, или Дух мщения и варварства испанцев，1803）。

格涅吉奇的这部长篇小说分为两部，共有十九章，长达四百多页。作品的基本情节是围绕恶棍主人公唐柯拉多而展开的。这个唐柯拉多，由于是皇家部队的一名官员，便依仗权势，为所欲为，干了许许多多的坏事，犯下了一系列重罪，其中包括故意杀人、强奸少女、禁闭自己的父亲、谋杀自己的兄弟等罪行。当然，

---

① В. А. Жуковский. *Сочинения в 3 томах*，М：Худ. литература，1980，Том 3，с. 339.

唐柯拉多这一恶棍也逃脱不了正义的惩罚，一位年轻的勇士唐里贝罗揭发了唐柯拉多的罪行。唐柯拉多受到了应有的审讯与判决。最后，死不悔改的唐柯拉多这个恶棍在极度痛苦中结束了自己的罪恶的生命。

格涅吉奇这部长篇小说被誉为俄国最早的哥特小说之一。其主要意义在于让俄国读者对哥特恐怖小说的基本形式有一个基本的了解，从而拓展了俄国长篇小说的内涵。

《唐柯拉多，或复仇的精灵与西班牙人的残暴》这部长篇小说出版后，受到一些评论家的负面评判。小说出版的同一年，评论家马卡罗夫就在《莫斯科墨丘利》杂志上撰文认为："唐柯拉多用刀砍、用绳勒、用手掐——他自己也不知道为了什么——不论男女老少，不论亲疏与敌友，所有的人，只要他能涉及，他都不会放过。从第一页直到最后一页，这部长篇小说所展现的只有关于谋杀、毒害等罪行的描写，而且这些罪行是以令人震惊的冷血笔触进行叙述的。"[①]格涅吉奇同时代人对待这部长篇小说的评判也直接影响了后来的评论界的评判观点和基本态度，以至于后来的文学史家提及格涅吉奇的时候，只是将他作为诗人和翻译家来认可的，极少提及他作为小说家所取得的艺术成就，而且，他的这部长篇小说"自从 1803 年初版之后，也从未再版"[②]。实际上，同时代的评论是有失偏颇的。这一点，已经被当代西方的一些评论家认知。21 世纪，有学者认为，这是一部在叙事技巧方面借鉴了西方文学传统的富有独创性的作品，"格涅吉奇的长篇小说基于精确的美学设计原则，自身所呈现的是一部令人着迷的艺术作品。无论是从作品本身的价值而言，还是就其在俄国文学史上的地位而言，都是一部值得重估的作品"[③]。

第二节　伊兹梅洛夫

在一系列为俄国小说创作的繁荣做预演的成员中，亚历山大·叶菲莫维奇·伊兹梅洛夫（Александр Ефимович Измайлов，1779—1831）无疑是其中较为重要的一位。伊兹梅洛夫出生在俄国的弗拉基米尔省，1797 年从军事学校毕业后，进入仕途，官至副省长。

然而，伊兹梅洛夫并没有满足于飞黄腾达的仕途，而是有着自己的精神追求，对文学创作有着浓厚的兴趣。由于身份的原因，他的作品具有鲜明的启蒙主义创作倾向。与此同时，他也是一位积极的文学活动家，尤其在主办刊物和文化

---

①　Макаров. "Новые книги", *Московский Меркурий*，1803. Ч. 4，с. 53 - 54.

②③　Alessandra Tosi. *Waiting for Pushkin：Russian Fiction in the Reign of Alexander I*(1801—1825)，Amsterdam：Rodopi，2006，p.331.

普及方面，他成就斐然。自 1809 年至 1810 年，伊兹梅洛夫与友人别尼茨基（Александр Петрович Беницкий）一起，创办了一份题为《花坛》（Цветник）的杂志。后来，1812 年，他参加了《圣彼得堡通报》（Санкт-Петербургский вестник）的编辑出版工作，1817 年，又参与了《祖国之子》（Сын отечества）杂志的相关工作。1818 年至 1819 年，他还参加了《良善》（Благонамеренный）杂志的出版工作。

在 19 世纪初期，伊兹梅洛夫是一位在文坛极为活跃同时拥有广泛读者的作家。尤其在中篇小说和长篇小说的创作方面，他努力探索文学的教诲功能，取得了不俗的艺术成就。

在创作初期，他在一定程度上受到伏尔泰传统的影响，他的中篇小说《伊勃拉津与奥斯曼》（Ибрагим и Осман）和《可怜的玛莎》（Бедная Маша）等作品主要以道德教诲为特色。

伊兹梅洛夫的长篇小说《叶甫盖尼，又名不良教养与交游不慎之致命后果》（Евгений, или Пагубные последствия дурного воспитания и сообщества，1799—1801），最能体现他所重视的文学教诲功能，被誉为俄罗斯的第一部教育小说。这部小说共分两部，第一部于 1799 年出版，第二部于 1801 年出版。在世纪之交以及 19 世纪的起始，伊兹梅洛夫这部作品拥有了广泛的读者，获得了不小的成功，为俄罗斯长篇小说的发展做出了应有的贡献。

《叶甫盖尼，又名不良教养与交游不慎之致命后果》这部小说的基本主题是表现不良的教育对俄国贵族青年道德观念的形成所能产生的影响。在这部小说中，作者通过贵族青年叶甫盖尼·涅戈佳耶夫在贵族家庭不良教育下的堕落以及自身的种种恶习，抨击了在贵族上流社会所存在的腐败现象以及对其子女的教育方式的一系列失误。

小说描述了主人公叶甫盖尼成长所经历的三个阶段，第一个阶段是主人公的"不良教育"，第二个阶段是他所结交的"不良伙伴"，第三个阶段是其不可避免的"严重后果"。

小说的开头几章，所描写的是作品同名主人公叶甫盖尼被惯坏的童年和不良的教养。小说详细描述了他接受教育的几个不同的步骤，以及在其成长过程中所接受的不良引导。他首先接受的是愚昧的法国教师彭达特（Monsieur Le Pendard）的教育；随后他到了德国人伊泽尔曼（Ezelman）所办的莫斯科寄宿学校学习，在这所学校里，学生"学习在贵族教育中占很大比重的外国语言"；而在莫斯科的大学学习期间，他放荡成性，完成了主人公"不良教育"的最后阶段。正是在大学学习阶段，他结识了作品中的另一个人物——大学生拉兹甫拉金，后者成为他酗酒以及其他不良行为的帮凶。

这部小说也通过叶甫盖尼的教育话题，广泛地涉及了当时俄国的社会现实。

尤其是通过叶甫盖尼和拉兹甫拉金一起从莫斯科迁居圣彼得堡的途中经历，着力描写了他们从莫斯科到圣彼得堡的旅行。作者伊兹梅洛夫借鉴拉吉舍夫在《从彼得堡到莫斯科旅行记》中体现的写实手法，表现了俄国乡村的阴暗的画面。然而，他们在旅行中甚至不为亲眼看见的乡村的破败以及农民的贫苦而动情。到了圣彼得堡之后，叶甫盖尼进入了皇家卫队。作者又将诚实的村民与西化的都市绅士进行比较，突出两个都市绅士的傲慢与放荡。

对于叶甫盖尼和拉兹甫拉金在首都圣彼得堡贵族沙龙和闺房里的放荡不羁的生活场景的描写，使得叙述者有了机会介绍俄国上流社会的场景，展现怪诞的代表人物的全部画卷，维特罗瓦亚夫人、利森梅尔金娜夫人、米洛夫扎拉亚小姐——所有这些名字都折射了她们身上道德缺失的倾向。主人公的行为不端最终导致了毁灭性的后果：由于债台高筑，年仅二十四岁的叶甫盖尼过早地离开了人世，同样的悲剧命运不久也落到了他的同伴拉兹甫拉金的身上。

在处理教育题材的时候，伊兹梅洛夫的作品充满哲理色彩。他强调孩童教育成长对国家和民族以及自我人格形成所具有的重要意义，认为孩童的教育在孩童的个性形成中发挥着决定性的作用。在长篇小说《叶甫盖尼，又名不良教养与交游不慎之致命后果》中，叙述者经常插入相关的评论，强调在孩童教育过程中，其父母所具有的重要影响作用。譬如，伊兹梅洛夫在作品中写道："的确，在我们依然缺乏理性的那些年代里，我们总是试图模仿对我们亲近的人们的行为。"[1]作品中还写道："在我们的青少年时代，我们大多数行为举止都是从我们周围的人们的身上继承而来的。"[2]所有这些类似的评论，说明叶甫盖尼成长的环境不仅依赖于学校，更依赖于父母等家庭成员。

这部小说在强调教育问题的同时，并没有忽略叶甫盖尼等青少年性格形成过程中社会语境所发挥的作用。所以，按批评家米尔斯基的观点，这部小说"以鲜明的现实主义笔触描写了社会上的种种丑恶现象，以至于批评家倾向于怀疑他作品中道德教诲的诚实性"[3]。

在艺术技巧方面，这部小说也具有一定的特色，尤其是善于使用讽刺手法，甚至作品人物的姓名，也充满了讽刺色彩或象征寓意，如：叶甫盖尼的法国教师彭达特这一名字，意为"恶棍"；莫斯科寄宿学校的德国教师伊泽尔曼（Ezelman，源自德语"esel"）这一名字，意为"笨蛋"；叶甫盖尼的同伴拉兹甫拉金这一名字意为"堕落"。俄国上流社会怪诞的代表人物维特罗瓦亚夫人意为"啰唆"，利森

---

① Александр Измайлов. *Евгений，или Пагубные последствия дурного воспитания и сообщества*，Санкт-Петербург，1799 – 1801，с. 72.

② 同上，第 81 页。

③ Д. С. Мирский. *История русской литературы с древнейших времен до 1925 года*. Лондон，1992，с. 118 – 120.

梅尔金娜夫人意为"伪善",米洛夫扎拉亚小姐意为"楚楚动人"。类似的手法充分体现了伊兹梅洛夫对小说创作技巧的不懈探索,并对其后的果戈理等作家在人物形象塑造方面产生了一定的影响,为姓名象征和讽刺技巧的运用以及俄国小说艺术的发展做出了应有的贡献。

第三节　纳列日内

这一时期再一个重要的小说家便是瓦西里·特罗菲莫维奇·纳列日内(Василий Трофимович Нарежный,1780—1825)。纳列日内出身于一个没落的贵族家庭,少年时代在叔叔的引导下接受了良好的家庭教育。1792年,他顺利地进入莫斯科大学附属贵族中学学习。在将近七年的中学学习阶段,他刻苦攻读,成绩优异。1799年至1801年,他考入莫斯科大学哲学系学习,毕业后,他到高加索地区工作,曾在格鲁吉亚省长手下担任重要的官职。1803年,他到圣彼得堡等地任职,先是在内务部,最后到军事部工作。

早在莫斯科大学附属贵族中学读书期间,纳列日内就开始从事文学创作,进入莫斯科大学之后,他更是在文学创作的道路上进行探索,结交了伏伦琴科、安德烈·屠格涅夫等一些文学爱好者。后者于1797—1800年间组织了莫斯科大学的文学小组,1801年在此基础上成立了文学协会。该协会在浪漫主义美学思想的推广和普及方面发挥了重要的作用。纳列日内积极参加安德烈·屠格涅夫所组织的文学活动,并且就相关话题展开热切的讨论。在大学读书期间,他认真研读罗蒙诺索夫、苏马洛科夫、杰尔查文等俄国经典作家的作品,以及古希腊、古罗马和西欧作家的作品,尤其是伏尔泰、狄德罗、卢梭等法国启蒙思想家的作品,在一定程度上接受了他们的创作思想的影响。

纳列日内创作的第一部小说是中篇小说《罗格沃尔德》(Рогвольд)。这部中篇小说发表于1798年,带有一定的感伤主义的创作倾向。小说的基本情节涉及的是发生于10世纪的古罗斯的事件,史料来源于古代俄罗斯编年史。

诺夫哥罗德大公弗拉基米尔派了使节去见波洛茨克大公罗格沃尔德,请求与大公的女儿罗格涅达成亲。但是,罗格涅达断然拒绝了弗拉基米尔的求婚,然而,她却同意嫁给他的弟弟——基辅大公亚罗波尔克。当婚礼即将举行的时候,弗拉基米尔突然出兵占领了波洛茨克,杀死了罗格沃尔德以及他的几个儿子,强行迎娶了罗格涅达。

中篇小说《罗格沃尔德》在文学上的主要贡献不是在于叙述所发生的历史事件,而是在于集中描写弗拉基米尔在实行了暴行之后的心理冲突和灵魂深处的绝望的创痛。

在莫斯科大学学习期间,纳列日内模仿德国"狂飙突进"时期文学艺术的风格,创作了一些悲剧题材的作品。他的《弄虚作假的德米特里》(*Димитрий Самозванец*)于 1804 年发表,而 1809 年出版的短篇小说集《斯拉夫之夜》(*Славенские вечера*)在文坛获得了一定的好评。纳列日内的主要的小说创作是于 19 世纪一二十年代完成的。在此期间,他倾心于小说创作,获得了较大的成功,在较短的时间内就完成了多种小说作品的创作,其中包括长篇小说《俄罗斯的吉尔·布拉斯,又名契斯佳科夫公爵奇遇记》(*Российский Жилблаз, или Похождения князя Гаврилы Симоновича Чистякова*,1814)、《神学校学生》(*Бурсак*,1824)、《卡尔库萨,小俄罗斯的强盗》(*Гаркуша, малороссийский разбойник*,1825),中篇小说《查波罗什人》(*Запорожец*,1824)、《亚里斯特翁,或者改造》(*Аристион, или Перевоспитание*,1822)、《玛丽亚》(*Мария*,1824)、《土耳其审判》(*Турецкий суд*,1824)、《富裕的穷人》(*Богатый бедняк*,1824)、《外国王子》(*Заморский принц*,1824)、《两个伊凡,或者诉讼狂》(*Два Ивана или страсть к тяжбам*,1825)等一系列作品。

尽管纳列日内后期在文学创作方面取得了巨大的成就,但是,他与当时文学界的一些代表性的人物极少交往,也不参与任何文学活动以及文学论争。直到他逝世的 1825 年,当时著名的评论家维亚泽姆斯基才发出感叹:"纳列日内去世了。他几乎没有从我们的评论界听到一句对他的好评。"①然而,在他看来,"纳列日内即使不是俄罗斯最杰出的小说家,那么也值得被称为俄罗斯最杰出的小说家之一"②。作为一个小官吏,由于身份的限制,纳列日内无法进入上流社会的文学圈子,然而,他的创作却不自觉地反映了当时典型的社会风貌和时代精神。

纳列日内最为著名的作品是长篇小说《俄罗斯的吉尔·布拉斯,又名契斯佳科夫公爵奇遇记》。这部长篇小说是由六个部分组成的。作品继承了流浪汉小说的传统,借鉴了流浪汉小说的叙事技巧,并模仿阿兰·勒内·勒萨日的风格,通过作品主人公从农村到彼得堡的经历,广泛描写了俄国外省和都市生活的广阔的社会画卷,并且对官僚集团的种种腐败行为进行了辛辣的讽刺。

纳列日内与同时代的伊兹梅洛夫一样,在其作品中特别强调文学作品所具有的道德教诲层面上的意义。他作品中的道德教诲方面的功能也被文学界普遍认知。我国有学者指出,在纳列日内的作品中,"小说的重点不在于人物性格塑造(主人公基本起串联诸事件的作用),而在于揭露谴责种种不良社会现象,并寓

---

① П. А. Вяземский. "Письмо в Париж",см. *Московский телеграф*,1825,ч. Ⅵ,No ⅩⅫ,с. 181 – 183.

② Ю. Манн. "У истоков русского романа",см. *В. Т. Нарежный. Сочинения в двух томах*,Москва,Художественная литература,1983,с. 5.

道德教诲于其中"①。当代俄罗斯文学评论界对这部作品同样给予很高的评价，《纳列日内作品选》的编者格里欣(В. А. Грихин)等学者在该书的前言中认为："《俄罗斯的吉尔·布拉斯》是纳列日内最为重要的作品，是对18世纪最后三十多年俄国贵族官僚社会的大胆的讽刺。"②应该说，这样的评价是极为中肯的。

在纳列日内后期创作的长篇小说《神学校学生》(Бурсак, 1824)中，所描写的是俄国外省神学校学生的生活，讲述了一个统领的儿子的历险故事。评论家格拉勃维奇(George Grabowicz)认为这是纳列日内"最好的作品"③。这部小说无论就作品情节还是就细节描写而言，都开始摆脱了模仿的痕迹，具有了纳列日内自己的独到的风格。作品的主人公涅翁(Неон)已经具有了鲜明的性格特征。

纳列日内创作的中篇小说《两个伊凡，或者诉讼狂》描写的是两个地主因为鸡毛蒜皮的小事而毫不谦让久久打官司的故事，直至因为无聊的官司，两个人最后都倾家荡产。从这一基本的故事情节中，我们不难看出，纳列日内对果戈理的中篇小说创作有着一定的影响，所以，俄国作家冈察洛夫称他为"果戈理的先驱"④。

纳列日内在俄罗斯文学史上的地位和意义是十分重要的，他不仅可以被视为著名小说家果戈理的先驱，而且，他在创作过程中逐渐摆脱了西方感伤主义思潮的影响，也从18世纪末西欧翻译小说的固有形态中解放了出来，为俄国长篇小说的真正形成树立了良好的榜样，奠定了坚实的基础。所以，维亚泽姆斯基认为纳列日内是他同时代的作家中第一位也是唯一的成功地战胜了困难，摄取俄罗斯的细部生活，创作出俄罗斯长篇小说的作家。

第四节　别斯图热夫

亚历山大·亚历山德罗维奇·别斯图热夫(Александр Александрович Бестужев, 1797—1837)，笔名为马尔林斯基(Марлинский)，他是一位出色的俄国十二月党人作家，在19世纪二三十年代的小说创作领域具有显著的成就。他出身于圣彼得堡的一个知识分子家庭。他的父亲亚历山大·费多舍耶维奇·别斯图热夫(Александр Федосеевич Бестужев)是一位具有启蒙主义倾向的作家，曾经与普宁(И. П. Пнин)一起创办《圣彼得堡杂志》(Санкт-Петербургский

---

① 曹靖华主编:《俄苏文学史》第1卷，河南教育出版社，1992年，第66页。

② В. А. Грихин, В. Ф. Калмыков. "Творчество В. Т. Нарежного", см. В. Т. Нарежный. Избранное, М. : Сов, Россия, 1983.

③ George G. Grabowicz, in Victor Terras, *Handbook of Russian Literature*, New Haven: Yale University Press, 1990, p. 293.

④ 转引自曹靖华主编:《俄苏文学史》第1卷，河南教育出版社，1992年，第67页。

журнал），宣扬公民意识和启蒙主义思想。

别斯图热夫毕业于中等武备学校，是俄国十二月党人起义的积极参与者，他参加十二月党人组织的"北方协会"的各种活动，并且是著名的十二月党人诗人雷列耶夫的好友。1825 年，别斯图热夫因为参加十二月党人起义而遭到逮捕，但是，由于相对而言"罪行"较轻，他在监狱里被关了一年半之后，被流放到雅库特。然后，又在 1829 年，被送到高加索地区充军。他在当地参加了多次战斗，并且在部队获得了提拔，当上了士官和准尉，还获得了乔治十字勋章。1837 年，别斯图热夫死于一场发生在森林中的小型冲突。

别斯图热夫的文学创作生涯开始于 1819 年。当时在《祖国之子》和《教育竞争者》等杂志上，他发表了一些诗作和短篇小说。1820 年，他加入"彼得堡俄罗斯文学爱好者协会"。1821 年，他出版了《雷瓦尔之行》（*Поездка в Ревель*）。1823 年至 1825 年间，别斯图热夫与雷列耶夫相识，并且一起主编《北极星》（*Полярная звезда*）集刊。这本集刊的面世在当时来说是一个相当重要的文学现象，引起了社会极大的关注，尤其是吸引了众多年轻作家，也集聚了当时俄国文坛最优秀的一些作家，包括从南俄流放归来，在普斯柯夫省幽禁的普希金也与别斯图热夫热切而频繁地讨论文学问题，并寄诗作在集刊上发表。

在《北极星》杂志上，别斯图热夫作为小说家，陆续发表了《诺伊豪森要塞》（*Замок Нейгаузен*）、《七封书信的长篇小说》（*Роман в семи письмах*）、《背叛者》（*Изменник*）等作品，奠定了他作为小说家在当时文坛的坚实基础。

而且作为文学评论家，他发表了《1824—1825 年初俄国文学之一瞥》等一系列评论文章。因而，别斯图热夫同时被一些学者誉为"著名的评论家和浪漫主义理论家"[1]。

在十二月党人起义失败后，他被流放至高加索地区。但他在流放地化名为"马尔林斯基"，继续创作，重返文坛。他发表了《行驶》（*Наезды*，1831）、《"希望号"军舰》（*Фрегат Надежда*）、《阿玛拉特老爷》（*Аммалат-бек*）等许多小说。在《"希望号"军舰》中，他塑造了舰长普拉文这一丰满的形象。《阿玛拉特老爷》描写了发生在高加索的战事。他在流放地所创作的描绘高加索的故事较为知名，法国作家大仲马在自己的高加索游记中采用了他的故事，莱蒙托夫的长篇小说《当代英雄》中的某些描述也受其一定的影响。

别斯图热夫是俄国浪漫主义小说艺术成就最初的杰出代表之一，是 19 世纪初期俄罗斯作家中历来颇受俄国文学评论界关注的作家。俄罗斯文学评论家卡奴诺娃（Ф. З. Канунова）坚持认为："别斯图热夫创作于 19 世纪 20 年代和 30 年

---

[1]　Ф. З. Канунова. *А. А. Бестужев-Марлинский и его кавказские повести*, Санкт-Петербург: Наука, 1995, с.549.

代的中篇小说,是俄国文学中的耀眼的现象。"[1]19世纪俄罗斯著名文学评论家别林斯基也充分肯定别斯图热夫的艺术成就,尤其是赞赏他在中篇小说创作方面所做出的贡献,并且认为别斯图热夫"拥有不可剥夺的显著的才能,生动的、机智的、引人入胜的叙述的才能"[2],别林斯基甚至称赞别斯图热夫的作品"永远是那个文学时代的纪念碑"[3]。别林斯基客观地评述道:"在别斯图热夫的中篇小说中,具有最新颖的欧洲风格和特质,到处可见的是智性和启蒙精神,总是遇到独特的美丽的思想,并以自己的创新和求真而令人震惊。"[4]从19世纪别林斯基的一些评论中,我们可以看出当时文坛对别斯图热夫的关注。当然,别林斯基也认为别斯图热夫小说创作中有着俄罗斯民族性缺失的倾向,并对此进行了批评。

别斯图热夫的小说创作分为鲜明的两个发展阶段,1819年至十二月党人起义前后的作品属于他第一阶段的创作,起义失败后在19世纪30年代重新走上文坛之后的创作属于其第二阶段的创作。他第一阶段的创作具有强烈的反抗意识和鲜明的公民精神,第二阶段的创作相对而言有着更多的孤独和忧郁的气质,有着对十二月党人起义失败后俄国贵族知识分子命运的深刻的沉思。第一阶段以旅行为题材;第二阶段更多表现的是高加索主题,高加索的异域情调对十二月党人起义失败后的别斯图热夫有着强烈的吸引力。

在第二阶段的创作中,中篇小说《"希望号"军舰》具有一定的代表性。在这部于1833年面世的作品中,作者塑造了舰长普拉文这一较为丰满的艺术形象。这位勇敢无畏的水手,在暴风骤雨中得到锻炼成长,有着顽强的毅力和充沛的激情,是别斯图热夫所极力塑造的正面的理想形象,在他的一举一动中,都洋溢着超然卓越的风范,但是他身上的个人主义倾向又较为浓烈。普拉文激烈地对抗周围的社会现实。然而这只是一个具有理想主义和浪漫主义色彩的人物,在当时特定的复杂的社会语境下,必然以失败和毁灭而告终。

《"希望号"军舰》这篇小说中还描写了普拉文这名水手对薇拉所具有的异常深沉的、不可遏制的爱慕之情。但是,这种爱恋已经不再是属于浪漫主义范畴的爱恋,而是具有一种非理性的成分,甚至疯狂的力量。别斯图热夫设法使得这场爱恋显得富有诗意,富有浪漫主义色彩,然而,其中免不了自私的、危险的情感。作者写道:"你是我的! 你是我的薇拉! 别的所有的一切都与我无关,让人们全

---

[1]　Ф. З. Канунова. *А. А. Бестужев-Марлинский и его кавказские повести*, Санкт-Петербург:Наука,1995,с.549.

[2]　别林斯基:《别林斯基选集》第1卷,满涛译,上海文艺出版社,1963年,第161页。

[3]　郑体武主编:《俄罗斯文学辞典》,复旦大学出版社,2013年,第88页。

[4]　В. Г. Белинский. *Полн. собр. соч.* М.,1953. Т.1,с.274.

都毁灭吧！让整个世界化为废墟吧！我要在废墟中将你高高举起……"①所有这一切,是普拉文性格的局限性所在,也是作者别斯图热夫在十二月党人起义失败后精神状态的一个真实的反映。

综上所述,跨入 19 世纪门槛之后,在亚历山大一世统治时期,俄国的小说创作显然逊色于同时代的茹科夫斯基、德米特里耶夫、巴丘什科夫等作家的诗歌创作,但是,也具有承前启后的作用。这一时期的小说创作似乎是对 19 世纪之前的西欧文学进行了一遍温习,尤其是对过去发生过的欧洲启蒙主义小说、感伤主义小说进行了一次补课和认真地学习与借鉴,并且在浪漫主义小说创作方面以及现实主义创作风格形成方面,都获得了较好的成绩。俄国小说家力争向西欧看齐,所以出现了较多的文学翻译作品,并且出现了多种文学创作倾向平行发展的格局。

不过,就个体小说家而言,这一时期,虽然出现了伊兹梅洛夫、纳列日内、别斯图热夫等一些相对比较重要的小说家,却没有出现举世闻名的作家,总体来说,整个俄罗斯文坛仿佛是在卡拉姆津之后稍作休整,为即将登场的重大演出做必要的幕后准备。

---

① Александр Бестужев. "Фрегат *Надежда*". См. Александр Александрович Бестужев-Марлинский. *Кавказские повести*. Санкт-Петербург: Наука, 1995, с. 470.

第三编　俄罗斯小说艺术的辉煌

第七章 19 世纪三四十年代的小说创作

如果说在亚历山大一世统治时期俄国小说与西欧之间的距离在逐渐缩小，那么，19 世纪三四十年代起，俄罗斯文学奋起直追，此后不久便在小说创作中，在世界文坛发挥着引领作用。在十二月党人起义失败之后，俄国文坛在文学形式上发生的改变尤为明显。自 19 世纪 30 年代起，俄国文坛从抒情诗为主导的创作倾向逐渐向小说创作转型，尤其是从格律严谨的各式各样的长诗向贴近生活语言的长篇小说和中篇小说转型。即使是完成于 19 世纪 30 年代初的代表普希金最高艺术成就的诗体长篇小说《叶甫盖尼·奥涅金》，也在一定程度上象征着从诗歌向小说转型的开端。

俄国小说自 18 世纪经过卡拉姆津等作家的努力得以成型之后，又在 19 世纪初期亚历山大一世统治时期得以酝酿，逐步缩小与西欧各国文学之间的距离。于是，到了 19 世纪三四十年代，通过普希金、莱蒙托夫、赫尔岑、果戈理等一些著名作家的创作，在艺术方面，俄罗斯的小说创作终于达到了炉火纯青的地步。仅仅在 1836 年至 1842 年的短短的六年时间里，俄国文坛就出现了普希金的《上尉的女儿》（Капитанская дочка）和《杜波罗夫斯基》（Дубровский）、莱蒙托夫的《当代英雄》（Герой нашего времени）、果戈理的《死魂灵》（Мертвые души）、赫尔岑的《一个年轻人的札记》（Записки одного молодого человека）、奥陀耶夫斯基的《公爵小姐济济》（Княжна Зизи）、拉热奇尼科夫的《冰宫》（Ледяной дом）和《异教徒》（Басурман）、弗拉基米尔·索洛古勃的《四轮马车》（Тарантас）等多部重要的中长篇小说，其中有不少作品已经成为世界文学史上不朽的杰作。

就文学思潮而言，俄国 19 世纪三四十年代的文学，是俄国现实主义文学的形成时期。而俄国现实主义文学的形成和发展，与当时的社会历史情景及民族文化传统有着密切的关联。1825 年 12 月所发动的反对专制、农奴制的武装暴动，即十二月党人起义，揭开了俄国资产阶级革命的序幕。从此，俄国文学迈入现实主义时期，以普希金为代表的小说家和诗人、以《聪明误》的作者格里鲍耶多夫为代表的戏剧家，与法国巴尔扎克等作家一起，率先将世界文学的思潮从浪漫主义转向了现实主义，从而开创了以普希金、果戈理、屠格涅夫、陀思妥耶夫斯基、托尔斯泰、契诃夫为重要代表的 19 世纪现实主义小说创作的辉煌。只是从现实主义文学开始，俄罗斯文学才真正与世界文学接轨，从过去的西欧文学的

"学生"一跃成为"先生"。现实主义不仅是一种文学思潮,更是一种世界观,一种理解世界,达到哲学深度的手段。正因如此,现实主义思潮适应了俄国社会的需求。十二月党人起义失败之后,俄国处于暂时的黑暗时期。除了社会历史形势之外,影响文学进程的,显然还有俄罗斯民族文化传统和一些地方的风俗习惯。在此基础上形成的现实主义文学,以高度的人民性和进步性以及浓郁的人道主义为其基本特征,正是这一特征,使得俄国文学的发展与俄国民族解放运动的现实密切结合,在社会发展及思想进步方面发挥了重要的历史作用。

第一节　19世纪三四十年代小说创作概论

在1825年十二月党人起义的影响下,受西欧浪漫主义文学思潮波及并且得以与西欧文学接轨的俄罗斯文学,又即刻抛开了西欧浪漫主义的幻想。面对俄国的农奴制专制制度,面对沙皇专制制度之下的冷峻的社会现实,以普希金为代表的一批具有先进思想的俄罗斯作家,迅速地从浪漫主义过渡到现实主义的创作,以其富有民族文学风格的创作奠定了俄国文学的现实主义的基础,形成了对俄国黑暗现实进行干预和批判的立场。在19世纪30年代,普希金的小说集《别尔金小说集》、中篇小说《上尉的女儿》以及诗体长篇小说《叶甫盖尼·奥涅金》,无论在主题上,还是在艺术技巧和语言风格上,都为俄罗斯小说艺术确立了明确的发展方向,树立了楷模和艺术典范,使得小说这种艺术形式在俄国文坛得到了空前的发展。莱蒙托夫、果戈理等一批小说家,紧随其后,承袭普希金小说创作的优良传统,以《当代英雄》《彼得堡故事集》等一系列优秀的小说作品进一步确定了俄国小说创作中的民主立场、批判风格以及现实主义的发展方向,在创作思想和政治立场方面发挥了重要的引领作用。尤其是果戈理小说中所独具的辛辣的讽刺风格,揭露了俄国农奴制社会的丑恶现象,从而团结了一大批出色的青年作家,形成了19世纪俄国文学的批判倾向,并且建构了俄国现实主义文学的最初的重要流派——自然派。

正是在果戈理的引领以及他的小说创作的影响之下,19世纪40年代的俄国文坛呈现出更为繁荣的景象,涌现出了一大批杰出的现实主义小说作品,以及以现实主义创作风格而著称的优秀作家。在这些杰出的小说作品中,包括陀思妥耶夫斯基的成名作《穷人》、果戈理的代表作《死魂灵》以及赫尔岑的代表作《谁之罪?》。

赫尔岑的长篇小说《谁之罪?》表达了时代的呐喊,于是,这一时期的文学创作的主题就是批判农奴制的罪恶,促进俄罗斯民族意识的觉醒,着重探讨的是"谁之罪"的问题。

与这一时期俄国所探索的"谁之罪"这一中心问题相适应的主要艺术形象,

则是"多余的人"和"小人物"形象。

俄国小说中的"多余的人"艺术形象,在一定程度上受到英国文学中"拜伦式英雄"的影响。英国著名诗人拜伦的《东方叙事诗》以及《恰尔德·哈罗尔德游记》中的主人公深深地影响了俄国"多余的人"这一群像的形成。在俄国文学中,"多余的人"主要书写的是俄国贵族青年知识分子的精神探索以及找不到出路的悲剧命运。这一系列形象始于普希金诗体长篇小说《叶甫盖尼·奥涅金》中的奥涅金,主要经过莱蒙托夫《当代英雄》中的毕巧林、赫尔岑《谁之罪?》中的别里托夫、屠格涅夫《罗亭》中的罗亭,最后在冈察洛夫的长篇小说《奥勃洛莫夫》的同名主人公奥勃洛莫夫这一形象中得以终结。

这一时期的"小人物"形象,也是由普希金首创的,最早出现在他的著名短篇小说《驿站长》中,即十四品文官维林的形象,其后,在果戈理的中篇小说《外套》、陀思妥耶夫斯基的中篇小说《穷人》等作品中得到了延续,并且伴随着俄国现实主义文学的发展,后来一直延续到19世纪末的契诃夫的创作中,尤其在《一个小公务员之死》等小说中,得到了典型的刻画。

19世纪三四十年代,俄国小说艺术成就的主要体现者,是以普希金和果戈理为典型代表的,莱蒙托夫和赫尔岑等作家也在其中做出了突出的贡献。而冈察洛夫、屠格涅夫、陀思妥耶夫斯基等许多在其后的俄国文坛中发挥重要作用的优秀现实主义作家,也都是在这一时期开始登上文坛并且受到关注的。正是这些作家的集体作用和共同影响,使得俄国文学在其发展史上极快地步入"黄金时代"。

这一时期,除了上述著名作家,在小说创作方面做出贡献的还有其他一系列富有成就的小说家,其中包括克维特卡(Г. Ф. Квитка,1778—1843)、阿克萨科夫(С. Т. Аксаков,1791—1859)、拉热奇尼科夫(И. И. Лажечников,1792—1869)、维尔特曼(А. Ф. Вельтман,1800—1870)、奥陀耶夫斯基(В. Ф. Одоевский,1803—1869)、弗拉基米尔·索洛古勃(В. А. Соллогуб,1813—1882)等作家。克维特卡、阿克萨科夫、弗拉基米尔·索洛古勃的成就主要在中短篇小说创作方面,以幽默嘲讽、自然书写见长,奥陀耶夫斯基以乌托邦书写见长,最有抱负的作品为《俄罗斯之夜》,而维尔特曼、拉热奇尼科夫等作家的创作成就主要体现在长篇小说领域。

一 克维特卡

格里高利·费多洛维奇·克维特卡(Григорий Фёдорович Квитка,1778—1843)作为一名小说家,其突出之处是创作历史幻想小说。他出生于乌克兰的哈尔科夫,他的一生也基本上是在哈尔科夫度过的。克维特卡出生后体弱多病,而且从很小的时候眼睛就失明了,但是到了六岁的时候,经过他妈妈不懈的努力和寻医问药，他的眼睛竟然神奇地好转了，他出人意料地恢复了视力。

克维特卡在少年时代并没有上过正规的学校，主要是在家庭接受教育，后来又应征入伍。1797 年，他获得大尉军衔。退伍后，有一段时间，他对戏剧发生了浓厚的兴趣，积极投入戏剧演出。尤其是 19 世纪初期，克维特卡经常参加一些与戏剧有关的事务，积极参与演出活动，也从事过一些与慈善事业相关的工作。

1816 年至 1821 年，克维特卡曾经主编《乌克兰通报》（*Украинский вестник*）。19 世纪三四十年代，他用乌克兰语和俄语进行小说创作，著有多部中篇小说，包括《必然的巫婆》（*Конотопская ведьма*）。这部小说情节显得较为复杂，几条情节线索交织其中。在 30 年代，他还创作了历史幻想小说，虚构自己的祖辈在 17 世纪中叶如何建造了哈尔科夫。克维特卡最为著名的作品是他用俄语创作的长篇小说《哈里亚夫斯基老爷》（*Пан Халявский*），这部长篇小说首先于 1839 年发表在《祖国纪事》杂志，接着于 1840 年在圣彼得堡出版了单行本。

这部长篇小说是以第三人称进行叙事的。从叙事技巧来看，小说具有时空交错的特性，作者善于将过去的事件与现时的事件交织在一起，进行交叉呈现。在作品中，主人公哈里亚夫斯基老爷回想自己的童年生活，自己的双亲，自己在部队服役的经历，并且叙述了前往圣彼得堡的经历以及婚姻和家庭生活。尽管这部小说出版之后并没有受到应有的好评，但是，这部作品中对当时社会景象的描绘，是极为生动具体的。小说的独特之处在于作者以现实主义创作风格，广泛运用幽默等艺术技巧，描绘了乌克兰地主老爷的平淡无奇的现实生活，真实地展现了当时的社会现实和地主阶层的空虚的精神世界。

二 阿克萨科夫

谢尔盖·季莫费耶维奇·阿克萨科夫（Сергей Тимофеевич Аксаков，1791—1859），出身于奥伦堡省乌发市的一个贵族家庭。在奥伦堡省阿克萨科沃庄园度过自己的童年，从父亲处继承了对书籍和自然的热爱。曾在喀山寄宿中学读书，后于 1804 年成为新创办的喀山大学的首批学生。1807 年，十六岁的阿克萨科夫从喀山大学毕业后，到了莫斯科，又于第二年到了圣彼得堡，成为政府部门的一名职员。

阿克萨科夫最早的文学尝试是短篇小说《暴风雪》（*Буран*，1834）。后来在果戈理的影响下，逐渐形成了自己的创作风格。他的主要作品有《家庭纪事》（*Семейная хроника*，1840）、《钓鱼笔记》（*Записки об уженье*，1847）、《奥伦堡省猎人笔记》（*Записки ружейного охотника Оренбургской губернии*，1852）等。阿克萨科夫的"钓鱼笔记"以及"猎人笔记"生机盎然，有着对大自然的清新、生动的描绘，引起当时文坛极大的关注和强烈的反响，屠格涅夫、果戈理等著名作家对他的这些作品高度赞赏。果戈理以幽默的笔调致信阿克萨科夫说："您的鸟儿和鱼儿比我的男人和女人还要生动。"①

在俄罗斯小说史上,阿克萨科夫典型的贡献是其代表作"回忆自传三部曲"(Мемуарно-автобиографическая　трилогия),包括《家庭纪事》(Семейная хроника)、《回忆录》(Воспоминаниях)和《孙子巴格罗夫的童年》(Детские годы Багрова-внука)等作品。

阿克萨科夫的"回忆自传三部曲"在俄国文学史上占据重要的地位,不仅受到当时读者的关注,而且受到评论界的好评。这部作品对于俄国小说艺术发展的贡献,突出体现在形式的创新方面。《家庭纪事》对于人烟稀少的边境地区的生活场景的描绘,客观真实、简洁自然;《回忆录》中所追忆的是作者八岁至十六岁的生活,是俄国 1805 年前后外省生活生动画卷的展现;《孙子巴格罗夫的童年》所写的是平静安详的童年时代的故事,"其非同寻常之处仅在于,一个受到非同寻常的善良教化的孩子所心怀的非同寻常情感"②。

三　拉热奇尼科夫

伊凡·伊凡诺维奇·拉热奇尼科夫(Иван Иванович Лажечников,1792—1869)是俄国 19 世纪长篇历史小说的主要贡献者之一。他出身于莫斯科省科罗姆纳市的一个商人家庭,年轻的时候,曾经违背父亲的意愿,参加了反抗拿破仑的卫国战争,并且于 1813 年至 1815 年远征欧洲,参加战争。1819 年,他从部队退役之后,主要从事一些教育工作,曾经担任过喀山中学的校长,以及喀山大学的督导。自 1826 年起,他迁居莫斯科,开始收集资料和创作素材,从事历史小说的创作。后来,他不断在部队和教育部门交替工作,在特维尔和圣彼得堡等多地发展,直到 1856 年之后,他才再次回到莫斯科生活。

拉热奇尼科夫少年时代大量阅读俄国、法国和德国的经典文学作品,十五岁的时候,就在《欧罗巴通报》杂志上发表了《我的缕缕思绪》等作品。十八岁的时候,在《俄国通报》杂志上发表了《战歌》等作品,并且创作了多首诗作。1817 年,他就出版了作品集《诗文初试》(Первые опыты в прозе и стихах)。1820 年,他出版了《一个俄国军官的行军札记》(Походные записки русского офицера)。

拉热奇尼科夫的主要贡献是他的三部长篇历史小说,包括《最后一个新贵》(Последний Новик)、《冰宫》(Ледяной дом)和《异教徒》(Басурман)。在长篇历史小说中,作者表现了对祖国大地的热爱以及对彼得大帝的崇敬。这三部长篇历史小说使得拉热奇尼科夫获得了巨大的成功,被誉为俄国长篇历史小说的先驱者,别林斯基称其中的《最后一个新贵》为"具有高度才华的非凡的作品",并且

---

① 转引自米尔斯基:《俄国文学史》上卷,刘文飞译,人民出版社,2013 年,第 243 页。
② 米尔斯基:《俄国文学史》上卷,刘文飞译,人民出版社,2013 年,第 244 页。

作经历的影响,他曾经担任过俄国皇家公共图书馆(现国立萨尔蒂科夫-谢德林图书馆)馆长助理,还担任过鲁缅采夫博物馆馆长和鲁缅采夫图书馆(现为俄罗斯国立图书馆)首任馆长。他还创办过一些文学杂志,包括与诗人丘赫尔别凯一起创办的文学刊物《记忆女神》(*Мнемозина*)。他还创作了长篇小说《布鲁诺与阿雷蒂诺》(*Иероним Бруно и Пьетро Аретино*),但没有完成。

奥陀耶夫斯基在小说创作方面受到德国浪漫主义文学的影响,尤其是受到恩斯特·霍夫曼的影响。他在小说创作领域的主要贡献是浪漫主义幻想小说,尤其是乌托邦小说。他作品中的乌托邦书写,为俄罗斯小说增添了新的活力。

奥陀耶夫斯基最重要的作品是他的长篇小说《俄罗斯之夜》(*Русские ночи*,1844)。这部作品以深邃的哲理取胜,被俄罗斯的评论家迈明(Е. А. Маймин)称为"俄国历史上的第一部哲理长篇小说"[①]。这部作品结构独特,共有九章,从"第一夜"直到"第九夜"。其中有些章节,如第四夜中的《最后的自杀》(*Последнее самоубийство*)、第五夜中的《没有名称的城市》(*Город без имени*)等等,不仅独立成篇,而且都以科幻取胜。

六 弗拉基米尔·索洛古勃

弗拉基米尔·索洛古勃(Владимир Александрович Соллогуб,1813—1882)出身于圣彼得堡的一个显赫的接近宫廷的贵族家庭,他的父亲当时拥有八万农奴,却是一名挥霍无度的花花公子。索洛古勃最初在家庭中受到了良好的教育。他的家庭教师中,包括法籍教师厄内斯特·萨里耶尔(Эрнест Шаррьер)——一位法国作家,后来将屠格涅夫的《猎人笔记》译成法文出版。1829 年,他进入塔尔图大学哲学系学习,于 1834 年毕业。在大学期间,他结识了很多著名的俄国作家,与这些作家的结识,对于他的文学生涯发挥了重要作用。

俄罗斯文学研究界一般将索洛古勃的文学创作活动划分为两个创作阶段,早期创作阶段为 1837 年至 1849 年,后期创作阶段为 1850 年至 1882 年。在 19世纪三四十年代的早期创作中,索洛古勃深受果戈理的俄国自然派文学的影响,以描写俄罗斯现实社会的中篇小说见长,在《两名大学生》(*Два студента*)和《三个未婚夫》(*Три жениха*)等作品中,主要思考现实社会中的婚姻问题,尤其喜爱书写门不当户不对的婚姻题材。他的世俗题材小说,在三四十年代的俄罗斯文学中,拥有广泛的读者,也受到了一定的好评。索洛古勃的后期创作中,最为主要的是写于 70 年代末 80 年代初的长篇小说《越过边界》(*Через край*),这是一

---

① Е. Л. Майнин. "Владимир Одоевский и его роман *Русские ночи*". См. В. Ф. Одоевский. *Русские ночи*. Ленинград:Издательство Наука,Ленинградское отделение,1975,с. 247.

部现实主义的作品,其中的主人公依然具有"多余的人"的性格特征。

第二节　莱蒙托夫

　　莱蒙托夫是继普希金之后又一位取得卓越成就的俄国作家,是19世纪俄国文学诗歌艺术和小说艺术成就的杰出代表。莱蒙托夫与普希金这两位作家在许多方面具有共同之处,他们有着同样的精神气质,甚至在文学创作类型方面,也都是在诗歌和小说两个方面取得了突出的成就。俄罗斯评论家马努伊洛夫曾经中肯地评述道:"在俄罗斯文学史上,莱蒙托夫继承了新的俄罗斯标准语言的缔造者和我国古典文学的奠基人普希金的事业。正是由于这个缘故,别林斯基才理所当然地把他的名字直接摆在普希金的名字之后,并与果戈理的名字并列。"①

　　虽然莱蒙托夫主要是以抒情诗人的形象留存在人们的记忆之中的,他也确实以优美的抒情诗作在俄国诗坛赢得了应有的地位,但是,实际上,莱蒙托夫的小说创作毫不逊色。他丝毫不满足于抒情性诗歌作品的创作,如同20世纪的俄罗斯作家帕斯捷尔纳克一样,他不仅在抒情诗创作领域,而且在长诗创作及小说创作等叙事作品创作领域做出了努力,取得了成就,为俄罗斯文学的发展做出了巨大的贡献。尤其是他的代表作《当代英雄》,无疑是俄国19世纪最为优秀的长篇小说之一。这部作品以独特的结构艺术、优美的抒情性和细腻的心理刻画为其主要创作特色,为其后的陀思妥耶夫斯基、托尔斯泰等文学大师作品中的心理描写树立了典范,奠定了应有的基础。

一　莱蒙托夫的创作生涯

　　米哈伊尔·尤利耶维奇·莱蒙托夫(Михаил Юрьевич Лермонтов,1814—1841)出身于莫斯科的一个退役军官的家庭。他的父亲尤利·彼得洛维奇·莱蒙托夫来自图拉省的一个小地主之家,曾在彼得堡第一军校学习,毕业后留在该校任教。1811年,只有二十四岁的他"不明原因地以上尉军衔退役"②。他的母亲玛丽娅·米哈伊洛芙娜"拥有深沉的、充满诗意的、温存的天性"③,而且经常写诗,表达对尤利·彼得洛维奇的深挚情感,但是,由于身体虚弱,1817年,在不满二十二岁的时候,她就患病离开了人世。

　　莱蒙托夫在莫斯科出生后不久,就回到了故乡塔尔哈尼(Тарханы)。1817

---

　　①　В. А. 马努伊洛夫:《莱蒙托夫》,郭奇格译,北京出版社,1988年,第2页。

　　②　Николаева М. Ф. *Михаил Юрьевич Лермонтов：жизнь и творчество*, Москва: Государственное Издательство Детская литература, 1956, с. 3.

　　③　同上,第4页。

年 2 月起,莱蒙托夫在幼年丧母之后,主要由外祖母叶丽扎维达抚养成人。但是,叶丽扎维达本来就不同意她女儿的婚事,再加上玛丽娅过早地离开人世,更是加深了她与尤利·彼得洛维奇之间的矛盾。幼小的莱蒙托夫在度过短暂的宁静的童年生活之后,就伴随着无尽的不幸与忧伤。好在他的外祖母在他母亲去世之后,将全部的爱转移到了他这个外孙的身上。

1828 年,莱蒙托夫进入莫斯科大学附属贵族寄宿中学读书。1830 年,他开始就读于莫斯科大学。1832 年,莱蒙托夫离开莫斯科大学,进入圣彼得堡近卫军士官学校学习,并于 1834 年毕业。他离开学校之后,被派到皇村近郊的骠骑兵团服役。1837 年,在伟大诗人普希金因决斗死亡之后,莱蒙托夫以这一事件为主题,创作了一首很快传遍整个俄国的抒情诗——《诗人之死》。但是,他又因《诗人之死》一诗而被捕、流放。1841 年,莱蒙托夫在高加索疗养期间,一个心胸狭窄的军官马丁诺夫被人唆使与他决斗,这位诗人兼小说家在决斗中被人杀害,成了俄国文坛的"一曲没有唱完的歌"(高尔基语)。

莱蒙托夫早在贵族寄宿中学读书期间,就开始了自己的文学创作活动,但是,直到 1837 年普希金被害之后,他才以《诗人之死》一诗而震动整个俄国。从而,《诗人之死》宣告了一位新的诗坛巨匠的诞生。莱蒙托夫成了继普希金之后的又一位著名作家。他同普希金一样,虽然生活在上流社会,却鄙弃贵族沙龙里的平庸生活,有着崇高的激情和热爱自由的性格。在思想上,莱蒙托夫与十二月党人革命家坚定地站在一起,对俄国农奴制下黑暗残忍的社会现实充满了憎恨。

虽然莱蒙托夫的创作生涯十分短暂,自十四岁开始创作到二十七岁逝世,总共只有十多年的时间,但是,他在这极短的时间内撰写了四百多首抒情诗以及近三十部长篇叙事诗。他以短暂的生命为世界文坛留下了极为丰厚的文学遗产。除了诗歌,莱蒙托夫还创作了一些小说作品,尤其是创作了充满诗意的反映现实生活的长篇小说《当代英雄》,塑造了俄国文学史中又一个"多余的人"毕巧林的不朽的形象,并且被誉为俄国现实主义心理小说的创始人。

在诗歌创作方面,莱蒙托夫的许多作品具有独特的忧郁和悲愤的气质,这一特质的形成,与他的亲身经历不无关系。莱蒙托夫母亲早亡,外祖母又迫使他与亲生父亲分别,这使诗人的心灵从小就蒙上了一层悲哀的阴影。在爱情生活方面,莱蒙托夫也屡遭挫折。少年时代,他饱尝对远房表妹的朋友苏什科娃的单恋之苦,大学时代,他又经历了伊凡诺娃对他的变心,以及与洛普欣娜之间的最为深挚却又不幸的恋情。他的这一切悲哀和痛苦的经历与他对黑暗的农奴制社会的愤恨以及对自由的向往交织在一起,使他形成了一种孤傲的性格,也使他的文学创作产生了巨大的力度和强烈的艺术魅力。

莱蒙托夫作为小说家而言,成就是不可小觑的,如果他不是在年仅二十七岁的时候就饮弹身亡,他一定会成为俄国文学史上屈指可数的最为优秀的小说家之一。这一点,从他的代表作《当代英雄》以及《李果甫斯卡雅公爵夫人》《瓦吉姆》等长篇小说中所体现的艺术感染力上,我们都可以明显地看出。

在《李果甫斯卡雅公爵夫人》中,莱蒙托夫书写了书中人物毕巧林的种种经历以及其性格形成的过程。在这部作品中,莱蒙托夫已经表露出注重人物外貌描写和心理刻画相结合的创作倾向。当然,这时的毕巧林还属于一个初出茅庐的人,在很多事情的处理方面,他还没有像《当代英雄》中的毕巧林那样玩世不恭,性格也不如后者那样丰满。不过,他也开始慢慢懂得流行在社交界的一句话的含义:"他毁坏了多少人的名誉,也就等于他赢得了多少次战役。"①

而《瓦吉姆》则是一部以普加乔夫起义为背景的长篇小说。主人公瓦吉姆的形象具有浓郁的浪漫主义色彩。作品以一个破落的贵族子弟借起义公报私仇的故事为主线,显得曲折,富有传奇色彩。

二 长篇小说《当代英雄》

莱蒙托夫的小说创作与诗歌创作基本上是同步进行的,早在莫斯科大学读书期间,莱蒙托夫就尝试创作了长篇小说《瓦吉姆》。这部小说与普希金的《上尉的女儿》等小说题材一样,不约而同,都是书写农民起义。但是莱蒙托夫的这部长篇小说最终未能完成。他所创作的第二部长篇小说题为《李果甫斯卡雅公爵夫人》,主要是书写上流社会的故事。小说的主人公也叫毕巧林。但是,这部小说也没有完成。虽然这两部长篇小说最终都没有完成,但是,它们无疑给《当代英雄》的创作打下了扎实的根基。尤其是在《李果甫斯卡雅公爵夫人》中,可以看出《当代英雄》中的毕巧林这一形象的雏形。

莱蒙托夫所创作的充满诗意的长篇小说《当代英雄》(*Герой нашего времени*),不仅是他的代表性作品,而且是俄国 19 世纪上半叶现实主义文学的杰作之一。

这部小说于 1840 年在圣彼得堡面世之后,尽管引发了一定程度的争议,还是受到了俄国进步思想界的高度赞赏。别林斯基对这部作品给予充分的肯定,他评述道:"这是一本永远不老的书,因为在它刚刚诞生的时候,它就洒上了诗的灵水!这本老书将永远是新的……重读《当代英雄》,你不禁感到惊奇,书中的一切都是那样朴素、轻快、寻常,同时又是那样充满生活、思想,那样宽广、深刻、壮丽……"②别林斯基甚至坚信:这部小说"无论什么人,无论什么力量都不能阻止它流行,不能阻止它畅销,直到售完为止……而且只要俄罗斯人还说俄文,这种

---

① 莱蒙托夫:《莱蒙托夫小说选》,文秉勋译,重庆出版社,1985 年,第 33 页。
② 转引自 B. A. 马努伊洛夫:《莱蒙托夫》,郭奇格译,北京出版社,1988 年,第 161 页。

情况就会继续下去"①。

　　莱蒙托夫在这部著名的长篇小说中,继普希金之后,塑造了俄罗斯文学史上又一个"多余的人"毕巧林的不朽形象。在塑造毕巧林这一形象的时候,莱蒙托夫尤为注重人物的心理描写,因而被誉为俄国现实主义心理小说的创始人。

　　《当代英雄》这部作品于 1837 年开始写作,完成于 1839 年,是莱蒙托夫从流放地回到圣彼得堡之后的创作鼎盛时期的产物。其中,《贝拉》《宿命论者》《塔曼》三章陆续发表于 1839 年和 1840 年的《祖国纪事》杂志。《当代英雄》于 1840 年第一次出版全书单行本,1841 年出第二版。莱蒙托夫在构思和开始写作时,称这部作品为"系列小说";最初所定的书名为《世纪初人物之一》,后来定稿为《当代英雄》。这一书名说明了作品主人公的代表性和普遍意义。作品发表之后,受到了反动文人的不断攻击,有人攻击说毕巧林并不是俄国社会和俄国生活中的典型人物,而是西方造就了这一类人物,西方利己主义的毒菌传染了他们,而进步的知识界则热烈欢迎和赞誉这部作品。1840 年,别林斯基在《祖国纪事》杂志上发表长文《莱蒙托夫的〈当代英雄〉》,认为莱蒙托夫创造了真正的当代人物典型,是"为我们的时代担忧",要通过这部小说"解答当代的一些重要问题"。

　　可见,长篇小说《当代英雄》是紧扣时代脉搏、具有思想深度的作品。在艺术特征方面,这部小说的一个重要特性是其结构颇为独特。它是由五个独立成篇的故事组成的,并由主人公毕巧林这一关键线索将各个故事贯穿起来,组成一个统一的整体。

　　这个统一的整体是以主人公的心理世界的独特呈现为核心的。莱蒙托夫为了展现主人公毕巧林独特的内心世界的活动,采取了有利于展现心理状态的艺术手法,各个独立成篇的故事的排列顺序,并非按照故事发生时间的先后进行排列,而是打破故事发生的时序,完全按照心理展现的需求,自外而内地揭示主人公毕巧林心灵发展的历程,按照心理刻画的内在必然性来对小说进行独特的布局。同样,小说的叙述者也不是一成不变的,不是自始至终由同一个人物进行叙述,而是根据塑造主人公毕巧林这一形象的需要,在作品中具体使用了各不相同的三个叙述者,包括沿途书写旅行笔记的作者、"年轻上尉"马克西姆·马克西梅奇,以及作为"当代英雄"的毕巧林本人。各个不同的叙事者,从各个不同的侧面进行叙述,从而全方位地展现了主人公毕巧林从外貌到内心、从城市到山村的整个生活历程和性格发展的历史。

　　在作品中,莱蒙托夫充分展现自己的叙事艺术才华,不断地转换叙述主体。这部小说开始的时候,作品的中心人物毕巧林并未入场,而是由故事的叙述者,即沿途书写旅行笔记的作者,对主人公的性格特征进行外围的陈述。这一外围

---

① 　转引自刘保端:《俄罗斯的人民诗人——莱蒙托夫》,北京出版社,1985 年,第 179 页。

的陈述使得读者对毕巧林这一形象有了一个粗线条的了解。这一叙述者认识曾经与毕巧林共过事的上尉马克西姆·马克西梅奇,所以,接下去,叙述者转换为后者,由马克西姆·马克西梅奇来讲述毕巧林,这样,读者随着叙述者的变更,更近地接触主人公了,也使得叙述显得更加可信了。而且,通过这些外围的陈述,读者对毕巧林逐渐产生了浓厚的兴趣。而毕巧林的出场,也是极为短暂的。他真正的全方位的出场,是在他的日记之中,我们所能见到的,则是他死后的日记了。正是在这些日记中,叙述者再次发生变更,由主人公自己作为叙述者,这样,读者就直接面对主人公了。这一手法,使得毕巧林的内心世界展现得更加具体,纤毫毕露,一清二楚。

莱蒙托夫就是这样灵活多变地转换故事的叙述者,无愧为俄国文学史上的一位叙事大师,而且,在塑造人物形象的时候,他采取由外而内的叙事方法,逐步贴近人物,进入并且展现人物的内心世界。莱蒙托夫在这部长篇小说的叙述技巧中,首先从主人公的外部肖像以及外在的活动入手("贝拉""马克西姆·马克西梅奇"),然后步步深入地揭示主人公毕巧林的内心世界的思想和复杂的情感("塔曼""梅丽公爵小姐""宿命论者")。无论是人物的外部形态描写与肖像刻画,还是大自然的风景描绘,其主要目的是集中揭示主人公的精神面貌和内心世界的发展,从而将毕巧林的形象塑造得栩栩如生、逼真可信。

莱蒙托夫笔下的毕巧林,出身于圣彼得堡的一个贵族家庭。他不仅具有"多余的人"形象所具有的一些共性特征,而且具有他鲜明独到的个性特征。作为"多余的人"的共性特征,毕巧林像普希金笔下的奥涅金一样,是在俄国农奴制面临崩溃时期从贵族阶层中分化出来的思想先进的青年知识分子,他们接受过资产阶级文化的熏陶,富有才华,聪颖机智,而且体魄强健,精力充沛,但是,由于这类贵族青年知识分子与普通人民大众格格不入,远离社会,脱离实际生活,从而无所作为。作为那个时代的"英雄",毕巧林同其他"多余的人"一样,一方面厌倦上流社会的生活,患上了"时代的忧郁症",另一方面又摆脱不了上流社会的影响,周旋于上流社会。

就其个性特征而言,毕巧林不同于孤傲愤世的奥涅金以及沉湎于理想而没有行动力量的罗亭,更有别于昏庸懒散的奥勃洛莫夫,而是一个玩世不恭、我行我素、人格分裂的人物。由于他的玩世不恭,无论是薇拉、梅丽公爵小姐等贵族女性还是美丽的山村姑娘贝拉,都未能逃脱凄怆和痛苦的命运。

尤其是贝拉所遭遇的爱情,极为凄凉。毕巧林遇到了这位年轻淳朴的山村姑娘,期盼从她的爱情中获取新的生活的动力,所以对她产生了恋情,但是,其结果不仅没有拯救自己,反而弄得贝拉家破人亡。他对贝拉的爱情以及所采取的态度,可谓煞费苦心,他听凭贝拉的弟弟阿扎马特偷盗卡比基的一匹骏马,终于收买了贝拉的弟弟。后来贝拉的弟弟帮毕巧林绑架了自己的姐姐,然而,不到半年时间,毕巧林对待贝拉的这份爱情就消失殆尽。正是因为缺少他的保护,贝拉才被卡比基刺伤,并且不久后离开人世。毕巧林在自己的日记里对他自己的这种损人利己的爱情观进行了陈述和剖析:

> 我时常问自己:为什么我这么执拗地追求一位我并不想诱惑的,而且又决不会同她结婚的年轻姑娘的爱呢?这种跟女人的调情究竟目的何在呀?薇拉现在爱我胜过玛丽公主将来任何时候爱我;如果我觉得她是一位不可征服的美人,那么,也许我会被这种企图的困难所打动……

> 然而却满不是这回事!可见,这并不是那种按捺不住的爱情需要,这种需要在青春期的初年折磨我们,把我们从一个女人那里扔到另一个女人那里,直到我们找着一位不能忍受我们的女人为止,这便是我们的坚贞——真正无止境的情感的开端,它可以按照数学方法用从一点引入空间的线表明出来;这种无穷性的秘密就在于不可能达到目的,也就是说,不可能获得结果。[①]

正是因为毕巧林具有这样的损人利己的爱情观,再加上他成天感到无所事事,碌碌无为,精神极度空虚,患上了时代的忧郁症,所以他随波逐流,随心所欲,玩世不恭,在毫无意义的事情上无端地浪费自己的青春和生命的活力。

不过毕巧林作为一个富有思想深度的贵族青年,极善于进行自我心理分析和内心世界的解剖,颇为关注自己的内心深处的感受。他沉溺于自我分析,在为所欲为、玩世不恭的同时,进行严酷的自我反省和深刻的忏悔,从而过着十分痛苦的内心生活。对于自己所经历的爱情生活,他同样进行痛苦的审视和忏悔:

> 我的爱没有给任何人带来幸福,因为我从来没有为自己所爱的人牺牲过什么东西:我是为了自己,为了自己快活才去爱的;我贪婪地啜尝着她们的恋情、她们的温存、她们的快乐和苦痛,只是来满足我内心奇怪的欲求罢了——可是我从未能使自己满足。这正像是一个饿得狼狈不堪的人昏昏沉沉地睡着了,在梦中瞧见奢侈的佳肴和溅沫的美酒摆在他面前一样;他带着狂喜吞下这些想象中的空幻的思赐,他觉得似乎好些了;但是只要一觉醒来——幻象就消灭掉……剩下的是加倍的

---

① 莱蒙托夫:《当代英雄》,瞿松年译,人民文学出版社,1956 年,第 108 页。

饥饿和失望！①

毕巧林似乎应该明白自己的行为，但他无法改变自己，只能是一边行动，一边忏悔，并且乐于展现自己的内心世界。不过，就那个特定的时代而言，他的这一展露内心生活的笔记是有着普遍意义的。正如编者在《毕巧林日记》的序言中所说："我信服了此人的诚实，他是那么无情地暴露出本身的弱点和缺点。人的心灵的历史，哪怕是最渺小的心灵的，也不见得比整个民族的历史来得少兴味和少用处，特别如果它是一个成熟的理性对自己观察的结果，并且在写的时候毫未存着唤起同情或惊异的奢望。"②

这部长篇小说标题《当代英雄》的俄文原文为"Герой нашего времени"，如果照字面直译，其意思是"我们时代的主人公"，可见，虽然在作品中作者聚焦于毕巧林一个人的独特的性格和经历，但是莱蒙托夫在此所写的不只是一个人的遭遇，不只是一个人的形象，而是一个时代的缩影，一个时代主人公的形象。正如莱蒙托夫在全书的序言中所说："当代英雄的确是一幅肖像，但不是一个人的：这是一幅由我们整整这一代人的充分发展的缺点构成的画像。"③在"整整这一代人"的行列中，当然也有"当代"作者莱蒙托夫，有着莱蒙托夫对本人的灵魂的剖析，正如俄罗斯思想家弗拉基米尔·伊利恩所说："《当代英雄》就是莱蒙托夫本人的一部隐藏起来的日记，或者最好说，是一部他灵魂深处的具有象征意蕴的自传。"④

正因莱蒙托夫《当代英雄》这部小说对主人公内心世界的深入剖析，再现了一颗灵魂的历史，并由此再现了一个社会的历史，所以它被人们誉为俄国文学史上的第一部"社会心理小说"。这部小说的心理刻画对后来列夫·托尔斯泰、陀思妥耶夫斯基等心理艺术大师的心理描写艺术产生了潜移默化的影响。

以《当代英雄》为代表的莱蒙托夫的文学遗产是俄国文学宝贵的文化财富。"莱蒙托夫的遗产不仅是历史文献，不仅是已经逝去的时代的编年史；对于我们来说，这位伟大诗人的创作是活的源泉、取之不尽的财富。莱蒙托夫的遗产已经成为广大人民群众的财富，……诗人超越了自己时代的界限。"⑤莱蒙托夫虽然过早地离开了人间，但是，他的作品不仅有着审美愉悦的功能，同样，为我们认知

---

① 莱蒙托夫：《当代英雄》，瞿松年译，人民文学出版社，1956年，第140页。

② 同上，第55页。

③ 同上，第1—2页。

④ См：Т. Л. Воронин. *История русской литературы пушкинской эпохи*，М.：Православный Свято-Тихоновский Гуманитарный Университет，2009，с.447.

⑤ В. А. 马努伊洛夫：《莱蒙托夫》，郭奇格译，北京出版社，1988年，第8页。

19世纪三四十年代的俄国社会提供了重要的参照。

第三节　赫尔岑

在俄国文学史上,赫尔岑是以长篇小说《谁之罪?》而享有盛名的。这一作品的名称代表了一个时代的中心主题。由于赫尔岑在作品中所体现的深邃的思想性,陀思妥耶夫斯基称他为"超越时间和空间的永远处于优势的诗人",是"诗人鼓动家和政治活动家,是诗人哲学家……是最高层次的诗人"。[①]

亚历山大·伊万诺维奇·赫尔岑(Александр Иванович Герцен,1812—1870)出身于莫斯科的一个贵族家庭。就时代而言,他的出生以及逝世的年份都非常特殊,他出生在俄国莫斯科的时候,时值俄国卫国战争,反抗法国拿破仑的入侵;然而,他在法国巴黎逝世的时候,则是处在法国大革命的前夜。就他本人而言,他的出生也非同寻常,他是父亲伊凡·雅科夫列夫与德国女性亨妮特的非婚生子。他的父系雅科夫列夫家族,在莫斯科是最为显赫的家族之一,来自俄罗斯古老的贵族阶层。赫尔岑的母亲则是出身于德国的一个小公务员家庭。正是因为她身世寒微,伊凡·雅科夫列夫从未与她正式成婚。于是,他们的儿子也无权继承家族的姓氏,所取的姓氏"赫尔岑",源自日耳曼文的"Herz"(心脏)一词,以此表示赫尔岑是他们的"心灵之子"。

赫尔岑出生后不久,俄国即遭受到了法国拿破仑的入侵,莫斯科被法国军队占领,俄国也随即开始了反抗拿破仑的卫国战争。正是受到战火的影响,伊凡·雅科夫列夫全家迁到了圣彼得堡,多年之后,全家才回到莫斯科。

1829年,赫尔岑考入莫斯科大学数学物理系学习,经过四年的刻苦攻读,于1833年毕业。在莫斯科大学学习期间,赫尔岑与其挚友奥加廖夫的周围,聚集了许多进步的年轻知识分子,赫尔岑积极组织这些青年知识分子,宣传先进思想。因为参与奥加廖夫小组的活动等罪名,赫尔岑于1835年被捕,监禁九个月后,被流放到彼尔姆等地,直到1839年获释。但是,1840年至1841年,他再次遭到流放。

赫尔岑的文学创作活动始于19世纪30年代流放期间,但成名于40年代,而40年代初期的再次流放,使得他对于俄国专制社会的实质有了更为深刻的理解,对于俄国人民的现实生活也有了更为具体的感悟,因而在作品中加深了对社会问题的思考以及对社会出路的探索。赫尔岑在19世纪40年代所创作的作品,除长篇小说《谁之罪?》(*Кто виноват?*,1845—1846)之外,还有中篇小说《一个青年人的札记》(*Записки одного молодого человека*,1840—1841)、《克鲁博夫

[①]　Ф. М. Достоевский. *Письма*,т. 2. М.—Л.：Госиздат,1930,с. 259.

医生》(*Доктор Крупов*，1847)和《偷东西的喜鹊》(*Сорока-воровка*，1848)，以及短篇小说《顺路》(*Мимоездом*，1846)等。他以《谁之罪?》等创作，不仅在俄国小说创作界产生了一定的影响，而且深深地作用于 19 世纪贵族革命时期的俄国文学。他的重要著作还有《往事与随想》(1852—1868)，这部耗费他十五年时间的著作，无疑代表着他一生创作的高峰。

一　中短篇小说创作

赫尔岑的文学活动开始于 19 世纪 30 年代初。1831 年，他在杂志上发表了译自法语的译作。中短篇小说是他文学创作活动中的一个重要的组成部分，尤其在其长篇小说《谁之罪?》出版之后，他依然坚持陆续发表中短篇小说。

赫尔岑的中篇小说《一个青年人的札记》写于弗拉基米尔，首先发表于 19 世纪 40 年代初的《祖国纪事》。这部小说具有一定的自传性色彩。所书写的是作品主人公——一个青年人心灵成长的历程。实际上，作者所书写的是自己在小城维亚特加流放时的经历，展现的是他在这一时期心灵发展的艰难历程。

中篇小说《克鲁博夫医生》是从一个精神病医生的角度以第一人称来进行叙事的，他似乎就是小说的作者，讲述一种新的医学理论的形成过程。克鲁博夫医生早在青少年时代就产生了创作小说的冲动。那时，他仔细观察了他的儿时伙伴廖夫卡。廖夫卡成天与大自然为伴，显得格外真诚，他热爱朋友，憎恨敌人，他所憎恨的敌人中就包括他的父亲。他不会随波逐流，更不善于趋炎附势。他不会写信，也不会阅读。他的同乡们因此而嘲笑他，将他视为傻瓜。克鲁博夫得出的结论是，那些同乡发疯的程度一点也不亚于廖夫卡。

克鲁博夫后来进入莫斯科外科医学院学习。出于专业研究的目的，他继续进行观察。他所观察的对象是精神病患者。在这里，他所得出的结论与对廖夫卡观察的结论是完全一致的。他在观察社会所认可的"官方"精神病人时，将注意力转向了普通居民，从他们身上发现了一些确凿的疯癫迹象。对于自己厨娘的举止行为，譬如她将自己的丈夫灌醉，克鲁博夫除了做出精神失常的解释以外，找不出任何其他的理由。他记录了厨娘的精神病史，还有另外地主的反常行为，他探讨这些行为的根源。通过对历史和地理方面的深入研究，他发现普遍的精神疾病，已经超越了时间和空间的限制。

赫尔岑的中篇小说《克鲁博夫医生》所涉及的内容以及所采用的艺术手段，对后来弗谢沃洛德·迦尔洵的《红花》以及契诃夫的《六号病房》等作品，都产生了一定的影响。

赫尔岑著名的中篇小说还有《偷东西的喜鹊》，这是根据俄国演员谢普金的回忆所写成的。

这部小说开始于三个男性之间的讨论。他们试图解答"俄国为什么没有好的女演员"这一基本问题。在这一问题没有达成一致意见的情况下,他们请求新出现的谈伴——一个著名的艺人,为他们做出评判。但是,这一艺人没有直接回答他们的问题,而是强调他见过一个出类拔萃的女演员,并且因为看了她的《偷东西的喜鹊》而不禁失声痛哭,于是讲述起他们相逢的故事。

在演艺生涯的初期,该著名艺人决定改善自己的物质条件,于是到了斯卡林斯基公爵的剧院。剧院里富丽堂皇的设施给他留下了美好的深刻印象,但是公爵的家奴演员的演出,却没有让他产生什么印象。后来,该著名艺人第二次来到这家剧院观看演出,这一次所演的是法国高涅和杜皮尼 1815 年所著的历史闹剧《偷东西的喜鹊》(意大利作曲家罗西尼作有同名歌剧)。在这一次演出中,该著名艺人震惊于一个深沉而痛苦的女演员的嗓音:

> "我的天呀!"我想道,"这年轻人的胸膛里哪儿来的这种声音? 可不是装得出,练得来的啊,它只能从苦难中锻炼出来,只能从惨痛的经历中获得。"她把父亲送到篱边,单纯地、心事重重地站在他面前;拯救他的希望是太少啦。当父亲走去的时候,她没有念规定的台词,而发出一声无法形容的叫喊,这是软弱无助的生命遭受到重大的冤屈时所发出的叫喊。[1]

演阿尼达的女演员本来是在外省的一个小戏班子里演出,她也习惯于那里的生活,克服了种种困难,在演出才能方面获得了不小的进步。但是,由于小戏班子的主人突然患急病死了,她和小戏班子的其他成员一起,被拍卖给了斯卡林斯基公爵。这个公爵道德败坏,一心想着占有阿尼达。在阿尼达严词拒绝了公爵的时候,公爵破口大骂:"我要让你知道这样无法无天有什么好处! 你敢跟谁说这话! 你是说:我是个演员。不,你是我的奴隶,不是演员……"[2]在公爵的魔窟,阿尼达备受折磨,身陷绝境,最后过早凄凉地离开了人世。这部小说通过一个女演员的悲惨的遭遇,对俄国农奴制度进行严厉抨击和批判,同时,对失去自由的农奴寄予了深切的人道主义同情。

二　长篇小说《谁之罪?》

《谁之罪?》是赫尔岑最著名的长篇小说。赫尔岑自 1841 年开始创作这部小说,最初几章于 1845 年发表在《祖国纪事》杂志上,1846 年完成该书的全部创作,1847 年以单行本的形式出版。这部长篇小说出版之后,受到俄国文坛极大

---

① 　赫尔岑:《赫尔岑中短篇小说集》,程雨民译,上海译文出版社,1980 年,第 98 页。
② 　同上,第 109 页。

的关注,别林斯基认为,这部小说是"对当代俄国生活社会与心理的一个诊断"①。

小说的第一部分,描写乡村医生的儿子德米特里·克鲁采费斯基受聘到退职将军——富裕的地主纳格洛夫的家庭给其儿子做家庭教师,天性柔和的克鲁采费斯基逐渐与纳格洛夫的私生女儿柳邦卡交往,与她相爱,于是离开了纳格洛夫的家庭,到了 NN 城,并与她建立了一个幸福的小家庭,有了孩子,一家三口其乐融融。小说的第二部分所描写的是四年以后的事情。克鲁采费斯基与柳邦卡的幸福而平静的生活被他的老同学别里托夫的到来打破。来到 NN 这座城市的别里托夫是一个年轻的富裕的地主,有着火热的性格,同时有着渊博的知识,很快引起柳邦卡的好感。别里托夫与柳邦卡共同的情趣,尤其是对社会的共同的见解与不满,使得他们产生了炽热的难以抵御的爱情。

最后的结局是,别里托夫为了不使克鲁采费斯基受到更多的伤害,毅然决然地离开了俄国,去了西欧。柳邦卡忧郁成疾,克鲁采费斯基则借酒浇愁,过着无望的生活。

小说的第一部分集中描写的是俄国地主阶层生活的无聊与卑鄙,第二部分则借别里托夫,塑造了俄国文学史上又一个"多余的人"的典型形象。《谁之罪?》从表面上看所描写的似乎只是一个关于三角恋爱的故事,但是实际上所反映的是俄国当时社会生活中的一些重大问题,尤其是农奴制问题,以及知识分子的出路和社会的走向等重大问题。小说借三个青年的悲剧命运,以及三个青年形象的塑造,概括了俄国 19 世纪 40 年代的社会生活状况,点明了时代的症结所在,并且尖锐地提出了"谁之罪"这一关键问题。于是,"谁之罪"成了 19 世纪四五十年代许多俄罗斯作家所探索的中心主题。

《谁之罪?》的重要意义不仅在于使得"谁之罪"这一问题成为时代的命题,而且塑造了别里托夫这一"多余的人"的典型形象,为俄国文学"多余的人"这一人物画廊增添了新的重要的一员,为俄罗斯文学塑造了又一个丰满的艺术形象。

别里托夫是一个富有先进思想的贵族青年,他的家庭出身也显得格外奇特。他的父亲是个富裕的过着奢侈淫荡生活的地主,他的母亲本是一个农奴,受过一些教育后,便被主人卖给了邻村的女地主,后来才与别里托夫的父亲结婚。

然而,由于他父亲的早逝,以及俄国贵族社会的生活方式和教育方式的作用,他成为一个缺乏实际行动能力的人,他尽管很想成就一番事业,然而最后总是事与愿违,一事无成。大学毕业之后,他曾经在圣彼得堡供职,但是,他无法适应官场的生活作风,一年半之后就辞去了公职。后来,无论是医学还是绘画,无

---

① Victor Terras. *A History of Russian Literature*, New Haven: Yale University Press, 1991, p. 269.

论是大都市的繁华,或是乡村的僻静,都只能吸引他一时的兴致,过不了多久,他的热忱就会冷淡下来。加上恋爱方面所受的挫折,他最后只得选择奔赴异国他乡。

赫尔岑及其著名的长篇小说《谁之罪?》的意义是重大的。这部作品代表了俄国贵族革命时期文学的中心主题,对"谁之罪"的探讨,影响了一代俄国作家的创作以及思想的形成。"赫尔岑笔下的'谁之罪?'和车尔尼雪夫斯基笔下的'怎么办?',则成为二百余年来俄国知识分子共同的思想命题。"①

19世纪三四十年代的俄国小说,与亚历山大一世统治时期相比,发生了重要的变革,无论就小说在文学中的地位及社会功能或是文学的艺术创新而言,都前进了一大步。如果说亚历山大一世统治时期的俄国小说开始与西欧接轨,逐步缩小了差距,那么,可以毫不夸张地说,自19世纪30年代起,俄国文学在小说这一创作体裁领域,占据了高地,开始在世界文坛发挥重要的引领作用。

---

① 张建华:《俄国知识分子思想史导论》,商务印书馆,2008年,第6页。

第八章　普希金的小说创作

普希金无疑是世界文坛的一名巨匠,是"俄国最伟大的民族诗人"[①],"是俄罗斯民族优秀文化传统的恒定代表,是俄罗斯民族精神文化的象征"[②]。他的许多优美的作品不仅在俄国文坛享有盛誉,而且在世界文学史上享有重要的地位。"普希金作为俄罗斯民族诗人,同时是西方文学生活的积极的参与者。他的创作道路既与俄罗斯文学的发展相关联,也与全欧洲的文学发展密切相关。"[③]而且,他的很多作品都在中国文坛受到了广泛的欢迎,深深地植根于中国读者的心灵,同时对中国文学的发展进程产生了深远的影响。普希金不仅是俄国浪漫主义文学的主要代表,同时是俄国批判现实主义文学的奠基人。他不仅在诗歌创作领域,而且在小说、戏剧、童话、文论等多个方面为俄罗斯文学做出了卓越的贡献,树立了理想的典范。这位"俄罗斯文学和世界文学的天才"[④]以短暂的一生为世界文学宝库留下了丰厚的遗产。普希金还以独特艺术成就为俄罗斯现代语言的发展做出了重要的贡献,被誉为"现代俄罗斯文学语言的奠基者"[⑤]。

第一节　概论:短暂的生命历程,辉煌的艺术成就

亚历山大·谢尔盖耶维奇·普希金(Александдър Сергеевич Пушкин,1799—1837)出身于莫斯科的一个贵族家庭。父亲谢尔盖爱好诗歌,母亲纳杰日达是彼得大帝身边的黑人侍从汉尼拔的孙女。母亲一方对少年时代的普希金具

---

① Michael Ferber ed. *A Companion to European Romanticism*, Oxford: Blackwell Publishing Ltd, p. 293.

② 查晓燕:《普希金——俄罗斯精神文化的象征》,北京大学出版社,2001年,第5页。

③ Виктор Жирмунский. *Байрон и Пушкин*, Ленинград: Издательство *Наука*, 1978, с. 357.

④ М. М. Калаушин. *Пушкин в портретах и иллюстрациях*, М.: Государственное учебно-педагогическое издательство, 1954, с. 3.

⑤ См. В. В. Виноградова, Б. Томашевский. "Вопросы языка в творчестве Пушкина", *Пушкин: Исследования и материалы*, АН СССР. Ин-т рус. лит. (Пушкин. Дом). М.; Л.: Изд-во АН СССР, 1956. Т. 1. с. 126 – 184.

有较大的影响。1805 年至 1810 年的夏天，普希金基本上都是在外婆家中度过的。

就小说创作而言，可以说，普希金是从诗歌王国起步走向散文体作品创作的。诗歌是他文学创作的最初的成就，但是，小说创作却是他最后的辉煌。诗歌语言的优美和凝练，以及小说语言的简洁与明晰，被他巧妙地结合起来。而且，就诗体长篇小说《叶甫盖尼·奥涅金》来说，普希金的诗歌创作与小说创作也是融为一体、密不可分的。

普希金一生创作有八百多首抒情诗和十多部长篇叙事诗，一部诗体长篇小说，以及近十篇中短篇小说，另有多部戏剧、童话、游记、传记等作品，为俄罗斯文学的各种文学体裁都提供了典范，被尊称为"俄罗斯文学之父"和"俄罗斯诗歌的太阳"，"在俄罗斯语言文学的发展进程中，是一个伟大的里程碑"。[1] 普希金为俄国文学留下了丰厚的文化遗产。在他的身上，俄罗斯民族精神及时代精神得到了充分的展现，俄国著名作家果戈理说："俄国大自然、俄国灵魂、俄国语言、俄国性格反映得如此明晰，如此纯美，就像景物反映在凸镜的镜面上一样。"[2]

普希金即使是在浪漫主义的抒情诗及叙事诗的创作中，也以语言的明晰和简洁为特色，他十分注重文学语言与日常生活语言的完美结合，广泛吸取民间语言的精华，使得文学贴近人民的生活以及社会现实。他不仅为俄罗斯文学语言的最终形成做出了独特的贡献，而且在俄国文学落后于西欧文学的情况下，充分发挥俄罗斯民族语言的优势，同时汲取英国拜伦等诗人的艺术精华，解决了文学的民族性问题，从而使得俄罗斯文学在 19 世纪走向了世界文学的前列。

普希金在小说创作领域，不仅以《别尔金小说集》为俄罗斯文学的中短篇小说的创作建立了典范，而且以诗体长篇小说《叶甫盖尼·奥涅金》为俄罗斯的长篇小说的创作开了先河。"《叶甫盖尼·奥涅金》明晰地呈现了真正的长篇小说家的全部技能。"[3]

从普希金的《彼得大帝的黑教子》这一散文体小说开始，直到《罗斯拉甫列夫》《杜勃罗夫斯基》《上尉的女儿》以及未完成的《别墅里宾客盈门》《俄国的佩拉姆》等作品，他都一直为俄罗斯长篇小说的奠基和成长而辛勤耕耘，这无疑为俄

---

① I. Lezhnev. "The Father of Modern Russian Literature", *Collection of Articles and Essays on Great Russian Poet A. C. Pushkin*, ed. by USSR Society for Cultural Relations with Countries，Stockton：University Press of the Pacific，2002，p. 73.

② 果戈理：《关于普希金的几句话》，冯春编：《普希金评论集》，上海译文出版社，1993 年，第 6 页。

③ David Budgen. "Pushkin and the Novel", Arnold McMillin ed. *From Pushkin to Palisandriia：essays on the Russian novel in honor of Richard Freeborn*，New York：St. Martin's Press，Inc.，1990，p. 3.

罗斯文学中散文体长篇小说的发展奠定了坚实的基础。

普希金的文学创作是多方面的,其中诗歌创作和小说创作平分秋色。他的创作活动大约分为四个发展阶段。

第一时期是"皇村学校时期"(1811—1817)。1811 年,普希金进入圣彼得堡近郊的皇村学校学习,在皇村学校的六年的学习时间里,普希金经历了很多事件,其中包括 1812 年的反抗拿破仑的卫国战争,也包括他的诗才为著名诗人茹科夫斯基所赏识和推崇。也是在这一学校,普希金产生了对伏尔泰、帕尔尼等法国作家的浓厚兴趣。对皇村学校的回忆,伴随着诗人的一生。

这一时期,普希金主要从事诗歌创作。普希金的抒情诗创作正是从皇村学校开始的,而且,他在诗歌创作的每一个发展阶段,都力图有所创新,他在各种创作领域进行开拓,从而为俄罗斯文学在各个方面都提供了典范性的作品。

在皇村学校读书期间,普希金主要创作了以"巴库尼娜情诗"为代表的爱情抒情诗,譬如《秋天的早晨》等诗篇。在这一创作时期,普希金主要是学习、模仿以及掌握传统的诗歌技艺。

1817 年至 1820 年,是普希金文学创作的第二个发展阶段,即外交部供职时期。

皇村学校毕业后,普希金到了俄国外交部供职,在此期间,他经常观看戏剧,参加十二月党人的活动,以及其他进步文学社团的活动,并且抒写了不少政治抒情诗。

在外交部供职时期,普希金的诗歌创作得到了极大的发展。自 1817 年开始创作的长诗《鲁斯兰与柳德米拉》,在此期间完成,这标志着俄罗斯诗坛天才的诞生。这时,他已抛开了早期的模仿,作品表现出了强烈的个性特征。在这一阶段,他在创作题材方面进行了拓展,不再局限于早期的爱情主题,也打破了诗歌体裁古老规范的局限,使得诗歌语言最大可能地贴近日常生活语言。由于他崭露头角,当时的诗坛泰斗茹科夫斯基即刻把自己的画像赠给普希金,并附题词:"被击败的老师赠给获胜的学生。"

普希金这一时期主要的诗歌成就是一系列揭露暴政、向往自由的政治抒情诗。包括《自由颂》(1817)、《童话》(1818)、《致恰阿达耶夫》[①](1818)、《乡村》(1818)等著名诗篇。

普希金的这些诗篇在具有爱国主义思想倾向的军官中秘密流传,它们表达了人民对专制暴政的无比愤怒和憎恨。如在《自由颂》一诗中,诗人毫不妥协地写道:

---

① 《致恰阿达耶夫》又译《致恰达耶夫》。本章涉及的普希金作品中文译名均采用沈念驹、吴笛主编十卷集《普希金全集》,浙江文艺出版社,2012 年。

> 我要给世人歌唱自由，
> 我要打击皇位上的罪恶。①

普希金所写的这些政治诗篇也惊动了沙皇。沙皇认为："普希金以煽动性的诗充斥俄罗斯……"1820 年春天，由于普希金在自己所创作的政治抒情诗中影射了亚历山大一世，所以遭到审讯，本来他是要被囚禁或者被流放西伯利亚的，多亏茹科夫斯基和卡拉姆津等著名诗人向亚历山大一世一再求情，沙皇才对普希金减轻了处罚，改判流放高加索和克里米亚等南俄地区。

1820 年至 1826 年是普希金的第三个创作阶段，包括南方时期（1820—1824）与米哈伊洛夫斯克村幽禁时期（1824—1826）。在南俄流放时期，普希金的主要成就是浪漫主义长诗。普希金也写下了许多感情纯洁真挚、意境清新迷人的抒情诗。比较著名的有《短剑》《囚徒》《我多么羡慕你》以及《致大海》等。普希金在这一时期写的抒情诗反映了诗人当时对自由的强烈渴望以及激进的民主思想。尤其是他完成了代表他浪漫主义创作高峰的"南方组诗"。这些充满叛逆精神、歌颂诗意化反叛英雄的"南方组诗"，包括《高加索的俘虏》《巴赫齐萨拉伊的喷泉》《强盗》等，既是对英国浪漫主义诗人拜伦的继承和发展，又是普希金对叙事文学的杰出贡献，而且为他后来的诗体长篇小说《叶甫盖尼·奥涅金》的创作奠定了一定的基础。

1824 年 7 月起，普希金到达祖辈的领地米哈伊洛夫斯克村流放，直到 1826 年 9 月获准回到莫斯科。普希金在普斯科夫省的米哈伊洛夫斯克村幽禁期间，尽管生活艰难，但他所创作的《假如生活欺骗了你》等抒情诗充满了乐观主义的精神，而《致凯恩》等诗篇则体现了诗人对欢乐、灵感、生命和爱情的敏锐的感悟能力。

在 1826 年结束流放回到莫斯科之后，普希金珍惜时光，步入了他创作生涯中的最为辉煌最为成熟的阶段，即现实主义创作阶段（1826—1837），在诗歌、小说、戏剧等方面都取得了卓越的成就。在此期间，他创作了《别尔金小说集》、诗体悲剧《鲍利斯·戈都诺夫》、叙事诗《青铜骑士》等许多作品，并且完成了他的代表作——诗体长篇小说《叶甫盖尼·奥涅金》。普希金的小说作品充满了人道主义精神，在后期抒情诗的创作方面，普希金密切结合现实，关注社会和人民，写下了《在西伯利亚矿山的深处》《阿里昂》《先知》等动人心弦的与现实生活密切联系的诗篇。

1828 年 12 月，普希金遇上了十六岁的莫斯科美人娜塔莉娅，并且对她一见

---

① 普希金：《自由颂》，查良铮译，引自沈念驹、吴笛主编：《普希金全集》第 1 卷，浙江文艺出版社，2012 年，第 324 页。

钟情。1830 年,普希金向娜塔莉娅求婚,获得了对方的同意。同年秋天,为了与娜塔莉娅的婚事,他前往诺夫哥罗德省的波尔金诺处理他父亲所赠予的产业。因为当时霍乱流行,他无法及时回到莫斯科,在波尔金诺耽搁了三个月时间。波尔金诺的美丽的自然景色,平静宜人的生活氛围,加上获得娜塔莉娅爱恋后的喜悦,使得普希金的创作热情空前高涨。这是普希金创作生涯中著名的"波尔金诺的秋天"。在此期间,他创作了《叶甫盖尼·奥涅金》的第八章和第九章,最终完成了他耗费八年时间所创作的杰作;他还创作了著名的小说集《别尔金小说集》,四部悲剧以及长诗、历史小说、抒情诗等作品。

1831 年 2 月,普希金与娜塔莉娅举行了婚礼。婚后居住在莫斯科阿尔巴特大街 53 号。同年 5 月中旬,新婚夫妇离开了莫斯科,到达首都圣彼得堡。1833 年,他被选为俄国科学院院士。在圣彼得堡期间,普希金创作了《黑桃皇后》《杜波罗夫斯基》《上尉的女儿》《埃及之夜》等多种小说作品,也创作了《渔夫与金鱼的故事》等诗体童话,还撰写了《普加乔夫史》等传记作品。1836 年,其创办的杂志《现代人》也得以出版。虽然他的文学成就非常辉煌,但是,同上流社会的矛盾,使得他遭遇了巨大的诽谤和打击,他生命的最后时期也是在极度的痛苦中度过的。1837 年 1 月 27 日,为了人格的尊严,普希金与法国流亡军官丹特士进行了决斗,受了重伤,两天之后的 1 月 29 日,在圣彼得堡逝世。

诗人在生命最后阶段创作了《纪念碑》一诗,诗中写道:

> 我所以永远能为人民敬爱,
> 是因为我曾用诗歌,唤起人们善良的感情,
> 在我这残酷的时代,我歌颂过自由,
> 并且还为那些倒下去的人,
> 祈求过宽恕和同情。[①]

这一段动人的诗句是普希金对自己短暂的一生所做的具有浓郁的人道主义精神的诗的总结,体现了他的追求、他的理想,更是他文学创作生涯的真实的写照。

第二节 《别尔金小说集》

普希金不仅创作了抒情诗、长诗、诗剧和诗体长篇小说《叶甫盖尼·奥涅金》

---

① 普希金:《纪念碑》,参见彭少健主编:《外国诗歌鉴赏辞典·近代卷》,上海辞书出版社,2010 年,第 254 页。

等诗体作品,而且创作了中短篇小说《上尉的女儿》《杜勃罗夫斯基》《彼得大帝的黑教子》《黑桃皇后》《别尔金小说集》等许多散文体作品。普希金的中短篇小说,是俄国现实主义散文体作品创作的良好开端。

普希金的散文体作品,风格简洁、清新。他在《论散文》一文中曾经写道:"准确和简练——这就是散文的首要特点。散文要求有思想,思想,——没有思想的华丽词藻是什么用处也没有的。"①中短篇小说集《别尔金小说集》典型地体现了普希金作品的这一特征。

普希金的《别尔金小说集》(Повести покойного Ивана Петрович Белкина,1830)同样以质朴的美学原则为特色。这部小说集是属于普希金"波尔金诺的秋天"的丰硕成果,共由五个中篇小说所组成,包括《一枪》(Выстрел)、《暴风雪》(Метель)、《棺材店老板》(Гробовщик)、《驿站长》(Станционный смотритель)、《小姐扮村姑》(Барышня-крестьянка)。这部小说集代表了普希金的文学创作从诗歌向小说的成功转型,为"俄国未来的中短篇小说的创作奠定了基础"②。小说集从各个不同的角度,描写了俄国 19 世纪 20 年代社会生活场景,作品中洋溢着浓郁的人道主义精神。这部小说集内容丰富,情节结构集中凝练,仿佛是长篇小说的缩写本,人物形象也都显得栩栩如生,富有重要的艺术价值。

普希金的《别尔金小说集》采用了多种不同的艺术手法与创作倾向,《一枪》所采用的是现实主义的手法,《暴风雪》和《驿站长》具有一定的感伤主义情调,《小姐扮村姑》具有轻松的喜剧风格,而《棺材店老板》则蕴涵着哥特小说的结构要素。

短篇小说《一枪》(又译《射击》)以现实主义的笔触描写了多次决斗。在普希金时代,决斗是俄罗斯人解决许多矛盾冲突的一种方法。普希金和莱蒙托夫,以及普希金笔下的奥涅金和莱蒙托夫笔下的毕巧林,都曾经与决斗发生关联。"19世纪的头 30 多年,在俄国文化记忆中,是俄国决斗史上决斗数量最多的一个时期。"③《一枪》中的叙述者是个军人,小说的两个部分中叙述了主人公西尔维奥(Сильвио)和一个伯爵的两次决斗。小说的第一部分描写的是第一次决斗。西尔维奥枪法娴熟,而且爱好争斗,在部队中享有极高的地位。然而,这一地位不

---

① 普希金:《论散文》,邓学禹、孙蕾译,引自沈念驹、吴笛主编:《普希金全集》第 5 卷,浙江文艺出版社,2012 年,第 10 页。在俄罗斯文学语境中,"散文"是相对"韵文"而言的,是指"散文体作品",因此,小说等作品属于"散文"范畴。

② Charles A. Moser ed. *The Cambridge History of Russian Literature*, Cambridge: Cambridge University Press, 1992, p. 136.

③ Irina Reyfman. "The Emergence of the Duel in Russia: Corporal Punishment and the Honor Code." *The Russian Review*, Vol. 54, No. 1 (Jan., 1995), p. 26.

久受到了威胁。他所在的部队里来了一个富家出身的年轻的浪子,富有,英俊,聪明,胆大,于是,西尔维奥的威望受到了挑战。在病态的嫉妒心的驱使下,他故意制造事端,挑起决斗。通过拈阄,富有的年轻浪子拈到了第一号,先开枪,但没有打中西尔维奥。

轮到西尔维奥开枪的时候,他发现,对方根本无动于衷,在面临死亡威胁的时候,居然满不在乎地挑着樱桃吃,并且把樱桃核吐向他的脚下,面对西尔维奥的枪口,对方似乎没有一丝一毫的慌张表情,根本没有将生死当回事儿。西尔维奥意识到,在这种情况下,立刻打死他没有什么意思,于是保留了开这一枪的权利,结束了决斗。

小说的第二部分描写的是第二次决斗。六年之后,那个年轻的浪子成了一名富有的伯爵,娶了一名美若天仙的妻子,过着十分幸福的生活。西尔维奥认为报复的时机已到,于是找到了伯爵的住处,来到了书房。将枪口对准了伯爵,声明了自己"一枪"的权利。然而,他不愿开枪打死不拿武器的人,于是,再次拈阄,与过去的浪子现在的伯爵举行了第二次决斗。伯爵先开枪,由于生活美满,他荒废了枪法,只是打中了西尔维奥身后墙上的一幅油画。轮到枪法娴熟的西尔维奥开枪的时候,他发现此刻的伯爵已是今非昔比,对生命和幸福无比眷恋,面对即将降临的死亡感到无比惊慌和胆怯,于是,西尔维奥获得了满足,移动枪口,对准了墙上的同一幅油画开了一枪,然后坐上马车离去。而且,在放弃胜利而离去之前,说了一句:"我把你交给你的良心吧。"[①]这句话极为重要,它充分说明,在主人公看来,比生命更为重要的东西是良心。当然,还有荣誉。西尔维奥为什么在能够实现决斗胜利的时候,依然放弃?他为什么要将即将获胜的"一枪"向后推迟?他为什么自动退伍,告别辉煌的近卫军的军官生活,来到偏僻的乡下,练习枪法?这一切,都说明了良心和荣誉的价值所在。而且,普希金是在19世纪初期广泛的社会语境中探讨良心、荣誉、复仇,以及生命与死亡等命题。

从爱好决斗的西尔维奥这一形象中,我们也看到了他对生命的尊崇以及对生命意义的眷恋。当年轻浪子的生命掌握在他手中的时候,他觉得对方轻视生命的意义而不愿对他开枪射击。既然对方毫不在乎自己的生命,开枪把他打死又有什么意义?同样,在第二次决斗中,他觉得对方已经对生命无比眷恋而再次放过了他。小说最后一段交代了西尔维奥的最后结局,他在了结了那场决斗之后,又回到了军队。后来,西尔维奥在希腊民族独立运动中,率领一支民族独立运动部队,在斯库列尼战役中牺牲了。短短的几句更是突出了这一形象的英勇色彩,以及作者对生命意义的探索。

---

① 普希金:《一枪》,力冈译,引自沈念驹、吴笛主编:《普希金全集》第5卷,浙江文艺出版社,2012年,第82页。

有学者认为，这篇小说具有一定的自传色彩，其中有着 1822 年 6 月普希金在基什尼奥夫与名叫茹波夫的军官决斗的经历。普希金传记作家詹得勒等对此情景进行了描述，写道："至于决斗，普希金似乎表现出比任何时候都更为勇敢的态势，在这一场合，他拿着装满了樱桃的帽子，边吃边等着对手开枪。"①普希金在那一次决斗中，并没有朝对方开枪，也没有与对方和解。

《一枪》尽管篇幅不长，但是，对俄罗斯文学产生了潜移默化的影响，其中包括陀思妥耶夫斯基的《地下室手记》。②

短篇小说《暴风雪》的故事发生在 1812 年反抗拿破仑的卫国战争期间。作品充满了感伤情调，尤其是开篇部分。这部小说讲述了一个凄凉但又巧合的爱情故事。作品的女主人公玛丽亚小姐与一个前来度假的贫寒的陆军准尉弗拉基米尔深深相爱，但是遭到玛丽亚家庭的强烈反对。两人只能秘密幽会，互通情书。他们坚贞不渝，山盟海誓，同时悲叹命运的不幸。最后他们决定私下秘密结婚，然后一起私奔。弗拉基米尔请了神父，定好了教堂，玛丽亚私自离开父母，径直奔向教堂。但是，弗拉基米尔遭遇了暴风雪，马车也驶错了方向，错过了秘密婚礼。玛丽亚没有等到自己的恋人，回到父母家中，一病不起，万分悲痛。父母出于对女儿的关心，只得同意他们的婚事。然而，弗拉基米尔已经奔赴前线，参加反抗拿破仑的卫国战争，并且受了重伤，几个星期后不幸死亡。故事的结尾部分安排了玛丽亚与从战场活着归来的布尔明上校的离奇而巧合的婚姻，使得凄凉的爱情故事有了些许暖色。

无论是《一枪》还是《暴风雪》，都突出体现了普希金在小说创作中善于营造悬念的手法。《一枪》自始至终充满了悬念。在作品的开头，有一个新来的蛮横的军官在酒后无端欺辱西尔维奥，还用铜烛台砸了西尔维奥，在这种情况下，西尔维奥却忍气吞声，没有与他决斗，从而严重损害了他在青年人心中的威望。那么，他为什么不向蛮不讲理的醉鬼提出决斗？他真的缺乏勇气吗？作者在开篇设置的悬念激起了人们极大的好奇心。随着作品情节的展开，人们才逐渐明白，西尔维奥没有权利让自己去冒死亡的危险，因为他有另一场决斗尚未了结。于是作品转向了六年前的一场决斗。而六年前的决斗同样充满了悬念：西尔维奥为什么在能够获胜的时候终止决斗，留下一枪？于是，一个悬念又导出一个新的悬念，环环相扣。作品正是在一个接一个的悬念中展现西尔维奥独特的内心感受和精神境界。

可见，《一枪》的情节发展过程，就是普希金剖析西尔维奥伦理选择的过程，

---

① Robert Chandler. Stanley Mitchell，and Antony Wood. *Brief Lives*：*Alexander Pushkin*，London：Hesperus，2008.

② See：Paul Debreczeny. *The Other Pushkin*：*A Study of Alexander Pushkin's Prose Fiction*，Stanford，CA：Stanford University Press，1983.

并且"揭示不同选择给我们带来的道德启示"①。尽管"西尔维奥生命的全部内容在于复仇"②,但是,他所达到的复仇目的,不是索取对手的生命,而是"索取"比生命更为重要的对生命的尊严感和对生命存在的荣誉感。

《暴风雪》也是一样,为什么玛丽亚在私奔之前的夜晚做起了噩梦?为什么计划私奔的夜晚刮起了暴风雪?更为重要的是:在那个暴风雪之夜,究竟玛丽亚与谁举行了婚礼?还有,为什么玛丽亚唯独对布尔明上校另眼相待?这一切悬念直到作品的最后方才——解开。

《棺材店老板》写的是棺材店老板阿得里杨的梦境。阿得里杨受邀去德国手艺人家中做客。在祝酒时,因为有人对棺材店老板说了"为你的健康干杯",棺材店老板觉得受了侮辱,回到家里对女仆说,他本来想邀请大家到他的新居来做客,但是,现在看来,"我还不如请请我的主顾,请请那些信正教的死人呢!"③棺材店老板随后就倒头大睡,并且真的经历了与买了他棺材的死者的聚会。

在《别尔金小说集》中,最具特色也最具代表性的是中篇小说《驿站长》。这篇小说以作者虚构的叙述人的三次访问驿站为主线,描述了驿站长维林的悲惨遭遇。十四等文官维林在艰辛的生活中,因为自己的美丽的女儿杜尼娅而受到安慰。杜尼娅不仅给小小的驿站增添了活力,同时也为父亲减轻了许多负担。在驿站,因为有时不能及时换到马儿,常常有客人对维林大发脾气。这时,客人只要一见到杜尼娅出面,气也就消了。有一天,一个年轻英俊的骠骑兵路过驿站,没有及时换到马匹,于是破口大骂,正要对维林大打出手时,杜尼娅从里屋走了出来,于是,像往常一样,一场风波就此消解了。这个骠骑兵——上尉明斯基不仅不再发火,反而在有马可换的时候,却躺在长凳上,昏迷不醒了。上尉病倒了,通过几天与杜尼娅的交往,装病的上尉觉得身体康复了,于是就在礼拜天离开了驿站,可怜的维林毫无戒心地答应了客人让杜尼娅送他一程的请求,就这样,杜尼娅没有被留在下一个驿站,而是被上尉拐走了。驿站长经受不住这一打击,大病一场,身体稍有康复,他便四处寻找女儿,终于知道杜尼娅被带到了圣彼得堡。在圣彼得堡,维林找到了明斯基,但是没有要回女儿,他气愤地将明斯基所塞的几张钞票揉成一团扔到了地上。随后,为了能够见上女儿一面,经过艰辛的努力,维林终于认出了明斯基乘坐的豪华四轮马车,停在一座豪华的三层楼房前面。可是,当他走进了屋子,却被明斯基推出了屋子。维林只得离开圣彼得堡,回到了自己的驿站,后来孤苦伶仃地离开了人世。

---

① 聂珍钊:《文学伦理学批评导论》,北京大学出版社,2014年,第6页。

② В. И. Коровин ред. История русской литературы XIX века. В 3 ч. Ч. 1, М.: Гуманитар. изд. центр ВЛАДОС, 2005. с. 410.

③ 普希金:《棺材店老板》,力冈译,引自沈念驹、吴笛主编:《普希金全集》第5卷,浙江文艺出版社,2012年,第99页。

在《驿站长》中,十四品文官维林的命运无疑是值得人们深深同情的,而以明斯基为代表的贵族阶层对下层百姓的肆意欺辱也是十分可恶的。但是,"面对荣华富贵的诱惑,女主人公没能守住自己的精神防线,冬妮娅在普希金的心中成了传统美德落败的可悲象征。诗人对这种现象极为痛心。实际上,在普希金看来,贵族欺压下层小人物的现象固然可恶,应该抨击,但亲情的丧失和美德的湮没,却让人更感心痛"①。

可见,普希金的《驿站长》不仅充满了深深的人道主义的同情和关怀,而且在伦理教诲和道德批判方面具有震撼人心的力量。作者以满腔的同情抒写了处于社会底层的小人物的悲惨命运,从而开了俄国文学史上描写"小人物"系列形象之先河。这一点,直接影响了其后整个 19 世纪的俄罗斯小说创作,尤其是影响了果戈理、陀思妥耶夫斯基、契诃夫等许多俄国著名作家笔下的"小人物"形象的塑造。

高尔基在《论普希金》一文中中肯地写道:"他的《黑桃皇后》……《驿站长》和其他几篇短篇小说为近代俄国散文奠定了基础,大胆地把新的形式运用到文学中去,并将俄国的语言从法国和德国语言的影响下解放出来,也把文学从普希金的前辈们所热心的那种甜得腻人的感伤主义中解放出来。"②同时,高尔基还认为:"我们有充分理由说:俄国文学的现实主义始于普希金,就是由他的《驿站长》开始的。"③更有学者认为:《驿站长》"预示着别林斯基时代一个文学流派的诞生,它仿如自然学派的一个宣言,宣告社会—心理现实主义在俄国古典小说中已经获得前所未见的发展"④。

普希金不仅在美术本身,而且在文学作品中充分体现了画家的艺术技巧以及画家的独特视野。如在《驿站长》开头部分,叙述者到达驿站后,所欣赏和着力描述的是简陋的屋子里有关"浪子回头"故事的四幅画。这四幅画不仅折射了维林的道德伦理观以及他的理想与期冀,也为作品结局时叙述者所期盼的杜尼娅的返乡埋下了伏笔。

普希金《别尔金小说集》的五篇小说中,有三篇小说的主要人物,都有一个"独生女儿"的形象。作者不仅由此塑造了性格各异的女性形象,而且通过这类"独生女儿"形象,涉及了教育、伦理等命题。这些形象有《驿站长》中维林的独生女儿杜尼娅,《暴风雪》中加夫里洛维奇的独生女儿玛丽亚,以及《小姐扮村姑》中的俄国贵族穆罗姆斯基的独生女儿丽莎。

在普希金时代,关于教育问题,尤其是子女教育问题,是很受关注的话题,当

①　吴晓都:《俄国文化之魂:普希金》,山东画报出版社,2006 年,第 162 页。
②　高尔基:《论文学》(续集),冰夷等译,人民文学出版社,1979 年,第 210 页。
③　高尔基:《俄国文学史》,缪灵珠译,上海译文出版社,1979 年,第 219 页。
④　格罗斯曼:《普希金传》,李桅、马云骧译,天津人民出版社,1996 年,第 418 页。

时的《欧罗巴通报》等杂志也颇为关注这一话题，发表过一系列论述教育的文章。①

　　这一教育话题，在当时自然也没有被文学家忽略。"在文学中，并没有对这一话题漠不关心：正确的与并非正确的教育历史以及所产生的后果，在俄国受到普遍的关注。"②《别尔金小说集》中三个独生女儿的形象塑造，在一定的意义上表现了普希金对教育主题以及文学教诲问题的关注。

　　在《驿站长》中，维林作为父亲，在"简陋而整洁"的家中，尽管他力所能及地对他可爱的女儿进行了必要的教育，但是，他对她过于宠爱，尤其是在别人面前，当着孩子的面，他会得意忘形地对她进行夸耀："这孩子很聪明，很灵巧，完全像她去世的妈妈。"③

　　维林家中有关"浪子回头"故事的四幅图画，实际上就是具有伦理教诲意义的旨在培养杜尼娅四个方面基本素质的图画。在每幅画的下面，还附有非常得体的德文诗。然而，令人遗憾的是，小说中并没有标出这四首德文诗的内容。但是，作品中对这四幅画的简要说明也给我们提供了必要的线索，使得我们能够了解到维林的目的所在。图画是出自《圣经·路加福音》中的故事。第一幅画是"一位头戴睡帽、身穿晨衣的慈祥老人在送一个不安分的青年，那青年急不可待地在接受老人的祝福和钱袋"④。其中的道理是极其明晰的，就是在处理子女与父母的关系方面，子女要学会孝顺，学会照顾父母，不要像这个不安分的青年，只知道接受父母的钱袋。第二幅画"用鲜明的笔法画出青年的放荡行为：他坐在桌旁，周围是一些不三不四的朋友和无耻的女人"⑤。这幅画的寓意十分明晰：生活应俭朴，不应花天酒地。第三幅画所画的是该青年穷困潦倒、与猪争食的画面，脸上露出深沉的悲哀和悔恨。在《圣经》中，对犹太人而言，猪是不洁净的动物，"与猪争食"象征着他的堕落，所以，这幅画的启示是虔诚。第四幅画则是回头的浪子跪在地上受到父亲迎接的画面。远景中是一名厨师正在宰杀一头肥牛犊。这幅画不仅蕴涵着父母对浪子回头的期待，也预示着"回头"之后对家庭责任的担当。

　　然而，有限的教育难以取代必要的看管。维林对女儿正是缺乏必要的看管，而且放松警惕，过于轻信。于是，当人们送她手帕、耳环等礼物时，他听之任之；

---

① 　如《两性离子》(Амфион)当时发表过题为《论少女教育》(О воспитании девиц)的评论。《欧罗巴通报》(Вестник Европы)当时发表过《论初始教育的必要性》(О необходимости первоначального воспитания)等论文。

② 　Т. А. Китанина．"Еще раз о старой канве", Пушкин и мировая культура. Материалы VI Международной конференции，Санкт-Петербург：Симферополь，2003，с.98.

③④⑤ 　普希金：《驿站长》，力冈译，引自沈念驹、吴笛主编《普希金全集》第 5 卷，浙江文艺出版社，2012 年，第 105 页。

别人要求他女儿送上一程时,他也毫无戒心。当客人大发雷霆,杜尼娅一旦出面,一场风暴顷刻歇息的时候,他也没有一丝深入的思考,只是感到不合时宜的由衷的骄傲。

由于生活贫困,再加上没有受到应有的良好教育,杜尼娅缺乏正确的伦理观和人生观。她不仅随便接受别人的礼物,而且随便接受别人的亲吻。到头来,她"自愿地"跟着明斯基离开了视她为全部生命意义所在的父亲,不顾亲情,自顾自地离开生她养她的父亲,到圣彼得堡享受荣华富贵。而且,维林历尽艰难,终于在圣彼得堡找到她的时候,她也只是因为父亲的突然出现打扰了她与明斯基的"含情脉脉"的场面,从而"大叫一声,倒在地毯上"①。

不顾亲情,只愿满足自身欲望的不只是杜尼娅,还有《暴风雪》中的玛丽亚。而玛丽亚与人私奔的冲动,也是缺乏应有的教育而形成的。这个富有的贵族小姐,不同于出身于贫寒人家的杜尼娅,她有条件接受应有的教育,可她过分接受的是法国浪漫主义小说的影响。小说的开篇部分,就点明了这一后果:"玛丽亚·加夫里洛芙娜受法国小说影响很深,所以容易怀春。"②她不顾自己的行为对父母造成的伤害,只愿满足自己的"浪漫遐想",充当"感情俘虏"的角色。如果说她对陆军准尉弗拉基米尔忠贞不渝,那么,在小说结局部分中,普希金以她与布尔明的意外婚姻打破了那个忠贞不渝的神话。

而在《小姐扮村姑》这篇小说中,俄国贵族穆罗姆斯基的独生女儿丽莎,尽管也是一个娇生惯养的贵族小姐,但是她很有主见,很有个性,而且也很讨人喜爱:

> 她今年十七岁。一双乌溜溜的眼睛使她那一张黑黑的、讨人喜欢的脸儿更加艳丽动人。她是独生女儿,因而也是一个娇生惯养的孩子。她活泼好动,常常淘气,使父亲很喜欢,却使杰克逊小姐伤透了脑筋。③

丽莎所接受的是英国式的家庭教育,她的父亲为她请了英国女教师杰克逊小姐,由于受到英国文化的熏陶,丽莎成了一个地地道道的英国迷。正是由于受到了良好的英国文化的教育,所以,丽莎小姐通情达理,她与邻村的贵族别列斯托夫的儿子阿列克塞相爱了,但是,她顾及自己父亲与阿列克塞父亲之间的怨仇关系,不愿让父亲受到伤害。即使与阿列克塞交往,也是以自己所能想到的独特的方式,装扮成村姑,以贫苦人家的姑娘阿库莉娜的名义与对方交往。

---

① 普希金:《驿站长》,力冈译,引自沈念驹、吴笛主编:《普希金全集》第5卷,浙江文艺出版社,2012年,第111页。

② 同上,第84页。

③ 普希金:《小姐扮村姑》,力冈译,引自沈念驹、吴笛主编:《普希金全集》第5卷,浙江文艺出版社,2012年,第117页。

在村姑的假面具下,她更能看清阿列克塞的真实面目,由于普遍存在的阶级偏见和社会不公,她在这样的面具下更能看出阿列克塞对爱情的理解,以便走出金钱婚姻的樊篱,寻找到值得信赖的心灵的伴侣。所以,正是她所受的良好的教育,使得她避免了《暴风雪》和《驿站长》中的对长辈的伤害。她最终不仅化解了父辈之间的怨仇,而且与倾心相爱的阿列克塞结为眷属。丽莎正是因为有了良好的家庭教育,所以,才不会被命运捉弄,也不会被动地受人欺骗,而是主动地按照心灵的呼唤选择理想的伴侣。"有别于《暴风雪》中的被命运捉弄的玛丽亚,丽莎不是命运的戏弄者,她自己创造机缘,利用偶然,设法与贵族青年相识,将他诱入自己的爱情之网。"①

从《小姐扮村姑》这篇小说中有关丽莎美丽聪颖的描述,以及最后有情人终成眷属的喜剧结尾,我们不难看出普希金对英国文化积极推崇的态度,也是他的中篇小说《上尉的女儿》和诗体长篇小说《叶甫盖尼·奥涅金》等作品的创作受到瓦尔特·司各特和乔治·拜伦创作影响的一个明晰的注脚。

普希金的《别尔金小说集》不仅以审美价值影响了俄罗斯小说的进程,而且具有鲜明的认知价值。"就文学认知而言,有些虚构文学作品是知识的潜在的渊源。"②因而,我们从普希金的这部小说集中,可以清楚地看到普希金在对待决斗问题上的伦理选择和荣誉理念,这也为他 1837 年最终解决自身的伦理困境提供了参照。而且,普希金通过对三个独生女儿的形象所做的对文学的伦理教诲功能的审视,对于今天的人们来说,同样具有伦理启示价值。

第三节　诗体长篇小说的独特创新

在长篇小说创作领域,普希金同样为俄罗斯文学的发展提供了典范。由于过早地离开人世,普希金的一些散文体长篇小说的创作计划未能如愿完成,但是,仅凭他所创作的诗体长篇小说对俄国文坛的影响,无疑可以称他为俄国现实主义长篇小说之父。普希金的诗体长篇小说《叶甫盖尼·奥涅金》(*Евгений Онегин*),被俄国同时代的批评家别林斯基誉为"俄国生活的百科全书"③。在俄国文学史上,这部长篇小说首次塑造了奥涅金这一"多余的人"形象。"多余的人"这一系列形象的开创,极大地作用于俄国现实主义文学的进程,对其后的莱

---

① В. И. Коровин ред. *История русской литературы XIX века*. В 3 ч. Ч. 1, М.: Гуманитар, изд. центр ВЛАДОС, 2005. с. 423.

② Garry L. Hagberg ed. *Fictional Characters, Real Problems: The Search for Ethical Content in Literature*, Oxford: Oxford University Press, 2016, p. 286.

③ Виссарион Белинский. *Полное собрание сочинений в 13 т*, М.: Издательство Академии наук СССР, 1953 – 1959. т. Ⅶ, с. 503.

蒙托夫、屠格涅夫、冈察洛夫等作家的长篇小说的创作,产生了深远的影响。

一　俄国现实生活的真实写照

普希金的诗体长篇小说《叶甫盖尼·奥涅金》创作于 1823 年至 1830 年,于 1833 年定稿出版。

这一时期,在俄国历史上,是亚历山大一世王朝末期和尼古拉一世继位之初,也是俄国著名的十二月党人的革命和起义活动最初酝酿、爆发和最后归于失败的时期。

诗体小说《叶甫盖尼·奥涅金》是普希金最重要的一部作品,也是俄国 19 世纪长篇小说最早的杰作。"《叶甫盖尼·奥涅金》是 19 世纪第一部现实主义经典长篇小说。在这部长篇小说中,崇高的美学价值与人物性格的深刻揭示以及社会历史规律紧密地结合在一起。"①它作为俄国现实主义文学的一块奠基石,"标志着俄罗斯文学中从世纪初对'小说'的不信任到接受新的艺术概念的一个重大突破"②。

作为现实主义小说的奠基之作,这部作品塑造了那个典型时代的具有典型特征的俄国贵族青年知识分子的形象,作品同名主人公——"多余的人"叶甫盖尼·奥涅金,是一个开始觉醒,然而找不到出路的人物,他受到西欧民主主义和启蒙思想的影响,因而不同于周围的纨绔子弟,具有人道主义思想倾向和高尚的道德品质。然而,由于远离社会现实,同时缺乏明确的社会理想,面对社会的黑暗现象时,他看不到出路,总是陷入苦闷和彷徨之中。他尽管愤世嫉俗,希望改变现状,但由于自身社会阶层的局限性,又不可能与俄国专制社会实行彻底的决裂,所能采取的生活态度往往只是消极的逃避。

《叶甫盖尼·奥涅金》具有极其深邃、丰富的思想意义。这部作品深刻地展示了俄国 19 世纪 20 年代广阔的社会生活的现实画卷,而且,通过对具有探索精神的"多余的人"奥涅金找不到出路的悲剧命运的描写,表达了觉醒过来的贵族青年知识分子在探索过程中的思想上的苦闷和迷惘。而这一典型的时代精神是通过主人公奥涅金的社会探索与婚姻爱情之间的悲剧冲突来表现的。

《叶甫盖尼·奥涅金》是普希金描写现代题材的长篇小说,却是富有历史性意义的现代小说,它是当时俄国现实生活的真实写照,也是俄国 19 世纪初期一段社会历史的真实记录,正如别林斯基所说:"我们在《奥涅金》中首先看到的,是俄国社会在其发展过程中最重要的一段时间里的诗体的画面。从这一点来看,

---

① А. С. Бушмин. *История русского романа в двух томах*. Том 1, Москва: Издательство Наука, 1962 - 1964. с. 107.

② Andrew Kahn ed. *Cambridge Companion to Pushkin*, Cambridge: Cambridge University Press, 2006, p. 42.

《叶甫盖尼·奥涅金》是一部真正名副其实的历史的长诗,虽然它的主人公当中并没有一个历史人物。它在俄罗斯是这类作品中第一次的经验,也是一次光辉的经验,因此这部长诗的历史优越性也就更高。在这部作品中,普希金不仅是一位诗人,而且是社会中刚刚觉醒的自我意识的一位代表者:史无前例的功勋啊!普希金之前,俄国诗歌只不过是欧洲缪斯的一个聪敏好学的小学生而已——因此那时俄国诗歌的一切作品都更像是习作临摹,而不像是独特的灵感所产生的自由作品。"①

《叶甫盖尼·奥涅金》的主要内容分为八章,在结构方面显得极为独特,显示出了作者高超的艺术技巧。

其中,在第一至第三章中,每一章都导出一个作品中的主要人物。第一章书写厌倦了京都社交生活的奥涅金为了继承他叔父的遗产,从城市来到了乡村。第二章写奥涅金在乡村结识了邻村刚从德国归来的青年诗人连斯基。连斯基当时正在同女地主拉林娜家的小女儿奥尔加相恋。第三章写奥涅金在连斯基的介绍下,结识了女地主拉林娜家的大女儿达吉雅娜。作品中的女主人公对奥涅金一见钟情,并大胆地向他表露爱情。

第四章书写奥涅金对达吉雅娜爱情的拒绝。他在拒绝这份爱情的时候,说了一些冠冕堂皇的理由,认为自己不能为爱情所束缚。受到感情打击的达吉雅娜痛苦不已,日渐憔悴。

第五章描写的是达吉雅娜的命名日聚会。奥涅金看到达吉雅娜愁眉不展的容颜,顿时感到厌烦,因而怪罪连斯基带他前来参加这一无聊的聚会。他因此故意向连斯基的女友奥尔加大献殷勤,从而引起他与连斯基之间的冲突。在第六章,容易激动的连斯基要求决斗。在决斗中,奥涅金打死了连斯基。

第七章主要描写达吉雅娜在奥涅金外出漫游之后,访问他故居时的深切感受,她理解了奥涅金的处境,然后遵从母亲的意愿,嫁到城市,做了将军夫人。

第八章所写的是三年之后的情景。经历了三年漂泊的奥涅金在彼得堡上流社会的舞会上意外地遇到了达吉雅娜,对她倾心,写了书信倾诉爱情,但达吉雅娜出于对丈夫的忠诚,拒绝了奥涅金。于是,奥涅金只得又出发旅行了。

仅从叙事场景出发,我们便可以看出,这部诗体小说随着主人公奥涅金的活动,将从乡村到城市、从外省到京城,整个俄罗斯社会的广阔的场景和历史的画卷展现在读者的面前,因此,别林斯基认为这部小说是"俄国生活的百科全书和最富有人民性的作品"。

这部作品的正文八章显得相对独立完整,尤其是开篇数章,每章都有自身的

---

① 别林斯基:《论〈叶甫盖尼·奥涅金〉》,王智量译,《文艺理论研究》1980 年第 1 期,第179 页。

中心人物出场,每章都有自身的主题呈现,但又在整部作品中形成缜密的内在逻辑关联,共同组合成一个不可分割的整体。

二　俄国文学史上"多余的人"的丰满典型

这部作品的情节并不复杂,作品中出场的人物也相对有限,所描写的场景也并不宏大,它之所以能被称为"百科全书"式的作品,主要得益于对奥涅金等一些典型性格的刻画。

作为俄国文学史上第一个"多余的人"的丰满典型,奥涅金的性格具有时代的典型特征。他身上有着后来的俄罗斯文学中陆续出现的一系列"多余的人"的共同特性。像其他"多余的人"一样,奥涅金出身于贵族家庭,接受过良好的教育,也受到西欧进步思想的熏陶,有着改造社会现实的宏大理想。他本来可以在社会探索方面成就一番事业,但是由于远离实际,脱离人民,加上时代和社会的局限性,他只能到处漂泊,找不到生根的地方,结果一事无成,总是与现实生活格格不入,成了生不逢时,为社会所不容的"多余的人"。

奥涅金出身于一个没落的贵族家庭,他的父亲曾经居于显位,但是由于生活糜烂,挥霍无度,他总是靠借债度日。由于受到当时一些新的思想的影响,奥涅金对于上层贵族的空虚无聊的生活感到极度烦闷,厌倦了上流社会社交界的喧嚣,"简单说,是俄国的抑郁病/慢慢地逐渐控制了他"[1],于是,显得苦闷、彷徨,既愤世嫉俗,又无能为力,从而郁郁寡欢。

而奥涅金的那种忧郁、彷徨、孤傲、愤世嫉俗的个人性格,也是导致他悲剧命运的重要原因。像同时代的许多接受过启蒙主义思想的青年人一样,他为了自己的理想,集中精力进行社会探索,而毫不顾及个人的爱情生活,以免影响自己的事业,这在某种程度上仍是不甘随波逐流,勇于探索和改造社会的典型表现,是不同于一般青年的具体表现,而且是具有一定的精神境界的体现。

为了实现自己的理想,他不愿与上流社会同流合污,只愿孤身奋战,追求理想的实现,甚至不愿接受达吉雅娜的爱情,以免自己的事业及前程受到束缚。在第四章第十三节,奥涅金表达了自己对达吉雅娜的恋情,以及因自己所处的状态而对爱情的舍弃:

> 假如我想用家庭的圈子
> 来把我的生活加以约束;
> 假如因幸福命运的恩赐,

---

①　普希金:《叶甫盖尼·奥涅金》,智量译,见沈念驹、吴笛主编:《普希金全集》第4卷,浙江文艺出版社,2012年,第31页。

> 要我做一个父亲和丈夫；
> 假如那幸福生活的画面
> 哪怕只一分钟让我迷恋，——
> 那么只有您才最为理想，
> 我不会去另找一个新娘。
> 我这话不是漂亮的恋歌：
> 如果按照我当年的心愿，
> 我只选您做终身的侣伴，
> 同我度过我悲哀的生活，
> 一切美的有您都能满足，
> 我要多幸福……就能多幸福！①

从这段表白中，我们可以看出，奥涅金其实是真诚地爱着达吉雅娜的，他在这位沉静而美丽的少女身上发现了如同抒情诗一般的优美的气质，他意识到达吉雅娜是他理想的伴侣。然而，即使这样，他也不为所动，而是轻率地拒绝了达吉雅娜的爱情。这不是因为他缺乏对达吉雅娜的爱恋，而是因为他自己当时深深地陷于苦恼之中而不能自拔，他拒绝这份爱情只是为了实现自己改造社会的理想。可是，他的这番理想最终并没有得到实现，数年的漂泊也磨灭了他满腔的热忱，曾经因为事业的追求而舍弃爱情的奥涅金，到头来也只是想在世俗的爱情生活中获得一丝心灵的慰藉，尽管连这点慰藉后来也是遥不可及，难以实现了。这位曾经高傲地拒绝达吉雅娜纯洁爱情的贵族青年，最后在彼得堡与达吉雅娜重逢时所遭受的却是达吉雅娜的拒绝。

经过三年时间的漂泊之后，奥涅金依然一事无成，精神上已经快要到崩溃的边缘，于是，在彼得堡重新遇见达吉雅娜之后，这位曾经不为爱情所动的人，为了寻求一点精神的安慰，开始苦苦乞求达吉雅娜爱情的施舍。他在写给达吉雅娜的信中写道：

> 我知道：我的日子已有限，
> 而为了能延续我的生命，
> 每天清晨必须有个信念：
> 这一天能见到您的身影……
> …………

---

① 普希金：《叶甫盖尼·奥涅金》，智量译，见沈念驹、吴笛主编：《普希金全集》第 4 卷，浙江文艺出版社，2012 年，第 109 页。

> 希望能够抱住您的膝头，
> 痛哭一场，俯在您的脚下，
> 倾吐我的怨诉、表白、恳求，
> 说出一切我能说出的话，
> …………
>
> 一切都已决定：随您处理，
> 我决心一切都听天由命。①

可见，普希金为了突出奥涅金这类"多余的人"在社会探索方面的一事无成的结局，最后将他放在他们曾经唾弃的爱情上，进行画龙点睛的刻画，表现贵族青年觉醒过来但找不到出路的悲剧命运。与此同时，奥涅金与达吉雅娜的未能实现的恋情，也是这部小说扣人心弦、感人至深、具有经久不衰的艺术魅力的一个重要方面。

奥涅金是一个不满于现实生活，鄙弃上流社会，为了进行社会探索甚至舍弃个人幸福爱情的进步青年的典型形象，但他也是一个耽于幻想、脱离实际的形象，他在当时的社会上找不到自己的出路，遭遇了社会探索和个人爱情的双重失败。他的悲剧概括了那个时代觉醒过来而没有出路的贵族青年的悲剧命运。

三　俄国妇女形象画廊中的丰满典型

作品中的另一主要形象达吉雅娜是普希金心目中理想的俄罗斯女性的典型形象。普希金"第一个以达吉雅娜为代表，诗意地再现了俄国妇女"②，并且书写这一心地纯洁的形象与俄国社会现实的格格不入。

首先，达吉雅娜这一形象天真纯朴，具有大自然的清新、迷人的气质。她生活在外省，从小就受到了俄罗斯大自然的美丽景致的感染，她虽然出身于贵族地主的家庭，但是她不满于外省地主的平庸生活，热切向往自由，向往自然纯洁的真挚爱情。普希金塑造达吉雅娜这一形象时，总是采用质朴、优美的诗句，以及带有赞美色彩的词语描写她的外貌及内心世界。在第三章第七节，作者描写了她对奥涅金所产生的纯洁质朴的爱情，写道：

> 一个想法在她心头诞生，
> 是时候了，她已有了爱情。

---

① 普希金：《叶甫盖尼·奥涅金》，智量译，见沈念驹、吴笛主编：《普希金全集》第4卷，浙江文艺出版社，2012年，第247页。

② 别林斯基：《别林斯基选集》第4卷，满涛、辛未艾译，上海译文出版社，1991年，第582页。

仿佛一粒种子落在土里，
春天的火使它萌发生机，
很久以来,那柔情和苦痛
一直在燃烧着她的想象，
渴求那命中注定的食粮；
很久以来,她年轻的胸中，
一直深深地感觉到苦闷；
心儿在盼望……那么一个人。[①]

其次,达吉雅娜具有鲜明的资产阶级个性解放要求和强烈的反抗精神。她能够冲破俄罗斯旧的传统道德和伦理观念的束缚,向奥涅金大胆地表白自己的爱慕之情。尽管她对传统道德的反抗还是十分有限的,但是,仅凭她对奥涅金的大胆表白,就足以证明她是俄国文学史上第一个具有叛逆精神的女性形象。

最后,达吉雅娜是一个坚韧克制、具有俄罗斯女子传统美德的优秀的女性形象,是俄罗斯文学画廊中最为优美动人的女性形象之一。她炽热的初恋遭到了奥涅金的拒绝之后,像别的普通的俄罗斯女性一样,遵从母命,嫁给了圣彼得堡的一个她所不爱的将军。她宁愿舍弃一切荣华富贵,以及"令人厌恶的生活光辉",换回在乡村时与奥涅金第一次见面的地方,换回简陋的住所与荒芜的花园。然而,当嫁给将军之后,她尽管在心中依然深深地爱着奥涅金,可是,她将这份爱情珍藏在自己的心灵深处,不去触动,也不去亵渎。于是,她身上又有着朴素的俄罗斯人民的传统美德。当奥涅金再次出现在她的跟前,向她表露爱情时,她没有接受这份她久久期盼现在唾手可得的爱情,而是毅然决然地拒绝了这份所珍藏的爱情。并且对奥涅金表白说：

我爱您(我何必对您说谎?),
但现在我已经嫁给他人；
我将一辈子对他忠贞。[②]

达吉雅娜这一艺术形象,在俄国文学史以及俄国长篇小说的发展史上,也占有重要的地位。在俄国文学妇女形象画廊中,达吉雅娜这一形象占据重要的位置,她不仅性格较为丰满,而且具有一定的叛逆精神。在 19 世纪中后期作家屠

---

① 普希金:《叶甫盖尼·奥涅金》,智量译,见沈念驹、吴笛主编:《普希金全集》第 4 卷,浙江文艺出版社,2012 年,第 77—78 页。

② 同上,第 257 页。

格涅夫、奥斯特洛夫斯基及托尔斯泰的作品中,我们可以感受到达吉雅娜这一艺术形象所产生的影响,尤其是在妇女的悲剧命运以及具有反抗精神的性格塑造方面。

普希金是把达吉雅娜看成自己心目中的一个理想的人物形象来进行塑造的,所以显得极为迷人。甚至连别林斯基也极其动情地评述说:"达吉雅娜是一朵偶然生长在悬崖峭壁的隙缝里的稀有而美丽的鲜花!"[①]按照普希金最初的构思,女主人公达吉雅娜的形象应该是对男主人公奥涅金所提出问题的一种解答,所体现的是贵族人物解脱精神矛盾的出路。达吉雅娜是被美化的宗法制生活的化身。同时,达吉雅娜的命运也反映了当时俄罗斯女性的悲惨处境。而且,达吉雅娜身上凝聚着作者普希金自己的理想观念和思想情感。"普希金对自我的追求转移到了达吉雅娜身上,她构成了一个极富思想个性,具有理智的精神、崇高的心灵、真实而深刻的情感、对责任的忠诚的形象。她对奥涅金的拒绝,……也象征着徘徊于普希金内心的矛盾与挣扎。"[②]

四　对照手法与"奥涅金诗节"的独特使用

《叶甫盖尼·奥涅金》这部诗体长篇小说有着鲜明的艺术特征。普希金既是俄国文学史上优秀的现实主义作家,又是 19 世纪初期俄国浪漫主义文学艺术的卓越体现者。而且,在小说叙事艺术和诗歌节奏方面,普希金都展现了独特的艺术才华,尤其在对照艺术和"奥涅金诗节"的使用等方面,表现得尤为出色。

首先是在艺术结构上所采用的对照艺术手法。在诗体小说《叶甫盖尼·奥涅金》中,就小说叙事情节而言,有两条主线的对比:一条是奥涅金与达吉雅娜之间的刻骨铭心的恋情以及永无止境的精神追求,另一条是连斯基与奥尔加的世俗平庸、毫无亮点的婚恋。就小说人物形象塑造而言,作品中也有两个男主人公形象的对比,一个显得孤傲冷漠,另一个显得狂放热情;还有两个女主人公形象的对比,一个感情细腻真挚,有着丰富的内心世界,另一个轻浮平庸,内心空虚。另外还有具体情景的前后对照,譬如达吉雅娜与奥涅金在不同场景的相互求爱,以及两者的被拒等,起初是以达吉雅娜的求爱和被拒形成冲突,最后又以奥涅金的表白和达吉雅娜的拒绝形成一个高潮,使得整部作品在情节的发展方面有起有伏,引人入胜。

其次是理想与现实的对照。男女主人公都有着自己独特的个性意识,有着远大的理想以及有关事业与爱情的个人追求,结果,男女主人公各自的理想与追

---

①　别林斯基:《别林斯基选集》第 4 卷,满涛、辛未艾译,上海译文出版社,1991 年,第 597 页。

②　J. Douglas Clayton. "Towards a Feminist Reading of Evgenii Onegin", *Canadian Slavonic Papers*, Vol. 29, No. 2/3 (June—September, 1987), p. 261.

求都未能实现,从而各自妥协于社会:曾经为了理想和事业而唾弃爱情的奥涅金,到后来却乞求哪怕一丁点儿爱情的施舍;曾经大胆追求爱情,视爱情为生命的达吉雅娜,却为了服从于社会现实和母亲的意旨而嫁给了自己所不爱的一个年长的将军,并且,当她愿意舍弃一切而追求的爱情突然降临的时候,当她曾经全身心向往的奥涅金真的出现在自己的眼前的时候,她除了流泪之外,再也没有其他任何举动和激情了。无论是奥涅金从社会探索到爱情乞求,还是达吉雅娜从爱情追求到社会妥协,普希金都是通过对照艺术来呈现的,正是两条线的相互映衬,使得作品主题更为突出,人物性格更加丰满,也更加具有艺术感染力。正是这种对照艺术手法,鲜明地突出了"多余的人"的性格特征以及普希金心目中理想的贵族妇女达吉雅娜的美好形象。而且,在塑造达吉雅娜这一形象的时候,也有对照艺术手法的体现,从而栩栩如生地表现了这位既勇敢地追求爱情、要求个性解放,又具有坚忍、克制等传统美德的俄罗斯理想的女性形象。

最后是"奥涅金诗节"的独特使用。"奥涅金诗节"是对盛行于中世纪和文艺复兴时期的西方传统十四行诗体的一次成功的改造。在欧洲文学史上,著名的十四行诗体较多,其中包括"彼特拉克诗体"和"莎士比亚十四行诗体"等。

"彼特拉克诗体"作为一种十四行诗体,是欧洲文艺复兴时期的重要诗体,自从彼特拉克使用之后,便广为流传,一直经久不衰。在结构上,"彼得拉克诗体"是"4433"结构,前面是一个"八行组"(Octave),后面是一个"六行组"(Sestet)。前八行展现主题或提出疑问,后六行是解决问题或做出结论。前八行使用的是抱韵(Embracing rhyme),韵式为"ABBA ABBA",后六行韵式为"CDE CDE",或"CDE DCD"等。总之,富有变化,韵脚错落有致,听起来并不单调,长度也较适中,所以极为风行。

"莎士比亚十四行诗体"也被称为英国十四行诗体,通常有五个音步,每个音步有一轻一重两个音节(抑扬格)。韵式与"彼得拉克诗体"有所不同,不再是"4433"结构,而是"4442"结构,也就是全诗分为三个"四行组"(Quatrain)和一个"双行联韵组"(Couplet)。韵脚排列形式是"ABAB CDCD EFEF GG"。而且有的论者认为莎士比亚许多的十四行诗都有鲜明的起、承、转、合。头四行是"起",中间四行是"承",后四行是"转",最后两行是"合",是对一首诗所做的小结。

在《叶甫盖尼·奥涅金》中,普希金发挥了俄罗斯诗歌艺术的音律特征,对欧洲文学史上传统十四行诗体进行了成功改造,创造了别具一格的"奥涅金诗节"。这一诗体也是由三个诗节的四行诗和最后一个诗节的双行诗构成的,而且韵式更为丰富多变,其中包括交叉韵、成对韵、抱韵、双行韵。这一诗体不仅格律严谨,而且富有变化,具有鲜明的节奏感,显得优美舒畅、清新明快。

"奥涅金诗节"的一个突出的特点是将具体韵脚的押韵模式与每一诗行的音节数量密切结合起来。"奥涅金诗节"的韵脚排列形式为"ABAB CCDD EFFE

GG";而每行诗中的音节数目相应为"9898 9988 9889 88"。两者呈现出完美的对应。

在功能方面,"奥涅金诗节"与"莎士比亚十四行诗体"比较接近,每节诗中的四个韵组都分担着鲜明的表意功能。一般来说,第一个交叉韵起着确定话题的作用,接着在成对韵和抱韵中继续展开和发挥,最后在双行韵中收尾或者做出带有警句色彩和抒情意味的结论。

"奥涅金诗节"在普希金著名诗体长篇小说《叶甫盖尼·奥涅金》中的成功使用,使得十四行诗体这一传统的艺术形式显得更为丰富多彩,也为十四行诗体的流传和发展做出了独特的贡献。

在普希金的《叶甫盖尼·奥涅金》中,自然景色的描绘极为美妙,诗体长篇小说中对春、夏、秋、冬四季景色的出色的描绘,逼真如画,而且独立成篇,然而,这种独立成篇的自然景色的描绘,不是一般意义上的诗情画意的点缀,而是与作品结构的安排、作品情节的展开以及作家思想的表达融汇成一个整体的。可以说,如果没有画家的天赋,普希金的文学作品也是很难达到这一水准的。

第四节 《上尉的女儿》

普希金的《上尉的女儿》(*Капитанская дочка*,1836)是在深入研究普加乔夫史的基础上所完成的一部文学作品。如果说《叶甫盖尼·奥涅金》是一部描写当代题材的长篇小说,那么,《上尉的女儿》便是一部历史题材的"长篇小说"[①]了。

就《上尉的女儿》的历史题材而言,以及作品中的部分结构而言,普希金显然受到了他所关注的英国浪漫主义历史小说家瓦尔特·司各特的影响。这一点,俄罗斯著名理论家日尔蒙斯基曾经做过中肯的论述,他比较了《上尉的女儿》与司各特小说之间的细节关联,认为:"在《上尉的女儿》中,像瓦尔特·司各特的整个系列的苏格兰小说(《威弗利》《罗布·罗伊》《清教徒》)一样,内战的事件与家庭编年史交织在一起,通过一个站在两个阵营之间的主人公,以这种情形,客观地见证所有的事件;与'叛军'的友谊是建立在相互服务的基础之上的(如《罗布·罗伊》)。主人公的暧昧行为引发了叛变罪的指控;米罗诺夫上尉的女儿向叶卡捷琳娜二世请求对格里尼约夫的原谅,就像《密德洛西恩监狱》中的珍妮·迪恩斯向卡洛琳王后为她被定罪的妹妹请求宽恕;萨维里奇对年轻的'少爷'的

---

① 普希金是将这部小说当成长篇小说看待的,俄罗斯学界也常有学者将《上尉的女儿》看成是长篇小说,可参见伊兹玛伊洛夫(Н. В. Измайлов)为《俄国长篇小说发展史》(А. С. Бушмин 编. *История русского романа в двух томах*,Москва:Издательство Наука,1962—1964)所撰写的第三章《上尉的女儿》。

忠诚,让人想起了《沼地新娘》(*The Bride of Lammermoor*)中忠实的卡勒等人。"[1]

在完成《叶甫盖尼·奥涅金》这部当代题材的杰作之后,普希金便对历史题材发生了浓厚的兴趣,因此,他转向了普加乔夫农民起义这一重要历史事件。从小说的描写来看,其所书写的是发生在 1772 年冬天至 1775 年 1 月大约两年期间的事件。

但是,就小说的篇幅以及作品中的人物和事件而言,《上尉的女儿》尽管被普希金看成长篇小说,却更接近中篇小说,而且无疑是普希金所有的中篇小说中最为杰出的一部。别林斯基给予这部作品以极高的评价,他认为这部作品是"散文体的《叶甫盖尼·奥涅金》",并且称它为"俄罗斯文学中卓越的作品之一"[2]。

普希金在《上尉的女儿》这部爱情历史小说中描述了著名的农民起义领袖普加乔夫所领导的俄国农民起义运动,以及作品主要人物——格里尼约夫和上尉女儿玛莎小姐之间的感人的爱情故事。在作品中,普希金将历史上的真实的事件以及历史人物与文学作品中虚构的故事情节与人物形象巧妙地结合起来,从而显得既有历史层面的真实可信,又有文学层面的曲折动人。

普希金的《上尉的女儿》于 1833 年开始构思,8 月动笔,于 1836 年 10 月完成。这部作品最初发表于《现代人》杂志 1836 年第 4 期。这期杂志于 1936 年 12 月 23 日或 24 日出刊,也就是说,在普希金逝世前一个多月面世,是普希金在世时最后一部面世的重要作品,也可以说,是普希金散文体创作的总结性作品。

《上尉的女儿》这部作品以贵族青年军官格里尼约夫作为第一人称进行叙事,通过第一人称叙述者的所见所闻,塑造了农民起义领袖普加乔夫的鲜明的形象,描写了他所领导的农民起义。更为独特的是,作品描写了两个敌对阶层的代表人物的私人之间的偶遇与交往,表现各自细腻而独特的感情。

贵族青年军官格里尼约夫在去边防炮台服役的途中,遭遇了一场暴风雪,并且在冰天雪地中遇到了一个挨饿受冻的男子(他就是起义失败后的农民起义领袖普加乔夫)。格里尼约夫不顾仆人萨威里奇的反对,不仅请他喝酒,还送给了他一件兔皮袄。

格里尼约夫被派到离奥伦堡四十多俄里的白山要塞。在这一要塞,格里尼约夫深深地爱上了要塞司令的女儿玛莎小姐,并因此与驻防军中尉什瓦布林发生冲突直至决斗。

1773 年,普加乔夫暴动发生了。白山要塞被普加乔夫的起义部队攻克。广

---

①　Виктор Жирмунский. *Байрон и Пушкин*, Ленинград：Издательство *Наука*, 1978, с. 378.

②　В. Г. Белинский. *Полное собрание сочинений*, т. Ⅶ, М.：Изд. АН СССР, 1955, с. 577.

场上竖起了绞刑架,要塞司令伊凡·库兹米奇·米罗诺夫被绞死了,军官伊凡·伊格纳季奇也被绞死了,司令夫人也被杀死了。但是,当格里尼约夫被套上绞索,拖到绞刑架下的时候,他的仆人萨威里奇突然起身向普加乔夫求情,这一举动,使得普加乔夫认出了格里尼约夫就是曾经在暴风雪的天气里给他兔皮袄的青年。为了报答赠送兔皮袄的那份恩情,普加乔夫随即打了个手势,让手下人给格里尼约夫解下绳索,放他下来。作为叙述者的格里尼约夫感到无比震惊:

> 竟有这样奇怪的巧合:送给流浪汉一件小皮袄,竟使我逃脱绞刑;一个到处游荡的酒鬼,竟然攻占许多要塞,震撼了整个国家![1]

普加乔夫也没有强求格里尼约夫为他做什么。不仅对他没有要求,反而还给了他一匹马和一件羊皮袄,让他离开要塞回到奥伦堡去。然而,因玛莎小姐与格里尼约夫有过冲突、发生过决斗的什瓦布林已经叛变,而且当上要塞司令了。在奥伦堡,格里尼约夫收到了玛莎小姐的来信,得知她受到什瓦布林的逼婚。所以,格里尼约夫再次与普加乔夫打起了交道。普加乔夫亲自带着格里尼约夫去了一趟白山要塞,不仅惩处了什瓦布林,而且成全了格里尼约夫和玛莎小姐之间的婚事,让格里尼约夫带走了玛莎小姐。

到了作品的最后部分,又以格里尼约夫的心情来叙述普加乔夫起义的失败。普加乔夫被处死的时候,格里尼约夫也在现场。普加乔夫认出了格里尼约夫,并向他点头致意。

当然,由于格里尼约夫与普加乔夫不平凡的交往,格里尼约夫也受到政府部门的审讯。他被错误地认为是投奔普加乔夫的奸细。还是玛莎前往彼得堡向女皇申诉,女皇才宣布了格里尼约夫的无辜,最后女皇开恩,成全了他们的婚姻,帮助他们创建家业。

这部作品不仅情节优美、结构明晰、语言质朴明快,而且通过描写各个不同阶层的人物之间微妙的情感,以及在特定的历史条件和特定的自然环境下的彼此交往和彼此关怀,反映和刻画了深刻的人情之美和人性之美。这是这部小说感人肺腑的一个重要因素。

这部作品的一个重要的贡献是通过沙皇部队军官格里尼约夫的眼睛塑造了农民起义领袖普加乔夫的形象。这一形象使人感到真实,在攻克白山要塞之后,普加乔夫作为胜利者的首领,依然显得朴实,但是受到大家的尊敬:

---

[1]　普希金:《上尉的女儿》,力冈译,引自沈念驹、吴笛主编:《普希金全集》第 5 卷,浙江文艺出版社,2012 年,第 365 页。

　　我好奇地打量起这一伙人。普加乔夫坐在首位,胳膊肘撑在桌子上,用他那老大的拳头托着黑黑的大胡子。他的相貌又端正又相当可爱,一点也不显得残暴。他不时和一个五十来岁的人说话,有时称他伯爵,有时称他季莫菲伊奇,有时还尊称他大叔。所有的人彼此都以同伴对待,也不对自己的首领表示特别的恭敬。①

　　普加乔夫形象的塑造,是这部小说得以成功的一个关键。普希金对普加乔夫起义不仅很感兴趣,而且对此做了深入的研究。他在创作《上尉的女儿》这部小说的同时,走访了与普加乔夫事件有关的下诺夫哥罗德、喀山、辛比尔斯克、奥伦堡、乌拉尔斯克等许多地方,收集了大量的原始文献资料,并且撰写了具有一定研究性质的著作《普加乔夫史》。正是因为普希金对普加乔夫事件的深入研究,所以他才能将相关材料运用自如,将历史真实与艺术虚构巧妙地结合起来,从一个独特的视角恰如其分地塑造了这一农民起义领袖的形象。

　　这部中篇小说自面世以来,一直受到广泛的关怀和高度的赞赏。同时代的俄国著名作家果戈理曾经对这部作品发出了由衷的赞叹,认为如果把他自己的作品与《上尉的女儿》相比较,那么,"我们的长篇小说和中篇小说,都像是一碗油腻的菜汤,《上尉的女儿》的朴素与自然达到了那样的高度,以致现实本身在它面前倒像是人工模拟和滑稽可笑的东西"②。他这番话道出了这部小说风格上的本质特征。

　　普希金是"俄罗斯民族文学的奠基人"③,他既是俄罗斯文学史上伟大的民族诗人,也是一位杰出的小说家,而且,他对世界文学有着广泛而浓厚的兴趣和修养,是一位具有浓郁的世界文学意识的作家。正是他从世界文学中汲取营养,才使得俄罗斯文学融入世界文学的发展,"俄罗斯文学与普希金一起进入了世界文学"④,他的不朽的文学经典成为"全人类的文化资本"⑤以及世界各国人民亲近而珍贵的文化遗产。他广泛阅读各个民族和各个时期的世界文学经典,尤其是从古希腊罗马文学、法国古典主义文学、英国瓦尔特·司各特的历史小说等各种文学类型中汲取丰富的营养,服务于自己的文学创作活动,形成自身的独特的艺术风格,并且在各个创作领域取得了辉煌的成就。"作为俄罗斯民族作家,普希金在各个文学领域都为俄罗斯文学树立了典范。他的创作影响了许多的俄罗

---

　　①　普希金:《上尉的女儿》,力冈译,引自沈念驹、吴笛主编:《普希金全集》第 5 卷,浙江文艺出版社,2012 年,第 367 页。

　　②　果戈理:《果戈理选集》第 6 卷,苏联国家文学出版社 1937 年,第 436 页。

　　③④⑤　Виктор Жирмунский. *Байрон и Пушкин*, Ленинград: Издательство *Наука*, 1978, c. 396.

斯作家。他的诗歌风格不仅影响了同时代的莱蒙托夫、丘特切夫等众多诗人,而且他的散文体作品也深深影响了托尔斯泰等小说家。托尔斯泰早期重要作品《哥萨克》无疑在精神以及叙事方面受到了《茨冈》的启发。托尔斯泰的史诗性著作《战争与和平》也同样受到了《上尉的女儿》的结构艺术的影响,即由普通的家庭故事发展成描绘恢宏的时代历史悲剧。"[1]托尔斯泰评价普希金说:"美的感情被他发展到登峰造极的地步,这一点是谁也难以企及的。"[2]

"普希金不仅是俄国文学和俄罗斯民族精神的一个象征,也是中国读者极其喜爱的作家。"[3]他在各种文学类型中的优美的典范,为中国许多作家的创作提供了启迪和灵感。自从普希金作品的中译本在 1903 年面世之后(他的中篇小说《上尉的女儿》是最早翻译到我国的作品,书名为《俄国情史》),他的作品的译介,以及相应的作品研究,逐步深入,取得了辉煌的成就,不仅为我国许许多多作家的创作提供了可贵的参照,为我国新文学运动的发展以及中俄两国之间的文化交流发挥了难以想象的重要作用,而且成为我国外国文学事业辉煌成就的重要体现。

---

① 吴笛:《普希金,俄罗斯民族精神的象征》,《光明日报》2013 年 9 月 22 日。
② 格罗斯曼:《普希金传》,李桅、马云骧译,天津人民出版社,1996 年,第 600 页。
③ 吴笛:《普希金,俄罗斯民族精神的象征》,《光明日报》2013 年 9 月 22 日。

第九章　果戈理的小说创作

　　果戈理是俄国 19 世纪现实主义文学——俄国"自然派"的杰出代表,他继承了普希金的优秀文学传统,其创作不仅受到同时代的评论家别林斯基的高度赞赏,而且受到了 20 世纪文学界的普遍关注,纳博科夫称他为"俄罗斯有史以来最伟大的艺术家"①。果戈理以杰出的讽刺艺术在著名的长篇小说《死魂灵》中深刻地揭露了俄国农奴专制制度的种种罪恶,标志着俄罗斯文学新的发展阶段。

第一节　俄国"自然派"的奠基人

　　尼古拉·华西里耶维奇·果戈理（Николай Васильевич Гоголь,1809—1852）,出身于乌克兰波尔塔瓦省密尔格拉德县的一个地主家庭。他从小受到乌克兰自然风光的影响,喜爱乌克兰的民谣、民间传说和民间戏剧。1818 年至1821 年在县立小学读书,1821 年进入涅仁中学学习,1828 年从中学毕业之后,于同年 12 月前往圣彼得堡。他本想在司法界谋取一个合适的职位,但是实际情况使他大为失望,他到处碰壁,同时感到生活压力巨大。直到 1829 年末,他才好不容易谋到了一个小公务员的差事,踏上了社会,先后在圣彼得堡国有财产及公共房产局和封地局供职,看到了俄国官场的龌龊和制度的腐朽。

　　1831 年初,果戈理结识了普希金,与他建立了深厚的友谊。普希金为他提供了许多创作素材,其中包括《钦差大臣》和《死魂灵》的素材。同年 9 月,果戈理出版了描写乌克兰生活的短篇小说集《狄康卡近乡夜话》（Вечера на хуторе близ Диканьки）,时隔半年之后,又出版了第二卷。两卷《狄康卡近乡夜话》是果戈理1829 年至 1932 年间所创作的中短篇小说合集,是他所出版的第一部作品。该书出版后,受到了普希金等著名作家的高度赞赏,给果戈理带来了巨大的文学声誉,使得他一跃进入俄罗斯著名作家的行列。

　　普希金写道:"小俄罗斯大自然那一幅幅清新而鲜明的画卷,单纯质朴而又诙谐调皮的洋洋喜气——这一切使所有的人都为之欢欣。这本俄国小说是何等

---

① 　Vladimir Nabokov. *Nikolai Gogol*, New York：New Directions,1961, p.140.

地使我们感到震惊,它使我们笑了起来,我们自冯维辛时代以后就没有再笑过!"①

1830年至1842年,是果戈理创作活动最为旺盛的时期,他的所有重要的作品几乎都是在这短短的十多年间完成的。除了1834年至1835年在彼得堡大学历史教研室从事世界史教研工作之外,他大多数时间都是在从事文学创作活动。在两卷《狄康卡近乡夜话》出版之后,他还创作了小说集《密尔格拉德》(*Миргород*,1835)和《彼得堡故事集》(*Петербургские повести*,1835),著名喜剧剧本《钦差大臣》(*Ревизор*,1836),以及长篇小说《死魂灵》(*Мёртвые души*,1835—1842)。

在写完《死魂灵》第一部之后,果戈理深深感到心灵的苦闷,思想处于激烈的矛盾之中。特别是1837年普希金逝世之后,果戈理的朋友圈发生了一定的变更,他此后基本上是在德国、瑞典、法国、意大利等国家生活,由于远离俄国进步社会,再加上与保守的贵族阶层有着过多的交游,他的病态情绪被助长。他在1847年出版的《与友人通讯集》,便是他内心世界极度苦闷和彷徨的集中体现。这本书出版后,引起了别林斯基等革命民主主义作家群体的强烈批评。曾经将果戈理称为"文坛的盟主"和"诗人的魁首"②的别林斯基,写了《给果戈理的一封信》,对这本书进行了猛烈的抨击。

果戈理对创作《死魂灵》第二部和第三部的设想,总是感到难以满意,加深了他的苦闷情绪。1852年2月24日的晚上,他烧毁了自己的许多手稿,包括《死魂灵》第二部的绝大部分手稿。他随后解释说,这是一个误会,是魔鬼对他开的一次玩笑。从此,他躺在床上,拒绝进食,九天以后痛苦地离开了人世。

果戈理的创作继承了普希金描写小人物的传统,被认为是俄国"自然派"的奠基人和杰出的讽刺艺术大师。

俄国"自然派"(Натуральная школа)是俄国19世纪40年代盛行的带有强烈批判倾向的现实主义文学的代名词。这一流派是在果戈理的影响之下产生的,当时一批较为年轻的作家围绕在别林斯基主编的杂志《祖国纪事》(*Отечественные записки*)周围,形成了一个真实反映俄国社会现实,揭露黑暗的专制农奴制度的作家群体。其中包括涅克拉索夫(Николай Некрасов)、格里戈罗维奇(Дмитрий Григорович)、赫尔岑(Александр Герцен)、帕纳耶夫(Иван Панаев)、谢德林(Салтыков-Щедрин)、达利(Владимир Даль)、格列边卡(Евгений Гребёнка),以及屠格涅夫、冈察洛夫、陀思妥耶夫斯基、车尔尼雪夫斯基等作家。俄国"自然派"并不是一个特定的有组织性的文学社团,而是指当时

---

① 沈念驹、吴笛主编:《普希金全集》第6卷,浙江文艺出版社,2012年,第335页。
② 别林斯基:《别林斯基选集》第1卷,上海译文出版社,1979年,第205页。

一些具有现实主义创作倾向的作家。

"自然派"这一术语最早是由布尔加林(Фаддей Венедиктович Булгарин)提出来的,1846 年 1 月 26 日,他在《北方蜜蜂》(*Северная пчела*)杂志上发表评论,对果戈理的一些年轻的追随者的创作特性进行了批评,指责他们只写黑暗,不写光明,是卑劣低下的"自然派"。别林斯基在《1846 年俄国文学一瞥》(*Взгляд на русскую литературу 1846 года*)一文中,借用这一术语,认为以果戈理为代表的"自然派"真实地反映了俄国社会生活的本来面目,是俄国文学所迫切需要的文学倾向,从而论证并捍卫了俄国现实主义文学的方向。他还论述了"自然派"的历史渊源、形成过程和时代特色,指出"自然派"继承了 18 世纪及 19 世纪上半期俄国文学反映现实的传统,是"只有深刻意义的和深刻基础的合理的要求:在这里面,表现着俄国社会的自觉的追求,从而是俄国社会中精神趣味和灵智生活的觉醒"[①]。

其实,早在 1835 年,别林斯基在《论俄国中篇小说和果戈理君的中篇小说》这一著名的论文中,就已经充分肯定了果戈理的创作倾向,认为以果戈理的小说创作作为范本,俄国文学已经奠定了现实主义的理论基础。他对一些反动文人贬低果戈理的观点进行了严厉的批驳,并且高度评价果戈理的现实主义创作原则:"忠实于生活的现实性的一切细节、颜色和浓淡色度,在全部赤裸裸的真实中再现生活。"[②]别林斯基对果戈理以及俄国现实主义创作原则所做的肯定,对于俄国现实主义文学的发展,发挥了极为重要的促进作用。

第二节 《外套》及其他中短篇小说

中短篇小说是果戈理小说艺术成就的重要组成部分,他所创作的主要作品中,中短篇小说集《狄康卡近乡夜话》《密尔格拉德》《彼得堡故事集》等占据重要的地位。

1831 年,果戈理的故事集《狄康卡近乡夜话》第一卷出版了,次年,他又出版了第二卷。两卷故事集,共收入八篇中短篇小说。它的出版,标志着果戈理文学创作的最初的成功,他由此开始进入俄国文坛,作品逐渐受到文坛的关注。

这部小说集的特别之处在于生动地描绘了乌克兰优美的大自然景色,汲取了乌克兰民间传说的营养,洋溢着浓郁的乌克兰乡土气息及传奇色彩。

普希金激动地说:"我刚才读了《狄康卡近乡夜话》,它使我惊讶。这才是真正的欢乐,由衷的、开朗的、没有矫饰、没有矜持的欢乐。有些地方多么诗意!多

---

① 别林斯基:《别林斯基选集》第 2 卷,时代出版社,1952 年,第 258 页。
② 别林斯基:《别林斯基选集》第 1 卷,上海译文出版社,1979 年,第 79—80 页。

么动人！这一切在我们今天的文学中如此不平凡,使我陶醉至今。"①

别林斯基在谈到这部作品时说:"这是小俄罗斯的诗的素描,充满着生命和诱惑的素描。大自然所能有的一切美好的东西,平民乡村生活所能有的一切诱人的东西,民族所能有的一切独创的典型的东西,都以虹彩一样的颜色,闪耀在果戈理君初期的诗情幻想里面。这是年轻的、新鲜的、芬芳的、豪华的、令人陶醉的诗,像爱情之吻一样……"②

《狄康卡近乡夜话》第一卷包括《索罗庆采市集》《圣约翰节前夜》《五月之夜》《失落的国书》,第二卷包括《圣诞节前夜》《可怕的复仇》《伊凡·费多罗维奇·希帮卡和他的姨妈》《魔地》。这些作品,大都取材于乌克兰的民间传说,有着浪漫主义的奇思遐想,笔调清新优美。

《索罗庆采市集》和《五月之夜》等作品所写的是爱情故事。《索罗庆采市集》描写的是在集市上发生的青年格里奇柯与美丽姑娘帕拉丝加之间的一场恋情,而在《五月之夜》中,作者描写了青年哥萨克列夫柯与同村姑娘甘娜之间的爱情故事。在这一爱情故事中,列夫柯依赖落水鬼的帮助而扫除了爱情道路上的障碍。《圣约翰节前夜》则描写金钱使人堕落的故事。《狄康卡近乡夜话》第二卷中,也有着美丽的爱情传说。尤其是《圣诞节前夜》,所描写的就是普通男女青年之间真挚的感情和曲折的经历。一个机灵的铁匠瓦库拉爱上了美丽而又调皮的姑娘奥克桑娜,奥克桑娜也爱着铁匠。但是她却要借此试探铁匠的诚心和机灵,说是要给她弄到一双女皇所穿的鞋子才会同意嫁给他。瓦库拉机智地利用了魔鬼,设法弄到了女皇的鞋子,送给了奥克桑娜。这些故事大多情节离奇,富有传奇色彩和神秘气息。

《密尔格拉德》(*Миргород*)包括《旧式地主》《塔拉斯·布尔巴》《地鬼》《伊凡·伊凡诺维奇和伊凡·尼基福罗维奇吵架的故事》等四篇中篇小说。《旧式地主》和《伊凡·伊凡诺维奇和伊凡·尼基福罗维奇吵架的故事》所描写的是地主的庸俗空虚的生活。《塔拉斯·布尔巴》则塑造了16世纪哥萨克的英雄形象。

在《旧式地主》中,作者所反映的是停滞不前的乡村生活。一对旧式地主夫妇过着寄生的生活,无所事事,与世隔绝,空虚无聊。女地主无聊地死后,男地主成日沉湎于怀念之中,不几年也死去。

《伊凡·伊凡诺维奇和伊凡·尼基福罗维奇吵架的故事》颇像狄更斯的《荒凉山庄》,所书写的是两个挚友因话不投机而引发的长达十年的无聊的官司。故事发生在密尔格拉德,两个伊凡都是本地"德高望重"的地主,本是老邻居、好朋友,相貌则恰恰相反。伊凡·伊凡诺维奇长得又高又瘦,伊凡·尼基福罗维奇则

---

①　转引自曹靖华主编:《俄苏文学史》第1卷,河南教育出版社,1992年,第205页。

②　别林斯基:《别林斯基选集》第1卷,上海译文出版社,1979年,第198页。

显得又矮又胖。前者善于辞令,后者喜咬文嚼字。一天,伊凡·伊凡诺维奇对伊凡·尼基福罗维奇家中的一支来复枪发生了兴趣,提出用一头棕色的猪和两袋燕麦来与他交换,但是伊凡·尼基福罗维奇不肯交换,而且脱口骂伊凡·伊凡诺维奇简直像只"鹅"。这个"鹅"字深深地伤害了对方。从此两人结下深怨。两人的纠纷越闹越大,不久,一个伊凡到法院以诽谤罪起诉另一个伊凡。警察局长出面调解,两人坐到一起,双方刚要说话时,其中一方却冒出了一个骂人的"鹅"字,怨恨再也无法调解。作品的叙述者多年以后,又来到了密尔格拉德,又见到了两个伊凡。这个时候,两个伊凡年老体衰,为了打官司赔光了自己的财产,但是两人谁都不肯认输,无聊的官司继续打着,各自都相信自己会很快打赢官司。故事的叙述者最后认为这是一个令人沮丧的世界,便离开了密尔格拉德。

《彼得堡故事集》(*Петербургские повести*)是果戈理最具代表性的中短篇小说集,所描写的是俄国首都圣彼得堡社会生活的黑暗与不公。其中包括《涅瓦大街》《狂人日记》《鼻子》《外套》等著名小说。

在《涅瓦大街》中,果戈理以圣彼得堡的核心大街为人物的活动场所,叙述了艺术家庇斯卡辽夫和中尉庇罗果夫两人的完全不同的追求以及完全不同的遭遇。作为青年艺术家的庇斯卡辽夫,幻想在涅瓦大街上寻找艺术之美,结果一无所获,还为此绝望地结束了自己的生命。他在涅瓦大街上遇到了一个美女,其外貌使得艺术家庇斯卡辽夫神魂颠倒,以为她是美的化身,结果却发现她只不过是个妓女。中尉庇罗果夫则相反,他的生活目的就是寻欢作乐,所以在涅瓦大街上遇到一个美女时,以为她是妓女,前去追逐和调戏,结果却发现她是一个德国匠人的妻子。自然,庇罗果夫遭到了美女丈夫的一顿痛打。

《狂人日记》和《外套》是果戈理塑造"小人物"形象的作品。在《狂人日记》中,果戈理通过狂人,谴责了不平等的社会现象,描写一个不满于自己备受凌辱处境的抄写员波普里希钦奋力挣扎,最后发狂的故事。这样一个职位低微的抄写员,甚至连恋爱的权利都被剥夺,他发狂后,却以狂妄言语恰如其分地批判和揭露了社会的丑恶。

果戈理这部小说集中最重要的作品是中篇小说《外套》。作为描写"小人物"的典范之作,它对俄国小说创作的发展,产生了深远的影响,著名作家陀思妥耶夫斯基非常形象地指出:"我们所有的人都是从果戈理的《外套》中孕育出来的。"[1]小说所塑造的"小人物"形象名叫巴施玛希金,五十开外了,是个抄写员,每天所从事的就是单调乏味的抄写工作。久而久之,他自己也变得单调,没有了活力,没有了起码的精神需求,对生活也没有任何奢望,甚至对别人的粗暴行为也无动于衷。然而,在严冬就要来临前,他发现旧衣服破得连补丁都已经补不上

---

① 转引自曹靖华主编:《俄苏文学史》第 1 卷,河南教育出版社,1992 年,第 192 页。

去了,就产生了要做一件新外套的想法。正是这一想法,激起了他身上的兴趣的火花和生活的乐趣。他为了攒些钱做件新外套,决定节约开支,晚上不喝茶了,不点蜡烛了,若是实在有事需要光线,就到房东老太那里"借光"。他走在街上的时候,也下意识地放慢脚步,免得磨坏鞋底。他整个人一下子全都变了样,好像有了精神寄托。作者逼真地描写了他生活和思想上的转变:"从此以后,连他的存在都仿佛变得充实起来,仿佛他结了婚,仿佛另外一个人跟他住在一起,仿佛他已经不是一个人,另外一个可爱的终身女伴愿意同他过上一辈子——这女伴不是别人,正是那件填满厚棉花、衬着穿不破的结实的里子的外套。他变得活泼了些,甚至性格也变得坚强了些,好像是一个拿定了主意、认准了目标的人一样。怀疑、犹豫,总之,一切动摇而含糊的特征自然而然都从他的脸上和行动上消失了。"[1]可他受尽生活的折磨而做成的新外套在一个黑暗的夜晚在广场上被人抢走了。他向警察局长告状,警察局长反问他为什么那么晚还没有回家。他想讨回公道,向声名显赫的将军申诉,请求将军跟警察总监交涉一下,好把外套找回来,结果所得到的只是来自将军的凶狠的训斥。遭到训斥之后,巴施玛希金差点晕了过去,好不容易回到屋中,从此大病一场,很快就离开了人世。人们发现他死后的第二天,他的座位上就换了一个新来的抄写员,仿佛巴施玛希金不曾存在一样。

《外套》以深切的人道主义的同情的笔触,继承普希金在《驿站长》中所开创的描写"小人物"的传统,刻画了"小人物"巴施玛希金的形象,书写了这一人物的悲惨命运,在普希金与陀思妥耶夫斯基、契诃夫等作家之间,发挥了重要的承前启后的作用。

但是,有别于普希金的《驿站长》,果戈理的《外套》在现实主义笔触的基础上,又增添了独特的怪诞内涵。这主要体现在小说结尾部分有关巴施玛希金幽灵的描写方面。

大街上经常发生幽灵剥脱活人外套的事情,既让巴施玛希金的苦难得到了一定的缓和,也表达了作者希望岗警及将军等人因缺乏同情心而渎职的行为得到惩罚的良好愿望。

果戈理的中短篇小说不仅影响了同时代的现实主义作家,而且影响了20世纪的现代主义文学。尤其是果戈理作品中鲜明的魔幻色彩,更为现代主义作家所推崇。一些20世纪的俄罗斯作家对果戈理的作品发生了浓厚的兴趣。俄国形式主义的先驱艾兴鲍姆对《外套》重新评价。20世纪20年代,以"谢拉皮翁兄弟"著称的一批俄罗斯短篇小说作家,将果戈理视为他们的先驱,竭力模仿他的

---

① 果戈理:《外套》,满涛译,引自盛宁主编:《世界经典短篇小说》上卷,文化艺术出版社,2011年,第288页。

技巧。20世纪早期的著名小说家叶甫盖尼·扎米亚京和米哈伊尔·布尔加科夫也推崇果戈理,追随他的创作风格。20世纪三四十年代,安德烈·别雷、弗拉基米尔·纳博科夫等作家也都发表了研究果戈理的著作,分析果戈理作品中的现代主义色彩。纳博科夫认为:"当果戈理真的让自己幸福地走在自我深渊之边缘的时候,正如他在不朽的《外套》中所作的那样,他已经成为俄罗斯有史以来最伟大的艺术家。"①

第三节 《死魂灵》

果戈理的长篇小说《死魂灵》(*Мёртвые души*)的创作耗费了果戈理一生中最后十七年的时光。他自1835年开始创作这部小说,1836年带着几章手稿出国旅行,到过维也纳、罗马、巴黎等多座城市。《死魂灵》第一部的创作长达七年,于1841年完稿。1841年10月回国后,他又对小说进行了一次修改,并于1842年出版。《死魂灵》出版后,受到俄国文坛进步人士的广泛好评,赫尔岑写道:"这是一本令人震惊的书,这是对当代俄国一种痛苦的,但却不是绝望的责备。只要他的眼光能够透过污秽发臭的瘴气,他就能够看到民族的果敢而充沛的力量。"②

一 地狱旅行般的情节结构

如同喜剧《钦差大臣》一样,《死魂灵》这部小说的素材是普希金所提供的。但果戈理显然不满足于小说第一部对俄国社会的真实描绘。他计划一共要创作三部。"《死魂灵》第一部出版后,他准备再去罗马写第二、第三部,但是他又说这次出国就像是去迎接自己最后的归宿。"③同年5月,他写信给朋友丹尼列夫斯基说:"这将是我最后一次、也许是最长一次离开祖国,我只能通过耶路撒冷归来。"④

所以,探讨《死魂灵》第一部的情节结构,我们需要联系果戈理的整个创作意图。在果戈理创作《死魂灵》的19世纪三四十年代,当时的俄国属于贵族革命时期,这一时期,俄国农奴制社会矛盾重重,危机四伏,人民生活愈加贫困,一些有良心的知识分子纷纷谴责社会的黑暗,探索未来的出路。果戈理也不例外,《死魂灵》的创作就是他所计划的对社会出路的探索。果戈理之所以将《死魂灵》称

---

① Vladimir Nabokov. *Nikolai Gogol*, New York: New Directions, 1961, p.140.

② 钱中文:《果戈理及其讽刺艺术》,上海文艺出版社,1980年,第105页。

③ 同上,第102页。

④ 果戈理:《果戈理全集》第12卷,第57页,转引自钱中文:《果戈理及其讽刺艺术》,上海文艺出版社,1980年,第102页。

为"长诗",还在书的封面最醒目的位置印上了"长诗"的标签,其字体甚至大于标题,显然是有自己的意图的。

明明是一部长篇小说,可是果戈理为什么要称其为"长诗"呢?"长诗"与"长篇小说"就文学类型学而言显然属于不同的概念。"长诗"是指"用韵文写成的长篇叙事文"①,有时也被称为"史诗"。《普林斯顿世界诗歌与诗学百科全书》对"史诗"所下的定义是:"史诗是描写英雄行为的长篇叙事诗,其'叙事'特性在于讲故事,其'诗'的本质在于用韵文创作。"②而"长篇小说"是以"散文体"和"叙事"为特征的,"长篇小说这一术语被用来表示种类繁多的作品,其唯一的共同特性是它们都是延伸了的、用散文体写成的虚构小说"③。

《死魂灵》这部作品究竟是"长诗"还是"长篇小说"? 当然是长篇小说,这本来是根本不成问题的。但是对于这一不成问题的问题,学界却存在着激烈的争议。关于这一点,俄罗斯有学者认为:"在俄罗斯文学中,没有任何一部作品像《死魂灵》这样引发了完全对立的诠释。"④

关于这一问题,我国一些学者大都对此未做解释,几乎所有的《死魂灵》中译本中,无论是封面还是扉页,也都未见"长诗"二字。当然,也有学者对此没有忽略,做出过解释,譬如,我国有学者认为:"称它为'长诗',是因为里面有许多抒情插笔。"⑤苏联学者斯捷潘诺夫认为:"他突出了'史诗'二字,是因为他的作品是当代生活的叙事史诗,洋溢着强烈的抒情气氛。"⑥

在俄文原文中,"поэма"一词尽管源自"poem",但确是含有"长诗""史诗"之意。"长诗"主要是指体裁,而"史诗"意义较泛,可以指"史诗式的作品"。所以,也有译者从"史诗式的作品"这一层面对此进行理解,认为果戈理之所以将这部长篇小说称为史诗,"是要强调它的艺术概括的广度,叙事与抒情的结合"⑦。

可见,无论是我国俄罗斯文学研究者还是我国俄罗斯文学译者,在解释果戈理的"长诗"这一问题时,都是从"长"(艺术概括的广度)或"诗"(抒情)来进行理解的。国外学者的理解也不例外,尽管俄罗斯学者对于这部作品是长诗还是长

①　艾布拉姆斯、哈珀姆:《文学术语词典》,吴松江等编译,北京大学出版社,2014 年,第505 页。

②　Roland Greene ed. *The Princeton Encyclopedia of Poetry and Poetics*,Princeton:Princeton University Press,2012,p. 439.

③　艾布拉姆斯、哈珀姆:《文学术语词典》,吴松江等编译,北京大学出版社,2014 年,第505 页。

④　Е. А. Смирнова. *Поэма Гоголя Мёртвые души*,Л.,Издательство Наука,1987,с. 1.

⑤　龙飞、孔延庚:《讽刺艺术大师果戈理》,商务印书馆,1984 年,第 49 页。

⑥　斯捷潘诺夫:《果戈理传》,张达三、刘健鸣译,黑龙江人民出版社,1984 年,第 316 页。

⑦　娄自良:《〈死农奴〉译本序》,见果戈理:《死农奴》,娄自良译,上海译文出版社,2012 年,第 5 页。

篇小说有着完全不同的观念,正如阿克莎科夫的概述:"一些人认为《死魂灵》是长诗,他们按这一称号来理解作品;而另一些人则借用果戈理的口吻对此进行嘲讽。"[①]《俄国小说史》的编撰者只承认这是长篇小说,认为:"《死魂灵》——的确是一部恢宏的而完全新颖的描写现实生活的俄语散文体长篇小说。"[②]更有学者直截了当地否定这是长诗的说法:"应当承认,果戈理将《死魂灵》称为长诗,是受到条件限定的,因为它缺乏这种体裁的基本特征。"[③]而且,即使是认为该作品为长诗的学者,也大多是从风格入手看待这部作品的,如苏联学者斯捷潘诺夫认为:"他(指果戈理)突出了'史诗'二字,是因为他的作品是当代生活的叙事史诗,洋溢着强烈的抒情气氛。"[④]著名学者兼作家纳博科夫显然也注意到了这一点,他认为,"'诗'其实是果戈理附加在《死魂灵》上的隐晦的副题","使得整个事情提升到了精彩的史诗的水平"。[⑤]

我们丝毫也不否定抒情插笔或抒情气氛在这部作品中的作用,正是与叙述内容紧密结合的一些抒情插笔体现了果戈理对祖国的一定的信念。但是,如果我们仔细考察,就会发现,果戈理称《死魂灵》为"长诗"的意图并非为了抒情插笔或是让作品风格提升到史诗的水平,而是作品的结构需求。

谈及作品结构,我们不能只是局限于《死魂灵》的第一部。整个《死魂灵》的结构是非常宏大的。果戈理不仅在封面上称该部长篇小说为"长诗",而且在作品中也是这样称呼的。如在第一部的结尾部分,果戈理写道:"往后长诗还有两大部分要写——这可不是无关宏旨的小事情。"[⑥]可见,果戈理不仅反复将他的长篇小说称为"长诗",而且计划一共要创作三部。他总是将三个部分看成一个整体。

《死魂灵》第一部主要是在意大利等地创作的,而且,果戈理还要去罗马创作第二部和第三部。无论是作品"长诗"这一体裁,还是创作地点"罗马",或是整体上的"三部"结构,无不令人联想起中世纪意大利著名作家但丁的《神曲》。

但丁的《神曲》对果戈理《死魂灵》结构方面的影响是显而易见的。不仅《死魂灵》主要是在意大利创作的,而且,在 19 世纪上半叶,《神曲》就开始被译为俄文,出现了诺罗夫(А. С. Норов,1823)和凡-蒂姆(Ф. Фан-Дим,1842)等俄译本。

---

① С. Т. Аксаков. *История моего знакомства с Гоголем*,М.:Правда,1960,с. 90.

② Д. Е. Тамарченко. *"Мертвые души". История русского романа*,т. 1,М.:Изд. АН СССР,1962,с. 324.

③ Е. С. Смирнова-Чикина. *Поэма Н. В. Гоголя* Мертвые души. *Комментарий*,Л.:Просвещене,1974,с. 43.

④ 斯捷潘诺夫:《果戈理传》,张达三、刘健鸣译,黑龙江人民出版社,1984 年,第 316 页。

⑤ 纳博科夫:《尼古拉·果戈理》,金绍禹译,上海译文出版社,2013 年,第 76 页。

⑥ 果戈理:《死魂灵》,满涛、许庆道译,人民文学出版社,1983 年,第 310 页。

果戈理与熟知《神曲》的茹科夫斯基有着密切交往。众所周知,但丁的《神曲》以梦游三界的结构,旨在探索民族出路,认为陷入迷惘之中的意大利经过痛苦的磨炼最后能够到达至善的境界。正是这一宏大的主题和普遍的精神,使得这部作品成为中世纪思想和学术的经典,广为流传,并且具有广泛的影响。"在《神曲》中就是地狱—炼狱—天堂的历程;而这一历程与基督教神学所描述的'原罪—审判—救赎'的人类历程是一致的。"①果戈理的《死魂灵》同样聚焦于对民族出路的探索。"路"的意象贯穿始终,以至于有学者认为:"果戈理的长篇小说是被'路'所组织,被'路'所掌控。它开始于'到达',结束于'出发',最后的结束语也是对'路'的赞美。"②

我们认为,果戈理的意图便是创作类似于但丁《神曲》般的史诗式作品,计划共三部,分别对应《神曲》的三个部分,并且将对俄国前途何在的探讨贯穿其中。他本计划在《死魂灵》第二部中,突出所谓道德上的自我完善的历程,也就是净化的过程,而到第三部则上升为理想的境界,抒写理想的正面形象。

所以,《死魂灵》的第一部显然就类似但丁的《神曲·地狱篇》了。类似于但丁神游地狱,《死魂灵》中是以漫游者乞乞可夫的活动,尤其是他拜访数个地主庄园,以及收购"死魂灵"的经历,来展现地狱般腐败不堪的俄国社会现实生活的真实情景,揭露俄国农奴制的腐朽,并且愤怒地鞭笞官僚、地主和贵族等这个腐朽社会中的代表人物,探索俄国历史发展的必然趋势。在这个由地主和贵族为代表的农奴制专制国家中,广大的贫苦百姓只能作为苦命的农奴,遭受残酷的欺压,甚至当作商品被人随意买卖。作品的主人公乞乞可夫也正是在一次代书抵押农奴的事项中受到了启发,得到了灵感,因此想做一次贩卖"死魂灵"的投机生意。

《死魂灵》第一部共分十一章。从头至尾大多以"路"为叙事空间。第一章是个开场白,如同《神曲》中在森林里迷路,显得进退两难的但丁引来了维吉尔,省会 NN 市的一家旅馆迎来了乞乞可夫。整部作品就是以乞乞可夫的旅行及相关的拜访为主线,描绘沙皇统治之下的外省和地主庄园的破败的风貌。他在第一章拜访了省长,接着从第二章到第六章,依次拜访了五个地主,并且描绘乡村生活场景,从第七章到第十章,主要书写沙皇统治下的城市景象,而最后一章则是写乞乞可夫的身世和他性格形成的过程,以及有关"路在何方"的感慨和抒情。

如果说漫游者乞乞可夫如同梦游三界的但丁,那么,乞乞可夫的马车夫谢里方及彼特鲁斯卡等仆从在一定程度上起着引路者的角色,如同《神曲》第一部和

---

① 朱耀良:《走进〈神曲〉》,天津社会科学院出版社,2004 年,第 9 页。

② Donald Fanger. *The Creation of Nikolai Gogol*, Cambridge, Mass.：Harvard University Press, 1979, p. 169.

第二部中的维吉尔以及第三部中的贝亚特丽丝。

如同《神曲》，果戈理的《死魂灵》也是在探索民族出路。在第一部的结尾一段，果戈理将俄罗斯比作一辆飞驰的马车：

> 哦，马儿，马儿，多么神奇的马儿呀！你们的鬃毛里是不是裹着一股旋风？你们的每条血管里是不是都竖着一只灵敏的耳朵？你们一听见来自天上的熟悉的歌声，就立刻同时挺起青铜般的胸脯，蹄子几乎不着地，身子拉成乘风飞扬的长线，整个儿受着神明的鼓舞不住地往前奔驰！……俄罗斯，你究竟飞到哪里去？给一个答复吧。没有答复。①

可见，究竟俄罗斯民族的出路何在？究竟俄罗斯这辆马车该奔向何方？这是果戈理在接下来的两部作品中所要探索的。

然而，我们从现存的断章碎片来看，他第二部的相关描写是充满矛盾的。本该描述炼狱的地方，却被当作天堂来描写："多么鲜丽的青草！多么清新的空气！花园里充溢着鸟鸣！是天堂，是万物在雀跃欢腾！村子里闹哄哄的歌声不绝，仿佛在举行婚礼。"②

甚至连马车夫谢里方也受到感染和诱惑："对谢里方来说，有另外一种诱惑。在田庄上，每到夜晚，歌声四起，春天轮舞的圆圈忽而合拢，忽而散开。高大苗条的姑娘——那是眼下人烟炽盛的村子里都很难找得到的——使他常常接连几个钟头站着看傻了眼。真是难说哪一个长得更好看：全都是雪白的胸脯，雪白的颈脖，个个长着一双杏仁眼，水汪汪的含情脉脉，走起路来骄傲得像孔雀，发辫一直拖到腰眼里。"③

正因为果戈理思想上的矛盾，所以在构思方面也相应产生了一定的混乱，在作品第二部就突兀地出现了天堂般的境界，不仅与第一部的描写难以联结，也给第三部的创作制造了障碍。也许正是因为如此的矛盾性，果戈理最后连自己也不满意，以至于烧毁了手稿。

在写完《死魂灵》第一部之后，果戈理深深感到心灵的苦闷，思想处于激烈的矛盾之中，特别是 1837 年普希金逝世之后，他的朋友圈发生了一定的变更，他此后基本上在德国、瑞典、法国、意大利等国家生活。远离俄国进步社会，再加上与保守的贵族阶层过多的交游，助长了他的病态情绪。他在 1847 年出版的《与友人通信集》便是他内心世界极度苦闷彷徨的体现。这本书出版后，引起了别林斯

---

① 果戈理:《死魂灵》,满涛、许庆道译,人民文学出版社,1983 年,第 312 页。

② 同上,第 343 页。

③ 果戈理:《死魂灵》第二部,满涛、许庆道译,人民文学出版社,1983 年,第 345 页。

基等革命民主主义作家群体的反对。曾经将果戈理称为"文坛的盟主"和"诗人的魁首"的别林斯基,写了《给果戈理的一封信》,对这本书进行了猛烈的抨击。

果戈理在《死魂灵》第一部获得成功之后,在创作第二部和第三部的设想上,总是感到难以满意,加深了他的苦闷情绪。1852 年 2 月 24 日的晚上,他烧毁了许多手稿,包括《死魂灵》第二部的绝大部分手稿,只剩下了残缺不全的几章。他随后解释说,这是一个误会,是魔鬼对他开的一次玩笑。从此,他躺在床上,拒绝进食,九天以后痛苦地离开了人世。无疑,果戈理为俄罗斯民族出路的探索付出了生命的代价。

二　地主群像的塑造

除了"长诗"这一体裁的论争,果戈理《死魂灵》这一书名同样引发了学界的争议。书名中的"Мёртвые души"究竟何意? 对于这一问题,学界存在争议,有着两种截然不同的观点。在俄文原文中,"души"一词意义含混,具有"农奴"和"魂灵"两种基本含义。

我国译界在翻译这部作品的书名时,以鲁迅为代表的译家将此译为"魂灵",自 1935 年鲁迅的译本出版之后,果戈理的这部名著也就以《死魂灵》一名而广为流传。满涛、郑海陵、王士燮等翻译家遵循这一译名。而上海译文出版社的娄自良译本(2004)和湖南人民出版社的陈殿兴译本(1987)则将"души"译为"农奴",书名译为《死农奴》。究竟是"农奴"还是"魂灵",众多译者和学者各抒己见,纷纷解释"死农奴"或"死魂灵"的内涵。娄自良坚持认为:"《死魂灵》这个译法是错误的。"[1]他解释说:"书名是《死农奴》,而不是《死魂灵》。……在法律上他们(死农奴)仍然被认为是地主的财产,地主必须按照法律的规定继续为之缴纳人头税。"[2]

不仅我国译界对此有着各不相同的理解,即使是以俄语作为母语的俄国以及俄国学界,对"души"的理解也截然分为两派。当时的莫斯科书刊检查委员会主席戈洛赫瓦斯托夫弄明"Мёртвые души"就是纳税册上的农奴后,就认为这一名称"是对农奴制度的强烈谴责"[3]。而著名作家赫尔岑则持完全不同的意见,他这样描绘《死魂灵》给他留下的印象:"《死魂灵》这个书名本身就包含着一种令人恐怖的东西。……书中说的不是户口册上的死农奴,而是罗士特莱夫、玛尼罗夫之流这种死魂灵,我们到处都可以碰见他们。"[4]

---

① 娄自良:《〈死农奴〉附记》,见果戈理:《死农奴》,娄自良译,上海译文出版社,2012 年,第 370 页。

② 同上,第 3—4 页。

③ 纳博科夫:《尼古拉·果戈理》,金绍禹译,上海译文出版社,2013 年,第 120 页。

④ 龙飞、孔延庚:《讽刺艺术大师果戈理》,商务印书馆,1984 年,第 49 页。

由此可见，在赫尔岑看来，将"Мёртвые души"视为"纳税册上的农奴"确实是一种误解，"死魂灵"不是指尚未注销户口的死去的农奴，而是活着的玛尼罗夫们的隐喻和象征。而且，在法律层面上，"俄罗斯语言权威，著名历史学家、莫斯科大学教授波戈金认为，不管怎么说，'死农奴'在俄罗斯语言中是不存在的"[①]。果戈理更多是从哲学的意义上对整个俄罗斯的命运进行审视。"果戈理这部长诗的全部意义在于展现如何让'活魂灵'的思想得以留存。……'探寻活魂灵'这一警句正是果戈理创作激情所在。"[②]

所以，回到中文翻译，将 *Мёртвые души* 译为《死魂灵》，无疑是准确无误的翻译，而《死农奴》这样的译名则使得作品名称中的隐喻和象征荡然无存了。正因如此，所以，几乎所有的英文译本，无论是诺顿版、人人文库版，或是企鹅版，都无一例外地译为"*The Dead Souls*"，而没有一个译本将此译为"*The Dead Serfs*"。

实际上，如同《钦差大臣》，《死魂灵》这一故事情节是普希金向果戈理提供的。果戈理曾经回忆道："普希金认为，《死魂灵》情节之所以对我十分合适，是因为它能赋予我同主人公一起周游俄罗斯并塑造众多形形色色典型人物的充分自由。"[③]

正因为有了这种自由，果戈理在塑造《死魂灵》中五个地主的群像的过程中，善于从庄园的景象等外部环境以及地主细致入微的心理状态等方面入手，并且结合具体的艺术手段和修辞技巧，来真实展现这些地主群像所具有的象征寓意以及鲜明的性格特征。

塑造地主群像同样是服从于史诗结构的需求，史诗虽然在严格意义上是指风格庄严的长篇叙事诗，但是从其外延上看，正如艾布拉姆斯所言，史诗也常常是指那些"在描写的程度、范围及突出人物重要性的主题方面也表现出了史诗风采的文学作品"[④]。所以，果戈理对"死魂灵"的刻意描写，不仅是形象塑造的需求，更是作品结构的需求。他对地主群像所进行的亡灵般的形象化书写，实际上是在突出当时俄罗斯社会所具备的"地狱"特性，并为探究走出这一地狱状态的民族出路，展现了合理的前提。其实，提供给果戈理《死魂灵》情节线索的普希金，在听了果戈理这部小说手稿头几章的朗读时，就曾惊呼道："天哪！俄罗斯是

---

① А. С. Янушкевич. *История русской литературы первой трети XIX века*，М.：ФЛИНТА，2013，c. 665.

② 同上，第 667 页。

③ 果戈理：《作者自白》，见沈念驹主编：《果戈理全集》第 6 卷，河北教育出版社，2002年，第 233 页。

④ 艾布拉姆斯、哈珀姆：《文学术语词典》，吴松江等编译，北京大学出版社，2014 年，第219 页。

一个多么糟糕的国度啊!"并且声称:"作品所描述的是纯粹的真实,可怕的真实!"①

联想到但丁梦游三界的结构,以及从亡灵到天使的角色组成,果戈理《死魂灵》第一部中的地主群像才是真正意义上的"Мёртвые души",而并非他们所拥有的农奴。所以,果戈理笔下的地主群像是缺乏基本人性的。

乞乞可夫所拜访的第一个地主是玛尼罗夫。果戈理在刻画这一地主形象的时候,所采用的一个典型艺术手法,是声音象征。在《死魂灵》中,地主玛尼罗夫是一个性情懒惰、精神空虚、意志软弱、多愁善感的空想家,以及甜得令人发腻的贵族寄生虫的典型形象。

为了表现这一性格特征,果戈理给这个地主取了一个富有声音象征的名字:Манилов(玛尼罗夫)。这个名字来自动词"манить"(引诱),改词完成体为"заманивать"。在作品的第二章中,作者将改词的未完成体与完成体全都用到地主庄园的地名上:"Маниловка, может быть, а не Заманиловка?"("也许你说的是玛尼罗夫卡,不是查玛尼罗夫卡?")可见,作者是有意强调玛尼罗夫这一名字的词源,表现该名字的感情意蕴。而且,在 Манилов(玛尼罗夫)这一名字中,辅音字母"М、Н、Л、В"多半是平滑音,发音柔和,或多半是鼻辅音和边辅音,发音独特,俄国伟大学者罗蒙诺索夫在陈述声音的感情色彩时写道:"В、Л、М、Н的发音温柔,因此适用于描绘温情柔和的事物和行为……"正是这个名字建构了与玛尼罗夫性格相吻合的听觉形象。玛尼罗夫的性格也符合这一特性。"地主玛尼罗夫是一个正值壮年的人,他有一双像糖一般甜蜜蜜的、笑起来总是眯缝着的眼睛,他被乞乞可夫弄得简直神魂颠倒了。"②

玛尼罗夫满足于优厚的物质条件的享受,成天无所事事,只是依靠不着边际的幻想来消磨时光。他懒惰成性,书房里放着打开的一本书,两年前读到的是第14页,迄今依然是第14页。他总是显得多愁善感,见到乞乞可夫,没有过多久,就觉得完全被他迷住了。乞乞可夫到了他的庄园之后,玛尼罗夫简直得意忘形,"脸上显露出一种不仅甜蜜甚至是甜得发腻的表情,这种表情酷似一位周旋于上流人士之间的机灵圆滑的医生狠命地给加上甜味、想让病人高高兴兴喝下肚里去的一种药水"③。他们很快就成了最最亲密的朋友。乞乞可夫的美丽话语总是令玛尼罗夫感到热泪盈眶,他理解了乞乞可夫来到庄园的用意之后,分文不收,将庄园里的"死魂灵"全都送给了乞乞可夫。与乞乞可夫挥泪告别之后,他依然沉浸在幻想之中,为他们的伟大友谊而深深感动。幻想他们住到某处的河滨,

---

①　John Cournos. "Introduction", Dead Souls by Nikolai Gogol, trans. D. J. Hogarth, State College: The Pennsylvania State University Press, 2001, p. 5.

②　果戈理:《死魂灵》,满涛、许庆道译,人民文学出版社,1983 年,第 14 页。

③　同上,第 29 页。

架起桥梁,造起高高的塔楼,一直望到莫斯科,他还幻想他们之间的伟大友谊将会感动沙皇,"所以恩赐了他们将军的官衔,他想呀想呀,到最后,他在想些什么,只有老天爷才知道,连他自己怎么也搞不清楚了"①。可见,这是一个脱离实际、耽于幻想的空想家的典型形象。

乞乞可夫所拜访的第二个地主是柯罗博奇卡(Настасья Петровна Коробочка)。这是一个闭塞保守、鼠目寸光的女地主形象。柯罗博奇卡是个寡妇,拥有八十个农奴。她完全不知外面的世界,所有的兴趣就是攒钱,弄到钱后,"把钱一点一点塞到藏在五屉柜几只抽屉里面的印花布缝制的钱包里去。在一只钱包里放的全是一卢布的银币,在另外一只钱包里放的是半卢布的银币,在第三只钱包里放的是二十五戈比一枚的银角子……"②。

因为极少出门,柯罗博奇卡极其孤陋寡闻,根本不明白乞乞可夫购买死魂灵的用意。但是,这也无关紧要,不管是什么东西,她只求卖个好价钱。乞乞可夫根本无法与她沟通,于是,非常生气,抓起椅子往地板上狠狠一摔,骂她去见鬼。"让这些恶鬼带着您的整个田庄一起毁灭掉吧!……"③乞乞可夫这样一骂,没见过世面的女地主就被吓住了,发生了奇特的效果,女地主顺从地将死魂灵卖给了乞乞可夫。

对于这样一个精打细算、寡闻保守的女地主,果戈理给她取了一个特别适合的姓:"Коробочка"(柯罗博奇卡)。"Коробочка"在俄文中的意思是"小盒子"。是的,一个小小的盒子就是她的整个世界,在这个小盒子中凝聚了这个愚昧空虚、寡闻保守的女地主的全部精神特质。

乞乞可夫拜访的第三个地主是诺兹德廖夫(Ноздрев)。这是一个三十五岁的地方恶少式的地主形象。他纵酒作乐,嗜赌成癖,而且总是吹牛撒谎,饶舌多嘴,还喜欢挑拨离间、惹是生非,他不加选择地寻衅闹事,没有目的地加害于人。"谁越是跟他交情好,他就越是要败坏谁的名声:传播无中生有、再愚蠢不过的谣言啦,拆散人家的婚姻啦,破坏人家的买卖啦……"④

他在小饭店里遇到了乞乞可夫之后,就力劝乞乞可夫不要去拜访索巴凯维奇,而是极力邀请乞乞可夫到他的庄园里去。而且,了解到乞乞可夫的用意后,他就马上要求乞乞可夫以赌博的方式进行交易,而且在赌博的过程中,还在纸牌上做手脚。

在庄园里,诺兹德廖夫领着乞乞可夫到处参观,他家狗的名字五花八门,如死命咬、狠狠咬、性急鬼、浪荡子等等,而且,"诺兹德廖夫站在狗群中间完全像是

---

① 果戈理:《死魂灵》,满涛、许庆道译,人民文学出版社,1983年,第42页。
② 同上,第49页。
③ 同上,第62页。
④ 同上,第86页。

一家之主一样：它们立刻全都竖起尾巴，……其中有十来条狗还把它们的脚爪搭到诺兹德廖夫的肩膀上去"①。

乞乞可夫不仅没有从诺兹德廖夫的庄园买到任何死魂灵，反而差点挨了一顿揍，幸好警察局长来临，才避免了乞乞可夫遭受诺兹德廖夫手下两名农奴的一顿痛揍。由此可见这个地方恶少式地主的丑恶嘴脸，他是多么无赖，多么凶横霸道。

乞乞可夫拜访的第四个地主是米哈伊尔·索巴凯维奇（Михаил Собакевич）。这个地主的姓氏"Собакевич"（索巴凯维奇）意为"狗"，名字"Михаил"（米哈伊尔）意为"熊"。他姓"狗"名"熊"，其性格特征和形象意义尽在其中。这是一个如粗野、残暴、贪婪、灭绝人性的冷血动物般的地主形象。作者描写了乞乞可夫初次见到他时所产生的独特感受："乞乞可夫瞟了索巴凯维奇一眼，这一回觉得他非常像一只中等大小的熊。更增添这相似之处的是，他身上穿的那件燕尾服完全是跟熊皮一样的颜色，袖子长长的，裤管长长的，走起路来脚掌着地，步履歪歪斜斜，并且不断地踩在别人的脚上。"②不仅他身上的穿着像熊一样，他家里的陈设，包括写字台、圈手椅、画眉鸟，甚至他的老婆，全都显得笨拙，具有像熊一样的特质，或者像索巴凯维奇一样的特质。作者甚至认为，这样的形象是造物主粗制滥造的产物："大家知道，世上有许多这样的脸，造化在捏造它们的时候，不曾多下功夫推敲琢磨，也不曾动用任何细巧的工具，譬如锉刀啦，小钻子啦，以及诸如此类的其他东西，却只顾大刀阔斧地砍下去，一斧头就是一个鼻子，再一斧头就是两片嘴唇，用大号钻头凿两下，一双眼睛就挖出来了，也不刨刨光洁就把他们送到世上来，说了声：'活啦！'"③可想而知，他本来就是造物主粗制滥造的伪劣产品。

索巴凯维奇这个冷血动物，吃起饭来狼吞虎咽，他所吃的饼子比一只盘子还要大，他吃起家禽来，要整只整只地吃，不仅要啃得精光，而且"把骨髓都吮吸得一滴不剩"④，每当暴食之后，他就躺到床上又哼又叫。他在与乞乞可夫商谈死魂灵买卖事项的时候，讨价还价，分文必争，在交付的时候，用左手捂住钞票，右手签写收据。可见，索巴凯维奇的形象，集中体现了他的姓名所象征的兽性特征。

乞乞可夫拜访的第五个地主是世界文学史上一个著名的吝啬鬼形象——普柳什金。这个吝啬鬼形象外形极为独特，乞乞可夫见到这个人时，甚至不能分辨出这个人物究竟是男是女：

---

① 果戈理：《死魂灵》，满涛、许庆道译，人民文学出版社，1983年，第89页。

②③　同上，第117页。

④　同上，第123页。

他很久识别不出这是一个男人还是一个女人。她身上的那件衣服实在不伦不类,很像是女人的睡袍,头上戴着一顶乡下女仆戴的小圆帽,只有那条嗓子他觉得比起女人的来似乎嫌沙哑了一点。"噢,是个女的!"他自个儿寻思道,但转念一想,"噢,不是的!"①

作为吝啬鬼的典型形象,普柳什金(又译泼留希金)是与莎士比亚的夏洛克、莫里哀的阿巴贡、巴尔扎克的葛朗台齐名的著名吝啬鬼形象。但是,与这些形象相比,他对财产的追求已经到了病态的疯狂,他家里的财产堆积如山,一辈子也用不完,可是,他毫不满足:"每天还在自己的村子里满街地转,桥墩下张张,屋梁下望望,凡是落进他眼里的东西,一只旧鞋跟,一片娘儿们用过的脏布,一枚铁钉,一块碎陶瓷片,他都捡回自己的家。"②于是,凡是"他走过之后的街巷已经不用再打扫了"③。

而且,他将吝啬鬼的贪婪吝啬发展到了对人类物质财富肆意践踏的程度。他听凭田地里的谷子腐烂,让自家的粮食变成真正的肥料,让面粉硬得需要用斧头才能劈碎。但是,对于这一切,他却无动于衷,丝毫也不感到惋惜,而对农奴却无情地搜刮。

普柳什金尽管拥有上千个农奴和无数的财富,可是他自己的生活却过得极为寒酸,如同乞丐一般。当乞乞可夫愿意购买他的"死魂灵"时,他无比激动,因此下定决心要好好款待他的"救命恩人",然而,他最后拿出来款待乞乞可夫的也只是半块发了霉的饼干和半瓶生了蛆的果子酒。这样肆意浪费却不享用的地主确实少有。用索巴凯维奇的话来说:"这样的吝啬鬼,人是想也想不到的。囚犯的生活,也还要比他好,他把所有的家伙都饿死了","普柳什金的农奴是像苍蝇一般大批大批死掉的"。④

在普柳什金的身上,已经没有了人类的基本感情。他唯一的儿子在部队服役,遇到困难,写信向他要钱做制服时,他对此根本不予理睬。他有两个女儿,其中一个过早地去世了。剩下的一个女儿则被他早早地打发走了,目的是省下嫁妆。后来他的女儿带着礼物,还领着他的小外孙来看望他时,他也没有送给小外孙任何东西,而只是"大大方方地"将放在桌子上的一颗旧的纽扣给他的小外孙"玩了一会儿"。

普柳什金这个姓氏俄文原文是"Плюшкин",出自俄文单词"плюшка",意为"扁平小面包",作者以这个名字来突出他的"物性",纳博科夫在分析这个形象的

---

① 果戈理:《死魂灵》,满涛、许庆道译,人民文学出版社,1983年,第143页。
② 同上,第146页。
③ 同上,第147页。
④ 同上,第135页。

姓名特性时,更是形象性地用英文的"plush"(长毛绒)来对应俄文的"плюш",说这个名字"好比蛀虫在长毛绒上蛀了一个窟窿"①。果戈理所塑造的普柳什金这一吝啬鬼形象,表明了俄国农奴制时期以地主为代表的统治阶层从生活到精神的堕落、空虚和变态。

三 辛辣的讽刺艺术

果戈理无疑是一位讽刺艺术大师。在《死魂灵》一书中,艺术方面的主要特色就是辛辣的讽刺。

首先,果戈理善于通过讽刺的语言来对官僚地主进行刻画。在具体的讽刺语言使用方面,果戈理早在小说《伊凡·伊凡诺维奇和伊凡·尼基福罗维奇吵架的故事》和喜剧《钦差大臣》中就表现得富有特色,非常成功。两个伊凡因一方骂另一方为"鹅"而吵了起来,作者就通过这个"鹅"字,对两人的冲突及性格进行了成功的挖苦讽刺。在《死魂灵》中,这类词语的使用更加典型和丰富多彩。其实"死魂灵"这个词本身就充满了讽刺意蕴。赫尔岑这样描绘《死魂灵》给他留下的印象:"《死魂灵》这个书名本身就包含着一种令人恐怖的东西。……书中说的不是户口册上的死农奴,而是罗士特莱夫、玛尼罗夫之流这种死魂灵,我们到处都可以碰见他们。"②由此可见,"死魂灵"确实不是指尚未注销户口的死去的农奴,而是活着的玛尼罗夫们的隐喻和象征。

其次,果戈理通过人物形象的典型化手法来对特定的形象进行辛辣的讽刺。他善于使用典型细节来刻画人物形象,并且善于使用姓名、景致等方面的独到之处,来突出人物的个性特征。譬如,在塑造懒惰成性、浅薄空虚的玛尼罗夫的形象时,作者描述了他家中的景致:他书房里所放的一本书,两年前看到第 14 页,如今还是第 14 页;在他家里的体面的家具中,始终摆着因材料不够而绷着麻袋布的扶手椅;而在他家的窗台上,可以发现堆得整齐的烟灰……所有这些景致的描写,烘托了房屋居住者的性格特质。

最后,果戈理善于使用比喻、夸张、象征等艺术手法来加强作品中的讽刺效果。譬如,在讽刺诺兹德廖夫吹牛撒谎的性格特征时,果戈理就突出他话语中的夸张成分。在描述他对乞乞可夫的造谣中伤时,诺兹德廖夫竟然造谣说乞乞可夫在上学的时候就是一个出了名的奸细,还被同学们打得鼻青眼肿、头破血流,以至于必须用蚂蟥去吸净瘀血。他本来想说仅仅在太阳穴上就摆了四十条,结果却说成了二百四十条。在描写索巴凯维奇这一兽性形象时,又用极度夸张的手法,说他吃的"火鸡跟小牛一样大",而且吃起东西来还是"整猪整鹅"地吃。而

---

① 纳博科夫:《尼古拉·果戈理》,金绍禹译,上海译文出版社,2013 年,第 170 页。
② 龙飞、孔延庚:《讽刺艺术大师果戈理》,商务印书馆,1984 年,第 49 页。

在写到玛尼罗夫、米哈伊尔·索巴凯维奇、柯罗博奇卡等地主的姓名的时候,更是大胆地使用姓名象征,突出体现了作者象征艺术手法的高超。

总之,在果戈理的笔下,地主群像似乎不是现实中的人物,而是形态各异的死魂灵,"果戈理将当代社会的道德沦丧视为人格的精神毁灭,或者魂灵的死亡"[1]。这些亡灵如同反光镜,不是直接反映社会现实,而是折射社会风貌和内在本质,于是,乞乞可夫如同《神曲》中的但丁,他收购"死魂灵"的旅行,也如同但丁梦游地狱的幻想旅行。

可见,果戈理的《死魂灵》是俄国长篇小说中以讽刺艺术为特色的一部杰作,其独特的类似但丁《神曲》一般的史诗性的结构形式、构思技巧、思想内涵,以及人物形象塑造方面的典型化手法,都突出体现了它在俄国小说发展史上的重要贡献。

综上所述,果戈理在中短篇小说和长篇小说创作方面,都卓有成就。果戈理所开创的俄国"自然派"文学传统,尤其是果戈理作品中卓越的讽刺艺术,以及为现代主义作家所推崇的鲜明的魔幻色彩,都对其后俄国小说艺术的发展,产生了积极的影响。

---

[1] Е. А. Смирнова. *Поэма Гоголя Мёртвые души*, Л., Издательство Наука, 1987. с. 10.

第十章 19 世纪五六十年代的小说创作

19 世纪五六十年代的俄国文学,与三四十年代相比,从诗歌逐渐转向对小说这种艺术形式的偏爱显得更加明显,在茹科夫斯基、巴拉丁斯基、普希金、莱蒙托夫、丘特切夫等一系列著名的抒情诗人离开文坛之后,小说,尤其是长篇小说这种艺术形式,开始在俄国文坛占据极其突出的地位,继普希金、莱蒙托夫、果戈理等获得出色的小说创作成就之后,冈察洛夫、屠格涅夫、车尔尼雪夫斯基、陀思妥耶夫斯基、托尔斯泰等一些举世闻名的小说家开始在这一时期主宰俄国文坛,创作了一系列重要的小说作品,并且在世界文坛焕发异彩。

第一节 19 世纪五六十年代小说创作概论

1848 年发生在欧洲的大革命,直接作用于俄国社会,所以,俄国社会的 19 世纪五六十年代,是一个充满矛盾、发生急剧变化的年代。在这一时期,不仅爆发了克里米亚战争,而且引发了 1861 年的农奴制改革,到了 19 世纪 60 年代末,民粹派运动也得以掀起。

1853 年至 1856 年间,俄国与土耳其、英国、法国等国爆发了克里米亚战争,并且在这一战争中以战败而告终。这场战争的失败,充分暴露了俄国农奴制的腐败和软弱,从而引起了俄国民众对沙皇专制制度和农奴制的极大不满和仇恨。

由于克里米亚战争的失败,加上对农奴制不满而引发的此起彼伏的农民暴动,以及来自进步知识阶层的猛烈抨击,沙皇政府不得不采取果断行动,于 1861 年实行农奴制改革。亚历山大二世充分意识到废除农奴制的必要性,从而采取了这一行动。这一改革,成为俄国发展历史上的重要事件,对俄国文学的发展,尤其是对作家的创作思想以及作品中心主题和人物形象的变更也都发挥了重要的作用。

1861 年,在废除农奴制之后,资本主义在俄国得以迅速发展,但是,这一制度的废除,并不是通过革命而实现的,仅仅是依靠统治阶层及农奴主推行的,所以,其中伴随着一定程度的野蛮掠夺。奥加廖夫(Н. П. Огарев)甚至撰文认为这一改革是一个骗局：“农奴制事实上根本没有得到改变，广大人民被沙皇所骗。”①农奴制改革之后，大量的封建残余依然存在，它与新兴的资本主义因素交织在一起，构成了这一时期主要的时代特征。

就社会思想而言，车尔尼雪夫斯基、杜勃罗留波夫等一些革命民主者发挥了重要作用，在 1861 年农奴制改革的前夜，他们就在《现代人》等杂志上撰文，代表广大的农民阶层以及平民知识分子阶层的利益，发出要求对社会上种种不公的现象进行改革的呼声，尤其是为广大农奴而呐喊，为他们获得生存而应有的土地而呐喊，正如列宁所指出的那样，车尔尼雪夫斯基试图幻想从半封建的古老的农业社会过渡到理想的社会主义。②尽管具有幻想的色彩，但是，不可否认的是，他们在社会思想方面，对当时的文学创作产生了深远的影响。

由于时代的巨变，19 世纪五六十年代，在小说创作方面，出现了繁荣的局面。车尔尼雪夫斯基、屠格涅夫、冈察洛夫、托尔斯泰等杰出的小说家，成就卓著。尤其是冈察洛夫的长篇小说《奥勃洛莫夫》，屠格涅夫的长篇小说《贵族之家》和《父与子》，陀思妥耶夫斯基的长篇小说《被侮辱和被损害的》，托尔斯泰的《童年》《少年》《青年》三部曲，车尔尼雪夫斯基的长篇小说《怎么办？》，赫尔岑的《往事与随想》，列舍特尼科夫的长篇小说《矿工》等作品，都集中出现在这一时期。此外，波缅洛夫斯基、邬斯宾斯基、列维托夫、列舍特尼科夫等平民知识分子小说家，也为俄国小说艺术的发展和繁荣，做出了应有的贡献。

一　波缅洛夫斯基

尼古拉·格拉西莫维奇·波缅洛夫斯基（Никола́й Гера́симович Помяло́вский，1835—1863），出生于圣彼得堡，父亲是一名教堂执事。1843—1851 年，他就读于涅夫斯基神学校。1851—1857 年，他就读于圣彼得堡神学院。在《神学校随笔》（Очерки бурсы）这部作品中，所描述的就是他在这两所学校里学习的一些经历。他尽管学习极为努力，而且是一个很有天分的学生，可是在毕业时并没有取得优良的成绩，因而也没有获得教堂执事资格的推荐。

离开神学院之后，为了谋生，他从事过抄写、诵经等工作，也担任过家庭教师，还在圣彼得堡大学人文历史系做过旁听生。1859 年，他在《教育学刊》（Журнале для воспитания）杂志上发表了有关教育问题的随笔《沃科：一篇心灵随笔》（Вукол）。1860 年起，他开始在志愿者创办的圣彼得堡星期日学校教书，主要是义务服务于工人阶层的子女。他曾经对此抱有极大的期待，但后来却沉

---

① Н. И. Пруцков, гл. ред. *История русской литературы в четырех томах*. Том 3, Ленинград: Издательство Наука, Ленинградское отделение, 1982, с. 11.

② В. И. Ленин. *Полн. собр. соч.*, т. 20, с. 175.

迷于酗酒。

波缅洛夫斯基从事文学创作的时候,正是俄国社会发生巨大变革的时代。他在思想上积极追随以车尔尼雪夫斯基为代表的革命民主主义。他的《神学校随笔》,本计划写二十多篇,但是,尚未完成第五篇,他就因病而离开人世。作为现实主义作家,波缅洛夫斯基对高尔基等作家产生了重要的影响。他的第一部长篇小说《小市民的幸福》(Мещанское счастье)发表于《现代人》杂志,他还与该杂志主编涅克拉索夫以及车尔尼雪夫斯基成为好友。长篇小说《小市民的幸福》的续篇《莫洛托夫》(Молотов,1861)也是发表于《现代人》杂志。这两部长篇小说构成两部曲,使得他一举成名。两部曲的主要内容是描写作品的主人公——非贵族出身的知识分子莫洛托夫的命运。莫洛托夫是一个孤儿,被一位大学教授抚养成人,但是他觉得自己不属于任何特定的社会阶层。他在贵族家庭担任家庭教师,尽管他是一名大学毕业生,但是贵族家庭与他疏远,他也与贵族家庭格格不入。莫洛托夫之所以没有从事公务员工作,是因为他害怕失去自由。他结识了一个名叫娜佳的姑娘。可是娜佳的父母一定要女儿嫁给一个中年将军。为了跟随莫洛托夫,她必须与自己的家庭决裂。最终,娜佳选择了莫洛托夫,于是他们决心享受淳朴的"小市民"的生活幸福。两部曲涉及当时俄国社会上的许多现实问题,如教育、女性解放、平民知识分子与贵族之间的关系等等,但是,最为主要的,是探讨平民知识分子为争取平等的社会地位而进行的抗争,以及获得生活独立和精神独立的重要意义。

二 邬斯宾斯基

格列布·伊万诺维奇·邬斯宾斯基(Глеб Иванович Успенский,1843—1902),出身于图拉省的一个乡村小官员的家庭。自 1853 年起,他曾在图拉中学和切尔尼戈夫中学学习。1861 年中学毕业后,他考入圣彼得堡大学法学系学习,1862 年,又转入莫斯科大学法学系,但是第二年因生活困难而辍学。

邬斯宾斯基自 1862 年开始发表作品,初登文坛的作品发表在《观察家》(Зритель)、《雅斯纳雅·波良纳》(Ясная Поляна)等杂志上。经过努力,他很快成为 19 世纪 60 年代民主文学派的一个代表。在 1864—1865 年,他为《北方之光》(Северное сияние)撰稿,随后又在《俄罗斯言论》(Русское слово)和《现代人》(Современник)等杂志上发表文章。1868 年,邬斯宾斯基开始结识涅克拉索夫以及萨尔蒂科夫-谢德林,他的大多数作品也是发表在他们主编的《祖国纪事》(Отечественные записки)杂志上。这一时期,他的主要作品有《特写与小说》(Очерки и рассказы,1866)等。

1871 年至 1875 年间,邬斯宾斯基数次出国,主要住在巴黎和伦敦等地。1875 年回到俄国之后,他开始关注以前较为忽略的农民阶层。为了能够更多地接触农民,他迁居到诺夫哥罗德省的乡村。直到 1879 年,他才迁到圣彼得堡生活。

邬斯宾斯基的主要创作成就来自中短篇小说。他的作品常常以小官吏的生活以及城市贫民的生活为题材,站在普通百姓的立场上,善于以人道主义的视角描绘这些普通人物的思想情感和日常生活,表现出了鲜明的民主主义倾向。他在 19 世纪 60 年代创作的作品,被视为俄国革命民主主义文学突出的艺术成就。列宁在自己的论述中多次提及邬斯宾斯基,认为他能够透彻地理解"人民的贫困和人民的道德的相互关系",称他为"一个愿意代表劳动利益的人"。[①]

三 列维托夫

亚历山大·伊万诺维奇·列维托夫(Александр Иванович Левитов,1835—1877),出身于坦波夫一个乡村教堂职员的家庭。他的父亲在自己的家中办了一所供农民孩子读书学习的学校,列维托夫本人最初也是在这所学校里学会了读书写字,度过了轻松愉快的童年生活。后来他进了坦波夫神学校。但他没有完成学业,而是怀揣几个卢布就到了莫斯科和圣彼得堡等地闯荡。1855 年,他在圣彼得堡进入医学院学习,但是,1856 年,由于参加政治运动,他被流放到申库尔斯克。在申库尔斯克,他广泛接触下层百姓,了解社会,并且开始文学创作。在三年的流放期间,他创作了最初的一些短篇小说。

19 世纪 60 年代,列维托夫的短篇小说在《祖国纪事》《现代人》等一些重要的文学刊物上发表,作为民粹派作家,在文坛产生了一定的影响。他的主要作品有《草原纪事》(Степные очерки,1865)、《街头景色》(Уличные картины,1868)等。

列维托夫的创作风格显得明朗,色调丰富,笔触细腻。他的小说创作的首要特征是不太关注情节和事件,也不太注重人物形象的塑造,而是对作品细节有着浓厚的兴趣,注重细节的真实,发掘日常琐事中的美感,是一位富有独特个性的"为艺术而艺术"的作家。

而且,他的小说创作风格具有一定的幽默特性,这一幽默特性又是与他的作品中的抒情性,与他非凡的艺术表现力以及丰富的语言表达能力密切结合在一起的,从而充分反映了他的独特的艺术才华。列维托夫还是一位在自然景色描绘方面颇有贡献的作家,大自然的迤逦景色,尤其是淳朴的乡村风光,是激励他创作的灵感,也是抚慰他心灵创伤的灵丹妙药。正如评论家热斯洛娃(Е. Жезлова)所说:"列维托夫总是害怕与自然的疏远,这一疏远对于他是一种'心

---

① 列宁:《列宁全集》第 1 卷,中共中央马克思恩格斯列宁斯大林著作编译局编译,人民出版社,1988 年,第 304 页。

灵的伤害'。大自然对于列维托夫就是最高和谐的象征。"①

四 列舍特尼科夫

费多尔·米哈伊洛维奇·列舍特尼科夫(Фёдор Михайлович Решетников,1841—1871),出身于叶卡捷琳堡的一个乡村邮差家庭,童年生活艰难,很小的时候,他的母亲就与父亲离异,去了他乡,幼小的列舍特尼科夫被寄养在叔父家中。他的叔父也是邮差,生活同样艰难。1851年,他进入彼尔姆的学校学习。1855年,他被人告发偷了叔叔邮送的报纸阅读,因而被送到修道院关了三个月。

1859年,列舍特尼科夫从彼尔姆学校毕业之后,到了叶卡捷琳堡,替各级官员当差,工作之余,他开始从事文学创作。1861年,列舍特尼科夫回到了自己的家乡彼尔姆市,在此创作了反映煤矿工人生活的中篇小说《斯克里巴奇》(Скрипач)。1863年,他迁居到了圣彼得堡,在俄国财政部供职。

与此同时,列舍特尼科夫继续从事文学创作活动。1864年,刊载于《现代人》杂志上的中篇小说《波德利普村的人们》(Подлиповцы),是其成名之作。这部作品描述了农奴制改革之后彼尔姆农民以及纤夫的悲惨命运。他的其他作品还有长篇小说《矿工》(Горнорабочие,1866)、《格鲁莫夫一家》(Глумовы,1866—1867)、《哪儿好些?》(Где лучше?,1868)、《自己的面包》(Свой хлеб,1870)等。这些作品的主要内容是书写农奴制改革前后乌拉尔地区矿工以及普通群众的日常生活状况,尤其是长篇小说《矿工》,是俄国文学中最早书写工人生活状况、塑造工人形象的文学作品。就这一点而言,列舍特尼科夫显得尤为重要,他甚至得到了列宁等革命家的高度赞赏,也受到了一些文学评论家的好评。评论家萨塔洛夫(С. Е. Шаталов)特别看重列舍特尼科夫在俄国文学中首次描写工人阶级的历史意义,他写道:"整个一个阶层不为人知! 社会关系的画卷因而显得不完整。这一画卷的必不可少的补充出现在列舍特尼科夫的短篇小说、随笔、长篇小说中。在他之前,没有一个著名的文学家在作品中描写过俄国的工人。"②

第二节 冈察洛夫

作为俄国文学史上的著名作家,冈察洛夫这个名字因塑造了俄国文学史上最后一代"多余的人"奥勃洛莫夫的形象为世人所熟知,奥勃洛莫夫这一形象成

---

① Е. Жезлова. "А. И. ЛЕВИТОВ", См. А. И. Левитов. *Сочинения*. Сост., вступит. статья и примеч. Е. Жезловой. М.: Государственное издательство художественной литературы, 1977. с.20.

② С. Е. Шаталов. "Творчество Ф. М. Решетникова". См. Ф. М. Решетников. *Повести и рассказы*. М.: Советская Россия, 1986.

了作家对俄国文学人物画廊的杰出贡献。

一　仕途亨通的作家

伊凡·亚历山大洛维奇·冈察洛夫(Иван Александрович Гончаров,1812—1891)出身于辛比尔斯克省的一个富裕的粮商之家。1820 年开始,他在寄宿制学校学习法语、德语等课程。1822 年,他离开家乡,进入莫斯科商贸学校读书。在长达八年的学习生涯中,冈察洛夫对文学经典情有独钟,尤其是热衷于阅读普希金的作品。由于对人文学科的强烈兴趣,他于 1831 年考入莫斯科大学语文系。

1834 年夏天从莫斯科大学毕业后,冈察洛夫本想在圣彼得堡或者莫斯科等大都市发展,但是,辛比尔斯克省的省长坚持请求冈察洛夫去担任省长秘书。经过犹豫和彷徨,他最终还是决定回到故乡辛比尔斯克,但是,在辛比尔斯克省长办公厅工作一年以后,他觉得此地的工作极大地影响了他作家梦的实现,于是在 1835 年毅然离开了辛比尔斯克,到了圣彼得堡。他期待以自己的双手来创造自己的未来。到达首都之后,他在财政部外贸局担任译员工作。这一工作并不繁重,从而为他广泛阅读文学经典提供了时间方面的保障。

在圣彼得堡期间,冈察洛夫与俄国文学界的一些人士广泛交往,尤其是通过迈克夫结识了圣彼得堡的作家、画家、音乐家等文化名流。1846 年,冈察洛夫与别林斯基相识,随后经常与他相逢在涅瓦大街或者相聚在“文学家之家”。与别林斯基的频繁交往,对冈察洛夫的思想和创作产生了积极的影响。

1847 年春,冈察洛夫的第一部长篇小说《平凡的故事》(*Обыкновенная история*)在《现代人》杂志上发表。这部长篇小说创作于 1844 至 1846 年间,小说的主人公是贵族青年亚历山大·阿杜耶夫(Александра Адуев)。冈察洛夫书写这个在外省地主庄园里长大的贵族青年阿杜耶夫,到了圣彼得堡之后,却变成了讲究实际的官员和实业家。作品通过这个故事,尤其是通过一个爱好空想的青年的变化,来突出 19 世纪三四十年代俄罗斯现实生活中浪漫主义与现实主义的碰撞。小说的出版得到了涅克拉索夫和别林斯基等当时一些著名的作家和评论家的高度赞赏,也受到圣彼得堡文学界的普遍关注,冈察洛夫因而一举成名。

1852 年,冈察洛夫担任了海军中将普佳京的秘书,并于 1852—1854 年与他乘“巴拉达”号战舰做环球航行,到过英国、中国、日本以及非洲的许多国家,根据旅行的经历和体验,他创作了长篇游记《战舰“巴拉达”号》(*Фрегат „Паллада“*),先于 1855 年在《祖国纪事》《现代人》等杂志上发表了《琉球诸岛》等篇章,后于 1858 年在圣彼得堡出版了整部游记的单行本。这部著作在社会上引起了强烈的反响,也为冈察洛夫的长篇小说《奥勃洛莫夫》的创作奠定了重要的基础。

环球旅行之后,冈察洛夫回到了圣彼得堡,并且继续在财政部供职,但是不久之后,他谋得了沙皇政府图书检查官的职位,尽管这一工作更为烦琐,也更为艰难,但是至少就其工作性质来说可以与文学发生一定程度的关联。1865 年,冈察洛夫成为政府出版事务委员会委员,1867 年,他以省长官衔退休。

冈察洛夫在小说创作方面,除了早期的中篇小说《癫痫》《因祸得福》之外,主要是三部长篇小说。

他的第三部长篇小说《悬崖》(Обрыв)于 1849 年开始构思,二十年后的 1869年,才在《欧罗巴通报》(Вестник Европы)第 1 至第 5 期发表。作品描绘主人公莱斯基(Райский)的一生。作为一个富有才华的青年,他的艺术发展因为"缺乏方向"而终止。因追求表妹失败,莱斯基来到了他的一个庄园。他追求冷艳的远房表妹薇拉,却遭到拒绝。在这部小说中,薇拉是作者极力塑造的形象。薇拉之所以拒绝莱斯基,是因为她所爱的是一个满脑子都是新思想并且受到政府监视的流放犯伏洛霍夫。不过,薇拉这个具有反抗精神的俄罗斯少女后来终于意识到伏洛霍夫与她在思想意识上的不同之处,尤其是对待爱情的不同态度。小说的标题"悬崖"一词,极具象征意蕴,它似乎是一条难以逾越的鸿沟,横亘在激进思想与传统观念之间。薇拉没有跨越这道鸿沟,她最后回到了代表传统观念的祖母的身边。

在《悬崖》这部作品中,所暴露的是自由派贵族知识分子的无所作为,与此同时,作品又借慈祥的祖母以及伏洛霍夫这一平民知识分子的形象,对贵族庄园的封建家长制生活原则进行美化,而且歪曲革命民主派,将他们视为虚无主义者。

冈察洛夫所创作的这三部长篇小说,常被一些学者视为一个整体,视为三部曲。与此同时,"冈察洛夫坚持他的三部小说乃是一个整体,反映了俄国由农奴制度向废除农奴制过渡时期所经历的三个阶段:'旧生活、昏昏沉沉、觉醒'"[①]。他的三部长篇小说表现了处于三个历史阶段的俄国贵族青年的生活及思想状况,真实地再现了 19 世纪 40—60 年代俄国社会发展和演变的过程。

二　《奥勃洛莫夫》

冈察洛夫在俄国小说史上最重要的贡献是他所创作的长篇小说《奥勃洛莫夫》(Обломов)。正是在这部长篇小说中,冈察洛夫塑造了俄国文学史上最后一个"多余的人"奥勃洛莫夫的典型形象,从而敲响了"多余的人"的丧钟。

奥勃洛莫夫这一形象的首要性格特征是昏庸懒散,耽于幻想。奥勃洛莫夫如同奥涅金等"多余的人"一样,出身于贵族之家,受过良好的教育,有着良好的修养,也有着聪明的头脑,是贵族青年知识分子的典型,本来,他可以成就一番事

---

① 引自张秋华:《奥勃洛莫夫·前言》,见冈察洛夫:《奥勃洛莫夫》,陈馥、郑揆译,人民文学出版社,1997 年,第 1 页。

业,但是,他已经没有了任何行动的力量,也没有从事实际活动的能力,甚至不能做出任何重要一点的决定,他对待生活的基本态度就是懒惰,所以碌碌无为。贵族青年知识分子所具有的进步意义在他身上也已经丧失殆尽。

冈察洛夫所塑造的主人公奥勃洛莫夫总是害怕生活的变动,尽管他拥有三百五十多名农奴,但是,他却不思进取,主要靠睡大觉和胡思乱想来打发时光。他以幻想来代替行动,只是在幻想中实现自我价值。"而到了这幻想必须和现实接触的时候,他就害怕得要命。"①在小说的开头部分的几十页篇幅中,奥勃洛莫夫很少离开房间或者离开床铺,他仅有的运动也就是从床上移动到椅子上,睡觉已经成了他生活中的"正常状态":"奥勃洛莫夫躺着并不是像病人或者困了想睡觉的人那样出于需要,也不像一个人累了想歇一下那样出于偶然,更不像懒汉那样以此为享受。卧床只不过是他的正常状态罢了。"②

他所活动的场所主要就是他自己的房间,或者更具体地说,主要就是他自己的床铺。对于这个昏庸懒散的奥勃洛莫夫来说,即使是房间这个小小的活动场所,也显得死气沉沉,没有任何生气。"什么东西上面都蒙着灰尘,失去了原来的色泽,简直没有一点活人的气息。虽说书架上有两三本翻开的书和一张报纸,写字台上有一瓶墨水和几支鹅毛笔,但是翻开的书页上有一层灰尘,纸也黄了,显然是早就扔在那里的,报纸则是去年的,那瓶墨水呢,如果把笔插进去,从里面准会嗡的一声飞出一只吓坏了的苍蝇来。"③

正是因为昏庸懒散,害怕变动,奥勃洛莫夫成天在室内穿着睡衣睡觉,昏天黑地地睡觉就是他打发时光的途径,就是他日常生活的主要内容,渐渐地,他没有了追求,没有了理想,甚至进入梦乡之后,他所梦到的也是自己在睡大觉。

奥勃洛莫夫这一形象的第二个显著的性格特征就是害怕行动,追求安逸和享受。诸如罗亭、毕巧林那般的"多余的人"的语言感召力,到他这儿也已经丧失殆尽,就连友谊对他也没有效用了,甚至连爱情的吸引力在他身上也不再发挥任何作用了。"在他看来,人生一分为二,一半由劳作和无聊构成——劳作和无聊对于他不过是同义语罢了,另一半则由安逸及平和的欢乐构成。因此,仕途这个人生的主要舞台最初使他感到极为困惑不快。"④

他的朋友安德烈·施托尔茨终于将他从昏睡中拉了起来,施托尔茨的朝气感染了奥勃洛莫夫,奥勃洛莫夫从而想改变自己的生活:"现在他该怎么办?是前进,还是维持现状?这个难题,对于奥勃洛莫夫来说,比哈姆雷特的难题还要难得多。前进意味着立刻脱下大袍子,不仅是身上的,还有心智和灵魂上的。此

---

① 杜勃罗留波夫:《文学论文选》,辛未艾译,上海译文出版社,1984 年,第 16 页。
② 冈察洛夫:《奥勃洛莫夫》,陈馥、郑揆译,人民文学出版社,1997 年,第 4 页。
③ 同上,第 5 页。
④ 同上,第 57—58 页。

外,不但要扫去四壁上的灰尘和蛛网,也要摘除眼睛上的蛛网,使之重见光明!"①

随着情节的发展,施托尔茨向他介绍了年轻的姑娘奥尔加。奥尔加决心改变奥勃洛莫夫的生活方式,他们两人也陷入恋情。有一段时间,奥尔加所付出的努力似乎获得了成效,奥勃洛莫夫开始勤于读书了,并且开始关心社会问题。然而,奥尔加的爱情最终没有奏效,没有将他挽救,没有左右他的性格。因为奥勃洛莫夫本能地害怕生活的变动,所以一直拖延婚礼,只想维持懒散的生活状态。于是,他们解除了婚约,奥尔加随后到了巴黎。后来,她与施托尔茨在巴黎相逢,两人相爱结婚,婚后回到俄国,住到了克里米亚。

奥勃洛莫夫这一形象的第三个显著性格特征就是不求上进,只是被动地服从于命运的安排。实际上,他是一个意志薄弱者,他自己说:"我什么都知道,什么都清楚,就是没有力量和意志。"他自己也深深地领悟到奥勃洛莫夫性格(Обломовщина)所具有的危害性,但是,他没有改变命运的决心,只想安于现状。在他死亡之前,有段时间,施托尔茨经常来访。施托尔茨答应了妻子奥尔加的请求,要帮助奥勃洛莫夫,挽救他,让他回到真实的世界。当施托尔茨拜访奥勃洛莫夫时,他发现,奥勃洛莫夫已经与守寡的女地主阿加菲娅结婚了,并且有了一个孩子——安德烈。这时,施托尔茨意识到他再也无法改变奥勃洛莫夫了。奥勃洛莫夫心甘情愿地接受了命运的安排,像小孩一样在阿加菲娅的照顾下度过了自己的余生,没有一丝一毫的怨言,最后,他在昏睡中死去,实现了他不求上进、永远安睡的愿望。

奥勃洛莫夫作为俄国文学史上"多余的人"画廊中的最后一个典型形象,其进步性已经丧失殆尽,表明这一系列形象已经处于行将衰亡的状态。在这个"多余的人"的形象身上,已经没有了早期的生气和进步的作用,反而成了俄国社会前进和发展的阻力及障碍,成了俄国腐朽的农奴专制制度的一个象征。

《奥勃洛莫夫》这部长篇小说对主人公昏庸懒散个性的独特描绘,具有独到的价值。它不仅标志着"多余的人"形象的终结,而且象征着俄国农奴制行将灭亡的趋势。所以,俄国著名的革命民主主义评论家杜波罗留波夫在题为《什么是奥勃洛莫夫?》(Что такое обломовщина?)的著名论文中,中肯地指出:奥勃洛莫夫性格是"解答俄国生活中许多现象之谜的一把钥匙"②,是"时代的标志",象征着俄国生活方式的衰亡。而且,这一性格不仅是对俄国特定的民族文化的反思与批判,也是具有普遍意义的一种文化符号,引发人们对人生意义的不断反省和思考。

---

① 冈察洛夫:《奥勃洛莫夫》,陈馥、郑揆译,人民文学出版社,1997年,第230页。
② 杜勃罗留波夫:《文学论文选》,辛未艾译,上海译文出版社,1984年,第11页。

第三节　屠格涅夫

屠格涅夫在小说创作领域的成就是十分显著的,他以编年史般的长篇小说创作对俄罗斯文学做出了重要的贡献,如同陀思妥耶夫斯基和托尔斯泰,在长篇小说创作领域,他享誉世界文坛,是一位举足轻重的小说家。与此同时,他在中短篇小说创作方面,也在俄罗斯文学史上占据重要的地位,尤其是他的具有特写性质的短篇小说集《猎人笔记》,以深刻的人道主义思想以及对大自然景色诗意盎然的描绘,引起了读者的喜爱和文坛的广泛关注。

一　紧扣时代主题的小说家

伊凡·谢尔盖耶维奇·屠格涅夫(Иван Сергеевич Тургенев,1818—1883)出身于俄国奥廖尔省的一个贵族家庭,他的出生地是鲁托文诺夫庄园,父亲是一个骑兵团团长,曾经参加过 1812 年反抗拿破仑的卫国战争,母亲是一个农奴主。屠格涅夫的童年是在奥廖尔省母亲家的庄园里度过的。

1833 年,十五岁的屠格涅夫就考入了莫斯科大学,在语文系学习。同时期在莫斯科大学学习的还有赫尔岑和别林斯基等作家与评论家。在莫斯科大学学习一年之后,屠格涅夫转到了圣彼得堡大学哲学系,1836 年毕业。后来,在 1838年,他又到德国柏林大学留学,攻读哲学、历史以及希腊罗马文学史,并且十分关注西欧文学的发展动态。1841 年 5 月,屠格涅夫回到了俄国。1842 年,屠格涅夫获得圣彼得堡大学哲学硕士学位。其后,直至 1844 年,在俄国内务部供职。

屠格涅夫在圣彼得堡大学学习时代就开始了自己的文学创作活动。早年,他曾一度醉心于浪漫主义诗歌的创作,是以一个较为出色的抒情诗人的身份出现在俄国文坛的,1838 年,他就在《现代人》杂志上发表了最初的诗作。后来在别林斯基的影响之下,他走上了现实主义文学的创作道路,并于 1847—1851 年间陆续在《现代人》杂志上发表了短篇小说集《猎人笔记》(Записки охотника),受到别林斯基、萨尔蒂科夫-谢德林等作家和评论家的高度赞赏。《猎人笔记》于1852 年出版单行本,并且被翻译成英、法、德等多种文字出版,屠格涅夫由此而成为一名享有世界声誉的优秀的现实主义作家。

屠格涅夫第一部作品《猎人笔记》是一部小说集,其中包括二十五篇短篇小说,是屠格涅夫的第一部现实主义力作。在这部作品中,作者借用到乡间行猎的猎人名义,以第一人称叙事的手法,广泛而又真实地描写了俄国 19 世纪中叶村落和庄园的生活情景,刻画了一系列农奴和地主的形象,描绘了俄国中部地区的独到的自然风光和风土人情,并且以现实主义的笔触,表现了对农奴制下受压迫农民的深切的人道主义同情。"作品中渗透着对农奴制的抗议,对人民解放的召唤。"①

《猎人笔记》这部短篇小说集的开篇是《霍里与卡里内奇》(*Хорь и Калиныч*),塑造了两个农民的栩栩如生的形象。

《猎人笔记》的收尾篇《森林和草原》(*Лес и степь*)更是一幅诗的素描:

> 经过暴风雨的洗礼,大自然中的一切都更令人赏心悦目:空气澄澈清新,万物绽放笑脸,草地一片嫩绿,草莓更加红润,蘑菇还撑着色彩缤纷的小伞,雨珠儿还在闪闪发亮,空气中飘荡着沁人心脾的芬芳……②

屠格涅夫的短篇小说善于营造一种浓郁的情感氛围,就语言风格而言,具有浓郁的浪漫气息。如日尔蒙斯基所述,屠格涅夫"在情感基调方面选择了某些始终不变或密切相关的要素,产生出同样的印象——柔和、朦胧、淡雅的基调,以及如感染情绪的音乐一般的浓郁的抒情"③。

屠格涅夫在中篇小说创作方面,成就也显得非常突出,创作了《多余的人笔记》(*Дневник лишнего человека*)、《木木》(*Муму*)等多篇中篇小说,尤其是《阿霞》(*Ася*,1858)、《初恋》(*Первая любовь*,1860)、《春潮》(*Вешние воды*,1871)等作品,表现出了其高超的艺术技巧,赢得了读者的喜爱。

《阿霞》《初恋》《春潮》三部中篇小说都是以男女青年的恋情作为情节基础的。《阿霞》是以第一人称"我"(即 H 先生)进行叙事的。在德国的一个旅游地,"我"偶然结识了名叫加京的画家和他的同父异母的妹妹阿霞。在这部小说中,作者叙述了一对男女青年在异乡相逢以及相恋的故事,并且塑造了美丽、任性、怪异,带有几分神秘色彩的少女阿霞的形象。

《初恋》讲述一个充满诗情画意,然而又带有浓郁忧伤的爱情故事。小说书写了一个情窦初开的十六岁少年对公爵小姐齐娜伊达的真挚情感,但是,聪明伶俐的齐娜伊达面对众多追求者则摆出若即若离、似是而非的姿态。小说的结尾写的是齐娜伊达因难产而猝然死亡,给小说主人公的初恋的幻影增添了无尽的悲凉和沉重的感悟。从小说结构上看,《初恋》似乎有两条平行发展的"初恋"线索:"《初恋》中展示出两条初恋的线索,一条是明线——'我'的初恋;一条是暗

---

① 高尔基世界文学研究所:《世界文学史》第 7 卷·上册,蔡捷等译,上海文艺出版社,2013 年,第 53 页。

② 屠格涅夫:《猎人笔记》,牛震译,中国工人出版社,2014 年,第 372 页。

③ В. М. Жирмунский. *Теория литературы. Поэтика. Стилистика*. Л.：Издательство *Наука*，Ленинградское отделение，1977，с.49.

线——齐娜伊达的初恋。前者显示出爱的欢乐,后者显示出爱的痛苦与不幸。"①从这两条情节线索结构中可以看出屠格涅夫所认为的爱情的本质特征,在他看来,爱情,即使是初恋,也是将欢乐与痛苦集于一体的。叙述者"我"自从与齐娜伊达相识起,就开始了自己的欢乐与痛苦:"我说过,自那一天起,我的激情就开始了,现在我得添上一句:我的痛苦也是自那一天起就开始了。齐娜伊达不在我身边的时候,我感到苦恼,我的头脑不听使唤,我没有心思做任何事情,我成天只是想着她……我极度苦恼……可是,当她出现在我眼前的时候,我的心情也没有轻松。我感到嫉妒,我意识到自己无足轻重,因而愚蠢地生起闷气……"②

《春潮》主要抒写的是俄国青年萨宁与女主人公杰玛之间的爱情。屠格涅夫借助于他们的恋情,表达了对爱情的独特的见解:

> 萨宁和她,都是初次相爱,初恋的全部奇迹在他们身上实现了。初恋也是一场革命:既定生活的那种单调、井然的秩序在瞬息之间已被粉碎和摧毁,青春正站在街垒之巅高高地飘扬她的旗帜——不管前面等待她的是什么——是死亡抑或新生——她都致以热情洋溢的敬礼。③

然而,当萨宁为了与杰玛完婚而去借钱的时候,却被一个百无聊赖、饱食终日并以极端享乐为目的的贵妇人玛丽亚拉下了水,从而终结了他与杰玛的感情。时隔三十年之后,萨宁终于得到了杰玛的宽恕,收到了她从美国寄来的信件。萨宁则决定把自己当年和杰玛的定情信物——一个结在华贵珍珠项链上的石榴石十字架——送给杰玛的女儿玛丽安娜作为结婚礼物,同时自己也变卖家产,准备开始全新的生活。

屠格涅夫在文学创作方面最重要的成就是其系列长篇小说的创作。其长篇小说创作具有重要的创新价值。他特别强调按照真实的历史进程构思作品,使得文学与民族解放运动发生关联,"依据屠格涅夫的定义,长篇小说是'生活的历史'"④。他在这方面的成就,为俄罗斯长篇小说艺术的发展做出了重要的贡献,也为俄国19世纪贵族革命时期以及农奴制改革之后的社会图景留下了珍贵的

---

① 朱宪生主编:《外国小说鉴赏辞典·2·19世纪下半期卷》,上海辞书出版社,2009年,第169页。

② И. С. Тургенев, *Полное собрание сочинений и писем в тридцати томах*. Том 6, М. : Издательство Наука, 1981, с. 326.

③ 屠格涅夫:《屠格涅夫中短篇小说选》,沈念驹译,漓江出版社,2012年,第63页。

④ 高尔基世界文学研究所:《世界文学史》第7卷·上册,蔡捷等译,上海文艺出版社,2013年,第56页。

记载与真实的艺术再现。

屠格涅夫的第一部长篇小说是《罗亭》(*Рудин*,1856),在这部小说中,屠格涅夫开始创作"传记小说"(биографический роман)或"人物小说"(персональный роман)这种特殊形式,也就是作者关注的焦点是作品中具有时代特征的主人公的命运。"作者自己认为,他的艺术作品的基本创作原则,是通过典型的性格来反映时代的特征。"[①]

其后,自 19 世纪五六十年代起,是屠格涅夫文学创作极为旺盛的一个时期,在此期间,他陆续发表了多部长篇小说,其中包括《贵族之家》(*Дворянское гнездо*,1859)、《前夜》(*Накануне*,1860)、《父与子》(*Отцы и дети*,1862)、《烟》(*Дым*,1867)等。他的最后一部长篇小说《处女地》(*Новь*)出版于 1877 年。

屠格涅夫的长篇小说总是能够紧扣时代的主题,紧跟时代的步伐,反映时代精神,折射时代的面貌,他的一系列长篇小说,合在一起,就如同是俄国 19 世纪 30 年代到 70 年代的一部独特的编年史。他的每一部长篇小说都是某一历史时期的一种折射,都在一定程度上反映了特定时代的典型特征和焦点问题。

他的长篇小说《罗亭》与《贵族之家》所反映的是 19 世纪三四十年代俄国社会生活的真实情景,尤其是贵族知识分子的生活和出路问题,所塑造的也多半是"多余的人"等典型形象。在《罗亭》中的同名主人公罗亭和《贵族之家》的主人公拉夫列茨基身上,屠格涅夫表明了对贵族知识分子作用的一种全新的认知,在所有的"多余的人"系列形象中,他笔下的这类人物更具有进步的作用。《贵族之家》中的拉夫列茨基虽然从本质上讲是一个"多余的人"的典型,尤其是他在处理他与丽莎之间不幸而又无可奈何的爱情问题时,突出体现了他作为"多余的人"的一些性格特征;但是,在塑造这个人物形象的时候,屠格涅夫却又极力体现在这个人物身上所存在的善良、诚恳、富有事业心等一些优秀的品质,并且表现出了对这一人物的极大的同情。

而屠格涅夫在长篇小说《前夜》中,反映了 19 世纪 50 年代末期俄国知识分子对于改革的热切的期盼,对于新的人物和新的生活的需求和愿望。在这部作品中,屠格涅夫所塑造的不再是"多余的人"的形象了,而是与时代密切结合的"新人"的形象,虽然只是保加利亚的英沙罗夫等优秀新人形象,但是,这些新人已经有了为民族解放事业而奋斗并且为之献身的高贵品质。长篇小说《父与子》所反映的是 19 世纪 60 年代农奴制改革时期的思想冲突,尤其是革命民主主义者与贵族自由主义者之间的思想冲突,所塑造的依然主要是"新人"的形象。长篇小说《烟》则以 1861 年俄国农奴制改革为背景,围绕着如何看待农奴制等问题,探讨俄国改革的出路与方向。而屠格涅夫的最后一部长篇小说《处女地》,所

---

① И. С. Тургенев, https://rvb.ru/turgenev/.

反映的则是 19 世纪 70 年代革命民粹派"到民间去"的活动。总之,他的每一部长篇小说,都是时代精神的折射和时代风貌的反映。所以,彼得罗夫认为:"屠格涅夫的创作是俄国社会生活从封建农奴制到资本主义过渡的整个历史时期的艺术写照。"①

二 《罗亭》

《罗亭》(*Рудин*,1856)是屠格涅夫所创作的第一部长篇小说,也是其最重要的长篇小说之一。这部长篇小说的意义在于反映了俄罗斯农奴制改革前的社会风貌,刻画了俄国文学史上又一个"多余的人"罗亭的形象,在 19 世纪俄罗斯文学"多余的人"的画廊中,增添了一个新的鲜明的形象。

《罗亭》创作于 1855 年,1856 年在《现代人》杂志上首次发表。

《罗亭》的故事发生于 19 世纪 40 年代。作品的主人公罗亭作为贵族青年,上过莫斯科大学,受过极好的教育,也曾在国外游历过,接受过国外资产阶级文化的熏陶,并且向往进步和自由,积极宣传资产阶级的启蒙主义思想。他富有才华,尤其是善于侃侃而谈,屠格涅夫在阐述他的才华时,认为他想象丰富,口若悬河,他谈话时,"一个形象之后继之以另一个形象,一个比喻之后跟着又是一个比喻——一会儿出人意料地奇峰突起,一会儿又令人惊奇地恰如其分。他的这种迫不及待的即兴之谈并不是那种训练有素的空谈家的沾沾自喜的矫揉造作,而是一种灵感的嘘息。他并没有搜索词句,词句是左右逢源地、自由自在地流到他的嘴边的,每一个字都好像径直从他的灵魂深处进涌出来,燃烧着全部信仰的火焰"②。

尽管他的语言具有极大的感召力,可是,在一定的意义上他却是一个语言的巨匠、行动的矮子。虽然他是个"善于雄辩的年轻人,他的宣传优美而崇高,他用火热的演讲感染着年轻人的心灵",但是,"他的才华横溢的演讲——只是语言的巨匠而已"③,他所缺乏的是实际行动的能力。而且,像其他的"多余的人"一样,由于脱离实际,远离人民群众,所以他无论从事什么样的活动,最后总是一事无成,归于失败。屠格涅夫通过对罗亭这样的"多余的人"的刻画,表达了对贵族知识分子历史命运以及他们出路问题的探索。

罗亭的形象塑造既有文学传承的因素,也有现实的成分。"屠格涅夫承认,

① С. Петров. "Вступительная статья". См. И. С. Тургенев. *Собрание сочинений в двенадцати томах*, Том 1, М.: Государственное издательство художественной литературы, 1953, с. 7.

② 屠格涅夫:《罗亭》,陆蠡译,人民文学出版社,1957 年,第 39—40 页。

③ В. М. Жирмунский. *Введение в литературоведение*: *Курс лекций*, СПб.: Издательство Санкт-Петербургского университе, 1996, с. 13.

罗亭是以 40 年代激进的西欧主义者巴枯宁为原型的。"①俄罗斯著名文学理论家日尔蒙斯基也对此做过更详细的论述,认为:"屠格涅夫以青年巴枯宁为素材,表现他的社会典型特征,即使在他不是政治人物和无政府主义者的那些年份里,他也是德国唯心主义哲学和浪漫主义诗歌的传道者。年轻的巴枯宁是别林斯基的朋友,在青年时期就受到他的启发,我们从通信中了解到,他也是屠格涅夫的朋友,他是罗亭的真正的原型。甚至小说的情节——罗亭与娜塔莉亚的故事,也基于真正的事实。罗亭和娜塔莉亚的故事再现了青年巴枯宁与他妹妹塔吉亚娜的朋友比尔姐妹的关系。屠格涅夫将巴枯宁以及他与索菲亚·比尔的关系描绘成一种典型的社会现象,作为揭示俄国'40 年代理想主义者'心理的一个案例。"②而屠格涅夫对待巴枯宁的态度又是相当复杂和矛盾的,他既抱着批判的态度,又有着崇敬和同情的成分。所以,在屠格涅夫的笔下,罗亭在俄国文学史上的"多余的人"的系列形象中,是最具积极意义的。他不同于孤傲愤世的奥涅金,也不同于玩世不恭的毕巧林,更不同于昏庸懒散的奥勃洛莫夫,他有着自己的崇高的理想,也能为实现崇高理想而付诸具体行动,而且愿意为实现自己的理想去努力奋斗。他与其他"多余的人"一样,不满于当时的社会现实,具有反抗的意志,但是相对而言,他头脑清醒,思维敏捷,聪明善辩,并有决心去进行探索,有决心唤醒依然处于沉睡中的人民大众,只是由于时代的局限性以及"多余的人"形象所代表的贵族青年的一些共性特征,他无法施展才干,只能言而不行,成了屠格涅夫所称的"无根的浮萍"。

三　《父与子》

《父与子》(*Отцы и дети*,1862)是屠格涅夫长篇小说的代表作。这部作品创作于 1860 年至 1861 年间,最初发表于 1862 年第 2 期的《俄罗斯通报》,并且在当时就以书的形式出版。小说的创作时期正是俄国农奴制改革时期,所反映的也是农奴制改革前夕的情景,尤其是农奴制崩溃阶段的历史真实。

《父与子》面世之后,引发了评论界极大的反响,"几乎所有的俄国报纸杂志都以专题文章和文学评论对《父与子》的面世做出了回应"③。尤其是引起了《现代人》杂志的激烈的争议。

屠格涅夫在《父与子》这部小说中着力塑造的主人公,是平民知识分子的形象。

---

①　张宪周主编:《屠格涅夫和他的小说》,北京出版社,1981 年,第 54 页。

②　В. М. Жирмунский. *Введение в литературоведение: Курс лекций*, СПб.: Издательство Санкт-Петербургского университе, 1996, с. 14.

③　А. И. Батюто. "Комментарии: И. С. Тургенев. Отцы и дети". См. И. С. Тургенев. *Полное собрание сочинений и писем в тридцати томах*, М.: Наука, 1981. Т. 7, с. 436.

在《约会中的俄国人》一文中,车尔尼雪夫斯基指出:贵族革命时期的文学最喜爱的主人公就是所谓的"多余的人",在贵族阶层中,他们这些人物被看作是"大地的精华",但他们绝不可能成为"新人"的典范,因为这些新人正准备向他们的不共戴天的沙皇俄国的社会政治制度进行殊死斗争。[①]

在屠格涅夫《父与子》构思和创作的 19 世纪 50 年代末和 60 年代初,俄国思想界就农民问题展开了激烈的论争。革命民主主义者代表农民利益,主张通过革命彻底消灭农奴制度,而代表地主阶级利益的贵族自由主义者则主张通过自上而下的改良方式来废除农奴制度。两种势力展开了激烈的较量。

这部小说所反映的正是旧的贵族思想与新的平民知识分子思想之间的矛盾冲突,而这一冲突主要是以作品中的主要人物巴维尔和巴扎罗夫这两个形象来集中体现的。

平民出身的医科大学生巴扎罗夫到他的同学阿尔卡狄家中做客,他与阿尔卡狄的伯父巴维尔之间发生了尖锐的思想冲突。巴维尔时不时地表现出贵族的优雅。他们之间,展开了涉及俄国社会以及科学与艺术等许多问题的论战。在论战中,阿尔卡狄自然站到了巴扎罗夫一边。后来,在省城的一次舞会上,巴扎罗夫和阿尔卡狄认识了美丽优雅的女地主奥津佐娃,并被邀请访问她的庄园。巴扎罗夫对奥津佐娃产生了恋情,并且向她表白。但是,奥津佐娃因为不愿意改变自己平静舒适的贵族生活方式而拒绝了巴扎罗夫。

巴扎罗夫沉浸在失恋的痛苦之中,他与阿尔卡狄一起又回到了阿尔卡狄的家中。由于一次偶然的事件,巴扎罗夫与巴维尔之间的矛盾更加激化,终于引发了两人之间的决斗。结果,巴维尔受了轻伤,去了国外。巴扎罗夫毫发无损,回到自己父母的身边。最后,在一次解剖尸体的时候,巴扎罗夫不慎割破手指,因感染病菌而死。

《父与子》中,"父"辈与"子"辈之间的矛盾,是新旧两代人的矛盾,是"社会生活中自由主义阵营与革命民主主义阵营斗争的反映。这是两种历史倾向、两种历史力量的较量"[②]。同时,屠格涅夫正是在新旧两代人之间的矛盾冲突和斗争中,来突出各自的性格特征及精神气质,尤其是塑造新人巴扎罗夫的典型形象。

巴扎罗夫出身于平民知识分子的家庭,他对封建贵族进行了毫不留情的批评,对俄国黑暗的社会现实,尤其是封建农奴专制制度,持坚决的否定态度。巴扎罗夫正直、朴实、聪颖,在气势方面压倒了周围的那些贵族,在一定的意义上显示出了民主主义阵营对贵族的胜利。但是,由于屠格涅夫思想上的局限性,以及

---

① 尼·鲍戈斯洛夫斯基:《屠格涅夫传》,高文风、王端仁译,黑龙江人民出版社,1984年,第 310 页。

② 张宪周主编:《屠格涅夫和他的小说》,北京出版社,1981 年,第 95 页。

他对革命民主主义所持有的偏见和怀疑态度,他给巴扎罗夫这样的新人安排了一个意外的结局,从而给这一形象抹上了一层悲剧色彩。

由此可见,屠格涅夫所创作的一系列长篇小说,构筑了俄国 19 世纪中叶的一部独特的"编年史",是一定意义上的"历史小说",尽管其中并没有实际意义上的历史人物。

第四节　皮谢姆斯基

皮谢姆斯基是一位在 19 世纪 50 年代曾与屠格涅夫、陀思妥耶夫斯基齐名的著名小说家。"皮谢姆斯基的长篇小说在俄国文学中占据重要的一环。皮谢姆斯基的独树一帜的艺术个性,以及对人物与社会现象进行评判时的独特的视角,为我们评价他的长篇小说的特性奠定了基础。这位作家呈现了时代风貌。他描绘了人们的日常生活,却能够在其中探寻时代特征。"[①]

阿列克赛·费奥菲拉克托维奇·皮谢姆斯基(Алексе́й Феофила́ктович Писемский,1821—1881)出身于科斯特罗马省的一个没落的贵族家庭。他在维特鲁卡小镇度过了最初十年的童年和少年时光,然后随父母迁居乡下生活。1834 年,十四岁时,父亲将他带到科斯特罗马,进入当地的一所中学学习。

1840 年,他二十岁时,进入莫斯科大学数学系学习。在大学四年学习期间,除了数学,他迷恋其他院系教授的讲座,特别是对文学作品发生了浓烈的兴趣。谈到自己在大学的学习生涯时,皮谢姆斯基直言不讳地写道:"对于本系的学科知识我掌握得不是很多,然而,我却熟知了莎士比亚、席勒、歌德、高乃依、拉辛、卢梭、伏尔泰、雨果、乔治·桑等作家的创作,自觉地珍爱俄罗斯文学……"[②]法国的作家中,他格外喜爱乔治·桑,而对于民族文学,他尤其珍爱的是果戈理的作品。1844 年从莫斯科大学毕业后,他供职于政府机关。虽然他一生中的大部分时间断断续续都是在政府部门任职,但是,他对文学艺术有着强烈的偏爱。在从事小说创作之前,他还试图成为一名出色的朗诵者,而且他在朗诵方面也确实具有一定的天赋,他喜欢朗诵果戈理的作品,吸引了很多学生听众。

皮谢姆斯基从 19 世纪 40 年代末开始从事文学创作,1844 年至 1846 年,他就完成了他的第一部长篇小说《她有罪吗?》(Виновата ли она?)的创作,不过,这部作品直到 1858 年才以《劳役》(Боярщина)为书名出版。这部长篇小说具有果戈理"自然派"风格的倾向,所塑造的是追求物质生活享受的外省贵族的典型

①　А. С. Бушмин и др. *История русского романа в двух томах*. Москва: Издательство „Наука". Т. 2, 1964, с. 121.

②　А. Ф. Писемский. *Избранные произведения*, М. - Л., 1932, стр. 26.

形象。作品的女主人公安娜·巴甫洛夫娜（Анна Павловна）为社会上的残酷以及自己恋人的自私所伤害，她的一生所遭遇的只是接踵而至的痛苦。

皮谢姆斯基最早发表的作品是短篇小说《尼娜》（Нина，1848），不过，使他获得初步成功的作品是他于 1850 年发表的中篇小说《窝囊废》（Тюфяк）。这部作品广受好评，不仅因其结构艺术，而且因为其人物塑造也颇为成功，甚至有作家，包括皮萨列夫，将其中的主人公巴维尔与稍后冈察洛夫的《奥勃洛莫夫》中的主人公进行比较，坚信皮谢姆斯基对后者的影响。[①]《窝囊废》中，叙述了两个同样平庸卑劣之人的不幸婚姻。其后，他成为"莫斯科公国人青年编辑部"成员。

在《窝囊废》这部成名之作后，他相继发表了《喜剧演员》（Комик，1851）、《有钱的未婚夫》（Богатый жених，1851）、《巴特马诺夫先生》（М-r Батманов，1852）、《吹牛者》（Фанфарон，1854）等多部重要的中篇小说，以及《四十年代的人》（Люди сороковых годов，1869）、《在漩涡中》（В водовороте，1871）等长篇小说。

皮谢姆斯基最具代表性的作品是长篇小说《一千个农奴》（Тысяча душ，1858）和长篇小说《浑浊的海》（Взбаламученное море，1863）。这两部作品使他在 19 世纪五六十年代的俄国文坛获得了很高的声誉，赢得了广泛的读者。

长篇小说《一千个农奴》代表着皮谢姆斯基文学创作的一个新的开始，一个新的转折，标志着他的小说创作从家庭题材转向了社会题材。这一转向与当时的社会语境不无关系。这部创作于农奴制改革前夕的作品，反映了俄国农奴制社会的真实情景，通过具体生活场景的描写，表明了彻底打碎农奴制国家机器的必要性。作品中的主人公雅科夫·卡利诺维奇是一个颇有思想和抱负的年轻人，但他总是渴望一夜暴富。他成功地娶了一位富有的拥有"一千个农奴"陪嫁的妻子，又仰仗她的关系，在官场上混得要职。但是，当他以不诚实的手段当上省长以后，却想要改变官场的游戏规则，开始变得诚实守信。于是，他抛开了有钱有势的妻子一方，妄想正直、独立，到头来弄得一败涂地，只得离开官场。可见，"卡利诺维奇身上存在着奴性与自由个性、宗法关系的道德观与农奴主的野蛮法则、社会义务与个人意愿、渴求惩办社会败类与渴求报一己私仇之间的矛盾冲突"[②]。正是这一冲突反映了面临农奴制改革时的社会矛盾心理。所以，对于这一人物的行为，作者并没有抱着批判的态度，更多是为了展现社会的真实面目。甚至在作品中对卡利诺维奇可能遭受的指责预先进行了辩护："作者早已预感到卡利诺维奇会突然遭到必当受到指责的威胁，并且认为自己一生中只有为

---

① Ф. Я. Прийма, Н. И. Пруцков. История русской литературы. В 4-х тт. Том 3, Л. : Наука, 1980, с. 139.

② 斯庸：《一千名农奴·译后记》，引自皮谢姆斯基：《陪嫁：一千名农奴》，斯庸译，外国文学出版社，1989 年，第 655 页。

数不多的机会有权为自己的主人公辩护。……你们这还不完全擅长安排生活却已经深谙金钱的奇异魅力的年轻一代，难道你们敢说我的主人公'有罪'吗?"①

这部作品展示了俄国农奴制生活的广阔图景,描绘了贵族的荒淫无耻和官场上的争权夺利,受到了很多著名作家的赞赏,纳博科夫称这部作品是"俄罗斯风格的《红与黑》"②,车尔尼雪夫斯基也赞赏这部作品,认为"这部小说真实地描写了我国外省城市的现实生活",是"当代第一流作家之一的杰作"。③

在长篇小说《浑浊的海》中,作者表现出了反对虚无主义者的态度,这部小说最成功之处在于对女主人公丽涅娃的塑造。有俄罗斯学者认为她是蓓基·夏普式的人物,是"作者笔下最伟大的角色之一",作品"再现了她深重的堕落和她近乎孩童般动人的魅力"。④

皮谢姆斯基的小说创作也得到了俄国文学研究界的充分肯定。著名学者米尔斯基甚至将他与法国的著名作家以及自然主义作家相提并论,认为"他(指皮谢姆斯基)与巴尔扎克有许多共同之处,但走在左拉和莫泊桑的前面"⑤。

第五节　车尔尼雪夫斯基

车尔尼雪夫斯基是一位著名的革命民主主义作家和理论家。他不仅宣扬革命民主主义文学与美学思想,并以《怎么办?》这部长篇小说来实践自己的理论。

一　在监狱中写成名著的小说家

尼古拉·加夫里诺维奇·车尔尼雪夫斯基(Николай Гаврилович Чернышевский,1828—1889),出身于萨拉托夫的一个东正教牧师的家庭。他在萨拉托夫度过了青少年时代,直到1846年才离开此地。他十四岁的时候,以优异的成绩考取了萨拉托夫的教会中学。在这所学校里,他不仅学习了英语、法语等外语知识,而且对文学发生了浓烈的兴趣,阅读了大量的经典文学著作。

1846年,车尔尼雪夫斯基考入圣彼得堡大学文史系。1850年从圣彼得堡大学毕业之后,他回到了故乡萨拉托夫,在一所中学任教。1853年,他又迁居到圣

---

①　皮谢姆斯基:《陪嫁:一千名农奴》,斯庸译,外国文学出版社,1989年,第453—454页。

②　B. B. Набоков. *Комментарий к роману А. С. Пушкина Евгений Онегин*, СПб: 1999, с.511.

③　斯庸:《一千名农奴·译后记》,引自皮谢姆斯基:《陪嫁:一千名农奴》,斯庸译,外国文学出版社,1989年,第652页。

④　米尔斯基:《俄国文学史》上卷,刘文飞译,人民出版社,2013年,第275页。

⑤　同上,第272页。

彼得堡,同年结识著名作家涅克拉索夫,与此同时,他开始撰写博士学位论文。1855 年,车尔尼雪夫斯基申请博士学位论文答辩。在博士学位论文《艺术与现实的审美关系》中,车尔尼雪夫斯基强调现实相对艺术的优越性,认为没有任何东西能够美于现实中的存在。所以他提出了"美是生活"的论断,认为:"美是生活;任何事物,凡是我们在那里面看得见依照我们的理解应当如此的生活,那就是美的。任何东西,凡是显示出生活或使我们想起生活的,那就是美的。"①按照车尔尼雪夫斯基的观点,艺术应该成为"生活的教科书"。他反对"为艺术而艺术"的主张。然而,圣彼得堡大学学术委员会并不赞成车尔尼雪夫斯基关于艺术的观点,也没有认可他的博士学位论文。

从 1855 年起,车尔尼雪夫斯基主编《现代人》杂志的政治和文学批评栏目,成为当时平民知识分子思想上的领袖人物,1859 年,他担任《现代人》杂志主编。

车尔尼雪夫斯基作为唯物主义哲学家,深受德国古典哲学的影响。他在一些文章中提出了激进的观点,并且从激进主义的观念出发,批评当时的沙皇政府对待农奴的一些政策。他认为,农奴的解放如果没有以获得赖以生存的土地为前提,那么就是不适当的,也是对农奴的一种残酷的作弄。因此,他呼吁农民进行革命。由于害怕车尔尼雪夫斯基对社会的持续的影响,沙皇政府在 1861 年封杀了《现代人》杂志,并且派警察对主编进行秘密监视。1862 年 7 月,车尔尼雪夫斯基遭到逮捕,被关进圣彼得堡的彼得保罗要塞。从 1862 年至 1864 年,当他被关押在彼得保罗要塞的时候,他一面等待审判,一面坚持创作,完成了他最为重要的长篇小说《怎么办?》。1864 年,在对他进行审判的时候,在缺乏他参加革命组织的直接证据的情况下,沙皇政府强行判处他七年苦役并终身流放西伯利亚。而且,七年苦役期满之后,又加以延长。

车尔尼雪夫斯基一共度过了二十五年的监禁、苦役和流放生活。在此期间,他坚持文学创作和文学评论。1883 年,由于健康原因,他获准住到里海边的阿斯特拉罕,直到 1889 年 6 月,在去世之前的四个月时,他才获得准许回到故乡萨拉托夫居住。

二 《怎么办?》

长篇小说《怎么办?》(*Что делать?*)是车尔尼雪夫斯基被关押在彼得保罗要塞的时候所创作的,在 1862 年 12 月至 1863 年 4 月写于该要塞的单间牢房。这部长篇小说不仅是车尔尼雪夫斯基文学成就的最好的体现,而且是他社会政治、哲学、伦理观点的综合呈现。小说出版后,在激进的青年群体中产生了巨大

---

① 车尔尼雪夫斯基:《艺术与现实的审美关系》,周扬译,人民文学出版社,2009 年,第 6 页。

的影响。1867年,《怎么办?》在日内瓦出版了俄文版单行本之后,很快被译为波兰语、塞尔维亚语、法语、英语、德语、意大利语、瑞典语等多种语言,对同时代的左拉、斯特林堡等作家的创作也产生了一定的影响。

这部作品中的部分内容实际上是对同时期的小说家屠格涅夫的长篇小说《父与子》的一个回应。这里所出现的人物已经是俄国的新人,不再是屠格涅夫作品中的保加利亚的新人。尤其是主要的新人形象中,出现了薇拉·巴甫洛夫娜这样的女性,她摆脱了家庭对她的控制,追求到了经济上的独立。

车尔尼雪夫斯基的《怎么办?》这部长篇小说以表面上的恋爱故事以及主人公之间相应的情感冲突,表现了平民知识分子革命的主题。在作品中,作者塑造了许多新人的形象。小说的中心女主人公薇拉·巴甫洛夫娜便是其中的一个代表,她追求自由和人格独立,不愿接受包办的封建婚姻,不愿遵从母命嫁给阔少斯托列西尼科夫,从而离家出走,寻求经济上的自主和人格上的独立。在拯救薇拉的过程中,医学院学生洛普霍夫做出了巨大的牺牲,他放弃了自己的学业,同样也放弃了自己的仕途。经过交往,薇拉与洛普霍夫两人自由恋爱,自愿结婚。然而,婚后,他们两人性格不合,存在隔阂。后来,薇拉爱上了她丈夫的朋友吉尔萨诺夫。他们之间的爱情无疑是真正的爱情。然而,薇拉出于对丈夫的尊敬,不愿给他带来伤害,思想上处于激烈的矛盾状态之中。吉尔萨诺夫也同样处于矛盾之中,于是,为了不给洛普霍夫造成伤害,他故意疏远薇拉,也不再去吉尔萨洛夫家里拜访。他们各自表现出高尚的道德情操。洛普霍夫觉察到了薇拉与吉尔萨诺夫之间真正的爱情,开始非常痛苦,但是,为了让对方自由快乐,也为了让自己不再痛苦,他按照“合理利己主义”的原则,竭力促成他们的这场恋情。于是,他假装自杀,实为秘密出国,从而促成了薇拉和吉尔萨诺夫之间的婚事。薇拉和吉尔萨洛夫成婚之后,洛普霍夫从国外回到俄国,结识了薇拉的女友卡捷琳娜,与她自由恋爱,并且与她组成了新的家庭。

车尔尼雪夫斯基的这部长篇小说从表面上看似乎描写的是两对恋人的错综复杂的爱情故事,然而,实际上却是歌颂自由幸福的生活,描写妇女为争取自由所进行的斗争,反映19世纪五六十年代俄国平民知识分子的精神状态以及他们所进行的斗争。

尤其是长篇小说的名称“怎么办?”,显得极为醒目,充分表明了作者探索社会的基本态度,传达了作者在极力探索所面临的重大的历史问题:俄国应该怎么办?俄国平民知识分子应该怎么办?作者所体现出的思想是:知识分子的职责是教育和引导俄罗斯的普通民众,走向理想的道路。作品中有一个特殊的主要人物拉赫美托夫,在第29章中,以“一个特别的人”(Особенный человек)为题,作者描写了他在社会实践中的成长过程,塑造了这个职业革命家的形象。他种过庄稼,做过木匠,甚至当过纤夫。他当纤夫的时候,力气很大,“他居然胜过了三个甚至四个最强壮的伙伴"①。他博览群书,形成了自己独特的世界观。他是唯物主义哲学和俄国激进主义思想的一个象征。小说还通过一个主要人物的梦,来描绘如何到达"永恒欢乐"的社会。因而这部小说被称为"激进主义的手册"。车尔尼雪夫斯基的《怎么办?》这部长篇小说还有一个副标题《新人的故事》,可见,新人在作者心目中的分量。新人在这部作品的艺术结构中发挥着重要的功能。其实,关于《怎么办?》的结构,卢那察尔斯基曾经写道:"车尔尼雪夫斯基在彼得保罗要塞囚禁期间完成了想象力丰富的建筑构思,以便完成这座宏伟的艺术大厦。但最为重要的是其内部构造,是从四个方面建构的:庸俗的人、新人、高尚的人,以及梦幻。"②这里的新人,指的就是平民知识分子。在这部作品中,新人的形象主要是以洛普霍夫、吉尔萨诺夫、拉赫美托夫等人物形象来体现的。车尔尼雪夫斯基笔下的这些新人,完全有别于叶甫盖尼·奥涅金之类的"多余的人",他们这些新人总是凭借自身的刻苦奋斗,在社会上不断地开拓进取,成为有用于社会的优秀人物。而且,作者以这些新人形象来表现自己的独到的革命民主主义思想。譬如,作品中车尔尼雪夫斯基以吉尔萨诺夫为病人看病时劝说病人的话语,表达了他对自由的理念:"我信奉一条准则:不应当违反一个人的意志去为他做任何事情,自由高于一切,甚至高于生命。"③可见,车尔尼雪夫斯基作为"极受爱戴的平民知识分子领袖"④,是将吉尔萨诺夫等新人形象作为自己心目中的理想来精心塑造的。

综上所述,19 世纪五六十年代的俄罗斯文学创作,开始了整体的辉煌,继三四十年代普希金、莱蒙托夫、果戈理等作家的杰出的小说创作成就之后,俄国文学史一反小说与诗歌并驾齐驱的局面,开始朝小说创作倾斜,出现了冈察洛夫、车尔尼雪夫斯基、屠格涅夫、陀思妥耶夫斯基、托尔斯泰等一系列举世闻名的小说家,形成了小说艺术成就的高峰。在 19 世纪的世界文学格局中,俄罗斯小说创作占据了极其重要的引领地位。

---

① 车尔尼雪夫斯基:《怎么办?》,蒋路译,人民文学出版社,1990 年,第 311—312 页。

② А. Луначарский. *Русская литература*, М. : Гослитиздат, 1947, с. 164.

③ 车尔尼雪夫斯基:《怎么办?》,蒋路译,人民文学出版社,1990 年,第 462 页。

④ 蒋路:《怎么办·译本序》,引自车尔尼雪夫斯基:《怎么办?》,蒋路译,人民文学出版社,1990 年,第 3 页。

第十一章　19 世纪后期小说创作

　　19 世纪 70 年代之后,俄国社会虽然经历了 60 年代的农奴制改革,但是,社会矛盾并没有得到根本的解决,社会问题依然突出。一方面,新兴的资产阶级对传统的文化和社会道德形成了巨大的冲击;另一方面,落后的封建农奴制残余依然存在,再加上民粹派运动,以及此起彼伏的农民起义,还有波及整个欧洲的现代主义思潮,所有这一切,使得 19 世纪后期的俄国文化界异常复杂、活跃。正是这一复杂而又活跃的社会政治氛围,使得这一时期俄国的小说创作保持着一定的优势,在世界文坛享有举足轻重的地位和意义。这一时期的俄罗斯小说,也是处于更新换代的时期,尤其是到了八九十年代之后,尽管列夫·托尔斯泰等一些著名作家依然健在,但他们的创作激情已经无法与以前相提并论,更何况一些举世闻名的小说家,如陀思妥耶夫斯基、屠格涅夫、萨尔蒂科夫-谢德林等,纷纷离开了人世,然而,契诃夫的登场使得俄国小说后继有人,尤其是他在短篇小说领域开创了新的局面。

第一节　19 世纪后期小说创作概论

　　1861 年农奴制改革之后,资本主义在俄国得以迅速发展。与此同时,农奴制的残余依然存在,与西欧的一些国家相比,俄国经济的发展依然显得缓慢,尤其是在农业方面,农奴制残余的存在,严重阻碍了社会经济的发展。于是,新兴的资本主义思想与落后的农奴制的残余交织在一起,成为 19 世纪后期俄国社会经济的主要特色。

　　19 世纪 70 年代起,民粹派运动占据了主导地位。由一些平民知识分子所组成的民粹派,主张以知识分子领导农民暴动的形式来推翻政府,然后,依靠农民"天生的传统的社会主义倾向"直接实现社会主义,所以,这些知识分子展开了"到民间去"的运动。

　　19 世纪 80 年代起,马克思主义开始在俄国传播。俄国无产阶级的领袖列宁开始积极从事革命活动,宣传革命理论,批判民粹派观点,主张工农联盟以及武装夺取政权。直到 1895 年,在圣彼得堡建立了"工人阶级解放斗争协会",迎接俄国无产阶级革命时代的到来。

与此同时,在世纪末,各种现代主义思潮也开始在俄国传播,使得 19 世纪最后几十年的文坛显得错综复杂,既有思想活跃的一面,又有鱼目混珠的一面。

这一时期的主要小说家,除了依然坚守文坛的屠格涅夫、车尔尼雪夫斯基、陀思妥耶夫斯基、托尔斯泰等在 19 世纪五六十年代就闻名的一些重要的小说家之外,还有萨尔蒂科夫-谢德林、列斯科夫、柯罗连科、契诃夫等一些小说家开始逐渐登上文坛,为 19 世纪后期俄罗斯的小说创作注入了新的活力。此外,米哈伊洛夫斯基、马明-西比利亚克、迦尔洵、埃尔特尔等小说家也在各个方面丰富了这一时期的小说创作。

一   加林-米哈伊洛夫斯基

加林-米哈伊洛夫斯基(Гарин-Михайловский)的原名为尼古拉·格奥尔吉耶维奇·米哈伊洛夫斯基(Николай Георгиевич Михайловский,1852—1906),出身于圣彼得堡的一个贵族家庭。他的父亲是一位将军。他的童年是在敖德萨度过的。他最初的教育是在家庭中接受的,后来上了敖德萨的里塞尔耶夫斯基中学。1871 年中学毕业后,他进入圣彼得堡大学法律系学习。1872 年,因考试不及格,他转入铁路工程信息学院,于 1878 年毕业。毕业后不久,他成为一名铁路工程师。

米哈伊洛夫斯基较晚才从事文学创作,并且常用加林(Гарин)作为笔名,所以,文学界通常称他为加林-米哈伊洛夫斯基。起初,他主要创作一些随笔,包括《变奏》(Вариант,1888)、《乡下数年》(Несколько лет в деревне,1890)等。在这些随笔中,他主要思考自己生活不顺的原因,而且是从乡下生活的闭塞保守等宏观视角来解释这些原因的。加林-米哈伊洛夫斯基主要作品是被称为四部曲(тетралогия)的《杰马的童年》(Детство Тёмы,1892)、《中学生》(Гимназисты,1893)、《大学生》(Студенты,1895)以及他死后出版的《工程师》(Инженеры,1907)。四部曲"继承了俄罗斯古典文学中的'家庭纪事'以及艺术自传的传统"[①],书写了在特定时代的家庭与社会。四部曲的中心主人公阿尔杰米·卡尔塔舍夫是一位青年知识分子,作品抒写了知识分子接受教育以及学业发展的历程,带有一定的自传色彩,作品中也使用了较多的作者本人的生活素材。四部曲书写了 19 世纪六七十年代知识分子心灵的历程和社会的发展,作品中有对沙皇军队、教会及社会制度的强烈批判,以及对 19 世纪 70 年代民粹派的歌颂,表现出了鲜明的民主倾向。

---

① B. A. Ворисова. "Вступительная статья". См. Н. Г. Гарин-Михайловский. *Собрание сочинений В 5 т.*, М.: Государственное издательство художественной литературы,1957,Т. 1, с. 22.

　　加林-米哈伊洛夫斯基对未来的俄国抱着浓厚的乐观主义信念。他在致高尔基的信中写道:"俄罗斯是一个多么幸福的国家啊！在这个国家有这么多有趣的工作,这么多迷人的可能性,这么多复杂的任务！我从来没有嫉妒过任何人,但是,我何等嫉妒晚我三四十年以后的人们啊！"①

　　米哈伊洛夫斯基在自己的创作中,以宏观的社会意识来突出表现每一个人物所付出的"劳动",尤其是改造世界的知识分子的劳动,无怪乎高尔基称他为"劳动诗人"②。

二　马明-西比利亚克

　　德米特利·纳尔基索维奇·马明-西比利亚克(Дмитрий Наркисович Мамин-Сибиряк,1852—1912),是俄国 19 世纪八九十年代富有成就的现实主义小说家。他出生在彼尔姆省上图尔斯克县的一个矿区。父亲是一名贫困的牧师。自 1868 年至 1872 年,马明-西比利亚克在彼尔姆神学校学习。毕业后,他到了圣彼得堡,进入圣彼得堡外科医学学院兽医系学习,但未能完成学业,随后转入圣彼得堡大学法律系学习。1877 年,由于贫困,他不得不放弃学业,到乌拉尔地区谋生,直到 1891 年离开乌拉尔,前往圣彼得堡,住到近郊的皇村。

　　在大学期间,马明-西比利亚克就积极关注社会政治生活,并开始从事文学创作活动。

　　马明-西比利亚克自 1875 年(大学读书期间)就开始发表文学作品。他的第一部作品《绿色森林的秘密》(Тайны зелёного леса)写的就是乌拉尔山区的生活情形。自 1882 年起,他的文学创作活动进入了成熟的理想状态,创作了《在亚洲边界》(На рубеже Азии)等不少短篇小说和随笔。

　　在 19 世纪后期的俄国现实主义文学中,俄国作家关注的焦点是俄罗斯的中心地区,尤其是圣彼得堡和莫斯科等中心城市。而马明-西比利亚克对俄国文学的贡献在于将目光投向了周边地区,他的主要创作成就就是乌拉尔系列小说,其中包括《普里瓦洛夫的百万家私》(Приваловские миллионы, 1883)、《矿巢》(Горное гнездо,1884)、《野性的幸福》(Дикое счастье,1884)、《三个终点》(Три конца, 1890)、《黄金》(Золото,1892)、《面包》(Хлеб,1895)等。马明-西比利亚克的创作揭示乌拉尔及周边地区深沉的社会生活状况和浓郁的地方色彩,有着史诗性的特色。他的这些小说作品在揭示乌拉尔独特的地方色彩的同时,也展现了俄国农奴制改革之后时代发展的一般规律,所以,列宁指出:"这个作家的作

---

　　①　Максим Горький. Собрание сочинений В 30 т. , М.：Государственное издательство художественной литературы, 1952, Т. 17, с. 82.

　　②　同上,第 77 页。

品有着十分浓郁的乌拉尔生活气息。他把改革前的乌拉尔描绘得很逼真。那时候那里民众生活苦不堪言,他们终生卑贱、备受欺凌。"①

马明-西比利亚克的长篇小说《普里瓦洛夫的百万家私》通过一场争夺遗产的斗争,表现了资产阶级家庭关系的虚伪和没落,资产者的贪婪和自私自利,以及民粹派幻想的破灭。该作品是围绕遗产来揭露资产者的贪婪与自私的,祖辈的财产在耗尽之后,残酷的现实是:留给第三代谢尔盖·普里瓦洛夫的只有空名和大量的窟窿了。马明-西比利亚克的第二部长篇小说《矿巢》(Горное гнездо,1884)所描写的是当时的尔虞我诈的社会现实和道德堕落的种种现象。

马明-西比利亚克还创作了不少短篇小说和适于儿童阅读的童话作品。他的短篇小说同样反映了乌拉尔的风土人情,他的四卷《乌拉尔短篇小说集》表现了乌拉尔下层人们的生活情形。不过,他的小说创作也不时地流露出自然主义的倾向。

三 迦尔洵

弗谢沃洛德·米哈伊洛维奇·迦尔洵(Всеволод Михайлович Гаршин,1855—1888)出身于顿涅茨克县的一个军人家庭。曾在哈尔科夫上学,1864 年起,在圣彼得堡第七中学读书。1873 年,他进入彼得堡矿业学院读书,但未能完成学业。1877 年俄土战争爆发后,他出于爱国热忱,以列兵身份入伍,英勇参战,后因腿部负伤而退伍,被送至哈尔科夫养伤。在此期间,他创作了以俄土战争为题材的短篇小说《四天》(Четыре дня,1877),书写一名受伤的俄国士兵留在战场,度过了艰难的四天。该伤员腿部受伤,不能爬行,就一直躺在一具腐烂的土耳其士兵尸体旁边。这篇作品表现了战争的本来面目,对人类战争的残酷性进行了深刻的审视。这篇小说发表后,获得好评,引起了不小的轰动,是他的成名之作。

迦尔洵的主要文学成就是中短篇小说。比较重要的作品有:《胆小鬼》(Трус,1879)、《勤务兵与军官》(Денщик и офицер,1880)、《棕榈》(1880)、《红花》(Красный цветок,1883)等。

《棕榈》具有一定的象征和讽喻色彩,描写一棵生长在玻璃花房里的棕榈渴望自由的故事。为了能够生活在自由的天空之下,这棵棕榈最终冲破了花房的玻璃顶,但是,由于已经时值深秋,在夹雪风雨的吹打之后,逐渐凋谢。

《红花》是迦尔洵所创作的小说中最为出色、最为著名的一篇。这篇小说所写的是一个疯人希望战胜世间邪恶的故事。这个疯人相信,人世间所有的邪恶全都藏身于医院花园里的三朵红花——罂粟花中,因此想把花掐掉,"他把这个

---

① В. И. Ленин. *Сочинения*,изд. IV,Т. 3,с. 427.

行为看作是他义不容辞应该建树的功勋"①。他决心不顾一切地战胜罂粟花放出的毒气，为人们铲除罪恶的根源。他鼓起气力，快要揪住花茎的时候，却被看守发现，阻止了他的行动。但他毫不气馁，作者书写了这个疯人战胜邪恶的坚强意志：

> 当第一次隔着玻璃窗看见它时，鲜红的花瓣就引起了他的注意，从那一刻起，他终于完全清楚了他在世上究竟该做些什么。这朵鲜艳的红花集中了人世间一切罪恶。他知道，从罂粟里可提炼鸦片，也许正是这个想法在无限滋长扩大，逐渐呈现出种种怪异可怖的形态，诱使他幻想出可怕的虚幻魔影。在他眼里，这花儿是一切邪恶的化身；它体内饱含着人类流淌的所有无辜的鲜血（正因如此，它才这样鲜红）、所有的泪水和所有的苦痛。这是神秘可怕的东西，是与上帝作对的怪物，是变化成谦逊无辜的阿里曼。必须折断和杀死它。但是，这还不够——还必须防止它向全世界喷吐满腹的毒气。就是为了这个，他才把花儿藏进自己的前胸。他指望，黎明到来之前花儿就会失去魔力，它的毒素全将渗进他的胸膛、他的灵魂，而在那里，这些毒素或者被征服，或者占上风——那时，他本人便会牺牲，死亡。但是，这是一个忠诚战士的死亡，是人类第一个战士的死亡，因为在此之前，还没有任何人敢于同时与全世界一切罪恶进行搏斗。②

后来，他设法让看守放松了警惕，从而分三次成功地掐掉了罂粟花。他虽然心力交瘁，即将死去，但他因确信根除了邪恶而感到满足。而且，《红花》的主人公因为敢于"与全世界一切罪恶进行搏斗"，因而被视作为了人类的福祉而心甘情愿做出自我牺牲的勇敢者的形象。

四　埃尔特尔

亚历山大·伊万诺维奇·埃尔特尔（Александр Иванович Эртель，1855—1908）出生在沃隆涅什省扎顿斯基县的一个乡村。他的祖父本是德国柏林公民，因参加拿破仑军队在俄国作战被俄军俘获，后来一个俄军军官将他的祖父带到了沃隆涅什省的乡村，他的祖父改信东正教，娶了一个农奴姑娘为妻，并在地主庄园做工。祖父的工作被他的父亲继承，他的父亲也在庄园做工，也娶了一个女农奴为妻。亚历山大·埃尔特尔的童年是在风光优美的乡村度过的。1873 年

①②　弗·迦尔洵:《红花》，引自《迦尔洵短篇小说集》，高文风译，黑龙江人民出版社，1981 年，第 166 页。

起,他开始到坦波夫省乌斯曼县的一个大地主家从事管理工作,并于 1875 年娶了一个富商的女儿。在妻子的家庭里,经常聚集一些文化名流。正是由于与一些作家的交往,埃尔特尔开始走上文学创作的道路。

埃尔特尔是一位具有民粹派倾向的作家,他最著名的作品是他的两卷集长篇小说《加尔捷林一家及其仆人、友人和敌人》(*Гарденины, их дворня, приверженцы и враги*)。这部小说于 1889 年发表于《俄罗斯思想》杂志,1890 年出版单行本。该作品以俄国中南部的一座庄园为背景,以第一人称叙事,全面书写了俄国农奴制改革之后,俄国社会各个阶层的生活情景。加尔捷林这一贵族之家生活在圣彼得堡。将军遗孀厌倦了大都市生活和出国旅行,决定带着几乎长大成人的孩子,住到乡下消夏。加尔捷林家族在沃隆涅什省拥有庄园,尽管实行了农奴制改革,但是,乡下的生活还是如同过去一样。然而,在当时关于平等的先进思想的激励下,父权制的生活习俗已经开始受到冲击。作者描写了因农奴制改革而引发的农民阶层的种种新的矛盾。

这部作品面世后,受到文坛高度赞赏,托尔斯泰十分欣赏作品的语言风格,他认为:"这部作品的语言是人民的语言,准确、优美、丰富多彩。这样的语言无论是在新的作家身上还是在老的作家身上,都很难找到。"[1]蒲宁更是认为,在 19世纪末,埃尔特尔的艺术成就高于除了契诃夫之外的其他小说家。[2]

第二节　萨尔蒂科夫-谢德林

萨尔蒂科夫-谢德林是 19 世纪俄国著名的讽刺作家,是果戈理讽刺艺术的最为鲜明的继承者。他长期生活在外省,并且在梁赞省、特维尔省担任过副省长等职务,对外省地主生活有着透彻的观察和了解。萨尔蒂科夫-谢德林不仅是杰出的作家,而且是一位出色的评论家。他在评论文章中,特别强调作品的思想性和针对性。"思想,是人类一切行为中不可回避的要素,创作则是通过栩栩如生的形象和明晰的富有逻辑性的叙述将思想体现出来。"[3]

一　书写外省地主的作家

从《外省散记》到《戈洛夫廖夫老爷们》,萨尔蒂科夫-谢德林是一位典型的以

① Л. Н. Толстой. "Предисловие к роману А. И. Эртеля 《Гарденины》". *Полное собрание сочинений Л. Н. Толстого в 90 томах*, Москва: Государственное издательство Художественная литература. Том 37, с. 244.

② И. А. Бунин. *Воспоминания*, Париж, 1950, с. 171-172.

③ М. Е. Салтыков-Щедрин, *Собрание сочинений в 20 томах*, Москва: Издательство Художественная литература, 1965, том 1, с. 24.

书写外省生活为主要特色的作家。

萨尔蒂科夫－谢德林（Михаил Евграфович Салтыков-Щедрин，1826—1889），出身于特维尔省雅津斯基县斯帕斯-乌果尔村的一个贵族地主的家庭。他的父亲喜欢舞文弄墨，但成就极为有限。母亲是莫斯科一个富商的女儿，颇有才能，但她独断专横，夫妻之间经常吵架，很少管教孩子。谢德林也主要是由农奴奶妈照管，童年时代则是由一名农奴画师和家庭教师教他绘画写字。他绝少感受家庭的温暖，还目睹了母亲等地主对农奴的欺压。1836 年，刚满十岁的谢德林被送到莫斯科的一所贵族学校学习。在学校里，谢德林刻苦攻读，成绩优异，两年之后，他离开莫斯科，被保送到圣彼得堡近郊著名的皇村学校读书。在皇村学校读书期间，他酷爱文学，开始创作，并在杂志上发表了数首诗歌作品。"在皇村中学，萨尔蒂科夫曾是'普希金继承者'候选人之一（每个年级都推举出竞选人）。"①由此可见他对文学事业的热爱。

1844 年，从圣彼得堡近郊的皇村学校毕业后，萨尔蒂科夫－谢德林因成绩优异，被分配到陆军部办公厅任职。这使他进入圣彼得堡大学学习的愿望成为泡影，因此他感到非常沮丧。但他在工作之余，广泛阅读文学著作，并且十分关注社会问题。1847 年 11 月和 1848 年 3 月，他相继发表了中篇小说《矛盾》（Противоречия，1847）和《莫名其妙的事》（Запутанное дело，1848）。在这两部作品中，作者关注和揭露社会不平等问题，同情受到欺压的下层百姓，表现出强烈的"自然派"的创作倾向。尤其在《莫名其妙的事》中，作者借助主人公在歌剧音乐中体会到的群众起义的召唤，来暗示革命的意义，这也在一定程度上呼应了这一年的法国大革命。如同先辈普希金一样，也是在差不多的年龄，由于其作品具有强烈的政治倾向性，这部中篇小说受到沙皇尼古拉一世的指责，遭到查禁。1848 年 4 月，根据尼古拉一世的旨意，萨尔蒂科夫－谢德林因小说创作而遭到逮捕，后被流放到僻远的维亚特卡省。

萨尔蒂科夫－谢德林在穷乡僻壤度过了八年的时光。直到沙皇尼古拉一世在 1855 年去世之后，他才改变了终身流放的遭遇，一年之后获得了机会，返回圣彼得堡。虽说在外省流放，但是，艰难的外省生活的体验，对于他的文学创作来说，却是宝贵的财富。艰难的生活磨炼了他的意志，也使得他有机会广泛地接触和了解社会现实，充分地观察和感悟人民大众的疾苦和呼声，从而为他后来的文学创作积累了丰厚的素材和珍贵的营养。所以，1856 年结束流放回到圣彼得堡之后，他就倾心创作，时隔不久，就在《俄罗斯导报》杂志上发表了他所创作的较为重要的文学作品《外省散记》（Губернские очерки，1857）。这部作品以他在流放

① 安·图尔科夫：《萨尔蒂科夫-谢德林传》，王德章、杜肇培译，黑龙江人民出版社，1987 年，第 4 页。

地维亚特卡的见闻为素材,描写人民大众的痛苦以及官吏的腐败生活。《外省散记》"是一部强烈反对农奴制的作品"[①],它的发表,受到了车尔尼雪夫斯基和杜勃罗留波夫等作家和评论家的高度赞赏,奠定了谢德林在俄国文坛的应有的地位。

自 1856 年起,萨尔蒂科夫-谢德林抱着对农村实行改革的良好愿望,先后在内务部等政府部门任职,并且得到了重用,在梁赞省、特维尔省等地担任过副省长职务。但是,由于受到贵族和地主的仇视,他所进行的改革步履艰难,于是,到了 1862 年,他只能愤然辞职。然而,几年的仕途生涯使得他对沙皇专制制度以及社会现实有了更加深刻的理解。其后,他陆续从事《现代人》杂志编辑工作及出任其他领域的公职。直到 1868 年,他与涅克拉索夫一起,主持《祖国纪事》杂志。1878 年,涅克拉索夫病逝之后,谢德林独立担任《祖国纪事》杂志的主编工作,直到 1884 年该杂志被沙皇政府取缔为止。谢德林在杂志社工作时期,也是其文学创作的旺盛时期。他在这一时期的主要作品有:《庞巴杜尔先生和庞巴杜尔太太》(*Помпадуры и Помпадурши*,1863—1874)、《塔什干的老爷们》(*Господа Ташкентцы*,1869—1872)、《金玉良言》(*Благонамеренные речи*,1872—1876)、《现代牧歌》(*Современная идиллия*,1877—1883),以及他的两部代表性作品——长篇讽刺小说《一个城市的历史》(*История одного города*,1869—1870)和《戈洛夫廖夫老爷们》(*Господа Головлёвы*,1875—1880)。

萨尔蒂科夫-谢德林的《一个城市的历史》也是他的代表性长篇小说之一,无疑是俄罗斯讽刺文学中的一部杰作。这部作品以娴熟的技巧,辛辣地讽刺批判了沙皇专制制度的黑暗与腐朽。作品情节曲折怪诞,笔调夸张。作品以编年史家为第一人称进行书写,通过大量的隐喻等手法的运用,以虚构的格鲁波夫(Глупов)城为缩影,再现沙俄农奴制专制之下官场上的腐败和昏庸,以及普通百姓的无知与懦弱。由于这部作品以讽刺的手法对沙皇农奴制度进行了严厉的批判,许多批评家称赞萨尔蒂科夫-谢德林是果戈理的继承者,著名诗人谢甫琴科在日记中动情地写道:"哦,不朽的果戈理啊,有了这样一位天才的继承者的出现,你现在一定感到非常高兴。"[②]

二 《戈洛夫廖夫老爷们》

萨尔蒂科夫-谢德林的《戈洛夫廖夫老爷们》这部长篇小说经过五年时间的

---

① Е. И. Покусаева. "М. Е. Салтыков-Щедрин (Очерк творчества)". См. М. Е. Салтыков-Щедрин, *Собрание сочинений в 20 томах*, Москва: Издательство Художественная литература, 1965. Том 1, с. 16.

② T. G. Shevchenko, *The Selected Works in 5 Volumes*, Moscow, 1956, Vol. 5, p. 120.

创作,于 1880 年出版。这部长篇小说被视为他的代表作。在这部小说中,萨尔蒂科夫-谢德林继承了果戈理、屠格涅夫等作家的传统,描绘了地主家庭的衰败与没落。在他所描绘的这一地主之家中,各个成员之间尔虞我诈,过着百无聊赖的颓废寄生的生活。

女地主阿林娜·彼得罗夫娜·戈洛夫廖娃自称一辈子"没有睡过一夜安稳觉,没有吃过一顿清静饭"①,但实际上,她专横粗暴,贪婪吝啬,假仁假义,尽管拥有四千农奴,家里的谷仓、地窖都装得满满的,甚至东西都霉烂了,可她仍旧搜刮农奴,积攒钱财。她战败了周围的地主,驱走了亲戚——姑母瓦尔瓦拉一家,甚至把本是一家之长的丈夫符拉吉米里置于自己的控制之下。她生有三男一女。大少爷斯捷潘是个"半是小丑半是无赖、只知吃喝玩乐的浪荡公子"。小儿子帕维尔是个毫无作为的懒虫。女儿跟人跑了,不久死掉,留下一对孪生女儿安宁卡和柳宾卡。她的二儿子犹杜什卡,从小花言巧语,三十多年的官场生活使他逐渐形成伪君子的性格。随着年龄和阅历的增长,"谄媚的倾向"逐渐发展,他变得损人利己,巧取豪夺。他口上念着"好妈妈""手足情",还一天到晚装模作样地向上帝祈祷,可是,他只是以孝敬做掩饰,巧妙地欺骗自己的母亲,把自己的"好妈妈"——一个当年专横跋扈的女地主——逼成了自己的食客,逼成了一张"多余的嘴"。他又以极其残忍的手段,剥夺了哥哥斯捷潘的继承权,让他慢慢死去。弟弟帕维尔重病卧床,危在旦夕,他就去讽刺嘲弄,使帕维尔生气,加速帕维尔的死亡。犹杜什卡自己的两个儿子也没逃脱厄运,一个被他逼得自杀,另一个死在流放途中。由于害怕家丑外扬,他还把同女管家所生的私生子扔进了育婴堂。②

阿林娜空虚地、可怜地、孤苦地活在世上。"她如同没有亲自参与生活地活着,其活着的唯一原因是这位老朽身上还埋藏着一些不为人所注意的东西,需要加以汇集、清点和结算。只要这些东西还存在,生活便会沿自己的轨道进行,迫使这位老朽必须保持各种表面的机能,从而使这个半睡半醒的生命不至于化为乌有。"③阿林娜不择手段,争斗一生,到头来还是变成废物一堆,逐渐老迈衰朽,终于倒了下来,化为乌有。

坟墓之后紧跟着又出现坟墓。戈洛夫廖夫一家被一步步推向毁灭。最后,连犹杜什卡也步弟兄的后尘,开始借酗酒打发日子,并且"每过一晚,自杀的念头,在他的头脑中就更成熟一分",终于在一个初春的风雪之夜,他步履蹒跚地走向母亲阿林娜的坟地,冻死在途中。庄园的仆人把这一消息禀报给安宁卡,但安宁卡躺在床上已失去了知觉,只得另派人去找姑母瓦尔瓦拉的女儿——表妹加

①　萨尔蒂科夫-谢德林:《戈洛夫廖夫老爷们》,张耳译,译林出版社,2003 年,第 37 页。

②　该段有关作品内容的综述主要参考了吴笛所撰写的有关《戈洛夫廖夫老爷们》的赏析,参见《外国文学名著赏析词典》,浙江文艺出版社,1989 年。

③　萨尔蒂科夫-谢德林:《戈洛夫廖夫老爷们》,张耳译,译林出版社,2003 年,第 108 页。

尔金娜,而她从去年秋天起就密切注意着戈洛夫廖夫庄园的动静了。

作者在《戈洛夫廖夫老爷们》这部长篇小说中,体现了他自称为历史学家的特质,"他的作品整体构成了一幅庞大的历史画卷,如同但丁的《神曲》和巴尔扎克的《人间喜剧》,把复杂的历史时代完整刻画出来"[①]。这部作品通过一家三代的死亡来说明俄罗斯 1861 年改革前后的"贵族之家"的没落。作者运用阴暗的色彩来描绘日趋衰颓的地主庄园,运用冷峻的文字针砭俄国贵族阶级精神世界的腐朽,给予这个阶级的历史命运以无情的裁决。小说最为突出的成就,是塑造了一系列讽刺形象,如阴险残忍的女地主阿林娜,灵魂空虚的"呆子"斯捷潘,尤其是成功地塑造了犹杜什卡这个出色的艺术典型。

犹杜什卡是"一个世界范围内的形象,如同夏洛克、答尔丢夫、泼留希金、斯梅尔佳科夫"[②]。作家以磅礴的艺术力量刻画了这个具有高度概括意义的奸诈伪善的地主形象。"犹杜什卡"这一名字源自《圣经》故事中出卖耶稣的叛徒"犹大",即"小犹大"之意,是女地主阿林娜的第二个儿子波尔菲里的绰号。这是世界文学艺术形象画廊中的一个杰出的讽刺形象。作者善于通过细节,尤其是通过语言来入木三分地刻画这一人物。作者使犹杜什卡的话语中充满了格言、宗教箴言、表爱语、亲昵语等"能使人腐烂"的词语。犹杜什卡声称自己是正派人,爱说真话,但是,他那闪烁其词的语调不能不使人警惕,他长着一双"谜样的眼睛",分明在表示一种"绝对服从和忠诚",目光安详而柔和,使得专横近乎暴虐的阿林娜也不由得产生一种"暧昧的疑心",然而,"他的眼睛一瞟就像他准备扔出一个圈套",他把一切邪恶都紧紧裹在伪善之中。作者就是扣住言行相悖、表里不一来揭示犹杜什卡的性格特征,使其伪善本质昭然若揭。

其次,作者善于运用对照手法来刻画这个典型。以表面上的孝顺服从与内心的阴险狠毒相对照,更显示他的虚伪;以农民的正直高尚与他的伪善卑劣相对照,更加突出他的可鄙可恶。在风格上,是以庄重与谐谑形成强烈对照,产生令人忍俊不禁的讽刺效果。

作者通过犹杜什卡的形象,集中表现了俄国正在没落的贵族阶级的奸诈伪善、狠毒贪婪,表现了贵族地主阶级腐朽、寄生的本性,同时揭示出产生犹杜什卡的阶级和社会条件,进而抨击腐败的俄国社会。作者以现实主义手法表现贵族阶级在经济上失去了生存的权利,精神上已经陷于瓦解,他们开始同室操戈,骨肉相残,越发显示出腐败与堕落,他们的死期已经迫近。

由此可见,谢德林笔下的犹杜什卡是没落的贵族地主阶级的代表,他最后冻死在通往母亲阿林娜墓地的路上,也象征了这个阶级的腐败与必然灭亡,指明这

---

① ② 高尔基世界文学研究所:《世界文学史》第 7 卷·上册,蔡捷等译,上海文艺出版社,2013 年,第 137 页。

个阶级寿终正寝已成定数。

列宁曾经多次评说过这一形象，并且借用这一形象来探讨一些社会问题，认为犹杜什卡是一个不朽的形象。在《纪念葛伊甸伯爵》一文中，列宁认为谢德林"教导俄国社会要透过农奴制地主所谓有教养的乔装打扮的外表，识别他的强取豪夺的利益，教导人们憎恨诸如此类的虚伪和冷酷无情"①。自《戈洛夫廖夫老爷们》面世一百四十多年以来，这一不朽的形象并未因岁月流逝而失去它的光彩，他的意义"远远越出了产生他的民族土壤、社会环境和时代"②。

第三节　列斯科夫

列斯科夫是一位逐渐接受革命民主主义思想的作家，他创作了许多讴歌普通劳动人民的智慧的作品，赢得了普通读者的广泛喜爱。当时的文学评论家米尔斯基（Д. П. Святополк-Мирский）认为："列斯科夫是俄罗斯人们所认可的俄罗斯作家中最具俄罗斯特性的作家，他也更深更广地知晓俄罗斯人民。"③高尔基则称他为"极为独特的、没有受到任何外来影响的俄罗斯作家"④。高尔基之所以这样说，是出于对列斯科夫的极大的尊崇，以及对列斯科夫遭受漠视的一种表述。高尔基曾经写道："这位大作家远离公众和作家，孤独地生活着，几乎被误解到天荒地老。只是现在人们才开始对他相对关注了。"⑤

一　讴歌普通民众智慧的作家

尼古拉·谢苗诺维奇·列斯科夫（Николай Семёнович Лесков，1831—1895），出身于俄国奥廖尔省的一个小官吏家庭。他的父亲是当地的一名法官，母亲是莫斯科一位衰落贵族的后代。列斯科夫的父亲是一个很有修养的男子，被朋友们称为"自学成才的知识分子"。列斯科夫的一个姑妈嫁给了奥廖尔省一个极为富裕的大地主斯特拉霍夫，拥有较为显赫的戈罗霍沃庄园。他的另一个

---

① 列宁：《列宁全集》第 16 卷，中共中央马克思恩格斯列宁斯大林著作编译局编译，人民出版社，1988 年，第 40 页。

② 《简明百科全书》第 6 卷，时代出版社，1971 年，第 628 页。转引自李健：《一个反面典型的成功塑造——"犹独什卡"形象评析》，《兰州大学学报》（社会科学版）2000 年第 1 期，第108 页。

③ Lib. ru/Классика：Лесков Николай Семенович. Д. П. Святополк-Мирский. Лесков. www.az.lib.ru/l/leskow_n_s/text_1360.shtml.

④ 转引自任光宣主编：《俄罗斯文学简史》，北京大学出版社，2006 年，第 140 页。

⑤ См. П. Громов и Б. Эйхенбаум. "Н. С. Лесков：Очерк творчества"，Николай Семенович Лесков. *Собрание сочинений в одиннадцати томах*，Москва：Государственное издательство художественной литературы，1956，Том 1，с. 1.

姑妈嫁给了一个英国的生意人,拥有大型贸易公司。

幼小的时候,由于家境相对贫穷,列斯科夫寄居在戈罗霍沃庄园的姑妈家里,随表兄弟们一起读书学习。列斯科夫在戈罗霍沃度过了生命中最初的八年时光,他的祖母也住在这一庄园里,母亲也偶尔来访。他在姑父斯特拉霍夫的家中接受了最初的教育。

1841 年,列斯科夫在奥廖尔学校开始接受正规的教育。1847 年 6 月,他到父亲曾经工作过的奥廖尔刑事法院办公室工作。一年之后的 1848 年 5 月,列斯科夫的家庭遭遇了火灾,家庭财产全都焚毁。同年 7 月,他的父亲因霍乱而逝世。1849 年,列斯科夫被调往基辅任职。他曾经担任过政府部门的刑事犯罪科科长助理、征兵科科长等职务。1857 年,列斯科夫辞去了公职,到他姑父——一个英国商人所办的一家私人贸易公司工作。可是,1860 年,贸易公司倒闭,列斯科夫又回到基辅,在报社当过一段时间的记者,撰写一些时事通讯。1861 年,列斯科夫迁居圣彼得堡,仍然从事新闻写作,不久后,放弃了新闻写作,开始了他的文学创作生涯。1862 年,他开始在杂志上发表短篇小说,1863 年发表了中篇小说《麝香牛》(*Овцебык*)和《一个村妇的生活》(*Житие одной бабы*)。《一个村妇的生活》所描写的是一个农村"女歌手"追求恋爱自由而惨遭迫害的悲剧。

从 19 世纪 60 年代到 80 年代,列斯科夫以旺盛的创作激情,写了多部长篇小说及中短篇小说。在 60 年代,除了创作《一个村妇的生活》,他还创作了《姆岑斯克县的麦克白夫人》(*Леди Макбет Мценского уезда*,1865)等反映愚昧落后的社会状况的作品。但是,由于这位年轻的作者是从相对比较落后、闭塞的外省来到首都圣彼得堡的,一时难辨是非,因此在思想立场上同革命民主主义者相对立,甚至写过一些恶意讽刺革命民主主义者及虚无主义的政治小说,如长篇小说《走投无路》(*Некуда*,1864)、《结仇》(*На ножах*,1870—1871)等等,这些小说在当时被认为是对某些人物的诽谤,所以他的作品在当时难以得到客观的评价。70 年代中期以后,他的思想开始转变,在作品中开始塑造一系列正面人物的形象,如中篇小说《被诱惑的流浪人》(*Очарованный странник*,1873)中的主角伊凡·弗里亚金等等。80 年代以后,他逐渐接近革命民主主义者,创作了许多讴歌普通劳动人民的智慧和才能、控诉农奴制度的作品,如《左撇子》(*Левша*,1881)、《巧妙的理发师》(*Тупейный художник*,1883)、《岗哨》(*Человек на часах*,1887)等。他于 1895 年在圣彼得堡逝世。

二 《左撇子》

列斯科夫的代表作是长篇小说《左撇子》。这部作品描写了统治阶级的愚昧专横和左撇子的聪明善良。

亚历山大皇帝总是喜爱去国外游历,观赏稀奇美妙的物品。英国人知道以后,总是设下种种圈套,以便用异国情调迷住他。皇帝觉得什么都是外国的好,对外国的枪械等物品惊叹不已。其实,这些物品是从俄国弄去的。他在参观一家英国陈列馆之后,英国人用银托盘端上来一件物品,看上去像是一粒非常微小的尘屑。只有用指头蘸上唾沫,才能把它沾到手上。这是用英国纯钢锻成的一只跳蚤,里面有机关和弹簧,若把它放在显微镜下,用一把小钥匙插进去上满发条,跳蚤就会跳起舞来。

> 皇帝费了好大的劲才抓起了这把小钥匙,好不容易才用三个指头捏住了它,然后用另一只手的三个指头抓起小跳蚤;他刚把钥匙插进去,就感觉到它的触须开始动起来,接着小爪子也开始搔爬起来,最后忽然朝上一跳,又向两边各跳了两下,如此重复跳了三次,就算跳完了一组卡德里尔舞。①

皇帝耗资百万,买下了这只钢跳蚤。跳蚤被放进小匣里,未曾动过,直到皇帝去世。新登基的皇帝尼古拉有一次发现了这只跳蚤,本想扔掉,但觉得迷惑不解,于是下令查清跳蚤的来龙去脉。普拉托夫把钢跳蚤的来历告诉了尼古拉皇帝,并且认为应该让俄国工匠造出更好的东西,而不能让英国人占上风。皇帝欣然同意,命令普拉托夫去操办此事。普拉托夫拿了钢跳蚤,找到了图拉城的工匠们,说明了来意。三个手艺最巧的工匠当中,有一个是斜眼的左撇子。他带领另外的工匠聚集在小屋子里,插上门,关上百叶窗,点起圣像前的油灯,闭门不出,开始夜以继日地叮当叮当地捶打。两个星期之后,普拉托夫前来催货,工匠们就把东西拿了出来。看起来,仍是那只装着跳蚤的小匣子。普拉托夫以为受骗,把左撇子押到了圣彼得堡。经过审讯,终于弄明,左撇子等工匠在那只跳蚤所有的脚爪上都钉了掌钉,而且每个掌钉上还刻着匠人的名字:哪个俄国师傅钉了哪个掌钉,这些名字只有用五百万倍的显微镜才能够看清。

皇帝下令把这个钉上掌钉的跳蚤放好,送回英国去。左撇子随同一个特别信使去了英国。

在英国,给小如微尘的钢跳蚤打上掌钉的左撇子大受器重,但他谢绝了英国人的盛情挽留,不愿在英国定居下去,也谢绝了英国人给他父母寄钱,更谢绝了英国人给他选择的美丽的姑娘。英国人对有官位的俄国信使不屑一顾,而对左撇子却极感兴趣,但无论怎样也迷惑不住他,无法使他对英国生活产生眷恋,所以,只好劝他做短期逗留,并带他去参观各家工厂。但他对于怎样制造新的枪械

---

① 列斯科夫:《左撇子:列斯科夫中短篇小说选》,周敏显、魏原枢译,上海译文出版社,1987年,第158页。

兴趣不大,反而更加关注怎样保存旧的枪械。一旦走到旧的枪械跟前,他便用手指从枪口伸进去摸摸筒壁,长叹一声。当他得知俄国将军们来此参观时一向戴着手套,从未触及筒壁时,他忽然感到烦闷不安起来。他再也留不住了,他得赶紧回到俄国。在回国的船上,他一直坐在舱外,向祖国的方向瞭望。可是到了俄国之后,这位没有身份证明的左撇子却被送进了警察局。由于生病得不到及时的治疗,他已经虚弱得奄奄一息了。在临死之前,他对医生说出了勉强可辨的最后一句话:"告诉皇上,英国人擦枪不用砖头,我们别再用砖头擦枪啦,不然的话,老天爷,那些枪就不能用来射击了。"忠心耿耿的左撇子就这样死了。但是,这句话并没有被转告给皇帝,一直到克里米亚战争的时候,俄国军人仍然使用原来的擦枪法。这样,枪一装上子弹,子弹就在枪筒里晃动,因为枪膛被砖头擦大了。如果左撇子那句话被及时转告给了皇帝,那么,克里米亚战争也许就不会失败了。

从上述提要中我们可以看出,左撇子的故事带有一定的传奇色彩,然而,这种传奇故事中却蕴含着深刻的现实意义。1881 年,是俄国历史上极为独特的一年,当时沙皇亚历山大二世被民粹派炸死,政府进行疯狂的反扑,一个持续多年的反动统治时期从此开始。献身于民粹主义的一代英勇战士走下了政治历史舞台,进步的刊物也遭受查封,无聊的杂志泛滥于各地。一些作家美化资本主义的农村生活,鼓吹"小事论",提倡点点滴滴的改良,知识界普遍产生了悲观、消极、冷漠的情绪。正是在这样的 1881 年,列斯科夫发表了文情并茂的作品《左撇子》,这在当时无疑是具有进步意义的难能可贵的好作品。其进步意义在于,它歌颂了普通劳动人民的智慧和创造能力,弘扬了俄罗斯的民族传统和民族精神,鞭挞了统治阶层的愚昧专横。

作品中的左撇子有如作者 19 世纪 70 年代在许多其他作品中所塑造的人物形象一样,是一个来自民间的虔诚正直的人物,也是列斯科夫"虔诚的人物"(Праведники)系列形象中描绘得最为出色的一位。作品通过这样的虔诚的"小人物"的聪明、善良、正直及爱国激情,来鲜明地对照上层官僚的愚昧、专横、堕落及媚外气息。为了民族的利益,左撇子关起门来拼命工作,连隔壁着火也没有把他吓住。作者写道:"工匠们不停地紧张做活,竟将这所窄小的木房弄得汗水腾腾,以致一个习惯于新鲜空气的人连一口气也透不过来。"就是这样的俄罗斯普通的匠人,为民族赢得了荣誉。当他受到外国人器重时,不为所动,断然拒绝了国外的奢华生活,眷恋着俄罗斯大地;当他有机会在英国工厂里进行参观的时候,他也无心观赏,而是关注着英国的经营方式、工人待遇,以及两国间的差距;当他发现英国在保管旧枪械方面比祖国先进时,他便打算即刻返回祖国,禀报皇帝;甚至直到临死之际,也没忘记对民族的责任和对皇帝的忠诚。与此适成对照的是,亚历山大皇帝轻视自己的民族传统,每当出国之时,总是对外国物品垂涎欲滴,不惜挥霍巨资,随意购买。购买之后则搁在一旁,置之不理。皇帝是这样,其他达官贵人也是如此。在外国工厂参观时,个个"都是盛装","戴着手套"。正是这帮昏庸的官僚,不识人才,把一个为报国归来的匠人扔在警察局的地板上,扔在医院过道的地板上,一颗赤诚爱国的心灵被扼杀在他们的手中。

此外,这部作品预示了自然与"现代文明"之间的冲突,以及大机器生产与工人"自我"之间的冲突。从某种意义上说,左撇子的死亡也象征着"现代文明"中的"自我"的泯灭。然而,民族传统却激励人们去编造幻想。

在艺术方面,这部小说把俄罗斯民间语言和文学语言和谐地融合起来,其叙述显得生动简洁,虽说具有传奇色彩,但富于浓厚的、真实的生活气息。这与作者密切接触、体验过俄罗斯普通生活不无关系。语言的卓越才能,使列斯科夫享有"独树一帜的艺术散文巨匠"的称号,高尔基认为他在语言艺术等方面超出了托尔斯泰和屠格涅夫,称他是值得现代俄罗斯作家学习的语言大师。

第四节　柯罗连科

柯罗连科是俄罗斯 19 世纪文学传统的杰出继承者,也是 19 世纪末 20 世纪初俄罗斯传统现实主义小说家的重要代表之一。

一　继承俄国民主主义文学传统的作家

弗拉基米尔·加拉克基奥诺维奇·柯罗连科(Владимир Галактионович Короленко,1858—1921)出生于俄国乌克兰沃伦省日托米尔城,父亲是一个法官,母亲是波兰人。在小时候,柯罗连科甚至不知道自己的国籍,在没有学会俄语之前就已经能用波兰语阅读书籍了。

柯罗连科曾在波兰语寄宿学校学习,后来又进入日托米尔学校学习,由于他的父亲调到罗夫诺工作,柯罗连科又转到了罗夫诺实验中学。而且,在他父亲于1866 年突然去世之后,柯罗连科继续在该校学习,直至完成了学业。

柯罗连科 1871 年进入彼得堡工艺学院学习。1873 年初,他因为经济困难而辍学,随后从事过绘图、校对等工作。1874 年,他进入莫斯科的彼得农林学院学习,但是,由于参加学生运动,他于 1876 年被学校开除。1877 年,他到了圣彼得堡,进入圣彼得堡矿业学院学习。在大学学习期间,他开始写作,并于 1879 年发表了小说。1879 年 6 月,他在《词语》(Слово)杂志上发表第一部中篇小说《探索者的生命插曲》(Эпизоды из жизни „искателя"),描写一个青年放弃个人幸福而走上为民众服务之道路的故事。同年,因涉嫌革命活动而遭逮捕,开始了他长达六年的囚禁与流放生活。1885 年,柯罗连科结束流放,迁居下诺夫哥罗德。

在下诺夫哥罗德居住时期(1885—1895),是柯罗连科文学成就最为辉煌的时光。尤其是 1885 年和 1886 年面世的《马卡尔的梦》(*Сон Макара*,1885)、《在坏伙伴中》(*В дурном обществе*,1885) 以及《盲音乐家》(*Слепой музыкант*,1886)等作品,获得了极大的成功,奠定了他在俄国文坛的地位。在这些作品中,柯罗连科以深刻的人类心理的认知,探究人与社会的相互关系等问题。

在 19 世纪 90 年代,柯罗连科四处游历,到过克里米亚、高加索等地。1893 年,他访问美国芝加哥,其作品开始被翻译成多种语言。1895—1900 年间,柯罗连科居住在圣彼得堡,主编杂志《俄国财富》(*Русское богатство*),并且发表了《马罗申领地》(*Марусина заимка*,1899)、《瞬间》(*Мгновение*,1900)等中篇小说。

自 1900 年起,柯罗连科迁居到了波尔塔瓦,并且在此地度过了余生,他在 20 世纪初期的主要创作是自传体长篇小说《我的同时代人的故事》(*История моего современника*,1905—1921)。柯罗连科是一位坚定地继承俄国民主主义文学传统的作家,他强调文学的社会使命,反对专制制度,向往真理与自由。但是,他在生命的最后几年,在对待十月革命的态度问题上,却又显得极为矛盾。

柯罗连科的主要小说作品是短篇小说《马卡尔的梦》(1883)、《森林在呼啸》(1886)、《大河奔流》(1892)等。他的代表作是中篇小说《盲音乐家》(1886)。小说《马卡尔的梦》书写了一个善良的农民因备受贫困折磨而发出抗议的故事。小说《森林在呼啸》所书写的是农奴与贵族之间的矛盾,对贵族老爷恣意践踏农奴尊严的行为进行了严厉指责。在作品艺术技巧方面,作者呈现了描绘大自然的独特技艺,尤其是将暴风雨前的森林景象描绘得十分壮观。在《大河奔流》中,作者更多表现的是人们的无奈与凄凉的生活处境。

二 《盲音乐家》

在《盲音乐家》这部作品中,柯罗连科以极其细腻的笔触,描述了一个感人的盲人音乐家的故事。这部小说实际上所歌颂的是一个励志的故事,在这部作品中,柯罗连科书写了一个盲童经过艰苦的磨炼,不断克服自身的不幸,并且战胜生理上的缺陷,坚持走与人民相结合的道路,终于成为一名杰出的音乐家的故事。

柯罗连科创作这部中篇小说的基本心理动机,"就是对光明本能的、生理上的渴求"[1]。小说的主人公彼得生来双目失明,但是有着对声音的敏锐的感悟,他通过听觉与世界接触,与人们沟通。在成长过程中,教育的失衡,加上母亲过分的溺爱,使得他产生了自私的心理。他有过彷徨,有过悲伤,有过对命运不公的抱怨,甚至将自己双目失明的痛苦转化为对世界的憎恨。后来,经过他的舅舅马克西姆的精心引导,他终于认识到生命的意义,意识到比眼睛复明更为重要的

---

[1]　柯罗连科:《盲音乐家》,傅文宝译,浙江文艺出版社,2002 年,第 80 页。

是心灵的复明。

经过不懈的努力,他终于在音乐演奏方面获得了巨大的成功。作品的最后,书写了他在彼得音乐会演出的成功场景:

> 乐曲的旋律,像草原的和风一样欢乐奔放,又像草原的和风一样无忧无虑。在这洪亮、热烈的旋律中,在形形色色和广阔开朗的生活喧闹声中,在时而忧伤时而庄严的民间小调中,越来越频繁、越来越坚定有力地迸发出一种动人心弦的调子。①

通过音乐,彼得终于实现了更为重要的心灵的复明。这时,他的舅舅也无比激动地发出感叹:"是呀,他复明了。……他心里装的是生活的感受,而不是盲目而无法排遣的自私的痛苦。他既能感觉到人生的痛苦,又能感觉到人生的欢乐。他复明了,并能使幸福的人们想起那些不幸的人……"②

第五节　契诃夫

契诃夫(Антон Павлович Чехов,1860—1904)是 19 世纪末俄国现实主义文学的杰出代表,被誉为"19 世纪最后一位经典作家"③,也是与莫泊桑等作家齐名的举世闻名的短篇小说大师。在二十四年的创作生涯中,契诃夫创作了五百多篇各种形式的文学作品,其中以短篇小说和戏剧最为突出。契诃夫出生在俄国南部叶卡捷琳诺斯拉夫省(现罗斯托夫州)亚速海边的塔甘罗格。他的祖父和父亲都曾是农奴,直至 1841 年,他的祖父凭借自己的勤劳和智慧,以三千五百卢布的赎金为代价,向地主赎得了他自己以及家庭成员的自由。当年,契诃夫的父亲巴维尔已经十七岁了,于是离开家庭独自闯荡,直到后来在塔甘罗格开了一家杂货店。

契诃夫七岁的时候,上了当地的一所希腊学校。1869 年,他正式进入当地的一所俄国学校。1879 年中学毕业后,他来到了莫斯科,并于 1880 年顺利进入莫斯科大学医学系学习医学。在学习医学的同时,他开始了文学创作。1884 年大学毕业之后,他在离莫斯科不远的一个城镇行医。正是他的从医经历,使得他有了机会广泛地接触社会现实,了解现实社会中各种各样的人物,从而拓展了视野,丰富了生活体验,对他的文学创作活动,产生了良好的影响。

---

①②　柯罗连科:《盲音乐家》,傅文宝译,浙江文艺出版社,2002 年,第 216 页。

③　В. И. Коровина ред. *История русской литературы XIX века. В 3 ч. Ч. 3 (1870 - 1890 годы)*,М.：Гуманитар, изд. центр ВЛАДОС,2005,с.455.

一　从医学到文学

契诃夫的行医职业和文学创作是他生命的两个重要的组成部分。他时时刻刻兼顾着这两个方面的工作和职责。对契诃夫的成名很有影响的《新时报》发行人苏沃林曾经劝告他放弃行医职业,专事文学创作,契诃夫却回答说:"您建议我不要同时追逐两只兔子,不要再想从事医学？我不知道,为什么不能同时追逐两只兔子？……当我感到我有两种工作,而不是一种时,我觉得更振奋一些,对自己也更满意一些……医学是我的发妻,而文学是我的情妇。一个使我厌烦的时候,我就在另一个那里宿夜。这虽然是不正派的,但却不那么枯燥,再说她们二者也完全不因我背信弃义而丧失什么。"[①]

由此可见,在契诃夫的眼中,行医职业和文学创作这两者并不相悖,甚至互为补充,都是他生命中不可分割的组成部分。

医学对契诃夫的文学创作也产生了潜移默化的影响,不仅拓展了他所关注的范围,更作用于他的创作方法。这一点,契诃夫本人也是充分意识到的。1899年,他在致友人的信中写道:"我不怀疑研读医学对我的文学活动有重大影响;它大大扩展我的观察范围,给予我丰富的知识。……这种影响的真正价值只有作家自己兼做医生的人才能领会。……大概多亏接近医学,我才能避免了许多错误。"[②]

契诃夫的小说题材以及作品中的人物也有不少是与疾病或者医疗密切相关的。他所创作的《六号病房》(Палата № 6)、《跳来跳去的女人》(Попрыгунья)、《花匠头目的故事》(Рассказ старшего садовника)等多篇小说,其作品主人公的职业都是医生。在《跳来跳去的女人中》,医生奥西普·斯杰潘内奇·戴莫夫(Осип Степаныч Дымов)被塑造成一个平凡而又伟大的人物,甚至是值得膜拜的人物。他在平凡的医学岗位上,不辞劳苦,任劳任怨,救死扶伤,最后,他为了能够诊治病人,完全不顾个人的生命安危,利用吸管毫不畏惧地去吸一个害白喉的男孩的薄膜,因此感染了白喉,而后不幸离开了人间。在《跳来跳去的女人》中,作者所着力描写的,倒不是戴莫夫医生自己,而是他的妻子奥尔迦,一个"跳来跳去的女人",她膜拜明星,追捧名流,经常在家中举办晚会,邀请自己所崇拜的演艺界的明星以及画家、艺术家等热门人物,来到她的家中聚会,从不考虑自己丈夫的内心感受。她甚至与那些所谓的名流谈情说爱,根本漠视自己丈夫的存在。作者以奥尔迦的这种庸俗和自私来烘托戴莫夫医生的高尚。然而,待到戴莫夫死后,奥尔迦才弄明事情的本质特性,意识到真正的伟人、真正的名流就

---

①　契诃夫:《契诃夫文学书简》,朱逸森译,安徽文艺出版社,1988年,第57页。

②　契诃夫:《契诃夫论文学》,汝龙译,人民文学出版社,1958年,第285页。

在她自己的家中,存在于普普通通的生活中。她追悔莫及,在小说的最后,她感叹假如一切重新开始,她一定对他表现出应有的尊重,对他说:"他是一个天下少有的、不平凡的、伟大的人,她会一生一世地尊敬他,向他膜拜,感到神圣的敬畏……"①由此可见,契诃夫的从医实践为他的文学创作提供了丰富的营养。

契诃夫的文学创作活动,从进入莫斯科大学学医的1880年开始,直到由于肺病而不幸去世的1904年结束,一共持续了二十四个春秋。他的小说创作,大约可以分为三个阶段。

契诃夫创作的第一阶段(1880—1885),就以富有特色的成熟的短篇小说家的身份出现在俄国的文坛。19世纪80年代,是俄罗斯社会思想发展进程中的一个独特的时代,也是契诃夫艺术才华得以成熟和充分展现的时代。在这一阶段,他以幽默作家身份登上文坛,其作品以短小精悍、幽默讽刺为主要创作特色。不过,他的作品尽管在形式方面显得短小,但是容量很大,而且思想深邃。

还在莫斯科大学读书的时候,契诃夫就开始发表作品。他的第一篇作品刊登在圣彼得堡的幽默杂志《蜻蜓》1880年第10期上,题为《一位顿河地主写给有学问的邻居的信》。在同一期《蜻蜓》上,他还发表了另一篇题名《在小说中常常遇到的是什么?》的幽默小说。这两篇作品,最初体现了契诃夫的幽默讽刺的创作风格。在第一创作阶段,契诃夫就表现出他独特的短篇小说创作技巧和艺术风格。契诃夫短篇小说创作的第一次繁荣出现在1883年。在这一年,契诃夫总共创作了一百二十多篇短篇小说,而且,从一开始,契诃夫就表现出成熟的艺术技巧。如《一个小公务员的死》(Смерть чиновника)、《胖子与瘦子》(Толстый и тонкий)等短篇小说,无论就思想性还是艺术性而言,都是短篇小说中的佳作,显示了他对俄罗斯现实主义文学传统的继承和发展。在这些作品中,"贯注着契诃夫的鲜明的社会批判意识,同时也显示了他的杰出的讽刺幽默天才,以及他的短小精悍的文体风格"②。

短篇小说《一个小公务员的死》承袭了普希金在《驿站长》中所开创的描写"小人物"的风气。作品的主人公是一个地位低下的小文官,名叫伊凡·德米特利奇·切尔维亚科夫。他在剧院里看戏的时候,一不小心,打了一个喷嚏。随后,他便心惊胆战,生怕唾沫星子溅到了别人的身上。于是,他左顾右看,胆怯地发现,他打喷嚏的唾沫星子溅到了他前排的一个将军的秃顶上。他急忙向他赔罪,说自己不是故意的,请他原谅。他三番五次地赔罪,惹得将军很恼火。切尔维亚科夫回到家里之后,把这件事告诉了妻子。妻子也认为事情严重,需要登门道歉。于是,他第二天穿上了新的制服,理了发,郑重其事地登门道歉。将军

---

① 契诃夫:《契诃夫小说全集》第8卷,汝龙译,上海译文出版社,2000年,第253页。
② 童道明:《我爱这片天空:契诃夫评传》,中国文联出版社,2004年,第30页。

也只是气愤地说了一句："简直是在开玩笑。"切尔维亚科夫依然惶恐不安,第三天再次登门道歉,对将军进行解释:

> "我昨天来打搅大人,"他等到将军抬起问询的眼睛瞧着他,就叽叽咕咕说,"并不是像您所说的那样为了开玩笑。我是来道歉的,因为我打喷嚏,溅了您一身唾沫星子,……至于开玩笑,我想都没想过。我敢开玩笑吗?如果我们居然开玩笑,那么结果我们对大人物就……没一点敬意了。……"
>
> "滚出去!!"将军脸色发青,周身打抖,突然大叫一声。
>
> "什么?"切尔维亚科夫低声问道,吓得愣住了。
>
> "滚出去!!"将军顿着脚,又说一遍。[1]

切尔维亚科夫没完没了的道歉、无始无终的纠缠,终于使得将军忍无可忍,所以才冲着他大叫了一声"滚出去",于是,小官吏就此吓破了胆,回到家里就死了。

再如短篇小说《胖子与瘦子》,也是描写小人物的短小精悍的佳作。在这篇小说中,作者所描写的是两个儿时伙伴久别重逢的故事。多年未见的儿时伙伴,即胖子与瘦子,在尼古拉火车站意外地相逢,两人高兴得热泪盈眶,相互亲吻了三遍。瘦子对胖子说话也是显得亲切、随随便便的:"我亲爱的,真是想不到!真是出其不意!嗯,好好瞧着我!还是跟从前那么漂亮!还是从前那样仪表堂堂,大少爷!天呐!那么,你怎么样?发财啦?结婚啦?"[2]然而,当他得知这个胖子已经是两个星章的三等文官的时候,他的表情和态度就立刻发生了根本性的变化:

> 瘦子忽然脸色变白,呆住了,可是他脸上的肉很快地向四面八方扭动,做出顶畅快的笑容,仿佛他的脸上,眼睛里,射出火星来似的。他耸起肩膀,弯下腰,缩成一团……他的皮箱啊,包裹啊,硬纸盒啊,好像也耸起肩膀、皱起了脸……[3]

他不仅露出"畅快的笑容",而且马上改口,称对方为"大人",在作品结尾处,瘦子一家三口人毕恭毕敬地站着,两腿靠拢,不停地发出"嘻——嘻——嘻"的

---

① 童道明主编:《契诃夫名作欣赏》,中国和平出版社,1996年,第4页。

② 同上,第1页。

③ 夏仲翼编:《契诃夫讽刺小说》,上海文艺出版社,1995年,第8页。

笑声。

　　无论是《一个小公务员的死》中的将军，还是《胖子与瘦子》中的胖子，都不是作家刻意丑化的对象，反而显得有些平易近人、通情达理，契诃夫在这些作品中并没有直接批判这些官僚，而是侧重表现"小人物的精神上的奴役"①，但是，我们从瘦子的见风使舵以及他的奴性心理中，可以看出俄国官场上的卑躬屈膝以及对人的尊严的践踏。

　　契诃夫在第一阶段创作的著名短篇小说还有《变色龙》(*Хамелеон*，1884)和《普里希别叶夫中士》(*Унтер Пришибеев*，1885)等多篇。这些小说同样显现出契诃夫卓越的小说艺术技巧。

　　在契诃夫创作的第二阶段(1886—1896)中，契诃夫的小说创作风格发生了一些显著的变化。他不再局限于幽默讽刺的技巧，也不再满足于人物形象外部描述，而是开始关注人物的内心世界的展现，注重人物的心理刻画，尤其是矛盾的、病态的心理刻画。这种创作倾向的改变，主要是由于俄国社会经历重大的变动，各种思想思潮开始传播，现代主义文学广为渗透，世纪末的情绪也颇为浓郁。"在这一时期，人的意识与不可理喻的生活之间的冲撞，以及人的存在与其仇视的命运之间的冲撞，是契诃夫最为喜爱的主题之一。"②

　　1886年，是契诃夫短篇小说创作发生转变的一年。从这一年所创作的《忧郁》《异口同声的姑娘》《安魂曲》《苦恼》等许多小说的篇名来看，契诃夫已经从对社会现象的幽默讽刺转向了对人物性格及内心世界的深沉的探幽。人物形象也不再局限于早期作品中较为普遍的容易被骗、受害，甚至浅薄的特性，而是呈现出深沉的特性，契诃夫开始注重人物的复杂性格的刻画。

　　在第二个创作阶段，契诃夫创作了《六号病房》《跳来跳去的女人》《带阁楼的房子》等多篇短篇小说。

　　《六号病房》是这一时期具有代表性的作品，更是表现了契诃夫作为医生兼作家的独到的艺术风格。在这篇小说中，契诃夫以惊人的艺术手法，描绘了作为俄国黑暗社会缩影的"六号病房"，集中刻画了病人格罗莫夫和医生拉京这两个独特的艺术形象。

　　契诃夫短篇小说创作的第三阶段(1896—1904)处于19世纪与20世纪之交。

　　这一时期的主要时代特征是无产阶级登上了俄国的政治舞台，俄国革命进入了无产阶级革命时期。契诃夫创作的一系列作品反映了这一时期的基本时代

---

①　В. И. Коровина ред. *История русской литературы XIX века. В 3 ч. Ч. 3 (1870 - 1890 годы)*，М. : Гуманитар, изд. центр ВЛАДОС，2005，с. 459.

②　同上，第463页。

特征。在著名短篇小说《套中人》(Человек в футляре)等作品中,契诃夫对闭塞保守、不能适应时代进步的"套中人"别里科夫进行了辛辣的讽刺和尖锐的批判。

在闭塞保守方面,别里科夫如同果戈理《死魂灵》中的女地主柯罗博奇卡,似乎对外部世界一无所知。在害怕新事物以及生活的变动方面,他又像冈察洛夫笔下的奥勃洛莫夫。两位作家都将主人公的这一特性在婚姻方面做了画龙点睛的表述。可见,契诃夫笔下的别里科夫,确实将柯罗博奇卡和奥勃洛莫夫两种性格集于一身。

契诃夫在刻画这样一个闭塞保守的"套中人"形象时,主要是以日常生活的细节来进行刻画的。别里科夫是一个中学教师,他所教的课程也是无人使用的死的语言——古希腊语。作者详尽地描写了别里科夫与众不同的地方:"只要一出门,就算是个大晴天,他也要穿上套鞋,带上雨伞,而且一定穿上暖和的棉大衣。他的伞套着套子,怀表也套着灰麂皮套子,有时他掏出小刀削铅笔,那把小刀也套着个小小的套子。他的面孔似乎也套着套子,因为他总是把它藏在竖起来的大衣领子后面。他戴着墨镜,穿着绒线衫,耳朵里塞着棉花,要是坐车的话,还吩咐车夫支上车篷子。总而言之,这个人永远有一种无法抑止的愿望,要把自己包在壳子里,给自己做一个套子,使得自己与世隔绝,不受外面的影响。"①即使不出门,待在家里的时候,他也是要将自己套起来的。他所住的小小的卧室极为密闭,极为狭窄,活像一只箱子,卧室的床上一年四季总是要挂着蚊帐,而且,一上床睡觉,他就得穿上睡衣,戴上睡帽,用被子蒙住脑袋,生怕发生什么意外,生怕有窃贼溜进屋子。于是,他整夜做着噩梦。第二天他无精打采,面色惨白。

即使是理想的爱情与婚姻也不能使他"解套",反而使他钻进了真正的"套子"。能歌善舞的美丽姑娘华莲卡对他颇有好感,产生爱意,他也差点与她结婚成家。然而,他一想起结婚会使生活发生变动,就开始不安,像得了病似的消瘦了,"似乎越发缩到他那个套子里去了"。他反复权衡,心想:"不成,结婚是一件大事,首先得衡量一下将要承担的义务和责任……免得日后闹出什么事来。这件事叫我很不安,我现在夜夜睡不安稳。老实说吧,我心里害怕……一旦结了婚,弄不好日后准会闹笑话。"②他最后因为一张讽刺他恋爱的漫画而受到了极大的刺激,再加上他认为华莲卡和她的弟弟骑自行车不成体统,在告诫华莲卡弟弟柯瓦连科时发生了口角,被柯瓦连科推了一把,摔了一跤,顺着楼梯往下滚的时候,滑稽的模样恰恰又被华莲卡看在眼里,他担心这件事会再次成为人们的笑柄,回到家里,卧病不起,一个月后就结束了在人间的生活。"他躺在棺材里头,

---

① 夏仲翼编:《契诃夫讽刺小说》,上海文艺出版社,1995年,第118页。

② 同上,第127页。

面容温和,愉快,甚至很快活,仿佛庆幸自己终于被装进了套子,再也不必出来了。"①

别里科夫就是这样一个因循守旧、害怕新生事物和社会变革的形象,他的一句口头禅"千万不要闹出什么乱子来"更是十分恰当地传达和表现了他的性格特征。

二　契诃夫短篇小说的艺术特色

契诃夫在世界文学史上,是与法国的莫泊桑、美国的欧·亨利等作家齐名的短篇小说巨匠。他以独特的艺术手法为世界短篇小说的艺术发展,提供了丰富的营养。

首先,契诃夫的短篇小说以出色的幽默与讽刺为其主要的创作特色。他的幽默和讽刺不仅是一种艺术上的创作技巧,更是具有一定的社会功能,是他对社会上的各种丑恶现象进行批判的有力的手段,而且,他善于将喜剧性与悲剧性等不同的要素糅合在一起,以看似轻松幽默的笔调来书写结尾沉重的社会现实。

高尔基说:"从安东·巴甫洛维奇的每一篇幽默小说中,我能够听到从一颗纯洁的、真正具有人性的心里发出的轻声而深沉的叹息,我能够听到他因为对那些不知道尊重自己人格的人的怜悯而发出的无望的叹息。"②由此可见,契诃夫善于从呈现在表面上的笑料中揭示"为世人所看不见的眼泪",善于以喜剧的形式来表现悲剧的内涵。正因为契诃夫的讽刺艺术具有一定的社会功能,所以,他笔下的人物具有典型性,如他在《变色龙》《套中人》等作品中所塑造的一些形象,尽管着墨不多,却属于俄国文学史上最为典型的艺术形象之列,无论是《变色龙》中的人物奥楚蔑洛夫作为见风使舵、投机钻营者的代表形象,还是《套中人》中的别里科夫作为因循守旧、害怕变革者的典型象征,都具有典型性,都深入人心,为读者所铭记。

其次,契诃夫不愧是一位语言大师,他的短篇小说中的语言显得极为简洁,质朴清新,自然明快,生动有力。他所选择的创作题材也同样显得朴素平凡,绝少宏大事件,而且,他在创作中特别注重对细节的真实刻画。他的作品贴近社会生活,他总是善于书写日常生活中的普通事件和普通人物,并且以简洁的语言来进行叙述。他声称"简洁是才能的姐妹",并且相信,"写作的艺术就是提炼的艺术"③,对于情节结构,他坚持认为:"越是严密,越是紧凑,就越富有表现力,就越鲜明。"所以,他的作品一般来说都显得短小精悍,他常常以平凡的事件入手,来

---

①　夏仲翼编:《契诃夫讽刺小说》,上海文艺出版社,1995年,第133页。

②　童道明:《我爱这片天空:契诃夫评传》,中国文联出版社,2004年,第24页。

③　契诃夫:《契诃夫论文学》,汝龙译,人民文学出版社,1958年,第154页。

反映和折射社会生活中的重要问题。所以,看似平凡的主题,却有着深邃的哲理内涵,平凡的题材却折射出重大的社会问题。契诃夫善于以极小的生活事件写出震撼人心的作品。

契诃夫特别注重细节真实。纳博科夫特别赞赏这一细节真实,他曾将《带狗的女士》归为世界文学中最伟大的作品之一。纳博科夫认为,在契诃夫的这部作品中,"带着对详细描写、重复和强调的极大蔑视"和对"微不足道,但令人吃惊的细节"的用心淘选和分配,从而达到了精确而深刻的刻画;在任何一个具体的描写中,"每一个细节选配得如此精妙,以至于整个行为都闪闪发光"。[①]

对于短篇小说这种较为简短的艺术形式,简洁明快是成功的短篇小说家理应追求的目标。在这一方面,契诃夫与法国短篇小说巨匠莫泊桑具有很多共同之处,也受到了学界的关注。契诃夫本人也表现出对莫泊桑的极大的崇拜。他的小说中,也可以发现他与莫泊桑之间的共性。西方学者格里文柯(Glivenko)发现两位作家有着共同的风格特征:"表达的生动性和准确性,描述的典雅和优美,以及十分简洁的句型结构。"[②]可见,短篇小说艺术大师对简洁的艺术形式情有独钟。然而,同莫泊桑的作品一样,契诃夫的短篇小说尽管风格简洁,形式短小,但是内容丰富、深邃,主题宏大。他们都善于在有限的篇幅中探讨无限的生命之谜和复杂的社会问题。

最后,作为从医的作家,契诃夫善于在小说创作中充分汲取源自医学知识的营养,因此,他的小说中有着一定的医学因素,他也被学界誉为"卓越的医生作家"[③]。他常常将对医学问题的探索移植到文学创作中,尤其善于从精神病理学等视角来剖析人物的性格。他的著名小说《六号病房》就是一个鲜明的典型。

其实,文学与医学都具有共同的"诊治疾病"的功能。只不过医学所诊断的是人体,而文学所诊断的则是人类社会。契诃夫作为莫斯科大学医学系的毕业生,有着行医和文学创作的双重经历,从医学与文学之关系这一视角对契诃夫的小说创作展开研究,是非常妥切的。1884 年,契诃夫在大学医学系毕业时也曾给了自己一个明确的定位:"医生是我的职业,写作只是我的业余爱好。"这句话典型地呈现了医学与文学在契诃夫生活中的意义所在。

然而,从《六号病房》来看,契诃夫将职业与爱好结合得非常恰当。在《六号病房》这篇小说中,契诃夫确实注重从精神病理学的视角来刻画人物性格。主人公格罗莫夫在未被关进六号病房的时候,是法院的一名小官吏。有一天,他走在

---

① *Современные записки*. Париж,1934. № 56,c. 302.

② Z. Rukalski. "Maupassant and Chekhov:Similarities",*Canadian Slavonic Papers / Revue Canadienne des Slavistes*,Vol. 11,No. 3 (Fall,1969),p. 346.

③ Marek H. Dominiczak. "Physician Writers:Anton Chekhov",*The Clinical Chemistry*,Vol. 60,No. 4(2014),p. 703.

大街上,看到了两个戴镣铐的犯人,被四个荷枪实弹的宪兵押着,于是,他的内心深处就突然产生出一种极为别扭的恐怖的感觉。这种感觉一直缠绕着他,他似乎觉得犯人和宪兵的影子总是紧随着他。随后,他开始胡思乱想,担心自己有朝一日也会像那犯人一样,遭到宪兵的押解。哪怕有人从他家窗口路过,他都会感到心惊肉跳,疑心那就是监视他的密探。

终于有一天,有几名锅炉工走进了他家的院子。这时,他认定这几名锅炉工就是乔装打扮的巡警,前来对他实施抓捕了,他顿时失魂落魄,跑到了大街上,从此便发疯了。由此可见,"契诃夫不仅从精神病理学的角度生动逼真地展现了格罗莫夫从敏感多疑、感知错幻到神经错乱、精神分裂的全过程,而且从社会学的观点写出了导致格罗莫夫精神分裂的缘由——社会不平等,司法机关昏暗,警察到处横行,使一个身居底层的小人物感受到强烈的动荡和压抑,产生一种不安全感和恐惧感,这正是格罗莫夫之所以患迫害恐怖症的主要原因"[①]。

总之,契诃夫的小说创作艺术手法高超,他以出色的幽默与讽刺以及从平凡的事件中反映重大社会问题为主要创作特色,在世界短篇小说创作领域享有盛誉,其作品是值得我们鉴赏和借鉴的宝贵的艺术财富。

19世纪后期,俄国小说在托尔斯泰等长篇小说艺术大师和契诃夫等短篇小说巨匠的带领下,呈现出一派繁荣的局面。他们在坚守现实主义创作倾向的同时,也体现出一定的现代意识,这为俄罗斯小说创作从现实主义向20世纪的现代主义过渡奠定了扎实的基础。

---

①　李辰民:《走进契诃夫的文学世界》,香港天马图书有限公司,2003年,第24页。

第十二章　陀思妥耶夫斯基的小说创作

　　19 世纪俄国伟大的现实主义作家陀思妥耶夫斯基在世界文坛享有举足轻重的地位,他在俄国小说艺术方面,尤其在人物的心理探索和心理分析方面,取得了卓越的成就,为俄罗斯文学的发展树立了典范。他不仅是 19 世纪俄罗斯文学重要的代表作家,而且其创作深深地影响了 20 世纪世界文坛的进程。"陀思妥耶夫斯基以伟大的艺术发现,深度的哲理和心理分析而丰富了现实主义文学。他的创作处在祖国社会—历史发生转折的年代,是 19 世纪俄国知识分子紧张的心灵探索、宗教—道德探索,尤其是审美探索的具体表现。"①

　　陀思妥耶夫斯基的小说,尤其是他的思想深刻的长篇小说,赢得了世界各国读者的广泛的喜爱,他的著名作品多次被改编成影视作品,在世界各国广为传播。2002 年,挪威图书俱乐部组织的百部最佳图书排行榜中,陀思妥耶夫斯基的《罪与罚》(*Преступление и наказание*)、《白痴》(*Идиот*)、《群魔》(*Бесы*)、《卡拉马佐夫兄弟》(*Братья Карамазовы*)等四部长篇小说列入其中。陀思妥耶夫斯基的艺术成就和国际性的影响可见一斑。

第一节　陀思妥耶夫斯基小说创作概论

　　费奥多尔 · 米哈伊洛维奇 · 陀思妥耶夫斯基(Фёдор Михайлович Достоевский,1821—1881)的一生经历极为奇特,充满了戏剧性。他于 1821 年 11 月 11 日(俄历 10 月 30 日)出身于莫斯科的一个医生家庭,在八个孩子中排行老二。他的父亲米哈伊尔·安德烈维奇·陀思妥耶夫斯基曾是一名出色的军医。但是由于在战场上过多地见识了鲜血与死亡,所以在后来的生活中显得极为消极,郁郁寡欢,而且性情粗暴。陀思妥耶夫斯基的母亲玛丽亚·费奥多罗夫娜喜欢阅读文学作品,而且具有音乐天赋,只是在三十七岁时就过早地离开了人世。

　　陀思妥耶夫斯基的童年主要是在自家接受教育的,他的父亲教他学习拉丁

---

　　① В. И. Коровин ред. *История русской литературы XIX века.* В 3 ч. Ч. 3 (1870 - 1890) годы, М. : Гуманитар, изд. центр ВЛАДОС, 2005. с.266.

文,而家庭教师则教他学会了法文。1834 年,他进入莫斯科契尔马克寄宿中学,于 1837 年中学毕业。

当陀思妥耶夫斯基只有十五岁左右的时候,他的母亲就死于肺结核。这使得他感受到了失去亲人和母爱的极度痛苦。母亲去世之后,他与兄长一起,被父亲送到了圣彼得堡,为进一步求学而准备。陀思妥耶夫斯基希望学习文学,他在日记中写道:"1837 年,我满了十五岁的时候,离开莫斯科,前往圣彼得堡。我与兄长一起,在父亲的带领下,前往彼得堡,目的是进工程学校读书。是 5 月的时光,天气已经热了。……我与兄长那个时候明明清楚地知道对我们所要求的是数学考试,可是我们只是对诗歌和诗人充满幻想。兄长写诗,每天都写两三首,而我在自己的脑海中不停地构思有关威尼斯生活的长篇小说。"①

然而,陀思妥耶夫斯基的父亲却坚持认为,攻读文学不仅非常艰苦,而且很难使得将来的生活得到应有的保障。所以坚持让他们兄弟俩进入工程学院学习。

所以,陀思妥耶夫斯基进入了圣彼得堡军事工程学院学习。但是,他对文学的热爱丝毫也没有削弱。在圣彼得堡读书期间,陀思妥耶夫斯基几乎将所有的业余时间都用于阅读世界文学经典。他认真研读了荷马、莎士比亚、拉辛、巴尔扎克、雨果、拜伦等优秀外国作家的作品,也研读了许多俄罗斯民族作家的作品,尤其是杰尔查文、莱蒙托夫、果戈理的作品,对于普希金的很多重要的作品,他甚至都能倒背如流。受到陀思妥耶夫斯基的影响,军事工程学院的同学们还成立了文学小组,研读文学作品,交流创作心得。

在大学读书期间,由于对文学浓厚的兴趣,陀思妥耶夫斯基也开始尝试文学创作,1840 年至 1842 年间,他倾心于长篇小说《玛丽·斯图亚特》和戏剧《鲍里斯·戈都诺夫》等的创作,但是,早期的作品并不成功,手稿也没有流传下来。

1843 年,陀思妥耶夫斯基从圣彼得堡军事工程学院毕业,随后,他被派任为圣彼得堡工程局的绘图员,但是,一年之后,他从这一岗位退职,从此开始了文学创作的生涯。

1846 年他发表了他的第一部作品——中篇小说《穷人》(*Бедные люди*)。这部作品受到别林斯基和涅克拉索夫的高度赞赏,发表后,震惊俄国文坛,年仅二十四岁的青年作家从而一跃进入了俄国著名作家的行列。1848 年他发表了著名的爱情小说《白夜》(*Белые ночи*),使他的艺术才华得到了进一步的展现。

在青年时代,陀思妥耶夫斯基是圣彼得堡的一个进步组织——圣彼得拉谢夫斯基派的重要成员,正是因为积极参加该组织的一些革命活动,他于 1849 年 4 月遭到了沙皇政府的逮捕,随后经过审判,被沙皇法庭判处了死刑。陀思妥耶

---

① Ф. М. Достоевский. *Дневник писателя*. 1876 год. Январь. Гл. 3. § 1.

夫斯基曾经回忆说:"我沉默不语。我知道,我是因为轻信空想和理论而遭遇审判的。"①然而,1849 年 12 月 24 日,在临刑之际,就在他与其他二十一名成员被绑缚在刑场上,等待着死神降临的最后时刻,他却死里逃生,得到了沙皇政府的赦免,当场宣布改判为十年苦役和充军。死刑判决的突然改判也彻底改变了陀思妥耶夫斯基的人生理想和思想观念,也是他后期宗教救世思想得以形成的一个重要的根源。因为对于陀思妥耶夫斯基这样的服苦役的犯人,"精神上的失落比肉体的折磨更为痛苦"②。

1859 年,经过十年的苦役和流放的艰难生活,他终于回到了圣彼得堡,开始了正常的生活,并且就在结束苦役的当年,他就发表了两部讽刺性中篇小说《伯父之梦》和《斯捷潘钦沃村庄及其村民》,得以重返文坛。此后,直至 1881 年 1 月 28 日(俄历 2 月 9 日)逝世,他写下了长篇小说《罪与罚》《白痴》《群魔》《地下室手记》《卡拉马佐夫兄弟》等一系列举世闻名的作品。

从整个创作生涯来看,陀思妥耶夫斯基不但以创作篇幅浩繁的长篇小说闻名于世,而且在创作中篇和短篇小说方面卓有成就。他不但善于刻画小人物、小官吏的痛苦心灵,对他们在物质、精神方面所遭受的凌辱表示深切的同情,而且善于揭示上流社会的达官贵人的丑恶面目,对他们的卑鄙行径进行淋漓尽致的讽刺和批判。

第二节　中短篇小说创作

陀思妥耶夫斯基的中短篇小说是他创作成就的一个重要组成部分。他的文学创作生涯是以中篇小说《穷人》而真正开始的,而且,他早年还作有《白夜》等中篇小说。在经历了十年的流放和苦役之后,他同样是以《伯父之梦》等中篇小说重新返回俄国文坛的。

陀思妥耶夫斯基的中篇小说《穷人》动笔于 1844 年 1 月,于 1845 年完成,是一部书信体小说(Эпистолярный роман)。1846 年 1 月发表于涅克拉索夫主编的《彼得堡文集》(Петербургский сборник)。1847 年出版单行本。中篇小说《穷人》被评论界誉为俄国"自然派"的代表作之一。

《穷人》这部作品由五十四封书信组成,主要是男女主人公马卡尔·杰符什金与瓦尔瓦拉·杜波罗塞洛娃之间的通信。

作品中的男主人公马卡尔·杰符什金是一个生活贫困的小官吏,是一个在

---

① В. И. Коровин ред. *История русской литературы* XIX *века.* В 3 ч. Ч. 3(1870－1890 годы),М.：Гуманитар, изд. центр ВЛАДОС, 2005. c. 278.

② 同上,第 279 页。

社会上备受压迫、逆来顺受的小人物。他在俄国文学史上的"小人物"形象画廊中，占据重要的地位。这部作品的创作，为俄国"自然派"文学的发展，做出了突出的贡献。男主人公杰符什金爱上的瓦尔瓦拉是过去某公爵庄园总管的女儿，也是一个有着不幸命运的女人。作品以两人通信的形式，通过男女主人公不幸的爱情遭遇以及最后对命运的妥协，抒写了"小人物"命运的凄凉。

穷人马卡尔·杰符什金的性格特性也是通过书信来书写和体现的。他很有自尊心，他在与潜在的交谈者进行交谈的过程中，总是对潜在的交谈者进行窥测。作者以词语的重复、停顿等方式来表现主人公的思维和感受。巴赫金对陀思妥耶夫斯基的这种文体做了透彻的论述："在自己的第一部作品里，陀思妥耶夫斯基就建立了对他整个创作如此典型的言语文体，它是由他人话语的紧张预料而确立的。这种文体在他以后的创作中具有巨大的作用；主人公们最重要的自白性自述贯穿着与预料中他人谈论主人公的话语之间、与他人对主人公自己谈论自己的话语所作出的反应之间的紧张关系。"①

中篇小说《白夜》是陀思妥耶夫斯基早期的成功之作。在这部充满了感伤主义基调的小说中，陀思妥耶夫斯基同样抒写了"小人物"凄凉的命运。这部作品初次发表于1848年的《祖国纪事》杂志12月号上。这部中篇小说流传较广，在陀思妥耶夫斯基生前就多次再版，在世界范围内得以广泛流传。

陀思妥耶夫斯基的这部著名的中篇小说以优美的圣彼得堡的白夜为故事背景，描写了一个幻想家与一个美丽姑娘既优美动人又感伤凄楚的爱情故事，表述了普通人物崇高的理想、纯洁的心灵及对美好爱情的向往和忠贞。

在景色描绘和人的内心世界的展现方面，《白夜》已经相当成功，作者善于以自然景物的变化来展现人物情绪的发展。正是这一技巧，使得《白夜》这部作品充满了诗情画意。

这部小说在艺术结构方面也显得独具特色。作品按时序分为五个章节，将故事发展的时间和故事的情节内容有机地连成一体，使得作品结构紧凑，一气呵成。我们从中不难看出作者那种"只有莎士比亚才能与之媲美"（高尔基语）的艺术描绘力。

《白夜》是陀思妥耶夫斯基早期创作中的重要作品之一，同样也是描写小人物的成功之作。作品中的主人公是一位不切实际的"彼得堡幻想家"，他生活贫困、孤独寂寞，从而对现实生活充满了反感和厌恶，认为它庸俗平凡、枯燥无味。他试图与现实生活隔绝，成天沉湎于美丽诱人的幻想之中，他能够在幻想中获得崇高的爱情，然而在清醒之后，又感到内心空虚。同美丽姑娘娜丝金卡相逢之后，他便认识到她就是他幻想中的姑娘，从而渴望得到她真正的爱情。可是，美

---

① 巴赫金：《陀思妥耶夫斯基诗学问题》，刘虎译，中央编译出版社，2010年，第224页。

丽姑娘的爱情只是昙花一现,转瞬即逝,接踵而来的仍是孤独和悲戚。

幻想家是陀思妥耶夫斯基早期中短篇小说创作中所钟爱的一类人物形象,他在《女房东》(*Хозяйка*)、《脆弱的心》(*Слабое сердце*)等多部作品中书写了幻想家形象。在陀思妥耶夫斯基看来,幻想家这一类形象的出现是"时代的特征"[①],一些人渴望有所作为,但是,在俄国缺乏实现现实愿望的社会条件,于是,先进的愿望与落后的社会现实之间的矛盾,使得这类人变得性格软弱、恭顺胆怯,最终成为"不属于人类,而是一种中性物质"的"古怪的人——幻想家"。[②]

中篇小说《白夜》充分体现了作者对想象的出色理解和把握。作品中的情节是幻想家直接呈现出来的,但是,幻想家(主人公)与叙述者(日记作者)之间却存在着一种微妙的关系。两者之间的界限有的时候是很难区分的,回忆往事的叙述者与潜在的作者所传达出来的观点却是不尽相同的。幻想家对女主人公的表白中,所体现的对幻想的理解及对幻想的谴责,都充满了哲理的深度和思辨的色泽,富有丰富的想象力和生动妥帖的比喻,并且将幻想与追忆结合为一体,认为幻想家会从自己以前的幻想中逐渐成熟起来:"幻想家在自己旧的幻想中就像在灰烬中一样翻来翻去,想在这灰烬中找到一丝火星,把它吹旺,让它以其重新燃起的火焰来烤热冷却下来的心房。"[③]

就作品的基调而言,陀思妥耶夫斯基的《白夜》无疑继承了俄国感伤主义文学的优秀传统。1859 年,格里戈里耶夫(А. А. Григорьев)在《屠格涅夫与其活动》(*И. С. Тургенев и его деятельность*)一文中,直接认为《白夜》是"感伤自然主义文学流派(школа *сентиментального натурализма*)中的一部最好的作品"。

由于所遭受的长达十年的苦役和流放,陀思妥耶夫斯基的文学创作活动也彻底中断了十年时间。然而,在西伯利亚流放期间,尽管得不到作品发表和出版的机会,但他也没有放弃小说创作活动。《伯父之梦》和《斯捷潘钦沃村庄及其村民》这两部中篇小说便是在西伯利亚流放期间创作的,所以被一些评论家称为"西伯利亚小说集"。正因为陀思妥耶夫斯基在艰难的环境下依然坚持小说创作,所以在苦役和流放结束之后,他凭自己的作品即刻返回文坛。

与流放之前的创作相比,陀思妥耶夫斯基在西伯利亚创作的两部中篇小说已经有了新的开拓。在这两部作品中,早期《穷人》和《白夜》中的"小人物"及感伤情调消失了,取而代之的是贵族阶层的精神空虚和贪婪,以及幽默讽刺等艺术

---

① Н. Н. Соломина. "Примечания". См. Ф. М. Достоевский. *Полное собрание сочинений в тридцати томах*, под ред. А. С. Долинина и Е. И. Кийко. Ленинград: Наука, 1972. Т. 2. с. 486.

② 陀思妥耶夫斯基:《白夜——陀思妥耶夫斯基中短篇小说选》,吴笛译,敦煌文艺出版社,2014 年,第 15 页。

③ 同上,第 23 页。

风格和喜剧色彩。

中篇小说《伯父之梦》便是陀思妥耶夫斯基在 1859 年重返文坛后所发表的一部讽刺性小说,也是他经历了十年苦役和流放生活之后的第一部作品,标志着他新的创作阶段的开端。这是一部具有深刻的社会意义和独特的艺术表现力的讽刺性作品,也是陀思妥耶夫斯基以婚恋伦理等社会普遍关注的问题为题材的著名的中篇小说。

《伯父之梦》是陀思妥耶夫斯基在 1857 年开始动笔的,1859 年首次发表在《俄罗斯论坛》杂志上,随后收进了作者的《选集》第二卷和《全集》第三卷,接着又出版了单行本。此后,这部作品曾被人们改编成剧本,多次在舞台上演出,博得了观众的好评。20 世纪,《伯父之梦》还被搬上了莫斯科艺术剧院的舞台。

中篇小说《伯父之梦》多次被改编演出,其原因在于作品丰富的情节性和深刻的思想性。作品生动地描绘了省城的女性们为了一个老朽但富有的公爵而展开的不择手段的争夺,通过老朽公爵与妙龄女郎之间的求婚闹剧,表现了金钱关系之下的道德沦丧。

作品的女主人公玛丽娅·亚历山大罗芙娜是作者极力刻画的一个迷恋金钱与地位的贵族妇女的典型形象。为了钱财,她一心阻止自己的女儿与一位小学教师真诚相爱,花言巧语地说服自己的女儿,硬想把她嫁给老朽而富有的公爵,以达到牟取钱财的卑劣目的。她甚至挖空心思,拦路将公爵抢到自己的家中,用酒将他灌得烂醉如泥,然后引诱他向自己的女儿求婚,结果导致一系列不幸事件的发生,直至公爵一命归天。

中篇小说《伯父之梦》仍然具有俄国"自然派"作品的一些痕迹,与果戈理作品的题材颇为贴近,特别是与果戈理的喜剧作品《钦差大臣》的风格较为相似。这一点,在刻画 K 公爵方面表现得尤为突出。K 公爵由于途中马车失事而被人带到省城莫尔达索夫,但是在城中却引起了一场空前的骚动,这就像《钦差大臣》中没有盘缠上路的赫列斯达科夫耽搁在小旅馆中竟引得市长和其他官员无比恐惧一样。K 公爵的举止充分显示出"赫列斯达科夫气质"。他们俩都是空虚透顶、浅薄至极的人物,他们吹起牛来真是天花乱坠。K 公爵吹嘘自己与贝多芬要好,和拜伦关系密切,还标榜自己能成为另一个果戈理。另外,K 公爵在竭力讨好女人方面也与果戈理的主人公颇为相似。

陀思妥耶夫斯基以极度讽刺的笔调刻画了老朽至极、行将就木的 K 公爵的丑陋、痴呆、残缺的一面,然而,就是这样一个"被人忘记埋葬的行尸走肉",因为有金钱方面的应用价值,所以也对上流社会的女士们有着极大的诱惑力,谁都想把他占为己有。在此,陀思妥耶夫斯基嘲笑和鞭挞的并不只是在金钱腐蚀之下一个人的丑陋,而是整个沙皇封建专制制度的腐败和堕落。因此,K 公爵的形象也在一定意义上成了当时病态社会的化身。

作者还着力塑造了一个贵族纨绔子弟的典型形象——莫兹格里亚柯夫。尽管他的脑子里具有某种"新思想",尽管他一再声称"要为时代做点好事",要让自己的农奴获得自由,然而,这只不过是一番不着边际的空谈而已。实际上,他盼望着将来能同"公爵遗孀"成婚,迷恋着"副省长的地位、金钱",幻想着自己能受到上层社会某些伯爵夫人的青睐。他冒充 K 公爵的侄子,把公爵带到了莫尔达索夫,使得他的这个"伯父"在此不幸丧命。莫尔达索夫悲剧事件之后,他又到了其他地方,继续"寻欢作乐,追逐女性,不落后于时代的潮流"。可见,他身上尚具有"多余的人"的影子。

作品中的另一个女主人公姬娜是一个与众不同的女性形象,在陀思妥耶夫斯基的笔下,她一直是个正直勇敢、美丽纯洁的姑娘。她心地善良,而且富有同情心,对美好的爱情充满了憧憬。然而,现实与理想的冲突造成了她的种种痛苦和忧伤。在小说的结尾,姬娜成了一个屈从于命运安排的贵族女性、将军夫人,使人很容易联想起普希金笔下的达吉雅娜的形象。姬娜对社会伦理道德的抗争以及对真挚爱情的大胆追求,使得这一形象充满了迷人的力量;姬娜与社会的妥协,既表现了当时女性个人追求的幻灭,也从另一方面表现了社会和传统的习惯势力对人的性格的扭曲以及对人的身心的摧残。

《伯父之梦》这部中篇小说显然有别于作者的后期创作,没有那些充满矛盾、光怪陆离的描写,也没有对病态心理的着意刻画,但是,这部作品也明显地表现出:作者在模仿普希金、果戈理、巴尔扎克等大师创作风格的同时,正在努力地进行探索,逐渐形成自己的创作风格。尤其是在展现社会场景和人物的情感力量方面,他的早期作品表现出了独特的创作个性。因此,对于了解陀思妥耶夫斯基的整个创作生涯及其思想、意识的发展与变化,对于了解他创作风格的发展与变化,他的这部早期作品具有相当重要的价值。

中篇小说《斯捷潘钦沃村庄及其村民》也是一部讽刺小说。在这部小说中,陀思妥耶夫斯基着重描绘了主人公福马·奥皮斯金这一形象。这是一个将寄人篱下与横行霸道集于一身的人物形象。他本是一个平庸无能的人物,在地主庄园过着寄人篱下、长期忍气吞声的生活,然而,在主人死后,他在地主的家中获得了一定的影响力,并且有了压迫别人的欲望。

陀思妥耶夫斯基在短篇小说创作方面,同样表现了卓越的艺术才华。从《圣诞树与婚礼》《基督圣诞树旁的小孩》《怪诞人之梦》等短篇小说来看,就其本身的卓越的艺术表现力而言,无疑具有强烈的感染力。《圣诞树与婚礼》以现实主义笔触描写了社会上所存在的崇尚金钱的倾向,受到利益驱动的上流社会的道貌岸然和精心算计,与孩童的纯真和自然形成了强烈的反差,爱情与婚姻以残酷的方式呈现真相。而《基督圣诞树旁的小孩》则描写了宗教氛围甚浓的圣诞之夜却缺乏起码的怜悯和同情的悲剧。而基督的形象以及对最后孩童在天国的圣诞欢会的描述,无疑是《罪与罚》等作品中宗教救世思想的一个恰当的注解。《怪诞人之梦》的基本情节是书写一个对生活绝望的男子与一个急需帮助的小女孩之间的偶然相遇,之后,他回到家中,并且做了一个奇怪的梦,梦醒之后,他放弃了自杀的念头,获得了新生和希望。实际上,这是一篇借助梦幻旅行的方式来表达作者宏大理想的出色的短篇小说,具有一定的乌托邦色彩。在艺术手法上,该篇小说富有开拓创新精神,对现代主义文学,尤其是对魔幻现实主义文学,具有显而易见的影响。与此同时,陀思妥耶夫斯基对世界文学优秀传统的承袭,也是非常鲜明的。在《怪诞人之梦》中,无论在情节结构上,还是在理念上,或是在尽善尽美的理想境界的展现方面,都可以探寻到但丁《神曲》的影子,同时也能感受到与普希金的《黑桃皇后》、果戈理的《彼得堡故事集》、奥陀耶夫斯基《俄罗斯之夜》等著名俄罗斯经典作家作品的关联。

　　《白夜》《伯父之梦》《女房东》等中篇小说与《怪诞人之梦》《基督圣诞树旁的小孩》等短篇小说,都有一个共同的特征,即对梦幻的描写和关注,作品中出现了"幻想家"的形象。《白夜》中所描写的梦幻,充满着浪漫的气息,与真实世界形成鲜明的对照,梦幻比真实世界的日常生活显得更为美好,从而给梦幻者带来了无尽的慰藉。作品中的人物是"彼得堡幻想家"的典型特征。在类似的作品中,"'幻想家们'悲惨漂泊的故事演变为某种充满着普希金式光明而亲切的基调的抒情独白,变为揭示出情感培养的复杂过程同时回响着主人公们细腻的'心灵的旋律'的独白"[①]。而《伯父之梦》中所描写的梦幻,则是真实世界真实情景的梦中延续。短篇小说《基督圣诞树旁的小孩》中所描写的梦幻,远远胜于现实世界,摆脱了真实世界的一切凄凉与不公,充满着理想的色彩,仿佛是真实世界通往天堂的一条必由之路。短篇小说《怪诞人之梦》中所描写的梦幻,充满了想象力。作品中的人物能够通过梦幻在黑暗且不为人知的空间飞翔。不仅超越时空,而且超越了生命的界限,如同进行了但丁《神曲》般的梦游,并且通过这样的神游,作者力图在怪诞中充分展现自己的宗教理念和社会理想。

　　十年苦役和流放生活结束后不久,陀思妥耶夫斯基所创作的另一部重要作品就是他著名的中篇小说《死屋手记》(*Записки из Мёртвого дома*,1862)。这是一部描写俄国阴森可怖的监狱生活的小说。在作品中,陀思妥耶夫斯基真实地展现了形形色色的囚犯的生存状况以及他们复杂的内心世界。这部小说是用第一人称进行叙事的,是作品的主人公——犯人亚历山大·高里扬斯契科夫(Александр Петрович Горянчиков)的狱中笔记,他因为谋杀自己的妻子而被判处十年苦役。在这部中篇小说中,没有首尾一贯的情节线索,很多事件的陈述是

---

　　① 高尔基世界文学研究所:《世界文学史》第 7 卷·上册,蔡捷等译,上海文艺出版社,2013 年,第 152 页。

按年代次序而进行的,实际上,作品中所记述的许多事件是作家本人在鄂木斯克要塞监狱长达四年服苦役期间的种种见闻和自身的印象。"陀思妥耶夫斯基对监狱中的一切,既不加任何粉饰,也不故作夸张和渲染,而是用朴实无华的笔调,完全如实地把它描绘出来。"①在这部作品中,陀思妥耶夫斯基不仅揭露了沙俄监狱里的黑暗,而且体现了他在人生厄难中对人的命运、人生真谛及社会出路的痛苦思索,其中渗透着心理层面的细腻探究以及哲理层面的深邃的沉思,尤其是对尼采"超人"思想的沉思。这部作品中还有着对人性的伦理思考。"关于'人身上的兽性'战胜人之本性的危害性的念头,自服苦役后经常困扰着作家,并在他的每部主要作品中得到反映。"②

而随后不久面世的《地下室手记》(*Записки из подполья*,1864),也是以主人公为第一人称进行叙事的,所书写的是蜗居在阴暗狭小的地下室里的"地下人"生活。"地下人"是"一个为了捍卫个性自由、不愿充当'管风琴上一枚小小的梢钉'的不妥协的造反者"③。作品的主人公是一个退休的八等文官,他在自己所蜗居的地下室里喋喋不休地抱怨,诉说自己的不幸,指责现实的不公。于是,"地下人"在俄国文学史上成为一个讽喻的形象,而且深深地影响了后世的俄罗斯文学。

第三节　长篇小说创作

陀思妥耶夫斯基在世界文学史上最突出的艺术成就是他的长篇小说。在他的长篇小说中,正如巴赫金所说:"陀思妥耶夫斯基是艺术形式领域里最伟大的革新者之一。我们确信,他创造了一种全新的艺术思维形式,我们相对地称之为复调思维(полифоническое мышление)。"④

陀思妥耶夫斯基的长篇小说创作主要是在流放之后完成的。从西伯利亚流放归来不久,陀思妥耶夫斯基在发表了两部中篇小说之后,就以长篇小说《被侮辱与被损害的》(*Униженные и оскорблённые*)而震惊整个俄国文坛。

陀思妥耶夫斯基于1857年在西伯利亚流放时,开始构思这部长篇小说,回到圣彼得堡之后,于1860年开始撰写这部作品,并于1861年出版这部长篇小说。像他的第一部小说《穷人》一样,这部作品所书写的是"小人物"的悲惨命运,

---

　　① 侯华甫:《死屋手记·译后记》,见陀思妥耶夫斯基:《死屋手记》,侯华甫译,上海译文出版社,1986年,第386页。

　　② 高尔基世界文学研究所:《世界文学史》第7卷·上册,蔡捷等译,上海文艺出版社,2013年,第154页。

　　③ 徐振亚主编:《陀思妥耶夫斯基集》,花城出版社,2008年,第3页。

　　④ 巴赫金:《陀思妥耶夫斯基诗学问题》,刘虎译,中央编译出版社,2010年,第3页。

小说在艺术手法等方面,也主要是采用传统的现实主义的手法。

在长篇小说《被侮辱与被损害的》中,"被侮辱与被损害的"的小人物主要是以娜塔莎和尼丽两个人物来体现的。陀思妥耶夫斯基以伊凡·彼德洛维奇(Иван Петрович)的身份诉说他的第一部小说《穷人》中的人物命运。伊凡·彼德洛维奇是一个孤儿,在小地主伊赫缅涅夫的家中长大成人,与其女儿娜塔莎一起接受了应有的教育,并且深深地爱着娜塔莎。瓦尔柯夫斯基公爵器重伊赫缅涅夫,请他管理田庄,后来又托他监管自己的儿子阿廖沙。然而,阿廖沙到伊赫缅涅夫家不久之后,就有传闻说伊赫缅涅夫引诱阿廖沙娶他的女儿娜塔莎,从而引发了瓦尔柯夫斯基公爵与伊赫缅涅夫之间的冲突,打起了官司。更为复杂的是,阿廖沙和娜塔莎不顾长辈的意愿,暗中相好。然而,到头来,娜塔莎所遭遇的却是贵族之子阿廖沙的抛弃。

这部长篇小说中的另一条主线是十三岁的少女尼丽的悲剧。她得到了伊凡·彼德洛维奇的救助,后来住到了伊赫缅涅夫家里。伊赫缅涅夫把尼丽当作亲生女儿一样看待。尼丽的母亲曾经受到一个绅士的引诱,离家出走,但被情人掠夺一空之后又被残忍地抛弃,她贫困交加,死在一个阴暗的角落。其实,尼丽正是瓦尔柯夫斯基公爵的女儿,是这个公爵引诱了尼丽的母亲,并且掠夺了尼丽外公的财产。最后,尼丽因病在瓦尔柯夫斯基公爵家中去世。

在《被侮辱与被损害的》这部长篇小说中,穷困的人们越发穷苦,伊凡·彼德洛维奇尽管对娜塔莎有着真挚的情感,心地善良,却因贫穷而不能娶她为妻,眼睁睁地看着她被别人抢走。而以瓦尔柯夫斯基公爵为代表的统治阶层,却能为所欲为,趋炎附势,卑劣奸诈,掠夺他人的财产,肆意挥霍,给尼丽、尼丽的母亲以及伊赫缅涅夫等"被侮辱与被损害者"带来了无尽的灾难。而瓦尔柯夫斯基公爵这一形象,正如杜勃罗留波夫所说,是"以强烈的情感描写出来的连续不断的丑态,以及各种恶劣的、无耻的特征的集合"[①]。

除了《被侮辱与被损害的》,陀思妥耶夫斯基较为重要的长篇小说还有《白痴》(Идиот,1868)、《群魔》(Бесы,1871—1872)、《少年》(Подросток,1875)以及他的长篇小说代表作《罪与罚》(Преступление и наказание,1866)和《卡拉马佐夫兄弟》(Братья Карамазовы,1879—1880)。

长篇小说《白痴》于1868年面世,这部小说描写了在农奴制改革之后资本主义迅猛发展的背景下,女主人公娜丝泰霞的悲剧命运。她出身于破落的贵族家庭,虽然相貌出众,但是总是被他人占有和利用,她在上流社会权势和金钱的旋涡中苦苦地挣扎,最终成为"金钱与美的交易"的牺牲品。作品中的梅思金公爵

---

① 臧仲伦:《惨痛热烈的心声》,陀思妥耶夫斯基:《被侮辱与被损害的》,臧仲伦译,译林出版社,2010年,第6页。

是陀思妥耶夫斯基所着力塑造的理想人物形象,也是他笔下著名的病态形象之一。梅思金公爵曾经想将受尽蹂躏的娜丝泰霞拯救出来,于是向她求婚。然而,娜丝泰霞最终因为自卑,以及受到公爵高尚品质的感召而不愿玷污公爵的名声,所以宁愿毁灭自己。在这部长篇小说中,娜丝泰霞的形象是美的化身,而且,她善于向摧残她的人生、凌辱她的人格的无耻之徒进行坚决的反抗。"对金钱和权力的追逐扼杀了人性中一切美好的东西,造成社会普遍的道德感的沦丧,个体的堕落和腐化,以及美被践踏和毁灭。《白痴》上演的正是一出美被亵渎、扭曲和毁灭的人间悲剧。"①

长篇小说《群魔》所书写的是以彼得·韦尔霍夫斯基为首的无政府主义阴谋集团及其一系列破坏活动,刻画了其中一些人物的阴暗心理。彼得·韦尔霍夫斯基的父亲斯杰潘·韦尔霍夫斯基是自由派西欧主义者,正是在他的教育和影响之下,彼得·韦尔霍夫斯基、尼古拉·斯塔夫罗金等人才无视任何规范和行为准则,变成为所欲为、横行霸道、荒淫无耻的贵族少爷,甚至诱奸良女,杀人犯罪,大搞恐怖活动。不过,这部小说将无政府主义与民主解放运动混为一谈,由此攻击俄国革命阵营和革命活动,表现了作者的偏见和思想上的局限性。而且,斯杰潘·韦尔霍夫斯基在临终前也幡然醒悟,放弃了过去的信念,皈依了宗教,在一定意义上体现了陀思妥耶夫斯基后来在《罪与罚》中得以强化的宗教救世思想。

长篇小说《少年》所表现的是当时俄国一代年轻人的苦闷和彷徨。作品通过主人公——"少年"阿尔卡狄·多戈尔鲁基的复杂的生活体验,描写了俄国贵族社会迅速瓦解崩溃的社会现实。

第四节 《罪与罚》

长篇小说《罪与罚》作为陀思妥耶夫斯基的代表作,标志着他新的创作阶段的开始,并且在世界文学中占有重要的地位。

《罪与罚》的中心主人公是一个穷苦的大学生,名为拉斯柯尔尼科夫。为了供他读书,他的母亲以及妹妹杜尼雅历尽艰辛。母亲以少得可怜的养老金做抵押,借钱寄给儿子,妹妹更是不顾一切地攒钱,寄给哥哥求学,而且,为了他的发展,他的妹妹甚至打算牺牲自己,嫁给一个与她毫不相称的男人。拉斯柯尔尼科夫在这种艰难的生存条件下求学,身心自然受到一定的影响。他不仅自己生活艰难,而且所见到的也都是凄凉的景象,于是,他对贫苦无告的人们的悲惨命运寄予深切的同情,对造成如此贫富不均的社会现状充满了怨恨。所以,他的那颗

---

① 朱宪生主编:《外国小说鉴赏辞典》(19世纪下半期卷),上海辞书出版社,2009年,第206—207页。

敏感的心忍受着极度的痛苦。他认识到是不平等的社会制度造成了普通百姓的贫困和人间的灾祸,他要奋起抗争。

拉斯柯尔尼科夫由于受到当时的哲学思想的影响,在《评论月刊》上撰文,认为世界上有些人是有权犯罪的:"人被分成两种,'常人'和'超人'。常人应该规规矩矩,无权犯法……超人就不同了。他们有权任意犯罪,任意犯法……"①拉斯柯尔尼科夫在内心经历着激烈而痛苦的斗争:究竟该做哪种人? 是做为所欲为的"超人",还是做逆来顺受的"常人"?

"常人"在人类社会中是占绝大多数的,这些人历来只能"顺从",俯首帖耳,听天由命。拉斯柯尔尼科夫就是这类"常人",他原先在大学法律系读书,由于贫困交不起学费而辍学;他甚至交不起蜗居斗室的房租,因而受到房东太太停供伙食的威胁。他就这样被贫穷逼得透不过气来,他衣衫褴褛,生活没有着落,没有任何生活来源,常常吃了上顿没有下顿,没有办法赚钱,甚至没人聘他做家庭教师。他只能依靠母亲从微薄的养老金中节省的钱,以及在外省当家庭教师的妹妹从可怜的薪水中接济的钱,勉强度日、活命。

"超人"尽管只是极少数,但是这些人可以为所欲为,依靠弱肉强食的原则主宰世界,而且可以不受社会道德及人类法律的约束。所以,受够了"常人"之苦的拉斯柯尔尼科夫开始崇尚"超人",试图做一个拿破仑式的人物,于是,他决定劫富济贫。由于自身的阅历相对有限,交往的人群也颇受局限,所以,他只能将一个相对富有,开当铺、放高利贷的老太婆当成是社会罪恶的代表和象征,信奉"死一个人,活百条命"的主张:

> 年轻的新生力量因为得不到帮助而枯萎了,这样的人成千上万,到处皆是! 成百成千件好事和创议可以利用老太婆往后捐助修道院的钱来举办和整顿! 成千上万的人都可以走上正路,几十个家庭可以免于穷困、离散、死亡、堕落和染上花柳病——利用她的钱来办这一切事情。把她杀死,拿走她的钱,为的是往后利用她的钱来为全人类服务,为大众谋福利。你觉得怎样,一桩轻微的罪行不是办成了几千件好事吗? 牺牲一条性命,就可以使几千条性命免于疾病和离散。死一个人,活百条命——这就是算学! 从大众利益的观点看来,这个害肺病的、愚蠢而凶恶的老太婆活在世上有什么意义呢? 不过像只虱子或蟑螂罢了,而且比它们还不如,因为这个老太婆是害人精。她害别人的性命:前两天,她狠命地咬丽扎韦塔的指头,差点儿咬断了!②

---

①　徐振亚主编:《陀思妥耶夫斯基集》,花城出版社,2008 年,第 74 页。

②　陀思妥耶夫斯基:《罪与罚》,岳麟译,上海译文出版社,1979 年,第 75 页。

他的这一理念是极其荒谬的,可是,这一理念的形成是与他在下层社会所遭受的种种生活的磨难分不开的,他错误地以为成为他心目中所崇拜的"超人"就可以摆脱苦难,就可以拯救人类社会,尤其是解救那些贫苦无告、命运悲惨的黎民百姓。

正是出自这样的荒谬的理念,拉斯柯尔尼科夫心狠手辣地杀死了这个放高利贷的老太婆。而且,在杀死这个老太婆之后,恰恰遇到老太婆的同父异母的妹妹从外面返回家中,拉斯柯尔尼科夫为了不使自己的罪行败露,慌乱中也顺便把这个无辜的女子给杀死了。他侥幸地回到了自己的居所,竟然没有被任何人发现,也没有成为警方怀疑的对象。但是,他无法摆脱内心的不安和恐惧,更是感受到比法律严惩更为严厉的心灵的拷问。后来,他怀着痛苦的心情向女友索尼娅道出了真情,并且在索尼娅的规劝下,向警方投案自首,尽管被判八年苦役,但是通过忏悔,获得了灵魂的再生。

长篇小说《罪与罚》在思想上充分表现了陀思妥耶夫斯基世界观上的激烈冲突和尖锐矛盾。他混淆了无政府主义与革命思想的区别,他无法分辨个人主义的道德堕落与反抗专制制度的界限,他在对"以暴力抗恶"进行深刻反思的同时,却提倡所谓的"索尼娅道路",宣扬宗教思想,妄想在新的宗教说教中获得解救与新生。

《罪与罚》在艺术方面代表了陀思妥耶夫斯基作品"刻画人的心灵深处的奥秘"这一重要特性。作品主要通过人物内心的激烈的冲突来揭示人物的性格特征,尤其是对拉斯柯尔尼科夫的心理刻画,简直是一份犯罪和忏悔的"心理报告"。

第五节 《卡拉马佐夫兄弟》

《卡拉马佐夫兄弟》是陀思妥耶夫斯基所创作的最后一部长篇小说,也是其最重要的作品之一。在该小说出版两个月之后,作家就与世长辞了。

《卡拉马佐夫兄弟》这部长篇小说共分四部(Часть),每部又分为三卷(Книга),作品所呈现的内容极为深邃、庞杂,所以,学界也从多种视角对此进行解读。"《卡拉马佐夫兄弟》的阐释具有多种手段。有些人将此视为哲学著作,有些人将此视为社会政治现实的准记录性的折射,还有一些学者从宗教信条的视角对此进行阐释。"[①]但无论从哪种视角对这部作品进行解读,都离不开对卡拉马佐夫之家以及其中人物的理解。因为这部作品所描写的就是卡拉马佐夫这个

---

① Diane Oenning Thompson. *The Brothers Karamazov and the Poetics of Memory*, Cambridge:Cambridge University Press,1991,p. XII.

"偶然组合的家庭"所经历的分崩离析的历史。在作者看来,这一家庭的历史,实际上就是一个典型的象征,是18世纪下半叶俄国社会生活的一个悲剧缩影。在这部长篇小说中,陀思妥耶夫斯基深刻揭露了以卡拉马佐夫之家为典型代表的贵族之家的堕落,并且借此对俄国社会生活进行了一系列深入的思考和敏锐的洞察。正如我国学者所说:"陀思妥耶夫斯基在《卡拉马佐夫兄弟》中,着力刻画的是这个家庭成员各自的生活立场,他们对外部世界的态度和思考,通过他们之间的思想碰撞,探讨各种思想立场对个人命运的影响,进而探讨俄国的命运和人类的前途。"①

在作品的情节结构方面,陀思妥耶夫斯基显然汲取了当时流行的犯罪小说的一些合理营养。《卡拉马佐夫兄弟》这部长篇小说具有侦查、错误判决以及真相大白等侦探小说所具有的一系列元素。甚至在作品的开头部分作者就制造了一个悬念,说老卡拉马佐夫死得蹊跷,被人所杀,从而"闹得满城风雨"。并且故意引发联想地写道:"这件事我在适当的时候会告诉大家的。"②但这些与侦探小说有关的元素并非作者的意图所在,作品的情节发展并非为了追查凶手,不是为了破案,而在于借助这些要素来刻画和揭示人物的心理状态,展现他们的精神世界,并借此来探讨社会政治和伦理道德。因此,小说深刻地触及上帝、自由、伦理等命题。

小说中的老卡拉马佐夫,即费奥多尔·巴夫洛维奇·卡拉马佐夫(Фёдор Павлович Карамазов),贵族出身,尽管他年轻的时候不幸成了一个寄人篱下的食客,可是,他为了谋求财产、身份、地位和满足自己的私欲,已经不择手段,彻底丧失了原先俄国贵族所具有的优雅,而是变得极端自私,贪得无厌。他利用女子的浪漫和叛逆天性,曾两次结婚。第一次婚姻娶了名门望族家的千金,依靠妻子的嫁妆起家。在他的妻子相继去世之后,他全然不顾三个儿子的教养等应尽的义务,而是让他们"满面污垢、衣衫褴褛"地生活,听凭他们任由命运摆布。他品行恶劣,正如作者所述:"他一辈子都沉湎于女色。任何一个女人只要向他招招手,他就可以立即拜倒在她的石榴裙下。"③他不仅与长子争风吃醋,还奸污了一个名叫丽萨维塔的疯女,生下了一个私生子斯美尔佳科夫,让这个私生子由仆人抚养,长大之后甚至让其在自己的家中充当厨子的角色。他靠不正当的方式成了富豪之后,放起高利贷,更是生活糜烂、性情暴戾。

有了老卡拉马佐夫这样一个榜样,这个家庭中的其他成员我们也就可想而

---

① 冯增义:《论〈卡拉马佐夫兄弟〉》,见陀思妥耶夫斯基:《卡拉马佐夫兄弟》,徐振亚、冯增义译,浙江文艺出版社,1996年,第937页。

② 陀思妥耶夫斯基:《卡拉马佐夫兄弟》,徐振亚、冯增义译,中央编译出版社,2011年,第3页。

③ 同上,第4页。

知了。他们大多显得卑鄙无耻、自私自利。但他们品质各异,既有共同的精神气质,又各自有着自己的思想理念。然而,他们的内心世界都充满了深刻的矛盾,时刻进行着激烈的内心斗争。

长子德米特里·卡拉马佐夫是一个退伍军人,他性格暴躁,生活放荡,向父亲索要母亲留下的财产,与父亲发生矛盾,再加上爱上了艺妓格鲁申卡,与父亲的矛盾不断激化。"他的内心充满了信仰和无信仰的矛盾,是一个集崇高与卑鄙于一身的人物。"①正如他向弟弟阿廖沙所坦白的那样:"魔鬼和上帝在进行斗争,而斗争的战场就是人心。"

次子伊凡·卡拉马佐夫是一个评论家,他善于思考,崇尚理性和科学,不信神灵,否认上帝的存在,而且具有一定程度的"叛逆"色彩,认为世界是一个不合理的浸透着"血与泪"的世界,他否认上帝创造世界的神话,并且对现存社会秩序进行批判和抗议。由于他所追求的理想难以实现,所以,他经历了内心的痛苦的折磨,后来成为无视任何道德原则的极端个人主义者。伊凡还在他父亲和他兄长之间充当调解人的角色。不过,他虽然出面调解,但是,就在调解期间,他却与哥哥的未婚妻卡捷琳娜相互示好,暗中相恋,而且对父亲与哥哥之间的激烈矛盾听之任之,甚至将他们比作两条厮咬的毒蛇。他的为所欲为的处世原则,他的个人主义世界观,也极大地影响了老卡拉马佐夫与疯女人所生的私生子斯美尔佳科夫。

第三个儿子阿列克谢·卡拉马佐夫(阿廖沙),是作家构思中的最主要的人物,陀思妥耶夫斯基在开头的序言《作者的话》(*От автора*)中,就直截了当地称该人物是他这部作品的主人公,他要叙述的是这个人物的生平。与卡拉马佐夫家庭的其他人物相比,他显得虔诚、谦恭,不像其他人物那么自私,而是乐于助人,愿意倾听别人的苦楚,给这个悲剧性家庭以一丝希望。同时,作家更多地通过这一形象来对复杂的双重性格进行探讨。

在文学评论界,对卡拉马佐夫之家的成员,无论是老卡拉马佐夫形象,还是他的三个儿子的形象,大多都是持否定态度的,一般认为卡拉马佐夫之家是一个道德沦丧、人欲横流的地主之家。的确,这个家族的成员有一个共同的精神气质,也就是"卡拉马佐夫气质"。对于这一气质,以往评论界也是持彻底否定和批判的态度,认为这一气质的鲜明特征就是卑鄙无耻、自私自利,反映了传统道德观念的破坏以及金钱所具有的腐蚀作用,是腐化堕落的代名词。对于这一精神气质,评论界之所以持否定态度,主要是由于无产阶级作家高尔基曾经对此做了明晰的解释,认为:"这无疑是俄罗斯的灵魂,无定形的,光怪陆离的,既怯懦又大

---

① 冯增义:《〈卡拉马佐夫兄弟〉译序》,见陀思妥耶夫斯基:《卡拉马佐夫兄弟》,徐振亚、冯增义译,中央编译出版社,2011年,第4页。

胆的,但主要是病态而又恶毒的灵魂……"①

其实,这个家庭的成员的性格各不相同,"卡拉马佐夫气质"并非一成不变,而是处于不断的发展与变化之中。作者对这——"偶然组合的家庭"进行描写,其目的不仅仅是鞭挞这一"卡拉马佐夫气质",而且更为重要的是宣扬从苦难中求得新生的理念,以及作者自己一贯主张的宽恕、仁爱等思想。

我们从老卡拉马佐夫以及他的三个儿子的精神发展来看。实际上,陀思妥耶夫斯基所塑造的这些人物,是人类处在不断发展向善的进程中的象征性形象。根据莫楚尔斯基(Константин Мочульский)的观点,卡拉马佐夫三兄弟分别代表着陀思妥耶夫斯基本人个性变革的三个阶段:早期的德米特里,代表着陀思妥耶夫斯基的创作思想上的浪漫主义阶段,中期的伊凡,所代表的是陀思妥耶夫斯基创作思想上的无神论的形成阶段,而后期的阿廖沙则代表着陀思妥耶夫斯基晚年创作思想的基本特征。换句话说,在《卡拉马佐夫兄弟》的人物群像中,如果有什么原型的话,那么小说作者陀思妥耶夫斯基本人就是卡拉马佐夫三个兄弟思想发展的原型。② 这种观点,尽管显得过于偏颇,但是不可否定的是,卡拉马佐夫之家的成员不是"平面人物形象",而是一些复杂的"双重性格"的组合,陀思妥耶夫斯基在塑造这些人物形象的时候,也不是纯粹为了塑造形象而创作,而是有着表现"复调"的目的,他力图在塑造人物形象的过程中,宣扬自己的宗教哲学思想观念,呈现自己的思想探索。

在艺术技巧方面,这部长篇小说体现了陀思妥耶夫斯基后期创作的一些基本特色。文学是他宣扬和表达自己思想和情感的重要平台,但是,他在宣扬自己哲理思想的过程中,不是通过抽象的议论,而且紧扣人物的心理和情节的发展,将思想与人物性格的展现以及人物之间的矛盾关系紧密地结合起来。一如他的其他作品,陀思妥耶夫斯基在创作中,如巴赫金所言,偏爱对话体风格,因为这种对话体风格可以将作者自己的观点隐藏起来,借助作品人物的对话来进行呈现。如在第二部第二卷的"叛逆"一章中,小说通过伊凡和阿廖沙的对话,将伊凡的性格以及他对父亲和兄长矛盾的态度,与作者的思想倾向结合在一起。伊凡不信神灵,他对虔诚的阿廖沙说:"既然上帝是人按照自己的模样创造出来的,那你的上帝还能好到哪里去!"③

这部作品中的人物塑造显得独具特色,体现了陀思妥耶夫斯基的一贯主张,具有鲜明的双重性。"作家总是将对立的两极集于人物一身,使之互相映衬,在

---

① 高尔基:《论文学(续集)》,冰夷等译,人民文学出版社,1979年,第179页。

② К. Мочульский. Достоевский. Жизнь и творчество. Глава 23: Братья Карамазовы.

③ 陀思妥耶夫斯基:《卡拉马佐夫兄弟》,徐振亚、冯增义译,中央编译出版社,2011年,第210页。

复杂、微妙的境遇中，在紧张的对话中发生碰撞、显露，出现交替和更新。不仅伊凡、德米特里，女主人公卡捷琳娜、格鲁申卡也都是这样。"①

作者在刻画人物心理的时候，特别善于运用梦境和幻觉等方面的作用进行书写。如在这部长篇小说第四部第二卷的"魔鬼，伊凡·费奥多罗维奇的梦魇"一章中，就是通过这些梦境和幻觉的描写来展现人物的心理状态的。而且，即使是在描写梦魇的时候，陀思妥耶夫斯基也特别偏好采用对话的形式来展现梦魇及其人物的心理状态。在陀思妥耶夫斯基的笔下，伊凡·费奥多罗维奇甚至清楚地意识到自己处在梦魇状态，并且与梦魇展开对话：

> "我从来没有把你当作真实的存在。"伊凡几乎怒吼道，"你是谎言，你是我的疾病，你是幻影。我只是不知道怎样消灭你，而且看样子暂时还得忍受一段时间。你是我的幻觉。你是我的化身，但是只体现了我的一个方面……体现了我部分的思想感情，而且是最卑鄙愚蠢的思想感情。从这方面来说，我觉得你很有意思，如果我有时间的话可以跟你周旋一番……"②

陀思妥耶夫斯基无愧于心理大师的称号，在进行人物心理分析的时候，他不是像其他作家惯常那样全部依赖于人物的内心独白的形式，而是善于将独白的形式变为对话的形式，以此全方位地揭示人物的心理状态。这也是陀思妥耶夫斯基作品中的"对话体（диалогизм）"的重要特色。在他的作品中，在作者与主人公之间、人物与人物之间、作者与外部现实之间，以及作者与文本之间，形成了多个方面的"对话关系"（диалогические отношения）。在《卡拉马佐夫兄弟》中，正是通过梦魇中的对话将主人公伊凡的心理状态充分地呈现出来，通过他与其他思想意识的交流和对话，将其复杂的矛盾心理以及痛苦的内心感受表达出来。

陀思妥耶夫斯基在俄国小说发展史上无疑具有举足轻重的地位，他无论是在中短篇小说创作方面还是在长篇小说创作方面，都取得了辉煌的艺术成就。他不仅是小说这种艺术形式的卓越的革新者，而且在刻画人物心理方面，也取得了巨大的成功。正如鲁迅先生所说，他无疑是心灵的"残酷的拷问者"，不仅拷问出藏在心灵深处的罪恶，而且拷问出罪恶之下的洁白。

---

① 冯增义：《〈卡拉马佐夫兄弟〉译序》，见陀思妥耶夫斯基：《卡拉马佐夫兄弟》，徐振亚、冯增义译，中央编译出版社，2011年，第12页。

② 陀思妥耶夫斯基：《卡拉马佐夫兄弟》，徐振亚、冯增义译，中央编译出版社，2011年，第562页。

第十三章　托尔斯泰的小说创作

列夫·托尔斯泰是 19 世纪举世闻名的小说艺术大师,是 19 世纪后期欧洲现实主义文学的杰出代表,他所创作的《战争与和平》《安娜·卡列尼娜》《复活》等长篇小说被誉为现实主义小说艺术的顶峰,为小说艺术的发展做出了杰出的贡献。在 1902 年至 1905 年间,列夫·托尔斯泰曾连续四年获诺贝尔文学奖提名,随后,他一直拒绝诺贝尔文学奖提名。托尔斯泰不仅是一位杰出的小说家,而且是一位重要的思想家。他的创作跨越了俄国民族解放运动的三个阶段,他以不断变化的矛盾着的世界观,以及天才艺术家所特有的艺术才能,描写了一个矛盾着的不断发生巨变的特定时代,无愧为一面"俄国革命的镜子"[①]。

第一节　从贵族到平民

列夫·尼古拉耶维奇·托尔斯泰(Лев Николаевич Толстой,1828—1910)出身于俄罗斯图拉省的一个贵族家庭。他的父亲尼古拉·托尔斯泰伯爵参加过 1812 年反抗拿破仑的卫国战争。列夫·托尔斯泰出生的地方是一个名为雅斯纳雅·波良纳(Ясная Поляна)的贵族庄园,他在这个风景如画的地方成长,也曾在这个地方进行文学创作,写下了多部作品。列夫·托尔斯泰于 1844 年进入喀山大学,学习法律和东方语言。1847 年,由于不满于大学课程,他退学回到雅斯纳雅·波良纳,成为一名年轻的庄园主,随后,他迫不及待地在自己的庄园里实行一系列的改良措施,试图改变农奴的艰难处境和贫困的生活,但是,由于时代的限制,他的一切努力归于失败,没有收到理想的效果。1851 年至 1854 年,他到高加索的炮兵部队服役,并且在军务之余从事文学创作,从此踏上了小说创作的道路。托尔斯泰的文学创作活动,大约可以分为三个阶段。

一　早期创作(1850—1862)

列夫·托尔斯泰的文学创作活动开始于 1850 年。这一年起,他开始创作

---

① 列宁:《列夫·托尔斯泰是俄国革命的镜子》,见《列宁全集》第 17 卷,人民出版社,1988 年,第 181 页。

《童年》(*Детство*)。1851 年秋天起,在炮兵部队服役时,在军务之余努力从事创作,终于在 1852 年夏天完成了他的自传体三部曲中的第一部《童年》。收到这部小说的手稿后,《现代人》杂志主编涅克拉索夫读后发现了其中的文学价值,格外兴奋。在写给屠格涅夫的信中,涅克拉索夫写道:"看来,这是一个大有希望的新的文学天才。"①于是,这部作品发表于当年第 9 期的《现代人》杂志。作品发表后,受到评论界的高度赞赏。他随后又创作了自传体三部曲的第二部《少年》(*Отрочество*,1852—1854)和第三部《青年》(*Юность*,1855—1857)。托尔斯泰的自传体三部曲充满了诗意的描写,以及对主人公尼古连卡的诗意的塑造,表现"道德感情的纯洁性",并借此来体现他对自己童年时光的充满深情的回忆。

在《童年》获得成功之后,列夫·托尔斯泰萌生了专职从事文学创作的念头,并在 3 月初向部队提交了退役的申请。然而,不巧的是,申请报告递交半个月之后,克里米亚战争爆发。列夫·托尔斯泰不但没有得到上级批准的退役申请,反而被派到了战争最为激烈的塞瓦斯托波尔。但是,正是亲临这一战斗,使得列夫·托尔斯泰感受到了战争的本来面目,尤其感受到了战争的残酷,有了对战争的切身体验。他正是根据这一切身体验,创作了由三篇短篇小说所组成的《塞瓦斯托波尔故事集》(*Севастóпольские расскáзы*)。正是这部短篇小说集开创了俄国文学中描写战争的现实主义传统,而且为作者 19 世纪 60 年代创作长篇小说《战争与和平》奠定了基础。

1856 年,列夫·托尔斯泰发表了在他早期创作中占据重要地位的中篇小说《一个地主的早晨》(*Утра помещика*)。这部作品最初反映了列夫·托尔斯泰对农民问题的思考以及相应的社会探索,作品中的主人公与《复活》中的男主人公同名,也叫聂赫留朵夫,而且是具有列夫·托尔斯泰自传成分的探索型人物形象。在《一个地主的早晨》中,小说主人公聂赫留朵夫从大学退学之后,回到了庄园,直接观察到了农奴的艰苦生活,决心实行农事改革,以便改善农奴的生存状况。但是,农奴们对聂赫留朵夫的改革措施很不理解,对聂赫留朵夫的善意主张也存有戒备,聂赫留朵夫根本无法改善自己与农奴之间的关系。

1862 年,列夫·托尔斯泰与莫斯科一位著名医生的女儿索菲亚结为夫妻,并且安居在贵族庄园雅斯纳雅·波良纳。在此期间,他还完成了中篇小说《哥萨克》(*Казаки*,1853—1963)的创作。《哥萨克》是托尔斯泰早期创作中一部具有总结意义的作品,从这部作品中不难看出他的思想和艺术风格的发展与变化,以及在作品情节等方面的模仿的痕迹。

列夫·托尔斯泰对于自己的故乡一往情深,他曾经动情地写道:"没有我的雅斯纳雅·波良纳就没有我的俄罗斯,就没有我和俄罗斯的那种血肉相连的关

---

① Н. А. Некрасов. *Полн. собр. соч. и писем*. Т. 10. —М., Правда, 1952, с. 179.

系。没有我的雅斯纳雅·波良纳,我可能对我的祖国所赖以形成的那些共同的规律会看得更清楚些,但我不会爱她爱到这等狂热程度。"①

二　中期创作(1863—1880)

如果说列夫·托尔斯泰第一阶段的创作主要是探索以及对传统文学经典的模仿,那么,到了第二阶段,托尔斯泰的创作趋于成熟,尤其在小说创作的艺术技巧方面已经达到了炉火纯青的地步,同时,也正是在这一阶段,托尔斯泰在思想上发生了激烈的矛盾,经过不断地紧张探索,他的思想终于开始转变。

托尔斯泰中期创作的主要成就包括他的两部代表性的长篇小说《战争与和平》(*Война и мир*,1865—1869)和《安娜·卡列尼娜》(*Анна Каренина*,1873—1877)。前部作品是描写 19 世纪初俄国反抗拿破仑的卫国战争的史诗性巨著,后者则是反映 1861 年农奴制改革之后俄国现实生活的作品。

三　晚期创作(1881—1910)

在第三阶段,列夫·托尔斯泰的世界观已经形成。他一方面揭露当时社会上所存在的各种罪恶现象,另一方面也明晰地表达自己对社会的新的认识,宣传自己的"托尔斯泰主义",宣传博爱精神和勿以暴力抗恶以及道德上的自我完善。他的这一新的思想倾向典型地体现在这一时期的重要作品《复活》(*Воскресение*)中。除了长篇小说《复活》,托尔斯泰晚年还创作了《伊凡·伊里奇之死》(*Смерть Ивана Ильича*,1886)、《克莱采奏鸣曲》(*Крейцерова соната*,1891)等中篇小说,《舞会之后》(*После бала*,1903)等短篇小说,以及《活尸》(*Живой труп*,1911)等剧本。

列夫·托尔斯泰执着地探求人生的真谛和社会的理想,强调走平民化道路,晚年力求过着简朴的平民生活,甚至下定决心放弃遗产,以便减少贵族阶层与广大平民之间的差距。由于他坚持走平民化道路,他与妻子索菲亚之间的矛盾逐步加深,难以和解,直到 1910 年 10 月 28 日的深夜,八十二岁高龄的托尔斯泰终于离家出走。即使在出走的途中,他也坚持不搞特殊化,与平民百姓一样坐三等车厢,因经受不了旅途的劳顿,很快患了重病,于 11 月 7 日病逝于梁赞省的一个叫作阿斯塔波沃的小火车站(станция Астапово),以最为普通的平民的方式结束了一代文豪的卓越的人生旅程。

第二节　中短篇小说

列夫·托尔斯泰的小说创作成就是多方面的,不仅有《安娜·卡列尼娜》等

---

①　转引自康·洛穆诺夫:《托尔斯泰传》,李梅译,天津人民出版社,1996 年,第 6 页。

三部杰出的长篇小说代表作,而且有自传体三部曲。而他所创作的数十篇中短篇小说,同样是他艺术成就不可忽略的重要组成部分,同时,这些作品,对托尔斯泰创作思想的形成,以及对于农民等问题的探索,都具有重要的研究意义。

在《塞瓦斯托波尔故事集》中,作者以现实主义的手法,描写了战争的本来面目:

> 你在那儿可以看到脸色苍白神情阴郁的医生,两臂上溅满鲜血,在病床旁边忙碌。上了麻药的伤员躺在床上,睁着眼睛,嘴里像梦呓般说着些莫名其妙但有时却朴实动人的话。医生们给人做截肢手术,他们正干着令人嫌恶而又崇高的工作。你会看到锋利的弯刀怎样切进白净的皮肉里。你会看到伤员怎样忽然苏醒过来,发出惨不忍闻的叫喊和咒骂。你会看到助医怎样把截下的手臂扔在角落里。在这个房间里,你还会看到担架上躺着另一个伤员,他眼看着伙伴动手术,忍不住浑身痉挛,哼个不停,但主要不是由于肉体上的创痛,而是由于精神上的折磨。总之,你会看到种种惊心动魄的景象。你在这儿看到的战争,不是军容整齐的队伍、激昂的音乐、咚咚的战鼓、迎风飘扬的旗帜和跃马前进的将军,而是战争的真实面目——流血、受难、死亡……①

这种对战争的现实主义的展现,只有亲临现场的人才能够有如此细致的感受。如果说《塞瓦斯托波尔故事集》中的现实主义的战争描写为其后的《战争与和平》奠定了基调的话,那么,中篇小说《一个地主的早晨》和《哥萨克》则为托尔斯泰对农民问题的探究以及具有自传色彩的探索型人物的塑造,做出了最初的尝试。

在《一个地主的早晨》中,托尔斯泰以极尽赞美的笔触刻画聂赫留朵夫的形象:"聂赫留朵夫身材高大挺拔,生有一头浓密的深棕色鬈发,两只乌黑的眼睛炯炯有神,脸颊滋润,嘴唇鲜红,唇上刚刚长出一些柔软的茸毛。在他的举动和步态里处处显出青春的活力、精神和温厚的自信。"②具有青春活力的聂赫留朵夫抱着良好的动机,决心改善农民贫困的生活处境。他挨家挨户察看,了解农民的苦衷,当他看到楚里斯家中破败的房屋,也看到尤赫万卡家由于没有粮食,只好卖掉最后一匹耕地的马的时候,他对农民充满了人道主义的同情。他尽力帮助农民,协助他们渡过难关,但是,由于地主与农民之间根深蒂固的鸿沟,聂赫留朵夫的改良措施常常不被农民理解。

---

① 托尔斯泰:《托尔斯泰中短篇小说选》,草婴译,上海译文出版社,1986 年,第 7—8 页。
② 同上,第 138 页。

在中篇小说《哥萨克》中,奥列宁也是一个具有作者自传色彩的人物形象,作者通过奥列宁对上流社会奢侈享受感到厌倦的具体事例,说明贵族阶层很有必要摈弃阶级的偏见,走平民化的道路。但是,奥列宁的走平民化道路的探索最后以失败而告终,因为奥列宁很难抛弃贵族的偏见,与普通百姓格格不入。

聂赫留朵夫和奥列宁都是托尔斯泰笔下有名的探索型人物形象,这两部作品与托尔斯泰后期作品,尤其是《安娜·卡列尼娜》中的列文以及《复活》中的聂赫留朵夫等形象的塑造,具有一定程度的关联,托尔斯泰在这些作品中所探索的问题,在他中后期作品中,尤其是在长篇小说《复活》中得以延续。

第三节　《战争与和平》

列夫·托尔斯泰的长篇历史小说《战争与和平》,是他的第一部长篇小说,也是俄国文学史上第一部多卷本长篇小说。托尔斯泰自 1865 年至 1867 年间在《俄罗斯通报》上连载了这部长篇小说,并于 1869 年以书的形式在莫斯科出版。长篇小说《战争与和平》在世界文学史上占据极其重要的位置,2009 年,《新闻周刊》将此列为世界百部名著首位;2007 年,《时代》杂志将此列为古今十大名著的第三位(《安娜·卡列尼娜》被列首位)。[1]托尔斯泰本人也最看重这部作品。1906 年,在雅斯纳雅·波良纳,在回答一位日本来访者德富芦花(Токутоми Рока)所提出的"最喜欢自己的哪部作品"这一问题时,托尔斯泰毫不犹豫地回答说:"是长篇小说《战争与和平》。"[2]

该小说集宏观与微观于一体,既描绘了 1805 年至 1812 年间俄国反抗拿破仑卫国战争的宏大场面,也表现了自 1812 年至 1820 年的和平时期细腻的家庭生活,对俄国历史上的一个重要时期做了多层次的反映,是将基于历史真实的重大事件的艺术概括与基于生活的虚构的细节想象交织在一体的一部现实主义的巨著。

一　多重主题的精巧融合

托尔斯泰的史诗性长篇小说《战争与和平》的核心主题是书写 1812 年俄国反抗拿破仑卫国战争中的俄罗斯人民的历史命运,但是,在这一主题下,延伸出战争与和平、家庭与社会、友谊与爱情、时代与历史、生命与死亡等多重主题的融

---

① Grossman, Lev (15 January 2007). "The 10 Greatest Books of All Time". *Time Magazine*, Retrieved 9 February 2016.

② "Токутоми Рока. Пять дней в Ясной Поляне". См. *Л. Н. Толстой в воспоминаниях современников В 2 т.* Ред. С. А. Макашин. М. : Худож. лит. , 1978. Т. 2. Сост. , подгот. текста и коммент. Н. М. Фортунатова, с. 320 - 338.

汇,充分体现了小说标题"война и мир"所具有的丰富内涵。

这部长篇小说标题中的"мир"是个多义词,具有"和平""世界"这两层完全不同的含义。在 1917—1918 年俄文文字实施改革之前,"和平"和"世界"这两个单词中的元音字母的拼写是不同的,前者拼为"миръ",后者拼为"мiръ"。在《战争与和平》的校样上,也同时出现了这两个单词,所以,究竟该用"миръ"还是该用"мiръ",当时一直存有争议,好在 1917—1918 年俄文文字改革之后,两词都拼为"мир",书名的争议也就不复存在了。

但是,书名的多重内涵却是不可忽略的。托尔斯泰本人在这部作品中,体现的不仅仅是与"战争"相对的"和平",而且同样具有地理空间层面的"世界"这一理念。尤其在作为结论部分的"尾声"中,作者对作为空间理念的"世界"或"全人类"这一理念做了深刻的阐述。在"尾声"的第二卷中,托尔斯泰写道:

> 一七八九年巴黎局势动荡,动荡的发展、扩大,演变为由西向东的运动;这个运动几次朝向东方,与由东向西的反向运动发生冲突;一八一二年这个运动达到自己的极限——莫斯科,又以引人注目的对称形式发生了由东向西的反向运动,像前一运动一样,也卷入了中欧各民族。反向运动到达了西方运动的出发点——巴黎,于是归于平息。①

接着,在叙述了自 1789 年以来的许多灾难事件之后,作者提出了一系列问题,并且对此做出了回答:

> 这一切意味着什么?为什么会发生这种事?是什么迫使这些人焚烧房屋并残杀同类?这些事情原因何在?是什么力量迫使人们采取这样的行动?在碰到过去那个时期的运动的遗迹和传说时,人类会不由自主地向自己提出这些朴质而合情合理的问题。
>
> 为了解决这些问题,人类的健全理性会诉诸历史科学,这门科学就是以各民族和人类的自我认识为目的。②

从这些自问自答中,列夫·托尔斯泰提出了解决战争等问题的灵丹妙药。在他看来,要想解决人类之间相互残杀的问题,就必须诉诸历史科学,这一历史科学,则基于全人类的自我认知。从以上这些引文中,我们不难看出,"мир"所蕴含的不仅仅只是"和平"的意思,而更多的是"世界"或"全人类"这一理念。

---

① ② 托尔斯泰:《战争与和平》(4),娄自良译,上海译文出版社,2010 年,第 1638 页。

二　全方位宏大叙事，多线并进、穿插交织的结构方式

《战争与和平》这部长篇小说虽然场面无比宏伟，出场人物众多，然而整体布局显得格外严谨，脉络异常明晰。整部作品以反抗拿破仑的卫国战争为主线，在宏观的战争和微观的家庭生活方面展现那个特定时代的风貌，五个贵族家庭成员的活动作为各条情节线索，通过对安德烈、彼尔、娜塔莎等主要人物描写，不断向社会生活的各个方面延伸和拓展。在《战争与和平》的开头部分，在安娜·帕夫洛夫娜的晚会上，彼得堡上流社会的人物纷纷登场，托尔斯泰趁机对每个登场的人物进行刻画。如书中描述海伦公爵小姐时写道：

> 海伦公爵小姐微笑着；她站了起来，带着真正的美女那一成不变的微笑，她就是带着这样的微笑走进客厅的。白色的舞会衣裳绣有常春藤和青苔，微微地窸窣作响。白皙的肩膀、秀发和钻石的光泽熠熠生辉。她在让开的男人们中间走过，谁也不看，却对所有的人微笑着，仿佛授权所有的人来欣赏她的腰肢和丰满的双肩之美，欣赏她按当时的时髦十分裸露的胸脯和背部之美，她仿佛随身带来了舞会的辉煌，径直来到安娜·帕夫洛夫娜面前。[①]

可见，这部小说尽管结构宏伟，但是在具体描写的时候，有繁有简，各有侧重。在描写战争的时候，凸显了这部史诗般巨著的宏大叙事特性，同时反映了列夫·托尔斯泰现实主义的战争观。在描写和平的时候，则着力表现各家族成员的细腻而又丰富的内心世界，以及人物的独特的表情和性格特征。

三　探索型人物形象的延伸

在对与战争相对的日常生活的描写中，托尔斯泰将重点放在贵族家庭的年轻一代的成长上，书写这些人员在独特的社会语境中的成长、变化、挣扎与探索。

在对别索豪夫、保尔康斯基、罗斯托夫、库拉金、德鲁别茨科伊等五个贵族家庭的描绘中，托尔斯泰着墨最多的是彼尔·别索豪夫和安德烈·保尔康斯基。

这两个人物都是托尔斯泰笔下典型的"探索型人物"形象。他们怀疑贵族的生活准则和道德观念，通过与社会的广泛接触，领悟人生的真谛和生活的意义。

彼尔·别索豪夫在探索方面，主要是探索道德的理想，他的探索也经历了一个复杂的历程。

安德烈·保尔康斯基直到临死之际终于领悟了爱的意义，并且与曾经反抗

---

① 托尔斯泰：《战争与和平》(1)，娄自良译，上海译文出版社，2010年，第15页。

和挣扎的世界做了最后的和解。

同时，娜塔莎·罗斯托娃也是作者竭力歌颂的对象。而且该形象在作品的艺术结构方面也起到了一定的纽带作用。

正是这些"探索型人物"的塑造，这些性格各异的人物对人生真谛的执着追求，体现了《战争与和平》宏大的主题和深邃的思想内涵。

以宏大主题创作为己任的《战争与和平》，在艺术上采用了史诗性的结构模式。"托尔斯泰也许是世上最伟大的小说家，他也按照史诗形式进行写作。"①尽管有人批评这部作品中战争与和平以及青年与老年两个部分之间的分裂，但是，美国评论家阿米斯认为："这两个部分是相互关联的，因为所有的人不是参加了战争就是与参加战争的人有联系，而且个人的发展是明显地由历史发展背景衬托的。"②

第四节 《安娜·卡列尼娜》

《安娜·卡列尼娜》是列夫·托尔斯泰直接描写农奴制改革之后俄罗斯社会发生巨变的当代题材的作品，是一个有着双线条情节结构的长篇小说。这部小说的创作是自 1870 年开始构思的，1873 年开始动笔，1877 年完稿。自 1875 年至 1877 年在杂志《俄罗斯通报》上连载，1878 年以书的形式在莫斯科出版。在这部长篇小说中，尽管没有如《战争与和平》中对重要的历史事件的书写，但是作者列夫·托尔斯泰通过作品中的主要人物列文的社会探索，表现了俄国农奴制改革之后"一切都翻了个身，一切都刚刚安排下来"的错综复杂的时代特征。主人公列文是一个具有托尔斯泰自传色彩的"探索型人物"形象，我们仅仅从"列夫"(Лев)和"列文"(Левин)这两个名字之间拼写的相似性就可以看出托尔斯泰与列文之间的关联，以及列文身上所体现的托尔斯泰的自传色彩。作品还通过安娜的家庭和爱情悲剧命运，塑造了一个敢于反抗贵族传统道德观念，带有典型的资产阶级个性解放色彩的动人的俄国女性形象。

一 素材与构思

19 世纪 60 年代完成历史小说《战争与和平》之后，列夫·托尔斯泰想从历史题材向当代题材转型，计划创作一部以当代生活为题材的作品，即"当代生活小说"，以便反映 1861 年农奴制改革之后的时代的变迁及社会风貌和人们的思

---

① ② 梅特尔·阿米斯：《小说美学》，傅志强译，北京燕山出版社，1987 年，第 180 页。

想的发展。于是,在 1870 年 2 月 24 日,他就产生了《安娜·卡列尼娜》的最初构思。① 他准备创作一部以贵族妇女为主人公的反映时代变更的作品,突出体现资产阶级思想的渗入对人们传统思想所产生的冲击。他要反映农奴制改革之后的这个急剧变化的时代,所以他最初构思了一个堕落的贵妇人的故事。

对于这部长篇小说的构思,托尔斯泰开始的时候在一定程度上受到普希金作品的影响,基本题材是基于“一个不贞的妻子以及由此发生的全部悲剧”,小说的题目他确定为《懦弱的好汉》。他在写给友人的信中提及了这部小说的创作情况:“这部小说我今天才起草完,它十分生动、感人和完美,我对它非常满意。”②

他拟创作的小说中的女主人公,那个不贞的妻子,名叫塔吉雅娜,是个精神空虚、相貌平平的贵妇人。然而,正当列夫·托尔斯泰构思这部小说的时候,他邻近的庄园发生了一起意外事件,这一意外事件对托尔斯泰产生了深深的触动。一个名叫安娜·斯捷番诺夫娜·彼罗戈娃的年轻的女子,因为情夫将她抛弃,精神遭受崩溃而卧轨自杀。托尔斯泰的妻子索菲亚曾对这一事件做过描述:“她从家中离开,手里提着小包裹,然后回到了最近的雅森卡火车站(雅斯纳雅·波良纳),纵身跳向一辆货运列车的轮下。”③ 到出事现场观看的列夫·托尔斯泰,被眼前死者的惨状深深震动。于是,决定将正在构思的小说中的女人公改名为安娜,而且决定让女主人公以同样的方式结束自己的生命,不再局限于女主人公的不贞,而是将其描绘成既是贵族上流社会的受害者,也是控诉者和反抗者的典型形象。于是,这一情节线索就是安娜的悲剧和反抗了。他不仅要通过女主人公的悲剧来反映时代的变迁,还要探索社会的出路。于是,在后来的具体创作中,列夫·托尔斯泰又增加了列文探索的情节线索,构成了双线并行发展的结构模式。

对主人公形象塑造的构思发生改变之后,列夫·托尔斯泰也不再满足于原构思中的外部肖像了。他不再满足于原先构思中的女主人公的庸俗,也不满足于邻近庄园安娜·彼罗戈娃的平淡。于是,他的头脑中涌现出了多年之前偶遇的一个美好的形象——玛利亚·普希金娜。玛利亚是伟大诗人普希金的长女,也是托尔斯泰的远房亲戚。二十八岁的玛利亚具有超凡脱俗的美丽,1860 年,在图拉省的一次舞会上,托尔斯泰与她相遇,对她产生了极其美好的深刻印象。“那双灰色的带着一丝淡淡的哀愁的眼睛,在黑色的修眉和长长的睫毛下像一泓

---

① С. А. Толстая. "Мои записи разные для справок", См. *Дневники С. А. Толстой*, 1860—1891, ред. С. Л. Толстой. М.: Издательство М. и С. Сабашниковых.

② 转引自杨思聪:《〈安娜·卡列尼娜〉鉴赏》,重庆出版社,1988 年,第 4 页。

③ Лидия Опульская ред. *Л. Н. Толстой в воспоминаниях современников*, М.: Государственное издательство художественной литературы, 1960. Т. 1 - 2, с. 153 (т. 1), 60 (т. 2).

秋水,清澈而深沉,使人想起其生父普希金的风韵。列夫·托尔斯泰把这个生活中摄来的原型,气韵生动地保留在他的记忆之中,十四年后用她作原型塑造了安娜·卡列尼娜这个光彩照人的艺术形象。"①在长篇小说中,列夫·托尔斯泰对安娜的多次外部肖像刻画,无不显现出他的非凡的记忆以及他对玛利亚的推崇。如在第一部第二十二章,作者描写了身穿黑色连衣裙的安娜的肖像,就与他记忆中的玛利亚形象极为相似:

> 安娜没有像吉娣一心希望的那样穿紫色衣裳,却穿了一件黑丝绒敞胸连衣裙。露出她那像老象牙一样光润丰满的肩膀和胸脯,以及圆圆的胳膊和纤手。她的连衣裙镶的都是威尼斯花边。她的头上,在她那没有掺假发的一头黑发中,有小小的一束紫罗兰,在白色花边之间的黑腰带上也有这样的一束。她的发式并不引人注目,引人注目的是那老是在脑后和鬓边翘着的一圈圈任性的鬈发,这为她更增添了几分风韵。在那光润而丰腴的脖子上挂着一串珍珠。
> ……她的魅力就在于她这个人总是比服饰更突出,服饰在她身上从来就不引人注目。这件镶着华丽花边的黑色连衣裙就不显眼,这只不过是一个镜框,引人注目的只是她这个人:雍容,潇洒,优雅,同时又快快活活,生气勃勃。②

俄国著名画家马卡洛夫曾经为婚后不久的普希金娜画了一幅肖像画。而马卡洛夫的画与托尔斯泰对舞会上的安娜的描绘极为相似,成为世界艺术史上的一段佳话。

二 拱形建筑与拱心石的镶嵌

如上所述,《安娜·卡列尼娜》是一部双线并行发展的小说,其中一条是通过安娜—卡列宁—渥伦斯基这一线索,来展现封建家庭关系的瓦解和道德沦丧以及新的家庭伦理道德的形成;另一条线索则是通过列文—吉娣,来描绘农奴制改革之后资本主义入侵给当时的社会所带来的冲击以及列文执着地探求出路的痛苦心情。

当然,这两条平行发展的线索随着各自的代表人物安娜与列文的相见而交织为一体了,成了拱形建筑。而这一拱形建筑之所以能够坚固,就是因为拱顶的拱心石镶嵌得极为精巧。

---

① 杨思聪:《〈安娜·卡列尼娜〉鉴赏》,重庆出版社,1988年,第7页。
② 托尔斯泰:《安娜·卡列尼娜》,力冈译,浙江文艺出版社,2010年,第90—91页。

从表面上看,这部长篇小说的两条情节线索之间似乎没有什么紧密的关联,因此,小说出版之后,当时的评论界还曾对小说的结构提出了尖锐的批评。在1878年的《欧罗巴通报》上,有一篇题为《卡列尼娜与列文:两部小说》的评论文章,指责小说两条情节线索之间所缺乏的统一性,认为两者之间毫无关联可言,犹如两部小说。并且认为,两条情节线索上的主人公总共只见过一次面,见面之后也没有发生任何联系,因而指责这是没有关联的两部小说。这么一来,从结构形式上看,这一小说就被视为双体大厦了。

列夫·托尔斯泰对此进行了反驳,指出:"相反,我以它的建筑而自豪,——拱心石镶合得如此之好,简直看不出嵌接的地方在哪里。我在这方面费力也最多。结构上的联系既不在情节,也不在人物间的关系(交往),而在内部的联系。"①虽然列夫·托尔斯泰强调了两条线索之间所存在的关联,并且为他所镶嵌的拱心石的精巧而感到自豪,但是,他在生前却没有吐露过这一奥秘,并没有指出拱心石究竟处于什么位置。其实,列夫·托尔斯泰并不是在此故弄玄虚,而是两条情节线索之间的关联是无法道明的内在的关联。看似没有直接联系的两条线索,其实是处于典型的两相对照的关系中,从而连缀成一个有机的坚固的整体。譬如,在安娜的主线上,当奥勃朗斯基的妻子陶丽发现丈夫同以前的家庭女教师发生暧昧关系的时候,在列文的主线上,却是列文爱上了陶丽的妹妹吉娣;当安娜与渥伦斯基满怀喜悦、大胆追求真挚爱情的时候,吉娣却因渥伦斯基的负心而感到悲伤,列文因恋情失败而痛苦;当安娜与卡列宁维持八年的婚姻以破裂告终的时候,列文与吉娣则举行婚礼组成一个新的家庭;当安娜的人生蜡烛终于熄灭的时候,吉娣与列文的婚姻所产生的新的生命终于诞生;当安娜因绝望而自杀,不明白人生意义的时候,列文则经过艰难的探索,终于明白了人生的真谛。最后,当安娜扔掉自己的红色手提包,跃身跳下火车轨道的一刹那间,她的脑中突然出现了三个问题。"Где я? Что я делаю? Зачем?"(我这是在哪儿? 我是在做什么呀? 为了什么呀?)②与之相同,列文最后在自己的探索中也一直为三个问题寻求答案:"Что же я такое? и где я? и зачем я здесь?"(这究竟是怎么一回事儿? 我这是在哪儿? 我为什么在这儿?)③由此可见,两条线索之间并不是毫无关系的,而是有着内在的血性关联。"他所建构的艺术大厦是那么宏伟壮丽,它的结构是那么新颖别致,拱顶又砌合得那么天衣无缝,不得不使人叹服于他那

---

① Л. Н. Толстой. *Полное Собрание сочинений в 90 томах*, М.: Государственное издательство художественной литературы, 1937. Т. 62, с. 377.

② Л. Н. Толстой. *Собрание сочинений в 22 томах*. М.: Художественная литература, 1981. Т. 9, с. 365.

③ 同上,第391页。

动人心魄的艺术魅力。"①

三　思想意义与安娜形象

列夫·托尔斯泰的长篇小说《安娜·卡列尼娜》,尽管没有《战争与和平》中那种对宏大的历史事件的描绘,但是,其自身的历史意义却依然不可低估,不可忽略。陀思妥耶夫斯基在这部新的长篇小说中就发现了"对人类灵魂的宏大的心理开采"②。这部长篇小说通过安娜的形象及其家庭悲剧,以及列文形象及其社会探索,揭露了俄国沙皇专制制度对"美"的毁灭,以及上流社会的虚伪、冷漠,广阔而深刻地反映了 19 世纪 60 年代农奴制改革后"一切都翻了一个身,一切都刚刚安排下来"的典型时代特征。尤其是通过安娜悲剧,反映了资产阶级个人反抗的失败以及个人追求的幻灭。所以,著名俄国诗人迈可夫说:"这部长篇小说是对我们生活体制的严厉的、廉正无私的审判。"③

尽管这部作品有列文的探索和安娜的悲剧这两条平行发展的情节线索,但是,它却是以安娜·卡列尼娜这一形象而命名的,可见,她的形象在小说中是居于中心位置的。安娜不仅天生丽质,聪颖端庄,光艳夺人,而且笃信宗教,真挚诚实,敢作敢当,具有复杂丰富的充满诗意的内心世界。就农奴制改革之后的俄国特定的社会语境而言,可以说,安娜是一个带有资产阶级个性解放色彩的俄国贵族妇女的典型形象,是贵族上流社会思想和道德的勇敢的叛逆者,是 19 世纪俄罗斯文学中最为动人的妇女艺术形象之一。

这个形象具有以下鲜明的性格特征。

首先,安娜这一形象是俄罗斯文学女性画廊中一位极为典型的叛逆型女性形象的代表,她受到资产阶级思想的熏陶,从而不满于封建的婚姻,不愿受到封建道德的桎梏,也不愿在世俗的生活中压抑自己的热烈的情感,而是敢于抗争,追求属于自己的真挚的自由的爱情,所以,她是一个敢于冲破传统道德观念的束缚,强烈要求个性解放的女性形象,是一个具有现代色彩的女性形象。

与封建专制时代很多上流社会的女子相同,安娜所经历的婚姻是没有任何爱情可言的,她与卡列宁的婚姻不是基于爱情,完全是封建婚姻制度的产物。在安娜看来,她的丈夫卡列宁是一个令人反感的非常虚伪的官僚,哪怕是在自己的家里,他也要摆出官僚的架子,完全像是一副官僚机器,使她感到压抑,感到窒息,扼杀了她身上的全部活力。对此,安娜是有充分认知的,在她看来:卡列宁是一个"只会玩弄文牍和搞官场应酬的空空洞洞、死死板板的官僚。在妻子和儿子

---

① 草婴:《我与俄罗斯文学——翻译生涯六十年》,文汇出版社,2003 年,第 20 页。

② Ф. М. Достоевский. *Полное собрание сочинений*. СПб., 1895. Т. 11. с. 245.

③ А. А. Фет. *Литературное наследство*. Т. 37 - 38, с. 220.

面前,也摆出一副官僚架子"。所以,卡列宁所主持的家庭不是一个温暖的地方,不是一个美好的场所,只不过是一架刻板地运转着的机器。而且,卡列宁在家中,也总是以官僚的姿态来看待家庭问题。当他在外面听到风言风语的时候,他也是以压制的口吻来对安娜进行训诫:"我们终生结合在一起,不是人为的结合,而是上帝安排的。破坏这种结合只能是犯罪,犯这一类的罪是要受到严厉惩罚的。"①

虽然这个家庭如机器一般运转,但这是农奴制改革前俄国上流社会的常态。然而,农奴制改革之后,资产阶级思想的渗入,再加上与青年军官渥伦斯基的相遇,唤醒了安娜内心世界的一直受压抑的爱情,让她体验到了一种不曾有过的奇特情感。终于意识到她在家庭中的人格不曾独立的地位,意识到自己命运的可悲,终于明白了自己的处境:"八年来他怎样摧残我的生命,摧残我身上一切像活人之处,他从来没有想过,我是一个活的女人,是需要爱情的。"②于是,她幡然醒悟,认为自己没有罪,发出了"我要爱情,我要生活"③的呐喊,经过激烈的内心斗争之后,下定决心丢开玩偶之家,接受渥伦斯基的爱情,以自己的全部生命热恋渥伦斯基,而且在未能获得离婚的情况下,她就毅然决然地与渥伦斯基同居,并且一起到国外度假,充分享受生活和爱情的欢乐。

其次,安娜敢于向俄国贵族上流社会挑战,反抗虚伪的、腐朽堕落的社会道德,在世界文学史上,她是一个具有强烈的反抗精神和叛逆个性的女性形象。在俄国文学史上,从普希金《叶甫盖尼·奥涅金》中的达吉雅娜,到奥斯特洛夫斯基《大雷雨》中的卡捷琳娜,俄罗斯作家具有描写反抗女性形象的悠久传统。但是,因为对自由爱情的追求而与上流社会形成强烈冲突的,唯有安娜。由于安娜的行为是对上流社会的一种反抗,于是,她便成了上流社会的众矢之的。圣彼得堡各个社交集团为了维护自身的利益,纷纷对安娜进行责难和人身攻击。安娜与上流社会发生的强烈冲突,使得她感到力量的薄弱,以及浑然一体的圣彼得堡上流社会社交集团的强盛。于是,作为个人反抗者,安娜的反抗显然只能以失败而告终。尤其是她在人生的蜡烛熄灭之前,她更是发出了强烈的内心的呐喊:"一切都是假的,一切都是谎话,一切都是欺骗,一切都是罪恶!……"④最后,"那支蜡烛,她曾经借着烛光阅读充满忧虑、欺诈、悲伤和罪恶的人生之书的,闪了一下比任何时候都明亮的光芒,为她照亮了原来在黑暗中的一切,就毕剥一声,昏暗下去,永远熄灭了"⑤。

最后,安娜形象具有典型的双重性和局限性,她在追求个性幸福的同时,又

---

① 托尔斯泰:《安娜·卡列尼娜》,力冈译,浙江文艺出版社,2010 年,第 166 页。

②③ 同上,第 327 页。

④ 同上,第 840 页。

⑤ 同上,第 842 页。

时常产生一种有罪的感觉,在忏悔中反抗,在反抗中忏悔,最后逃脱不了悲剧的命运。安娜形象中的这一矛盾性,恰恰是作者托尔斯泰世界观矛盾性的一种典型体现。

安娜作为一个远离人民群众的贵族妇女,她所能追求的也只是她个人的爱情和个人的幸福,她无疑具有典型的爱情至上的倾向,而且,她所开展的反抗,也只是一种个人反抗的形式,脱离时代,脱离社会。这正是安娜这一形象的悲剧性和局限性所在,也是她性格上的矛盾性的一种体现。她一方面觉得自己的行为光明正大,正直高尚,另一方面又时常觉得自己有罪,甚至在对待卡列宁和渥伦斯基的态度上也是充满矛盾的(如她病危时的表现),这导致她在追求中永远遭受痛苦,最后在精神和肉体上都遭到了彻底的毁灭。

四 《安娜·卡列尼娜》的艺术特色

就艺术成就而言,可以说,托尔斯泰的长篇小说《安娜·卡列尼娜》已经是一部炉火纯青的艺术作品。这部作品有着被评论界极尽夸耀的独特的小说结构艺术。而且,除了独特的艺术结构,这部作品还在肖像塑造和人物心理刻画,以及语言的简洁凝练等方面独树一帜。托尔斯泰善于从各个不同的视角来丰富人物的外部肖像塑造,又善于通过心灵辩证法来进行心理描写。

(一)肖像塑造

在外部肖像塑造方面,列夫·托尔斯泰善于从各个不同的视角进行刻画,来完善安娜这一艺术形象。正是因为各个迥然不同的视角相互补充,从而形成了一个立体的丰满的人物形象。

具体描写中,首先通过在火车站相逢时的渥伦斯基的眼睛来展现安娜。这是安娜首次露面。在第一部第十八章,作者通过渥伦斯基的眼睛,捕捉了这个雍容华贵、典雅优美的形象。渥伦斯基与安娜目光的瞬间的相触,唤醒了她那处于沉睡状态的炽热的情感。

> 渥伦斯基跟着列车员朝车厢里走去。他在门口站下来,给一位下车的太太让路。渥伦斯基凭着社交界人素有的眼力,只对这位太太的外貌瞥了一眼,就断定她是上流社会的人。他道了一声歉,就要朝车厢里走去,可是觉得还需要再看她一眼,不是因为她长得很美,不是因为她的整个身姿所显露出来的妩媚和优雅的风韵,而是因为经过他身边时,她那可爱的脸的表情中有一种特别温柔、特别亲切的意味儿。当他回头看的时候,她也转过头来。她那一双明亮的、在浓密的睫毛下面显得乌黑的灰眼睛亲切而留神地注视着他,像是在认他,接着又立刻转向走来的人群,像是要寻找什么人。在这短短的一瞥中,渥伦斯基发现有

一股被压抑着的生气,闪现在她的脸上,荡漾在她那明亮的眼睛和弯了弯朱唇的微微一笑中。仿佛在她身上有太多的青春活力,以至于由不得她自己,忽而从明亮的目光中,忽而从微笑中流露出来。她有意收敛起眼睛里的光彩,但那光彩却不听她的,又在微微一笑中迸射出来。①

俄国同时代的作家格罗梅卡对于托尔斯泰对这一场景的描绘,表示出深深的赞赏,他写道:"我们首次见到安娜是渥伦斯基在车厢里与她邂逅,露面只不过几分钟,但她的形象典雅优美,生气勃勃,因而瞬息的印象并不减弱它的活力和魅力。她个人的特性立刻显露出来,异常迅速,画面上好像一间暗室中央突然出现神灯的轮廓那样清晰。在这短暂的瞬间,我们在安娜脸上看到她特有的生动表情,这是那种追求和分享幸福的美的表情,日后被画家米哈依洛夫所发现,并表现在肖像中,这幅肖像使列文赞叹不止。"②肖像刻画也在情节发展过程中起到衔接的作用,正是安娜身上所具有的这股被压抑的生气,为以后安娜的叛逆做了铺陈。

其次是在舞会上,列夫·托尔斯泰通过吉娣的眼睛来对安娜的外部形象进行独特的审视。作者在第一部用第二十二章和第二十三章整整两章的篇幅来描写舞会的场景。当时,吉娣深深地爱着渥伦斯基,却看到渥伦斯基倾心于安娜。吉娣审视安娜的时候,发现安娜穿着黑色的连身裙,显得如此自然,以至于自然本身都好像是人工模拟的了。这一对安娜身穿黑色连身裙的出色的肖像描绘,极为传神,正如上文所说,这一描写是以俄国伟大作家普希金的长女玛丽亚·亚历山大罗夫娜·普希金娜为原型的。普希金娜超凡脱俗的美丽曾给托尔斯泰留下了深刻的印象,储存在他的脑际,并在对安娜的肖像描绘中,得到了复生。

第三次是在安娜的新居,作者通过列文的眼睛来对安娜进行描绘。在作品的第七部第九章和第十章,作者先是描写列文对画家米哈依洛夫所创作的安娜画像的美好印象,然后,突然发现,画中人从画框后面走出来了,从而更加强化了对安娜的美好印象。

(二)人物心理描写

列夫·托尔斯泰如同陀思妥耶夫斯基,在俄国文学史上无疑是一位善于运用"心灵辩证法"(диалектики души)的心理描写大师。"托尔斯泰以心灵辩证法的艺术探索丰富了俄罗斯以及世界的长篇小说创作艺术,揭示了主人公的心灵

---

① 托尔斯泰:《安娜·卡列尼娜》,力冈译,浙江文艺出版社,2010 年,第 70—71 页。

② 格罗梅卡:《列·尼·托尔斯泰》(评长篇小说《安娜·卡列尼娜》),冯增义译,载自倪蕊琴选编:《俄国作家批评家论列夫·托尔斯泰》,中国社会科学出版社,1982 年,第 121—122 页。

世界与农奴制改革之后的俄国社会生活的最深沉过程的辩证关联。"①托尔斯泰的心理描写,手法繁多,而且极为独特,主要体现在以下三个方面。

首先,列夫·托尔斯泰的心理描写,旨在揭示和剖析心灵深处的秘密,所以,如车尔尼雪夫斯基所说,列夫·托尔斯泰"并不局限于描写心理活动的结果,使他感兴趣的是心理活动过程本身"②。一场心理活动的结果有时是较为空泛甚至是晦涩的,因此,列夫·托尔斯泰对此结果并不感到满足,他总是擅长于揭示和剖析人物内心世界之秘密的过程,将其矛盾发展的来龙去脉详尽地展现出来,使得读者明晰地理解人物性格的发展和内心世界的真实。如安娜将自己与渥伦斯基的情感向丈夫卡列宁坦白之后,作者以多页的篇幅描写卡列宁心理波动的详尽过程,让他在决斗、离婚、分居以及维持现状等问题上反复权衡,分析利弊,久久难以做出决定。再如安娜自杀前,列夫·托尔斯泰用了多页的篇幅细腻地、详尽地描述她的内心活动,揭示她万念俱灰的整个过程,即使在扑向铁轨的瞬间,对她的心理活动的刻画也没有停止。

其次,列夫·托尔斯泰善于在同一个场面中通过几个不同人物的错综复杂的关系,发掘他们各自的内心世界。尤其在安娜病危、赛马会等场景中,这一特色表现得尤为鲜明。譬如在第二部第二十四章至第二十九章有关赛马会的场景中,列夫·托尔斯泰就利用同一场景,巧妙地描写了卡列宁和安娜两个人物各自复杂的内心世界。在赛马会上,安娜根本无心观赏比赛,也完全不顾身边的丈夫,只是全身心地关注着渥伦斯基的安危,一直拿着望远镜,注视着渥伦斯基的一举一动,当渥伦斯基落马时,她不由得失声尖叫,脸色煞白,完全失态。而与此同时,卡列宁也无心观赏赛马,所关心的只是不要在他妻子的脸上出现"他不愿看到的表情",只是希望他妻子的失态不要被别人看出来,"免得让那些爱搬弄是非的人说闲话"③,从而影响他的仕途,所以只想用身子将她遮住,并且竭力劝说,想快点将她带回家去。

最后,在具体的人物心理描写过程中,列夫·托尔斯泰善于使用比喻等艺术手法,使得所描绘的人物心理状态具有鲜明化、形象化的特色。譬如,渥伦斯基在圣彼得堡车站看到卡列宁以占有者的神情高傲地挽起安娜的手臂时,心中顿时产生了一种反感和厌恶。但是,作者没有直接陈述他的这种心理活动的结果,而是用了一个生动、贴切的比喻,将其心理状态恰如其分地呈现出来:渥伦斯基的心情"就好像一个人口渴得要命,跑去喝泉水,却发现一条狗、一只羊或者一头

①　А. С. Бушмин 等. История русского романа в двух томах,Москва:Издательство Наука,т. 2,1964,с. 6.

②　符·日丹诺夫:《〈安娜·卡列尼娜〉的创作过程》,雷成德译,内蒙古人民出版社,1980 年,第 222 页。

③　托尔斯泰:《安娜·卡列尼娜》,力冈译,杭州:浙江文艺出版社,2010 年版,第 238 页。

猪在这水泉里喝过水，并且把水搅浑了"①。一个妥切的比喻，将渥伦斯基当时极度反感的心理状态呈现得一清二楚。

（三）语言的简洁凝练及表达的准确性

列夫·托尔斯泰创作《安娜·卡列尼娜》这部长篇小说，意味着他的创作从《战争与和平》的历史题材转向了农奴制改革之后的当代题材，与之相适应的，是小说风格发生应有的变化，语言更为凝练，更为简洁，也更为贴近当时的社会生活。然而，尽管列夫·托尔斯泰的作品题材发生转型后语言显得更简洁，但容量很大，毫不浅薄，而是言简意赅，生动流畅，而且思想深邃。如在作品的开头，作者写道："Все счастливые семьи похожи друг на друга, каждая несчастливая семья несчастлива по-своему."②（幸福的家庭每每相似，不幸的家庭各有各的苦情。③）句子中的"друг на друга""по-своему"是最平常不过的词语了，但是，其中所蕴含的意义却是极其深刻的。

为了体现小说创作的凝练和简洁，列夫·托尔斯泰有一个基本的创作原则，就是在作品修改和定稿的时候，要学会的是如何进行删除文句，而不是怎样增添。《安娜·卡列尼娜》这部作品拥有五十个印张、总共两千五百多页的手稿，但是最后的定稿只有数百页。托尔斯泰深深懂得删节的重要性，将此作为一种原则来要求自己："通读和修改作品的时候，不要去想需要补充什么，而要去想如何尽可能地从中多删除一些，同时还不损害作品的思想（不管这些多余的部分写得多么好）。""无论多么天才的补充都不能使作品这样显著地提高质量，就像用删除能取得的那种美好成绩一样。"④正是这一条原则，使得他的作品能够广为流传，并且赢得广大读者的喜爱。

在措辞方面，列夫·托尔斯泰承袭普希金的优秀传统，坚持以贴近生活的语言进行文学创作。曾有一次，当他发现编辑在送给他的《安娜·卡列尼娜》的校样中，将贴近生活的"сказал"（说）改成了"молвил"（言）时，他便大为生气。⑤

列夫·托尔斯泰十分强调表达的准确性，反对语言陈述方面的晦涩和含混。"托尔斯泰对于表达的准确性提出了非常严格的要求。按照他的意见，完美的表达方式是，'如果我们用这种方式表达自己的思想，那么就不可能再有比它更合

---

① 托尔斯泰：《安娜·卡列尼娜》，力冈译，杭州：浙江文艺出版社，2010 年版，第 119 页。

② Л. Н. Толстой. *Собрание сочинений в 22 томах*，М. : Художественная литература，1981. Т. 8, с. 7.

③ 托尔斯泰：《安娜·卡列尼娜》，力冈译，浙江文艺出版社，2010 年，第 3 页。

④ 转引自符·日丹诺夫：《〈安娜·卡列尼娜〉的创作过程》，雷成德译，内蒙古人民出版社，1980 年，第 221 页。

⑤ 谢·列·托尔斯泰：《往事随笔》，转引自符·日丹诺夫：《〈安娜·卡列尼娜〉的创作过程》，雷成德译，内蒙古人民出版社，1980 年，第 221 页。

适、更有力、更清楚和更完美的表达方式了……对所用的任何一个词,既不能增,也不能减,更不能改动,只有这样,才不至于损害作品'。"①可见,在思想表达方面,对词语选择的精益求精,是列夫·托尔斯泰得以成功的一个关键。一个思想家,是要以贴近生活的语言表达艺术为基础的。

第五节 《复活》

《复活》是列夫·托尔斯泰所创作的最后一部长篇小说。在这部长篇小说中,托尔斯泰塑造了具有自传性质的聂赫留朵夫的典型形象,这一形象是他后期矛盾的世界观的具体反映,也是他晚年艺术成就的集中体现。"《复活》的构造与托尔斯泰先前的小说截然不同。我们应把最后这部小说归于一种特殊的体裁类型。《战争与和平》是家庭历史长篇小说(有史诗倾向)。《安娜·卡列尼娜》是家庭心理小说。应把《复活》确定为社会思想小说。"②

列夫·托尔斯泰《复活》的构思基于真实的法庭审判。小说的具体情节起源于"柯尼的故事"。1887 年,圣彼得堡刑事上诉厅总检察长柯尼来到了列夫·托尔斯泰的雅斯纳雅·波良纳庄园进行访问。柯尼跟托尔斯泰讲了一个司法界的真实的故事。柯尼在与一个前来拜访的年轻人的交谈中了解到,这个年轻人决定要与一个名叫罗扎莉娅的囚犯结婚。罗扎莉娅是个妓女,她因为盗窃了一个喝醉酒的嫖客一百卢布而被判处了四个月的监禁。柯尼劝他放弃这个念头,但年轻人经常去狱中探望罗扎莉娅,甚至开始准备婚礼,"他给她送来婚礼所需要的各种衣物:内衣,手镯和毛织品。她怀着喜悦的心情接受了这些,随后就在她的名下,全都寄放在仓库里"③。

然而,不久之后,在大斋期临近结束的时候,罗扎莉娅因患斑疹伤寒而不幸去世。听到这个消息之后,那个年轻人痛不欲生。后来,柯尼进一步了解到,那个年轻人之所以要娶罗扎莉娅为妻,是因为他有一次担任区法院陪审员的时候,发现一个被指控犯有盗窃罪的妓女,就是他自己曾经诱惑过又被他抛弃的姑娘罗扎莉娅。她原是一个出身于农家的孤女,被他的一个亲戚——好心的庄园主收养。他走亲戚时诱惑了这个不幸的姑娘。罗扎莉娅怀孕后,就被逐出了庄园,将所生的孩子送进育婴堂后,一步一步地走向堕落,最后成了妓女。于是,年轻人为了赎罪,决心与这个女囚犯结婚。

列夫·托尔斯泰听了柯尼的这一故事之后,立刻觉得其中具有文学创作所

---

① 得·符·吉什奇科:《列·尼·托尔斯泰是如何教导写作的》,转引自符·日丹诺夫:《〈安娜·卡列尼娜〉的创作过程》,雷成德译,内蒙古人民出版社,1980 年,第 222 页。

② 巴赫金:《巴赫金全集》第 3 卷,钱中文主编,河北教育出版社,1998 年,第 18 页。

③ 符·日丹诺夫:《〈复活〉的创作过程》,雷成德译,内蒙古人民出版社,1982 年,第 3 页。

需的基本的素材价值,意识到在这个故事里"饱含着写成一部艺术作品的巨大可能性"①,认为能够基于这个故事写成一部文学作品。起初,他曾建议柯尼完成这一任务,将这个故事作为素材,写成一篇小说。然而,过了半年之后,柯尼仍然没有动笔。列夫·托尔斯泰却对此念念不忘。他对柯尼再次提及这一创作素材时,柯尼反而热切希望托尔斯泰能够利用这一题材进行小说创作。列夫·托尔斯泰显然欣然接受了这一建议。时隔一年半之后,1889 年 12 月 6 日,托尔斯泰在日记中写道:"关于柯尼的故事的构思越来越鲜明地浮现在头脑里,直到第二天,我始终处在欢欣鼓舞的心情中。"②1890 年至 1891 年,列夫·托尔斯泰始终处于构思和创作冲动中,直到 1891 年初,他的构想基本形成,他在 1 月 25 日的日记中写道:"能写一部长篇小说,篇幅大的,用我现在对事物的看法去阐明它就好了。我还想到,我可以在这部书里集中写出我尚未写出而深以为憾的一切思想……"③

列夫·托尔斯泰所创作的长篇小说《复活》,所采用的是单线情节发展以及倒叙的方式,在作品中,突出书写了作为贵族的聂赫留朵夫和作为普通百姓的玛丝洛娃在精神道德上的"复活"的过程,写成了一部具有强烈的社会意义的作品。长篇小说《复活》无论在思想上还是在艺术上,都代表了列夫·托尔斯泰晚年新的创作特性,甚至是他一生思想和艺术的总结。

一 《复活》中所反映的托尔斯泰矛盾的世界观

巴赫金认为:"《复活》这部小说是由三个因素组成的:(1)对所有现存社会关系的原则性批判,(2)对主人公'精神事件'的描写,即对聂赫留朵夫和卡秋莎·玛丝洛娃道德上的重生的描写,以及(3)作者的社会道德观和宗教观的抽象发挥。"④正是这三个因素构成了托尔斯泰的矛盾的世界观,而长篇小说《复活》是"托尔斯泰主义"这一思想的集中体现。在这部小说中,列夫·托尔斯泰既对俄国以法庭、监狱为代表的作为上层建筑的国家机器进行了有力的抨击,也对俄国社会中所存在的种种不合理现象及黑暗现实进行了深刻的批判。在托尔斯泰的所有作品中,《复活》对俄国社会现实的批判最为深刻、最为全面。列宁对此做了充分的肯定,他说:托尔斯泰抛弃了贵族阶层的一切传统观点,"他在自己的后期作品里,对现存一切国家制度、教会制度、社会制度和经济制度作了激烈的批判,

---

① 符·日丹诺夫:《〈复活〉的创作过程》,雷成德译,内蒙古人民出版社,1982 年,第 6 页。

② 陈建华:《人生真谛的不倦探索者:列夫·托尔斯泰传》,重庆出版社,2007 年,第 239 页。

③ 同上,第 240 页。

④ 巴赫金:《巴赫金全集》第 3 卷,钱中文主编,河北教育出版社,1998 年,第 19 页。

而这些制度所赖以建立的基础,就是对群众的奴役,就是群众的贫困化,就是农民以至所有小业主的破产,就是由上到下充斥整个现代生活的暴力和伪善"①。

列夫·托尔斯泰在《复活》这部长篇小说中,对俄国的官方教会进行了严厉的批判。尤其是在描写囚犯做礼拜的著名篇章中,揭露了官方教会的虚伪。正是因为列夫·托尔斯泰对待教会的批判态度,教会最后开除了他的教籍。但是,在批判官方教会的同时,列夫·托尔斯泰却在宣传新的带有宗教思想的"托尔斯泰主义"。

与此同时,列夫·托尔斯泰是站在宗法制农民的立场上来对社会现实进行批判的,他"既维护地主宗法制及其农奴制的基础,又坚决反对新兴的自由资本主义的新关系"②。所以,他的思想具有一定的局限性,在一定程度上表现了俄国宗法制下农民消极软弱的一面。

小说名为《复活》,意义深刻,其中表现了多种性质的"复活",也在一定意义上包含着人性的复活。其中既包括"托尔斯泰主义"式的主人公聂赫留朵夫的精神复活,也包括女主人公的人格复活。甚至连下层女主人公玛丝洛娃这一形象的选择,都包含着托尔斯泰在自身世界观方面的巨大转变。列夫·托尔斯泰第一次将长篇小说的女主人公从安娜、娜塔莎之类的贵族妇女转向了玛丝洛娃这样的下层民众。在列夫·托尔斯泰的笔下,玛丝洛娃是出身于农民家庭的孤女,后来成为聂赫留朵夫姑妈家的养女。她没有经受住一系列灾难的打击,从天真纯洁的少女沦落为精神麻木的妓女。然而,她没有彻底沉沦,更没有走向最后的毁灭。在小说的开头部分,当我们初次在法庭上见到玛丝洛娃的时候,作者的描写就表明了玛丝洛娃与众不同的形象特征:

> 她的脸虽然有一种不自然的丰满和苍白,可是那可爱的、与众不同的特点,却依旧表现在她的脸上,她的嘴唇上,她的有点斜视的眼睛里,尤其表现在她那天真的含笑的目光里,表现在不仅是脸上而且是从全身流露出来的那种依顺的神态上。③

在列夫·托尔斯泰的笔下,玛丝洛娃尽管由于沦落和监禁而有了"一种不自然的丰满和苍白"的外貌,但是,她的内心深处依然有着人性之美的一面,正是她身上所呈现的可爱的、与众不同的生气,为玛丝洛娃这一形象后来的"复活"埋下了伏笔。由于跟"政治犯"西蒙松等优秀人物的交往,她受到了熏陶,尤其是与聂

---

① 列宁:《列宁全集》第20卷,人民出版社,1989年,第40页。
② 巴赫金:《巴赫金全集》第3卷,钱中文主编,河北教育出版社,1998年,第13页。
③ 托尔斯泰:《复活》,李辉凡译,中央编译出版社,2014年,第26页。

赫留朵夫的重逢，唤醒了她人性的一面，恢复了对人格尊严的器重。她最后拒绝了聂赫留朵夫的求婚，不再贪图钱财，而是将自己的命运与西蒙松绑定在一起，表明了她人性的复归和精神的复活。

二　"忏悔的贵族"与"探索型人物"

在《复活》这部长篇小说中，列夫·托尔斯泰集中塑造了聂赫留朵夫这一丰满的典型形象。

聂赫留朵夫是一个具有时代典型特征的"忏悔的贵族"的形象，也是列夫·托尔斯泰一生创作中的"探索型人物"的总结，这一形象概括了俄国19世纪末期进步知识分子的一些性格特征，以及托尔斯泰晚年的思想倾向。

"忏悔的贵族"，是指聂赫留朵夫作为陪审员与玛丝洛娃在法庭上重逢之后，在心理上形成了巨大的冲撞，他开始忏悔过去的行为，并且同情玛丝洛娃的冤屈。

根据文学伦理学批评理论中"斯芬克斯因子"概念，聂赫留朵夫身上具有兽性因子和人性因子两种因子。他在"复活"过程中，"精神的人"与"动物的人"所展开的激烈的斗争，就是人性因子与兽性因子相互作用的结果。当初，由于他身上的兽性因子获胜，所以聂赫留朵夫占有了玛丝洛娃，而且事后像普普通通的花花公子一样，完全不顾对方的感受，塞给她一点卢布，一走了之。当他在法庭上再次看到玛丝洛娃的时候，玛丝洛娃的苦难以及所遭受的冤屈深深触动了他，于是，在他的内心，兽性因子与人性因子展开了激烈的搏斗，最后，人性因子获胜，聂赫留朵夫产生了悔罪之心。他决心替玛丝洛娃申冤上诉。正是在上诉的过程中，由于广泛地接触社会，他看清了官僚机构的昏庸及农民的贫困，认识到了社会的本来面目，思想发生了巨大的变化，他逐渐否定贵族的生活方式，为广大民众着想，甚至拒绝了与一位贵族小姐的婚事，决心与玛丝洛娃一起前往西伯利亚。

最后，列夫·托尔斯泰在作品中强调了人性的复活，他终于从《福音书》上得到了启示，认识到精神复活的意义所在，从而否定了贵族的传统观念，实现了"道德上的自我完善"。

作为"探索型人物"，聂赫留朵夫是托尔斯泰笔下一系列"探索型人物"的一个生动的总结。在自传体三部曲中，列夫·托尔斯泰塑造了尼柯林卡的形象；在《哥萨克》中，列夫·托尔斯泰塑造了奥列宁的形象；在著名的中篇小说《一个地主的早晨》中，作者塑造了与《复活》同名的主人公聂赫留朵夫的形象；在长篇小说《战争与和平》中，作者塑造了彼尔的形象；在长篇小说《安娜·卡列尼娜》中，作者塑造了探索型主人公列文的形象。然而，所有这些人物所进行的探索，都还没有超出贵族思想的范围，唯有《复活》中的主人公聂赫留朵夫，放弃了贵族的特权,抛开了贵族的思想观念,不仅实行了与贵族的决裂,而且不断地向以玛丝洛娃为代表的平民百姓进行忏悔,这一切,足以说明,列夫·托尔斯泰的精神探索已经达到了一个新的发展阶段。

三 "最清醒的现实主义"

列夫·托尔斯泰的长篇小说《复活》,语言显得简洁明快,风格清新自然,毫无雕琢之感,绝少怪诞夸张,充分体现了他所坚守的"最清醒的现实主义"①的创作原则。在谈到文学创作的时候,托尔斯泰声称:"最清醒的现实主义,是唯一的创作手段。"(Яркий реализм, есть единственное орудие.)②

"还在青年时代,托尔斯泰就一再声言:'必须在各方面养成始终写得准确而鲜明的习惯,否则,你就会常常不自觉地用不自然的语句,涂抹和大笔挥舞掩盖作者自己思想上的模糊和含混。'像少年时代的'格言'一样,这条原则他终生铭记不忘。主要的是要做到用语的鲜明性、准确性和合理性。"③正因为他始终坚守这样的原则,所以他的作品显得清新自然,为广大读者所喜闻乐见,为普通百姓所接受。

在结构方面,列夫·托尔斯泰所采用的是单线情节发展和倒叙的方式。整部作品以聂赫留朵夫为玛丝洛娃奔走上诉为主要情节线索,由此将众多的人物和事件连为一体。这一结构方式,完全不同于之前的《战争与和平》和《安娜·卡列尼娜》,这种紧扣男女主人公而展开情节的做法,使得作品格外紧凑。巴赫金对于这一结构也极为赞赏,他说:"《复活》中的叙述,仅仅集中在聂赫留朵夫周围,部分地在卡秋莎·玛丝洛娃周围;至于所有其他人物和整个其余世界,则都放在聂赫留朵夫的视野中予以描绘。小说的全部人物,除了男女主人公外,彼此间没有任何联系;他们仅仅是从外部连接起来,都同因拜访他们,为诉案奔波的聂赫留朵夫打交道。"④

在这部长篇小说的开篇,男女主人公便同时出场了。开篇所描写的是对玛丝洛娃的审判,以及在法庭审判中聂赫留朵夫与玛丝洛娃的相逢。然后以倒叙的方式分别从聂赫留朵夫和玛丝洛娃角度追溯过去的经历,探索玛丝洛娃落入深渊的缘由,重点描述使得玛丝洛娃的命运发生重要逆转的车站上的漆黑的夜

---

① 列宁在《列夫·托尔斯泰是俄国革命的镜子》一文中,称列夫·托尔斯泰的创作手法是"最清醒的现实主义,撕下了一切假面具"。参见《列宁全集》第 17 卷,人民出版社,1988年,第 182 页。

② Л. Н. Толстой. "Письмо к М. Н. Каткову". —1875. —Февраль.

③ 符·日丹诺夫:《〈安娜·卡列尼娜〉的创作过程》,雷成德译,内蒙古人民出版社,1980 年,第 221 页。

④ 巴赫金:《巴赫金全集》第 3 卷,钱中文主编,河北教育出版社,1998 年,第 20 页。

晚,揭示聂赫留朵夫在玛丝洛娃堕落中所起到的作用。

在具体的艺术技巧方面,如同托尔斯泰的其他长篇小说,《复活》在心理描写方面独具特色,体现了作者作为心理大师的成功之处。这部小说中的心理描写,不仅就人物的心理状态的刻画发挥作用,而且在小说的整个结构中,起到至关重要的作用。《复活》在描绘艺术画面和人物形象时,一是善于采用鲜明的对比手法,二是在进行细腻的心理刻画时能够采用妥切的比喻手法。

在运用对比手法方面,《复活》这部作品中既有上流社会与下层百姓的生活场景的对比,也有阴森的监狱与豪华住宅的对比,更有贵族老爷与贫苦百姓生活细节的对比,贵族阶层奢靡、腐败的生活画面与饥寒交迫的下层百姓的生活形成强烈反差。这些情形的对比,凸显了社会的黑暗与不公以及不同人物的性格特征。

在细腻的人物心理描写方面,这部长篇小说最显著的特征就是善于展现心灵审判的具体过程。聂赫留朵夫虽然是陪审员,坐在审判席上,但是,他重新看到玛丝洛娃之后,在自己心灵深处所进行的审判,比法庭上的审判更为深刻,更为严厉。在法庭审判过程中,聂赫留朵夫"取下夹鼻眼镜,瞧着玛丝洛娃,他的内心正在进行着一种复杂而痛苦的活动"[①]。他无心倾听审讯,他当时所考虑的只是玛丝洛娃有没有将他认出来。托尔斯泰对玛丝洛娃的目光所引发的聂赫留朵夫的内心活动进行了深入的分析和明晰的展现:

> 卡秋莎的眼睛瞧着女掌班,然后突然把视线移到审判员这边来,并停留在聂赫留朵夫的身上。她的脸变得严肃甚至严峻了。这对严峻的眼睛中有一只是斜视的。这双奇怪的眼睛对聂赫留朵夫看了相当长的时间。聂赫留朵夫虽然提心吊胆,但他的目光又不能离开这双眼白明亮的斜视的眼睛。他不由得想起了那个可怕的夜晚:冰块崩裂,满天浓雾,尤其是那凌晨才出来的弯弯钩月,照出一片黑乎乎的可怕的东西。这双又在瞧他又不像瞧他的黑眼睛就使他想起那片黑乎乎的可怕的东西。
>
> "她认出我啦!"他想。聂赫留朵夫身子缩了一下,仿佛就要给他当头一棒了。但她并没有认出他来。她平静地叹了一口气,又开始瞧着庭长。聂赫留朵夫也松了一口气:"唉!但愿审讯快一点结束。"他想,此刻有一种打猎时的感受:不得不把一只受伤的小鸟打死,既嫌恶,又不忍心,又悔恨,因为那只没有断气的小鸟在猎袋里不断地扑腾,使人觉得讨厌而又可怜。真想快点把它弄死并忘记它。

---

① 托尔斯泰:《复活》,李辉凡译,中央编译出版社,2010年,第28页。

　　可见,托尔斯泰不仅注重分析人物心理活动的过程,而且特别善于在这一分析过程中,使用妥切的比喻手法,将人物内心的状态恰当地展现出来,此处猎人与受伤小鸟的比喻就生动地展示了聂赫留朵夫见到玛丝洛娃时,心里所涌现的复杂的感受。正因为聂赫留朵夫与玛丝洛娃相逢之后受到心理震撼,所以他才下定决心,以自己的方式进行忏悔,并且为玛丝洛娃的冤屈而奔走。

　　列夫·托尔斯泰并非为了炫耀自己的才华而醉心于人物心理世界的探寻和刻画,而是根据长篇小说这一艺术形式的特性,让心理描写在整个情节推进及人物的性格发展变换过程中,发挥应有的结构功能方面的作用。譬如,作者对玛丝洛娃心理的描写,就往往在她本人的情感经历以及作品的情节发展中起到了关键性的作用。在经历了法庭审判之后,她心情特别复杂,回想起了很多往事,甚至包括很多无关紧要的琐事,但是,唯独没有回想起在她的生命中占据重要地位的与聂赫留朵夫相关的那些往事。作者写道:

> 关于自己的童年、青年,特别是自己同聂赫留朵夫的爱情,她从来
> 没有回想过,因为想起来太痛苦了。这些往事已经原封不动地埋藏在
> 她心底里某个深深的地方了,甚至做梦也从来没有梦见过聂赫留朵夫。
> 如今她在法庭上也没有认出他来,……她从来没有想过他。在那个可
> 怕的黑夜,她已经把她过去同他发生过的事情全都埋葬了……①

　　这里所说的"那个可怕的黑夜",是指玛丝洛娃冒雨去火车站,想要会见聂赫留朵夫的一个动人的场面。那时,怀孕的玛丝洛娃望眼欲穿地盼着聂赫留朵夫的归来。聂赫留朵夫本来也是打算顺路来看望他姑妈的,但是,后来聂赫留朵夫改变了主意,给自己的姑妈拍来电报说他不能来了,因为他得按照限期赶到圣彼得堡去。玛丝洛娃知道这一消息后,就冒着风雨赶到了火车站,幻想能够看上一眼打这路过的聂赫留朵夫。然而,当卡秋莎·玛丝洛娃终于在漆黑的夜间冒着风雨赶到火车站的时候,却看见聂赫留朵夫坐在蒙着丝绒的一等车厢的座位上悠闲地打牌,压根儿没有想到他所经过的这个地方住着玛丝洛娃,于是,任凭玛丝洛娃如何敲打火车车厢的窗户,也都无济于事,没有引起他的注意。

　　结果,玛丝洛娃没能跟聂赫留朵夫说上一句话,聂赫留朵夫也没有在这个特殊的地方看上玛丝洛娃一眼,火车就徐徐开走了。对此,玛丝洛娃心灰意冷,幻想破灭,只想一死了之,这时,"如同一个人常常在激动之后突然平静下来时那样,她肚子里的婴儿突然蠕动了一下,撞击了一下,轻轻地舒展四肢,又用一种很细很软很尖的东西顶了一下,于是,在一分钟之前还折磨着她使她几乎无法活下

---

　　① 托尔斯泰:《复活》,李辉凡译,中央编译出版社,2010 年,第 113 页。

去的苦恼,对聂赫留朵夫的满腔怨恨,要不惜一死来复仇的念头,突然间烟消云散了"①。正是肚子里的这个小生命,使得她平静下去,有了生存下去的动力。然而,也正是这个"可怕的黑夜",给了她沉痛的教训,使得她在精神方面发生了突变,直至后来堕入深渊。

列夫·托尔斯泰不仅是一位伟大的作家,而且无疑是一位伟大的思想家。作为一位思想家,他常常以笔下的"探索型人物"为依托,不断地探索人生的价值和意义,探索生活的目的。

他对俄国社会的探索是多方面的:在《安娜·卡列尼娜》等作品中,他着重探索生命的意义;在《一个地主的早晨》等作品中,他探索农民问题;在《复活》等作品中,他探索监狱、法律等问题以及国家的前途。他的探索是多方面的,他的世界观是矛盾的,正如列宁所说:"一方面,无情地批判了资本主义的剥削,揭露了政府的暴虐以及法庭和国家管理机关的滑稽剧,暴露了财富的增加和文明的成就同工人群众的穷困、野蛮和痛苦的加剧之间极其深刻的矛盾;另一方面,疯狂地鼓吹'不'用暴力'抵抗邪恶'。"②

托尔斯泰总是以不断变化的世界观来探索不断变化的俄国社会,不断观察和思考俄国社会历史、政治经济、哲学宗教、伦理道德等方面的问题,以其卓越的作品折射俄国革命和社会发展,成为一面名副其实的"俄国革命的镜子"。

---

① 托尔斯泰:《复活》,李辉凡译,中央编译出版社,2010 年,第 114 页。

② 列宁:《列夫·托尔斯泰是俄国革命的镜子》,参见《列宁全集》第 17 卷,人民出版社,1988 年,第 182 页。

第四编　俄罗斯小说艺术的现代转型

第十四章　白银时代的小说创作

　　自 19 世纪 90 年代起，随着俄国社会历史的发展变化以及同时代哲学思潮的影响，随着传统现实主义文学的逐步衰落以及"世纪末情绪"的弥漫，俄罗斯文学中也出现了与传统文学迥异的与西欧等一些国家相呼应的现代主义文学的特征。这一始于 19 世纪 90 年代并且持续了三十年时间、止于 1920 年前后的"白银时代"的文学，是俄罗斯文学发展史上继普希金时代之后的又一次辉煌。

　　其实，"白银时代"这一称呼最早是一个文学思潮的概念，主要用来描述俄国象征主义诗歌创作，主要意图是强调象征主义诗歌的繁荣。但是，后来，这一名称逐渐从文学思潮的概念拓展到文学时代的概念。其实，早在 20 世纪初期，就有类似于"普希金——黄金时代；象征主义——白银时代"的说法，而 20 世纪 20 年代著名文学史家米尔斯基在自己的著作中，称这一时期为"第二个黄金时代"。随着时间的推移，"白银时代"的界定逐渐拓展，到了 20 世纪 90 年代之后，"白银时代"不再限定为诗歌，而是被定义为"20 世纪初期俄罗斯文学的繁荣"。从文学思潮流派来说，也不再限定为象征主义，阿克梅派、未来派等现代主义创作，以及包括契诃夫在内的现实主义作家都被纳入其中。① "白银时代"的文学成就主要是以诗歌创作为代表的，但是小说创作以及其他方面的创作成就依然不可低估。白银时代的一些重要作家往往是集诗人、小说家、理论家于一身的，如梅列日科夫斯基、别雷等作家，就是这样的典型，他们不仅以诗歌著称，而且以《基督与反基督》《彼得堡》等长篇小说的创作闻名于世。一方面，他们创作的文学作品显得别具一格，另一方面，他们也涉足文学批评领域，研究世界文学理论，并且在但丁、托尔斯泰等经典作家的研究方面成就卓著。"他们或阐发本流派与个人的美学主张，或评说前辈作家和同时代文学，或检视更为宽阔漫长的文学史进程，从而为白银时代理论批评的繁荣做出了自己的贡献。"②

---

　　①　См.：Егорова，Л. П. *История русской литературы XX века*，Москва：Издательство *Флинда*，2014，c. 16 – 18.

　　②　汪介之：《俄罗斯现代文学批评史》，中国社会科学出版社，2015 年，第 85 页。

第一节　白银时代小说创作概论

俄罗斯文学中的"白银时代"这一概念,是相对于普希金的"黄金时代"文学的辉煌成就而言的。19世纪三四十年代,由于普希金、莱蒙托夫、丘特切夫、果戈理等一系列著名作家的涌现,俄罗斯文学一改18世纪之前落后于西欧的局面,出现了第一次辉煌。19世纪末20世纪初出现的白银时代文学,则是俄罗斯文学的又一次辉煌,它并非特指某一具体的文学思潮或文学流派。这一文学的辉煌,是重要的历史转折和文化转型时期的产物,是对俄罗斯这一重要历史时期以及时代巨变的一个自然的折射。就文学创作倾向而言,大体上包括三个部分。正如吴元迈先生所说:"这一时期俄国文学进程的特点是三种文学思潮和文学流派的共存和斗争,即以托尔斯泰、契诃夫、柯罗连科为代表的批判现实主义,以高尔基为代表的无产阶级革命文学,以及反映俄国社会危机和资产阶级思想危机的现代主义文学。"①

就文学创作体裁而言,与"黄金时代"相仿,这一时期最突出的艺术成就是诗歌创作。不过,在俄罗斯文学的"白银时代",除了诗歌艺术成就和一批杰出的诗人,也出现了一批出色的小说家。其中包括库普林、蒲宁、安德列耶夫、索洛古勃、列米佐夫、扎米亚京等等,而且,诸如梅列日科夫斯基、别雷等不少著名诗人,同时在小说创作领域和诗歌创作领域都取得了辉煌的艺术成就。

对于俄罗斯白银时代文学的理解,学界主要有两种倾向:一是从时代转折的坐标广义地定义这一白银时代,使其囊括了自19世纪90年代至十月革命初期文化转型尚未定型时期的各种文学创作倾向和思潮流派的创作;二是狭义地将此限定为这一时期出现的与传统文学相异的现代主义文学思潮。这两种解读各有千秋,也各有存在的价值。但是,将此作为一个时代来进行审视,无疑显得更为客观。更何况,在这一时期,社会历史环境的剧烈的动荡,以及复杂多变的哲学思想的发展,都深深地影响了这一时期文学的走向。

尽管白银时代是以思想活跃、诗歌繁荣为主要标志,尤其是出现了影响深远、成就卓著的三大诗派——象征派、阿克梅派、未来派,但是,这仍是一个多元的文学时代,多种文学流派、文学现象同时并存,各种文学形式的作品都得以蓬勃发展。尤其在三大诗派中,象征派诗人大多又是杰出的小说家,在小说艺术方面同样取得了令人瞩目的成就,而库普林、蒲宁等许多作家则坚守传统的现实主义创作方法,亦为小说艺术的繁荣做出了卓越的贡献。

---

① 吴元迈:《俄苏文学及文论研究》,中国社会科学出版社,2014年,第50页。

一　现代主义小说

小说创作如同诗歌,同样取得了卓越的成就,它是俄罗斯白银时代文学创作成就的一个重要组成部分,而且在一定程度上预示了 20 世纪俄罗斯文学乃至世界文学的走向。在与黄金时代的文学关系上,白银时代的小说既有继承的一面,又有开拓的一面,正如我国学者的概括:"这一时期的小说在继承 19 世纪俄国文学丰硕成果的基础上,又有了新的发展和创新,呈现出艺术流派纷繁复杂、艺术形式多姿多彩、艺术手法竞相争艳而又相互渗透的局面。"[1]

就小说创作而言,俄罗斯白银时代的文学处在一个转折时期。一方面,传统的现实主义文学大师依然活跃在文坛,发挥着积极的作用,如列夫·托尔斯泰的《舞会之后》等中短篇小说,契诃夫的《第六病室》《套中人》等著名短篇小说,以及柯罗连科的《严寒》等短篇作品,都是 19 世纪 90 年代之后所创作的成就,体现了传统现实主义文学在俄罗斯文坛的继续和发展;另一方面,高尔基、蒲宁、库普林等新一代杰出的现实主义作家,以及梅列日科夫斯基、别雷、布尔加科夫等出色的现代主义作家纷纷登上文坛,呈现出传统与现代并存,多种文学思潮以及多种文学创作倾向平行发展的局面。

在白银时代,无论是中短篇小说还是长篇小说,都呈现出极为繁荣的局面,主要包括现代派文学、传统现实主义文学以及无产阶级文学等三种创作倾向的小说作品。

俄罗斯现代派小说,如同其他形式的俄罗斯现代派文学一样,曾在过去相当长的时间里遭受了忽视。20 世纪 90 年代起,我国学界对俄罗斯白银时代的文学,进行了较为系统的译介和研究,出现了一些优秀的成果,但是,就这一时代的小说而言,至今依旧未能得到足够的认知,依然是一座值得借鉴的珍贵的宝库,现在继续认知这一艺术宝库,对于全面、客观地评价这一时代的文学,理应具有重要的借鉴意义。其实,俄罗斯现代主义文学中的三大流派——象征派、阿克梅派、未来派,所取得的成就并非只是局限在诗歌创作领域,在小说创作领域同样取得了较高的成就。尤其是象征主义作家,如勃留索夫、索洛古勃、别雷、梅列日科夫斯基、吉皮乌斯等,他们不仅是出色的诗人,而且是杰出的小说家,他们为19 世纪末 20 世纪初的俄国文坛不仅奉献了许多短篇小说集,而且奉献了数十部优秀的长篇小说。

俄罗斯象征主义作家,大都出生于社会动荡的年代,其流派的哲学基础是神秘主义。他们相信,在现象世界之外存在着一个神秘的超现实的世界。这一世界用理性的手段是无法认知的,只有借助于艺术家的直觉所创造出来的象征才

---

① 　何雪梅编著:《俄罗斯白银时代文学史》,黑龙江人民出版社,2008 年,第 6 页。

能够近似地再现它。因此,在他们的作品中,现实的形象常常失去具体的含义,被富于暗示和联想的象征意象所取代,真实的形象成了抽象的、神秘的观念。俄罗斯象征主义诗人、小说家兼理论家别雷就曾写道:"艺术中的象征主义的典型特征就是竭力把现实的形象当成工具,传达所体验的意识的内容。"[①]

阿克梅派作家则力图摆脱象征派诗学和美学观念的影响,反对作家对神秘的超现实世界的迷恋,主张返回富有自我表现价值的物质世界。当然,他们也竭力寻求物质世界与精神生活之间的内在联系,表现出对唯美主义的崇尚。相比之下,阿克梅派作家的主要文学成就不像象征派那样体现在诗歌和小说两个方面,而是相对集中于诗歌,这与他们对"词语"的关注不无关系。如戈罗杰兹基等重要阿克梅派作家所写的小说,也比其诗歌作品逊色得多。

在白银时代,不仅中短篇小说成就辉煌,而且在长篇小说创作方面,这一时期的作家同样取得了令人瞩目的成就。除了索洛古勃的长篇小说《卑微的魔鬼》、勃留索夫的长篇小说《燃烧的天使》和《胜利的祭坛》、吉皮乌斯的长篇小说《没有护身符》《鬼的玩物》和《风流王子》、库普林的长篇小说《决斗》和《火坑》、波塔彭科的长篇小说《清醒的意识》、阿尔志跋绥夫的长篇小说《萨宁》,更为重要的是梅列日科夫斯基的长篇小说《基督与反基督》、别雷的长篇小说《彼得堡》等作品,他们的创作典型地代表了这一时期长篇小说的艺术成就。

(一)勃留索夫

瓦列里·雅科夫列维奇·勃留索夫(Валерий Яковлевич Брюсов,1873—1924),是俄国白银时代杰出的诗人兼小说家。他出身于莫斯科的一个商人家庭,从小爱好文学和自然科学,自1885年到1893年,他在莫斯科的两所私立学校接受了良好的教育。1893年,他考入莫斯科大学历史语文系,并且在大学期间就开始了自己的文学生涯。他沉迷于法国象征主义文学,特别是波德莱尔、魏尔伦、马拉美的作品,并在自己的创作中汲取法国象征主义文学的精髓。他于1894年至1895年选编出版三卷文集《俄国象征主义者》(Русские символисты),从而为俄国象征派的形成和创立做出了贡献。

勃留索夫知识渊博,文学活动涉及许多领域,在诗歌、小说、戏剧、批评以及文学翻译等方面,都取得了令人瞩目的成就。他像俄国其他象征主义作家一样,关注人的潜意识活动和梦幻,善于在虚无缥缈的梦幻世界中寄托现实世界中难以实现的理想,以及排遣现实世界难以排遣的孤独和忧伤。勃留索夫被认为是俄国象征派的领袖人物和杰出的代表之一。在小说创作方面,勃留索夫不仅在短篇小说方面卓有成就,而且著有长篇历史小说《燃烧的天使》(Огненный

---

① 别雷:《短文集》,转引自吴笛:《比较视野中的欧美诗歌》,作家出版社,2004年,第272页。

ангел）和《胜利的祭坛》（*Алтарь победы*）等作品。

长篇历史小说《燃烧的天使》于 1907 年在俄国象征派文学刊物《天秤》上连载，随后在 1908 年以书的形式出版。这是一部描写中世纪的惊险爱情小说，被誉为俄国长篇历史小说的经典之作。故事发生在 16 世纪 30 年代的德国，是欧洲文明进程从中世纪思想朝文艺复兴转变的时期。小说的主要情节是"莱娜塔与鲁卜列希特之间那种'近乎于痛苦的、致命的决斗'的爱情心理历程"[①]。作品在开头的"题记"中就对作品的内容做了凝练而又中肯的陈述：

> 本故事叙述一个魔鬼的劣迹，这个魔鬼三番五次地以圣洁的精灵的形象出现在一个少女面前，引诱她去犯下形形色色的罪孽；
>
> 本故事揭露那些亵渎上帝的行径：魔法、星相术、关亡术等招魂卜卦之类的玩艺是怎样在人间作祟的；
>
> 本故事披露由特里尔的主教大人所主持的那场对一少女的审判细节；
>
> 本故事还讲述几位非凡的人物——骑士、从涅捷斯海姆来的三料博士阿格里巴与浮士德博士——的邂逅、密谈等传奇。[②]

不过，这部长篇历史小说对 16 世纪德国历史文化和日常生活的详尽而准确的描写，依然有着自身的象征意境，书写历史，是为了观照当代，观照作者所处的特定时代的文化语境。

长篇历史小说《胜利的祭坛》于 1911 年至 1912 年在《俄罗斯思想》杂志上连载，1913 年以书的形式出版。该小说主要是描写公元 4 世纪古罗马帝国末期多神教与新兴基督教之间的斗争，书写著名演说家西马赫带领使团向元老院统帅请愿，要求保留胜利女神的祭坛，但最后未能成功的故事。围绕改造胜利祭坛所展开的争议，实际上是能否巩固基督教立场的一个象征。小说以第一人称，以来到罗马求学的乡下青年尤尼的名义，进行书写。在小说中，这个乡下青年成了罗马社会宗教和政治抵抗行动的见证者和参与者。小说较多地着墨于这一时期的社会生活的细节，反映了这一时期的社会历史进程。

（二）索洛古勃

费奥多尔·索洛古勃（Фёдор Кузьмич Сологуб，1863—1923）也是一位出色的象征主义作家，原名费奥多尔·库兹米奇·捷捷尔尼科夫（Фёдор Кузьмич

---

① 《志怪·传奇·历史·现实——〈燃烧的天使〉译后记》，见勃留索夫：《燃烧的天使》，周启超、刘开华译，浙江文艺出版社，2017 年，第 430 页。

② 勃留索夫：《燃烧的天使》，周启超、刘开华译，浙江文艺出版社，2017 年，第 1 页。

Тетерников），出身于圣彼得堡的一个裁缝家庭。他的父亲过早地离开了人世，母亲长期在一个陪审官家中当女佣兼厨娘。少年时代，索洛古勃曾在教堂附设小学读书，后来就读于县级中学。但作为"厨娘的儿子"，他的生活和学习条件十分艰苦。1879 年，索洛古勃中学毕业后考入彼得堡师范学院。1882 年毕业后在外省各地任教，直到 1892 年才回到圣彼得堡。

回到圣彼得堡之后，索洛古勃通过《北方通报》杂志，发表了大量的文学作品，其中包括诗歌、短篇小说、长篇小说，以及译自魏尔伦的诗篇，在当时的俄国文学界，开始引起关注，并且产生了一定的影响。1896 年，他出版了第一部诗集和长篇小说《噩梦》（Тяжёлые сны）。尤其是进入 20 世纪之后，到了 1905—1910 年间，索洛古勃与高尔基、库普林、安德列耶夫等作家一起，被视为当时俄国文坛最为知名的小说家。

索洛古勃不仅出版了《炽热的圆圈》（Пламенный круг，1908）等诗集，而且还是一位重要的小说家。1896 年，年轻的索洛古勃就出版了第一本小说《噩梦》。他的短篇小说集还有《腐烂的面孔》（Истлевающие личины，1907）、《魔力之书》（Книга очарований，1909）等。他一生作有一百多篇短篇小说，其作品充满对社会现实的冷静的观察，也有一定的荒诞色彩。他著名的长篇小说有《卑微的魔鬼》（Мелкий бес）和三部曲《创造的神话》（Творимая легенда）。

长篇小说《卑微的魔鬼》创作于 1892 年至 1902 年，1905 年在《生活问题》杂志连载，随后又在 1907 年出版了单行本。正是这部小说的面世，使得索洛古勃的文学才能充分展现，获得了广泛的认可，给作家带来了极大的声誉，该小说被誉为俄国象征主义最杰出的长篇小说之一。

《卑微的魔鬼》这部长篇小说沿袭了 19 世纪俄国文学中描写小人物的优秀传统，同时也继承了果戈理的一些怪诞及讽刺风格，作品主要的情节线索有两条：一条线索是描述外省小镇上的中学教师别列顿诺夫的故事，他尽管出身低下，但为了在人生舞台上谋取更高的地位，不择手段，在"魔鬼"的怂恿下，逐渐从卑微走向卑劣，甚至到后来坠入纵火杀人的犯罪深渊；另一条情节线索是叙写"谦恭的"中学生萨沙与"欢快的"贵族小姐柳德米拉之间的爱情故事，与阴郁的别列顿诺夫的故事相反，起到与之相对照的作用，使得作品带有一丝欢快的亮色，但与此同时，这一情节过于沉浸于对人体美的赞美和细腻的描绘。作为象征主义的小说，在《卑微的魔鬼》中，"'魔鬼'象征是索洛古勃象征主义小说整体象征中最为核心的一个象征体系，可以说，正是有'魔鬼'的存在，才会派生出其他一系列象征体系。'魔鬼'象征体现了邪恶、庸俗、丑陋等负面意义，内涵的抽象性拓展了外延的范围，这使得'魔鬼'象征并不一定就是由'鬼'象征意象构成，

'人''兽''物'等象征意象同样进入了'魔鬼'的象征体系"①。

长篇小说三部曲《创造的神话》包括《鬼魂的诱惑》《奥尔特鲁达女王》《烟与灰》,创作于 1907 年至 1914 年。

第一部《鬼魂的诱惑》(*Навьи чары*)在单行本出版时改名为《血滴》(*Капли крови*)。这部小说所写的是俄国 1905 年革命前后所发生的事件,但是,作品以主人公特利罗多夫的活动以及与伊丽莎白的恋情作为故事的主要情节线索。

第二部《奥尔特鲁达女王》(*Королева Ортруда*)所书写的一个君主立宪制国家联合岛国女王奥尔特鲁达的故事,她被塑造成一个美丽的少女和开明的君主。奥尔特鲁达女王最后死于火山爆发。

第三部《烟与灰》(*Дым и Пепел*)是现实与幻想的产物。主人公即在第一部出现过的特利罗多夫。他关注联合岛国的事态,在得知奥尔特鲁达女王的悲剧性死亡之后,他精心准备,决心参加联合岛国的王位竞选,以便在这个国家进行社会主义制度的实验。

索洛古勃的长篇小说三部曲《创造的神话》尽管较少受到研究界的重视,但是,该三部曲,尤其是第三部《烟与灰》,对扎米亚京和布尔加科夫等作家的影响是显而易见的。

（三）吉皮乌斯

季娜伊达·尼古拉耶夫娜·吉皮乌斯(Зинаи́да Никола́евна Гиппиус,1869—1945)是俄国早期象征主义文学的代表作家之一,她在小说和诗歌两个方面都为白银时代的文学做出了卓越的贡献。

吉皮乌斯出身于图拉省别廖夫市的一个官吏家庭。由于她父亲工作的变动,她经常随同父母搬迁。直到 1877 年,她的父亲调到彼得堡工作,全家才在彼得堡住了下来。可是,由于父亲不习惯在北方居住,他们家庭又迁到了南方契尔尼科夫省的一个小城涅仁。吉皮乌斯曾在基辅贵族女子学校学习过一段时间(1877—1878),又在莫斯科费希尔女子中学学过一年,但主要是在家中自学或由家庭教师辅导学习。1881 年,她的父亲尼古拉·吉皮乌斯因患肺结核而过早离开了人间,这对季娜伊达·吉皮乌斯是一个沉重的打击。

吉皮乌斯自 19 世纪末开始发表作品。她的主要创作成就体现在诗歌和小说两个方面。在诗歌创作方面,她享有盛誉;在小说创作方面,无论是中短篇小说还是长篇小说,同样富有成就。她的代表性的小说集有《两颗心灵》(1892)、《新人》(1896)、《镜子》(1898)和《红剑》(1906),她的长篇小说主要有《没有护身符》(1896)、《胜利者》(1898)、《精神的黄昏》(1900)、《鬼的玩物》(1911)、《风流王

---

① 李宜兰:《索洛古勃象征主义小说中假定性形式的诗学特征》,广东世界图书出版公司,2010 年,第 73 页。

子》(1912)等。吉皮乌斯与梅列日科夫斯基长达五十二年的婚姻故事,被她记录在未竟之作《德米特里·梅列日科夫斯基》中。该书于 1951 年在巴黎出版,1991年在莫斯科出版。

吉皮乌斯很早就开始从事文学创作,她于 1888 年开始发表诗作。1889 年,她与另一位杰出的俄罗斯象征主义作家梅列日科夫斯基结婚。1905 年俄国革命以后,梅列日科夫斯基夫妇成了沙皇专制制度的批判者,此时他们在国外度过了一段时间,包括旅行和疗养。十月革命爆发之后,他们不理解十月革命的意义,公开指责十月革命,认为十月革命是俄国的终结,代表反基督王国的来临。1919 年,他们开始流亡国外,先后移居法国和意大利等地,而且不断在俄国移民圈中发表作品,在移民圈里保持着与俄罗斯文化的接触。俄国移民作家的悲剧是吉皮乌斯的一个重要的创作题材,不过,神秘的暗中恋情也是她的创作兴趣所在,所以被人们誉为"爱情与死亡的歌手"。

在小说创作方面,吉皮乌斯著有六部中短篇小说集和五部长篇小说。吉皮乌斯的小说艺术成就相对于诗歌而言,其影响虽然有所不及,但是,如同她的诗歌一样,也表达了一定深度的思想情感,尤其是其宗教思想。吉皮乌斯的小说,题材广泛,主题深邃,但是就艺术技巧以及表现力而言,显得良莠不齐。

吉皮乌斯的第一部长篇小说《没有护身符》(Без талисмана)初次发表于1896 年第 5 期至第 9 期的《观察者》杂志。这部作品所表现的是在"上帝死了"之后,人们如何寻找新的出路,探寻新的真理的主题,即"寻找珍贵的护身符",具有明显的世纪末的思想情绪。在这部长篇小说中,一些寻找护身符的人站在废墟中,而一位老者极为形象地对他们说道:"现在我们所呼吸的空气不中用了,若再吸它——就意味着死亡。需要新鲜的、完全新的氧气!要去寻找它。"但是,对于那些没有信仰、没有仁爱的人来说,新鲜的氧气是注定寻不到的,要想寻找到新鲜的氧气,首先得去寻找自己的"上帝"。

在吉皮乌斯所著的第二部长篇小说《胜利者》(Победители)中,"生活的胜利者"是尤里·卡雷绍夫之类的从生活中获取一切的"清醒的市侩"。

吉皮乌斯的第三部长篇小说《精神的黄昏》(Сумерки духа)所陈述的是独特的形而上学思想"对第三宗教的爱"——应该为了别人去爱,而不是为了自己,应该为了上帝,而不是为了现世的幸福,并在爱的过程中获得"无限"的精神境界。

在长篇小说《鬼的玩物》(Чертова кукла)和《风流王子》(Роман-царевич)中,作者加强了心理探索的深度,它们是吉皮乌斯更为重要的长篇小说。

在长篇小说《鬼的玩物》中,吉皮乌斯以俄国 1905 年的社会事件为背景,描写众人在俄国革命前的日常生活和境遇,还原俄国社会重要变革时期的历史面貌,展现不同阶层的人们对待俄国当时的一些事件的不同态度。在艺术手法上,吉皮乌斯在这部作品中转向了对人的罪恶心理的深层探究,就这一点而言,她继承了俄国作家陀思妥耶夫斯基等作家的传统。作品的主人公尤卢里亚(尤里·德沃耶库洛夫)被塑造成以非宗教的态度对待生活的典型,他认为,毫不考虑别人的利益,就自然会避免给别人造成伤害。"有意识而智慧地营造自己幸福的时候,我不应该伤害别人,这一点要时刻记住。"①但是在作品中的萨瓦托夫教授等其他人物看来,他剥夺了神圣的一切,也就失去了生活的意义。所以,当尤卢里亚慷慨陈词,坦诚地表述自己的生活方式,声称"要为自己谋求幸福、满足、各种享受和消遣,竭尽全力减少对他人的伤害和妨碍"②的时候,却遭遇别人称她为"鬼玩偶"的谩骂。

吉皮乌斯的长篇小说《风流王子》中有着鲜明的陀思妥耶夫斯基《群魔》的影响。作品的主人公罗曼·斯缅采夫的生活口号是:"明智地、不断地欺骗所接触到的所有人。"③所以,他以上帝为幌子,不择手段地摄取权力,将自己放在上帝的位置上,诱惑别人。

吉皮乌斯的小说,为了展现自己的哲学与宗教思想,往往忽略艺术技巧的运用。有时,在作品的艺术结构方面,甚至不顾创作规则,任凭自己思想意识进行流动。

(四)列米佐夫

阿列克塞·米海伊洛维奇·列米佐夫(Алексей Михайлович Ремизов,1877—1957)是一位风格独特的俄罗斯作家,受到同时代一些作家的推崇,俄罗斯著名女诗人茨维塔耶娃称他的创作为"俄罗斯灵魂和语言的活生生的宝库"。

列米佐夫出身于莫斯科一个商人家庭,从小就富有想象力,在七岁的时候,就以保姆的名义创作了一篇关于乡村火灾的短篇小说。1895年,列米佐夫从莫斯科的一所商业学校毕业,进入莫斯科大学数理系学习。1896年,他因参与学生运动而被捕,随后在俄国北部地区度过了八年监禁和流放生活。

列米佐夫于 1902 年发表第一篇短篇小说《姑娘出嫁前的哭泣》(Плач девушки перед замужеством)。1905 年,流放结束后,他定居圣彼得堡,开始积极地从事文学创作活动,并与象征主义阵营密切接触,但相应保持较独立的创作个性。

列米佐夫创作甚丰,包括小说、诗歌、戏剧和回忆录等多种形式的文学作品。他的主要创作成就是象征主义小说,较为著名的作品有长篇小说《池塘》(Пруд,1902—1903)、《钟》(Часы,1908)、《第五症结》(Пятая язва,1912)等作品。在第

---

① 吉皮乌斯:《鬼玩偶》,赵艳秋译,四川人民出版社,2017 年,第 138 页。

② 同上,第 140 页。

③ 转引自李辉凡:《俄国"白银时代"文学概观》,中国社会科学出版社,2008 年,第 235 页。

一次世界大战以及十月革命期间，列米佐夫住在圣彼得堡，但不理解十月革命。1921 年夏天，列米佐夫"暂时"离开圣彼得堡，前往德国医治疾病，但其后再也没有回到俄罗斯，1923 年，他迁居巴黎，直到 1957 年在巴黎逝世。

长篇小说《池塘》是俄国最早的存在主义小说之一，基本情节是以尼古拉·菲诺根诺夫的命运为原型的，作品体现了宇宙论、人类论和末世论的概念。长篇小说《第五症结》是列米佐夫最具代表性的作品之一，在这部作品中，他致力于研究从古至今俄罗斯历史上民族性格的本质特征。

（五）丘尔科夫

丘尔科夫不仅是白银时代一位颇具名气的作家，而且是当时的一位积极的文学组织者，也是"神秘无政府主义"（Мистический анархизм）的积极倡导者。

格奥尔吉·伊凡诺维奇·丘尔科夫（Георгий Иванович Чулков，1879—1939）出身于莫斯科的一个贵族家庭。1898 年中学毕业后，他进入莫斯科大学医学系读书，但没有毕业，因为在 1901 年，他因参加革命活动而遭到逮捕，并被判流放西伯利亚，1903 年被解除流放，在警方的监视下，生活在下诺夫哥罗德。尽管命途多舛，但依然保持旺盛的创作激情，至十月革命前的 1917 年，他已经出版六卷集《文集》，其中包括长篇小说、中短篇小说以及文论等作品。1939 年，丘尔科夫逝世后，著名小说家布尔加科夫曾经说道："丘尔科夫是个好人，是个真正的作家……"[1]

丘尔科夫在大学期间积极参加学生运动，并且自 1899 年开始发表作品。早期主要作品有作品集《多石的道路》（Кремнистый путь，1904），其中不仅有小说，而且有诗作。他的诗歌创作，深受丘特切夫传统的影响，也有对勃洛克和勃留索夫的模仿。较为重要的诗集还有《北方之春》（Весною на север，1908）等。在小说创作方面，主要作品有长篇小说《魔鬼》（Сатана，1915）、《谢廖沙·涅斯特罗耶夫》（Серёжа Нестроев，1916）、《暴风雪》（Метель，1917），短篇小说集《晚霞》（Вечерние зори，1924），以及中篇小说《新娘》（Невеста，1910）、《年轻的自由思想者彼尔的故事》（Повесть о молодом вольнодумце Пьере Волховском，1930）、《害虫》（Вредитель，1931—1932）等。他晚年着重于文学评论，特别是丘特切夫的创作与生平研究。丘尔科夫是一位象征主义作家，他的作品把文学上的象征主义和政治上的激进思想结合在一起，带有明显的"神秘无政府主义"色彩。在技巧上，评论界认为他是陀思妥耶夫斯基式的心理分析手法的追随者之一。如在中篇小说《害虫》中，丘尔科夫在表现主人公马科维耶夫的命运和救赎过程中，着力抒写他的恐惧、怀疑、折磨，捕捉他的痛苦和煎熬。

---

① Е，Булгакова. *Дневник Елены Булгаковой*，М.：1990. С.234.

二　传统现实主义小说

在现代主义文学发展鼎盛期的白银时代,传统的现实主义小说创作依然保持着旺盛的势头。且不说托尔斯泰、库普林等作家的长篇小说,即使是中短篇小说创作,也是成就非凡,尤其是这一时期短篇小说巨匠契诃夫的出现。众所周知,篇幅有限、容量不大的短篇小说这一艺术形式所具有的无限的美学价值,最早是为法国短篇小说巨匠莫泊桑所认知的,但随后即被俄国的契诃夫领悟,因此,短篇小说中的现实主义传统也被"白银时代"的作家继承下来。传统的现实主义的中短篇小说也是这一时代的重要的文学成就。

在白银时代,不仅有列夫·托尔斯泰、契诃夫等现实主义大师继续从事小说创作,而且出现了以蒲宁、库普林、魏列萨耶夫为代表的新一代现实主义小说家。他们一方面继承了普希金、陀思妥耶夫斯基、托尔斯泰等艺术大师的优秀传统,另一方面在反映特定的社会现实、刻画俄罗斯性格、传达时代精神和时代风貌等方面,也进行了新的探索。尤其是蒲宁、库普林等小说家的短篇小说,构思别致、视野敏锐、描写细腻、语言明澈,无疑具有极大的艺术感染力。同时,契诃夫、苔菲、阿维尔琴科等短篇小说家的讽刺幽默等技巧和风格,与马克·吐温等世界文学中短篇小说大师一脉相承。

这一时期俄国小说创作中的另一成就,来自以高尔基为代表的无产阶级文学。这类文学的主要价值和历史贡献在于开创了世界无产阶级文学的新纪元,也为20世纪俄罗斯苏维埃文学的发展,特别是现实主义文学的发展,奠定了较为扎实的基础。尤其是高尔基在19世纪90年代所创作的一系列短篇小说,是他整个创作历程中的一个极为重要的组成部分,具有不可忽略的思想意义和艺术价值。

与此同时,俄罗斯白银时代文学所存在的数十年间,是俄罗斯社会急剧动荡,发生一系列重大变革的时代,作家们在这一时期所创作的具有现实主义倾向的小说作品,无疑是这一特定时代历史的独特的艺术折射,无论是波塔彭科刻画知识分子情感世界的《非常措施》,还是谢苗诺夫表现普通百姓艰难生活和高尚情操的《看守院子的人》,或是阿尔志跋绥夫描写动荡时代与意识觉醒的《革命者》,都可以加深我们对那个特定时代的认知,并给我们带来无尽的启迪。

（一）亚历山大·库普林

亚历山大·伊凡诺维奇·库普林（Александр Иванович Куприн,1870—1938)出身于奔萨省纳罗夫恰特市的一个小职员家庭。他还不满周年时,其父亲伊凡·库普林就去世了。随后,他跟随母亲一起迁居到了莫斯科。在莫斯科,他度过了自己的少年时光。1875年,库普林六岁的时候,进入莫斯科拉祖莫夫寄宿学校,直到1880年离开。同年,他进入莫斯科第二中等军事学校学习。

1887 年，库普林进入亚历山德罗夫军事学院学习。1890 年毕业后，获得少尉军衔，进入陆军部队。长达四年的军官生活，为库普林后来的文学创作提供了丰富的素材。

1894 年，已经获得中尉军衔的库普林退伍之后到了基辅。由于缺乏在地方从事工作的任何技能，在接下去的几年中，他在俄国四处漫游，尝试过多种职业，努力刻苦，体验生活的艰辛。所有这些经历，都为他以后的创作奠定了基础。

库普林自 1889 年开始发表作品，历经艰难，逐渐走上了文学创作的道路。他的主要作品有长篇小说《决斗》（Поединок，1905）和《火坑》（Яма，1908—1915）等。

长篇小说《决斗》中的主人公是一个年轻的军官罗马绍夫，原本，他怀着建立功勋的理想参军，来到军队之后，却发现俄国的军队中官员钩心斗角，对士兵肆意虐待，他感到百般无聊，于是与一个军官的妻子发生爱情纠葛，最后导致决斗，他并没有死在战争的枪林弹雨之中，而是在无聊的决斗中丧生。

《火坑》所描写的是俄国旅馆中的妓女生活。作品因过多的自然主义描写而遭到一定的批判。

库普林于 1901 年迁居圣彼得堡，后成为知识出版社的重要作家之一。库普林也是俄国新一代现实主义代表作家之一。十月革命后，他曾在高尔基所创办的《世界文学》杂志社工作。但是，出于对新政权的不理解，他于 1919 年流亡国外，先是在芬兰，又于 1920 年 6 月流亡法国。在法国度过十七年的流亡生活之后，于 1937 年回到苏联。

（二）苔菲

苔菲（Тэффи，1872—1952），本名娜杰日达·洛赫维茨卡娅（Надежда Александровна Лохвицкая），出身于圣彼得堡的一个知识分子家庭。她的父亲是一位著名的犯罪侦查学教授，主办过《司法公报》杂志。她的母亲有法国血统，通晓欧洲文学。她的姐姐米拉·洛赫维茨卡娅（Мирра Лохвицкая）是俄罗斯19 世纪末著名的女诗人，被人们誉为"俄国的萨福"。

苔菲自幼爱好文学，自 1901 年起，她开始在《北方》等杂志上发表诗作，并且于 1910 年出版了诗集《七火焰》（Семь огней）。苔菲是白银时代著名的幽默作家，主要创作成就包括诗歌、小说和戏剧剧本，尤其以幽默短篇小说闻名，早在十月革命之前，苔菲就享誉文坛，为俄国各个阶层的人民大众所喜爱。她的两卷集《幽默故事集》（Юмористические рассказы，1911）对俄国日常的细部生活观察得细致入微，尤其是其中的某些细节，具有果戈理、契诃夫传统的"含泪的笑"的特征，常常有着无奈的悲凉。不过，正如我国学者在比较苔菲与果戈理的不同之处时所说："在喜剧大师果戈理的创作中，是无所假借的赤裸裸地撕破，不调和不姑息的讽刺，而在苔菲那里，则是含笑的批评，温婉的幽默。"①苔菲的其他作品集有《乱七八糟》(*Карусель*，1913)、《无火之烟》(*Дым без огня*，1914)、《死去的野兽》(*Неживой зверь*，1916)、《街上的美学》(*Уличная эстетика*，1917)等。

十月革命后，苔菲于1919年流亡国外，先后居住在土耳其、法国和德国。但她仍然坚持创作，1920年发表短篇小说《怎么办》(*Кефер*)，其后出版了一系列小说集，其中包括《猞猁》(*Рысь*，1923)、《六月之书》(*Книга Июнь*，1931)、《女巫》(*Ведьма*，1935)、《关于柔情》(*О нежности*，1938)、《地球上的彩虹》(*Земная радуга*，1952)等。无论是苔菲本人还是评论界，都认为《女巫》是她最好的作品集。

(三)波塔彭科

伊格纳季·尼古拉耶维奇·波塔彭科(Игнатий Николаевич Потапенко，1856—1929)是19世纪90年代俄国最为知名的作家之一。他出生于赫尔松省别洛焦尔卡市(现属乌克兰)。曾经就学于敖德萨神学院。1877年，进入圣彼得堡大学学习。1878年至1881年，在圣彼得堡音乐学院学习。不过，无论是圣彼得堡大学，还是圣彼得堡音乐学院，他都没有毕业。1885年至1890年，他在敖德萨服役。1890年回到圣彼得堡后，他专门从事文学创作，当年出版长篇小说《清醒的意识》而一举成名。他曾与契诃夫密切交往。19世纪90年代，波塔彭科的小说在俄国广泛流传，享有盛誉，其作品在当时被译成多种外语。然而，进入20世纪之后，他的盛誉逐渐被新一代作家取代。

波塔彭科的小说之所以广为流传，得益于其作品的情节性以及作品对当时的社会所具有的现实意义。以他的短篇小说《非常措施》为例，在这篇小说中，他所写的是大学生格罗兹金为了帮助一个女孩奥尔加摆脱偏见，如愿以偿地到圣彼得堡上大学，后来成为一个女医生的故事。小说中不仅赞赏了奥尔加的好学，同时对于在女性受教育问题上存有偏见的现象也提出了批评。

作品中，主人公格罗兹金在莫斯科的住处突然遇到了前来求他帮助的来自萨拉托夫省的奥尔加。"在这位年轻姑娘的一对灰色大眼睛中，存在着某种谜一般的东西。"②而她的监护人从来不顾及奥尔加的求学的渴望和意图。"上校是那种人们所称的难以共处的人，显得威严、风度翩翩，喜欢就他所厌恶的现代生活方式进行抱怨，指责年轻人的放荡，不知怎的，尤其看不惯受过教育的女

---

①　李莉:《苔菲回忆录·译者序》，见苔菲:《苔菲回忆录》，李莉译，四川人民出版社，2017年，第10页。

②　波塔彭科:《非常措施》，见吴笛选译:《街上的面具:俄罗斯白银时代短篇小说选》，河南大学出版社，2014年，第2页。

性。"①格罗兹金被奥尔加求学的渴望感动,采取了"非常措施",使得奥尔加到了圣彼得堡,上了医学院,他们也在多年的交往过程中深深相爱,后来共同服务于偏僻县城的医疗事业。

（四）谢苗诺夫

谢尔盖·捷林吉耶维奇·谢苗诺夫（Сергей Терентьевич Семёнов,1868—1922）出身于莫斯科省沃洛科拉姆斯基县的一个贫穷的农民家庭,十一岁时,因为贫困,开始离开家乡,到莫斯科做童工,当过听差、管道工、售货员,甚至给盲商人当过引路人。这些经历为他的文学创作提供了丰厚的题材。他受到列夫·托尔斯泰小说的激励,对文学创作发生了浓厚的兴趣。1887 年,他发表了第一篇短篇小说《两兄弟》（Два брата）,1894 年出版了第一部短篇小说集《农民小说集》（Крестьянские рассказы）。列夫·托尔斯泰为小说集作序,给予高度评价。谢苗诺夫的短篇小说从日常生活入手,叙写普通民众的思想和情感。如在题为《看守院子的人》的短篇小说中,作者通过主人公盖拉西姆居无定所、寻找工作的经历,描写了莫斯科郊外下层百姓的艰难的生活,以及盖拉西姆的高尚的心灵,他宁可自己失去工作也不愿意让他人遭罪。谢苗诺夫的文学成就包括六部短篇小说集,一部散文集,以及回忆录《二十五年的乡村生活》（Двадцать пять лет в деревне）。

1906 年,他因为与革命者的交往而被流放。1917 年十月革命胜利之后,他积极参与各种活动,1922 年,他不幸被暴徒谋杀。高尔基认为,谢苗诺夫的小说是其对人类的珍贵贡献。

（五）谢尔盖耶夫-青斯基

谢尔盖耶夫-青斯基（Сергеев-Ценский,1875—1958）原名谢尔盖·尼古拉耶维奇·谢尔盖耶夫（Сергей Николаевич Сергеев）。他的文学生涯开始于 1904 年,是一位在当时颇受关注的小说家。作为俄罗斯作家,他以《塞瓦斯托波尔的苦难》（Севастопольская страда）、《俄罗斯的变更》（Преображение России）等作品而闻名,深受读者的喜爱。

谢尔盖耶夫-青斯基曾经与安德列耶夫密切交往,但并没有像安德列耶夫那样立足于现代主义的文学创作,而是果戈理、陀思妥耶夫斯基、托尔斯泰等经典作家的现实主义传统的继承者。"对人民的生活和语言的卓越认知,主题和题材的多样性,视觉手段的丰富性,以及对所描写的人和事的完全独到、睿智和人性

---

① 波塔彭科:《非常措施》,见吴笛选译:《街上的面具:俄罗斯白银时代短篇小说选》,河南大学出版社,2014 年,第 2—3 页。

化的处理方式——这一切都使谢尔盖耶夫-青斯基跻身于俄罗斯最好的作家之列。"①

谢尔盖耶夫-青斯基的小说创作极为丰硕。作品构思奇特,风格清新自然,人物语言显得生动。而且,他总是以自己的创作独特地折射社会历史。如在中篇小说《田野的哀愁》(*Печаль полей*,1909)中,所叙写的是一个农妇的一生,由于孩子胎死腹中,她总是觉得自己的子宫里存在着某种具有毁灭性能的神奇力量,并以此来反映 20 世纪初期贵族的衰亡以及人们对时代的困惑。作品中洋溢着浓郁的抒情笔触:

> 我的田野啊!我的田野啊!在这里,我独自站在你们中间,在你们面前暴露阴影。我喊你,你听到了吗?风吹动着你的头发,你在呼吸吗?灰色的,光滑的,全都是看得见摸得着的,全都是看得见走得远的,全都是不期而遇的悲伤,全都是神秘,我站在你中间,孤独而失落。
>
> 你是我的童年,我的爱情,我的信仰!我看着你,东张西望,眼里泪水迷蒙。在童年时代,在青翠四月,你是否以这样的深邃的目光看着我,温顺而严厉?现在,我站在这里等待,站在这里敏感地倾听,——倾听你的回应!②

高尔基极度赞赏《田野的哀愁》,他写道:"评论家和读者对谢尔盖耶夫-青斯基作品的非凡形式感到惊奇,却没有注意到其作品的深刻内容。当他的《田野的哀愁》出现时,他们才明白他的才华是多么的伟大,他所写的主题是多么的重要。"③

中篇小说《田野的哀愁》即使是中篇小说,也被作者称为"长诗",以田野的哀愁折射 20 世纪初期整个俄罗斯的哀愁。而《塞瓦斯托波尔的苦难》和《俄罗斯的变更》更是被作者称为"史诗",前者写的是克里米亚战争,后者的内容更是包罗万象。《俄罗斯的变更》共包括十二部长篇小说和三部中篇小说。就主题而言,包括三个方面:一是"战争与人民",主要是书写第一次世界大战,二是"革命与人民",主要体现人的改造,三是"艺术与人",主要以艺术家西罗莫洛托夫为例,表明旧知识分子中最优秀的代表向社会主义革命的过渡。

---

① В. Козлов, Ф. Путнин. "Творческий путь Сергеева-Ценского", См.: С. Н. Сергеев-Ценский. *Собрание сочинений в двенадцати томах*, М.: Правда, 1967, Т. 1, с. 2.

② С. Н. Сергеев-Ценский. *Собрание сочинений в двенадцати томах*, М.: Правда, 1967, Т. 1.

③ См.: С. Н. Сергеев-Ценский. "Моя переписка и знакомство с А. М. Горьким", С. Н. Сергеев-Ценский. *Собрание сочинений в двенадцати томах*, М.: Правда, 1968, Т. 4.

谢尔盖耶夫-青斯基的作品确实是书写俄罗斯社会生活大格局发生"转型"的史诗。正因如此,有评论家认为:"我们坚信,谢尔盖耶夫-青斯基的史诗《俄罗斯的变更》……不仅是苏联文学的杰出作品,而且是 20 世纪世界文学的杰出作品。"①

(六)阿尔志跋绥夫

米哈伊尔·彼特洛维奇·阿尔志跋绥夫(Михаил Петрович Арцыбашев,1878—1927)出身于哈尔科夫省阿赫特尔斯基县(现属乌克兰)的一个贵族家庭。曾在阿赫特尔中学和哈尔科夫美术学校学习。1898 年迁居圣彼得堡。自 1901 年开始发表作品,在《大众杂志》上发表了他的第一篇短篇小说《相逢》(Встреча)。1907 年发表著名长篇小说《萨宁》(Санин)。十月革命后流亡国外,继续从事创作,1927 年在华沙逝世。阿尔志跋绥夫的创作曾经引起鲁迅的关注,鲁迅翻译过他的四部作品,并评论过阿尔志跋绥夫的创作,认为他是"俄国新兴文学典型的代表作家"和"时代的肖像"。

长篇小说《萨宁》中的主人公弗拉基米尔·萨宁在生活中表现出一种虚无主义以及极端个人主义的人生态度,他宣称:"一切都是空虚的。"同时认为:"世界观不是人生哲理,只是单个人的情绪……明确的世界观不可能存在。"他否定思想的力量,否定人生的意义和伦理价值,在他看来,一个人可以为所欲为,满足自己的任何需求。他坚持认为:"需求——这就是一切。当一个人的需求消逝的时候,他的生命也就消逝了;当一个人扼杀自己的需求的时候,他就是在扼杀自己!"他甚至狭隘地理解人生的意义和目的:

> 人生的目的就在于享乐。天堂——是绝对享乐的同义词,大家无论如何都幻想着地上的天堂。据说,天堂原来就在地上。这个关于天堂的神话完全不是胡说,而是象征,也是理想。②

于是,萨宁这一形象,引起了极大的争议。"萨宁是现代虚无主义的代表。"③然而,萨宁形象也受到了一些青年人的追捧,在一定意义上体现了 20 世纪初期俄国复杂的时代特性。

---

① Газета Литература и жизнь от 10 февраля 1960 года.
② 阿尔志跋绥夫:《萨宁》,王之译,外国文学出版社,1988 年,第 33 页。
③ 沃罗夫斯基:《美学、文学、艺术》,第 232 页。转引自中国艺术研究院马克思主义文艺理论研究所外国文艺理论研究资料丛书编委会编:《艺术论集——马克思主义者对西方现代派文艺的评述》,文化艺术出版社,1987 年,第 328 页。

俄罗斯文学史上的白银时代是一个思想和文化十分活跃又十分复杂的多元的时代，是一个现代主义文学、现实主义文学及无产阶级文学三足鼎立的繁荣的时代。正是这一特征，奠定了 20 世纪俄罗斯文学乃至 20 世纪世界文学的基调，并在一定意义上影响了俄罗斯现当代文学的发展。

然而，令人不无遗憾的是，文学史上的这一繁荣时代却由于世界大战、两次革命、国内战争等非文学的原因而过早地结束。其中不少优秀的作家由于各种原因遭受了难以想象的悲惨命运。因此，重新认识这一时代的文学成就，重新审视这一时代的文学遗产，对于进入新世纪的我们来说，或许具有更深远的内涵。

第二节　安德列耶夫

安德列耶夫是俄国白银时代文学中一位极为独特的小说家，曾被誉为俄国表现主义文学的鼻祖。他的创作融合了俄国各种文学流派以及各种文学创作倾向的精髓，为 20 世纪初期俄国小说艺术的发展做出了极为独特的贡献。

一　攻读法律的小说家

列昂尼德·尼古拉耶维奇·安德列耶夫（Леонид Николаевич Андреев，1871—1919），生于奥廖尔，中学时代丧父（他父亲是土地测量员），因而在青少年时代生活艰难。

1882 年，安德列耶夫进入奥廖尔古典中学学习，开始大量阅读俄国经典作家的作品。1891 年中学毕业以后，他进入了圣彼得堡大学法律系就读。在他就读一年级的时候，他因贫困而含泪写了短篇小说《饥饿的大学生》，作为他最初的文学创作。但是，两年之后，他因为无钱支付听课费，被大学开除。由于思想充满矛盾，以及爱情的失败，他染上了酗酒等不良习气，并三次试图自杀，他所发表的第一篇作品便题为《他，她，伏特加》(1895)。他后来转到莫斯科大学法律系二年级，继续攻读法律。1897 年，他从莫斯科大学顺利毕业，获得法律学位，并获得律师资格，之后，他从事了长达五年的律师工作，直到 1902 年，他在律师工作方面的热忱才逐渐冷却下来，随后，他转入《莫斯科通报》等报社，将法律专业素养与文字工作密切结合起来，从事法庭记者等新闻工作。

安德列耶夫较严肃的文学创作活动是 1897 年从莫斯科大学法律系毕业以后开始的。1898 年，他的短篇小说《巴尔加莫特和加拉西卡》(Баргамот и Гараська)得以发表，而且受到高尔基等著名作家的关注。1901 年，他的短篇小说结集出版之后，更是受到列夫·托尔斯泰、契诃夫等一些著名作家的认可。1917 年二月革命发生后，安德列耶夫迁居芬兰。1919 年，他因心脏病突发，在芬兰逝世。

安德列耶夫不仅著有近百篇短篇小说,还著有《七个绞刑犯的故事》(*Рассказ о семи повешенных*,1908）等中长篇小说和《人的一生》(*Жизнь человека*,1907)等二十多部剧本。

安德列耶夫的早期小说作品继承了俄国作家陀思妥耶夫斯基以及英国作家狄更斯等优秀作家的现实主义传统,善于在作品中描写平凡的主人公以及日常生活和平凡事件,并且从平凡的事件中探索生活的本质问题,弘扬人性,歌颂普通人物身上所具有的崇高的美德和仁爱精神,洋溢着浓郁的人道主义精神,也有一定的激进思想。然而,1907年之后,安德列耶夫抛开了一切革命的思想,认为群众性的暴动只会引发更大的牺牲,导致更大的灾难。

就艺术成就而言,安德列耶夫的后期作品想象大胆,构思奇特,大量运用象征手法,是传统现实主义与现代主义的结合。在白银时代,他是一个风格独特的作家。鲁迅对他的传统现实主义与现代主义相结合的创作倾向是极为赞赏的,鲁迅说:"俄国作家中,没有一个人能够如他的创作一般,消融了内面世界与外面表现之差,而现出灵肉一致的境地。他的著作是虽然很有象征印象气息,而仍然不失其现实性的。"[①]

二 《七个绞刑犯的故事》

《七个绞刑犯的故事》是一部关于五个革命者和两名刑事杀手被定罪后等待处决的故事。这部代表安德列耶夫创作思想的中篇小说共分十二章,按时间顺序描写了七个被判死刑的犯人从被捕、开庭、关押到押赴刑场处刑的过程,但这部作品更多的是书写绞刑犯各自的心理状态。虽然这一题材与安德列耶夫感兴趣的死亡主题密切相关,但是,作品中,却主要歌颂这七个被判死刑的犯人中的五个革命者,歌颂他们的英雄主义精神和纯洁的信仰。作品中,五个革命者包括三名男性和两个年轻的姑娘,他们是因为试图谋杀一个大臣而被抓获的,他们视死如归的精神与杨松等刑事犯对死亡的恐惧形成了强烈的对照。不过,面对死亡,面对即将来临的绞刑,七个绞刑犯的心理状态各不相同,他们各自复杂的心理活动以及对死亡的哲理思索,也是作品的主要内容所在。作品中所体现的尖锐的存在主义问题以及激昂的反战热忱也被评论界高度赞赏。

这部小说人物的原型其实都是真实的人物——社会革命党北方支部游击队的几名成员。在具体的创作过程中,作者也使用了大量的现实生活中的素材,特别是法庭审判素材以及死刑犯的叙述记录,塑造了几个面对死亡而表现各异的艺术形象。尤其是塑造了维涅尔和姆霞这一对视死如归,有着坚定信仰的恋人

---

① 鲁迅:《〈黯澹的烟霭里〉译者附记》,转引自《鲁迅论外国文学》,外国文学出版社,1982年,第113页。

的形象。十九岁的姆霞,有着名贵乐器一般的嗓子,哪怕发出的是感慨,也富有音乐感,显得清脆、优美,不过,面对死亡,她也有些许惋惜,只不过,她所惋惜的不是别的,而是觉得自己过于年轻,贡献得太少:"她为自己辩护说,她这个年轻、弱小的女子,一生没有什么作为,也决非巾帼英雄,竟受到这种最光荣最壮丽的死刑,而在她之前只有真正的英雄和殉道者才是这样死的。她怀着坚定的信念,相信人的善良、同情和仁爱,想象着人们如何在为她而激动不安,如何痛苦,如何怜悯她,她因此羞愧得面红耳赤,仿佛她死在绞架上是做了一件亏心事。"[①]

在写作中,安德列耶夫一方面承袭陀思妥耶夫斯基和列夫·托尔斯泰等小说家的现实主义创作传统,借鉴他们的创作风格,同时将现实主义与象征主义以及表现主义技巧融汇起来,从死刑犯的日常生活细节中揭示他们的心理活动和心理状态,尤其让他们在"生的本能"和"死的本能"的碰撞中,展现他们强烈的心理冲突,表现他们在死亡意识挣扎中对自身行为的理解以及对生命的感悟。而且,五位革命者的感悟是与他们坚贞的信仰结合为一体的。在作品的最后,当五位革命者服刑的时候,作者在场景的选择方面,也充满了象征意蕴。在"春雪仍旧那样的柔和、芳香,春天的空气仍旧那样的清新、浓郁"的清晨,"人们就这样迎接冉冉升起的太阳"。[②] 由此可见,作者对革命者的视死如归以及他们的未竟事业是充满崇敬之情的。

第三节　梅列日科夫斯基

在俄国白银时代的文学中,梅列日科夫斯基在诗歌创作、小说创作以及文学批评方面都做出了突出的贡献。他是俄国象征主义文学的领袖人物之一,也是19世纪末20世纪初俄罗斯文学界最有影响力的作家和宗教思想家。

一　九次获得诺贝尔文学奖提名的作家

德米特里·谢尔盖耶维奇·梅列日科夫斯基(Дмитрий Сергеевич Мережковский,1865—1941)出身于圣彼得堡的一个官吏家庭。他的父亲是一位三等文官。在九个孩子中,他排行第七。他在帝俄宫廷宅邸中度过了自己的童年。1876 年,他进入圣彼得堡第三中学学习。1880 年,他的父亲通过托尔斯泰娅伯爵夫人的引荐,让他拜望了俄国伟大的作家陀思妥耶夫斯基,并且朗读了自己的作品。可是,陀思妥耶夫斯基的负面评价使他很受打击,但也激励了年轻

---

① 安德列耶夫:《安德列耶夫小说戏剧选》,鲁民译,外国文学出版社,1984 年,第 302 页。

② 同上,第 352 页。

的梅列日科夫斯基。此后,他开始陆续发表诗作。1883 年,他的诗作发表在重要的刊物《祖国纪事》上,从而引起了文坛对他一定的关注。

1884 年,梅列日科夫斯基进入圣彼得堡大学历史语文系学习。四年之后的 1888 年,他在圣彼得堡大学顺利地通过了题为《蒙田论》的学位论文答辩。大学毕业后,他到高加索地区休假,在此幸运地结识了女作家季娜伊达·吉皮乌斯,并于 1889 年与她结婚。婚后他们一起住到了圣彼得堡。后来,他们双双成为俄国象征主义文学的代表作家,两人在诗歌创作领域和小说创作领域均取得了卓越的成就。进入 19 世纪 90 年代后,梅列日科夫斯基在文学界的影响和地位开始逐渐上升。

1892 年,梅列日科夫斯基将他的一部具有后期浪漫主义创作风格的诗集冠名为《象征》。他不仅在俄罗斯文学史上首先使用了“象征”这一术语,而且使得俄罗斯象征主义诗歌在其发展初期就弥漫着“世纪末情绪”的颓废情调。同年 12 月,他在圣彼得堡宣读了长篇论文《论俄国当代文学衰落的原因及其新流派》（О причинах упадка и о новых течениях современной русской литературы）。在该文中,梅列日科夫斯基总结了作为“新艺术”的象征主义文学的重要特性,认为:“神秘的内容、象征再加上艺术感受力的扩大,这就是新艺术的三要素。”[1]这篇论文在象征主义文论中颇具影响,为俄国象征主义诗歌奠定了理论基础,被认为是俄国象征派的宣言。

俄国象征主义文学的哲学基础是直觉主义和神秘主义。象征主义作家相信,在现象世界之外还存在着一个超现实世界。对于这样的神秘的超现实世界进行认知,靠的不是理性的手段,而是要借助艺术家的直觉。只有凭借直觉,即一些理性的神秘的内心体验,才能认识真理和创造美,因此,象征主义作家努力捕捉个人瞬间的感受和幻觉。

作为俄罗斯象征主义文学杰出的代表,梅列日科夫斯基的文学成就是多方面的,不仅体现在理论批评、世界文学研究以及诗歌创作方面,同样突出地体现在小说创作方面。在小说创作领域,他同样给后世留下了丰厚的遗产。尤其是他的两个三部曲以及系列历史小说的出版,代表了俄国象征主义小说艺术的突出成就。

就小说创作而言,梅列日科夫斯基的《基督与反基督》（Христос и Антихрист）三部曲最具代表性。该三部曲的第一部为《诸神之死:叛教者尤里安》（Смерть богов. Юлиан Отступник,1896）,第二部为《复活的诸神:列奥纳多·达·芬奇》（Воскресшие боги. Леонардо да Винчи,1902）,第三部为《反基

---

① 　梅列日科夫斯基:《论俄国当代文学衰落的原因及其新流派》,见张建华等主编:《20 世纪俄罗斯文学:思潮与流派》,外语教学与研究出版社,2015 年,第 5 页。

督:彼得和阿列克塞》(*Антихрист. Пётр и Алексей*,1904—1905)。《基督与反基督》三部曲无疑是俄国象征主义小说的最为重要的艺术成就之一。他的第二个三部曲题为《野兽王国》(*Царство Зверя*),该三部曲起初名为《来自深渊的野兽》(*Зверь из Бездны*),包括《保罗一世》(*Павел Ⅰ*,1908)、《亚历山大一世》(*Александр Ⅰ*,1913)、《十二月十四日》(*14 декабря*,1918)。

梅列日科夫斯基的文学研究以及文学艺术创作方面的成就得到了俄国及国际社会的充分肯定,在 20 世纪 30 年代,他曾九次获得诺贝尔文学奖的提名。

二　《基督与反基督》

《基督与反基督》三部曲的内容从表面上看是尤里安皇帝、达·芬奇、彼得大帝和阿列克塞的传记,而且三部长篇小说的故事所选择的是三个时间跨度极大的彼此之间并不相关的时代和事件,并不存在关联,却有着内在的共同点,三部曲所描写的三个时期都是社会矛盾尖锐、发生急剧转折的时期,而且,作者的兴趣不在于记录这些人物的全部生平,而是在于揭示不同时代的精神生活,叙写人类历史中的基督与反基督之斗争的历史。在构思三部曲之际,梅列日科夫斯基就被宗教思想支配。1890 年初,在开始创作《诸神之死》前不久,按照吉皮乌斯的回忆,梅列日科夫斯基的世界观发生了根本的变化。她写道:"梅列日科夫斯基的全部作品,俄罗斯文化阶层多多少少的美学复活,还有进入我们圈子的一些新人,另一方面,是老一辈知识阶层的平凡的物质主义……所有这一切,当然,与梅列日科夫斯基思想上的本质特性融为一体,不能不使得他转向宗教,转向基督。"[1]

在三部曲中,梅列日科夫斯基表达了自己的历史哲学观,以及对人类未来的看法,形成了基于"新的宗教意识"的基本思想。当然,作为文学家,梅列日科夫斯基所擅长的是用文学的手段特别是象征的手法来阐释这一思想。正如我国学者所说:"他(梅列日科夫斯基)透过个体存在的视角,对人类历史的变故以及各种文化进程做出阐释,这样,在他的作品和文学批评中,人物的心灵就是人神和人神以及诸如此类的两种因素斗争的战场。"[2]

在梅列日科夫斯基《基督与反基督》三部长篇小说中,起联结作用的主要思想是异教与基督教两种原则的斗争与融合,寻求对基督教的拯救以及对新的基

---

① Ю. В. Зобнин. *Дмитрий Мережковский: жизнь и деяния*, Москва: Молодая гвардия, 2008.

② 刘锟:《圣灵之约:梅列日科夫斯基的宗教乌托邦思想》,黑龙江人民出版社,2009 年,第 65 页。

督教主张的呼唤,在那里,"尘世是天堂的尘世,天堂是尘世的天堂"①。

对于异教与基督教两种原则的斗争与融合,梅列日科夫斯基曾经明确地写道:"当我开始创作《基督与反基督》三部曲的时候,我觉得存在着两种真理:基督教——关于天堂的真理,异教——关于尘世的真理,而且,在将来的两种真理的融合中,构成完全的宗教的真理。但是,我已经说过,基督与反基督的联合,是亵渎神灵的谎言。我知道,两种真理,关于尘世和天堂的真理,已经在耶稣·基督身上融合了。但是我现在也知道,为了见到真理,我应该彻底揭穿这一谎言。从分裂到联合——这就是我的道路。"②

三部曲的第一部《诸神之死:叛教者尤里安》所写的是 4 世纪罗马帝国异教辩护士尤里安的生平传记,反映的是罗马基督教与多神教的斗争。作品讲述罗马君王尤里安在罗马帝国执政时期(331—363)试图在罗马恢复奥林匹亚诸神的故事,反抗上帝权力无限膨胀的基督教。尤里安在梅列日科夫斯基的笔下,是一位视基督为"生命之敌"的君王,并且同情他的悲剧命运。梅列日科夫斯基没有像以前的学者那样,将尤里安视为叛教者,而是将其视为"反基督者",将他视为反基督精神的体现者,并且对他抱有深切的同情,其目的在于探寻适于整个人类的真正的宗教。尤里安之所以反对基督教,是因为基督教在发展的历程中,使得人本意识丧失,教会常常借上帝的仁爱之名,为所欲为,尤里安在幼年时代就被恶人关在偏僻的城堡,这使得他产生了对基督教的憎恨,从而追随多神教。他憎恨基督教摧毁了众多的多神教的庙宇,力求追寻真正的至高存在者。当然,在作者梅列日科夫斯基看来,尤里安时代的多神教的复兴不会是真正的复兴,只能是一种幻象,尤里安也只能成为一个悲剧主人公。

三部曲的第二部《复活的诸神:列奥纳多·达·芬奇》开始于维纳斯雕像的挖掘,象征希腊文化的重生。这部作品以文艺复兴时期的重要艺术家和思想家达·芬奇的经历为主要线索,力图展现文艺复兴时期意大利广阔的社会场景以及新的时代精神,并且以人文主义曙光的出现来对照中世纪教会僧侣的恐怖以及相应的黑暗。达·芬奇对信仰有着自己的深邃的理解,这在基督徒看来,是异端和罪恶的,但是,在梅列日科夫斯基的笔下,达·芬奇更接近精神的真理,作者所看重的是达·芬奇在人类精神和文化探索中的意义。

三部曲的第三部《反基督:彼得和阿列克塞》将历史事件和关注的焦点过渡到 18 世纪的俄国,反映皇权与教权之间的关系和冲突。作者认为俄国是基督与

---

① Дмитрий Мережковский. *биография*. www. silverage. ru. Проверено 7 января 2010. Архивировано 24 августа 2011 года.

② Олег Михайлов. Д. С. Мережковский. *Собрание сочинений в четырёх томах. Пленник культуры*(О Д. С. Мережковском и его романах), вступительная статья. М.: Правда, 1990.

反基督冲突的一个继承者,并将彼得大帝视为"反基督的象征",他所实行的改革,是将西方希腊罗马的文化精髓引入俄国,从而与代表纯基督教的皇太子阿列克塞之间发生冲突,形成抗争。皇太子反对彼得大帝向西方学习,反对他所进行的一系列改革,认为他给"邪恶势力"敞开了俄国的大门。彼得不仅剥夺了阿列克塞的皇位继承权,而且将他监禁起来,对他严刑拷打。小说从基督与反基督冲突的高度来书写父子之间的冲突。阿列克塞面对父亲的无情拷打,进行痛苦的沉思:"是主把我跟我父亲分开了! 主让我成为生我者心中的火与剑,主让我对他进行审判和处决! 我并非为了自己才起来反对他,而是为了教会,为了国家,为了全体基督教的人民! 我笃信主! 我不屈服,不能顺从他——甚至至死也不能! 我和他在世上势不两立!"①

在梅列日科夫斯基的这部《基督与反基督》三部曲中,所描写的主人公尽管所处的时代各不相同,但是都是在历史人物的面具下,体现历史上永远相对的宏大的斗争,折射两种真理、两种精神激烈斗争、艰难融合的人类历史进程。

第四节　别　雷

如同梅列日科夫斯基,别雷是俄罗斯象征主义文学的主要代表性作家之一,他视野广阔,创作体裁多种多样,同样在小说和诗歌两个创作领域以及理论批评等方面,为白银时代的俄罗斯文学做出了卓越的贡献。与此同时,他的长篇小说《彼得堡》在西方享有盛誉,被学界视为意识流小说的重要作品。

一　出身名门、勇于探索的作家

安德烈·别雷(Андрей Белый,1880—1934)出身于莫斯科阿尔巴特街的一个杰出的知识分子家庭。他的父亲尼古拉·布加耶夫是当时著名的数学家,莫斯科大学的教授。他的母亲是一个颇具才华的贵族家庭出身的音乐家。

别雷的原名为鲍里斯·尼古拉耶维奇·布加耶夫(Борис Николаевич Бугаев)。他家所居住的阿尔巴特街是一个文化名人云集的地方。他曾经写道:"杰米扬诺沃是我的故乡,我就在这里长大。从杰米扬诺沃到沙赫马托沃是十七俄里,我和勃洛克几乎是在一起度过自己的童年;在杰米扬诺沃附近七俄里的地方是弗罗洛夫村,柴可夫斯基曾经住在这里;在克留科沃附近则住着我的朋友谢·索洛维约夫,博沃罗夫卡旁边住着我的另一个朋友亚·彼得罗夫斯基;勃洛克住在彼德桑涅奇纳亚附近,我住在克林旁边。谁能想到,在同一个时期里,这

---

① 梅列日科夫斯基:《反基督:彼得大帝和皇太子》,刁绍华、赵静男译,黑龙江人民出版社,1997 年,第 285 页。

些人的道路竟如此地相交在一起。"①由于有着得天独厚的文化氛围,受到居住环境的影响,少年时期的别雷就对科学文化表现出了浓厚的兴趣,而且十分好学,所以,显得颇为博学,在哲学、文学、音乐、数学、生物学等专业上都有一定的造诣,他还迷恋过神智学和通灵术,并在一定程度上受到过符·索洛维约夫和叔本华等一些哲学家的哲学思想的影响。尤其是索洛维约夫一家,曾经是别雷的邻居,对别雷早年的成长、文学创作以及思想的发展,都有极为鲜明的影响。

别雷曾就读于莫斯科大学数学系。但是,他的主要兴趣却是在文学创作和文学研究方面。自1901年起,他开始发表诗作。在俄罗斯文坛,别雷如同梅列日科夫斯基,才华出众,是一个多才多艺的人物,不仅是俄国象征主义小说家兼诗人,而且创作戏剧,还为俄国象征主义文学理论做出了重要贡献。在文学创作方面,他的代表作有《英雄交响曲》等四部散文诗交响曲以及长篇小说《银鸽》《彼得堡》等作品。别雷的创作就是不断地探索。在俄国文学中,像他这样专一的实验家,可以说是空前绝后的。②

长篇小说《银鸽》(Серебряный голубь)创作于1909年至1910年,是别雷《东方或西方》(Восток или Запад)三部曲的第一部(另两部为《彼得堡》和没有完成的《我的一生》)。表面上看,这是一部较为传统的小说,没有《彼得堡》以及后期作品中的那种"装饰散文"("ornamental prose")的风格。在这部作品中,"别雷似乎一改他文学生涯开始的时候所追求的实验风格,回归到了传统风格和传统形式上。结果,作品主人公以及他们的故事产生了更为传统、更为明晰的表达,其场景书写以及叙述形式也是如此"③。

三部曲中的"东方或西方"具有抽象的哲学理念。关于这一概念,别雷本人曾经写道:"……《银鸽》——这是没有西方的东方;因此,这里出现了恶魔(长有鹰喙的鸽子)。《彼得堡》——这是在俄国的西方,亦即阿里曼的幻想,在那里,技术主义——即逻辑之赤裸裸的抽象,创造出了罪恶之神的世界。《我的一生》则是西方的东方或东方的西方,是基督的动因在灵魂中的诞生。"④别雷对"东方或西方"所具有的兴趣,旨在探索俄罗斯民族的历史命运,因为俄罗斯作为东方和西方交汇点上的一个国家,究竟何去何从,受到了许多俄罗斯思想家的关注和探

① 转引自巴文、谢米勃拉托娃:《白银时代诗人们的命运》,此处引自李辉凡:《俄国"白银时代"文学概观》,中国社会科学出版社,2008年,第390页。

② 俄罗斯科学院高尔基世界文学研究所:《俄罗斯白银时代文学史》第3卷,谷羽、王亚民等译,敦煌文艺出版社,2006年,第157页。

③ Vladimir E. Alexandrov. *Andrei Bely, the Major Symbolist Fiction*, Cambridge: Harvard University Press, 1985, p.68.

④ 《〈银鸽〉俄文版序》,现代人出版社,1990年,第13—14页。转引自刘文飞:《银鸽·译本序》,见别雷:《银鸽》,李政文、吴晓都、刘文飞译,云南人民出版社,1998年,第9页。

索。在《银鸽》中,这种探索又具体体现为对天使与恶魔、鸽子与鹰、根基与文化、肉体与精神、人民与知识分子等关系问题的探索。主人公彼得·达尔雅尔斯基是一个知识分子,他受到当时知识分子"到民间去"这一运动的影响,为了深入生活,了解民众疾苦,探索社会出路,他离开了学校,离开了莫斯科,来到了人民中间,到乡下做客,住到了他未婚妻的一个欧化的庄园里。但是,在不远处的一个村庄里,他卷入了一个宗教教派之中,他将鸽派教徒当成民众的力量,将此混同于普通的俄罗斯人民,从而离开了自己的未婚妻,加入了"鸽派",并且找到了"鸽派"的头目库捷雅罗夫。正是因为受到了一种神秘魔力的影响,他最后以悲剧结局。达尔雅尔斯基"生活的全部意义和价值就在于为了'创造的冲动'遭受苦难乃至被毁灭"①。最终,他尽管幡然醒悟,却被"鸽派"教徒杀害。小说结尾所描写的,就是他被"鸽派"教徒所杀害的过程。

二　《彼得堡》

长篇小说《彼得堡》(*Петербургъ*)是别雷在小说创作方面的代表作,最早发表于 1913—1914 年间的俄国象征主义集刊《美人鸟》第 1、2、3 期,1916 年出版单行本。在该小说出版的之后的 20 世纪二三十年代,这部小说受到了文学界的推崇,但是,自 1934 年第一次全苏作家代表大会召开并且确立"社会主义现实主义"创作方法之后,这部作品受到冷落,直到 20 世纪 60 年代才被重新关注。此后,俄罗斯以及西方学界对这部作品予以允分肯定,尤其是得到纳博科夫等著名作家和理论家的高度赞赏。纳博科夫坚持认为,这部小说"无疑是詹姆斯·乔伊斯现代主义志向的先声"②。1965 年,纳博科夫还将这部作品与乔伊斯的《尤利西斯》、卡夫卡的《变形记》、普鲁斯特的《追忆似水年华》一起,誉为"四部 20 世纪最伟大的小说杰作"③。甚至有学者认为:"没有安德列·别雷的创新手法,就难以理解 20 世纪欧洲文学中像乔伊斯的《尤利西斯》、加缪和卡夫卡的长篇小说及普鲁斯特部分作品等重要文学现象的产生。这是一个统一的探索心理描写手法的艺术体系,它丰富了 20 世纪的世界艺术。"④就连苏联时期出版的重要工具书《简明文学百科全书》(1965),也在其第 5 卷中,将别雷视为"意识流"文学的主要

---

①　管海莹:《建造心灵的方舟——论别雷〈彼得堡〉》,人民出版社,2012 年,第 63 页。

②　Nabokov. *Russian Writers*, *Censors*, *and Readers*, Read at the Festival of the Arts, Cornell University, April 10, 1958.

③　http://www.openculture.com/2015/01/vladimir-nabokov-names-the-greatest-novels-of-the-20th-century.html.

④　多戈尔波洛夫:《安德烈·别雷和他的长篇小说〈彼得堡〉》,苏联作家出版社,1988 年,第 44 页。此处转引自钱善行:《当代苏联小说的嬗变:主要倾向、流派及其它》,社会科学文献出版社,1994 年,第 176 页。

代表,在"'意识流'文学"这一条目中写道:"围绕着作为一种创作原则的'意识流'形成了整整'一个流派'……他们是普鲁斯特、斯泰因、伍尔夫、别雷,最后还有乔伊斯。"①

正是由于对心理描写手法的探索,别雷的长篇小说《彼得堡》可以被视为"意识流小说"在俄罗斯的典型代表性作品。作为现代心理学中的一个重要术语,"意识流"最初出现于美国心理学家威廉·詹姆斯(1842—1910)的著作中。在其著作《论内省心理学所忽视的几个问题》中,威廉·詹姆斯使用了这一术语,后来又在《心理学原理》(1890)等著作中,对此进行了详尽的说明。

其后,柏格森和弗洛伊德的相关理论都对意识流小说产生了深远的影响。除了跨界的影响之外,文学学科内部,尤其是19世纪作家,如俄国的莱蒙托夫、陀思妥耶夫斯基、托尔斯泰等作家对人物的心理活动以及人物本身意识活动的关注,也同样作用于20世纪的意识流小说,甚至很难准确地理解究竟是谁影响了谁。对意识流做过全面、系统研究的美国学者梅·弗里德曼在其著作《意识流:文学手法研究》中认为:"很难确定究竟是谁首先发现了无声的心声","人们在纯属传统性的小说中可以找到无声的心声的发端"。②

作为俄罗斯文学中的一部手法独特的意识流小说,《彼得堡》这部作品最早在1913年至1914年的俄国象征主义文学集刊《美人鸟》上连载,1916年出版单行本,十月革命之后,经过修改,又于1922年在柏林出版。《彼得堡》这部兼具象征主义和意识流特征的长篇小说,不仅是别雷的代表性作品,而且被视为"20世纪文学的一个整体性的顶峰作品"③。这部长篇小说的历史语境是19世纪20世纪之交的圣彼得堡激烈动荡的社会生活,尤其是1905年的俄国革命。

长篇小说《彼得堡》虽然显得有些晦涩难解,但是,它的基本情节其实并不复杂:作品的主人公尼古拉·阿波罗诺维奇·阿博列乌霍夫(Николай Аблеухов)是一个年轻的革命者,他得到了秘密的恐怖主义组织头目利潘琴科(Липпанченко)的命令,要求他暗杀自己的父亲阿波罗·阿博列乌霍夫——沙皇政府中的一名显赫的高级官员。尼古拉从恐怖组织的成员杜德金那里得到了一枚装在沙丁鱼罐头盒里的定时炸弹,他得将这枚定时炸弹安放在他父亲的书房里。由于他当时处于被女友索菲娅·利胡金娜拒绝爱情之后的绝望时期,所以他显得犹豫不决。而且,他对于自己的父亲也抱有极其复杂的情感,处于一种爱恨交加的状态。所以,他并没有立即将炸弹放到自己父亲的书房里,而是暂时

---

① 转引自靳戈《彼得堡·译后记》,见别雷:《彼得堡》,靳戈译,浙江文艺出版社,2018年,第735页。

② 梅·弗里德曼:《意识流:文学手法研究》,华东师范大学出版社,1992年,第21页。

③ Vladimir E. Alexandrov. *Andrei Bely, the Major Symbolist Fiction*, Cambridge: Harvard University Press, 1985, p.100.

存放在他自己的卧室里,因而未能及时完成这项指派的任务。那枚定时炸弹几乎到小说的结尾部分才发生爆炸,并没有造成任何人员的死亡。不过,爆炸是在他父亲阿波罗的书房里发生的。阿波罗·阿博列乌霍夫无意中将沙丁鱼罐头盒拿到了自己的办公室里,偶然爆炸的定时炸弹并没有达到预期目的,阿博列乌霍夫父子主要是受到了精神方面的惊吓。然而,他们之间本来因为尼古拉母亲的归来而有所修复的关系,也从此彻底毁坏。阿波罗对尼古拉的弑父企图感到十分震惊,他办理了退休手续,离开了首都圣彼得堡,住到了乡下。他也为儿子准备好了护照和钱,所以尼古拉在事后逃到了埃及,后来又迁居到远东。直到双亲去世之后,经历了巨大的心灵骚动的尼古拉才回到俄罗斯。

《彼得堡》这部长篇小说共分八章,起始有"开场白",最后有"尾声"。其内容是以跳跃的意识流手法,再现1905年俄国革命期间的十多天里,在俄国首都圣彼得堡所发生的一些事件。从作品的主要情节来看,《彼得堡》似乎是以奸细行为贯穿始终的。我国有学者认为:"归根结蒂,彼得堡本身就是彼得大帝所干的一次历史性的奸细行径的结果:他机械地接受了'西方'的原则,却不善于从'东西方'的结合中去建立新的有机的统一体,从而酿成了俄罗斯无法解决的悲剧。"①但不管怎样看待,在《彼得堡》中,以"青铜骑士"为代表的俄罗斯,究竟该走向何方,却无疑是作者所特别关注的。别雷在书中呼喊:"你啊,俄罗斯,像一匹马!两个前蹄伸向了空荡荡的一片黑暗之中,而一双后脚——牢牢地长在花岗岩根基上。你想脱离拖住你的巨大的石块吗,……或许,你是想扑向前去……或许,你是害怕跳跃,又停下四蹄,以便扑哧着鼻子把伟大的骑士带到那些靠不住的国家所处的开阔平原的深处?"②

随后,作者又做出了回答,认为这匹铜马既然已经纵身跃起,就不会停下四蹄,并且将此跳跃誉为将会引起巨大动荡的"历史的跳跃"。可见,别雷这部作品有着对俄罗斯未来出路的忧虑和探究,在艺术手法上,也体现了俄罗斯文化语境的作用。从别雷对"青铜骑士"的关注以及相关的隐喻中,我们可以看出,别雷虽然身为一名重要的象征主义作家,但是也在一定程度上接受了俄国经典作家的影响,尤其是普希金《青铜骑士》的影响。俄罗斯著名文艺批评家利哈乔夫甚至认为:"别雷的《彼得堡》以最尖锐的形式与普希金的《青铜骑士》相对照,同时,它仿佛是对《青铜骑士》的主题思想的继续和发展。"③利哈乔夫经过仔细研读,发现"《彼得堡》的主要人物都这样或那样地从参政院广场上的彼得一世纪念像旁边经过"④。当然,对这部作品影响最深的还是果戈理的创作,尤其是果戈理的

---

① 李辉凡:《俄国"白银时代"文学概观》,中国社会科学出版社,2008年,第411页。

② 别雷:《彼得堡》,靳戈、杨光译,作家出版社,1998年,第152—153页。

③④ 转引自利哈乔夫:《彼得堡·原编者的话》,见别雷:《彼得堡》,靳戈译,浙江文艺出版社,2018年,第3页。

《彼得堡故事集》。别雷对此曾经直截了当地指出:"果戈理的彼得堡故事渗透了《彼得堡》,这里出现了《涅瓦大街》中幻觉印象中的景象,《外套》风格的官员办公室,《鼻子》中的双关语,《狂人日记》中的荒唐中显示存在,疯狂的恶作剧,以及《肖像》中传递出来的恐惧。"①

别雷的《彼得堡》与乔伊斯的《尤利西斯》确实是有很多相似性的,如语言学层面的节奏、双关语,构建小说主题的象征色彩以及作品中所体现的微妙的政论性。在他们的作品中,作为事件发生场景的都市本身就是一个重要的形象,尤其是别雷的《彼得堡》,可以说,整部作品都是基于彼得堡这一都市而展开的。此外,作品中所体现的幽默风格也是他们突出的共性所在。当然,两者的差异也是非常明显的。比较而言,别雷作品的英译更为可行,他的作品虽然基于复杂的模式节奏,但是其中没有太多的语言革新。其实,这样的语言革新对于传达处于极度变革之中的彼得堡以及以彼得堡为象征的俄罗斯社会来说,是极为妥帖的,也是十分需要的。

别雷在《彼得堡》中成功地运用了意识流等艺术手法,不仅将象征手法和意识流手法有机融合,而且借鉴了戏仿等其他多种不同的艺术手段,最大可能地展现长篇小说这种艺术形式的艺术表现力。他也明确地陈述道:"我的整部长篇小说是借象征性的地点和时间描写残缺不全的想象形式的下意识生活。……我的《彼得堡》实质上是对被意识割断了同自己自然本性联系的人们瞬息间下意识生活的记录……"②

如在第一章,在描写主人公尼古拉·阿波罗诺维奇经过作为彼得堡重要象征的涅瓦大街时,作者写道:

> 傍晚昏暗的灯火淹没了涅瓦大街。许多房子的墙上都闪烁着宝石的光芒,一个个由金刚石的光芒组成的词儿在耀眼地闪闪发亮:"咖啡馆""滑稽剧院""人造钻石""欧米茄钟表"。白天时绿莹莹的,而现在,光辉灿烂的橱窗正在涅瓦大街上张开烈火熊熊燃烧的大嘴,到处都有数十、数百张地狱的烈火般的大嘴:它们痛苦地把自己又白又亮的光芒喷吐到石板上,还喷吐出铁锈在燃烧似的浑浊湿气。大街在冒火。白色的亮光洒落在圆顶礼帽、高筒大礼帽和带羽毛的帽子上;白色的亮光往前涌向大街中心,驱散人行道上傍晚的昏暗;黄昏的湿气融化在涅瓦大街上空的闪烁中,把空气染成暗洞洞、黄兮兮、血一般的颜色,恰似血

---

① 转引自管海莹:《建造心灵的方舟——论别雷的〈彼得堡〉》,人民出版社,2012年,第81—82页。

② 钱善行:《一部被冷落多年的俄罗斯文学名著》,《世界文学》1992年第4期,第216页。

和污泥的混合物。这个在芬兰湾沼泽地上形成的城市将向你表明自己疯狂的栖身之地是一个红色的斑点,这个斑点正默默地呈现在远处昏暗的夜间。顺着我们辽阔的故乡走,在昏暗的夜间你远远就会看到一个血红的斑点,你会惊恐地说:"那不是地狱里火焰山的所在地吗?"你会边说边艰难地往前走:你将努力绕过那地狱。[①]

这段文字充满着各种象征和隐喻,开着灯的橱窗如同张开着的烈火熊熊燃烧的大嘴,夹杂着黄昏湿气的空气犹如"血和污泥的混合物"。同时,这段文字又是尼古拉·阿波罗诺维奇意识的流动,而在意识的空间层面上,则是从街上的房屋意象逐渐演变为整个城市的意象——"一个红色的斑点"。

如果说上段描述充满着象征,那么,在第八章中,则主要是意识流手法了。围绕着定时炸弹,围绕着沙丁鱼罐头盒上的一枚指针,尼古拉·阿波罗诺维奇展开了长时间的意识的流动:

> 当他开始寻找传出声音的那些点时,他马上找到了这个点:在自己的肚子里。事实是:胃里感到极其难受。
>
> ....
>
> 表嘀嗒嘀嗒在走,周围一片漆黑;黑暗中,那嘀嗒声又像蝴蝶离开枝头似的在展翅飞舞:一忽儿——这里,一忽儿——那边。嘀嗒响着的——还有思想,在激动起来的身体各个部位——思想,随着脉搏在跳动——在脖子上,在喉头,在双手和头脑里,甚至在腹腔神经丛里。
>
> 脉搏你追我赶地在全身奔跑。
>
> 它们正离开身体,在体外形成冲向四面八方的意识的外围线;半俄尺长;也可能——更长些。这时他完全清楚明白了,原来进行思想的不是他,也就是说:进行思想的不是大脑,而是大脑外面这种冲击着的意识的外围线。所有的脉搏,或脉搏的投射,通过外围线瞬息之间转化成自我虚构的思想,首先是通过瞳孔展现出蓬勃发展的生活。[②]

内心世界的强烈的冲突,导致尼古拉全身血液涌动,而作者紧扣"脉搏"展开陈述,以活生生的脉搏的运动来呈现人物的复杂而剧烈的心理活动。正是多种艺术手段相融合的创作方法,使得这部作品既有别于俄国 19 世纪的传统现实主义的对社会现实的暴露和批判,也有别于当时的一些作家所描绘的现实的虚幻,

---

① 别雷:《彼得堡》,靳戈译,浙江文艺出版社,2018 年,第 76—77 页。
② 别雷:《彼得堡》,靳戈译,浙江文艺出版社,2018 年,第 718—719 页。

而是以独特的艺术技巧再现了时代的危机和现实的动荡。

由此可见,别雷的长篇小说《彼得堡》是一部打破了俄罗斯传统现实主义创作手法的作品,并且有别于当时俄罗斯文坛所流行的思潮和创作倾向,是一部既结合俄罗斯文化语境,又将象征主义和意识流手法巧妙地结合起来的独特的长篇小说。

综上所述,俄罗斯文学的白银时代虽然诗歌成就异常辉煌,但是,它并不只是属于诗歌的时代,在诗歌创作繁荣的同时,小说创作,尤其是长篇小说的创作,同样取得了卓越的成就。当然,各个文学流派也有所侧重。在白银时代象征派、阿克梅派、未来派这三大文学流派中,后两者的成就主要是在诗歌创作领域,而俄国象征派作家,在取得辉煌的诗歌艺术成就的同时,更以小说创作享誉文坛,别雷的《彼得堡》、梅列日科夫斯基的《基督与反基督》三部曲、勃留索夫的长篇历史小说《燃烧的天使》、索洛古勃的长篇小说《卑微的魔鬼》、吉皮乌斯的长篇小说《鬼的玩物》,都是这一时期长篇小说创作的杰出成就,更不用说库普林、蒲宁、安德列耶夫、列米佐夫等一批重要的小说家和依然坚守在文坛的托尔斯泰、契诃夫等传统现实主义小说家以及新登文坛的高尔基等现实主义小说家了。可见,白银时代是一个在小说领域同样群星灿烂、成就辉煌的时代。

第十五章 20 世纪二三十年代的小说创作

以现代主义思潮为主要特色的白银时代的文学在十月革命胜利之后的几年内,逐渐趋于完结,整体上向现实主义文学过渡,并在 20 世纪 30 年代结束了多种思潮流派平行发展的局面,形成了由社会主义现实主义创作方法主宰的格局。

第一节 20 世纪二三十年代小说创作概论

关于白银时代的起始界限,其实是较为含混的。有学者认为白银时代始于 20 世纪初,但多半认为白银时代结束于 1920 年前后。十月革命之后的几年内,白银时代的创作群体和创作思想依然彰显着自身的存在。"白银时代的思想和形式在新政权的最初的岁月里依然在文学艺术中发挥着主导作用。"[①]但随着 20 年代的到来,逐步趋于平静,尤其是 1926 年之后,尽管俄罗斯境内境外的部分作家仍坚持白银时代的文学传统,但是,"'白银时代'文学艺术得以滋养的土壤已经不复存在"[②]。

20 世纪二三十年代,有几个事件极大地影响了苏联文学的进程:一是国内革命战争,二是 1932 年联共(布)做出的《关于改组文学艺术团体的决议》,三是于 1934 年召开的苏联作家协会第一次代表大会。正是这一系列事件,促使了社会主义现实主义文学的兴起。

在俄罗斯现代主义文学繁荣的同时,传统的现实主义文学依然有着旺盛的生命力,除了列夫·托尔斯泰和契诃夫等老一辈现实主义作家继续从事创作外,高尔基、蒲宁、库普林、安德列耶夫、魏列萨耶夫等现实主义文学的后起之秀又为小说的发展注入了新的活力。新一代的现实主义作家以自己的作品反映了工农大众的贫苦生活,表达了他们对剥削者、压迫者进行反抗的呼声,表现了工人运动日趋高涨的无产阶级政治觉悟,从而"成了新兴阶级在文化上的代言人"[③]。

---

① ② В. И. Коровин ред. *История русской литературы XX – начала XXI века*,Часть I:1890-1925 годы. М.:Гуманитарный изд. центр ВЛАДОС. 2014. c. 32.

③ 李辉凡、张捷:《20 世纪俄罗斯文学史》,青岛出版社,1998 年,第 4 页。

1895 年,列宁所领导的彼得堡工人阶级解放斗争协会的建立,在一定意义上标志着无产阶级作为一种重要的政治力量,开始登上了俄国历史舞台。而 1917 年十月革命的胜利,不仅标志着无产阶级政党的胜利,而且随着社会历史的发展变化和哲学思潮的影响,一种全新的俄罗斯苏联文学也应运而生了。

1917 年十月革命的胜利,对俄罗斯文学的发展产生了深刻影响。从十月革命至 20 世纪 20 年代,文艺政策相对而言比较宽松,文坛上呈现出各种文艺思潮并存的局面,如创立于十月革命前夕的"无产阶级文化协会""未来派""意象派""山隘派""谢拉皮翁兄弟"以及 1925 年创立的"拉普派"等思潮流派。直到 1932 年 4 月 23 日,联共(布)中央做出了《关于改组文学艺术团体的决议》,解散了"拉普"等诸多的文学社团,成立了统一性组织"苏联作家协会",并且促使社会主义现实主义(Социалистический реализм)创作方法成为苏联文学的基本创作方法。这不仅仅只是基本方法,更是一种创作倾向。"联共(布)中央 1932 年 4 月 23 日决议是社会主义现实主义成为主要的创作方法、成为主要的方向的道路上的重要的里程碑。"[1]

可见,社会主义现实主义并不是这一名称出现之后的创作倾向,而是对相当长时期现实主义创作方法所做的一种总结。其实,这一创作方法,在俄罗斯无产阶级文学呈现时,就已经出现。早在高尔基创作《母亲》《仇敌》等作品时,这一方法就已经奠基。"高尔基是社会主义现实主义的奠基人这一观点在苏联文学研究界是占据主导地位的。"[2]其后,20 世纪 20 年代的绥拉菲莫维奇的《铁流》、革拉特科夫的《士敏土》、富尔曼诺夫的《夏伯阳》等长篇小说,进一步承袭了这一现实主义传统。而列宁于 1905 年发表的《党的组织和党的文学》更是对这一创作倾向的形成发挥了一定的引领作用。在使用统一的"社会主义现实主义"这一名称之前,对于俄罗斯文坛新的创作倾向,也出现过不少其他称呼,如沃伦斯基称其为"新现实主义"(новый реализм),卢那察尔斯基称其为"新现实派"(новая реалистическая школа),马雅可夫斯基称其为"有偏见的现实主义"(тенденциозный реализм),阿·托尔斯泰称其为"透彻的现实主义"(монументальный реализм),还有人称其为"无产阶级现实主义"(пролетарский реализм)、"社会主义浪漫主义"(социалистический романтизм)等等。[3] 直到 20 世纪 30 年代,才以"社会主义现实主义"这一名称固定下来。社会主义现实主义主张忠实于生活以及表现新的社会现实,对苏联文学在特定时代的繁荣,有着指

---

① 梅特钦科:《继往开来——论苏联文学发展中的若干问题》,石田、白堤译,中国社会科学出版社,1983 年,第 228 页。

② Л. П. Егорова ред. *История русской литературы XX века. Первая половина*, Издательство ФЛИНТА, 2014, с. 167.

③ 同上,第 166 页。

导性的意义，而且，比同样提倡现实的"拉普派"更易为人们所接受，正如西方学者所说，"在某些方面，社会主义现实主义比'拉普'的概念有所改进：它拒绝将意识形态和文学方法完全等同起来，并反对把浪漫主义和唯心主义简单地画等号"①。

在十月革命胜利后的国内战争和国民经济恢复时期，在小说创作方面，比较活跃的有高尔基、布尔加科夫、绥拉菲莫维奇、革拉特科夫、富尔曼诺夫、奥斯特洛夫斯基、法捷耶夫、卡维林等小说家。尤其是革拉特科夫的《士敏土》，被誉为"苏联第一部工人阶级的长篇小说"②。

在国内战争期间，绥拉菲莫维奇等作家的军事题材的创作，对于苏维埃红色政权的巩固，发挥了重要的作用。苏维埃红军将小说视为"组织和教育广大群众的一个最为有效的工具"③。对于小说的语言，当时著名的作家别德内所主张的观点及创作风格具有一定的代表性，"他的军事小说的基本特征就是尽可能地简洁。为了让作者能够行之有效地触及读者，他深深知道，怎样以最可行的简单方式表达最复杂的事情，同时毫不降低艺术的内涵"④。

在 20 世纪 20 年代，革拉特科夫的《士敏土》、绥拉菲莫维奇的长篇小说《铁流》、富尔曼诺夫的长篇小说《恰巴耶夫》、法捷耶夫的长篇小说《毁灭》等，都是当时以最为简洁的创作风格创作的具有代表性的重要作品。这几部作品的主要成就是在表现现实和塑造人物形象方面所做出的可贵的尝试，它们反映了时代的精神，展现了时代的风貌，被誉为 20 年代苏联文学史上的里程碑式的作品，同时，在当时的社会生活中发挥了重要的现实作用。此外，拉夫列尼约夫在当时也有一定的影响，尤其是他描写国内战争的中篇小说《第四十一》(1924)，以渺无人迹的荒岛上发生的情感及其悲剧事件，表现了两个阶级之间斗争的残酷。

而在 20 世纪 30 年代，尼古拉·奥斯特洛夫斯基(1904—1936)的《钢铁是怎样炼成的》(1934)无疑是描写苏维埃新人形象中最杰出的一部长篇小说。这部具有自传体色彩的长篇小说，是奥斯特洛夫斯基以顽强的毅力在全身瘫痪、双目失明的状况下完成的。作品中所塑造的保尔·柯察金这一形象，反映了无产阶级一代新人在革命的暴风骤雨中锻炼成长的艰难历程和顽强的毅力。

为社会主义现实主义文学的兴起发挥重要引导作用的是 1934 年 8 月召开的苏联作家协会第一次代表大会。这次会议提出要把社会主义现实主义作为苏

---

①　薛君智主编：《欧美学者论苏俄文学》，社会科学文献出版社，1996 年，第 194—195 页。

②　Mark Gamsa. *The Reading of Russian Literature in China：A Moral Example and Manual of Practice*，London：Palgrave Macmillan，2010，p.104.

③④　Mark T. Hooker. *The Military Uses of Literature：Fiction and the Armed Forces in the Soviet Union*，Westport，CT：Praeger Publishers，1996，p.2.

联文学创作和文学批评的基本方法。这一创作方法的基本内涵是"要求艺术家从现实的革命发展中真实地、历史具体地去描写现实。同时,艺术描写的真实性和历史具体性必须与用社会主义精神从思想上改造和教育劳动人民的任务结合起来",而且,"社会主义现实主义保证艺术创作有特殊的可能性去发挥创造的主动性,去选择各种各样的形式、风格和体裁"。[①] 这一创作方法在这个时期的文学创作中逐渐收到效果。

这一时期还有一个突出的现象,就是完成了一系列规模宏大的长篇巨著,其中包括高尔基的长篇小说《阿尔塔莫诺夫家的事业》(*Дело Артамоновых*,1925)和《克里姆·萨姆金的一生》(1925—1936)、肖洛霍夫的《静静的顿河》(1928—1940)、阿·托尔斯泰的《苦难的历程》(1922—1941)。《苦难的历程》三部曲是反映十月革命和国内战争的史诗性作品。作者描写了处在动乱年代的资产阶级知识分子曲折复杂的人生道路以及最后走向革命的"回归"过程。

社会主义现实主义起始时期的小说家除了高尔基、奥斯特洛夫斯基之外,主要还有绥拉菲莫维奇、富尔曼诺夫、巴别尔、伊凡诺夫等作家。而且,在这一时期,尤其是在 20 世纪 20 年代,还有一些作家的创作,依然处于从现代主义到现实主义的过渡时期,像扎米亚京的长篇小说《我们》、皮里尼亚克的长篇小说《裸年》、布尔加科夫的长篇小说《大师与玛格丽特》等一系列作品,也都是这一时期突出的小说艺术成就。

(一)绥拉菲莫维奇

绥拉菲莫维奇是 20 世纪上半叶深受中国文坛欢迎的一位无产阶级作家,也是"社会主义现实主义文学奠基人之一"[②]。

绥拉菲莫维奇(Александр Серафимович Серафимович,1863—1949),原姓波波夫(Попов),出身于顿河州下库尔莫雅尔斯克镇的一个哥萨克军人的家庭。幼年体弱多病。1883 年中学毕业后进入圣彼得堡大学学习。1887 年,他因起草了一份反对沙皇的宣言而遭到流放的惩处。正是在流放期间,出于苦闷,他开始了自己的文学创作生涯。绥拉菲莫维奇最早是以短篇小说登上文坛的,他的第一篇作品《在浮冰上》发表于 1889 年,随后又有一系列短篇小说面世。他的第一部短篇小说集于 1901 年出版。1902 年,他开始参加"星期三"文学社,不久之后,他成为高尔基支持的"知识"丛刊的撰稿人。

绥拉菲莫维奇所创作的短篇小说,主要反映革命前俄国下层劳动者的苦难。20 世纪初,他在高尔基所主持的知识出版社陆续出版了三卷本作品集,作品集的广泛传播,树立了他在俄国文坛的地位,为他赢得了极高的文学声誉。

---

① 《苏联文学艺术问题》,人民文学出版社,1959 年,第 4 页。
② 王思敏、石钟扬:《绥拉菲莫维奇(1986—1949)》,辽宁人民出版社,1988 年,第 1 页。

绥拉菲莫维奇最为重要的作品是长篇小说《草原上的城市》(*Город в степи*，1912)和《铁流》(*Железный поток*，1924)。《草原上的城市》描写了俄国资本主义从产生到衰亡的历史进程。长篇小说《铁流》书写的则是十月革命后苏联国内战争期间的故事，描写的是高加索西部塔曼半岛人民英勇斗争的真实故事。在小说中，一支基本上无组织、无纪律、乱成一团的乌合之众在艰苦卓绝的血与火的考验中，终于锻炼成了一支坚不可摧的革命队伍。这部长篇小说以现实主义的笔触成功地塑造了一名坚定勇敢的革命领袖郭如鹤的鲜明形象。在这部作品的汉译过程中，鲁迅、瞿秋白、曹靖华发挥了重要作用，其引进对中国文坛甚至是中国的革命事业都产生了较大的影响。

（二）富尔曼诺夫

富尔曼诺夫曾是"拉普派"的主要成员，他的创作体现了俄罗斯社会主义现实主义初始时期的一些基本特色。

富尔曼诺夫(Дмитрий Анлреевич Фурманов，1891—1926)出身于科斯特洛马省谢列达村的一个普通农民家庭。1897 年，全家迁居伊凡诺沃-沃兹涅先斯克。富尔曼诺夫的少年时代就是在伊凡诺沃-沃兹涅先斯克接受了最初的教育，后来曾经在商业学校学习。1912 年，富尔曼诺夫进入莫斯科大学学习。1915年，他完成了在莫斯科大学语文系的学业，然而，由于战争，他尚未进行毕业考试，就赶往前线，当上了看护兵。

沙皇政体覆灭后，富尔曼诺夫积极参加苏维埃的工作。国内战争期间，富尔曼诺夫在伏龙芝的影响下参加革命斗争，他曾率领伊凡诺沃-沃兹涅先斯克工人支队奔赴前线，并曾担任恰巴耶夫师的政治委员以及军政治部主任的军事职务。

自 1917 年起，富尔曼诺夫就在报刊上发表一些政论文章，1921 年从前线回到莫斯科后，倾心从事文学创作。

富尔曼诺夫最著名的作品是其长篇小说《夏伯阳》(*Чапаев*，1923，又译《恰巴耶夫》)和《叛乱》(*Мятеж*，1925)。富尔曼诺夫以这两部长篇小说丰富了早期的苏维埃文学，尤其是《夏伯阳》，被誉为 20 世纪 20 年代苏维埃文学中里程碑式的作品。

长篇小说《夏伯阳》是富尔曼诺夫最具代表性的作品，是根据真人真事而创作的具有传记色彩的作品。作者在介绍这部作品的写作经过时说，他是"如实地描写夏伯阳，连他的一些细节，一些过失，以及整个人的五脏六腑都写出来"[①]。这部长篇小说共分十五章，其中夹杂着电文、书信、报告等许多真实素材，这使得作品情节真实可信。在这部作品中，富尔曼诺夫塑造了夏伯阳这一在战争中成

---

① 富尔曼诺夫：《〈夏伯阳〉和〈叛乱〉的写作经过》，参见舒聪选编：《中外作家谈创作》，山西人民出版社，1980 年，第 407 页。

长的理想的形象,他从一个具有游民气息的普通官兵,逐渐成长,终于成为广受人民爱戴的英雄。在他成长的过程中,政治委员克雷奇科夫发挥了重要的作用,正是在克雷奇科夫以及其他政工人员的教育和帮助下,夏伯阳及夏伯阳师的全体指战员很快成长起来,成为一支有觉悟的革命军队。这部作品的真实性也被同时代的作家所称赞,绥拉菲莫维奇称赞富尔曼诺夫"是一位最有才能的艺术家,他汲取并综合了实际生活,不怕人家责骂他在作摄影式的描写,并且也不为漂亮的,但是一无生气的虚构杜撰所诱惑"[①]。

而长篇小说《叛乱》也是一部及时反映现实、描写当时现实斗争的作品,所描写的是在哈萨克斯坦进行的国内战争,叙述如何在边区建立苏维埃政权以及如何在这些地区开展国家建设。在作品中,富尔曼诺夫歌颂了只有十五至二十人的少数革命战士不畏艰难,面对五千人的武装叛乱者,毫不气馁的精神,他们刚毅不屈,信心坚定,而且聪明睿智,为苏维埃政权最终赢得了战争的胜利。

(三)巴别尔

伊萨克·埃玛努伊洛维奇·巴别尔(Исаак Эммануилович Бабель,1894—1940),笔名巴布埃尔·基墨尔·柳托夫,出生于敖德萨的摩尔德万卡,其《敖德萨故事集》(Одесские рассказы,1926)等作品,就是以摩尔德万卡为故事背景的。

伊萨克·巴别尔从敖德萨经贸学院毕业之后,进入基辅商学院学习,1915年,从商学院毕业后,他到了彼得格勒,并且刻苦研读文学,开始创作短篇小说。他对法国文学,尤其是莫泊桑、福楼拜等作家的作品情有独钟,深受影响。其实,他在十五岁的时候,就在法语教师的影响下,用法语进行文学创作,尽管并没有获得成功,但是让他产生了对文学的浓厚兴趣。巴别尔在文学之路上的成功,在很大程度上归功于著名作家高尔基。高尔基在彼得格勒与他相识,并且帮助他在其主编的杂志上发表了最初的数篇短篇小说。

根据巴别尔自己的自传性小说《道路》(Дорога)的说法,他曾在罗马尼亚前线服役,一直服役到 1917 年 12 月。十月革命爆发后,他回到了圣彼得堡,1918年,他为高尔基的孟什维克报纸《新生》(Новая жизнь)撰稿。国内战争结束后,巴别尔主要在第比利斯的《东方曙光》(Заря Востока)报社工作。

伊萨克·巴别尔是 20 世纪俄罗斯文坛一名出色的短篇小说家。他的创作主要以第一人称叙事为主,作品带有一定的自传性或半自传性色彩。他的代表作有短篇小说集《骑兵军》(Конармия,1926),其中的多篇作品创作于 1923—1924 年。该小说集大多以作者的从军经历以及他所撰写的《1920 年骑兵军日记》(Конармейский Дневник 1920 года)这一战地日记素材为基础,描述了苏联国内战争期间,由哥萨克组成的红军骑兵部队的群体形象,叙写了一系列战地事

---

① 奥捷洛夫:《富尔曼诺夫评传》,陈次园译,作家出版社,1958 年,第 71 页。

件,并塑造了一系列富有个性的骑兵军战士的形象。

在这部小说集中,巴别尔充分发挥其第一人称心理独白的叙写优势,揭示了主人公瞬息的心理刺痛,从而表达了作者对待战争的矛盾思索。作品不是以宏大叙事见长,主要特色在于细节真实。从一桩桩小事来烘托战时的语境。即使是朴素的景色描绘,也都充满了战争年代特有的氛围:"一轮澄黄的太阳在天空移动,像一颗被砍下的头颅,温柔的光芒透过云缝照下来,晚霞的军旗在我们头顶飘展。昨日的血腥味和死马的气味在傍晚的凉爽中聚集着。"①《骑兵军》出版之后,"引起了暴风骤雨一般的截然不同的反响"②,既有高度的赞赏,也曾受到一些指责,赞赏者称他为"苏维埃文学一颗冉冉升起的星辰"③,反对者则指责这部作品是对骑兵军的讽刺和诽谤,但高尔基极为维护这部作品的盛誉,他写道:"我在巴别尔的书中并没有发现什么'讽刺和诽谤'的东西,相反,他的书激起了我对骑兵军战士们的热爱和崇敬,因为它向我展示了他们是真正的英雄,这些无畏的战士深深地意识到他们斗争的伟大意义。"④应该说,高尔基对巴别尔小说的评价是较为公允的。

巴别尔的重要小说作品,除了《骑兵军》,还有《敖德萨故事集》。这部小说集创作于 1920 至 1923 年间,几乎与《骑兵军》同时面世,同样具有浓郁的自传色彩。

(四)伊凡诺夫

符谢沃罗德・维亚切斯拉沃维奇・伊凡诺夫(Всеволод Вячеславович Иванов,1895—1963),是 20 世纪上半叶俄罗斯著名的小说家兼剧作家,出身于西伯利亚的一个乡村教师家庭,青少年时代没有受过多少正规的教育,但一直坚持自学。自十四岁起,开始追随高尔基的道路,踏入社会,广泛游历,当过商店伙计、印刷工人、搬运工。

1915 年起,伊凡诺夫开始发表作品。当时,主要是在《人民报》(Народная газета)等报刊上发表短篇小说。十月革命后,他发表了《游击队员们》(Партизаны)和《铁甲列车 14—69》(Бронепоезд 14 - 69)等中篇小说。中篇小说《铁甲列车 14—69》在伊凡诺夫的创作生涯中发挥了决定性的作用,在很大程度上确定了其后的创作方向。这部作品所反映的是苏维埃夺取政权之后的国内战

①　伊・巴别尔:《骑兵军》,孙越译,花城出版社,1992 年,第 3 页。

②　В. И. Коровин. Сост. История русской литературы XX — начала XXI века: Учебник для вузов в 3-х частях, Часть Ⅱ: 1925-1990 годы, М.: Гуманитарный изд. Центр, ВЛАДОС, 2014. с.130.

③　См.: Литературное наследство, М.: 1965, с.500.

④　贾放:《关于巴别尔及其〈骑兵军〉的对话》,转引自伊・巴别尔:《骑兵军》,孙越译,花城出版社,1992 年,第 12 页。

争期间的事件,作品以克拉斯诺雅尔斯克附近游击队员夺取白卫军铁甲列车的故事为素材,以当时尚未定型的社会主义现实主义风格进行创作,所塑造的人物形象是一系列无产阶级革命战士的形象,即"大众英雄"的形象。对这些革命英雄的描写,影响了其后的《铁流》等许多作品的创作。

伊凡诺夫较为著名的另一部作品是短篇小说集《秘中之秘》(*Тайное тайных*,1927),这也是作者本人最喜爱的作品。[①]《列宁格勒真理报》发表评论家沃隆斯基的评论文章,认为这部小说所涉及的是"生与死、人的命运、人类在宇宙中的地位"等永恒话题。[②]

伊凡诺夫在 20 世纪 20 年代和 30 年代还创作过《克里姆林宫》(*Кремль*)等几部长篇小说,但产生的影响较为有限,不及他的中短篇小说。尤其是《克里姆林宫》和《乌》(*У*)这两部长篇讽刺小说,直到伊凡诺夫逝世之后的 80 年代才得以面世。

第二节　扎米亚京

扎米亚京是俄国白银时代新现实主义文学的杰出代表。他的创作思想极为复杂,而且在十月革命之后,其作品一直遭受封杀,直到 20 世纪 80 年代,他的一些重要作品才得以重新面世。

一　"反乌托邦小说"的经典作家

叶甫盖尼·伊凡诺维奇·扎米亚京(Евгений Иванович Замятин,1884—1937)出身于坦波夫省列别江市的一个神职人员的家庭。1902 年,扎米亚京从沃罗涅日中学毕业后,考入彼得堡工学院造船系学习。1905 年,他因加入布尔什维克党从事革命活动而被捕。1906 年被释放后,他被逐出圣彼得堡,回到自己的家乡,并处在警察的监视之下。1908 年他重返圣彼得堡,完成了学业。1911 年,他因参加学生运动再次被捕,并判流放,直到 1913 年,因罗曼诺夫王朝三百周年庆典大赦,他才重新获得自由。同年,他发表中篇小说《省城轶事》,获得文坛的关注。这部作品主要书写革命前省城小市民阶层的愚昧生活。"作品以怪诞的手法、辛辣的讽刺刻画了省城各类人物的丑恶嘴脸。"[③]譬如主人公巴

---

① В. И. Коровин. Сост. *История русской литературы XX — начала XXI века：Учебник для вузов в 3-х частях*，Часть Ⅱ：1925-1990 годы，М.：Гуманитарный изд. Центр，ВЛАДОС，2014. с.112.

② А. Воронский. "О книге Вс. Иванова *Тайное тайных*"，*Ленинградская правда*，1926，5 декабря.

③ 何雪梅编著:《俄罗斯白银时代文学史》,黑龙江人民出版社,2008 年,第 236 页。

302

雷巴,靠出卖自己,当富婆的情夫而出入于省城的上层社会,并且捞到了警官的差事。正因为有了巴雷巴这样的人,以及无聊空虚的神父、口是心非的上校,才使得整个省城乌烟瘴气,仿佛是俄国社会的一个缩影。

二 《我们》

扎米亚京的长篇小说《我们》(Mbi)所写的是公元 32 世纪的一个荒诞不经的世界,创作于 1920 年,当时未能在苏联获得出版。1924 年,在国外出版了该书的英、法以及捷克文的译本。1927 年,在捷克出版了该书的俄文节选本,俄文全本于 1952 年在美国纽约出版。直到 1988 年,在该书译本面世六十多年以后,《我们》才在苏联境内面世,苏联《旗》杂志第 4 期和第 5 期首次在苏联境内连载了这部小说。

《我们》这部长篇小说尽管是一部描写一千多年之后人类社会的幻想小说,但是它却有着坚固的现实基础。十月革命后,当时人们的意识中,滋生了一种新的乌托邦思想,在最初几年的苏维埃文学中,乌托邦的行为亦尤为明显。《我们》便是针对十月革命后的某些强制、集中、统一等观念的一种反叛。

《我们》这部小说以日记体形式,采用第一人称"我"的叙述方式,通过主人公Д-503("大一统王国"的一个数学家,"一统"号的设计师)的日记,描述了一个人类精神之熵形成后的世界,讲述在公元 32 世纪建立了一个"大一统王国"的故事。

所谓精神之熵,作者在作品中解释说:"当炽热沸腾的星球(在科学、宗教、社会生活、艺术之中)冷却下来时,炽热的岩浆被教条压在不可变的、僵化的、因循守旧的硬壳之中。科学、宗教、社会生活、艺术之中的教条化——这就是思想的熵。"[①]

在这个"大一统王国"的四周,围着用玻璃浇铸制造而成的绿色高墙,头上是消过毒的天空。这一王国被"救世主"所统治。"救世主"主宰一切,代表集体的意志,因此,每个人都没有自己的姓名,也没有任何隐私,只有一个代号。人们全都穿着蓝色的制服,所居住的房屋从窗户到家具全都千篇一律,他们严格地过着数字般的精确的生活,统一行动,毫无邪念,他们在规定的时间里同时起床、散步、进食、工作、睡觉,甚至连性生活也凭"粉红色的票子"统一安排。所有被编号的人们不能自行其是,而是必须为王国做出贡献,"凡有能力者,均有义务撰写专题论文、史诗、宣言、颂歌和其他形式的作品,对美好而伟大的大一统王国进行论述和歌颂"[②]。

---

① 扎米亚京:《我们》,顾亚铃译,江苏文艺出版社,2013 年,第 121 页。
② 扎米亚京:《我们》,顾亚铃等译,作家出版社,1998 年,第 4 页。

在"大一统王国",经过编号的人们,不仅没有隐私,必须统一行动,而且没有灵魂,也没有任何幻想,甚至没有任何感情。一旦这些人有了幻想或情感,那么就是生病的表现,就得去这个王国的一个专门机构——保卫局,进行幻想摘除手术。主人公 Д-503 就是做过这样手术的"号码"。他是一位数学家,本与规定的伴侣 О-90 过性生活,而且没有任何怨言,他也知道,О-90 还有一个性伴侣,是一位诗人,编号 R-13,在日记中,Д-503 还称 О-90 和 R-13 是自己的家人。但是,在集体散步过程中,他遇见了黑眼睛的苗条的姑娘 I-330 后,便对她产生了情感。I-330 是"大一统王国"要求个性解放的逆反分子,在爱情的驱使和 I-330 的引导下,Д-503 逐渐有了思想,发现了自己身上的另一个"我",他决心加入反叛者的队列,参与革命,计划劫持飞船,冲往太空。但是,由于有人告密,计划失败,I-330 被处以酷刑,Д-503 也被做了幻想摘除手术,重新沦为被驯服者,无动于衷地看着 I-330 被处以极刑。

这部作品的一些内容中,体现了作者对人类社会发展的一些哲理思考。关于人类社会的发展,在作者看来,是一种永恒的痛苦的运动,他借书中人物写道:"世界上有两种力量:熵和力。一种力量导致舒适的平静和幸福的平衡,另一种导致平衡的破坏,使事物永远处于无穷无尽的痛苦的运动之中。"①

《我们》是扎米亚京的代表作,被誉为"反乌托邦小说"的经典作品,与赫胥黎的《美丽新世界》、奥威尔的《1984》等作品一起,被誉为反乌托邦文学的奠基之作,在世界文坛有着广泛的影响。

第三节　皮里尼亚克

皮里尼亚克是俄国白银时代著名的小说家,尤其在 20 世纪 20 年代,他以一系列小说赢得了文学界的广泛的声誉。皮里尼亚克"作为独具一格的文体家,以及作为引领文学的先锋和文豪而进入文学史册"②。然而,不幸接踵而至,在 30 年代,他受到陷害,并且以莫须有的罪名被处决,过早地结束了自己的创作生涯。

一　不该遭禁的作家

鲍里斯·安德烈耶维奇·皮里尼亚克(Борис Андреевич Пильняк,1894—1938)原名鲍里斯·安德烈耶维奇·沃高(Бори́с Андре́евич Вога́у),出身于莫斯科省扎伊斯克市的一个德裔医生家庭。他在外省的萨拉托夫等城市度过了自

---

①　扎米亚京:《我们》,顾亚铃译,江苏文艺出版社,2013 年,第 164 页。

②　В. И. Коровин Сост. *История русской литературы XX — начала XXI века: Учебник для вузов в 3-х частях*, Часть II：1925-1990 годы, М.：Гуманитарный изд. Центр, ВЛАДОС, 2014. с. 240.

己的童年和少年时代，1913 年，他毕业于下诺夫哥罗德实验中学，1920 年，他毕业于莫斯科商学院财经专业。皮里尼亚克这个名字是他的笔名。

皮里尼亚克从小爱好文学，九岁开始写作，1909 年，发表处女作《在春天》。他自 1915 年开始职业文学创作活动，在《俄罗斯思想》等杂志上发表短篇小说，1918 年出版第一部作品《乘坐最后一班轮船》(*С последним пароходом*)。他的主要作品有长篇小说《裸年》(*Голый год*，1922)、《机器与豺狼》(*Машины и волки*，1925)、《伏尔加河流入里海》(*Волга впадает в Каспийское море*，1930)，以及中篇小说《不灭的月亮的故事》(*Повесть непогашенной луны*，1926)、《红木》(*Красное дерево*，1929)等。

1922 年长篇小说《裸年》的出版，使得皮里尼亚克蜚声文坛。这部长篇小说所要呈现的是国内战争年代的"赤裸裸的真实"，它像编年史一般记录从十月革命到国内战争时期俄罗斯外省小城的生活片段。所以，《裸年》"标志着俄国自然主义发展的新阶段"①。

皮里尼亚克的长篇小说《裸年》就作品情节而言，显得并不连贯，这部作品中描写了俄罗斯社会各个阶层的各种人物，但并没有着力塑造典型人物形象，也没有一般意义上的主人公，正如鲁迅所说："这是他将内战时代所身历的酸辛、残酷、丑恶、无聊的事件和场面，用了随笔或杂感的形式，描写出来的。其中并无主角，倘要寻求主角，那就是'革命'。而华力涅克(皮里尼亚克)所写的革命，其实不过是暴动，是叛乱，是原始的自然力的跳梁，革命后的农村，也只有嫌恶和绝望。"②鲁迅所概括的有关《裸年》对待革命的态度和观念，在某些方面，是较为中肯的，皮里尼亚克显然不了解十月革命的本质特性，所以只能按自己的所感所思以及所见所闻，对革命进行主观的理解。当然，"如同勃洛克，皮里尼亚克让革命抹上了暴风雨般的，而且并非总是别人理解的色彩，不过，其中有着净化的要素"③。而且，他以"俄罗斯·革命·风暴"这一视觉对时代的感悟，体现了他的敏锐而独特的时间意识。

中篇小说《红木》(*Красное де́рево*，1929)，是皮里尼亚克寄往德国柏林出版的，这部作品所书写的也是外省小城的故事以及日常生活。但是，在德国柏林出版作品这一事实，引起了人们对他猛烈的批判。书名"红木"出自作品中的情节：一些没落的贵族和新兴的投机商人进行红木家具和艺术品方面的投机买卖，从而大发横财，而下层的农奴却为艺术品付出了全部的生命：

---

① 彭克巽：《苏联小说史》，北京十月文艺出版社，1988 年，第 51 页。

② 鲁迅：《鲁迅全集》第 10 卷，人民文学出版社，1982 年，第 361 页。

③ В. И. Коровин Сост. *История русской литературы XX — начала XXI века: Учебник для вузов в 3-х частях*，Часть Ⅱ：1925-1990 годы，М.：Гуманитарный изд. Центр，ВЛАДОС，2014. с.242.

年方十几的农奴被送去莫斯科和圣彼得堡,再从那里送到巴黎、维也纳学艺。学罢回到圣彼得堡的阴暗地下室,再从那里回到地主庄园的毗屋,于是动手创作。一个能工巧匠往往以数十年时间来雕凿一张安乐椅或一张梳妆镜台,一个八宝箱或一顶书橱。他们喝酒,雕凿,死去。未完工的艺术品由他们的外甥接手。这些巧匠一般没有后代,概由侄甥继承技艺。一批又一批的巧匠相继死去,但艺术品留在地主庄园和花园洋楼里供人鉴赏。鉴赏者坐在安乐椅里死去,在八宝箱里珍藏他们的秘情,小娘们对镜审视青春年华,老婆子对镜审视龙钟暮态。[①]

1937 年 10 月,皮里尼亚克因"反革命罪"和"日本间谍罪"等罪行被捕,1838年 4 月,被苏联政府处决。他的作品也一直遭禁。直到 20 世纪六七十年代,他才被平反,恢复名誉,这位不该遭禁的作家的作品再一次引起了学界的关注。

二 《不灭的月亮的故事》

在中篇小说《不灭的月亮的故事》(*Повесть непогашенной луны*)中,皮里尼亚克严厉地批判了机械主义的作风。这部小说刚面世,就遭到了严厉的批判。该小说最初发表于 1926 年第 5 期的《新世界》杂志,所描写的是一场医疗事故,但事情涉及的是一位红军部队高级将领加弗里洛夫。作者在描述这位高级将领时写道:

这位司令员的名字标志着整个内战时期红军的英勇无畏,标志着他身后成千上万、几十万的人。他的名字也标志着成千上万甚至几十万人的死亡、困苦、伤残,标志着寒冷、饥馑、酷暑下的行军,标志着火炮的轰鸣、子弹的呼啸和深夜的刺骨寒风,标志着夜间的篝火、行旅生活、胜利、奔命,再次标志着死亡。他指挥千万人组成的军队,指挥人、胜利和死亡——由火药、硝烟、白骨和横飞的血肉所构成的死亡,赢得后方千百面红旗招展和无数人民群众欢呼的胜利,由无线电广播传遍全球的胜利,这胜利后面是俄罗斯沙场上埋葬尸体的深坑,横七竖八胡乱堆积千万个肉体的深坑。围绕着他的名字演化出了无数的传奇故事,说他指挥英明,英勇善战,大胆无畏,坚忍不拔。他有驱使人们杀戮同类,

---

① 皮里尼亚克:《红木》,参见《不灭的月亮的故事》,石枕川等译,浙江文艺出版社,2002年,第 3—4 页。

驱使他们去死的权力和意志。①

　　作品中的这个司令加弗里洛夫是赫赫有名的指挥官,屡建战功,但是,因为患有胃溃疡,所以到南高加索地区疗养过两次。经过疗养,他的胃溃疡病好转了,已经有半年多没有复发了,甚至连喝瓶酒也都没有什么问题了。然而,这个红军统帅却被紧急从高加索召到莫斯科,不为别的国家要事,只是为了进行胃溃疡手术。

　　对于这种病,本来是不需要开刀动手术的,患者本人也不同意动手术,而且病情也有所好转了。他明确地告诉大家:"我感到身体很好,我打心眼里反对手术,一百个不愿意。不再医治也能恢复健康,一点儿也不觉得痛了,体重也增加了……"②可是,武断的最高领导坚持要他开刀动手术,他也只得勉强同意,医生们同样不敢违抗命令。虽然他们在私下谈话中,都认为没有必要进行手术,可是都在确认胃溃疡的会诊书上签了字,一致认为必须进行手术。其实,病人的胃部溃疡已经愈合,主刀医生打开病人的腹腔时,也清楚地证实了这一点:"在光亮的胃壁上,在该是溃疡的地方,有一块形似烧螂幼虫的、蜡塑一般白色的摊痕,这就是说溃疡已经愈合,手术是多余的。"③此时进行手术,不仅没有必要,而且对病情也是极为不利的,加上主刀医生一时疏忽,导致病人的机体因不适应氯仿而发生中毒。结果,不需要动手术的一代名将加弗里洛夫没有死在战场上,而是死在手术台上。

　　这篇小说发表后,引发了轩然大波。其实,作家皮里尼亚克在作品的序言中已经明确表示:"这个故事的情节使人们想到,写本故事的原因和材料同伏龙芝逝世有关。我本人可以说并不认识伏龙芝,仅仅和他见过两次面……我之所以认为有必要把这点告诉读者,是希望读者不要在这个故事里寻找真实情况和实际存在的人物。"④

　　尽管作者已经发出这样的声明,让读者不要对号入座,但是这种声明本身就有着此地无银三百两的嫌疑,根本无济于事。所以,沃隆斯基依然撰文认为这篇小说是"影射当时伏龙芝死亡的事件,攻击了最高领导",是"对党的恶意诽谤"。不过,"至于作者是否有意影射攻击最高领导(斯大林),旁人不得而知,不能妄加评断。但是小说旨在批判和抨击武断、专横的领导作风,却是肯定无疑的"⑤。

　　甚至连红军司令员也不例外,他为被召回莫斯科这蹊跷事儿感到忐忑不安。

①　皮里尼亚克:《不灭的月亮的故事》,石枕川等译,浙江文艺出版社,2002年,第49页。

②　同上,第52页。

③　同上,第69页。

④　寿静心、张来民编:《复活的苏联作家群作品选》,河南大学出版社,1988年,第61页。

⑤　李辉凡:《20世纪俄罗斯文学史》,青岛出版社,1998年,第220页。

他明明知道自己的身体已经好转,根本不用开刀手术,却无能为力,不能抵抗最高统帅的命令。他有预感,他只能以自己的方式安排后事,写好信件,分别给了自己的妻子和自己的一个故友波波夫,将自己的妻子托付给波波夫。这一切读起来实在令人心酸。

作品中,作者还借司令员的故友波波夫的口吻,就上层的专横武断的工作作风,进行了一定程度的指责,他对司令员说:"当显贵,当统帅,有什么好的! 连荞麦粥也咽不下……是啊,中央任意摆布人。你爱听不爱听,话就得这么说。"①

在艺术手法方面,这部作品体现了皮里尼亚克在象征寓意方面的出色才能,他总是喜欢使用自然意象,发掘其中深邃的寓意,尤其在小说的结尾,作者以独特的象征方式点明了书名的内涵:

> 娜塔什卡站在窗台上。波波夫看见她鼓起小腮帮,嘴儿像喇叭似的正对着月亮吹气。
>
> "你在干什么,娜塔什卡?"父亲问。
>
> "我想把月亮吹灭。"娜塔什卡回答。
>
> 如同商妇一样圆圆胖胖的月亮还在追逐浮云,但它累了。
>
> 这是城市这台大机器醒来的时刻,工厂的汽笛鸣了。汽笛响了很久,慢声慢气地,一个接一个——无数的汽笛声在城市上空汇成一片阴沉的嚎叫。不难明白,那是被今夜的月光冻僵了的城市的灵魂在号啕。②

在皮里尼亚克著名的中篇小说《不灭的月亮的故事》中,多次出现月亮意象。如在第二章,当描写"一号宅院"里的最高统帅进行体现最高权力的工作时,"城市上空,月儿缓缓而行"③。在第三章,当加弗里洛夫在手术台上死亡之后,"夜空飘着浮云,倦于奔忙的圆月依旧急匆匆地追赶飞云"④。

可见,月亮意象是与人类文明相对立的自然意象,是独立的、自由的、不为人类文明所左右的自然的象征。月亮也是"吹不灭的",与人类死亡相对立的永恒生命的意象。无论人类的文明和人的意志怎样左右人类,但毕竟人的意志是短暂的,而与人类文明相对立的自然意象却是永恒的,吹不灭的,不以人的意志为转移的。

---

① 皮里尼亚克:《不灭的月亮的故事》,石枕川等译,浙江文艺出版社,2002 年,第 52 页。

② 同上,第 73—74 页。

③ 同上,第 60 页。

④ 同上,第 71 页。

第四节 布尔加科夫

布尔加科夫是一位多才多艺的人物,不仅是一位小说家,而且是剧作家、戏剧导演,甚至还是一名演员。作为小说家,他不仅创作了多种中短篇小说,而且以长篇小说《大师与玛格丽特》(*Мастер и Маргарита*)闻名于世。

一 弃医从文的小说家

米哈伊尔·阿法纳西耶维奇·布尔加科夫(Михаил Афанасьевич Булгаков,1891—1940)出身于乌克兰基辅市的一个神学教授的家庭,是七个兄弟姐妹中的长子。小时候,他对戏剧有着特别的兴致。

1901年,布尔加科夫进入基辅第一中学学习。在中学学习期间,除了继续钟情于戏剧之外,他对俄国小说和欧洲小说产生了浓厚的兴趣,刻苦攻读小说经典。这一时期,他喜爱的作家包括普希金、果戈理、陀思妥耶夫斯基、谢德林、狄更斯等人。1907年,他的父亲逝世之后,他富有学识的勤劳的母亲担负起儿女的培养责任。

1909年,布尔加科夫从基辅第一中学毕业之后,进入了基辅大学医学系学习。布尔加科夫之所以选择学医,主要是受到他的两个从医的舅舅的影响。他在基辅大学医学系学习七年之后,于1916年毕业,获得了医学学位以及从医资格证书。在大学学习期间以及毕业之后,他从事过一段时间的医务工作,尤其在第一次世界大战爆发之后,他自愿作为红十字会的医生,前往战斗第一线,而且至少两次身负重伤。

1919年2月,在国内战争期间,布尔加科夫作为战地医生被征入伍,参加了乌克兰人民共和国的军队。后来,在混乱的局势中,根据他的回忆,又被南俄的白卫军征为战地医生。1920年,在白卫军撤离的时候,他因为患了严重的伤寒病,没有跟随白卫军部队撤离,而是留了下来,也没有像其他亲人那样移居法国。随后,他开始从事文学创作。1921年9月,布尔加科夫离开了南俄,迁居莫斯科,为《汽笛报》(*Гудок*)等一些报刊做专栏作家,以创作为生。1923年加入全俄作家协会。此后,他在小说创作和戏剧创作领域,取得了辉煌的成就。除了戏剧和代表作《大师与玛格丽特》,他还创作了长篇小说《白卫军》(*Белая гвардия*,后来根据这部作品改编成剧本《图尔宾一家的日子》),中篇小说《不祥之蛋》(*Роковые яйца*)和《狗心》(*Собачье сердце*),以及传记作品《莫里哀先生传》(*Жизнь господина де Мольера*)等。

然而,《狗心》这部小说完成之后,却未能通过审查(该小说直到1987年才在苏联公开发表)。他的《魔障》(*Дьяволиада*)等作品中的讽刺艺术也不被人理解,受到当时文坛一定程度的批判。

由于其讽刺艺术受到一定的误解，他的作品得不到发表和出版的机会。出于无奈，布尔加科夫于 1929 年和 1930 年两次给斯大林写信，在信中不仅发泄自己的不满情绪，而且说如果苏联不能发挥他的讽刺文学才能，那么就请求准许他移民国外。对他的戏剧《图尔宾一家的日子》格外偏爱的斯大林亲自给他回了电话，问他是否真的希望离开苏联，布尔加科夫却回答说，一个真正的俄罗斯作家是无法在祖国之外的其他地方生存的。于是，布尔加科夫获准继续在莫斯科艺术大剧院工作，并为剧院改编了果戈理的《死魂灵》等作品。

由于斯大林的保护，布尔加科夫避免了被逮捕、镇压等厄运，但是，他所创作的作品自 20 世纪 30 年代之后基本上无法发表和出版。不过，他集中精力，将最后的十多年时光用在了《大师与玛格丽特》的创作上。1940 年，布尔加科夫因家族遗传的肾病而离开人世。

幸运的是，相隔二十六年之后，苏联文坛得以"解冻"，情况发生了根本的变革，布尔加科夫的作品重新得到了肯定。1966 年，莫斯科国家文学出版社出版了布尔加科夫的小说选，选了除《大师与玛格丽特》以外的全部长篇小说以及六篇短篇小说，同年 10 月，《莫斯科》文艺月刊开始连载《大师与玛格丽特》，引起文坛轰动，苏联著名作家西蒙诺夫为之作序，强调指出这部小说中有不少篇章"乃是布尔加科夫的讽刺文学的高峰，是布尔加科夫的幻想文学的高峰，是布尔加科夫的严谨的现实主义散文的高峰"①。

二　科学精神与自然原则的探索者

这位弃医从文的著名作家被誉为"文学的魔法师"②，与此同时，他也是一位在作品中极其关注科技伦理的作家。他在 20 世纪 20 年代创作的《魔障》《不祥之蛋》《狗心》等一系列中篇小说作品中，强调了科技伦理的重要性。他以自己的作品中的一系列荒诞离奇的情节和事件说明：科学技术本是用来为人类造福的，但是，如果科学研究中缺乏伦理道德的制约，缺乏科技伦理的理念，那么，科学研究不仅不能为人类服务，反而只会给人类造成无尽的伤害，甚至灾难。

（一）讽刺艺术还是伦理警示

布尔加科夫在 20 世纪世界文学中占有独特的地位。"布尔加科夫是富有魔

---

① 寿静心、张来民编：《复活的苏联作家群作品选》，河南大学出版社，1988 年，第 160 页。

② Л. В. Губианури. *Михаил Булгаков*，Киев：Юма Пресс，2004，с. 3.

幻技巧的大师之一。"①他的作品,构思精巧,想象力丰富,常常超出常理,打破现实与幻想的界限,充满怪诞和离奇,以此审视人类社会。如中篇小说《魔障》就以离奇怪诞的情节和虚实交加的书写,表现了伪劣产品对于大众生活的影响,以及普通民众与官僚机器的矛盾与冲突。所以,对待布尔加科夫的这类小说作品,学界大多强调布尔加科夫作品中的讽喻特色。譬如,在论及《不祥之蛋》时,有些学者将作品中佩尔西科夫教授在科学研究中的有关"红光"的发现,看成是"对布尔什维克社会主义实验的一种影射"②。

　　类似的评论是牵强附会的。其实,布尔加科夫是一位在 20 世纪初期就开始关注科技伦理的作家,尤其在一些幻想型的作品中,科技伦理问题是他关注的一个焦点问题。科技伦理的理念尽管在其代表作《大师与玛格丽特》中也有所涉及,但是,最为集中的体现,是在他于 1923 年至 1925 年创作的被视为"魔幻三部曲"③的《魔障》《不祥之蛋》《狗心》这三部中篇小说中。这三部中篇小说都涉及了人类知识在运用过程中应该遵守的基本道德原则,一旦违背了这一原则,一味为了政治和经济的利益,或者为了一己私利,进行不负责任的科技活动或科技生产,那么人类就会为此付出沉痛的代价。

　　三部曲中的各部小说各有侧重,《魔障》中所涉及的是假冒伪劣产品的问题,《不祥之蛋》中所涉及的是科学实验问题,而《狗心》中所涉及的则是器官移植。

　　在布尔加科夫的中篇小说《魔障》中,所叙述的是制造假冒伪劣商品以及由此引发的严重的后果。俄罗斯文学界的评论中,大多强调这部作品所具有的对官僚主义的讽喻意义,却忽略了作品中科技生产的警示价值,认为"《魔障》所书写的是果戈理笔下般的'小人物'在苏联官僚主义机器压制下的疯狂和死亡"④。此处的"小人物"指的是火柴基地的文书克罗特科夫。他因单位发不出薪水,便领回了以货物代替工资的四大包火柴。他的邻居在酒厂工作,同样因工厂发不出工资,领回的是四十六瓶替代工薪的葡萄酒。卑微的公务员克罗特科夫,为了基本的生存,顽强地奔波,可是,以卡利索涅尔为代表的官僚主义者处处设置"魔障",使得克罗特科夫的日常生活举步维艰。他与当时的社会,尤其是官僚主义机器发生了严重的冲突,并且最后以失败而告终。应该说,克罗特科夫的悲剧是

　　① Svetlana Le Fleming. "Bulgakov's Use of the Fantastic and Grotesque", *New Zealand Slavonic Journal*, No. 2 (1977), p. 29.

　　② Edythe C. Haber. "The Social and Political Context of Bulgakov's 'The Fatal Eggs'", *Slavic Review*, Vol. 51, No. 3 (Autumn, 1992), p. 497.

　　③ 《魔障》也被译为《恶魔纪》。我国学者温玉霞在其专著《布尔加科夫创作论》中写道:"布尔加科夫在 20 年代中期完成了被称为荒诞、怪异、讽刺、魔幻三部曲的中篇小说《恶魔纪》《不祥之蛋》《狗心》。"(温玉霞:《布尔加科夫创作论》,复旦大学出版社,2008 年,第 85 页。)

　　④ Борис Соколов. *Михаил Булгаков: загадки судьбы*, Москва: Вагриус, 2008, с. 270.

因生产活动违背科技伦理而造成的。伦理违背(ethical violation)贯穿着这部小说的始终。在作品的起始,"火柴基地"违背科技伦理,在火柴生产过程中,逾越底线,全然不顾火柴生产的特性,以及火柴使用中应该具有的安全保障,一味地追求产能,从而制造劣质产品,使得火柴中的硫黄严重超标。在劣质产品已经被他人知晓,无法进行正常销售的情况下,工厂的主要领导竟然用这些极具危害性的劣质火柴产品冲抵工资摊派给内部职工。克罗特科夫正是因为使用这些劣质火柴,使得自己的一只眼睛受伤。紧接着,正是因为眼睛受伤,他才在火柴基地将新来的厂长的名字"内库"错当成"内裤","导致重要的公文上出现了令人发指的错乱",次日,鉴于"不能容忍的玩忽职守"以及因眼睛受伤半边脸绑上了绷带,他被新来的领导开除公职。

同样,他到邻居家推销火柴,却换来了同样用来冲抵工资的假冒的葡萄酒。正是这些假冒葡萄酒的作用,使得克罗特科夫陷入困境,游离于真实与幻想之间,他与要求复职而追逐的卡利索涅尔,也成了两个相同的人物,甚至其中一个还变成了一只拖着长尾巴、皮毛亮闪闪的大黑猫。最后,幻想着与卡利索涅尔作战的克罗特科夫,完全丧失了对自己伦理身份的认知,终于从高楼纵身跳了下去,成为官僚主义违背科技伦理的牺牲品。"克罗特科夫成了现代官僚主义机器的牺牲品,在主人公模糊不清的意识中,与之冲突的官僚主义机器变成了一种难以捉摸的魔力,一道无法逾越的魔障。"①

在《魔障》这部小说的结尾,作者写道:"阳光灿烂的深渊是那么吸引着克罗特科夫,他简直喘不过气来。随着一声胜利的尖叫,他纵身一跳,腾空飞了起来。一刹那间,他无法呼吸了。他模糊地、非常模糊地看到,一个有许多黑洞的物体像爆炸似的在他身旁向上飞去。接着他非常清楚地看到,那个灰色物体掉到下面去了,而他自己则正向头顶上方那条缝隙似的小巷飞升。接着血红的太阳在他脑袋里咚的一声绷裂,于是他再也没有看到什么。"②这部小说充分说明,包括商品生产在内的一切科技活动,必须坚守科技伦理。缺乏基本的科技伦理道德理念,难以为人类造福,只会适得其反。

中篇小说《不祥之蛋》也是如此,它不是一般意义上的科幻讽刺小说,作品中的讽刺描写甚至只是表层的内容。这部作品所着重探讨的是科学与自然之间的关系,对这一关系的探讨,在一定程度上有着对官僚主义的讽刺,但是,更为重要的,是对人类科技活动的一种警示。科学可以用来改造自然,为人类造福,但是,如果违背科学精神和自然原则,滥用职权,急功近利,那么,无疑会给人类带来

---

① 王宏起:《〈魔障〉:怪诞小说的精品》,《外国文学评论》2003 年第 3 期,第 73 页。

② 布尔加科夫:《布尔加科夫文集》第二卷,曹国维、戴骢译,作家出版社,1998 年,第 46 页。

灾难。

以器官移植这一题材创作的《狗心》更是如此。这部作品在一定程度上体现了布尔加科夫在弃医从文之后对医学的一如既往的眷恋。对于这部作品，学界所普遍赞赏的是其中的怪诞和黑色幽默，我国学者的观点具有一定的概括性："在《狗心》中建立了一种医学乌托邦和社会乌托邦理论，成功地运用滑稽、怪诞、荒诞、讽刺、模拟来描述、刻画主要的人物和事件，借以讽刺当时的社会政治风气。他一方面继承俄罗斯批判现实主义传统，将社会现实作为表现和批评的主要对象，另一方面又兼容现代主义艺术手法，以荒诞、讽刺的手法拟造狗变人的故事，制造黑色幽默效果。"①

但是，我们还应该看到，这部作品并非在此刻意制造黑色幽默，而是强调科学伦理的重要性，以及科技活动中不可逾越的伦理底线。因为，一切科学技术，如果缺乏伦理道德，它不仅不能为人类服务，反而只会给人类造成伤害。甚至连作品中的主人公也不例外。我们阅读作品，可以发现，三部作品的主人公都是悲剧主人公。其中，《魔障》的主人公克罗特科夫和《不祥之蛋》的主人公佩尔西科夫教授都是以死亡为终结的，只有《狗心》中的主人公医学教授普列奥布拉任斯基最后安然无事。不过，我们认为，《狗心》中真正的主人公并非教授普列奥布拉任斯基，而是从"萨里克"演变而来的具有"狗心"的萨里科夫。《狗心》始于"萨里克"的独白，而终于萨里科夫的还原术后的感悟。

（二）自然原则与科技伦理

布尔加科夫小说艺术是极具创新意识的。他的创新意识在于他的创作能够紧扣时代的脉搏，关注新的现实问题。"布尔加科夫在新的时代思考'生存与命运'，从而具有新的小说形态，并且由此引导出独具一格的观点。"②从布尔加科夫的三部曲中，我们可以看出，他的作品中令人启迪的独特之处在于强调科学精神和伦理道德的一致性。科学的探索要经得起伦理道德的监督和审视，科技生产和科技实验以及相应的科学研究，一定要遵循科技伦理。所谓科技伦理，是指"人们在从事科技创新活动时对于社会、自然关系的思想与行为准则，它规定了科技工作者及其共同体应恪守的价值观念、社会责任和行为规范"③。

1925 年，布尔加科夫在《俄罗斯》杂志上发表的中篇小说《不祥之蛋》，是一部在当时受到高度关注的作品，譬如，高尔基就盛赞这部作品"写得机智、精

---

① 温玉霞：《布尔加科夫创作论》，复旦大学出版社，2008 年，第 92 页。

② В. Гудкова "Апология Субъективности：О лирическом герое произведений М. А. Булгакова." *Revue des études slaves*，Vol. 65，No. 2 (1993)，p.357.

③ 李磊：《科技伦理道德论析》，《理论月刊》2011 年第 11 期，第 88—91 页。

巧"[1]，但是，这绝不是针对作品风格而言的，机智也好，精巧也罢，甚至连科幻本身，都不是作家创作的目标，他是力图通过这些要素，来探索作品中所描述事件的历史意义。在《不祥之蛋》这部作品中，作者所倾心的，是对科学精神与自然法则之关系的严肃探索。尽管这部作品被视为一部情节怪诞的讽刺性科幻作品，但是，所表现的就是缺乏科学精神以及对抗自然法则的严重后果。作品所描写的是一次科学实验。莫斯科动物研究所的领导佩尔西科夫教授发现了一种神奇的红色的"生命之光"，这种红光的一个重要特性是：在该光的照射下，生物能够迅猛地生长。

这是一个尚处于观察和研究阶段的科研活动，然而，这一项目成果不是被专业刊物推出，而是被新闻媒体所广泛报道。"《消息报》第 20 版在《科技新闻》的标题下刊出一则报道那光束的短讯。这则报道含糊其辞，称第四大学的一位名教授发明了一种光束，这种光束能不可思议地提高那些低等生物的生命活力，又称这种光束的性能尚需加以验证。"[2]

消息见报后，佩尔西科夫教授不得不遭遇各路媒体的采访。经过记者的胡编乱写，这一事件逐渐发酵。

尽管该项科技试验还不成熟，可是媒体对此大肆吹嘘，说这种"生命之光"可以改变人类生活。于是，一个克里姆林宫派来的不学无术的外行领导罗克，为了私利，急于将这项科研成果运用到国营农场，去孵鸡生蛋，妄想以其弥补由于暴发鸡瘟而带来的经济损失，弥补共和国养鸡事业方面的缺陷。结果，孵出来的不是小鸡，而是蟒蛇。蟒蛇以惊人的速度繁殖、生长，蔓延到各地农庄，最大的甚至长达百米，它们一窝蜂地向四方游动，吞噬、毁坏周围的一切，并且威胁到莫斯科，因为它们成群结队地向莫斯科进发，一路上又产生出无数的蛇蛋，蛇蛋又孵出无数的嗞嗞作响的蟒蛇。

在科技伦理的基本理念中，人们必须遵守人与自然的关系。在所有的科技活动中，不能忽略自然原则的作用。在布尔加科夫看来，正是由于克里姆林宫派来的不学无术的外行领导罗克既违背了科学精神，又违背了自然原则，才导致了灾难性的后果，甚至使得莫斯科都面临毁亡的危机。而且，在面临如此危机的时刻，违背了科学精神的科学家常常无能为力，唯有在遵从自然原则的前提下，才能避免灾难的发生。于是，在布尔加科夫的笔下，政府派来的特种部队无论怎样对无数的嗞嗞作响的蟒蛇进行扑灭，都毫无成效。正当大家惶恐不安、一片混乱，灾难就要降临之际，在 8 月的日子里，突然袭来北极的特大寒流，冻死了所有

---

① В. И. Сахаров. *М. А. Булгаков в жизни и творчестве*，М.：Русское слово，2013，с. 32.

② 布尔加科夫：《不祥之蛋》，见盛宁主编：《俄国经典中篇小说》，文化艺术出版社，2012年，第 261 页。

可怕的怪物,避免了一场即将降临的灾难。在此,布尔加科夫所强调的是自然的力量,正是大自然本身,面对违背自然原则的行为进行及时的干预和修正,才避免了灾难的蔓延。

然而,布尔加科夫并没有就此止步,他进一步通过后续事件的描写,强调在科技伦理中,人与人以及人与社会之间和谐关系是不可缺失的。一旦缺乏这样的和谐关系,就必然为新的灾难性事件埋下隐患。在《不祥之蛋》中,科学家在办公室里"发现"的红光,绝对不可能成为"生命之光",因为,在大自然中,真正的"生命之光"——阳光,是大自然所创造的,也是大自然所赐予人类的。正因如此,有学者直接声称,"布尔加科夫的'生命之光'不过是艺术之光"①。更有学者看到了布尔加科夫的研究具有闭门造车的嫌疑。"布尔加科夫对于实验室大门之外的情形不感兴趣,他所需要的只是一个无菌的环境,以便摆脱阻碍他研究的事项,倾心从事科学实验。"②一切违背自然规律的人为的创造,只能是臆想,也只能受到大自然的嘲弄。更为重要的启示在于,当人类的科学技术已经无能为力,而作为大自然代表的"特大寒流"却能冻死怪物,进行必要的自我修复,并且挽救了人类。在此之后,布尔加科夫笔下的故事并没有结束。在事后调查事故责任的时候,嫉妒佩尔西科夫教授才能的伊万诺夫副教授采用诬告、陷害等手段,将责任推向了教授。在伊万诺夫的恶意煽动下,一些不明真相的愤怒的人打死了佩尔西科夫教授。伊万诺夫也成功地获取了动物研究所的领导岗位。可见,"在新的社会时代,新的社会秩序和新的伦理道德关系遭到破坏带来的后果是极其严重的"③。布尔加科夫的这部作品充分说明,在具体的科研活动中,一定要遵守道德规范。"科技人员在科研活动中涉及个人与集体的关系时,要以最广大人民群众的利益为出发点和归宿,并把能否为人类造福作为评价自己科技实践善恶、正邪的最高道德标准。"④

（三）社会秩序与科学选择

出于自己的自然科学的学术背景,布尔加科夫在 20 世纪 20 年代的时候,是以一个对科学问题极为关注的作家形象而呈现在读者面前的,早在 1923 年,当原子弹尚未出现,甚至极少被人提及的时候,他就在自己的作品《基辅城》中,提及了"原子弹"这一尖端的杀人武器,正如俄罗斯学者萨哈洛夫所说:"布尔加科

---

① В. И. Сахаров. *М. А. Булгаков в жизни и творчестве*,М.：Русское слово,2013,с. 34.

② Laursen,Eric. "An Electrician's Utopia: Mikhail Bulgakov's *Fateful Eggs.*" *The Slavic and East European Journal*,Vol. 56, No. 1 (Spring, 2012),p.63.

③ 聂珍钊:《文学伦理学批评导论》,北京大学出版社,2014 年,第 185 页。

④ 王学川:《现代科技伦理学》,清华大学出版社,2009 年,第 38 页。

夫是一位聚精会神的读者，他不放过 20 年代的任何一部稍纵即逝的科幻作品。"①

《狗心》这部中篇小说所描写的是医学教授普列奥布拉任斯基在自己的实验室里所做的器官移植手术。

中篇小说《狗心》创作于 1925 年，但是直到 1987 年才得以正式出版。这部小说完成之后，一直未能获得面世的机会。直到 1987 年，当布尔加科夫作为杰出作家的地位得到普遍认可的时候，这部重要的作品才得以正式出版。作品中的主要形象之一普列奥布拉任斯基的姓氏源自"转换""换貌"或"脱胎换骨"之意。这一名字本身就道明了这部作品的主题和情节结构。作品开头的时候，布尔加科夫以第一人称书写一条流浪狗在冬天的日子里被一名厨师用沸水烫过，绝望地躺在门洞里，不停地哀号，可怜地等待着自己末日的降临。"它彻底绝望了，内心是那么痛苦，那么孤独和恐怖，一滴滴丘疹大小的狗泪不禁夺眶而出。"②令人震惊的是，普列奥布拉任斯基见此情形，给了狗一截香肠，于是，极度兴奋的流浪狗就跟随他到了他的住处。普列奥布拉任斯基教授是医学权威，他所擅长的是器官移植，在作品中，我们可以见到他给形形色色的人治病，其中包括给女性"移植一副猴子的卵巢"③。

与此同时，一个名叫克里姆·丘贡金的无赖汉因为酗酒而意外死亡，为了探明在人与狗间进行器官移植后人能否成活以及能否恢复青春等问题，继而研究进化论以及优生理论等课题，教授开始进行大胆的试验，将克里姆·丘贡金的性腺和脑垂体移植到这条四处流浪、跟随他来到他家中的狗的身上，结果，这条狗出现了"人化"倾向，变成了一个具有"狗心"的人。这个具有狗心之人被取名为萨里科夫。应该说，就移植手术本身而言，这次手术是相当成功的，狗的适应性也显得良好。然而，就科学伦理而言，这一手术是违背科学精神的，不应该制造这样的具有"狗心"的人。于是，医学教授不仅没有感到高兴，反而忧心忡忡，因为这条狗徒具人形，狗性不改，而且，其后还逐渐继承了原器官所有者克里姆·丘贡金所具有的一切恶习，变得粗野、撒谎、好色、无耻，而且，经过教授的对头施翁得尔的"调教"，变得为非作歹，干尽了一切坏事，甚至诬告教授"私藏枪支"、发表反革命言论，尤其是这个萨里科夫当上了"清除流窜动物科"科长的时候，更是趾高气扬，不可一世，甚至利用职务之便，欺骗并威逼一位姑娘嫁给他。最后，普列奥布拉任斯基教授经过极为艰难的搏斗，不得不对这条狗做了第二次手术，改

---

① В. И. Сахаров. *М. А. Булгаков в жизни и творчестве*，М.：Русское слово，2013，с. 31.

② 布尔加科夫：《狗心》，《布尔加科夫文集》第 2 卷，曹国维、戴骢译，作家出版社，1998 年，第 197 页。

③ 同上，第 231 页。

变了这个具有"狗心的人",让其还原为狗。

在论及布尔加科夫的三部曲时,西方有学者认为:"三部曲囊括了拟人法和拟物法运用,抹除了物种之间的界限,解构了进化与衰退的二元关系。"①类似的评说是有失公允的。在人类文明的发展进程中,人之所以为人,是"自然选择"的结果。在人类经过自然选择,成为人之后,为了适应人类的道德规范,人所面临的是伦理选择。而在布尔加科夫的《狗心》中,"萨里科夫"是一个具有"狗心的人",这一器官移植的结果,本身就是颠覆了人类文明进程中的"自然选择"和"伦理选择",于是,违背自然和伦理的技术无疑是有害于人类的。"萨里科夫"是姓氏,其名字为"波利格拉夫"(Полиграф),在俄语中,"поли"这一词根本身就含有"技术"之意,"полиграф"则意为"复写器"或医学中的"多种波动描记器",作者这从一个侧面暗示,离开了自然原则的技术是极为有害的。

我们从"魔幻三部曲"中可以看出,早在 20 世纪 20 年代,布尔加科夫就以自己敏锐的感悟,意识到了科学与人类之间的辩证关系。一方面,人类要发展科学,科学选择(scientific selection)是人类发展的必经之路,"科学选择是人类文明在经过伦理选择之后正在或即将经历的一个阶段。在人类文明的发展过程中,自然选择解决了人的形式的问题,从而使人能够从形式上同兽区别开来。伦理选择解决了人的本质问题,从而使人能够从本质上同兽区别开来。科学选择解决科学与人的结合问题"②。另一方面,科学选择离不开科技伦理的支撑和制约。"科学选择强调三个方面,一是人如何发展科学和利用科学;二是如何处理科学对人的影响及科学影响人的后果;三是应该如何认识和处理人同科学之间的关系。"③没有经历科学选择的人,是无法以掌握先进的科学技术来造福于人类的,而经历了科学选择的人则不同,"在接受科学影响或改造的同时,也可以主动地掌握科学和创造科学,让科学为人服务"④。

人们总是说,科学技术是第一生产力,并且得到了充分的证实。自西方工业革命以来,科学技术的进步极大地造福于人类,使得人类有了飞跃式的发展,与此同时,科学又以其无形之手掌控着人类的生活,成了人类的一个新的主宰,而且受到人们普遍的崇拜。然而,进入 20 世纪之后,尤其当科学技术被大量运用于人们所经历的世界大战,不断催生新式武器的时候,人们开始对科学技术产生了一种畏惧之感,譬如,核试验就成了令人们感到惧怕的科学试验。"自 1951 年至 1963 年,美国在内华达州进行了超过一百次的地面核试验。……1991 年,医学界的研究表明,美国这长达十二年的核武器试验,将会额外增加世界上二百四

---

① Stehn Mortensen. "Whether Man or Beast: The Question of the Animal in Three of Bulgakov's Novellas", *Scando-Slavica* Vol. 62, No. 2 (2016), p. 24.

②③ 聂珍钊:《文学伦理学批评导论》,北京大学出版社,2014 年,第 251 页。

④ 同上,第 252 页。

十万的人的癌症死亡。"①布尔加科夫的"魔幻三部曲"充分说明,科学技术既能为人类造福,也能成为人类进步历程的"魔障",它在给人类创造更多的财富以及带来更好的物质文明的同时,也带来了现代战争的杀人武器,以及环境污染和人类生存条件的恶化。

可见,布尔加科夫三部曲的启迪意义是极为深刻的,人类进入 20 世纪之后,实际上已经进入科技革命的时代,面对科技革命,我们不得不做出相应的选择,而不是逃避,我们必须认识到:"由于科学技术的发展,科学选择的时期已经来到,我们每一个人不仅都要经历这个阶段,而且要努力通过科学选择使人类变得完善。"②为了使得人类生活变得更为完善,我们在科技发展和科技活动中,必须强化科技伦理的制约,以科技伦理进行权衡,弘扬科技活动的正面效益,并且扼制它的负面影响。正是由于急功近利,缺乏科技伦理的制约,在布尔加科夫的《不祥之蛋》中,在相应的科学技术还不成熟的情况下,过分强调科研成果的运用,结果导致蟒蛇泛滥成灾,莫斯科差点毁于一旦。中篇小说《狗心》中的教训同样令人难以忘怀。在没有科技伦理制约的前提下,普列奥布拉任斯基教授进行违反伦理道德的科学实验,通过高科技医学活动,将"萨里克"变成了"萨里科夫",然而,他将作为狗的"萨里克"变成了具有人形的"萨里科夫"的行为,实际上是对自然选择的颠覆,为此,必须付出沉重的代价。他最后不得不再次通过手术,将"萨里科夫"还原为"萨里克"。但是,我们应该看到,如果说他的第一次器官移植的行为属于缺乏科技伦理制约的"伦理违背"的行为,那么,他的第二次器官还原的行为已经属于典型的严重刑事犯罪行为。因为对已经成为人类一员的萨里科夫采取类似的器官移植手术,其性质与杀人犯罪毫无二致。这一行为的潜在风险以及将会对社会秩序所造成的影响是显而易见的。普列奥布拉任斯基教授并没有因此得到应有的法律惩处,其中的寓意是令人深思的。

"魔幻三部曲"的伦理警示是极为强烈的。布尔加科夫的《魔障》和《不祥之蛋》告诫我们,在科技产品和相应的科技活动中,我们不仅要杜绝违背科学原则的行为,也不能急功近利,更不能被不懂科学的官僚所利用;布尔加科夫的《狗心》更是告诫我们,在器官移植以及生物医学等现代科技活动中,更要遵循科技伦理,否则,社会秩序就会遭到破坏,轻则造成对个体生命的伤害,重则引发难以估量的灭绝人类的灾难。可以说,布尔加科夫的警示是振聋发聩的。

总之,随着时代的发展和科学的进步,科学选择成为必然。但是,在科学选择中,如果没有科技伦理的制约,从而造成"伦理违背",那么,人类的灾难在所难

---

① Kristin Shrader-Frechette. *Ethics of Scientific Research*, London: Rowman & Littlefield Publishers, Inc. , 1994, p. 1.

② 聂珍钊:《文学伦理学批评导论》,北京大学出版社,2014 年,第 252 页。

免。世界文学史上有一些先知先觉的作家，早已意识到科技伦理的重要性及其制约作用，而布尔加科夫在 20 世纪 20 年代所创作的由《魔障》《不祥之蛋》《狗心》所构成的"魔幻三部曲"，更是以独到的视角，审视了这一重要问题。他通过生物实验、器官移植等具体事例，告诫我们，科学研究以及科技成果运用中的伦理缺失，将会给人类带来毁灭性的灾难。

三 《大师与玛格丽特》

布尔加科夫的长篇小说《大师与玛格丽特》(*Мастер и Маргарита*)是其生命最后十二年心血的结晶，代表了其小说艺术的最高成就，以及他在小说艺术上的一生的追求。他尽管身体状况不佳，有时心境郁闷，但是，他依然怀着乐观主义情调，以顽强的毅力坚持创作，哪怕这部作品暂时难以出版，只是"抽屉文学"，他也抱着极大的热忱，叙写他所称的这部"夕阳小说"①。

1938 年 6 月 15 日，在《大师与玛格丽特》初稿快要完成的时候，布尔加科夫在给他第三任妻子叶莲娜·谢尔盖耶芙娜的信中写道："在我的面前，是三百二十七页手稿(约二十二章)。最重要的事情是编辑，看来事情很不容易，我必须特别关注一些细节。也许还会重写一些章节……或许你会问：'前景何在？'我不知道。或许，你可以将手稿藏在一个抽屉里，放在靠近被我'扼杀'的一些剧本旁边。偶然，这手稿也会出现在你的思绪中。那么，你再一次不知道前景何在。我自己对这本书的裁判早已下达，我认为，它确实应该藏在黑暗的箱子里……"②由此可见，布尔加科夫认为他的这部小说创作不合时宜，难以面世，但是，即使在这种情况下，他也决不放弃，坚守自己的责任。

《大师与玛格丽特》的叙述主要在两个场景之间进行切换：一个场景是处于 20 世纪二三十年代的现实世界的莫斯科，另一个场景是沃兰德与别尔利奥兹谈话中所叙述的本丢·彼拉多的耶路撒冷。当然，即使是现实世界的莫斯科，同样有着浓郁的非现实的魔幻色彩，魔王撒旦就是以沃兰德教授的化身而出现在莫斯科的。

从结构来看，布尔加科夫的《大师与玛格丽特》这部长篇小说是由三十二章所组成的，共分两部。作品的主要人物是沃兰德、大师、玛格丽特。从中我们不难看出，这三个主要人物与歌德诗剧《浮士德》是有关联的，"将小说的三个人物与诗剧的原型作严格的对应比较，有助于理解小说的戏仿及其匠心所在"③。

① David M. Bethea. *The Shape of Apocalypse in Modern Russian Fiction*, Princeton, New Jersey: Princeton University Press, 1989, p. 187.

② "Mikhail Bulgakov Biography". www.homeenglish.ru. Retrieved 2011-10-10.

③ 许志强、葛闯：《布尔加科夫魔幻叙事传统探析》，人民文学出版社，2013 年，第 131 页。

　　第一部描写没有信仰的文艺工作者联合会的领导别尔利奥兹与"外国绅士"沃兰德之间的直接对抗。沃兰德与别尔利奥兹谈及了信仰,尤其是关于是否有神的问题。别尔利奥兹坚持认为世上的一切都是由人主宰的。而沃兰德则预言别尔利奥兹将身首异处。果然,不久别尔利奥兹被电车轧死。而与他同行的诗人"流浪汉"则被送进了精神病院。在精神病院,他结识了"大师"。这位大师是一位作家,他写了一本有关本丢·彼拉多的小说,惹祸上身,受到文艺界的批判,结果也进了精神病院。在第一部分,还记叙了沃兰德所叙述的两千多年以前的神话故事,尤其是本丢·彼拉多审判耶稣的故事。

　　在这部长篇小说的第二部中,大师的恋人玛格丽特出场,主要讲述的是大师的命运,重复着两千多年以前的故事。玛格丽特深深地爱着这位大师。作者在第二部开头的时候就动情地陈述说:"跟我来吧,读者!谁告诉你世上没有真正矢志不渝的永恒爱情?把那条撒谎造谣的烂舌头给我割下来!"①玛格丽特本来的家庭非常富有,她有着令人羡慕的富贵的物质生活,但是,结识大师之后,才体验到什么是幸福,什么是爱情。她离开了自己很有身份和地位的丈夫,真诚而炽热地爱着大师,为了能够再次见到大师,她不惜与魔王的随从订立契约,变为女妖。她受邀参加魔王的深夜舞会。沃兰德提供机会,让她成为具有超自然能力的女妖。她为魔王主持晚会,经过艰辛的努力,终于在魔王处见到了大师。而魔王沃兰德则带领他们离开了莫斯科。

　　作者在这部长篇小说的创作中将现实与幻想、历史与神话等因素巧妙地糅合在一起,构成了一个多重场景、多维时空的艺术世界,充分展现了作者卓越的艺术才华。正如国内学者所说:"布尔加科夫继承和发展了19世纪俄罗斯现实主义诗学传统,融合现代主义的各种假定性艺术手法,创作出一部承上启下的讽刺、怪诞、魔幻的批判现实主义作品——《大师与玛格丽特》。怪诞的情节、隐含其中的道德哲学、个性突出的人物形象、新颖独特的艺术创作手法,使小说闻名于世,成为20世纪世界文学的经典作品。"②

第五节　奥斯特洛夫斯基

　　尼古拉·阿列克谢耶维奇·奥斯特洛夫斯基(Николай Алексеевич Островский,1904—1936)出身于俄国乌克兰沃伦省奥斯特罗格县维里亚村的一个贫苦的工人家庭。他曾在当地的初级教会学校读书,但是,由于家境贫寒,九岁辍学,十一岁就开始做童工,在火车站餐厅的厨房打杂,也干过发电厂的司炉

　　①　布尔加科夫:《大师和玛格丽特》,徐昌翰译,浙江文艺出版社,2017年,第269页。

　　②　温玉霞:《布尔加科夫创作论》,复旦大学出版社,2008年,第148—149页。

助手等工作。十月革命后,他于 1919 年加入骑兵部队,参加国内战争,与白匪英勇作战。1920 年,他因负重伤而退伍,参加地方铁路建设工作以及地方共青团组织的领导工作。

由于负伤以及艰苦的铁路建设等工作,奥斯特洛夫斯基自 1927 年起,健康状况急剧恶化。他以顽强的毅力与病魔搏斗。

1927 年秋天,奥斯特洛夫斯基开始创作自传体小说《科托夫斯克人的故事》(Повесть о „котовцах"),但是,这部小说的唯一一份手稿在寄给朋友审读时不幸被邮局弄丢了。

由于病情没有好转,他到索契疗养。1927 年 12 月起,他全身瘫痪。1929 年,他不仅全身瘫痪,而且双目失明。但是,他没有被残酷的命运所击败,正是在这种情况下,1930 年 4 月,奥斯特洛夫斯基到了莫斯科,住在克鲁鲍特金大街的一条僻静的胡同里,他借助于镂花模板,开始创作长篇小说《钢铁是怎样炼成的》(Как закалялась сталь)。后来,又采用他口述别人记录的方式,继续创作,终于完成了这部在苏联时代具有广泛影响的长篇小说。这样,他又以一个战士的身份重新进入生活,重新"归队"。他写道:"生活的门在我面前敞开了。我要积极参加斗争的热烈的愿望已经实现了……我的生活现在已经非常美满了。向着劳动前进,争取进步和成功! 同志们,紧紧握我的手吧! 我的胜利就是你们的胜利! 你们听见吗,我的心跳得多么热烈?"[①]

1934 年,在文学领域取得突出成就的奥斯特洛夫斯基,成为苏联作家协会会员,一年之后的 10 月,他便以自己优秀的文学创作,荣获了列宁勋章。

1936 年,奥斯特洛夫斯基在莫斯科逝世,年仅三十二岁。他的第二部长篇小说《暴风雨中所诞生的》(Рождённые бурей)因而未能完成,令人遗憾。

作为社会主义现实主义的代表作品之一,奥斯特洛夫斯基的《钢铁是怎样炼成的》是一部具有自传性质的长篇小说,也是 20 世纪 30 年代描写苏维埃新人形象的作品中最杰出的一部。

《钢铁是怎样炼成的》主要叙述了保尔·柯察金的成长,塑造了这一典型形象,以此反映在十月革命之后无产阶级新的一代锻炼成长的历程。新的一代,投身革命的熔炉,经过高温的熔炼、急剧的冷却,以及无数的捶打,才能百炼成钢。

在这部长篇小说中,保尔·柯察金的形象是通过三个方面来进行刻画和塑造的。一是通过战斗和艰苦的革命工作对他进行塑造,二是通过他对待爱情、婚姻等问题以及所反映的道德情操和伦理观念对他进行审视,三是从人生的意义来对他进行画龙点睛的刻画。

在从战斗和工作方面对保尔进行的塑造中,作者描写了他从自发的个人反

---

① 转引自季莫菲耶夫:《苏联文学史》上册,水夫译,作家出版社,1957 年,第 378 页。

抗意识到走上自觉的革命道路的过程。保尔的性格中,从小就有着强烈的反抗意志。老布尔什维克朱赫来给保尔讲了许多有关革命和斗争的道理。朱赫来的教导对于保尔的成长具有重要的作用。在国内革命战争时期,他为了保卫祖国,奔赴战斗的最前线,英勇作战;在国民经济恢复时期,他积极投入社会主义建设事业,尤其在筑路工地,他不畏艰难。铁路修建工作是在极端艰难甚至恶劣的条件下进行的。不仅要在阴雨、泥泞,以及接踵而至的严寒、冰冻的恶劣天气下,露天住宿,还要遭受武装残匪的骚扰和疾病的威胁……但是,保尔和共青团员们一起,经受了各种难以想象的磨难和现实考验,并在艰苦的环境中逐渐成长和成熟。

在从爱情、婚姻方面对保尔进行的审视中,作者主要通过保尔与林务官的女儿冬妮娅的交往,与丽达的交往,以及对妻子达雅的帮助,表达了保尔的爱情观以及相应的伦理道德观念。尤其是在与冬妮娅的恋情方面,作者表现了爱情的阶级属性。当冬妮娅在铁路工地再次遇到保尔的时候,她甚至觉得不便与保尔握手。她看不起从事筑路工作的保尔:“你好,保夫卢沙!坦白地说,看到你这种样子,我感到很意外。难道你不能在政府里弄个比挖土好些的差事吗?我还以为你早就当上了委员或者相当于委员的首长呢。你的生活怎么这样不顺利呀……”①可见,冬妮娅根本不理解保尔的人生观。

在对人生意义的思考方面,保尔的顽强的生命力以及在艰难困苦之中依然保持的对生命的尊崇,确实令人感动。由于在战争中多次受伤,加上在繁重的体力劳动中忘我地奉献,他几乎失去了生活的能力。但他毫不气馁,与疾病展开殊死的搏斗,克服了消极思想,一次次战胜死亡,赢得了生命的意义。

保尔的有关人生意义的一段话,有着深刻的教育意义,一直激励着无数的人们,已经成为许多青年的座右铭:

> 人最宝贵的是生命。生命给予人只有一次。应当这样度过人生:回首往事,不会因虚度年华而悔恨,也不会因碌碌无为而羞愧,临终的时候能够说:我的整个生命和全部精力,都已献给世界上最壮丽的事业——为人类的解放而斗争。②

正是有着这样的信念,保尔即使在生活实在难以忍受的时候,也以自己独特的方式,实现生命的意义,使得本来已经无用的生命变成有益于人类的宝贵的财

---

① 奥斯特洛夫斯基:《钢铁是怎样炼成的》,王志冲译,上海译文出版社,2011年,第247页。

② 同上,第257页。

富,使得自己永远成为人类建设事业中的一个有用的卓越的成员。

　　综上所述,从 19 世纪末开始,在俄国象征主义等现代主义文学兴起的同时,随着 1895 年"彼得堡工人阶级解放斗争协会"的成立,世界无产阶级文学的重心逐渐移到了俄国文学。作为无产阶级文学的重要创作原则,社会主义现实主义文学逐渐发展起来,尽管这一名称直到 30 年代初期才得以广泛使用,但是,这一名称也是对业已形成的苏联现实主义文学的一种总结和概括。以高尔基、绥拉菲莫维奇等作家为代表的俄国无产阶级文学,随着十月革命的胜利,逐渐形成了自己的独立体系,有了明确的创作主张,在社会主义现实主义文学起始时期发挥了重要的作用,并且以其独特的教诲功能,在苏联社会主义革命和社会主义建设事业中发挥了应有的积极作用。

第十六章 高尔基的小说创作

马克西姆·高尔基(Максим Горький,1868—1936)是 20 世纪前三十余年一位具有国际影响的著名作家和社会活动家。高尔基是俄国无产阶级文学的奠基人之一,被人们誉为"第一位无产阶级作家"[①],他也是苏联社会主义现实主义文学的缔造者和最杰出的代表。高尔基生活在一个社会政治转折的时代,经历了俄国无产阶级革命和苏联社会主义建设的历史时代,他以自己的创作表现了俄国无产阶级觉醒的过程及其英勇的斗争,所以,列宁称他为"无产阶级艺术的最杰出的代表"[②]。作为俄罗斯 20 世纪最重要的小说家和思想家之一,他为苏联社会主义现实主义文学的形成和发展,做出了极其重要的贡献。

第一节 社会大学培养的著名作家

高尔基原名阿列克塞·马克西莫维奇·彼什科夫(Алексей Максимович Пешков)。他的童年极为不幸,是在底层度过的。他出生在伏尔加河畔的下诺夫哥罗德。他的父亲是一名木工。但是,他还很小的时候,作为木匠的父亲就去世了。因此,高尔基的童年是在外祖父家中度过的。外祖父教他识字,外祖母则给他讲了很多民间故事。然而,高尔基十一岁时,外祖父破产,母亲也离开了人世,他不得不深入"人间",开始独立谋生。他曾经饱尝人间的辛酸,在少年时代,干过学徒、洗碗工、装卸工、更夫等许多艰苦的活计,在社会的底层经历了种种磨难,深深地了解底层人民的生活,因此获得了丰富的阅历,为以后的文学创作事业积累了丰富的素材和难得的体验。

由于家境贫困,高尔基只读过两年小学,他完全是在艰苦的环境下依靠勤奋的自学和坚持不懈的努力与抗争而获得成功的,可以说,他是一个地地道道的"自学成才"的典型,是现实社会这所大学培养出来的著名作家。1889 年,他开始从事文学创作,1892 年发表处女作《马卡尔·楚德拉》(Макар Чудра),从此开

---

① Л. П. Егорова. *История русской литературы XX века*,Москва:Издательство *Флинда*,2014,с. 155.

② 转引自李辉凡:《列宁与高尔基》,《文学评论》1978 年第 2 期,第 39 页。

始了自己的创作生涯。他发表文学作品时，没有用自己的真实姓名阿列克塞·马克西莫维奇·彼什科夫，而是用"马克西姆·高尔基"（俄文意为"最大的痛苦"），突出体现了他成才道路上的无比的艰辛。

高尔基一生的创作活动大约可以分为三个时期。

在高尔基的早期创作（1892—1900）中，既有浪漫主义的作品，也有现实主义的作品。

高尔基是作为一名浪漫主义小说家进入俄罗斯文坛的。他的处女作——短篇小说《马卡尔·楚德拉》（*Макар Чудра*，1892），以及《伊则吉尔老婆子》（*Старуха Изергиль*，1895）和《鹰之歌》（*Песня о Соколе*，1895）等作品，便具有浓郁的浪漫主义色彩。

短篇小说《马卡尔·楚德拉》作为高尔基的处女作，发表的年代正是俄国象征主义等现代主义文学思潮兴起的时代，但是，高尔基这篇具有典型的浪漫主义色彩的作品，却赢得了广泛的读者，成了高尔基著名的短篇小说之一。该小说讲述了一对青年男女为了爱情和自由而献身的故事。少女拉达和草原歌手罗伊科·左巴尔处在热恋之中，谁也少不了谁，但是，他们都不能使对方服从自己，也都不愿意为了爱情而舍弃自由，结果，不愿意俯首听命的左巴尔把刀插进了拉达的胸口，而被他勇气所打动的拉达拔出了刀，拿自己的一缕黑发堵住伤口，对左巴尔报以微笑，道了声再见便死去了。这时，左巴尔扑倒在地，"拿他的嘴紧紧压住了死了的拉达的脚，一动也不动"[1]，死在她的身边。

高尔基通过描写这一对彼此相爱的男女青年面临爱情、生命、自由三者的抉择，抛弃爱情和生命而追求自由的故事，颂扬了人们爱好自由的美德，表达了与著名匈牙利诗人裴多菲《自由与爱情》相近的赞美自由的思想。当然，如果单纯从男女双方人物形象来讲，在这篇小说中，我们可以看到，高尔基作品中的主人公已经不同于传统的俄国文学中的"多余的人"或者"小人物"，完全是一些"感情冲动型"的人物。他们之间的爱情是以矛盾来体现的，他们之间的矛盾的解决也是靠征服来完成的。这与传统的浪漫主义文学也是完全不同的。而且其中有着现代主义文学所独具的象征寓意。在高尔基的这篇早期作品中，"爱与恨——是事物的两个方面，爱得越深，恨得越切。拉达和左巴尔除了战胜对方，驾驭情侣的意志，不会有其他的爱的方式。但一方可能的征服意味着另一方迅速地冷淡。敌意消失的时候爱情的源动力也消失了。唯一的和谐存在于相互消灭对方的愉悦里"[2]。

---

[1]　高尔基：《高尔基短篇小说选》，瞿秋白等译，人民文学出版社，1980 年，第 16 页。

[2]　俄罗斯科学院高尔基世界文学研究所：《俄罗斯白银时代文学史》第 2 卷，谷羽等译，敦煌文艺出版社，2006 年，第 51 页。

《伊则吉尔老婆子》这篇短篇小说分为三个部分,除了伊则吉尔老婆子的故事,高尔基还书写了两个传说——关于腊拉的传说和关于丹柯的传说,分别塑造了腊拉、伊则吉尔和丹柯这三个栩栩如生的形象。在腊拉的传说中,主人公腊拉是一位黑头发姑娘和老鹰的儿子,长着一双冷酷而傲慢的眼睛,就像"鸟中之王"的眼睛一样,他尽管有着人的外表,但是播撒死亡,而且憎恨自己的生命。腊拉为了满足私欲,狠心杀死了一个无辜的少女,他由此遭到了人们的唾弃,并且人们以孤独对他进行惩罚。他渴求死亡,但无法结束自己的生命。在高尔基看来,最严厉的惩罚就是孤独以及与人类的隔离。

丹柯的传说所塑造的丹柯的形象,是高尔基早期浪漫主义作品中最为光辉的形象。故事描写在古时候,有一族住在森林里的人,被别的种族所追赶,面临走投无路的绝境。正是在这样的危急时刻,丹柯自告奋勇,决心带领大家走出森林。在一个大雨倾盆、森林里一片漆黑、万分恐怖的时刻,丹柯忽然抓开自己的胸膛,掏出自己的心,高高地举了起来。"他的心燃烧得跟太阳一样亮,而且比太阳更亮,整个树林完全静下去了,林子给这个伟大的人类爱的火把照得透亮;黑暗躲开它的光芒逃跑了,逃到林子的深处去,就在那儿,黑暗颤抖着跌进沼地的龌龊的大口里去了。"[①]由于丹柯的这颗燃烧的心把森林照得通亮,人们终于得救,走出森林,而丹柯则倒地而死。可见,这一形象具有为集体献身的崇高品质,作者通过他赞美了英雄主义精神。

《鹰之歌》则塑造了两个对立的象征性形象——蛇与鹰。前者是安于现状、不求上进、缺乏理想的市侩的典型形象,后者是追求光明、视死如归的革命者的典型形象。

高尔基在谈到文学创作的时候,曾经提出了短篇小说创作所必须具备的三个条件:鲜明地描写事件的环境,活泼地表现作品中的人物,选择正确而生动的语言。这也是高尔基早期浪漫主义创作的三个基本的艺术特征,与他早期的浪漫主义短篇小说所反映的正在觉醒的人民群众反对专制、渴望自由的思想情绪也是非常吻合的。

高尔基早期所创作的现实主义作品中,最具特色的是关于社会底层人民生活的作品,尤其是关于流浪汉的作品,如《叶美良·皮里雅依》《切尔卡什》等。这些作品的主人公大多是失业者、流浪者、乞丐、小偷、妓女等,所以统称为"流浪汉"。在这些作品中,高尔基揭露沙皇专制制度和资本主义社会的罪恶,表现处在社会底层的小人物的苦难生活和抗争,同时描写他们身上所具有的美好品质。在描写这些流浪汉的短篇小说中,最具代表性的是《切尔卡什》。在这篇小说中,主人公切尔卡什尽管是一个贼,是一个流浪汉,但是他大胆机智,而且鄙视贪婪,

---

① 高尔基:《高尔基短篇小说选》,瞿秋白等译,人民文学出版社,1980 年,第 130 页。

重义轻财,与另一个流浪汉加夫里拉迥然不同。作者通过两个流浪汉之间的一场冲突,来刻画两人迥然不同的人物性格,揭示各自复杂的内心世界,同时在社会底层人物身上挖掘人性的尊严和美好的精神境界以及敢于反抗、爱好自由的高尚品质。

在 19 世纪与 20 世纪之交,高尔基还创作了他最早的两部长篇小说:《福玛·高尔杰耶夫》(*Фома Гордеев*,1899)和《三人》(*Трое*,1900)。《福玛·高尔杰耶夫》描写了资产阶级三代人的事业,从原始积累写到事业的开创,再写到幻想的破灭,作品表现了资产阶级的历史作用和必然的瓦解。而《三人》则描写了三个出身下层的青年为了实现自己的理想所走的三条不同的人生道路,表现了在新的社会秩序下的人们思想的变化和精神的探索。

高尔基的中期创作(1901—1916)期间,俄国工人运动以及无产阶级革命事业蓬勃发展,他积极投入汹涌的革命洪流,与布尔什维克联系日益密切,他因而多次被沙皇政府所逮捕,他将自己的文学创作与革命事业密切结合起来,在创作思想和艺术手法方面也发生了根本的变化,达到了更加成熟的境界。

概括起来,在思想上,高尔基在这一创作时期不再像早期那样热衷于表现"人类之爱"和浪漫主义的理想,而是着重宣扬无产阶级的人道主义思想。在人物形象塑造方面,高尔基也不再满足于早期创作中对"流浪汉"等人物形象的描写,取而代之的是他对无产阶级英雄形象以及新时代典型人物形象的塑造。在艺术创作手法上,他在继承俄国现实主义优秀传统的基础上,在世界文学史上,为随后的社会主义现实主义这一崭新的艺术手法的成功创立,奠定了扎实的基础。

高尔基中期的创作成就主要包括一些涉及社会问题的剧本和反映新时代青年一代觉醒和成长的长篇小说。包括他著名的长篇小说《母亲》(*Мать*),以及自传体三部曲的第一部《童年》(*Детство*,1913)和第二部《在人间》(*В людях*,1915),还有他的系统考察民族文化心理特征的小说,主要是"奥库罗夫三部曲",包括中篇小说《奥库罗夫镇》(*Городок Окуров*,1910)、长篇小说《马特维·科热米亚金的一生》(*Жизнь Матвея Кожемякина*,1911)以及《崇高的爱》(*Большая любовь*,1912)。高尔基曾在 19 世纪 80 年代末和 90 年代初两次离开喀山和下诺夫哥罗德,漫游俄罗斯,根据这些经历,后来在 1912—1917 年间写了数十篇短篇小说,并于 1923 年结集为《罗斯纪游》(*По Руси*)。这些短篇小说不仅对下层百姓给予深切的同情,而且表达了浓郁的人道主义理想。

跨入新的世纪之后,高尔基首先以他的洋溢着革命激情的散文诗《海燕之歌》(1901)迎接了 20 世纪初期的无产阶级革命风暴和疾风骤雨般的新世纪。这首散文诗描写了暴风雨来临之前、暴风雨越来越近以及暴风雨即将来临时分大海所展现的自然情景。作品利用画面的剧烈变幻以及群鸟的丑态来烘托海燕轻盈而又高傲的形象和崇高的精神境界,尤其是在作品的结尾,海燕作为胜利的预言家发出了"让暴风雨来得更猛烈些吧"这样洋溢着战斗豪情的呼唤。《海燕之歌》出色地运用象征手法,以及对比、拟人等艺术手段,通过自然现象来表现具体的社会现实和社会力量,塑造了渴望暴风骤雨的海燕这一象征性形象,表现了革命者勇敢面对新的世纪、迎接新的战斗的豪情壮志,也描绘了不同的社会势力进行反复较量和搏斗的壮丽图景。

高尔基于 1906 年发表的长篇小说《母亲》,进一步深化了工人运动这一题材,塑造了具有自觉斗争精神的普通劳动者的形象。

而高尔基著名的自传体三部曲的第一部《童年》,描写的是阿廖沙·彼什科夫童年时代从三岁到十一岁的生活,尤其是外祖父所讲的童话故事,激发了阿廖沙对大自然和民间文学的热爱以及对美好生活的憧憬。第二部《在人间》描写了阿廖沙·彼什科夫自十一岁之后的青少年时代的生活,写他怎样被生活所迫,来到"人间",自寻生路。由于外祖父破产,他被迫外出谋生,在鞋店、轮船等许多地方做学徒,不得不忍受剥削和斥骂,过着非常艰难的生活。自传体三部曲的第三部《我的大学》发表于 1922 年,描写主人公阿廖沙·彼什科夫从十六岁到二十岁在喀山的经历。他梦想进入大学读书,最终却只能进入社会这所大学学习,然而,正是社会这所大学,使他接受了真正的教育,社会以及广大民众是他真正的"教师",为他展现了一个色彩斑斓的广阔世界,使他的思想越来越成熟。高尔基的自传体三部曲,不仅描写了一代新人奋斗成长的过程,也展现了 19 世纪七八十年代俄国社会的历史画卷。

高尔基的晚期创作(1917—1936),是指他在十月革命爆发以后的创作。在十月革命前后的尖锐复杂的斗争中,高尔基一方面积极参与文学创作活动和社会工作,另一方面痛苦地沉思和关注革命时期出现的一些令人不安的事件,并以《不合时宜的思想》(*Несвоевременные мысли*)为总标题,集中表达了对革命和文化等问题的一些怀疑和思考。这一时期,高尔基的主要创作成就是写了一些史诗性的作品,包括自传体三部曲第三部《我的大学》(*Мои университеты*,1922),以及长篇小说《阿尔塔莫诺夫家的事业》(*Дело Артамоновых*,1925)和《克里姆·萨姆金的一生》(*Жизнь Клима Самгина*,1925—1936)等。

《阿尔塔莫诺夫家的事业》是高尔基在意大利创作的。该作品以农奴制改革到十月革命近半个世纪的历史为背景,写了阿尔塔莫诺夫一家三代人从事工商业活动的兴衰,从伊利亚·阿尔塔莫诺夫的创业,到彼得、阿列克谢在俄国工业高潮时期对财富的变本加厉的追求,再到雅科夫·阿尔塔莫诺夫的事业每况愈下,形象地揭示了资产阶级的精神特征以及俄国资本主义的兴起、繁荣和衰亡的历史命运。

《克里姆·萨姆金的一生》是高尔基的最后一部长篇小说,这部小说的主人公克里姆·萨姆金是一个资产阶级知识分子的典型形象,也是一个极端的个人主义者,在思想上,他摇摆不定,曾经信仰民粹主义,又一度转向马克思主义,还相信过社会民主工党和孟什维克。他在各种党派和社会力量之间摇摆不定,最终失去一切,死在了游行群众的滚滚洪流之中。

这部史诗性的作品反映了十月革命前四十年间俄罗斯人的精神生活和俄国社会诸多的历史事件,以及纷繁复杂的社会思潮,被誉为那个时代"俄罗斯精神生活的编年史",深刻地探究了在特定的历史转型和演变时期的知识分子的独特命运。

高尔基在苏联政权执政时期,不仅创作了一系列艺术水平高超、内涵丰富、思想深刻的文学作品,也在文学理论以及文学批评方面卓有成就,尤其是1934年在苏联作家协会第一次代表大会上当选为作家协会主席之后,他所倡导的社会主义现实主义以及相关的文学思想都对苏联文学的发展起过主要的促进作用。

第二节　长篇小说《母亲》

高尔基的代表作《母亲》成书于1906年。这是一部具有强烈的"革命性"的作品。实际上,高尔基的革命精神在脍炙人口的《海燕之歌》等作品中已有充分的体现,然而,就反映历史真实而言,《母亲》更具史料价值。即便是21世纪的俄罗斯文学评论界,也都坚持认为:"《母亲》最为鲜明地反映了20世纪初的革命事件。"[1]这部作品是对俄国1905年大革命的艺术总结,在世界文学史上具有特别的意义,是一部具有广泛影响的代表着无产阶级艺术成就的杰作。小说真实地反映了20世纪初俄国工人运动由自发的经济斗争到自觉的政治斗争的转化和发展进程。正是从这个方面,列宁给予这部作品以极高的评价,赞赏它是一部"非常及时的书",认为:"这是一部必需的书,很多工人都是不自觉地、自发地参加了革命运动,现在他们读一读《母亲》,一定会得到很大的益处。"[2]

小说的人物和基本情节来自真人真事,是以1902年索尔莫洛夫工厂工人五一游行,以及其组织者扎洛莫夫的英雄事迹为素材而写成的。作品展现了无产阶级革命斗争的壮丽图景,并且揭示了人民群众日常生活深处所酝酿着的势不可挡的革命洪流。

小说一开始就描绘了阴森森的工厂的画面,以及工人们所过着的悲惨的

---

[1]　Л. П. Егороваред. *История русской литературы XX века. Первая половина*，В 2 кн. Кн. 2，Москва：Издательство ФЛИНТА，2014，с. 186.

[2]　列宁:《列宁论文学与艺术》(二),人民文学出版社,1960年,第882页。

生活：

> 高高的黑色烟囱，就像一根很粗大的手杖耸立在城郊的上空，那颤动的样子，阴沉而肃然。傍晚时分，太阳落山了，它的血红的余光照在家家窗户玻璃上面，疲倦而忧伤地闪耀着。工厂从它石头般的胸膛里，将这些人抛掷出来，好像投扔无用的矿渣一样。
>
> 他们，面孔被煤烟熏得漆黑，嘴里露出饥饿的牙齿，沿着大街走着。这会儿，他们的说话声有点兴奋，甚至是喜悦——一天的苦役已经做完了，晚饭和休息正在家里等着他们。工厂吞食整整一天的时光，机器从人们的筋骨里榨取了它所需要的力量。一整天的时光就这样毫无踪影地从生活中消失了。①

此处所描绘的阴森森的工厂的画面，颇具隐喻特性，阴沉的"黑色烟囱"、太阳的"血红的余光"，疲倦而忧伤，可以说是当时社会生活的一个缩影，也是小说主人公巴威尔活动、斗争以及得以成长的典型环境，更在小说的起始为全书奠定了思想的基调。

小说共分两部。第一部着重描写巴威尔的觉醒以及他领导的工人小组接受革命理论、传播革命真理、展开革命斗争的进程。尤其是在"沼地戈比"事件以及组织"五一游行"的政治斗争中，他得到了锻炼。"沼地戈比"事件是一次自发的经济斗争，因此，巴威尔提议罢工的建议未被接受。而"五一游行"则是一场自觉的政治斗争。巴威尔举着红旗，勇敢地走在游行队伍的前头，表现出了无畏的斗争精神，体现了他政治上的坚定与成熟。

长篇小说的第二部着重描写的是马克思主义小组在群众中的具体工作以及人民群众的广泛觉醒。尽管巴威尔由于组织"五一游行"而遭受逮捕，但是，革命的事业继续蓬勃发展，成千上万的普通百姓加入了革命的行列。母亲尼洛夫娜就是其中的一员。尼洛夫娜作为一个工人的妻子，在沙俄社会中饱受生活的折磨，从而变得胆小怕事、逆来顺受。但是，随着与革命者的深入接触，她的思想逐渐发生了深刻的转变，以前，她对革命具有一种天生的恐惧心理，到后来逐渐对革命产生理解，并且予以支持，直至她自己也坚定地投身到革命的洪流中。尼洛夫娜这一形象的成长，体现了普通民众的觉醒。尤其是小说的结尾部分，作者以生动的笔触描写了母亲在车站被捕前散发革命传单的动人情景，她庄严地宣称："真理是用血的海洋也扑不灭的。"②

---

① 高尔基：《母亲》，南凯译，人民文学出版社，1973年，第1页。

② 同上，第415页。

　　高尔基的长篇小说《母亲》艺术地再现了俄国工人阶级1905年革命前夕的斗争，表现了俄国人民群众革命意识的觉醒过程，反映了马克思主义与俄国工人运动相结合，工人阶级由自发的经济斗争朝自觉的政治斗争的转变。因此，《母亲》无疑是20世纪初期俄国工人阶级斗争史的艺术概括。

　　《母亲》这部作品比较集中地塑造了无产阶级革命者的典型形象，尤其是成功地塑造了正在觉醒的劳动群众尼洛夫娜的典型形象以及俄国第一代工人革命家巴威尔的典型形象。

　　尼洛夫娜是这部小说的中心主人公，她不仅是20世纪初普通俄国工人的母亲、妻子的典型形象，也是当时正在觉醒的革命群众的典型形象。小说着重描写了这位备受欺压、性格懦弱的劳动妇女的心理变化和精神发展的过程，通过尼洛夫娜从一个普通的劳动妇女成长为革命者的转变，反映了革命理论对广大人民群众的巨大的教育作用。

　　作者以动态的发展的观念来塑造母亲尼洛夫娜的形象。在作者的笔下，尼洛夫娜大约经历了以下三个发展阶段：

　　首先，在作品起始时，她是一个愚昧落后的普通妇女。她逆来顺受，像普通的劳动妇女一样，从精神到肉体都受尽了折磨。作者是这样描写她的："她那被长期的劳累和被丈夫的毒打折磨坏了的身体，走动起来没有一点声响，而且有点侧着，好像生怕撞上了什么。"

　　接着，在儿子和同志们的影响下，尼洛夫娜成了觉醒的劳动妇女的代表。作品中通过宪兵搜查等一些细节的描写，记述她从革命的实践中受到教育，克服了普通的俄罗斯女性胆小温顺的性格，奋不顾身地投入革命斗争之中。小说的第一部就是以母亲在一系列事件的影响下完全觉醒而结束的。

　　最后，母亲成为一名自觉的坚强的革命战士。在巴威尔再次被逮捕之后，母亲经常带着传单和革命书籍，深入工厂和乡村。通过革命实践活动以及对社会的深入了解，尼洛夫娜对革命的胜利充满信心。小说最后所描写的母亲因散发印有儿子演说稿的革命传单而被捕的场面，更是清楚地表明，屹立在读者面前的不再是逆来顺受的传统的俄罗斯女性，而是一个自觉的、顽强的无产阶级革命战士了。

　　作品中的另一个重要形象则是儿子巴威尔。

　　巴威尔是高尔基《母亲》这部作品中所塑造的无产阶级革命战士的光辉形象，作品紧紧结合革命斗争和群众的成长来描写这一形象，其中最重要的是"沼地戈比""五一游行"和"法庭演说"三个事件。这三个事件也就是巴威尔性格发展的三个阶段。

　　在"沼地戈比"事件之前，巴威尔是一个具有叛逆精神的普通俄罗斯青年。

　　他从小就有一种自发的反抗意识，但不懂革命理论，后来开始读禁书，觉悟迅速提高,"沼地戈比"事件使得他受到教育和锻炼。"沼地戈比"事件体现了他觉醒的第一阶段。当时,工厂周围有一片滋生蚊子和苍蝇的臭气熏天的沼泽地。厂主借口改善环境和生活条件要从工人工资中扣钱作为沼泽地排水的费用,每一个卢布的工资对应扣除一个戈比。面对工人利益受到损害的事实,巴威尔挺身而出,揭露资本家的罪行,宣传工人阶级的历史使命,号召工人们起来斗争。尽管他的号召没有得到响应,但是,他在斗争中得到了锻炼。

而通过"五一游行",我们可以看出,巴威尔是一个出色的工人运动的组织者和领导者。"五一游行"是他领导的大规模的群众斗争,是长篇小说第一部情节发展的高潮。巴威尔积极组织,做了大量的准备工作,通过一系列的活动,终于提高了工人群众的思想觉悟,使得"五一游行"得以顺利进行。

巴威尔作为成熟的无产阶级革命战士和革命理论家的形象主要是通过"法庭演说"这一场景来成功体现的。巴威尔因组织领导"五一游行"而被捕。在狱中,他坚持刻苦学习革命理论,思想觉悟和理论修养得到了进一步的提高。"法庭演说"是情节发展的高潮,他义正词严,将统治阶级的专政工具变为宣传革命真理的场所,他的演说显示出了高度的政治觉悟和理论水平,表明他已经成为一个具有丰富斗争经验的坚定的无产阶级革命战士。

在艺术手法方面,高尔基的这部长篇小说《母亲》运用了崭新的创作方法,即社会主义现实主义的创作手法。这部作品从现实发展中真实地描写工人斗争,塑造具有高度的政治思想觉悟的无产阶级的英雄形象,作者通过人们从自发的经济斗争到自觉的政治斗争的转变,来揭示历史发展的必然趋势,并且用社会主义思想教育人民,正因如此,这部小说成了一本"非常及时的书",无愧为社会主义现实主义文学的奠基之作,在世界文学史上具有划时代的意义和深远影响。

第三节 《克里姆·萨姆金的一生》

就创作风格而言,高尔基尽管是社会主义现实主义文学的开创者,但是在他的具体的创作中,有着两种因素交织的倾向,即具有主观倾向的浪漫主义风格和具有客观倾向的现实主义风格。两种因素同样交织在高尔基后期的长篇巨著《克里姆·萨姆金的一生》(Жизнь Клима Самгина)中,甚至典型地体现在作品的主要人物克里姆·萨姆金的性格中。在作品中,萨姆金在对真理和幻象、现实和理想的关系上,表现出了突出的双重性,并且时常因此而陷入困境。

作为高尔基的最后一部长篇小说,《克里姆·萨姆金的一生》是他创作生涯中最后十多年时间的一部总结性的作品,代表了高尔基杰出的艺术创作成就,同时折射了他世界观的矛盾性。高尔基本人也认为这部长篇小说是他最重要的一部作品①,同时,这部作品也是苏联时期俄罗斯最早的一部"全景图"小说,在 20 世纪俄罗斯小说发展历程中具有重要的影响。巧合的是,高尔基是以这部作品作为自己生命的终结的,而且,小说是以主人公萨姆金的死作为终结的,可以说,小说的终结就是萨姆金生命的终结,也是作者一生创作生涯的终结。所以,尽管如罗曼·罗兰所说,高尔基并不喜爱自己的主人公,但是,"在萨姆金身上,存在着某种属于其作者的成分,属于其内心传记的成分"②。

《克里姆·萨姆金的一生》是一部史诗性的巨著,高尔基力图通过这部作品,以现实主义的笔触,再现 1917 年十月革命前四十年间俄国社会生活中一些重要历史事件,可谓革命前俄国社会生活的百科全书,并且塑造在这些重要历史事件的背景下俄国知识分子的典型形象,其中包括以小说中心人物克里姆·萨姆金为代表的具有个人主义倾向的资产阶级知识分子的典型形象。正如黎皓智先生所说:"《克里姆·萨姆金的一生》是一部编年史,但它却是从萨姆金的心灵发展轨迹这个角度来表现。作品描写的重点,是主人公所感受到的社会精神生活,是他的心理、性格、灵魂的形成与发展过程,多方面地展现了他的思维模式、人生态度、情感特征、价值观念,因此又可以说,这部作品是萨姆金的心灵发展史。"③

一如《童年》《少年》等作品,长篇巨著《克里姆·萨姆金的一生》也具有成长小说的某些特性,甚至连主人公姓名"萨姆金"("Самгин")中,也包含着"自我"("Сам")以及自我意识的成分。但是,该书主要叙写的,是他在特定时代的悲剧命运。小说一开始所描写的是克里姆·萨姆金的出生,他出身于一个民粹派知识分子的家庭,快要出生时,是他的父亲别出心裁地为他命名,于是,"这婴儿的不太寻常的名字,使他一生下来就惹人注目"④。而在作为结局的第四部的尾声中,萨姆金意外地悲惨地死亡:在二月革命风暴中,他作为旁观者,却在一次群众集会中被踩死,结束了自己的一生,他的尸体上被放上了一块炮弹箱的木板。所以,作品的主要框架是与萨姆金的形象密切相连的,是与他的个人经历紧密联系的。

当然,这部小说的重点并不满足于小说标题所呈现的描写克里姆·萨姆金的个人生活经历,而是借助于他的矛盾性格揭示具有个人主义倾向甚至市侩气息的部分俄国知识分子的悲剧命运,并且通过作为律师的萨姆金对社会的观察,

---

①　Л. П. Егорова. *История русской литературы XX века*,Москва：Издательство ФЛИНТА,2014,с. 220.

②　С. И. Кормилов ред. *История русской литературы XX века*(20 — 90-е годы),Москва：Издательство Московского Университета,1998,с. 22.

③　黎皓智:《高尔基》,四川人民出版社,2001 年,第 315 页。

④　高尔基:《克里姆·萨姆金的一生》第一部,《高尔基文集》第 17 卷,靖宏译,人民文学出版社,1982 年,第 2 页。

来书写广阔的俄国社会的历史场景,以他的独特的视角来见证一系列重大的历史事件,以及在重大历史事件背景下所发生的形形色色的人物故事,尤其是展现随着社会巨变而导致的知识分子精神生活的复杂演变。所以说,这部作品所展现的并非只是个人经历,而是展现了特定时代的特定话题,如知识分子与革命、个体与历史等话题,并且渗透着对俄罗斯命运问题的思考。

在书写俄国一系列重大历史事件方面,克里姆·萨姆金在小说中不仅是事件的见证人,而且是事件的记录者。譬如,在第三部第二十五章反映俄国历史上的一个重大事件——1905年"流血星期日"时,作品所强调的是萨姆金目睹了事件的全过程,而且,萨姆金觉得自己"不单单是一个见证者,而且更是一个审判官"①。他通过观察,对俄国社会各阶层的人进行恰如其分的定位,当革命风暴掀起的时候,工人们相信自己"失去的只是锁链"而英勇奋战、视死如归的时候,"那些大臣和文武官吏都躲在温暖舒适的安乐窝里;而那些作家、社会名流和人道主义者今天已经彻头彻尾暴露了自己的软弱无能,现在他们正聚集在另一些房子里,歇斯底里地喊叫、争论,像麻雀一般叽叽喳喳地进行着唇枪舌剑"②。可见,在书写20世纪初俄国革命前后这一重要历史时期以及重大历史题材方面,《克里姆·萨姆金的一生》体现了无产阶级作家的独特的视角。

在俄罗斯小说史上,在今天看来,高尔基的地位与意义是十分复杂的,但不可否定的是,他的创作影响了许多作家。作为一名社会主义现实主义作家,他的作品有着独特的创作特色,不仅奠定了苏联时期社会主义现实主义文学的理论基础,而且以自己的创作实践生动而又具体地反映了俄国革命前后的社会现实,描绘了一个特定的历史阶段的社会图景,折射了俄罗斯社会的独特的历史真实。

---

① 高尔基:《克里姆·萨姆金的一生》第二部,《高尔基文集》第18卷,靖宏译,人民文学出版社,1982年,第730页。

② 同上,第740页。

第十七章　20 世纪 40 年代至 50 年代初期的小说创作

　　20 世纪 40 年代,经过国内战争的洗礼以及国民经济的恢复,苏联在社会主义建设事业方面,取得了卓越的成就,所有这些,都在小说创作中有所反映。

　　在国民经济恢复并取得卓越成就不久,从 1941 年到 1945 年,苏联人民又面临新的严重威胁,遭遇到了德国法西斯的疯狂入侵,爆发了为期五年的反抗法西斯的卫国战争。如同中国的抗日战争一样,苏联的卫国战争是世界反法西斯战争的一个重要的组成部分。在这场战争中,苏联人民经受了严峻的考验,承受了我们难以想象的灾难,做出了巨大的牺牲。短短的五年,苏联失去了两千多万人口,损失了百分之三十的国民财富,但是,由于苏联人民的坚强意志,他们顽强抗敌,终于取得了卫国战争的胜利。

　　在这场反法西斯战争中,有众多的作家离开了自己的故乡,奔赴前线,或以自己的笔杆,写出鼓舞人心的作品,或直接拿起枪杆,英勇抗敌,为反法西斯战争的胜利做出了应有的贡献,甚至为国捐躯,献出了自己年轻的生命。

第一节　20 世纪 40 年代至 50 年代初期的小说创作概论

　　1934 年召开的苏联作家协会第一次代表大会,促使了社会主义现实主义创作的繁荣,然后,苏联卫国战争的爆发,更是检验了社会主义现实主义的强大的现实功能。在卫国战争结束后,战争题材仍然在小说创作中占据重要地位,直到 20 世纪 50 年代初期的社会政治生活的巨变。

一　社会主义现实主义创作的繁荣

　　苏维埃政权成立后不久,就遭遇了一系列严峻的挑战,在国内战争和国民经济恢复时期,全体苏联人民不畏艰难,积极参与社会主义建设事业,在极短的时间里就弥合了国内战争的创伤,使得国民经济得以恢复和发展,到了 20 世纪 30 年代,苏联已经从个体农业的国家发展成一个颇为先进的大规模机械化的集体农业化的国家。

为了适应社会发展的需要,针对"拉普"等一些社团的存在严重阻碍文学事业健康发展的情况,1932 年 4 月,联共(布)中央发布了《关于改组文学艺术团体的决议》,解散了"拉普"等文学社团,并且要求"把一切拥护苏维埃政权纲领和渴望参加社会主义建设的作家团结起来,成为一个其中有共产党党团的单一的苏联作家协会"①,这一决议,为统一的苏联作家协会的诞生奠定了基础。一些作家开始有了为社会主义建设事业服务的理念,将文学创作与社会需求密切结合起来,不断探索新的历史条件下的新的问题,塑造具有新的时代特征的典型性格。

紧接着,1934 年召开的苏联作家协会第一次代表大会,更加强调社会主义现实主义文学的理论问题,一些没有按照社会主义现实主义创作方法进行创作的作家,受到了严厉的批判,如普拉东诺夫、布尔加科夫等作家的小说创作就因此而受到了一定的负面影响。

同样,在文学创作领域,为了适应工业化和农业集体化的时代需求,苏联作家在创作方法上进行了一系列艰苦的探索,并且逐渐形成了适应于他们自身文学发展的创作原则。尤其是 1934 年全苏作家代表大会召开之后,苏联作家协会确立了社会主义现实主义这一创作方法,并且提出了相应的任务,要求作家在创作中真实地反映生活,不断地完善艺术形式。所有这一切措施,在 20 世纪 30 年代末和 40 年代初逐渐收到应有的效果,社会主义现实主义文学开始出现了繁荣的景象。肖洛霍夫的长篇小说《被开垦的处女地》、阿·托尔斯泰的系列长篇小说,以及奥斯特洛夫斯基的长篇小说《钢铁是怎样炼成的》、卡达耶夫的《时间呀,前进!》、潘菲罗夫的《磨刀石农庄》、马雷什金的《来自穷乡僻壤的人们》、卡维林的《船长与大尉》等许多小说作品,都突出体现了新的历史条件下的文学的转型以及 30 年代的主要文学成就。

（一）卡达耶夫

瓦连京·彼得洛维奇·卡达耶夫（Валентин Петрович Катаев，1897—1986），出身于敖德萨的一个神学校教师的家庭,从小受到母亲的熏陶,与弟弟一样,热爱阅读文学作品,但由于母亲早逝,主要靠姑姑抚养。他的弟弟也成为一名作家,化名彼特罗夫（Евгений Петров），出版过《十二把椅子》等著名的通俗作品。瓦连京·卡达耶夫不仅很早就开始阅读文学作品,而且喜欢写作。年仅十四岁,他就在当地的《敖德萨通报》（Одесский вестник）发表了诗作《秋》（Осень）。第一次世界大战爆发之后,中学尚未毕业的卡达耶夫便前往前线,1915 年至1917 年在前线作战,曾经两次受伤,并获得勋章。1919 年,他又作为红军战士参加过国内战争。正是战争的亲身经历,使得他创作了《国内战争札记》（Записки

---

① 《苏联文学艺术问题》,人民文学出版社,1959 年,第 14 页。

о гражданской войне，1920)和《父亲》(*Отец*，1928)等作品。1922 年，他从敖德萨迁居莫斯科后，在《号角》(*Гудок*)报社工作，并开始倾心从事小说创作。1932年，他以社会主义竞赛以及群众的主动精神为题材，创作了长篇小说《时间呀，前进!》。他的重要作品是"黑海波涛"四部曲(*тетралогия Волны Черного моря*)，其中包括《雾海孤帆》(*Белеет парус одинокий*，1937)、《地下避难所》(*Катакомбы*，1951)、《草原上的田庄》(*Хуторок в степи*，1956)和《冬天的风》(*Зимний ветер*，1960—1961)。四部曲折射了 20 世纪初期俄国社会转折时期的历史画卷，其中，描写得最为成功的，是《雾海孤帆》，这部作品所反映的是 1905 年俄国革命时期敖德萨的工人们所进行的斗争。

（二）费定

康斯坦丁·亚历山大罗维奇·费定(Константин Александрович Федин，1892—1977)，是社会主义现实主义文学的杰出代表，曾获苏联社会主义劳动英雄称号，并担任苏联作家协会书记处第一书记。

费定出身于萨拉托夫的一个商人的家庭，自 1889 年至 1891 年，接受了最初的小学教育，1891 年进入萨拉托夫商业学校学习，1907 年，背着父母到了莫斯科，进入一家商业学校学习。1911 年从商业学校毕业后，进入莫斯科商业学院经济系学习，于 1914 年毕业。十月革命后，他开始文学创作，1920 年，他在圣彼得堡与高尔基相识。1921 年起，他参加文学社团"谢拉皮翁兄弟"。二三十年代，费定出版了多部长篇小说，其中包括《城与年》(*Города и годы*，1924)、《兄弟们》(*Братья*，1928)、《盗窃欧洲》(*Похищение*，1933—1936)。1941 年至 1945年，费定参加了卫国战争，创作了大量的特写和短篇小说。战争结束后，他以《消息报》记者的身份，于 1945 年至 1946 年出席在纽伦堡举行的国际军事法庭审判，并创作了特写集《纽伦堡审判》(*Нюрнбергский процесс*，1946)。

费定的重要作品是其三部曲《早年的欢乐》(*Первые радости*，1946)、《不平凡的夏天》(*Необыкновенное лето*，1948)和《篝火》(*Костер*，1962)，该三部曲分别抒写了三个历史事件，即 1905 年俄国革命、1917 年十月革命以及 1941 年开始的第二次世界大战，是一部"俄苏社会生活的编年史式的小说"①。作品通过主人公基里尔的成长，反映了进步青年基里尔在党的领导干部影响下的成长过程，从而折射了俄罗斯人民在重要的历史时期所经历的种种考验，以及他们为保卫苏维埃政权和苏维埃国家所经历的严峻考验和所进行的艰苦斗争。三部曲的前两部曾获 1949 年度的斯大林文学奖，作品以其曲折的情节、细腻的人物刻画以及对气势磅礴的历史画面的描绘成为俄罗斯 20 世纪三四十年代最优秀的作品之一。

---

①　马家骏等主编:《当代苏联文学》，河南大学出版社，1989 年，第 387 页。

（三）卡维林

温尼阿明·亚历山大罗维奇·卡维林（Вениамин Александрович Каверин，1902—1989），出身于普斯科夫的一个音乐家的家庭。他毕业于列宁格勒大学，曾参与文学团体"谢拉皮翁兄弟"的活动，后逐渐转向社会主义现实主义创作。卫国战争期间，他曾担任《消息报》通讯记者，参加过列宁格勒保卫战。卡维林自20世纪20年代起开始从事小说创作活动，起初，主要从事中短篇小说创作，主要是创作一些幻想故事，后来，到了三四十年代，他以长篇小说的创作赢得了声誉，1938年，他的长篇小说《船长与大尉》第一部得以出版。1942年至1943年，卡维林在北方舰队服役期间，完成了第二部，并于1944年出版。长篇小说《船长与大尉》获得1946年度斯大林文学奖。卡维林的其他重要小说作品还有：三部曲《一本打开的书》（1949—1956）、长篇小说《在镜子面前》（1971）、三部曲《灯火通明的窗户》（1975），以及长篇小说《两小时的散步》（1978）等。

长篇小说《船长与大尉》（Два капитана）是一部历险小说，也属于成长小说的范畴，所关注的是一代青少年的精神成长历程，从书名上看，主人公是两个"капитан"，在俄语中，船长和大尉都称为"капитан"。作品所讲述的第一个"капитан"是主人公塔塔林诺夫船长，内容是他的探险故事，十月革命前，塔塔林诺夫船长及其探险队乘坐"圣玛丽亚"号探险船前往北极探险，在北极圈内下落不明，不幸罹难。第二个"капитан"是空军大尉萨尼亚，为了解开当年探险队的失踪之谜，他克服了重重困难，通过散失的遗书遗物等大量事物，终于弄明了探险队在航行途中的新发现以及他们遇难的经过，使得一个三十多年的不解之谜终于真相大白。

长篇小说《一本打开的书》（Открытая Книга）讲述的是一名在微生物领域从事研究工作的青年科学家塔吉雅娜的故事，描写青年知识分子不断探索，为了实现自己的理想而努力奋斗的面貌。塔吉雅娜身上体现了富有理想的青年一代的全部情感历程，包括友谊的欢乐和背叛的痛苦，以及爱情的幸福和强烈的憎恨。

二　卫国战争时期小说创作概论

描写战争，俄罗斯文学是有自己的优秀传统的，且不说古代俄罗斯文学中的《伊戈尔远征记》等描写反抗异族侵略的作品，以及托尔斯泰的《战争与和平》等描写反抗拿破仑的战争的作品，即使在十月革命取得胜利，苏联得以成立之后，也出现了如《夏伯阳》《铁流》《毁灭》等许多描写苏联国内战争的优秀的小说作品，为俄罗斯文学中的战争书写积累了丰富的经验。

社会主义现实主义文学之所以能够繁荣发展，一个不可忽略的事件是1941年至1945年的苏联卫国战争。1941年6月22日，德国法西斯侵略者突然发动进攻,扑向苏联,妄图消灭这个苏维埃国家及其人民。苏联广大人民群众奋起抵抗,展开了艰苦卓绝的卫国战争。这场持续五年的卫国战争,使得苏联人民蒙受了深重的苦难,做出了难以想象的巨大的牺牲。在卫国战争期间,许多优秀的作家都奔赴前线,投入保家卫国的战争中,在前线建立了不朽的功勋,并且写出了鼓舞人心的战争题材的作品。

在"一切为了前线,一切为了胜利"的口号下,吉洪诺夫、西蒙诺夫、法捷耶夫、爱伦堡、肖洛霍夫等许多著名作家都到部队服役。有的以前线记者身份,有的以普通战士的身份,还有的以民兵的身份,纷纷以各种形式,投身于反抗法西斯的卫国战争。一些作家拿起笔杆,利用《红星报》《红色真理报》等媒体以及其他各种可能的形式,写出了鼓舞人心的出色的报道,揭露法西斯的暴行,号召人们与敌人展开殊死的斗争。于是,文学艺术走上了战火纷飞的前沿阵地。阿·托尔斯泰写道:"精神力量在这场战争中起着决定性的作用。语言已不只是在人们心中燃烧着的炭火,它像千百万把刺刀向前冲锋,语言有着万炮齐轰的威力。"①还有一些作家拿起枪杆直接以血肉之躯参加前线的战斗。有二百七十多名作家,包括斯塔夫斯基、盖达尔、克雷莫夫、苏沃罗夫等不少著名作家和诗人,在战场上献出了自己的生命。这一卫国战争时期,虽然时间只有不长的四年多时间,但对文学产生了深远的影响,甚至在苏联文学史上形成了整整一个时期,而且是一个重要的时期。"德国法西斯的入侵,激起苏联人民英勇抵抗,激发了俄罗斯民族精神的奋发、昂扬。前线战士可歌可泣的英勇事迹,后方人民含辛茹苦的顽强精神,都激励着作家的创作激情,无论是诗人、小说家或是剧作家,都在这种俄罗斯民族精神大发扬的鼓舞下,创作出许多优秀作品,使苏联卫国战争的岁月成为苏联文学创作的繁荣时期。"②

由于读者的阅读习惯以及受众的时间等条件的限定,小说创作在某种程度上不及诗歌和特写等形式的作品那样具有时效性、宣传性和鼓动性,因而在战争年代,小说创作不及诗歌那样繁荣,但是,就深远意义以及反映战争的深度和广度而言,小说创作具有自己不可替代的独特的优势。所以,在战争题材小说的创作方面,虽然其战斗性和鼓动性不及诗歌作品,但在塑造众多的英雄形象,反映宏大场面,记载历史事件,表现爱国主义热忱等方面,小说创作所具有的作用非同一般,在整个卫国战争期间依然有了重要的发展。

在战争开始的时候,俄罗斯作家们的小说创作,主要是以短篇小说的形式,或者类似于随笔、特写之类的纪实小说的形式出现的。随后,随着作家们对战争

①　阿·托尔斯泰:《阿·托尔斯泰选集》(10卷集)第7卷,第537页,转引自叶尔绍夫:《苏联文学史》,北京师范大学苏联文学研究所译,北京师范大学出版社,1987年,第340页。

②　李毓榛:《反法西斯战争和苏联文学》,北京大学出版社,2015年,第32页。

的认识不断地加深以及为创作所积累的素材不断丰富,在俄语文学中显得独树一帜的中篇小说这一艺术形式,开始在这一期间发挥了主导作用。根据文学史家记载,仅在卫国战争爆发的头两年,"就出版了二百多部中篇小说"①,中篇小说在卫国战争年代也逐渐为人们所喜闻乐见。"散文体作品中,就受欢迎的程度而言,只有特写和短篇小说能够与中篇小说相比。"②

当然,由于战争期间条件以及作家创作时间的限制,作家收集的很多素材有时也来不及处理,所以,许多战时构思或开始创作的作品,直到战后才得以完成,或者到战后才出版。这就是在卫国战争期间长篇小说并不多见,然而到了战后却繁荣起来的一个原因。

在这一时期,战争和祖国在相当长的时间里成了文学的中心主题,体现在各种形式的文学作品中。

在卫国战争时期,面对炮火纷飞的社会现实和战争场面,苏联作家们不忘自己的使命和肩负的责任,深刻揭露法西斯的残暴罪行,以及描述人民群众的英勇的对敌斗争。俄罗斯作家所创作的短篇小说中,较为著名的有肖洛霍夫的《仇恨的科学》(1942)、阿·托尔斯泰的《苏达列夫的故事》(1942)和《俄罗斯性格》(1944)、普拉东诺夫的《心灵高尚的人们》(1942)和《祖国的故事》(1943),此外,还有科热夫尼科夫、巴乌斯托夫斯基等作家的短篇小说等。

这一时期,作家所创作的中篇小说不是像短篇小说那样抒写个体的功勋,更多的是关注民族的精神和祖国的命运,比较著名的中篇小说有彼得·巴甫连科的《俄罗斯的故事》(1942)、万达·瓦西里耶夫斯卡娅的《虹》(1942)、戈尔巴托夫的《不屈的人们》(1943)、安德烈·普拉东诺夫的《保卫七家村》(1943)、亚历山大·别克的《沃罗科兰姆斯基公路》及《恐惧与无畏》(1944)、加博里洛维奇的《莫斯科城下》、列昂尼德·列昂诺夫的《攻克维利科舒姆斯克》(1944)等作品。

这些小说的一个显著特色是作品的史料性,折射了战争各个阶段的具体的发展进程。作家普遍关注战争中的真实事件,尤其是注重英雄人物性格的塑造,同时,这些作品也力图展现普通士兵的心理活动,揭示人物的丰富的情感和深邃的内心世界。

这些中篇小说是战争年代真实生活的生动描绘,在一定程度上反映了卫国战争的进程。

在1942年巴甫连科的《俄罗斯的故事》、瓦西里·格罗斯曼的《人民是不朽的》、万达·瓦西里耶夫斯卡娅的《虹》中,所书写的是战争起始阶段严峻而痛苦

---

① 叶尔绍夫:《苏联文学史》,北京师范大学苏联文学研究所译,北京师范大学出版社,1987年,第358页。

② 同上,第358—359页。

的真实,特别是法西斯对苏联大地的蹂躏、全民对侵略者的满腔仇恨以及与敌人进行殊死斗争的决心。

巴甫连科的中篇小说《俄罗斯的故事》中,用极大的篇幅塑造了普通的俄罗斯民众——守林员彼得·涅夫斯基的形象,而这一名字本身就具有象征意义,令人难忘俄国的历史真实,表明了战胜德国侵略者的信念。

在格罗斯曼的中篇小说《人民是不朽的》中,一部分指挥员也在战斗中研究军事科学,逐渐锻炼成长起来。中心主人公博加列夫是营部政委,战前曾在大学教授马克思主义理论,具有较好的理论素养,入伍后非常重视现代军事理论的研究。具有丰富战斗经验的团长梅尔察洛夫,在博加列夫的影响下,加强在新的历史条件下的军事理论的研究,在具体战斗中充分发挥战争的指挥艺术,合理用兵,取得了理想的胜利。小说重点刻画了指挥员、战士以及普通百姓的形象,正是这些人物凝聚在一起,构成了不朽的人民这一集合形象,成为取得战争胜利的核心力量。

中篇小说《虹》是一部表现苏联人民英勇反抗法西斯的杰出作品。《虹》的作者瓦西里耶夫斯卡娅原籍波兰,出身于一个富有理想的革命者家庭。第二次世界大战爆发后,这位毕业于大学语文系的女性,踏着遍地焦土,步行六百公里,到达苏联边境,成为一名为自由而战的坚强的女战士。她被选为苏联最高苏维埃代表。卫国战争爆发后,她投笔从戎,加入反法西斯的武装队伍。

《虹》最初发于1942年8月25日至9月27日的《消息报》,这部作品被誉为"社会主义现实主义的典范作品",以及苏联卫国战争时期苏联文坛的代表性作品。在这部中篇小说中,被德寇所占领的村庄里的妇孺老弱也奋起反抗德寇,尤其是女游击队员娥琳娜的形象,是苏联卫国战争文学中的最为感人至深的女性艺术形象之一。

娥琳娜这一形象,是根据1941年11月莫斯科州的一名女游击队员亚历山德拉·戴丽曼为素材而塑造的。

在这部小说中,娥琳娜怀有身孕,不幸落入德寇的手中,在牢房中受尽了人间的凌辱和折磨,即使是在隆冬的日子里,在她即将生孩子的前两天,法西斯分子依然没有放过她,而是残忍地剥光她的衣服,以残暴的方法对她进行折磨:

> 一个裸体女人在通往广场的路上跑着。不,她不是在跑,她是向前欠着身子,吃力地迈着小步,蹒跚着。她的大肚子在月光下看得分外清楚。一个德国士兵在她后面跟着。他的步枪的刺刀尖,闪着亮晶晶的寒光。每当女人稍停一下,枪刺就照她脊背上刺去。士兵吆喝着,他的两个同伴吼叫着,怀孕的女人又拼着力气向前走,弯着身子,打算跑起来。向前跑五十米,那士兵强迫他的牺牲者转过身来。向后跑五十米,

于是又照样,照样做起来。①

即使在分娩之后,她还被剥光衣服带着婴儿接受法西斯的审讯,但她依然不屈不挠,决不泄露游击队的一丝一毫的秘密。

残忍的德国法西斯当着她的面杀害了她的婴儿,但她克制着失去亲骨肉的痛苦,忍受着德寇对她的摧残,与敌人展开顽强的斗争,直至最后壮烈牺牲,表现出了苏联人民的英雄气概以及对祖国前途的坚定信念。作品中几次出现了对虹的描写,虹是一种象征,突出体现了人们在艰难的时日里所怀有的美好愿望和坚定信念。

在 1943 年戈尔巴托夫的《不屈的人们》和普拉东诺夫的《保卫七家村》等一些小说中,在描写激烈战斗场面的同时,作家们注重卫国战争向纵深发展,逐渐对敌占区进行反攻的趋势。《不屈的人们》所描写的就是顿巴斯地区的工人在敌后所展开的斗争。作品以雅钦科一家为例,描写敌占区人们从消极抵抗到积极参战的过程,他们心中复仇的火焰逐渐熊熊燃烧起来。《保卫七家村》中,上尉阿加耶夫在攻打被敌人占领的七家村的战斗中,开始告诫部下不仅要顽强地进行战斗,而且在战斗中要考虑祖国在战后建设的问题。

在 1944 年的亚历山大·别克的《恐惧与无畏》中,作者关注的是苏联人民在战争中得以成长的主题,而在 1944 年列昂诺夫的《攻克维利科舒姆斯克》中,战争的胜负已经没有悬念,德国法西斯已经像"已斗败被啄光了毛的德国鹰",向着1941 年发动进攻时的国境线溃退。作者因而在作品中不仅叙写战争的进程,而且融进了对这场战争的思考,探索反法西斯战争的胜利对人类历史的意义,并且加深了对相关问题的观察、思考、探索和总结。

当然,苏联卫国战争时期,在长篇小说创作领域,所取得的成就也是相当突出的,描写卫国战争的主要长篇小说作品有:西蒙诺夫的《日日夜夜》(1943—1944)、肖洛霍夫的《他们为祖国而战》(1943—1944)、卡里宁的《在南方》(1944)、潘菲罗夫的《为和平而战》、萨亚诺夫的《列宁格勒的天空》、别尔文泽夫的《火红的大地》(1945)、法捷耶夫的《青年近卫军》(1945)、恰可夫斯基的《这事发生在列宁格勒》(1945),还有战后出版的战争题材的作品,主要有波列沃依的《真正的人》(1946)、巴甫连科的《幸福》(1947)、科斯莫杰米扬斯卡娅的《卓娅和舒拉的故事》(1949)、列昂诺夫的《俄罗斯森林》(1953)等。

无论是短篇小说、中篇小说还是长篇小说,一个突出的特性是这些小说大多是在真人真事的基础上进行创作的,显得格外感人。譬如,亚历山大·别克的

_____

① 瓦西里耶夫斯卡娅:《虹》,曹靖华译,见《第四十一·虹》,黄山书社,2015 年,第 126页。

《恐惧与无畏》是根据 1941 年冬季莫斯科保卫战中的真人真事而创作的，主要描写潘菲洛夫师长以及乌雷营长率领官兵，奉命防守瓦洛科拉木斯克公路，阻止德寇进攻克斯科的故事。而科斯莫杰米扬斯卡娅的《卓娅和舒拉的故事》、法捷耶夫的《青年近卫军》，以及波列沃依的《真正的人》等作品，更是以真实的英雄形象感动了无数的读者。

科斯莫杰米扬斯卡娅的《卓娅和舒拉的故事》描写了在苏联家喻户晓的卫国战争英雄——姐弟卓娅和舒拉的故事，歌颂了他们短暂而光荣的一生。当德国法西斯入侵苏联的时候，卓娅还在中学读书，但她毅然结束学业，辞别母亲，自愿加入了反抗法西斯的游击队。经过短暂的培训，她就与同志们一起，深入敌占区，打击法西斯侵略者。但是，在一次行动中，她不幸被捕。她在狱中经受了严刑拷打，毫不屈服，最后被德寇绞死。她的弟弟舒拉怀着为姐姐报仇的决心，参加了反抗法西斯的战争。他英勇抗敌，屡建战功，最后在胜利前夕牺牲在战斗岗位上。

作者科斯莫杰米扬斯卡娅是卓娅和舒拉的母亲。英雄姐弟的这位母亲不仅歌颂英雄的事迹，而且以充满深情的笔触书写了卓娅和舒拉成长的历程及生活中的点滴细节，读来尤为亲切感人。

这部作品以一个母亲的眼光看待女儿的牺牲，更能加深人们对侵略者的憎恨：

> 她躺在地上，双臂垂直，不屈地昂着头，绳子还套在她脖子上。她脸上的表情仍刚毅而镇定，脸上已经没有一块完整的皮肤。左边的脸上，留下了许多打伤的黑痕，全身上下都被刺刀捅破了。胸脯上有许多冻结了的血。
>
> 我在她身边跪下来，仔细地看着她的脸……我掀开她那苍白的额上的一小绺头发，我又一次很惊讶她那被毁伤了的脸上留下的永恒的镇定。[①]

我们在科斯莫杰米扬斯卡娅以如此平缓的语气进行陈述的背后，可以明晰地感知到她的女儿在面对敌人拷打时所表现出的勇敢坚强以及母亲的巨大的伤痛和对敌人的痛恨。

在历史长河中，苏联卫国战争所持续的时间相对而言是较为短暂的，但是这场战争所孕育的文学作品却是永恒的，其中不少作品已经成为人类共同的精神

---

① 科斯莫杰米扬斯卡娅：《卓娅和舒拉的故事》，苏卓兴、陶薰仁译，译林出版社，2017年，第 221 页。

财富。这场战争给苏联人民带来的创伤和记忆也是难以磨灭的。当时美国评论曾指出:"在第二次世界大战中,没有哪个国家的文学像苏联文学那样创造出那么多深刻揭露法西斯的残暴罪行和歌颂人民英勇斗争的著名作品。这些作品虽然是在战争的环境下匆促写成,但反映着战争的紧迫气氛,描绘了战争中的真实而生动的艺术画面,具有不可忽视的艺术价值。"①

综上所述,苏联20世纪三四十年代的小说,坚持社会主义现实主义创作道路,在继承俄国古典文学中的现实主义的优秀传统的基础上,发扬了世界无产阶级文学的合理成分,在苏联社会主义革命和社会主义建设事业的熔炉中不断锻炼成长,创立了社会主义现实主义这一重要的崭新的创作手法,从而反映了强烈的时代精神,适应了新时代的需要,以新的主题、新的人物,以及新的创作方法为俄罗斯小说的发展做出了突出的贡献。尤其在20世纪30年代的社会主义建设事业和40年代反抗法西斯的卫国战争中,这一创作思想发挥了重要的作用。

第二节　阿·托尔斯泰

阿·托尔斯泰(Алексей Николаевич Толстой,1883—1945)于20世纪初在象征主义影响下开始文学创作,其创作经历了从象征主义向现实主义的转变,在文学类型方面则经历了从短篇小说向长篇小说和历史小说的转变。他的革命史诗性作品《苦难的历程》以及长篇历史小说《彼得大帝》等是其艺术成就的代表。在30年代,他被认为是"苏维埃土地上最优秀、最受欢迎的作家之一"②。

阿列克谢·尼古拉耶维奇·托尔斯泰于1883年1月10日(俄历1882年12月29日)出身于萨马拉省尼古拉耶夫斯克的一个贵族家庭。他在离萨马拉不远的伏尔加河沿岸草原地带的索斯诺夫卡村度过了自己的童年时光。他曾在当地的实验学校学习,于1898年迁居萨马拉。从萨马拉实验学校毕业之后,进入彼得堡工艺学院学习,但没有完成学业。第一次世界大战期间,他作为战地记者,到过法国和英国。十月革命之后,他出于对十月革命的不理解,以及困惑和恐惧,于1918年至1923年侨居国外,主要是侨居在康斯坦丁堡、柏林、巴黎等地。在国外侨居期间,阿·托尔斯泰依然坚持文学创作,取得了卓越的成就。他回到祖国之后,以自己的创作赢得了极高的荣誉,1939年被选为苏联科学院院士,1942年,被选为调查德国法西斯罪行国家非常委员会委员,他因文学创作成就,曾经三次荣获斯大林文学奖。

---

① 引自彭克巽:《苏联小说史》,北京十月文艺出版社,1988年,第172页。

② 莫洛托夫:《社会主义宪法》,转引自科尔米洛夫主编:《二十世纪俄罗斯文学史》,赵丹、段丽君等译,南京大学出版社,2017年,第261页。

一　生平与创作

阿·托尔斯泰的创作大致可以分为三个创作阶段:十月革命前的创作,十月革命后至 20 世纪 20 年代的创作,20 世纪三四十年代的创作。

(一)第一阶段:十月革命前的创作

阿·托尔斯泰的文学创作活动是从诗歌创作开始的。十五六岁时,他就开始了诗歌创作,1907 年,他出版了第一部作品《抒情诗集》,1911 年又出版了第二部诗集《蓝色河流后面》。他有一段时间转向了童话创作,1910 年,出版了童话集《喜鹊的故事》。在诗歌创作和童话创作都取得了一定成就之后,阿·托尔斯泰开始从事小说创作,并以短篇小说集《伏尔加河左岸》(1910)而进入了俄国现实主义作家的行列,奠定了在文坛的声誉。比较著名的还有《美丽的夫人》(*Прекрасная дама*,1916)等短篇小说。

阿·托尔斯泰十月革命前最主要的创作成就是长篇小说《怪人》(*Чудаки*,1911)和《跛老爷》(*Хромой барин*,1912)。《跛老爷》讲述的是花天酒地时被打跛脚的克拉斯诺波尔斯基公爵败落的故事,同时也描述了平民知识分子的活动。

(二)第二阶段:十月革命后至 20 世纪 20 年代的创作

这一阶段,是阿·托尔斯泰创作激情最为旺盛的时期。十月革命后的最初几年,在外国侨居期间,他与进步的俄罗斯作家群体依然保持着联系,依然关注着祖国的动态。

20 世纪 20 年代,尤其从 1923 年起,阿·托尔斯泰的创作生活开始了新的阶段,他完成了长篇科幻小说《艾里达》(*Аэлита*,1923)和《加林工程师的双曲线体》(*Гиперболоид инженера Гарина*,1927),长篇讽刺小说《涅夫佐罗夫的奇遇或伊比库斯》(*Похождения Невзорова，или Ибикус*,1924),以及长篇历史小说《彼得一世》(*Пётр Первый*,1929)的第一部。此外,还完成了代表作、三部曲《苦难的历程》的前两部《两姐妹》(*Сёстры*,1922)和《一九一八年》(*Восемнадцатый год*,1928)的创作。

在长篇科幻小说《艾里达》和《加林工程师的双曲线体》里,阿·托尔斯泰将科幻与现实生活密切结合起来。在《艾里达》中,阿·托尔斯泰书写了从地球到火星的旅行、火星的情形以及在那里发动起义的故事。艾里达是火星苏维埃政权的领袖图斯库博的女儿,她爱上了一个当地的工程师,但是,由于当地人发起的革命归于失败,他们只得回到地球。作者不仅描写了星际旅行,而且充分发挥想象力,描绘了火星上的生活以及火星上的社会图景,其中充分体现了他的思想观念以及对现实社会的理解,而火星上的被压迫人民的反抗与失败,也体现了阿·托尔斯泰在特定时刻的悲观情绪。在《加林工程师的双曲线体》中,作者描写了俄罗斯工程师彼得·加林采用自己的老师曼泽夫的方法(曼泽夫与其考察队在西伯利亚原始森林里失踪了),创造了一种名为双曲线体的设备,能够发射强烈的光束,攻克任何障碍。

(三)第三阶段:20 世纪三四十年代的创作

1934 年,阿·托尔斯泰完成了长篇历史小说《彼得一世》的第二部。后来,他还写了其他一些著名作品,如中篇小说《粮食》(*Хлеб*,1937)、短篇小说《俄罗斯性格》(*Русский характер*,1944)等。

阿·托尔斯泰计划创作三部《彼得一世》,但是只完成了第一部和第二部。他之所以创作历史题材的长篇小说,是因为他想借历史来认知现代的生活。他写道:"你去从俄罗斯古代生活中……选取一些图画,但是要这样选取,使这些图画对我们的时代适用,使它们包含着对我们这个时代的责难和赞许……借过去来鞭挞现在,这样的话你就会获得三倍的力量;过去会显得更生动,现在会得到更清楚的说明。"[①]

他的中篇小说《粮食》所描写的是 1918 年苏联红军所进行的保卫察里津的战斗。而短篇小说《俄罗斯性格》则是苏联卫国战争期间出现的优秀作品,在这篇小说中,作者将苏联人民在保卫祖国的战争中所体现出来的献身精神和崇高理想升华为俄罗斯的民族性格。

这一时期,阿·托尔斯泰最重要的成就是出版了代表作三部曲《苦难的历程》的最后一部《阴暗的早晨》(*Хмурое утро*,1941)。

二 长篇小说《苦难的历程》

阿·托尔斯泰的三部曲《苦难的历程》(*Хождение по мукам*,1922—1941)是他的代表作。这三部曲包括《两姐妹》《一九一八年》和《阴暗的早晨》。三部曲通过卡嘉、达莎、捷列金、罗欣等人物形象,描写了俄罗斯知识分子所经历的苦闷和彷徨,以及最后走向革命的痛苦的历程。

三部曲以第一次世界大战、二月革命、十月革命以及国内革命战争等一些重大历史事件为背景,宏观描绘了新旧政权交替时期的社会历史画卷和知识分子生活的变更。

三部曲的第一部《两姐妹》,开头几章写的是萨马拉城医生布拉文的女儿卡嘉和达莎两姐妹在圣彼得堡的生活。卡嘉的丈夫是一个很有名望的律师,达莎因为在圣彼得堡读书,攻读法律,住在姐姐姐夫的家中。姐妹俩过着奢侈的生活,并且崇拜颓废派诗人贝索诺夫。卡嘉背叛了自己的律师丈夫斯摩柯甫尼科夫,爱上了贝索诺夫,而达莎则在旅行中结识了捷列金,彼此倾吐衷肠。尽管社会动荡不安,但是这些俄国资产阶级知识分子却置身于社会斗争之外,只是沉湎

---

① 转引自季莫菲耶夫:《苏联文学史》上册,作家出版社,1957 年,第 419 页。

于个人的爱情之中,生活奢侈但又空虚。第一次世界大战终于爆发,这些知识分子的命运随之发生了根本的变化。卡嘉和达莎到医院做了护士。捷列金在战斗中被德军所俘,但机智地死里逃生。斯摩柯甫尼科夫在为临时政府到前线担任西线政治委员时,被革命的士兵所砸死。

小说第二部《一九一八年》则是在国内战争的暴风骤雨中展示主人公各自的命运。在艰难困苦的年代里,卡嘉和达莎两姐妹以及捷列金和贵族出身的罗欣等主要人物都在复杂的斗争中逐渐明白了革命的真理。达莎被人利用参加了反革命的特务活动,但是看清了特务组织的本来面目,终于觉醒过来。罗欣不顾对卡嘉的伤害,离卡嘉而去,参加了白军,亲眼看见了白匪的残暴和荒淫,终于弃恶从善,改邪归正。

小说第三部《阴暗的早晨》主要描写主人公觉醒后的情形。失散的姐妹、分离的夫妻终于在 1920 年的一个"阴暗的早晨"在莫斯科火车站久别重逢,四位主人公经历了痛苦的磨难和洗礼,最后终于走向了革命和真理,使得苦难的历程有了价值和意义。

可见,《苦难的历程》三部曲是反映十月革命和苏联国内战争的一部史诗性作品,表现了优秀的知识分子在特定的动荡时代所经历的艰难、曲折、复杂的"回归"历程。

第三节　左琴科

米哈依尔·米哈依洛维奇·左琴科(Михаил Михайлович Зощенко,1894—1958),是苏联著名幽默讽刺作家,1894 年 8 月 10 日(俄历 7 月 29 日)出身于圣彼得堡一个艺术氛围极浓的家庭[①],他的父亲米哈伊尔·左琴科是一名颇有名气的画家,母亲叶列娜是一位演员,而且发表过一些短篇小说。

1903 年,左琴科进入彼得堡第八贵族子弟学校学习。1913 年,左琴科从贵族子弟学校毕业后,进入圣彼得堡大学法律系学习。1914 年 4 月,因缴不起学费而被学校除名。随后他离开圣彼得堡,到高加索地区的铁路部门打工,开始踏入社会。

1914 年 9 月,左琴科作为士官生进入巴甫洛夫军校学习,从此开始了军事生涯。1915 年 11 月,在与德国士兵作战过程中,他受过轻伤。1917 年 2 月,他因病退伍,从事后勤服务等工作,还当过彼得格勒的邮政局局长。十月革命胜利之后,他从事过法庭书记员等工作。1919 年初,尽管他因病已经从部队复员,但

---

① 关于左琴科的出生时间与地点可参见:Ю. В. Томашевский，Сост. *Лицо и маска Михаила Зощенко*，М.，1994.

是,还是参加了红军,并且担任了副团长等职务。不久之后,因为心脏病复发等原因,他离开战斗部队,到边防部队担任话务员等工作。1920 年起,左琴科彻底离开了部队,脱离了军职,到地方工作,并且开始与文坛广泛接触,逐渐成为一位著名的幽默讽刺作家,在文学领域取得了卓越的成就。

卫国战争爆发后,左琴科再次提交了入伍申请,要求到前线部队服役,但是未获批准。于是,他以自己的笔杆表达对法西斯的憎恨。

然而,卫国战争结束后不久的 1946 年,左琴科在《列宁格勒》杂志上发表了讽刺小说《猴子历险记》,描写一只从动物园里跑出来的猴子以及由此而引发的一些并非离奇的平凡事件,却引发了一场轩然大波。联共(布)中央在《关于〈星〉和〈列宁格勒〉两杂志的决议》中,严厉地批判了左琴科的《猴子历险记》,认为这部小说是"对苏联生活方式和苏联人的卑鄙诽谤"。左琴科从此被开除出苏联作家协会,丧失了刊发作品的权利。

左琴科在将近四十年的创作生涯中,不断探索,艰难前行,他的创作,大致分为三个创作阶段。

第一个创作阶段是 20 世纪 20 年代,这是左琴科创作起始并且获得繁荣的时期。

左琴科作为一名幽默讽刺作家,成名于 20 世纪 20 年代。1920 年撰写、1921 年发表的短篇小说《母鱼》,便是他文学创作生涯开始的标志。1921 年,他参加松散的创作团体"谢拉皮翁兄弟",成为其中的重要成员。

"谢拉皮翁兄弟"这一名称取自德国浪漫主义作家霍夫曼的同名小说集,主要参与者除了左琴科,还有隆茨、伊万诺夫、卡维林、费定、斯洛尼姆斯基、波隆斯卡娅、吉洪诺夫、尼基钦、波日涅尔等作家。"谢拉皮翁兄弟"作家在创作中否定任何倾向性和功利性,追求"为艺术而艺术",但注意艺术形式和艺术手法的探索,积极面对新的生活,努力为新时期文学的发展作出贡献。

这一时期,左琴科所创作的《爱情》《战争》《贵族小姐》《弗兰格尔老婆子》等小说开始受到文坛的关注,尤其是《弗兰格尔老婆子》,受到高尔基的赞赏。1922 年,他的第一部小说集《西涅勃留霍夫先生,纳扎尔·伊里奇故事集》(*Рассказы Назара Ильича, господина Синебрюхова*)出版,表现了独特的幽默讽刺风格,是他的第一个重要的文学成就。其后,在 20 世纪 20 年代,他的多部小说集,包括《四下出击》《幽默短篇小说集》《短篇小说集》《贵妇人》《快乐人生》《猴子的语言》《尊敬的公民们》《感伤中篇小说集》等相继出版,成为拥有广泛读者,享有盛誉的作家。

20 世纪 30 年代是左琴科创作的第二阶段。这一阶段,他的重要创作是《一部浅蓝的书》等重要小说作品。

自卫国战争起直到战后是左琴科的第三个创作阶段。这是左琴科命途多舛的一个阶段。

20世纪40年代,左琴科创作了中篇小说《日出之前》。然而,在《十月》杂志上刊载过七章之后,这部作品便被停止刊载。这部作品遭到了法捷耶夫、马尔夏克、什克洛夫斯基等作家和理论家的猛烈批判,被批判为"是反艺术的、有违人民利益的作品"[①]。《日出之前》直到1972年才得以全部在美国出版。

左琴科在继承果戈理、契诃夫等19世纪经典作家创作传统的基础上,经过不懈的努力,逐渐形成了自己的独特的创作风格,他的中短篇小说具有鲜明的艺术特色。

首先,左琴科发展了简洁而又冷峻的创作风格,他的小说语言生动简洁、朴实无华,有时夹杂着俚语俗语,贴近日常生活中的语言,贴近民众的习惯。他曾经写道:"我的创作简洁紧凑,贴近平民百姓。也许,这就是我拥有广泛读者的原因。"[②]如在《贵妇人》中,作者写道:

> 这样我们就去了。坐进了剧院。她用我的票,我——用瓦西卡的。我坐楼上,啥玩意儿也看不见。从栏杆上往下看,就看见了她。虽说看不清。我孤独,孤独,下来了。一看——中场休息。她呢,趁中场休息来回走动。[③]

左琴科作品风格的简洁以及语句的凝练与美国作家海明威的白描手法简直毫无二致。

其次,在题材选择方面,他善于选择日常琐碎事件,虽然描写的并非宏大的主题,却能深入生活的本质。他紧扣时代的脉搏,顺应时代的潮流。在20世纪20年代,他善于用自己的笔触涉及十月革命后社会生活中所遗留的旧的风俗习惯和陈规陋习。在30年代,他尤其善于讽刺批判官僚主义习气以及徇私舞弊等不良的社会风气,譬如,在题为《火钩子》的小说中,办公场所装了六个火炉子,但只配一根火钩子。管炉子的工人在捅炉子时,拿着火红的火钩子来回走动,伤及职员。当经理要求打字员打报告申请更多的火钩子时,因为不知道该词第二格的变格形式,而被仓库主任驳回。

再者,在塑造人物形象方面,左琴科特别关注他所熟悉的普通百姓等底层人

---

①　转引自吕绍宗:《我是用作实验的狗:左琴科研究》,河南人民出版社,1999年,第346页。

②　Solomon Volkov. *Shostakovich and Stalin：The Extraordinary Relationship*, New York：Alfred A. Knopf, 2004, p.40.

③　《左琴科选集》(五卷本)第1卷,俄罗斯文学出版社,1994年,第22页,转引自吕绍宗:《我是用作实验的狗:左琴科研究》,河南人民出版社,1999年,第137页。

物的形象。如在《一部浅蓝色的书》中，主人公大多是保姆、小市民、小公务员，以及文化水准不高的普通女子等等。而在《感伤中篇小说集》中，每篇都是以"小人物"令人感伤的故事开始的，显然作者极为关注这些人物的命运。

最后，在创作技巧方面，左琴科善于使用讽喻、夸张等一系列艺术手法，在讽刺艺术方面取得了突出的成就。尤其在早期的一些作品中，他善于对形形色色的市侩的庸俗习气进行批判，而且他的批判也主要是通过讽喻和夸张等艺术技巧来实现的。如在题为《普希金》的一篇短篇小说中，作者通过一名红军战士戈洛夫金复员归来却分不到宿舍的故事，讽刺了社会发展过程中讲究排场的官僚作风以及与经济发展很不协调的规章制度。戈洛夫金没有栖身之处，只有睡到熟人家的客厅里。他好不容易分到了一间小屋子，高高兴兴地装饰了屋子。没想到过了没多久，戈洛夫金就被赶出了屋子，理由是该屋子曾经是普希金的一个朋友住过的屋子，所以要作为"文物"保护起来。

第四节　普拉东诺夫

安德烈·普拉东诺维奇·普拉东诺夫（Андрей Платонович Платонов，1899—1951），本名为安德烈·普拉东诺维奇·克里门托夫（Андрей Платонович Климентов），出身于沃罗涅日市一个铁路工人的家庭，他的父亲两度获得"劳动英雄"的称号。在 20 世纪三四十年代的小说创作中，普拉东诺夫是一个高产的作家，也是一个颇为复杂的作家。20 年代末和 30 年代，他创作了多部反乌托邦小说，曾经受到极大的争议，其中的一些片面的描写也表现了作者世界观的局限性，但是，不可否认的是，在他小说创作的后期，在卫国战争期间，他以一系列的小说创作，揭露德国法西斯的战争罪行，弘扬和激发普通战士的爱国热忱，体现了作家的良知，为卫国战争的胜利，做出了应有的贡献。

1906 年，普拉东诺夫进入教会学校学习，自 1909 年至 1913 年，在第四市立学校学习。1913 年至 1918 年，主要在工厂做工。

普拉东诺夫于 1918 年考入沃罗涅日铁路技校，1919 年应征入伍，参加工农红军，投入国内战争，1921 年退伍。1924 年，他毕业于沃罗涅日工学院，后任土壤改良技师和农业电工技师。自 1927 年起，直到 20 世纪 30 年代，普拉东诺夫创作了许多重要的作品。其中包括中篇小说《叶皮凡水闸》（Епифанские шлюзы）、《格拉多夫城》（Город Градов）、《地槽》（Котлован）、《初生海》（Ювенильное море），以及长篇小说《切尔古尔镇》（Чевенгур）。

在 1930 年创作的反乌托邦中篇小说《地槽》中，作者采用超现实和象征暗示的手法，表述在极权主义之下所臆想的"幸福将来"无望实现，并对整个社会组织形态进行反思，借助沃谢夫（Вощев）等人物形象，思考幸福生活的可能性以及探寻真理和生命的意义。

　　长篇小说《切尔古尔镇》(1928)是普拉东诺夫最重要的作品,在这部小说中,作者正视苏维埃政权建立之初的复杂问题,以虚幻的"切尔古尔镇"来对现实进行讽喻,因此这是一部讽刺幻想小说。主要就是因为这部作品,普拉东诺夫如扎米亚京一样,被视为反乌托邦文学的代表作家。

　　小说的故事发生在俄罗斯某个南部地区,时间是国内战争时期和新经济政策时期。小说的主人公亚历山大·德瓦诺夫很早就失去父亲,而他的父亲是带着死后能过上幸福生活的愿望而淹死的。他的养父巴夫洛维奇使人联想起作者的父亲,因此,这部作品中有一些自传的成分,主人公亚历山大·德瓦诺夫身上投射了普拉东诺夫自己的一些经历以及20世纪初的一些思想观念。在小说的结尾,德瓦诺夫走向淹死他父亲的湖,跳进湖中与他父亲相会,去探寻死的意义。

　　反抗法西斯的卫国战争爆发后,普拉东诺夫于1942年应征入伍,作为一名战地记者,他深入前沿阵地,为《红星报》等报刊撰写了大量的战地报道,并且发表了《西方突破口》《通往莫吉列夫的道路》等许多战地随笔。与此同时,他以亲身经历的战争中的事件和见闻为素材,创作了多种中短篇小说,直到1946年因病而退役。在这些短篇小说中,他歌颂普通战士的英雄主义精神,揭露德国法西斯的战争罪行,激发人们的爱国主义的信念。

　　短篇小说《心灵高尚的人们》(Одухотворенные люди)所叙写的是发生在塞瓦斯托波尔郊外的一场战斗。

　　而《玫瑰姑娘》(Девушка Роза)等短篇小说描写了德寇在监狱里对苏联普通人民犯下的暴行,以及苏联百姓所遭受的苦难。许多无辜的人被处以极刑,他们只能以脚趾书写等方式,在牢房里留下只言片语。年轻美丽的玫瑰姑娘便是其中的一员,她在第一次枪毙中,因为两颗子弹并未致命,在夜间爬出了死人堆,死里逃生之后,却在白天又遭到逮捕。作者随后书写了她视死如归的第二次死亡。在控诉敌寇暴行以及描写苏联人民坚强意志的同时,普拉东诺夫在这篇小说中也对生命与死亡进行了哲理的沉思。

　　普拉东诺夫的短篇小说《归来》(Возвращение,1946)是他后期创作中具有代表性的作品。这篇小说原来的名称叫《伊万诺夫之家》,主要是叙写战争给普通家庭带来的灾难和心灵创伤,但是这篇作品遭到了评论界的批判,被指责为"诽谤"现实。此后,普拉东诺夫主要收集和编写民间故事,直到1951年因肺结核病逝世。

第五节　法捷耶夫

　　法捷耶夫是苏联时期享有盛誉的作家、理论家、社会活动家以及无产阶级文学的主要倡导者。他所生活的年代注定他与苏联文学一同成长,他在苏联政权建立后所创作的长篇小说《毁灭》被誉为 20 世纪 20 年代苏联文学的一部里程碑式的作品,在 40 年代创作的以苏联卫国战争为题材的代表作《青年近卫军》,更是描写卫国战争题材的一部令读者难以忘怀的杰作。这部长篇小说所描写的是克拉斯诺顿共青团地下组织"青年近卫军"与德国法西斯侵略者所进行的顽强的斗争,代表了苏联卫国战争文学的一个重要主题,尤其是这部作品中所塑造的青年近卫军的五个总部委员——奥列格、邬丽娅、邱列宁、万尼亚、柳芭等优秀青年形象,更是塑造得极为成功的苏联卫国战争文学中的感人至深的优秀形象,感染了一代又一代读者,发挥了重要的爱国主义教育的功能。

一 在国内战争中成长起来的作家

亚历山大·亚历山大罗维奇·法捷耶夫(Александр Александрович Фадеев,1901—1956)出身于俄国特维尔省(现为特维尔州)的一个农民家庭。这是一个很有天赋的孩子,善于观察,在姐姐的影响下,他学会了识字,自四岁起,就开始养成了阅读书籍的习惯。少年时代,他尤为喜欢阅读杰克·伦敦等作家的作品。

由于受到迫害,法捷耶夫一家于 1908 年迁居到远东南乌苏里地区(现为滨海区),法捷耶夫在那里度过数年的童年和少年时光。1912 年至 1918 年,法捷耶夫进入海参崴商业学校读书,但是没有毕业。此时他与从事革命活动的姑妈一家来往甚为密切,在校读书时间,他就投入了地下布尔什维克的革命斗争,并且一直对无产阶级革命怀有坚定的信念。

1918 年,法捷耶夫加入了共产党,积极地从事宣传工作。1919 年至 1921 年,他直接投入远东地区反对白匪军势力和日本侵略军的战斗,他勇敢作战,并且负伤,在此两年多的时间内,就被提升为部队政治委员。1921 年,由于在镇压喀琅施塔的叛乱中荣立战功,他被选为代表出席联共(布)第十次代表大会。1921 年秋,他因再次负伤而复员退伍,并被选送到莫斯科矿业学院学习。

1924 年他从莫斯科矿业学院毕业后,被派往克拉斯诺达尔、罗斯托夫等地担任党委书记,后又任《苏维埃南方报》党的工作部主任等职。1927 年调回莫斯科后,担任俄罗斯无产阶级作家协会(简称"拉普")和全苏作家协会的领导工作,并成为一名专业作家,并且在 20 世纪 20 年代创作了著名的长篇小说《毁灭》(Разгром,1927)。

《毁灭》的成功使法捷耶夫跻身于苏联著名作家的行列。自 1926 年至 1932 年 4 月"俄罗斯无产阶级作家协会"解散为止,法捷耶夫一直是该组织的领导成员。20 世纪 30 年代之后,他又长期担任苏联作家协会理事会的主席团委员和书记,担负了苏联文学界的领导工作。与此同时,他还致力于文学创作,先后创作了描写苏联从十月革命前到进入社会主义这几十年巨大变革的《最后一个乌兑格人》(*Последний из Удэге*)和以社会主义建设时期工人阶级生活与斗争为题材的《黑色冶金业》(*Чёрная металлургия*)这两部长篇小说。前者计划写六部，后来只完成了四部(1929—1940)，后者也仅写了局部篇章，都因苏联卫国战争的突然爆发而中断。

在艰苦卓绝的卫国战争期间，法捷耶夫以《真理报》战地记者身份活跃在战场上，体验到了英勇无畏的红军战士和伟大的苏联人民的战斗精神，写出了大量的战地通讯、特写和政论文，用他手中的武器——笔杆来投入这场空前残酷而艰苦的战争。1944年，在苏联红军发动大反攻的前夕，法捷耶夫来到列宁格勒，采访了这座被敌军围困达二十几个月的伟大城市，写出了特写集《在被封锁日子里的列宁格勒》(*Ленинград в дни блокады*，1944)。在这部作品集中，作者表达了列宁格勒人民为粉碎敌人的封锁和捍卫祖国领土所做出的艰苦努力和牺牲精神。1945年，法捷耶夫更是以满腔的热忱和惊人的毅力完成了长篇小说《青年近卫军》(*Молодая гвардия*)的创作。

1946年后，法捷耶夫全面领导苏联作家协会工作，担任作协总书记、理事会主席职务；他还是著名的社会活动家，苏共十八大之后，连续被选为苏共中央委员，连续三届被选为最高苏维埃代表，而且两次获得列宁勋章。1950年起，法捷耶夫担任世界保卫和平委员会副主席，活跃在国际政治舞台，1949年9月，他曾率领苏联文化艺术科学代表团前往北京参加中华人民共和国庆典。

1953年，斯大林病故后引发的苏联政局及文坛的重大变化，给法捷耶夫的内心世界带来了深刻的刺激，1954年，他辞去作协总书记职务，改任书记。1956年2月，在苏共第二十次代表大会上，尼·谢·赫鲁晓夫做了秘密报告，对斯大林"错误"进行全面清算。同年5月13日，法捷耶夫在莫斯科的寓所中自杀身亡。

法捷耶夫的文学创作开始于1921年在矿业学院求学期间，处女作是短篇小说《泛滥》(*Разлив*，1922)，两年后以《逆流》(*Рождение Амгуньского полка*)引起苏联文坛的注目。法捷耶夫是在国内战争的艰难环境中成长起来的作家，他曾说过："作为一名作家，我们的诞生应该归功于这个时代。我来自民间，认识了人民的优秀品质。在三年时间里，我跟他们一起走过几千公里的路程，和他们同盖一件军大衣睡觉，共同用一个军用饭盒吃饭。"因此，他的早期作品都是参加革命实践的产物。《泛滥》描写了十月革命后的岁月里，一个山村在布尔什维克聂烈京带领下进行革命斗争的故事。《逆流》则以一个远东团队为背景，塑造了一位名叫谢列兹尼奥夫的共产党员形象，是他帮助团队在与日本干涉军的作战中克服无政府主义的弊病，使战斗取得了胜利。这篇小说虽然并不十分成熟，人物形象亦尚欠丰满，但恰恰显示了作者坚定的创作立场，或者可以说，《逆流》正是三年后作者推出的另一部杰出作品的尝试和先声。这部杰出作品就是为作者赢得声誉的长篇小说《毁灭》。

长篇小说《毁灭》是一部以一支远东游击队的战斗历程为题材,歌颂无产阶级革命精神的作品,小说描绘了一支仅有一百几十人的红军游击队在日本干涉军和高尔察克白军的夹攻追击下,以大无畏的精神突围奋战,最后在队长莱奋生的带领下,剩下十九名战士冲出重围继续战斗的艰难悲壮的历程。《毁灭》由于它重大的主题、深刻的社会主义现实主义创作手法和生动感人的人物形象,而成为 20 世纪 20 年代苏联文学创作中的一颗明星。小说的成功是作者抱着极大的革命热忱,写下了他自己亲身经历过的战斗生活的结果,正因为它的情节真实感人,充满革命英雄主义和乐观主义精神,所以具有强烈的艺术感染力,毛泽东对这部作品大加赞赏,写道:"法捷耶夫的《毁灭》只写了一支很小的游击队,它并没有想去投合旧世界读者的口味,但是却产生了全世界的影响……"[1]

二 《青年近卫军》

《青年近卫军》是法捷耶夫最为重要的代表性长篇小说,也是拥有广泛读者的一部作品,俄罗斯有学者认为:"从 40 年代末到整个 60 年代,在苏联,没有任何一部作品比法捷耶夫的《青年近卫军》更为普及。"[2]

1945 年 5 月,卫国战争胜利结束,在乌克兰煤矿城市克拉斯诺顿市被广泛传颂的"青年近卫军"的英雄们的英勇事迹受到了苏联党和政府的表彰与嘉奖,奥列格·柯舍沃伊等五名"青年近卫军"领导人被追认为"苏联英雄",其他四十四名队员被授予勋章。为了更广泛地宣传"青年近卫军"的英雄事迹,苏联共青团中央正式向法捷耶夫提出要求,委托他写作这部纪念"青年近卫军"英雄们的小说。在经过半年多的访问、调查和紧张写作后,一部以《青年近卫军》(Молодая гвардия)为题的长篇小说问世,这是法捷耶夫不负众望,以英雄的精神激励自己的结果。小说不仅详尽地描写了以政治委员奥列格为首的青年近卫军队员们如何配合游击队开展英勇艰苦的对敌斗争,直至胜利前夕由于叛徒的出卖而壮烈牺牲的过程;更重要的是,作者怀着极大的革命热忱,写出了在新社会成长起来的一代苏联青年们的伟大爱国精神和英雄气概,使小说具有深刻的教育意义。小说中塑造的英雄群像,鼓舞着苏联人民在战后艰苦的岁月里以及恢复建设的工作中胜利前进。这正是《青年近卫军》所起到的巨大作用。

1943 年 2 月 15 日,位于乌克兰中部顿巴斯地区的煤矿城市克拉斯诺顿被

---

① 转引自齐广春、郑一新:《法捷耶夫》,辽宁人民出版社,1985 年,第 133 页。

② Л. П. Егорова,П. К. Чекалов. История русской литературы XX века,Москва:Издательство Флинда,2014,с. 193.

苏联红军解放,人们在清理矿井、街道和建筑物时,发现了第五号矿井中许多具被杀害的青年人尸体。经过辨认后证实,这些都是当地共青团员秘密组织起来的"青年近卫军"战士,他们在德军占领克拉斯诺顿的两年中,与敌人开展了英勇顽强的斗争,但后来由于叛徒的出卖,终遭法西斯的逮捕、拷问和枪杀。这支英勇的地下武装组织的领导人是该市的共青团员奥列格·柯舍沃伊。后来,奥列格和"青年近卫军"的另一位领导人、女共青团员刘波芙·谢夫卓娃的遗体也在罗基文城的郊外刑场上被发现。于是,"青年近卫军"和奥列格·柯舍沃伊等英雄的名字在苏维埃大地上传扬开来。

这是一部纪实性的小说,作者在掌握了当年"青年近卫军"活动线索的大量素材之后,力图描绘出具有真实生命力的人物形象,特别是塑造出以奥列格·柯舍沃伊为代表的忠于祖国、忠于人民,敢于向凶残万恶的法西斯侵略者进行顽强英勇斗争的苏联共青团员们的伟大典范,因为他们是苏联人民的优秀儿女、年轻一代苏联公民的骄傲。

长篇小说《青年近卫军》共分两部。第一部从苏联卫国战争的第二年——1942年夏季写起,当时苏军已从顿巴斯地区撤离,整个乌克兰只剩下克拉斯诺顿市所在的伏罗希洛夫格勒州没有被德军占领,但接着局势日益恶化,就在这年6月,苏军主力离开该市,地下州委书记伊凡·普罗钦柯在转移前向地下区委书记弗里普·刘季柯夫和马特维·舍尔迦布置了地下抵抗的任务。奥列格等人是在撤退途中遭到德军拦截后返回城里的,他找到了地下党成员之一、老布尔什维克安德烈·瓦尔柯要求分配任务,于是他和女报务员刘波芙·谢夫卓娃、刚支前回来的谢尔盖·邱列宁等人组成了一个地下战斗小分队。他们通过破坏敌军设施、散发《真理报》等方式开展斗争,其中邱列宁在7月19日德寇刚进城不久时,将燃烧瓶扔进了学校对门的德军办事处(原煤业联合公司大楼),引起一场熊熊大火,使德军的气焰遭到打击。但这些斗争手段也暴露了队伍分散、随意的弱点,紧接着德寇发动突然袭击,逮捕了许多党员干部,瓦尔柯也遭活埋。在斗争形势日益残酷之时,奥列格更加成熟了,他在地下党组织和红军指导员伊凡·杜尔根尼奇的领导和配合之下,终于建立了一支有严密的组织纪律,并且有灵活的作战方针的战斗队伍——青年近卫军,于是在克拉斯诺顿,一场更为惊心动魄的搏斗在德国侵略军与"青年近卫军"战士们之间展开……在作品的第三十六章,奥列格、邬丽亚娜等在加入"青年近卫军"时庄严宣誓:

> 我,奥列格·柯舍沃伊,在加入"青年近卫军"队伍的时候,对着我的战友,对着祖国灾难深重的土地,对着全体人民,庄严宣誓:绝对执行组织的任何任务;对于有关我在"青年近卫军"的一切工作严守秘密。我发誓要毫不留情地为被焚毁、被破坏的城市和乡村,为我们人民所流

的鲜血,为矿工英雄的死难复仇。如果为了复仇而需要我的生命,我一定毫不犹豫地献出它。如果我因为禁不住拷打或是由于胆怯而破坏这神圣的誓言,那就让我的名字和我的亲人遗臭万年,让我本人受到同志们的严峻的手的惩罚。以血还血,以命抵命![1]

这是小说第二部的开端,"青年近卫军"政治委员奥列格·柯舍沃伊带领他的战友刘波芙·谢夫卓娃、邹丽亚娜、葛洛莫娃、伊凡·杜尔根尼奇、谢尔盖·邱列宁、伊凡·捷姆奴霍夫等人,在"青年近卫军"成立仪式上庄严宣誓。随后他们制订了一系列行动计划,处死叛徒、散发传单、破坏敌人交通、收集武器、抢救被俘同志、夺取敌人军需弹药……到1942年11月6日,即俄国十月革命二十五周年纪念前夕,他们收听莫斯科电台广播的斯大林演说,举行跳舞晚会和在城里各处挂出红旗,在敌人的鼻子底下显示了苏联人民不屈不挠的斗争精神。

"要奋斗就会有牺牲",小说以"青年近卫军"英雄群体的为国捐躯,为这场伟大的反法西斯战争描上庄重的一笔。当红军将德寇赶出克拉斯诺顿后,活着的同志们来到殉难的布尔什维克和"青年近卫军"队员的墓前,为死难的战友竖起了临时的纪念碑——普通的木头的方尖碑,写上了当年斯大林在列宁灵前的誓言,然后是英雄们的名字,他们发誓要为战友们报仇,消灭法西斯,将侵略者永远赶出祖国的领土。

作为在真人真事基础上创作的长篇小说,《青年近卫军》既是一部艺术作品,但又不是一部普通的由作者虚构的小说,它的不寻常的诞生过程,使作品具有特殊的地位。正如作者所说:"《青年近卫军》并不是一部按一般人所理解的那种长篇小说,它汇集了大量的真人真事,其中也有作者的虚构、幻想和艺术上的臆测。"既来源于生活,忠实于生活,又在生活真实的基础上进行必要的、合理的虚构和提炼,作家以创造性的劳动使《青年近卫军》在以苏联卫国战争为题材的文学作品中,具有更为深刻的思想意义和生动、典型的艺术形象。

长篇小说《青年近卫军》的出版,对于战后的苏联人民起到了巨大的精神鼓舞作用,这部作品于1946年获得斯大林文学奖一等奖。然而,不久之后,这部作品也受到了政界和文坛的强烈批判,尤其是来自《真理报》的严厉批判,认为这部作品忽略了党的领导作用。在受到苏共中央和评论家的批评后,作者认识到原小说中忽视了对于青年近卫军在当地党组织领导下开展抗敌斗争的事实,把这些青年写成似乎自由行动、孤立作战的散兵游勇,1951年底,作者对原书做了认真的修改,在第二部中加强了对以克拉斯诺顿地下区委书记刘季柯夫为代表的地下党领导人的描写,强调了党组织的领导作用和老一代布尔什维克对年轻

---

① 法捷耶夫:《青年近卫军》,叶水夫译,人民文学出版社,2005年,第301页。

一代在艰难险阻的斗争环境中的表率作用。

第六节 西蒙诺夫

西蒙诺夫在苏联以其著名的诗篇《等着我吧……》而广为人知。他不仅是一位出色的战地抒情诗人,而且是一位杰出的小说家和剧作家。他的文学创作,深深地鼓舞了卫国战争中的广大官兵,是苏联卫国战争文学的卓越的代表。

一 宏观与微观相结合的战争书写

康斯坦丁·米哈伊洛维奇·西蒙诺夫(Константин Михайлович Симонов,1915—1979)出身于彼得格勒的一个沙俄军官的家庭。他的母亲亚历山德拉是皇室奥博伦斯基家族的成员,他的父亲作为沙皇部队的一名官员,在1917年十月革命之后就被迫离开了自己的祖国,并于1921年在波兰逝世。西蒙诺夫没有跟随自己的父亲流亡国外,而是与母亲亚历山德拉一起留在了祖国。1919年,他的母亲嫁给了一位红军军官,一位参加过第一次世界大战的军人。西蒙诺夫在梁赞度过了几年的童年时光,他的继父则在当地的一所军校里担任教员工作。随后,他们迁居到了萨拉托夫,西蒙诺夫在这个城市里度过了他最后的童年时代。1930年,西蒙诺夫在萨拉托夫结束了七年制的中学基础教育之后,没有去读大学,而是进入一所技工学校读书。1931年,他的家庭迁居莫斯科。经过严格的技术训练之后,西蒙诺夫进入工厂工作,直到1935年。

西蒙诺夫自1934年开始从事文学创作活动,作为一名才华横溢、富有创作潜力的优秀青年,他被选送进入高尔基文学院学习。在学习期间,他有机会聆听许多作家和批评家的讲座,并且一边学习,一边创作。1936年,他的诗篇发表在《青年近卫军》和《十月》等重要文学期刊上,并且出版了诗集。1938年,西蒙诺夫从高尔基文学院毕业之后,进入莫斯科文史哲研究所。

卫国战争开始后,他参了军,作为战地记者,上了前线,他总是不顾个人安危,常常深入前沿阵地,获取真实的第一手资料,他所写的相关报道及时而又真切,同时为他的小说创作积累了丰富的素材。卫国战争期间,西蒙诺夫主要在军队报刊《红星》(Красна звезда)报社工作,1942年担任政委,1943年任陆军中校,战后任上校。

在战争期间,他不仅写了大量战地报道,还创作了多种文学作品,包括诗歌、戏剧,以及长篇小说《日日夜夜》(Дни и ночи)。战争后期,他随军到过东欧一些国家,直至柏林,写有特写和短篇故事集《从黑海到巴伦支海》(4卷,1942—1945)。

战争结束三年之后,西蒙诺夫作为外交官员,曾在苏联驻日本、美国、中国大使馆工作。同时,继续从事文学创作,主要是战争题材的长篇小说的创作。1952年,出版长篇小说《武装的同志》(*Товарищи по оружию*),1959 年出版长篇小说《生者与死者》(*Живые и мёртвые*),1963 年至 1964 年又创作了长篇小说《军人不是天生的》(*Солдатами не рождаются*),1970 年至 1971 年,创作了长篇小说《最后的夏天》(*Последнее лето*)。他将《最后的夏天》与以前出版的《生者与死者》和《军人不是天生的》构成他著名的《生者与死者》三部曲。

西蒙诺夫在苏联文坛占有重要的位置,1950 年至 1953 年,他曾担任苏联《文学报》主编,自 1946 年至 1959 年以及自 1967 年至 1979 年,他担任苏联作家协会书记处书记等职,在苏联文学界具有广泛的影响。他的作品曾六次获得斯大林文学奖。

二 《日日夜夜》

西蒙诺夫的长篇小说《日日夜夜》是一部反映斯大林格勒保卫战的作品,颂扬苏军战士在这一战役中所表现出的英雄气概和刚毅精神。这部小说没有全面描写这一战役,而是选择了战役中的一个事件,通过局部事件来展示斯大林格勒保卫战的整体状况。作品的主要情节是描写苏军战士同入侵德寇日日夜夜进行激烈决战时的一段插曲。小说开头描写苏军官兵在营长沙布罗夫的率领下,渡过了伏尔加河,他们利用夜幕的掩护,夺回了曾经被德寇占领的斯大林格勒关键地带的三座楼房,接着,作品描写了官兵在坚守三座楼房的日日夜夜里所表现出来的勇敢和顽强,书写在这狭小的空间所进行的艰苦的防守,与敌人短兵相接,多次激战,风餐露宿,打退了敌人的多次反扑,营里的士兵也从八百人到最后只剩下不足百人,但是,他们让敌方付出了更为惨痛的代价。沙布罗夫营的官兵终于守住了已经成为废墟的楼房,直到 11 月迎来苏军的总反攻。

就人物塑造而言,这部小说也没有直接歌颂战役的指挥家或战绩显赫的英雄,而是着重塑造这一战役的普通参与者——营长沙布罗夫大尉以及他所率领的普通士兵,描述普通官兵对祖国的热爱以及对敌斗争的决心。他们所坚守和保卫的三座楼房,实际上已经成为祖国的象征,营长沙布罗夫就是将三座楼房当作祖国来保卫的:

> 他(沙布罗夫)感到非常疲惫,这并不是经常感到危险的存在,而是由于他感到肩上责任的重大。虽然他不知道南边和北边的情况,不过从炮声判断,四面八方都在激战,但是有一点,他不单是清楚地知道,而且是清楚地感觉到了:这三座楼房,这些打断的门窗,碎成瓦砾的居室,他,他手下或死或生的战士,地窖里带着三个孩子的女人,这一切就是

俄罗斯,他,沙布罗夫,有责任保卫它。①

　　这部长篇小说虽然不是对斯大林格勒保卫战所进行的全景描写,但是从一个重要的侧面再现了斯大林格勒保卫战的激烈场面,苏军官兵在战斗中所表现出的顽强的战斗精神,以及这一战役的重要意义。在小说中,作者着重描写了红军官兵的系列形象,其中包括营长沙布罗夫、师长普罗庆柯、普通战士马斯林尼柯夫,以及年轻护士克莉缅柯。通过这些形象,歌颂了英雄主义精神,再现了斯大林格勒保卫战的艰辛以及普通官兵的坚韧和勇敢。

三　《生者与死者》三部曲

　　西蒙诺夫的《生者与死者》三部曲既有宏观的卫国战争的广阔的历史画面,也有微观的战时生活的生动的细节描写,从时间上看,这部作品从卫国战争初期苏联红军在西部边境的溃败开始描写,接着书写著名的1943年的斯大林格勒保卫战,直到最后书写1944年夏天解放白俄罗斯战役的胜利。所描写的事件在卫国战争期间具有一定的代表性。该三部曲荣获1974年度的列宁奖金。

　　三部曲的第一部《生者与死者》所书写的是战争初期德寇侵入、苏军败退、国土沦丧,以及莫斯科保卫战的情景。这部长篇小说也表现了战争初期指挥不当以及慌乱的境况。驻扎在莫吉廖夫城的苏军某团部队,经过奋战,终于突围,但是,突围部队根据上级命令,需要上交所缴获的武器,然后遣送到后方接受审查和整编。由于武器已经上交,在遣送的途中,部队遭遇敌军伏击,无力抵抗,结果被分成前后两截,顿时分为生者与死者两个部分。

　　三部曲的第二部《军人不是天生的》所写的是1942年至1943年卫国战争的情景,其中包括斯大林格勒保卫战的部分情形。

　　三部曲的第三部《最后的夏天》所写的是卫国战争后期的战事,主要描写在苏联本土上最后一个夏天所进行的解放白俄罗斯的巴格拉季昂战役。

　　西蒙诺夫的《生者与死者》三部曲不同于《日日夜夜》,在时间上,三部曲表现了卫国战争的全过程,对从初期的战争失利到中期的两军对峙,直到最后的反攻,做了全面的书写。在空间上,也不再限于《日日夜夜》中的某一阵地,而是全方位地展现战争的场景,其中不仅有前线的惨烈战斗,也包括后方的艰苦的生活,将重大战争事件与战时的日常生活结合起来。正是这种全方位的书写,使得三部曲无疑成为描写卫国战争的一部史诗性作品。

---

　　①　西蒙诺夫:《日日夜夜》,转引自李毓榛:《反法西斯战争和苏联文学》,北京大学出版社,2015年,第69页。

第七节　波列沃依

鲍里斯·尼古拉耶维奇·波列沃依（Борис Николаевич Полевой，1908—1981)是一位以描写卫国战争题材的小说赢得广泛读者的作家。他出身于莫斯科的一个律师家庭。1913 年,他随家庭迁居特维尔。

波列沃依自幼热爱文学,认真研读经典作家的作品,很早就开始从事文学创作。1927 年,刚满二十岁的波列沃依就出版了自己的第一部作品——特写集。这部作品在当时受到了著名作家高尔基的肯定,使他很受鼓舞。卫国战争前夕,波列沃依出版了自己的第一部中篇小说《热火朝天的车间》(*Горячий цех*,1939)。

一　从随军记者到著名作家

在卫国战争期间,作为《真理报》的随军记者,波列沃依一直坚守在岗位上,活跃在前线。他以自己的笔记录在反抗法西斯战争中所发生的事件。在担任战地记者的同时,他也为将来的文学创作积累了丰富而又珍贵的创作素材。在后来的文学作品中,他的所见所闻以及他所接触的人物得到了艺术的再现。这些作品由于来自他的亲身经历,所以,得到了读者的普遍喜爱,得以广为流传。波列沃依所创作的作品包括短篇小说集《我们是苏维埃人》(*Мы - советские люди*,1948)、长篇小说《黄金》(*Золото*,1950)。特别是他的代表作《真正的人》(*Повесть о настоящем человеке*,1946),探讨了谁是"真正的人"这一命题,具有时代的探索精神,揭示了新时代英雄主义的本质特征,因而获得了极大的成功,不仅当时的苏联国内,而且在国外许多国家广为流传,感染了一代又一代读者,引起了许多读者的共鸣。

二　《真正的人》

波列沃依长篇小说《真正的人》发表于 1946 年,并且于次年获得了斯大林文学奖。这部作品的创作,基于作者真实的战地生活和战争体验以及对战争素材的敏锐感悟。如同《青年近卫军》《卓娅和舒拉的故事》等著名的卫国战争题材的小说作品一样,这部小说是根据真人真事而创作的,对战争年代的真实生活进行了典型的概括,塑造了密烈西耶夫这样的战斗英雄的典型形象。而且,正如作家本人所说,这部长篇小说"不仅描述密烈西耶夫如何建立功勋,而且想描述他为了什么而去建立功勋"①。整部作品洋溢着高昂的英雄主义和爱国主义的精神。作品中的战机飞行员密烈西耶夫,在一次激烈的空战中,战机被敌人击落,坠在密林中,他摔断了双腿,但是,他忍住疼痛,依然不下火线,并且以惊人的毅力爬回自己的部队,然后经过顽强的训练,重新返回航空部队,驾机与敌作战,建立功勋。

从长篇小说《真正的人》的描写中,可以看出,波列沃依是苏联作家中继富尔曼诺夫、奥斯特洛夫斯基、法捷耶夫之后,又一次阐述了人生意义和人生真谛的杰出作家,再一次使得人们相信一个人的信念所具有的巨大能量,那些英雄人物正是依靠这一信念,可以战胜苦难,赢得胜利。波列沃依继承了俄罗斯文学中的现实主义优秀传统,注意塑造英雄形象,弘扬英雄主义和爱国主义精神,并以英雄——主人公的刻画,来描绘时代生活的典型特征。

卫国战争结束后的一天,当时还是一名不知名的年轻记者的波列沃依来到了加里宁,与故乡的父老乡亲们相聚一堂。在大厅里,乡亲们听他讲述着战争中的故事,尤其是兴致盎然地听他讲述他刚刚经历的发生在纽伦堡的对法西斯分子进行审判的故事。当波列沃依离开大厅准备回家的时候,一些熟悉的记者同行又将他围住,并且向他提出了一个又一个感兴趣的问题。其中一个问题就是问他眼下在从事什么样的事情。波列沃依即刻回答,说自己正在从事小说创作,并且说出了小说的名称。这部小说就是《真正的人》。

波列沃依的《真正的人》出版之后,取得了巨大的成功,它不仅成为苏联青年争相阅读的作品,而且赢得了世界各地读者的喜爱。在苏联,它不断再版,在激发爱国主义热忱,培养青年一代英勇无畏的精神方面,这部作品发挥了突出的作用。

在 20 世纪的历史长河中,苏联反抗德国法西斯的卫国战争所持续的时间相对而言是较为短暂的,由于受到各种条件的限定,作家在战争期间创作的作品的面世有时也不免显得较为匆促,但是,其战争描绘的真实性却是难能可贵的,更是折射了战争的紧张氛围以及相关的紧张场景。卫国战争时期的优秀作家让短暂的时间成为永恒的记忆。苏联作家以自己的笔杆所表达的对人民群众的深厚的爱,对和平的热切的向往,对英雄人物及英雄行为的讴歌,已经深深地印在爱好和平的人们的心灵深处,感染着一代又一代读者。

---

① 波列沃依:《波列沃依 9 卷集》第 1 卷,莫斯科文学出版社,1981 年,第 527 页,转引自彭克巽:《苏联小说史》,北京十月文艺出版社,1988 年,第 181 页。

第十八章　肖洛霍夫的小说创作

　　肖洛霍夫是一位以独特的艺术风格享有世界声誉的俄罗斯作家,是 20 世纪俄罗斯文学最为杰出的代表之一。1965 年,他因"在描写俄罗斯人民生活中一个历史阶段的顿河史诗中所表现的艺术力量和正直"①而获得了诺贝尔文学奖。不同于帕斯捷尔纳克和索尔仁尼琴等俄罗斯作家,肖洛霍夫并没有像他们那样因为获得诺贝尔文学奖而遭受批判,而是在获得诺贝尔文学奖之后,同时受到了西方和苏联两个阵营的吹捧。两个阵营各取所需,对肖洛霍夫的《静静的顿河》纷纷做出符合于各自民族文化利益的解读。但是,肖洛霍夫在 20 世纪世界文学中所享有的卓越地位是无可置疑的,他也被广大读者所深深喜爱。"也许,在 20 世纪的俄罗斯文学中,再也没有任何作家,其世界范围的知名度能与《静静的顿河》的作者相提并论。"②

第一节　肖洛霍夫小说创作概论

　　米哈伊尔·亚历山大罗维奇·肖洛霍夫(Михаил Александрович Шолохов,1905—1984)出生在顿河边的一个哥萨克村子里。他的一家是从梁赞省迁居而来的。他从小就喜爱顿河一带的自然风光,在当地的学校接受了四年的教育,1918 年由于战争便中止了学习。肖洛霍夫从小就熟悉哥萨克人的生活和风俗习惯。1919 年,他目击了顿河上游地区哥萨克大规模的暴动。1920 年,顿河地区红色政权建立之后,肖洛霍夫积极参加当时的各项社会活动。他参加武装征粮队,并且时常与匪帮进行战斗。在康科夫村附近的战斗中,他曾被匪帮捉住,受到匪首的审讯,只因年纪太小而没有被枪毙。

　　1922 年,十七岁的肖洛霍夫为了从事文学创作,只身来到了莫斯科,一边打工,一边尝试创作。在莫斯科期间,他得到了当时的苏联大作家绥拉菲莫维奇的赏识,后者引导他进入了文学的殿堂。两年之后,他又回到故乡。自二十三岁

---

　　①　宋兆霖主编:《诺贝尔文学奖文库》第 8 卷,浙江文艺出版社,1998 年,第 439—440 页。

　　②　Л. П. Егорова. *История русской литературы XX века*, М: Флинда, 2014, с. 606.

起,肖洛霍夫开始发表作品。他的创作一开始就反映了时代的特征,如在早期的创作——一部充满悲剧性的短篇小说集《顿河故事》(*Донские рассказы*,1926)中,肖洛霍夫通过家庭成员之间的交锋,反映了顿河地区阶级斗争的激烈、严酷和复杂,集中体现了国内战争时期以及和平时期头几年的真实情境,出色地展现了时代的特征、民族的风貌以及爱国主义精神。

20 世纪 30 年代,肖洛霍夫在斯大林的激励下,积极参加农业集体化劳动以及其他社会主义建设事业。

第二次世界大战期间,肖洛霍夫作为一名战地记者,深入前线,写了许多随笔以及战地报道,也为他战争题材的文学创作积累了大量的素材。《他们为祖国而战》(*Они сражались за Родину*,1943)以及短篇小说《人的命运》(又译《一个人的遭遇》,*Судьба человека*,1956),便体现了他对战争的切身感受以及对战争的深入沉思。

战后,肖洛霍夫除了担任苏联作家协会书记处书记等社会工作和文学组织工作之外,还继续努力从事文学创作活动,以自己的文学创作反映了革命年代和国内战争时期的种种事件,叙写了农业集体化运动时期的社会生活,还以自己的笔触,描写了卫国战争时苏联人民英勇抗敌的事迹。他的作品反映了各个历史时期苏联人民,特别是顿河地区哥萨克的日常生活和时代变革在他们心中所引起的剧烈震荡。肖洛霍夫晚年不仅在苏联国内获得了斯大林文学奖金、列宁文学奖金、社会主义劳动英雄等许多荣誉,而且在国际上获得了诺贝尔文学奖,在当时的苏联,他是唯一同时受到苏联国内外推崇的诺贝尔文学奖获奖作家。

肖洛霍夫的创作主要以顿河地区的斗争和生活为题材。他的主要作品除了《顿河故事》,还有《人的命运》(又译《一个人的遭遇》)、《被开垦的处女地》(又译《新垦地》),以及他的代表作——长篇小说《静静的顿河》。

肖洛霍夫的《一个人的遭遇》所表现的是战争与人的悲剧冲突。这篇短篇小说杰作以第一人称自述的方式,叙述了作品主人公索科洛夫坎坷的一生,尤其是画龙点睛地描写了他在卫国战争期间的种种遭遇,真实地呈现了战争给苏联普通百姓所带来的深重灾难,同时表现了广大苏联人民在战争中的崇高的爱国热忱、不屈不挠的斗争意志,以及经受了战争考验的人们在走向新的生活道路时对未来美好生活的憧憬。战争虽然摧毁了索科洛夫的家庭和他曾经所拥有的一切,但他却没有被命运所摧毁,而是以深沉的感情收养了孤儿万尼亚,重新组成新的家庭,迎接新的生活,从而表现出了浓郁的人道主义思想。

长篇小说《被开垦的处女地》(第一部 1932 年,第二部 1959 年)所表现的是农业集体化时期两个营垒之间的矛盾冲突和激烈的斗争,作品塑造了达维多夫那样的具有劳动者美好品质的社会主义革命和社会主义建设事业中的“当代英雄”。由于《被开垦的处女地》两部之间在写作上有着很长的时间跨度,在此之间的社会现实以及作者肖洛霍夫的思想都发生了显著的变化,所以,两部的主题和风格都有所不同。《被开垦的处女地》第一部所着重描写的是格列米雅其村建立集体农庄的过程,充满了高昂的激情以及农业集体化时期暴风骤雨般的紧张气氛,而第二部所着重描写的是斗争的残酷,作品的基调显得较为低沉,并且在书写过程中,作者将伦理道德主题融入了社会历史主题之中。

第二节 《一个人的遭遇》及其他中短篇小说

肖洛霍夫所创作的《一个人的遭遇》,虽然在形式上只是一篇短篇小说,但是,这篇篇幅有限的短篇小说在当时产生了极大的社会影响,也在俄罗斯小说发展史上产生了重要的影响,这种深远的影响,甚至连很多鸿篇巨著也难以与此相比。

《一个人的遭遇》于 1956 年 12 月 31 日和 1957 年 1 月 1 日刊载于苏联的重要报刊《真理报》。在这一特定的时间和这一特定的重要媒体发表这样一篇文学作品,其意义可想而知。所以,这篇作品一问世,就立即引起了苏联国内外强烈的反响。

《一个人的遭遇》尽管表现的是战争与人的悲剧冲突,但是,这部作品中并没有战争场面的直接描写,而是重点书写战争对个体的人所产生的作用和影响。小说所着重描写的是主人公索科洛夫这样的人物身上所具有的坚强的性格和顽强的毅力,他面对任何艰难和深重的苦难,都毫不屈服,而是积极面对。尤其是他在战争中失去所有亲人的情况下,仍然留存着一颗爱心,收留同样在战争中失去亲人的孩童万尼亚,组成新的家庭,开始新的生活。

一 索科洛夫的形象

《一个人的遭遇》以索科洛夫在战争中的经历为主线。根据有关记叙:"1946年春作者在一个渡口等候渡船时倾听一个陌生人向他诉说生平,深深地受到了触动,这个陌生人后来就成了小说中主人公安德烈·索科洛夫的原型。"[①]作为作品的主人公,安德烈·索科洛夫是一个普普通通的公民。而作为 20 世纪的同龄人,他目睹了十月革命,参加过红军。在 20 年代初的大饥荒年代,他的父母生生饿死,他成了无所依靠的孤儿。但是,他后来却经过自己的努力,当上了工人,并且依靠自己辛勤的劳动,建立起了一个美满的家庭。他娶了同是孤儿的贤惠的妻子伊琳娜。婚后,他们生了两个女儿和一个儿子,过着衣食无忧、其乐融融的生活。然而,1941 年,德国法西斯的入侵,卫国战争的爆发,打破了他生活的

---

① 许贤绪:《当代苏联小说史》,上海外语教育出版社,1991 年,第 25 页。

安详与宁静。索科洛夫应征入伍,他强忍分离的痛苦,强行推开悲痛欲绝的妻子,到了部队的一个汽车连,当上了司机。1942 年,索科洛夫在前线的一次战斗中,不幸负伤,并且被敌军俘获。他被关进了德国的集中营,受尽了非人的折磨。但他没有丧失意志力,有一次,他终于寻找到了一个机会,冒着生命危险,逃出了集中营,但是不久就被带着警犬、骑着摩托的德国兵追到了。他被警犬咬得全身血肉模糊……即使受尽了残酷的磨难,但他依然怀着逃出魔窟的信念。

1944 年,终于有一天,索科洛夫利用给德国一个少校级工程师开车的机会,利用自己的机智和勇敢,在接近修防御工事的前线地带,用一个两公斤重的砝码打昏了这名工程师,成功地俘虏了他,带着工程师这份"宝贵的礼物",终于逃回祖国。

然而,索科洛夫经过千辛万苦回到祖国的怀抱之后,等待他的却是一个又一个不幸的消息和一次又一次沉痛的打击。他得知,早在 1942 年的时候,德国法西斯的一枚重型炸弹就炸毁了他家的房屋,他的妻子伊琳娜和两个女儿全都被德寇炸死,连尸首都没法找到。后来,穿心的悲痛终于有了一点缓和:他的儿子找到了。而且,他的儿子已经在部队当上了大尉和炮兵连长。这使他感到安慰,他设想着等到战争结束,他就给儿子娶个媳妇,抱上孙子,享受天伦之乐。可是,这一愿望并没有实现。就在卫国战争胜利的那一天——5 月 9 日的早晨,他的儿子在前线壮烈牺牲了。索科洛夫埋葬了"最后的欢乐和希望",儿子的炮兵连鸣礼炮,以这一特殊的方式,为不幸牺牲的指挥员送葬……

不久之后,索科洛夫复员,还到了一个汽车队,当上了司机。有一天,在一个茶馆的附近,索科洛夫遇到了一个孤儿万尼亚,他的父母在战争中失去了生命,于是,索科洛夫收养了这名孤儿。"两个失去亲人的人,两颗被空前强烈的战争风暴抛到异乡的沙子",终于相依为命,结合在一起。

可见,作品是以索科洛夫的遭遇作为主要情节线索来描写战争的,虽然索科洛夫并没有人们所理解的轰轰烈烈的战绩,他甚至还非常遗憾地在战争中被敌人所俘,成了人们所难以认可的"俘虏",但是,这篇作品的感人之处,正是在于他作为普普通通的一名公民,历经生活的磨难后所表现出来的坚强,以及战争给他带来巨大的心灵创伤之后所表现出来的信念和对新的生活的期望。小说更是通过索科洛夫的形象以及经历,引发人们对于战争与人的命运的思索。

索科洛夫不仅坚强,而且有着普通劳动者的人格尊严,即使被关在德国集中营期间,他在一个采石场劳作时,因为对繁重的体力劳动说了句牢骚话而要被执行枪毙,他也无所畏惧,面对死神的时候,也不愿失去爱国的热忱和人格的尊严。当索科洛夫说的"他们要我们采四方石子,其实我们每人坟上只要采一方石子也足够了"这句牢骚话被凶暴的纳粹军官米勒听到后,他立意要亲自枪毙索科洛夫,并给索科洛夫递上了一大杯白酒和面包咸肉,傲慢地说:

"临死以前干一杯吧，俄国佬，为了德国军队的胜利。"

我刚从他的手里接过玻璃杯和点心，一听到这话，全身好像给火烧着一样！心里想："难道我这个俄罗斯士兵能为德国军队的胜利干杯吗?! 哼，你未免也太过分了，警卫队长，我反正要死了，可你跟你的白酒也给我滚吧！"

我把玻璃杯搁在桌上，放下点心，说："谢谢您的招待，但我不会喝酒。"他微笑着说："你不愿为我们的胜利干杯吗？那你就为自己的死亡干杯吧。"这对我有什么损失呢？我就对他说："我愿意为自己的死亡和摆脱痛苦而干杯。"说完拿起玻璃杯，咕嘟咕嘟两口就喝了下去，但是没有动点心，只是很有礼貌地用手掌擦擦嘴唇说："谢谢您的招待。我准备好了，警卫队长，走吧，您打死我得了。"[1]

面对死亡，索科洛夫毫不恐惧，依然怀着对生命的尊崇，以及对正义的崇敬。尽管他的生死权完全被掌控在敌人的手中，但是，他对生命的尊崇超越了他对死亡的恐惧，正因如此，他才勇敢地面对死亡，无畏地进行抗争。

同样，与战争的残酷形成强烈对照的，是索科洛夫有着一颗仁爱之心。正是有了这颗仁爱之心，他不顾自身的不幸，收养了孤儿万尼亚，告别过去，走上新的生活。

正是在特定的战争年代的勇敢顽强和对生命的尊崇，以及所怀有的仁爱之心，使得索科洛夫这一艺术形象感人至深，成为苏联时期的文学中最为动人的艺术形象之一。

二 《顿河故事》

肖洛霍夫在中短篇小说创作方面，除了《一个人的遭遇》，主要成就还有中短篇小说集《顿河故事》。作为肖洛霍夫的早期作品，这部小说集是作家根据自己的切身体验和细致观察而写成的，主要以苏联国内战争为历史背景，叙写了苏联政权建成初期顿河地区红色政权在巩固过程中的复杂进程，尤其是哥萨克内部的分化和斗争以及革命与反革命两种力量的殊死搏斗。而且，在这部小说集中，已经表现出作者对顿河草原的把握和对哥萨克生活的理解，其中有着对现实生活的独特感悟，没有浪漫主义的色彩，没有轰动一时、不可一世的主人公，没有诗情画意的描绘，更没有同时期的一些现代主义作品的晦涩，而是有着浓郁的顿河哥萨克的乡土气息。"顿河草原是肖洛霍夫成长的摇篮，哥萨克的生活是他取之

---

[1] 肖洛霍夫：《一个人的遭遇》，草婴译，参见宋兆霖主编：《外国小说读本》，浙江文艺出版社，2022年，第564—565页。

不尽、用之不竭的创作源泉。"①

肖洛霍夫的《顿河故事》共收入二十余篇短篇小说和一篇中篇小说。这是一部反映时代特征、充满悲剧性的小说集。在这部小说集中,作者已经表现出对于时代、战争和阶级斗争等问题的深入思索。有些作品,如《看瓜田的人》《胎记》《粮食委员》《漩涡》《希巴洛克的种》《有家庭的人》等等,以卷入斗争中的亲人之间的残杀,以及家庭成员之间的交锋来表现当时顿河地区斗争的复杂、激烈与残酷。如在短篇小说《看瓜田的人》中,作者书写了警卫队长阿尼西姆·彼德洛维奇与两个儿子以及妻子之间所发生的残杀。阿尼西姆警告长子费多尔不要与布尔什维克来往。而费多尔却坚持要去参加红军,他让弟弟米嘉从父亲枕头底下偷了马房的钥匙,牵出马儿去参加了红军部队,"为穷人去作战,为了让世界上人人平等"。有一天,米嘉看到父亲残忍地虐待红军俘虏,开始痛恨父亲,并且同情红军俘虏,他让母亲烤面包,以便他送给饥饿的红军俘虏吃。父亲知道此事后,将母亲活活打死,米嘉则逃出了家庭,在村子里当上了看瓜田的人。有一天,黎明时分,米嘉听到有人呻吟,走近一看,原来是受伤的红军哥哥费多尔。米嘉将哥哥藏到了自己的棚子里,并在他身上盖上了野草。不料,却遇到了前来搜索的父亲。父亲因为在棚子旁边发现了血迹,于是走进棚子,掀开了野草,发现了自己的长子费多尔。父亲用手握住腰间的手枪,正准备开枪射击的时候,米嘉抢先一步,抓起斧头,朝父亲的后脑勺砍去。他用野草掩盖住父亲的尸体,与哥哥费多尔一起奔向了红军队伍。

如果说《看瓜田的人》中的父子相互之间是明目张胆的厮杀,那么,肖洛霍夫的短篇小说《胎记》中所描写的则是父子之间无意识的意外残杀了。白匪头目率领匪徒袭击村庄,于是,年轻的红军骑兵连连长奉命前去剿匪。可是匪徒十分猖獗,与红军展开了激战。结果,红军骑兵连长寡不敌众,被匪首用马刀活活砍死。匪首还脱下了红军连长的皮靴,掠为己有。谁知,他在被自己砍死的红军连长的左腿上,发现了一个黑痣胎记,认出了此人不是别人,正是他自己的亲生儿子!万分震惊的匪首痛不欲生,随后饮弹自尽。在肖洛霍夫的这篇小说中,父子之间无意识的残杀在一定程度上体现了当时斗争的残酷性和复杂性以及人类战争所具有的残忍、无谓的一面。

可见,在短篇小说集《顿河故事》中,肖洛霍夫善于展现家庭内部的冲突,并以此来折射当时的以阶级斗争为主要历史语境的社会现实。无论是《看瓜田的人》还是《胎记》,其中所描述的处在不同阵营的家庭内部亲人之间的残酷斗争,无不引发了人们对战争与人类命运的沉思以及对传统伦理道德观念的痛苦思考,从而体现了作者肖洛霍夫对顿河地区哥萨克命运的独特的关注,也体现了作

---

① 徐家荣:《肖洛霍夫创作研究》,兰州大学出版社,1996年,第14页。

者肖洛霍夫从青年时代就养成的描写真实的质朴的艺术风格。"《顿河故事》吸引读者的不仅是其独特的内容,鲜明的生活素材,更主要的是,它呈现出的作家的创作个性特征。这种个性体现在其直接又纯洁的世界观中。他善于描写大自然的迷人景色,展现阶级斗争中发生的悲剧事件,书写充满磨难与痛苦,短暂的快乐和希望的生活诗篇。"[①]正因如此,这部短篇小说集奠定了肖洛霍夫的创作个性和创作成就。

第三节 《静静的顿河》

肖洛霍夫的代表作《静静的顿河》(*Тихий Дон*)与列夫·托尔斯泰的《战争与和平》一样,是一部描写战争题材的史诗性的宏伟的长篇小说,尽管所描绘的是不同的历史事件,时间也正好相差一个世纪。《静静的顿河》全书共分四部八卷。肖洛霍夫自1925年开始创作,历时十五载,直到1940年最后完成。

一 《静静的顿河》的历史语境

肖洛霍夫的《静静的顿河》这部卷帙浩繁的长篇巨著以1912年5月到1922年3月共十年间发生的两次战争(第一次世界大战和国内战争)、两次革命(二月革命和十月革命)等具体的历史事件为情节基础,描写了作为结构基础的麦列霍夫一家在社会巨变过程中所引发的兴衰以及作为中心线索的卷入历史事件强大旋涡中的格里高力的悲剧命运,再现了哥萨克的社会生活和人们心理的巨大变化,并且透过哥萨克地区的战乱生活以及哥萨克对红色政权的暴动展现了悲剧的历史根源和艰难曲折的革命进程,同时以沉重的笔触描写了新生政权中由于部分人的激进和极"左"倾向所造成的悲剧性的后果,哲理性地思考和深刻地表现了处在重大历史转折时期的人的命运。

红色苏维埃政权成立之后,出于本能的敌视,一些外国的武装力量不断地对新的政权进行干涉,苏联国内的白匪军更是不停地制造叛乱。尤其在高加索、顿河一带,无论是白军的叛乱还是红军反叛乱的斗争,较量都显得非常激烈。"在小说中,作家既肯定了红军平息叛乱的必要性,歌颂了为建立和巩固苏维埃政权而流血牺牲的布尔什维克和红色哥萨克;也披露了斗争过程中一部分红军指战员的过火行为所造成的不必要的损失,更展示了许多普通哥萨克在战争中成为牺牲品的悲剧。这是肖洛霍夫的独特的立场。"[②]

---

① 赫瓦托夫:《以人民生活为重——论肖洛霍夫的创作个性》,见刘亚丁编选:《肖洛霍夫研究文集》,译林出版社,2014年,第106页。

② 刘亚丁:《顿河激流:解读肖洛霍夫》,四川教育出版社,2001年,第35页。

在肖洛霍夫看来,以格里高力为代表的哥萨克人的悲剧,以及顿河地区所发生的一系列对红色政权进行反叛的事件,不仅有着哥萨克人自身的性格方面的原因,也有着苏维埃政权在对待哥萨克问题上所实施的极左政策,以及在执行政策过程中相应的失误,表现了作家在对待革命,以及苏维埃政府有关哥萨克政策问题等方面的独立看法,从而极大地深化了这部长篇小说的主题。

二 历史语境中的人的命运

肖洛霍夫善于在历史语境中探讨人的命运。"人与历史——是这部史诗性长篇小说的一个中心问题,作品的描述风格使得作家能够深刻地全方位地展现这一时代,不仅从画面方面展现,而且从构成情节发展的各种文献中进行展现。"①

肖洛霍夫的《静静的顿河》这部长篇巨著不仅以对历史的审视为其特色,而且它的一个成功之处在于塑造了格里高力·麦列霍夫这样一个独特的哥萨克艺术典型,以这一形象来着重表现在特定的历史时期哥萨克人的顽强性格和悲剧命运。按作者自己的说法,格里高力是这部作品的"中心主人公",整部小说就是以他生气勃勃、精神抖擞的登场而开始的,又是以他无路可逃的孤寂悲戚的下场而结束的。如在开篇的第一卷第三节中,写到格里高力的勃勃生机时,作者用弹簧来进行比喻:"格里高力精神一振,身上好像装上了强劲的、跳动不停的弹簧。"②而在作品的结尾部分,格里高力收场的时候,作者写道:"格里高力的生活就像野火烧过的草原一样黑了。他失去了他心爱的一切。残酷的死神夺去了他的一切,毁坏了他的一切。"③

就性格而言,肖洛霍夫认为格里高力是"顿河哥萨克中农的一种独特的象征",是"一个摇摆不定的人物",具有鲜明的双重性。一方面,他具有哥萨克人崇尚正义、向往自由的传统的美德,有着勇猛刚毅、光明磊落的男子汉胸怀,也有着坦荡真诚、善良正直的优秀品质,他对人生怀有崇高的尊严感,而且努力保持着哥萨克人的声名,不断地探索和追求人性自由的境界;另一方面,格里高力又有着哥萨克人的愚昧、狭隘、自私与偏见,对时局缺乏宏观的掌控和理解的能力,内心时常充满着矛盾。所以,他徘徊在红军与白军之间,思想极为复杂,有时甚至极为混乱。他曾经两次加入红军,三次卷入匪军,十年中,他在两个阵营之间彷徨,没有明确的目标和行动的方向。他参加了第一次世界大战,十月革命爆发时,他拥护苏维埃政权,并且加入红军部队,反对沙皇统治,为沙皇政权的覆灭欢

---

① Л. П. Егорова. *История русской литературы XX века*,М:Флинда,2014,с.619.

② 肖洛霍夫:《静静的顿河》,力冈译,译林出版社,2010年,第18页。

③ 同上,第1454页。

呼。可是,在 1919 年内战时期,由于苏维埃政权在政策上的某些过激行为以及白军的煽动,格里高力立场发生了动摇,他参加了顿河哥萨克的叛乱,还曾率领白军与红军部队作战,甘心成为苏维埃政权的敌人。但是,格里高力又不是死心塌地的反革命分子,而是处在矛盾的中心,几次在歧路上徘徊,辗转于红军与白军之间,反反复复,无所适从,内心始终充满着矛盾和痛苦,最后还带着失败的负罪感返回家乡。他就是这样一个在当时极其复杂的战乱和革命时期带有哥萨克中农那个特定阶层特征的摇摆不定的典型形象。

格里高力不仅在政治立场上摇摆不定,在爱情生活上,也是作为一个"摇摆不定的人物"而出现在作品中的。正如他在红军和白军之间游移不定一样,他在爱情方面也是在阿克西妮娅和娜塔莉娅之间游移不定,结果导致了两个女性的悲剧命运。

麦列霍夫一家人住在紧靠顿河边上的鞑靼村的村头。麦列霍夫家的小儿子格里高力狂热地爱上了邻居斯杰潘的妻子阿克西妮娅。无论父亲潘苔莱怎样恐吓以及乡亲们如何议论纷纷,他们两人依然我行我素,相亲相爱,并且不顾社会舆论,公开同居。斯杰潘也因此而毒打自己的妻子,并与格里高力恶斗一场,但是,所有这一切仍然阻止不了这对情人之间的炽热的情感。

为了拴住儿子的心,让儿子心有所依,父亲潘苔莱让儿子娶了米伦的女儿娜塔莉娅。可是,格里高力与娜塔莉娅结婚之后并没有对自己的妻子产生爱恋,而是依然忘不了阿克西妮娅。格里高力受到了父亲一顿痛斥之后,便与阿克西妮娅私奔,到邻村地主家当雇工。阿克西妮娅很快怀孕,并生下一个女儿。

格里高力入伍之后,有一次回到家乡休假,发现阿克西妮娅与地主家当军官的少爷尤金勾搭成奸,盛怒之下,他将阿克西妮娅一顿痛打,然后回到家中,与娜塔莉娅言归于好,不久,娜塔莉娅为他生下了一男一女双胞胎。

但是,他后来对娜塔莉娅的感情也逐渐地冷淡下来,对阿克西妮娅仍然念念不忘。1922 年的春天,当娜塔莉娅去世,格里高力所参加的弗明匪帮的叛乱也被镇压之后,他再次领着阿克西妮娅一起潜逃,可是阿克西妮娅却在途中意外中弹身亡,格里高力最终带着负罪的复杂的心情返回故乡时,对于他而言,除了一个儿子,世界上再也没有任何一个亲人了。

造成主人公格里高力"摇摆不定"的性格特性以及其悲剧命运的因素是多方面的,也是错综复杂的,其中既有哥萨克复杂的社会历史因素,也有格里高力个人性格方面的特殊因素,正是这些复杂因素的描写,曲折地体现了顿河哥萨克在国内战争中的历史命运。客观方面的历史因素,则主要是地方红色政权的一些失误,在他对红军部队滥杀俘虏等某些行为有看法,发些牢骚的时候,地方政权不仅不能改正错误,反而视他为敌人。而个人性格方面的主观因素,主要是他作为中农的一些弱点,他曾经过着自给自足的生活,没有投身革命的强烈愿望,所以有时对革命的认识还较为模糊。

正因为肖洛霍夫是一个真诚的现实主义作家,所以在塑造格里高力这一形象的时候,不是一味地歌颂他的坚强与刚毅、善良与正直,而是毫不掩饰地叙写他作为哥萨克性格中的粗鲁、野蛮的一面,叙写他"既是英雄,又是受难者"的独特个性。格里高力作为作品的主人公,他是一个普通的哥萨克人,不是主宰他人命运的战争的指挥家,更不是叱咤风云的领袖人物,所以,他只能以有限的理解来对待错综复杂的时局,只能以自己对人生的感悟来对待和处理各种意想不到的事件,只能以自己无力的抗争来对待他所遭遇的不公正的命运。然而,正是他的这一独特的个性,使得他成为 20 世纪世界文学史上一个复杂而又丰满的艺术典型和不朽形象。

三　真诚质朴的艺术描绘

肖洛霍夫的《静静的顿河》这部长篇小说最突出的艺术特征就是真诚坦率。作者采用简单而质朴的现实主义手法,真实地描写了在特定的历史时刻特定人物的命运和心灵,从而引发人们对战争和人类命运的思考以及对人类和平和美好生活的憧憬。

在获得诺贝尔文学奖的时候,肖洛霍夫在受奖演说中阐述了自己的创作思想:"要诚实地和读者说话:要向人说实话。实话有时是冷酷的,但总是勇敢的;要增强人们心中的信念,使人们相信未来,相信自己有力量创造未来。要做一个为世界和平而奋斗的战士,并且要用自己的语言在影响所及的地方培养这样的战士。要使人们团结在人类正常的、高尚的追求进步的愿望之中。艺术具有影响人的智慧和心灵的强大力量。我认为,那些运用这种力量去创造人的心灵美、去为人类造福的人,才有资格称为艺术家。"[①]《静静的顿河》的作者是有资格被称为艺术家的,因为他就是以这样的现实主义手法来进行创作,完成了 20 世纪举世闻名的杰作的。他以现实主义的手法描写顿河哥萨克对红色政权的反叛,也以现实主义的风格塑造了格里高力的形象,更以现实主义的笔触描绘了顿河流域的自然风光:

> 低低的顿河天空下的故乡草原呀!一道道的干沟,一条条的红土崖,一望无际的羽茅草,夹杂着斑斑点点、长了草的马蹄印子,一座座古冢静穆无声,珍藏着哥萨克往日的光荣……顿河草原呀,哥萨克的鲜血浇灌过的草原,我向你深深地鞠躬,像儿子对母亲一样吻你那没有开垦

①　肖洛霍夫:《静静的顿河》,力冈译,漓江出版社,1986 年,第 2081 页。

过的土地！[①]

类似这样的抒情描写在书中比比皆是。正是顿河哥萨克地区这样独特的自然风光,造就了受到这一自然境界影响的独特的人物性格。因此,在这部长篇小说中,自然景色的描绘不只是诗情画意的点缀,而是情节发展和人物性格得以产生的必然根源。作者将人物性格的发展与自然景色的描绘融为一体。

如在开篇的第一卷第三节,描写格里高力无忧无虑、对生活满怀希望的时候,作者写道：

> 一条波光粼粼、谁也不能走的月光路斜斜地穿过顿河。顿河上雾气腾腾,天空繁星点点。马在后面小心谨慎地挪动着四条腿。河边的斜坡很不好走。从对岸传来鸭子的嘎嘎叫声,岸边泥水里有一条鲇鱼在捕捉小鱼小虾,旋来旋去,打得水劈啪直响。
>
> 格里高力在水边站了很久。河边有一种潮乎乎的、并不难闻的霉烂气味。马嘴上滴下一粒粒小小的水珠儿。格里高力心里甜滋滋的,无牵无挂,快快活活,无忧无虑。他一面往回走着,望了望日出的地方,那晦暗的瓦青色已经消散了。[②]

波光粼粼的顿河,清澈明亮的月光,繁星点点的天空,嘎嘎直叫的鸭子,即将喷薄而出的红日,这一切景致,与刚刚登场的格里高力的心境是极为吻合的。可见,肖洛霍夫作为一位杰出的现实主义作家,特别善于情景交融的艺术抒写。

肖洛霍夫是现实主义作家的典范,他的《一个人的遭遇》篇幅短小,但容量极大。他的《静静的顿河》篇幅浩瀚,全书结构庞大,规模宏伟,但显得极为严谨、错落有致,革命和爱情的线索相互交织,历史与现实的画面交替呈现,整部小说条理清晰,历史事件与虚构的人物形象得以巧妙地交融结合。

无论是长篇小说还是短篇小说,肖洛霍夫作品的语言都显得优美而自然,生动地揭示了主题的内涵,并且洋溢着浓郁的抒情气氛,因而具有了强烈的艺术感染力。

---

① 肖洛霍夫：《静静的顿河》,力冈译,漓江出版社,1986 年,第 718 页。
② 同上,第 17 页。

第十九章　俄罗斯侨民小说

　　俄罗斯侨民文学无疑是 20 世纪俄罗斯文学史上的重要一章。无论是俄罗斯学者所撰写的俄罗斯文学史,还是英美等西方学者所撰写的俄罗斯文学史,都对俄罗斯侨民文学予以特别的关注。同样,俄罗斯侨民所创作的小说类作品,是俄罗斯小说发展史中不可分割的一个部分。20 世纪,俄罗斯出现过三次移民高潮,俄罗斯侨民文学也就相应地出现了三个浪潮。在俄罗斯侨民文学的三个浪潮中,涌现了一大批优秀的侨民作家。这些流亡国外的俄罗斯侨民作家,有的终于回到了自己的国家,如索尔仁尼琴,有的则永远长眠于异国他乡,如布罗茨基、纳博科夫……俄罗斯侨民小说家,是一个庞大的群体,有时甚至很难界定。我们此章所论述的,针对的是代表性的小说创作活动主要发生在国外,而且没有在有生之年回归俄国,甚至长眠在国外的俄罗斯小说家。同时,应当说明的是,俄罗斯侨民小说就思潮而言,是相对独立于俄罗斯本土文学的,之所以将该章放在第四编中,主要是出于时间层面的考虑。

第一节　俄罗斯侨民小说概论

　　20 世纪的俄罗斯文学中,由于社会政治的深刻变革以及时代的剧烈变更,一些作家出于主观或客观等各种原因陆续离开了自己的祖国,有的在国外度过不久的时光便回归俄罗斯,有的则在异国度过了自己的余生。他们在异国的新的语境下依然从事文学创作,从而出现了独特的文学现象——俄罗斯侨民文学。

　　俄罗斯侨民文学波及面极为广泛。俄罗斯民族是一个尤为爱好文学的民族,即使到了国外,过着艰难的流亡的日子,俄罗斯侨民也离不开文学的滋养,凡是俄罗斯侨民较为集中的地方,都会拥有自己的文学园地。这些侨民在国外积极创办文学刊物或者设立出版机构,发表和传播文学作品,交流各自的思想情感。尤其是柏林、巴黎、布拉格、纽约,以及中国的哈尔滨和上海,都是俄罗斯侨民的集中之地,也是俄罗斯侨民文学成就显著的地方。这些侨民主要用母语撰写文学作品,也主要是在俄罗斯侨民圈子里进行交流。当然,也有一些作家,逐渐使用流亡所在国的语言进行文学创作,甚至还将自己过去所创作的俄文作品翻译成所在国的语言。如小说家纳博科夫以及诗人布罗茨基,就是其中最为典型的例证。布罗茨基将自己的很多诗歌翻译成英文,从而获得了更大范围的传播,为其获得诺贝尔文学奖奠定了基础,而纳博科夫先是用母语俄语进行创作,后来用英文进行创作,写出了多部英文长篇小说,然后自己又将重要的英文长篇小说(如《洛丽塔》)翻译成母语俄语。

20 世纪俄罗斯侨民文学的发展始于 1917 年十月革命之后,大致出现过三个浪潮。

第一个浪潮出现在 1918 年至 1930 年间。"当时约有一千万人逃离革命后的俄国,其中就有许多著名作家,如蒲宁、阿尔志跋绥夫、阿·托尔斯泰、扎米亚京、库普林、茨维塔耶娃、梅列日科夫斯基等等,他们落脚的城市有巴黎、布拉格、柏林、贝尔格莱德以及我国的哈尔滨、上海等地。"①这一次流亡事件的发生,主要是由于革命和战争的缘故。十月革命以及红色政权的建立,以及随后发生的国内战争,引发了一些不理解十月革命或者害怕动乱的作家流亡异国。1917年,十月革命爆发,世界上的第一个无产阶级政权得以建立,但是,一些作家由于不理解十月革命的意义及其性质,无法预料事态的发展,对祖国的前景感到悲观,同时,他们对新的苏维埃政权持有怀疑甚至敌视的态度,并且具有恐惧心理,害怕社会的剧烈动荡,从而选择离开俄罗斯,流亡国外。但是他们到了国外之后,由于思想的急剧变更,以及创作素材的增加和视野的拓展,有了更多的文学创作的需求,因而坚守文学的阵地,继续从事和展开文学创作活动。他们在国外创办了不少文学杂志,甚至创办出版机构,旨在以这些文学杂志和出版机构作为交流的平台,交流侨民圈的思想情感。不过,这些作家到了国外之后,大多依然是用俄语进行文学创作,他们的俄文版作品也主要是在俄侨圈内流传,当时的影响是十分有限的。由于第一个浪潮出现在十月革命之后,所以这一浪潮波及面较广,这一时期的俄罗斯流亡作家不仅数量多,而且所创作的作品也颇为壮观。

这一时期流亡的小说家数量极为庞大,包括一大批白银时代的著名作家,如梅列日科夫斯基、吉皮乌斯、列米佐夫、库普林、扎伊采夫、苔菲、阿尔志跋绥夫、安德列耶夫等。不过,这一时期的小说家,本书大多在"白银时代的小说创作"一章中已做了论述。

第二个浪潮是指 20 世纪 30 年代至 50 年代的俄罗斯侨民的文学创作。这一浪潮,在声势方面,要比第一个浪潮小了很多。但是经过俄罗斯侨民作家的不懈努力,也有不少作品得以面世。

俄罗斯侨民文学的第三个浪潮始于 20 世纪 60 年代末,一直延续到 80 年代初期。在这一期间,到国外居住的作家大多属于持不同政见者。他们多半是自己主动离开苏联,当然也有一些作家是被苏联政府驱逐出境的。不过,苏联解体

---

① 刘文飞:《文学的灯塔》,花城出版社,2015 年,第 24 页。

之后，一些受过不公待遇的作家，如索尔仁尼琴等，又陆续返回自己的祖国。

就小说成就而言，第一个浪潮的移民作家成就最高，尤其是蒲宁、什梅廖夫、纳博科夫等小说家，不仅是第一个浪潮的代表，而且也是俄罗斯侨民小说家的杰出代表。第一个浪潮中的重要小说家还有阿尔达诺夫、加尔达诺夫等。

一　扎伊采夫

"扎伊采夫的创作是 20 世纪俄罗斯文学史中的最辉煌最激动人心的篇章之一。"[①]

鲍里斯·康斯坦丁诺维奇·扎伊采夫（Борис Константинович Зайцев，1881—1972），出身于奥廖尔省的一个知识分子家庭，早年在家中接受了家庭教师的良好教育。1892 年毕业于当地的一所实验学校，后来陆续在圣彼得堡矿业学院（1899—1901）以及莫斯科大学法律系（1902—1906）学习，但都未能完成学业。

扎伊采夫自 1901 年开始发表小说作品。在 1904 年至 1907 年间，在《新路》（*Новый путь*）、《生活问题》（*Вопросы жизни*）、《山隘》（*Перевал*），以及《文学艺术周报》（*Литературно-художественная неделя*）等报刊上发表了许多作品。1915 年出版长篇小说《远方》（*Дальний край*），1916 年至 1919 年，他的七卷集《文集》在莫斯科出版。而 1918 年出版的中篇小说《蓝色的星星》（*Голубая звезда*）被作者视为得意之作。此外，他还翻译了法国作家福楼拜的作品。

扎伊采夫是俄国白银时代后期具有代表性的作家，曾被选为全俄作家协会莫斯科分会主席。1922 年 6 月，他携妻子、女儿离开祖国，侨居国外，先是定居德国柏林，后来又迁居意大利和法国等地。最后在法国巴黎逝世。侨居国外期间，他发表了一系列重要的小说，出版了三十部左右的作品，并且编辑文学刊物，成为俄罗斯侨民文学的一位重要代表。

侨居国外时期，扎伊采夫创作的主要小说作品有描写俄国知识分子命运的长篇小说《金色的花纹》（*Золотой узор*，1926），描写侨民生活的长篇小说《帕西的房子》（*Дом Пасси*，1935），怀念死去的母亲的短篇小说集《奇怪的旅行》（*Странное путешествие*，1927），以及书写俄国乡村年轻妇女悲剧命运的中篇小说《安娜》（*Анна*，1929）。此外，扎伊采夫还创作了不少传记作品，包括《屠格涅夫传》（*Жизнь Тургенева*，1932）、《契诃夫传》（*Чехов. Биография*，1954）以及自传体四部曲《格列勃游记》（*Путешествие Глеба*），其中包括《曙光》（*Заря*，1937）、《寂静》（*Тишина*，1948）、《青年时代》（*Юность*，1950）和《生命之树》（*Древо жизни*，1953）。

---

① http://philolog. petrsu. ru/zaitsev/index. html. 20190303.

长篇小说《金色的花纹》的主人公是一位年轻的女子娜塔莉娅，作品抒写她在世纪之交的精神世界和情感体验，其中包括她的童年回忆以及与丈夫一起侨居国外之前在俄国的生活。小说主要由两个部分构成，第一部分主要叙写俄国革命之前的生活。该部分充满了对乡村宁静生活的赞美："远处的磨坊发出声响，太阳将傍晚的霞光投射到我们曾经漫步的公园里的白桦林上，而在我们的右方，耸立着山丘。山丘上绿草如茵，也沐浴在温柔的阳光之中。这就是她：俄罗斯！"[①]这部长篇小说的第二部分在形式上是一种抒情独白。小说中渗透着俄国现实主义文学中对"路在何方"的思考。

二 阿尔达诺夫

马克·亚历山大洛维奇·阿尔达诺夫（Марк Александрович Алданов，1886—1957），出身于当时俄国基辅的一个颇有知识修养和艺术氛围的家庭。他的父亲曾是一家糖厂的老板，母亲是基辅一个著名资本家的女儿。阿尔达诺夫就读于基辅大学数理学院和法学院，修了两个专业的学位。在十月革命前，他多次访问过西欧国家，也到过北非和远东地区。他在化学领域和文学领域都颇有成就，在化学领域发表过许多论著。1915 年，他出版了第一部文学论著《托尔斯泰与罗兰》（Толстой и Роллан）。十月革命后，他离开了俄国，开始了流亡生涯，从此，再也没有回过俄罗斯。他先是居住在巴黎，随后又迁居到柏林，最后又回到巴黎，1957 年，他在法国港市尼斯逝世。

在流亡期间，阿尔达诺夫以巨大的热忱投入历史题材的长篇小说创作中，取得了令人瞩目的艺术成就。正是因为他在历史小说创作方面的突出成就，自1938 年起，他先后十三次获得诺贝尔文学奖提名。他的主要小说成就有书写法国大革命和拿破仑战争的《思想家》（Мыслитель）四部曲，其中包括长篇小说《零上九度》（Девятое термидора，1923）、《鬼桥》（Чёртов мост，1925）、《密谋》（Заговор，1927）、《神圣的叶琳娜，渺小的岛屿》（Святая Елена，маленький остров，1921）。其后又出版了描写第一次世界大战以及俄国革命和移民的三部曲，包括长篇小说《关键》（Ключ，1929）、《逃跑》（Бегство，1932）和《洞穴》（Пещера，1934—1936）。他晚年的主要长篇小说有《随心所欲地活着》（Живи как хочешь，1952）。

三 加兹达诺夫

加伊托·伊凡诺维奇·加兹达诺夫（Гайто Иванович Газданов，1903—1971），出身于圣彼得堡的一个林务区长的家庭。由于父亲工作的特殊性，加兹

---

① Борис Зайцев. *Золотой узор*，Praha，1926，c. 34.

达诺夫青少年时代,曾在西伯利亚、波尔塔瓦、哈尔科夫等多地生活,并曾在波尔塔瓦和哈尔科夫等地的中小学学习。1911 年,他父亲的去世对于年幼的他是一个沉痛的打击。十月革命后的 1919 年,加兹达诺夫曾在白军部队任职,并随白军退却到克里米亚,后来乘轮船到了土耳其。1923 年,他在保加利亚完成了中学的教育。1923 年底,他到达巴黎,并在巴黎度过了一生中的大部分时光。在巴黎的时候,他做过装卸工,也在汽车制造厂当过工人,还在学校教过法语和俄语,没有工作的时候,甚至成了流落街头的流浪汉。后来在巴黎索邦大学历史语文系求学四年,系统学习了文学史、社会学、经济学等课程。自 1928 年至 1952 年,当他已经是颇有名气的作家时,为了生存,他还长期兼做出租汽车司机。直到长篇小说《佛的归来》(Возвращение Будды)获得巨大成功,经济状况有所改观,他才放弃出租汽车司机这一职业。1971 年,他在德国慕尼黑逝世。

加兹达诺夫 1922 年发表第一篇短篇小说《即将出现的宾馆》(Гостиница грядущего),他的第一部长篇小说《克莱尔之夜》(Вечер у Клэр)于 1929 年面世,这是一部回忆录式的长篇小说,出版后受到好评,尤其是受到了高尔基和蒲宁等当时文学界重要人物的高度赞赏。他的主要文学成就是长篇小说,一生中,他创作了九部长篇小说。他的其他较为重要的长篇小说作品有:《一个旅者的故事》(История одного путешествия,1934)、《夜间的道路》(Ночные дороги,1941)、《朝圣者》(Пилигримы,1953)、《唤醒》(Пробуждение,1965)等等。

尽管加兹达诺夫的流亡生活极为艰难,但是在他的小说创作中,他绝少哀叹流亡生活的悲哀,绝少抱怨命运的不公,反而将流亡当成新的征途、新的使命。因此,在他的生活和创作中,"心灵的自由和内心的无牵无挂,是加兹达诺夫性格和艺术的最为实质性的特征"①。

四　波普拉夫斯基

鲍里斯·尤里昂诺维奇·波普拉夫斯基(Борис Юлианович Поплавский,1903—1935)是俄罗斯侨民文学第一个浪潮的代表作家之一。他出身于莫斯科的一个音乐家的家庭。他自幼受到家庭艺术氛围的熏陶,并且从小就接受了良好的法语教育,很有法国文化的修养。少年时代,他的家庭中经常举行音乐家和文学家的聚会,这些活动也对他产生了潜移默化的影响。十月革命后,在国内战争期间,波普拉夫斯基随着自己的家庭到了巴黎等地,但是他在流亡期间一直从事文学活动,直到 1935 年在巴黎意外逝世。得知他去世的消息,著名诗人曼杰尔施塔姆称其为"俄罗斯文学的巨大损失",并且认为"波普拉夫斯基是俄罗斯侨

---

① Л. Диенеш. "Писатель со странным именем", См. Гайто Газданов, *Собрание сочинений В 5 т.*, М.：Эллис Лак, 2009. Т. 1, с. 8.

民诗人中最具卓越才华的诗人之一"。①

波普拉夫斯基既是一名诗人,也是一名出色的小说家,他的文学创作深受法国象征主义文学的影响,尤其是受到兰波的影响。他的《旗帜》(*Флаги*,1931)和《飘雪的时刻》(*Снежный час*,1936)具有鲜明的未来主义色彩。

作为小说家,波普拉夫斯基的主要成就是他的长篇小说三部曲,包括第一部《阿波罗·别佐布拉佐大》(*Аполлон Безобразов*,1932 年发表,全书直到 1993 年才出版)、第二部《自天堂回家》(*Домой с небес*,1936—1938 发表片段,全书直到 1993 年才出版)、第三部《捷列扎的启示录》(*Апокалипсис Терезы*,未完成)。

长篇小说《自天堂回家》具有一定的自传色彩,其中有着深沉的思考和严厉的忏悔。主人公奥列格的经历以及思想等很多方面都与波普拉夫斯基极为相似。作品较为出色地展现了主人公在精神追求和世俗眷恋之间苦苦挣扎的复杂的心路历程。

《自天堂回家》尽管有些晦涩难懂,但其中深邃的哲理思考很是令人深思:

> 世界不能只是上帝的想象,因为想象之物必须要服从想象主体,它身上不可能有罪孽,也不可能有自由和赎罪……不,世界应该是上帝的梦幻,只有在想象不再服从于他,而他失去权力、放弃权力,在世界之梦中沉沉入睡的时刻,世界才可能被发现,才可能绚丽多姿,而且其中有些东西来自自以为人的星空的堕落。当然,恰恰是魔鬼教人学会了禁欲,因为爱就是那种昏昏欲睡的状态——使上帝进入甜蜜睡梦的生命,而苏醒就是孤独和意识的死亡,同时,生命是具有魔力的生命,可以含着热泪严肃地接受它……②

从上述引文中,我们可以看出,《自天堂回家》的作者力图通过小说创作来体现他在诗歌创作中一直探索的人的命运以及人与上帝之关系的哲理命题。

第二节　蒲宁的小说创作

蒲宁(又译布宁)是俄罗斯文学史上第一位获得诺贝尔文学奖殊荣的著名作家。蒲宁的文学创作成就是多方面的,他在小说和诗歌两个创作领域都取得了辉煌的艺术成就,是俄罗斯文学为之骄傲的作家。自 1887 年开始发表作品起,蒲宁三十多年时间的本土创作与其后三十多年时间的侨民创作平分秋色。他一

---

① См. *Возрождение*(Париж). 1935. No 3781. 10 окт.

② 波普拉夫斯基:《自天堂回家》,顾宏哲译,四川人民出版社,2017 年,第 8 页。

生著有三百多篇中短篇小说、一部长篇小说，还著有七百多首抒情诗作。无论在诗坛还是在小说领域，在俄罗斯文学史上，他都是不可忽略的重要作家。

一 具有抒情诗特质的小说家

伊凡·阿列克塞耶维奇·蒲宁（Иван Алексеевич Бунин，1870—1953）出身于沃罗涅日的一个破落的贵族家庭。他在优美的乡村度过了自己的童年生活。少年时代，蒲宁在自己的家中接受了较好的家庭教师的启蒙教育。然而，进入中学之后，由于家庭在经济上的拮据，他只在学校读了四年，随后就被迫辍学，并且辗转各处，独自谋生。他从事过多种多样的工作，当过图书馆管理员、校对员、统计员，还在报社当过新闻记者。19 世纪 80 年代末至 90 年代初，蒲宁在思想上曾一度受到当时的颓废主义思潮以及托尔斯泰主义的双重影响，但是，他的思想很快就发生了转变。后来，他与一些民主主义作家开始密切交往。1899 年，他结识了在那个时代极为著名的无产阶级作家高尔基，并且为高尔基创办的知识出版社积极撰稿。1917 年新的苏维埃政权成立之后，蒲宁这位具有较为强烈的贵族意识和人道主义思想的作家，显然不理解十月革命的意义，他公开反对暴力革命，对十月革命持有一定的敌视态度，并且于 1920 年离开了祖国，开始了他在法国的漫长的流亡生涯。

在法国，蒲宁侨居了三十多年，直到后来在巴黎逝世。蒲宁在国外流亡期间，依然坚持从事文学创作活动。他的创作，受到了世界文坛的关注。1933 年，他因"继承了俄国散文文学古典的传统，表现出精巧的艺术手法"而获得诺贝尔文学奖。尽管他在法国度过了他生命中最后的三十多年时光，他始终坚守俄罗斯文化传统，甚至不顾日常生活上的不便，没有学会说法语。①

蒲宁从小就喜爱文学，少年时代起，就开始尝试写诗。1885 年，蒲宁只有十五岁的时候，就创作了长篇小说《迷恋》（Увлечение），但未能出版。1887 年，他所创作的《写在纳德松坟头》（Над могилой С. Я. Надсона）、《乡村乞丐》（Деревенский нищий）等诗作就在杂志上发表。他的诗歌，以简洁、流畅的语言以及暗含情节的叙事性见长。在从事诗歌创作的同时，蒲宁也努力从事小说创作，于是，在 1897 年，他的第一部短篇小说集《在天涯》（На край света）得以出版。正是由于这部小说集的出版，他的才华引起了文学界极大的关注。

在小说创作领域，蒲宁的主要作品有长篇小说《阿尔谢尼耶夫的生活》（Жизнь Арсеньева），以及中篇小说《干谷》（Суходол）、《乡村》（Деревня）、《米佳的爱情》（Митина любовь），短篇小说集《从旧金山来的先生》（Господин из Сан-

---

① 科尔米洛夫主编：《二十世纪俄罗斯文学史：20—90 年代主要作家》，赵丹、段丽君、胡学星译，南京大学出版社，2017 年，第 7 页。

Франциско)、《幽暗的林荫小径》(*Тёмные аллеи*)等。在《幽暗的林荫小径》中的一篇同名短篇小说中，作者抒写了尼古拉·阿列克谢耶维奇与昔日相恋的纳杰日达邂逅重逢的故事，纳杰日达一直爱着尼古拉，始终没有嫁人，而曾经抛弃了纳杰日达，后来又被自己妻子所抛弃的尼古拉·阿列克谢耶维奇，面对依然美丽的纳杰日达，不禁沉思：

> 是啊，只能怨自己。是啊，那当然是最美好的时光。不光是最美好的，而且简直是心醉神迷的时光！"一条小径掩映在椴树幽暗的林荫之中，四周盛开着红色的蔷薇……"可是，我的上帝，要是当初我不把她抛弃，以后会怎么样呢？那是多么荒谬！这个纳杰日达不是客店的女主人，而是我的妻子，我的彼得堡那个家的女主人，我的孩子们的母亲，这可能吗？[①]

尼古拉·阿列克谢耶维奇的沉思不免令人感到忧伤，这也是蒲宁作品的基调。而且，就风格而言，蒲宁的小说与诗歌有许多共同之处。他的诗歌具有深邃的哲理性和浓郁的抒情性，他的小说作品也以抒情和哲理见长，具有浓郁的抒情诗特质，他常常抒写大自然的富饶以及悲凉之美，并且怀念逝去的理想化的往昔和田园诗般的恬静生活，而且，在小说作品中，他也不时流露出面对生存的孤独和忧伤。他的重要作品《米佳的爱情》就突出地表现了这一特性。

二 《米佳的爱情》

中篇小说《米佳的爱情》是蒲宁的代表作之一，创作于 1925 年。这部作品面世后深受文坛的好评。法国诗人亨利·德雷纳埃认为，蒲宁的这部中篇小说可以与俄罗斯古典文学中的任何优秀作品相媲美。他说："蒲宁这部非凡的小说是出自拥有屠格涅夫和列夫·托尔斯泰的那个时代的俄国小说巨匠之笔……蒲宁属于上述高超的创作家的家庭，然而他又有自己的特色。"[②]

在蒲宁的《米佳的爱情》中，热恋中的男主人公米佳因嫉妒而痛苦，为对卡佳的爱情而痛苦，在他看来，没有嫉妒就没有爱情，所以，每当情意绵绵时，他就产生妒忌：

> 构成他的妒忌的全部感觉都是可怕的，而其中最可怕的那种感觉

---

① 蒲宁：《幽暗的林荫小径——蒲宁中短篇小说选》，冯玉律、冯春译，上海译文出版社，2007 年，第 245 页。

② 转引自蒲宁：《米佳的爱情——蒲宁中短篇小说选》，戴骢译，敦煌文艺出版社，2014 年，第 273 页。

他怎么也找不到词汇来加以形容,他甚至都闹不清这是种什么样的感觉。每当他俩,米佳与卡佳,百般恩爱的时候,情欲的流露本来是那么愉快,那么甜蜜,看来世上再也没有比这更崇高、更美好的了。可是此时米佳只消一想到卡佳和另一个男人未始没有这样做过,就会立刻觉得这种恩爱不但丑恶得难以言说,而且是违背人性的。这就是那种最可怕的感觉。这时卡佳就会激起他强烈的憎恶感。他自己拉着卡佳避开人们所做的一切,他认为都是纯洁无邪的,似天堂一般美妙。可是只要他开始想象另一个人取他而代之,那么眼前种种旖旎风光,顷刻之间就会黯然失色,变作某种恬不知耻的东西,使他恨不得要把卡佳掐死,而且,首先是掐死她,而不是想象中的那个情敌。[1]

妒忌将米佳以及卡佳折磨得痛苦不堪。为了抑制这种妒忌,米佳决定回到乡下小住,以便冷静下来,好好反思他与卡佳之间的爱情。他来到了故乡的庄园,过上了乡间宁静的生活。然而,场景的变更并没有让他减轻爱情的痛苦,反而让他更加思念卡佳,而且由此深陷情欲的牢笼。他甚至处处都能看到卡佳的倩影。"他朝林荫道上泛着金光的红彤彤的夕晖望去,朝耸立在林荫道深处、抹着一层黄昏的阴影的宅第望去。突然看到卡佳已出落成一个充满勾魂摄魄的女性美的盛年妇女,正款款地步下凉台,向果园走去,他看见得那么清楚,几乎像他清清楚楚地看到这座宅第和茉莉花一样。他久已失去了对卡佳真人的概念,在他的想象中她一天比一天不凡,一天比一天娇媚,这样一直变化到这天黄昏,她的姿色达到了颠倒众生的程度,这使米佳比那天下午杜鹃冷不防在他头顶上鸣叫时更加吃惊。"[2]

为了摆脱相思,在庄园管家的怂恿之下,米佳花了几个卢布,便与庄园女工阿莲卡之间发生了肉体关系(因为他觉得"在阿莲卡身上有某种跟卡佳一模一样的地方"[3])。不久之后,他收到了卡佳的来信,在信中拒绝了他的爱情。卡佳为了能够当上一名女演员,投入了戏剧学校校长的怀抱。于是,米佳在绝望中饮弹身亡。

在这部著名的中篇小说中,蒲宁"第一次展示了主人公精神生活的循序渐进的发展过程,这个作品不再是以往小说中表现的稍纵即逝的情节片段和思想断片,作家仿佛与过去告别,以充满爱的笔触再现了莫斯科的街道和乡村风情"[4]。

①　蒲宁:《米佳的爱情——蒲宁中短篇小说选》,戴骢译,敦煌文艺出版社,2014年,第101—102页。

②　同上,第135页。

③　同上,第139页。

④　何雪梅编著:《俄罗斯白银时代文学史》,黑龙江人民出版社,2008年,第214页。

蒲宁的这部中篇小说不仅以动情的笔触描绘自然景色,而且使得这一自然美景融汇到主人公的心灵深处,于是,他着意抒写在这一美丽境界之中孕育出来的纯洁的爱情,主人公米佳将自己所爱恋的对象看成是纯粹的美的象征,将他们之间的恋情看成是天堂一般美好和纯洁的恋情。

所以,当米佳发现理想和现实之间所存在的不相和谐的状态时,他宁愿舍弃一切,甚至包括自己的生命。在蒲宁的笔下,俄罗斯的大自然是无比美丽的,有着永恒的魅力,而且时时刻刻抚慰着米佳敏感的心灵。但是,与之对立的人类社会常常是被玷污的,生活现实也是令人难以忍受的,尤其他本人也参与了对纯洁爱情的亵渎,所以,纯美的大自然以及纯美的爱情与庸俗的社会现实之间的悲剧性冲突,导致了米佳最后做出了痛苦的抉择。

三 《阿尔谢尼耶夫的生活》

蒲宁的长篇小说《阿尔谢尼耶夫的生活》是他侨居法国时所创作的,最早动笔于1927年夏天,其中的若干片段最早于1927年在巴黎的《俄罗斯报》上首次刊载,最后几章直到1937年才得以发表。小说的创作过程前后耗费十年时间。这部长篇小说共由五部组成,是蒲宁所撰写的具有一定的自传色彩的作品,也是他晚年思想和艺术的总结。由于作品中的自传性因素十分明显,甚至可以说:"'阿尔谢尼耶夫'就是蒲宁;这就意味着,蒲宁实际上把自己对生活的体验赋予在这个人物形象上,使他表现了自己对生活、自然和感情的体验。"①尽管蒲宁本人对此态度颇为矛盾,有时甚至认为它不是特定的某个人的自传,而是抒写别的某个诗人甚至具有普遍意义的人类的生活、思想和情感,但是,无论是属于自传还是虚构,在他这部凝聚着最后生命岁月全部精力的作品中,作者自身的影子是无所不在的。

关于《阿尔谢尼耶夫的生活》这部作品的创作,蒲宁曾经在一首诗中写道:

> 飞禽有巢,走兽有穴,
> 当我离开父亲的庭院,
> 向故居挥手告别,
> 年轻的心啊,你多么辛酸。

> 飞禽有巢,走兽有穴,
> 当我背着破旧的行囊,
> 划着十字,走进别的房舍,

---

① 邱运华:《蒲宁》,四川人民出版社,2003年,第225页。

心儿跳得多么响亮,多么悲伤!①

　　蒲宁的这首短诗扼要地概括了他的长篇小说《阿尔谢尼耶夫的生活》的创作缘由。这部长篇小说是他在告别"父亲的庭院"之后,在"别的房舍"里所创作的,但是,尽管身在异地,他所写的依然是对"父亲的庭院"的记忆。

　　这部小说的内涵极为丰富,作者所表达的是对生命与死亡、爱情与自然等命题的独特的感悟。而且,即使是书写死亡的时候,作者也是从生命的意义上来对死亡这一命题进行审视和独特思考的。蒲宁坚持认为:"也许,生命属于我们仅仅一次,就是为了同死亡作一次角逐吧。人即使进了棺材也要同它对抗:死亡要剥夺他的名姓,他偏要将其写上十字架,刻写在石碑上;死亡要将他经历的一切淹没在黑暗里,而他偏要用语言来使其获得灵魂。"②所以,作品中充满了对生命意义的探索。作者写道:"一些看不到、摸不着、表达不出的东西,在暗暗揭示着我们生活的真正含义。所以,生活是一种永远不变的等候,一种对完美幸福的等候,更是一种对生活真正含义的等候……"③

　　这部自传体小说所叙述的是"一战"以及革命前俄国的丰富多彩的生活。作者以抒情的笔调书写这段时光,本身就充分说明了他对这段时光以及这段生活的眷恋。小说在开头部分就表明了"回忆"的功能:"回忆是人之本性,而有时候脑中的回忆会随着时代的变迁逐渐模糊甚至消失,不如用写下来的辞藻来帮助回忆,我相信那会更让人记忆犹新,感慨万千。"④小说从阿尔谢尼耶夫的童年时代开始写起,叙述他一生中所经历的重大事件以及他所体验的欢乐与痛苦,抒写他相对悲情的童年、初恋的美好时光,以及对文学的倾心,同时充满激情地描绘了俄罗斯中部地区他的故乡的一草一木以及美丽大自然的迷人景致。不过,在这部由五个部分所构成的长篇小说中,五个部分分别抒写了主人公心灵成长的五个阶段。着墨较多的是童年、少年、青年阶段。而最后的第五部分,主人公阿尔谢尼耶夫已经成为一名诗人,并且与丽卡相恋。作品较多地抒写了他们之间的爱情。

　　在作品中,作者常常寓景于情,情景交融,大自然意象与主人公之间有着强烈的共鸣。譬如,在少年时代,当主人公的心中袭来一丝孤独之感的时候,迷离的月光与他发生了共鸣:

---

①　蒲宁:《蒲宁文集》第 1 卷,戴骢译,安徽文艺出版社,1998 年,第 164 页。

②　蒲宁:《蒲宁文集》,转引自邱运华:《蒲宁》,四川人民出版社,2003 年,第 223 页。

③　蒲宁:《阿尔谢尼耶夫的一生》,梁晴娜译,北京理工大学出版社,2015 年,第 192—193 页。

④　同上,第 3 页。

> 洒满整个房间的神奇的月光,在地上穿梭,透过没有任何阻隔的窗口,如玉盘似的秋月悬挂在高高的天际,它低头俯视着,淡淡的月光笼罩着整个空荡荡的庄园。它的身影投射在庄园上空显得宁静而悠远,月光迷离闪烁而又无靠无依,营造出一种孤寂、悲凉的气息。追随月光的脚步,便仿佛进入一种朦胧而又美好的梦境,即使知道它是一个臆想出来的梦境,我的心也会不由自主地随之悸动,为之悲伤,也会让我情愿沉醉其中,不愿轻易醒来。此时的我,了解到了这个世界不是我一个人孤独地生活……①

充满诗意的自然景致的描写,常常不只是作为诗情画意的点缀,而是蒲宁为了烘托人物心理状态的一种重要手段,这凸显了他作为抒情诗人的一面,同时,与小说所描写的一个诗人心灵发展的历程相吻合,展现了这部长篇小说独到的艺术特征。

第三节　什梅廖夫的小说创作

对于不少中国读者,甚至是苏联时期的俄罗斯读者来说,什梅廖夫仍然是一个颇为陌生的名字。然而,他的小说艺术成就是极为辉煌的。早在 1931 年,他就以突出的小说创作成就,获得了诺贝尔文学奖提名,现在,已经在世界文坛享有盛誉。他是一位早期在俄国成名,流亡后继续以自己的创作,在世界文坛赢得盛誉的俄罗斯流亡作家。他善于对人类社会进行观察和思考,关注俄罗斯的民族命运,试图以自己的文学创作,寻找和探索一条化解社会矛盾、消除阶级和精神冲突的途径,俄国著名哲学家伊林曾经精辟地写道:"什梅廖夫,就是一个世界苦难的诗人,那个构成其创作之精神对象的……理念,就是一条让人步出黑暗的道路,它会引导人们穿过苦难和忧伤,走向光明。"②

一　在流亡中铸造辉煌

伊万·谢尔盖耶维奇·什梅廖夫(Иван Сергеевич Шмелёв,1873—1950),出身于莫斯科一个建筑承包商的家庭。他最初的教育是在自己家中进行的,他曾经回忆道:"我们的院子就是我的第一所生活学校,最重要、最智慧的学校,在这所学校里,思维获得了成千上万次的飞跃。我从上百个普通人那里得到能让

---

① 蒲宁:《阿尔谢尼耶夫的一生》,梁晴娜译,北京理工大学出版社,2015 年,第 12 页。
② 转引自阿格诺索夫:《俄罗斯侨民文学史》,刘文飞、陈方译,人民文学出版社,2004年,第 138 页。

心灵感到温暖的一切,能让人感到痛惜和愤怒的一切,能促使人去思考和感受的一切,那些普通人的双手满是老茧,对于我这个孩子,他们的眼里总是带着善意的目光……"①什梅廖夫童年生活在莫斯科的郊外,他不仅在这里接触了大自然,而且认识了很多普通的百姓,尤其是一些普通的农民,了解了普通百姓的生活状况。所以,他将自己童年生活的庭院看成是接触社会和自然的理想场所:"在我们的院子里,有着丰富多彩的词语,应有尽有。这是我所阅读的第一本书,一本活灵活现的、词语优美的生动的书。"②什梅廖夫的母亲特别注意对儿子的文学素养的培养,教他学习俄罗斯经典作家的文学作品。后来他进入莫斯科第六中学学习。1894 年,中学毕业后,他凭借自己的优秀成绩,成为莫斯科大学法律系的学生。在大学读书期间,他对文学创作发生了浓厚的兴趣,1895 年,他就在《俄罗斯评论》(Русское обозрение)杂志上发表了短篇小说《在磨坊附近》(У мельницы),1897 年,他的第一部作品《在瓦拉姆的悬崖上》(На скалах Валаама)就得以出版。1898 年大学毕业后,他曾在部队服役一年,随后供职政府部门。1899 年起,他参加由尼古拉·捷列肖夫组织的莫斯科"星期三"文学小组(Московская Литературная Среда)的活动,从事文学创作,并且结识了契诃夫、高尔基、蒲宁等许多文坛名人。

由于第一部作品《在瓦拉阿姆的悬崖上》并没有获得理想的成功,什梅廖夫曾一度放弃了文学,转向法律事务方面的工作,他曾经多年从事助理律师和税务稽查等方面的工作,而且工作地点大多是在外省。不过,由于特殊的工作性质,他能够较多地接触社会现实,这使得他有机会接触各种各样的人物,了解许多社会现象,从而扩大了他的视野,这无疑有益于他文学创作中素材的收集以及整体创作水准的提升。所以,到了 1907 年,当他在文学创作方面小有成就的时候,他便辞去了公职,全身心地投入文学创作活动。在他流亡之前,他就已经出版了包括中篇小说《来自餐馆的人》(Человек из ресторана)在内的数十部文学作品。

什梅廖夫积极参加二月革命,但是,他很快就对此失去了兴趣。1912 年,他创办了莫斯科作家出版社(Книгоиздательство писателей в Москве),出版伊凡·蒲宁的作品,也出版他自己的作品。他这一时期的作品"(从人民性方面来讲)语言显得通畅,极为丰富多彩,尤其突出的是善于使用口语体叙事技巧"③。十月革命期间,他自始至终没有参与,而且对这一革命抱有一定的成见。十月革

---

① 阿格诺索夫:《俄罗斯侨民文学史》,刘文飞、陈方译,人民文学出版社,2004 年,第 139 页。

② И. С. Шмелев. Собр. соч. В 5 т. Т. 1. М.:Русская книга, 1998 c. 14.

③ Elizabeth K. Beaujour. "Review of Moscoviana: The Life and Art of Ivan Shmelyov by Olga Sorokin", *The Slavic and East European Journal*, Vol. 34, No. 2 (Summer, 1990), p. 266.

命之后的 1918 年 6 月,他与全家一起,迁居到了克里米亚。1920 年秋天,当克里米亚半岛被红军占领的时候,他遭到逮捕。他的儿子曾是沙皇部队的官员,当年二十五岁,不仅遭到逮捕,而且被枪毙。这一事件对什梅廖夫的整个心灵造成了难以想象的极大的打击。1922 年,什梅廖夫告别了苏维埃俄罗斯,开始了自己的流亡生涯。他先在柏林居住,一年之后,又迁居到了巴黎,并在巴黎度过了自己的余生。在巴黎,他成为"白色丛书"的代表人物。在流亡时期,他创作了《石器时代》(*Каменный век*,1924)、《死者的太阳》(*Солнце мёртвых*,1925)、《在泡沫中》(*На пеньках*,1925)、《一个老妇人的故事》(*Про одну старуху*,1925)、《朝圣》(*Богомолье*,1931—1948)和《神的禧年》(*Лето Господне*,1933—1944)等二十多部小说。尤其是 1925 年面世的《死者的太阳》,使得他在欧洲赢得了极大的声誉。

第二次世界大战期间,什梅廖夫所住的巴黎被德国纳粹部队所围困,他经常在进步的移民报刊《巴黎消息报》上发表政论文章,声援祖国反抗法西斯的正义战争。但是,他的满腔热情却因疾病和贫困而有所削弱。1950 年,他因心脏病复发而与世长辞,安葬在巴黎的一处公墓里,直到 2000 年,他的骨灰才得以按照他生前的遗愿,被带回到他的祖国,安葬在莫斯科的一处公墓里。

当什梅廖夫流亡巴黎的时候,巴黎有多家主要针对俄国移民的俄语杂志和出版机构,其中包括《最新消息》(*Последние новости*)、《复兴》(*Возрождение*)、《俄罗斯画报》(*Иллюстрированная Россия*)、《今天》(*Сегодня*)、《现代札记》(*Современные записки*)、《俄罗斯思想》(*Русская мысль*)等。什梅廖夫在这些杂志和出版机构发表和出版了自己的多种作品。

什梅廖夫的小说创作大致可以分为早中晚三个创作阶段,早期创作是他 19 世纪末至 20 世纪初期的创作,中期创作是 20 年代至 30 年代初期的创作,晚期创作是他 30 年代晚期之后的创作。

什梅廖夫最初的文学创作活动开始于他在莫斯科中学读书期间,但直到 1895 年他的短篇小说才在《俄罗斯评论》杂志上发表,1897 年,他的作品集《在瓦拉姆的悬崖上》出版后不久,便被沙皇政府所禁。这对他的文学创作热忱造成了一定的挫伤。1905 年,他又开始在《俄罗斯思想》等杂志上发表作品。1906 年,他的中篇小说《分裂》(*Распад*)面世。这部作品所反映的是父与子的冲突,以及由此而象征的新生一代与旧的传统观念之间的矛盾。然而,两代人的冲突所导致的是家庭的分裂和主人公的毁灭。

1907 年,什梅廖夫尚在弗拉基米尔省供职的时候,他经常与马克西姆·高尔基通信联系,并且将自己的中篇小说《在山下》(*Под горами*)寄给高尔基审定。得到高尔基的肯定之后,什梅廖夫完成了《公民乌克列金》(*Гражданин Уклейкин*)一系列作品的创作。

　　1911 年,他早期创作中最重要的作品——中篇小说《来自餐馆的人》(Человек из ресторана)得以面世,在这部小说中,作者描写了莫斯科一家著名餐馆侍者斯科罗霍多夫的故事,这是一个类似于普希金《驿站长》中的维林一般的小人物形象,这个"小人物"不仅失去工作,而且唯一的儿子因为接受社会主义思想而面临逮捕和苦役的危险。然而,面对困境,作者书写斯科罗霍多夫心地善良,善解人意,依靠虔诚的信仰和宽恕的胸怀,克服了多种命运的打击,在作者看来,获得灵魂的拯救,以及一系列社会问题的解决,不在于地位的高低和身份的贵贱,而在于拥有一颗善良的心。这部小说还描写了下层百姓的艰难生活,其中有生活艰难、无处安身,只得自缢的克里沃伊,也有受人欺骗的未婚母亲娜塔莉娅。这部小说面世后受到好评,为作者带来了一定的声誉,使他成为一名热门作家。这部作品"以陀思妥耶夫斯基的艺术表现力,描写了富人的衰败"①。这一时期,在现代主义盛行的年代,什梅廖夫所坚持采用的是现实主义风格,继承了果戈理、陀思妥耶夫斯基等经典作家描写"小人物"以及注重人物心理刻画的优良传统。在他的作品中,"不仅具有现实主义写作风格,而且具有普遍的民主主义、人道主义的悲情,其中便是俄罗斯文学的特点:对所有被侮辱和被损害者、贫困者和被剥削者以及小人物的仁爱和同情"②。然而,与描写下层人物的果戈理等经典作家以及同时代的高尔基所不同的是,什梅廖夫不是仅仅展示小人物的苦难和不幸,而是呈现这些小人物内心巨大能量的集聚以及宗教层面的灵魂拯救。

　　他在早期创作时期比较重要的小说作品还有《胆怯的寂静》(Пугливая тишина,1912)、《豺狼的嚎叫》(Волчий перекат,1913)、《严峻的时日》(Суровые дни,1916)、《怎会这样》(Как это было,1919)等等。在这一时期的作品中,他塑造了又一类形象——守旧的农民形象。与此同时,战胜邪恶、复兴人性也是他这个阶段创作的一个重要主题。

　　什梅廖夫的中期创作是指他开始流亡生活的 20 世纪 20 年代至 30 年代初期的创作。这是他小说创作生涯中的最为辉煌的一个时期。什梅廖夫与别的一些知识分子一样,尽管赞同二月革命,但是,对十月革命却不理解,并且表现出明确的反对态度。正是出于这种不理解,他流亡国外。自 1922 年离开俄罗斯之后,什梅廖夫一家先是侨居在柏林,1923 年又迁居巴黎。他的一些作品发表在巴黎的俄语文学刊物上,主要有《复兴》(Возрождение)、《俄罗斯画报》(Иллюстрированная Россия)、《今天》(Сегодня)、《当代纪事》(Современные

　　① A. K. Thorlby ed. *The Penguin Companion to Literature*：*European*，London：Penguin Books，1969，p. 718.

　　② ① Е. Осьминина. "Художник обездоленных", См.：Иван Шмелёв. *Собрание сочинений в пяти томах*，т. 1，М.：Русская книга，1998，с. 2.

записки)、《俄罗斯思想》(*Русская мысль*)等杂志。在刚刚迁居巴黎的夏天和秋天,什梅廖夫主要住在蒲宁的家中,正是在这一时期,他创作了著名的中篇小说《死者的太阳》(*Солнце мёртвых*,1923)。这部作品以对克里米亚的印象作为作品情节的基础,以第一人称进行叙述,虽然作者与叙事者难以等同,但是,作品带有一定的自传色彩,尤其是他二十五岁的儿子谢尔盖在克里米亚被镇压的遭遇,也在作品中得到了反映。

什梅廖夫的《死者的太阳》这部作品的标题中,含有一定的隐喻色彩,太阳本是生命之源,但是,书名确在强调这是死者的而不是生者的太阳。从中我们可以看出什梅廖夫对生命和死亡问题的严峻的思考。这部作品中,主要角色有两个,一个就是故事的叙述者,一个就是米哈伊尔·伊格纳季耶夫医生,随着情节的发展,他们就历史、时代、死亡、永恒等命题展开争论。尽管作者笔下的医生不再相信灵魂不灭的说法,但是,在笃信宗教的什梅廖夫看来,死后的生命是不息的,身后也是有灵魂存在的,精神是不会灭亡的,死者也是有希望之太阳的。这无疑是对死者的一个安抚,而且对于活着的人们来说,苦难和忧伤会有尽头,最终能够走向生命的"太阳"。

不仅作品标题含有悲剧色彩,章节标题也不例外,带有"死亡"和"结局"的内涵,前两章标题"清晨"和"鸟儿"具有蓬勃生命的气息,但是第三章的"荒原"转入了悲剧气息,随后数章全都与"结局"相关,如"孔雀的结局""医生的结局""结局的结局"等等。与此对应的是,作品中书写了多伊万·米哈伊洛维奇教授、伊格纳季耶夫医生、希什金疯子诗人、尼古拉渔夫、外号"稀饭"的泥瓦匠、奥达留克钳工等多位普通人的悲惨"结局"。

全书首尾相贯,"太阳"的意象自始至终活动着,在作品的开头,哪怕是描写的梦境,太阳这一意象也没有缺席:

> 于是,一个新的凌晨⋯⋯
>
> 是的,我做了梦⋯⋯一个可怕的梦,在我的生活中没有出现过的梦。
>
> 这些月来,我总是被梦境萦绕。为什么? 我在现实生活中已经糟糕透顶了⋯⋯宫殿、花园⋯⋯成千间房屋,——不是房屋,而是舍合列扎德童话中的豪华的大厅。发出蓝色光泽的枝形吊灯,银色的圆柱上挂满了奇花异草。我在大厅里走着,走着,寻找⋯⋯
>
> 我究竟怀着巨大的痛苦寻找谁呢? 我不知道。在忧伤和恐慌中,我朝巨大的窗户看去,窗外是花园、草坪、绿草如茵的山谷,如同一幅古

老的油画。太阳照射着，但是，这不是我们的太阳……①

在作品的起始，作者就画龙点睛地说明，太阳——不是我们的太阳。正因为太阳"不是我们的太阳"，所以作者在书中描写上帝曾经创造的世界正在走向死亡，在他看来，当时的世界上，一把麦子比人命还要珍贵，在这一尘世，"人们赶着杀人"。

这一时期，什梅廖夫所创作的主要作品还有《一个老妇人的故事》（Про одну старуху，1925）以及长篇小说《朝圣》（Богомолье，1931）等。

什梅廖夫的《一个老妇人的故事》描写了科斯特罗马州的农民马尔法·被加乔娃的悲惨、苦难的生活，着重描写她以生命为代价去产粮区用一块料子换面粉的故事。小说以象征的手法，将一位老妇人给孩子寻找面粉的过程，隐喻为洗涤罪孽、接近上帝的朝圣历程，表现了浓郁的东正教思想内涵。

而在他书写一个小男孩故事的著名的长篇小说《朝圣》中，色彩与基调发生了一定的变换，作品中开始洋溢着明朗欢快的抒情性的风格。《朝圣》是什梅廖夫在巴黎所创作的。当时在俄罗斯侨民圈子里，这部作品享有盛誉。作品通过描写一小群朝圣者从莫斯科到郊外圣地拜谒，回忆了革命前童年的乐趣和温暖的时光。

什梅廖夫的晚期创作中，最重要的成就是长篇小说《神的禧年》（Лето Господне，1933—1948）、《来自莫斯科的奶娘》（Няня из Москвы，1936）、《外国佬》（Иностранец，1938）以及《天国之路》（Пути небесные，1848）等。

什梅廖夫的小说《来自莫斯科的奶娘》通过一个普通的侨民——侨居国外的奶妈达里娅的故事，书写了俄罗斯侨民四处漂泊的历程和艰难的移民生活。

在长篇小说《外国佬》中，主人公是一个美国佬，作品通过他的经历展现了俄罗斯侨民的一些心理世界。

长篇小说《天国之路》自 20 世纪 30 年代开始创作，第一卷完成于 1936 年，其后，什梅廖夫因妻子去世而中断了该小说的创作，第二卷于 1944 年至 1947 年创作。这部小说具有浓郁的东正教色彩，描写了一个没有信仰的知识分子魏登卡梅尔与一个笃信宗教的平民女孩达琳卡之间的故事，正是在达琳卡的影响下，作品主人公魏登卡梅尔改变了自己的世界观，摆脱了精神上的虚无主义。

二 《神的禧年》

什梅廖夫的长篇小说《神的禧年》由《节日》（Праздники）、《欢乐》（Радости）、《忧伤》（Скорби）三部所组成。书名出自《圣经》。《圣经·路加福

---

① Иван Шмелев. Солнце мертвых，Москва：Издательство Согласие，2010，с. 3.

音》中写道：基督追随旧约中的先知以赛亚，认为自己的目的，就是"报告神悦纳的禧年"①。

第一部《节日》由十六章组成。在第一部中，描述了复活节、基督登山变容节、圣诞节、圣三一节等许多节日节庆的气氛。书中解释了每个节日的宗教意义，并且框定教堂生活的日常细节，如在复活节中，瓦尼亚的父亲谢尔盖·伊凡诺维奇用彩灯装饰教堂，主人与工人们一起享用节日盛餐。瓦尼亚受到了宗教氛围的熏陶，接受了上帝永在身边的信念，从而相信确实存在着崇高的真理。

如果说第一部《节日》直接与什梅廖夫的公共活动尤其是宗教活动有关，那么，第二部《欢乐》和第三部《忧伤》则更多地体现了私人生活，尤其是家庭生活的特点。而《忧伤》的情节包括与疾病的斗争、病情的改善和恶化、祈祷、治愈的希望、神秘、死亡的准备以及最后他父亲的死亡和葬礼。可见，这两部分具有更多的自传色彩。

第二部《欢乐》也是由十六章组成的。在作品的第二部中，瓦尼亚渐渐领悟了万物皆有生命的道理。在他看来，轻便马车能够呼吸，普普通通的树木也会与人们一起歌唱赞美诗。第一部和第二部的章节标题总是与节日的名称或者教堂的事务有关。如《复活节》（Пасха）、《圣灵圣神降临节》（Троицын день）等等。在读者面前展现出各种各样的祈祷仪式。作品"表现了孩童对存在的第一性的认知，平淡的家庭日常生活（写的就是什梅廖夫家）因为东正教节日而充满喜悦与安详，主人公一边认知世俗世界、家庭生活，一边感悟可见的现实与天国的统一"②。

第三部《忧伤》由九章组成。在作品的第三部中，主人公瓦尼亚的家庭遭遇到了悲剧事件。章节标题也不再局限于第一部和第二部的节日和宗教仪式名称，而是有了对现实生活的深刻的审视，如"神圣的喜悦"（Святая радость）、"痛苦的时日"（Горькие дни）等等。这一部主要书写的也是主人公对死亡问题的严肃的思考，相信基督教的永恒真理是一回事，然而，真正面对父亲死亡的悲剧，无疑会产生一定的"忧伤"情调和悲痛的心情，他甚至无法参加父亲的葬礼。

这部作品是以第一人称进行叙述的，以名叫瓦尼亚的孩子的眼光来看待父辈商人家庭的生活。在这部作品里，什梅廖夫通过表述宗教层面的精神元素与生活层面的物质元素的一体性，强化物质世界的升华，传达"一切皆为一体"的思想理念。尤其是通过孩童的纯真心灵，感受在物质世界的"伟大的神秘"③。在

---

① 出自《圣经·新约·路加福音》第四章第 18—19 节，参见《新旧约全书》，南京中国基督教协会印发，《新约》，1989 年，第 67 页。

② 科尔米洛夫主编：《二十世纪俄罗斯文学史：20—90 年代主要作家》，赵丹、段丽君、胡学星译，南京大学出版社，2017 年，第 142 页。

③ Иван Шмелёв. *Богомолье. Лето Господне*，М.：Издательство *Даръ*，2011. с.231.

作品中,什梅廖夫回忆了自己的童年时光,以此折射革命前一段独特时期的社会生活。

《神的禧年》的扉页引用了普希金的诗句:

> 两份情感对我们都异常亲近——
> 心灵在其中得到充足的养分——
> 一份是对故乡老宅的牵连,
> 一份是对祖辈陵墓的爱恋。①

扉页上的这四行诗是恰如其分地点明了作品的主题,从《节日》中讲述的东正教信仰的诞生仪式,以及如何靠信仰生活,直到最后在《忧伤》中的死亡和灵魂的拯救。全书突出体现了对灵魂而言神圣的意义所在,同时,该扉页引用的诗句也将流亡作家对故土的独特情感升华到了一种神圣的境界。

第四节　纳博科夫的小说创作

弗拉基米尔·纳博科夫无疑是 20 世纪中后期俄罗斯侨民作家中最为杰出的一位代表,他的小说创作在 20 世纪俄罗斯文学中占据极为重要的位置,同时,作为作家兼学者,也在当代世界文坛占据重要地位。有人认为,他的作品"是为整整一代俄罗斯流放者而做的辩护"②。纳博科夫不仅是一个颇具成就的诗人,而且是一位剧作家、翻译家、小说家,还是一名出色的学者,在俄罗斯文学以及世界文学研究方面,成就卓越,尤其对普希金的《叶甫盖尼·奥涅金》的研究,对果戈理的研究,以及对塞万提斯的《堂吉诃德》的研究,体现了他高超的理论素养和透彻的感悟能力。

一　流亡中的文学追求

弗拉基米尔·弗拉基米洛维奇·纳博科夫(Владимир Владимирович Набоков,1899—1977)出身于圣彼得堡近郊皇村的一个贵族家庭。他的父系方面,主要是以政界要人闻名,他的祖父曾经担任过俄国司法大臣,他的父亲也曾在政府部门工作,放弃仕途后,成为帝国法律学院刑法教授,而且曾是立宪民主

---

① А. С. Пушкин. *Собрание сочинений в десяти томах*, М.: Государственное издательство художественной литературы, 1959 - 1962, Т. 1, с. 596.

② 尼娜·别尔别罗娃:《我的斜体字》,莫斯科出版社,1996 年,第 370 页。转引自科尔米洛夫主编:《二十世纪俄罗斯文学史:20—90 年代主要作家》,赵丹、段丽君、胡学星译,南京大学出版社,2017 年,第 425 页。

党的领袖之一。而在母系方面,他母亲的家族则是俄国最为富有的家族之一。如此高贵的家庭地位以及优厚的物质生活条件,并没有妨碍纳博科夫的健康成长以及为文学事业而努力奋斗的崇高决心。他从小就接受了英语、法语、俄语三种语言的良好教育,同时,在圣彼得堡郊外的庄园里感受了美丽的自然景色。1911 年至 1917 年,他在捷尼舍夫学校学习。

纳博科夫的文学创作是从诗歌创作开始的。1916 年,刚满十七岁的纳博科夫就出版了第一本个人诗集《诗集》,尽管该诗集遭到了他班上的老师——著名象征派作家吉皮乌斯的毫不留情的批评,但是他依然坚守诗歌创作,一生中出版了多部诗集,而且,他的一些长篇小说中,也夹杂着大量的抒情诗,尤其是《天赋》《微暗的火》等长篇小说中,都有主人公所写的诗歌。

1917 年十月革命之后,纳博科夫的生活发生了根本的变化。纳博科夫一家在十月革命后迁居到了克里米亚,后于 1919 年春天,他彻底离开了俄罗斯,开始了自己长期的流亡生涯。1919 年至 1922 年间,他在英国剑桥大学三一学院钻研法国文学和俄罗斯文学,并且继续从事文学创作活动,出版了《花束》等抒情诗集。自 1922 年至 1937 年,纳博科夫在柏林流亡,这一时期,他创作了大量的短篇小说、诗歌、剧本等文学作品,收在《乔尔博的回归》(1925)等文集中,而且,他也进行一些文学翻译活动和文学评论工作,与此同时,他开始创作长篇小说,他用俄语所写的《玛申卡》(*Машенька*,1926)、《卢仁的防御》(*Защита Лужина*,1929—1930)、《绝望》(*Отчаяние*,1934)、《斩首之邀》(*Приглашение на казнь*,1935—1936)、《天赋》(*Дар*,1937—1938)等作品,使得他在俄国侨民中赢得了一定的声望和地位。

1937 年,纳博科夫一家又从柏林迁居到巴黎。在巴黎期间,他坚守对文学事业的酷爱,不仅用法语翻译了普希金的一些诗歌,而且创作了《赛巴斯蒂安·奈特的真实生活》(*Подлинная жизнь Себастьяна Найта*,1941)等长篇小说。

1940 年,在法国即将被德国法西斯占领之际,纳博科夫一家被迫从法国迁移到了美国。自 1940 年至 1960 年,纳博科夫在美国的威尔斯理学院、斯坦福大学、哈佛大学等一些大学里执教,教授俄罗斯文学以及世界文学课程。他的教学活动,尤其是他的世界文学教学工作,拓展了他的文学视野,也使得他产生了独特的世界文学意识。在从事文学教学的同时,纳博科夫一直坚持从事文学创作,他在巴黎所创作的他的第一部英文长篇小说《赛巴斯蒂安·奈特的真实生活》于 1941 年出版。在美国期间,他除了从事文学教学以及文学领域的学术研究,还创作了《洛丽塔》等长篇小说。

1960 年,纳博科夫从美洲回到了欧洲,移居到了瑞士的蒙特勒,在此度过了他生命中的最后的时光。他创作了《微暗的火》(1962)、《阿达,或情欲》等多部长篇小说。他自 1975 开始创作他的最后一部长篇小说《劳拉与她的祖先》(*Лаура и её оригинал*），但是，按他自己的说法，只是在脑中完稿了，但是未能来得及在纸上誊写，因为，1977 年，纳博科夫在蒙特勒与世长辞了。

纳博科夫一生创作极为丰硕，他不仅创作了多部小说、诗集、戏剧，还撰写了多部理论著作和文学评论著作，以及多种文学译著。他在小说创作方面成就最为突出，不仅著有七十多篇短篇小说，而且创作了九部俄语长篇小说和八部英语长篇小说，如此丰硕的多语种文学创作，在世界文坛上是屈指可数的。

对于纳博科夫的小说创作，世界文坛历来给予了极高的评价。他的小说创作，涉及面广，主题多样，内容丰富，有文学史家认为，纳博科夫的创作是由三个主要的综合主题构成的，这三个主题分别是：童年的"遗失天堂"的主题（包括离开祖国，告别故乡语言文化）、幻象与现实之间的戏剧性关系的主题，以及世间的存在就是最高现实的主题（"彼岸性"的形而上主题）。①

体现三个方面创作主题的主要是长篇小说。纳博科夫的小说艺术成就主要是由十七部长篇小说组成的，其中包括九部用俄语创作的长篇小说和八部用英语创作的长篇小说。

纳博科夫早期的小说创作以长篇小说《玛申卡》（*Машенька*，1926）为代表。这部长篇小说在一定意义上表达了俄罗斯侨民在自我与他者关系上所具有的复杂的身份困惑。作品中的主人公列夫·加宁是居住在柏林的一名俄罗斯侨民，他对俄罗斯的初恋情人玛申卡的记忆，实际上就是侨民对祖国俄罗斯美好憧憬和依恋的一个理想的象征。而他最终所意识到的他与玛申卡之间的恋情的终结，无疑就是俄罗斯侨民心中对待祖国的现实忧伤情感体验的一个隐喻。作者较好地在两个层面上对主人公的自我与他者之间的关系进行了深入的探究。其中包括主人公与其他人物形象的关系，以及主人公与内在自我之间的关系。当加宁回忆起自己与玛申卡之间的初恋的时候，他与周围的人便开始疏远。这一疏远也反映在另一层面的自我/他者的关系上。他沉溺在自己的想象世界之中，在记忆中重塑俄罗斯以及玛申卡的美好而丰满的形象，并试图以这种想象活动来代替现实的体验。想象、记忆、现实所交织起来的世界，正是当时俄罗斯侨民共同的精神生活和心理体验。

纳博科夫中期创作以长篇小说《天赋》（1937—1938）以及《塞巴斯蒂安·奈特的真实生活》（1941）为代表。

《天赋》（*Дар*）这部作品是纳博科夫在侨居柏林期间用俄语创作的最后一部长篇小说。该小说大部分是在柏林完成的，创作于 1935 年至 1937 年。最后一章是 1937 年在法国完成的。小说最初发表于俄侨在巴黎创办的《现代纪事》杂

---

① 科尔米洛夫主编：《二十世纪俄罗斯文学史：20—90 年代主要作家》，赵丹、段丽君、胡学星译，南京大学出版社，2017 年，第 433 页。

志,但是,第四章没有被刊出,被杂志主编所拒绝,直到 1952 年,整部作品才得以在纽约面世。

《天赋》是一部书写俄罗斯文学的作品,在作者看来,这部小说的真正主人公就是俄罗斯文学。当然,小说的主人公费奥多尔也具有一定程度的作者自传的色彩。作品中的一些陈述具有纳博科夫自身生活经历的影子,尽管纳博科夫面对指认竭力加以否认。

纳博科夫在小说的序言中,对这部小说的情节结构有一个较明晰的陈述,他写道:

> 这是我用俄语已经写成的或将要完成的最后一部长篇小说。它的主人公不是吉娜,而是俄罗斯文学。第一章的情节进入费奥多尔的诗篇。第二章迅速转向费奥多尔文学进程中的普希金,并且包含他对他父亲有关动物学探索的描写。第三章转向果戈理,但是其真正的焦点是献给吉娜的情诗。费奥多尔对车尔尼雪夫斯基的论述,如十四行诗中的旋律,占据了第四章的篇幅。最后一章集合了上述章节的所有主题,并且勾画出费奥多尔期望在某个时光所撰写的书籍:《天赋》。①

纳博科夫的这段书写对于我们理解这部小说的叙事与结构等方面的特色,应该是深有裨益的。

《天赋》这部小说共分五章。第一章围绕作品的主人公——一个年轻的诗人的诗歌作品而展开,他是一个刚登上诗坛的年轻的侨民诗人,出版了一部关于自己童年的诗集,根据诗歌阅读以及作品中所引用的诗歌,向我们叙述他在俄国的生活,尤其是他的家庭。

这部小说的第二章主要是费奥多尔对其已去世的父亲的回忆。他的父亲是一位著名的学者,因知晓某种不为人知晓的秘密而下落不明。纳博科夫还认为,该章是费奥多尔迅速转向"文学进程中的普希金"。第三章则转向了果戈理,其中也穿插着多种经历,包括他与房东女儿济娜的交往与恋情,以及济娜与母亲及继父的关系。

第四章插入了费奥多尔所撰写的传记小说,题为《车尔尼雪夫斯基传》,从叙事结构上看,这是该书一个显著之处,也就是该作品具有"传记中的传记"这一特征。所以,第四章的传记小说,可谓书中之书,显得非常新颖。

第五章则"集合了上述章节的所有主题",其中包括对前一章《车尔尼雪夫斯基》的评论,也叙写了主人公与济娜恋情的结局,济娜父母去了丹麦,济娜留了下

---

① Vladimir Nabokov. *The Gift*, London:Penguin, 2001, p. Ⅷ.

来与费奥多尔一起生活。而且,纳博科夫在提及第五章的时候,特别提到了这部作品的书名。

谈及书名,我们认为,俄语书名"Дар"内涵十分丰富,该词不仅是一般意义上的双关语,而且具有多重内涵,它包含着"天赋"的意思,也具有"礼物""恩赐"等含义。从作品所书写的"俄罗斯文学"这一主题来看,作为"恩赐"内涵的解释更为切题。

其实,纳博科夫最早是想以俄文的"Да"作为这部长篇小说的书名的,只是后来才在"Да"后加了字母。"Да"是肯定的回答。究竟是对什么的回答呢? 有学者认为,"Да"是对哈姆雷特著名独白"to be or not be be"的肯定回答。俄文的"Да"相当于英文的"Be"。考虑到纳博科夫当时侨居柏林的艰难处境,这一标题体现了他的生命哲学,尤其是其乐观主义的精神状态。而他后来在"Да"的后面所加的"р",使得本来的肯定的回答"是"变成了"恩赐",更是体现了他对俄罗斯文化的眷恋。纳博科夫曾经说:"我们可以从三个方面来看待一个作家:他是讲故事的人、教育家和魔法师。一个大作家集三者于一身,但魔法师是其中最重要的因素,他之所以成为大作家,得力于此。"①从纳博科夫这部小说的书名来看,他就是这样的一名魔法师。

我们可以看出,作品主人公费奥多尔所接受的俄罗斯文化的"恩赐",受到俄罗斯文化的滋养,俄罗斯文学史上的经典作家的创作,在这部作品结构中起着主导的作用。在这部作品中,"一切行为都是由费奥多尔在柏林的地理空间内的身体运动而激发的,而他精神的漫游则反映了他作为逐渐成熟的艺术家的演变过程"②。

《塞巴斯蒂安·奈特的真实生活》是纳博科夫用英文创作的第一部长篇小说。纳博科夫改用英文进行小说创作之后,同样一发不可收,一个作家,放弃了自己的母语创作,用与自己母语完全不同的英语进行创作,而且同样运用自如,得心应手,他因而创作了多部英文作品。纳博科夫晚期主要作品有《洛丽塔》等长篇小说。

二　《洛丽塔》

《洛丽塔》(Лолита),是纳博科夫用英语创作的一部长篇小说,于 1955 年在巴黎出版。这部长篇小说出版后,引起世界文坛的广泛关注,无疑是 20 世纪最为著名的作品之一,并曾被多次搬上银幕,尤其是 1962 年由美国导演斯坦利·

---

① 纳博科夫:《文学讲稿》,申慧辉等译,生活·读书·新知三联书店,1991 年,第 25 页。

② Yuri Leving. *Keys to The Gift*:*A guide to Nabokov's Novel*,Boston:Academic Studies Press,2011,p.205.

库布里克执导的影片,以及 1997 年由英国导演阿德里安·莱恩执导的影片,都极为成功,颇具影响。这部小说也最能代表纳博科夫的创作风格和措辞。

追溯起来,《洛丽塔》的蓝本是纳博科夫早期用俄文创作的一篇短篇小说,但是他对这个短篇并不感到满意,于是就在 1940 年将它销毁了。这篇短篇小说中的男主人公是一个中欧人,女主人公是一个没有名字的性早熟的法国小女孩。纳博科夫回忆道:"故事的地点是巴黎和普罗旺斯,我让他(男主人公)与这个小女孩患病的母亲结婚,不久她母亲去世。他在一家饭店的房间里企图诱奸这孤儿,但未得逞。于是,亚瑟(这就是他的名字)撞向一辆卡车,压死在车轮底下。"①

从这篇被毁的短篇小说的构思中,我们可以看出它与《洛丽塔》的故事情节之间所存在的关联。尽管死亡的方式有所错位,但是,男主人公与小说中其他人物的关系,他的心理状态,尤其是与小女孩母亲结婚的意图,却是极为相像的,而且,《洛丽塔》是在更深的层次上探究和展现了男主人公的独特的天性。

《洛丽塔》从表面上看,所叙写的似乎是一个囚犯的自白,而且是以囚犯——白人男子亨伯特为第一人称所叙写的,他以一个接受审判的坦白者的身份进行陈述。正是因为这种特殊的身份,所以在作品中所叙写的大多是痛苦的回忆。不过,亨伯特作为整个事件的直接的亲历者以及利害相关者,他在读者面前的这一自白以及他所作的陈述不可避免地带有自我辩护的成分。正因如此,韦恩·布斯在其《小说修辞学》中也抱怨说:亨伯特"诱人而老练的自我辩白的修辞表达"造成了道德上的含混。②

作品核心情节线索是亨伯特与一名未成年少女洛丽塔之间所发生的畸形的悲剧性的爱恋故事。在租房的时候,亨伯特对女房东夏洛特的十二岁女儿洛丽塔产生了特殊的情感。他被她所迷住,因为洛丽塔的缘故,他租下了房屋,在女房东爱上了他并且向他求婚的时候,他也是因为洛丽塔的缘故,答应了这门婚事,因为有了这门婚事,他就可以与洛丽塔名正言顺地成为一家人了,成为她的继父了。

亨伯特与夏洛特结婚后,夏洛特终于有一天从丈夫的日记本中发现了他对她女儿的隐秘而变态的情感,于是受到了强烈的刺激,她奔出家门,结果不幸死于车祸。于是,在亨伯特与洛丽塔之间的障碍被无意间排除,此后,亨伯特带着洛丽塔遍地漫游,住进各种旅店,一次又一次地占有洛丽塔。而且,亨伯特后来不允许洛丽塔参加任何集体活动,更不允许她与别的男孩有任何形式的交往。

---

① 纳博科夫:《关于一本题名〈洛丽塔〉的书》,见纳博科夫:《洛丽塔》,主万译,上海译文出版社,2005 年,第 496 页。

② 韦恩·布斯:《小说修辞学》,华明、胡晓苏、周宪译,北京联合出版公司,2017 年,第 362 页。

有一次,在外出旅行的途中,洛丽塔与暗中结识的一个名叫奎尔蒂的男子策划了一场失踪,逃跑了,摆脱了亨伯特。亨伯特想方设法,也没有找回洛丽塔。然而,三年后,有一次,已经结婚并且怀上身孕的洛丽塔写信向亨伯特要钱。于是,亨伯特见到了洛丽塔,他随后开枪打死了奎尔蒂,被捕入狱,但是在开庭受审前只有几天的时候,因冠状动脉血栓症而逝世,留下的是一份遗嘱和一份带有自白性质的《洛丽塔》手稿。

这部长篇小说全书构思精巧独特,无疑受到了纳博科夫家族的法律背景的影响,也明显受到俄罗斯传统文化的影响,尤其是莱蒙托夫《当代英雄》等小说结构艺术的影响,而开篇的"囚犯的自白"以及最后洛丽塔下落的追寻,无疑也受到陀思妥耶夫斯基等小说的影响。而且,这部小说充分体现出纳博科夫精湛的艺术技巧,以及深邃的世界文学意识,尤其在勾勒洛丽塔这一形象的神秘的迷人魅力之处的时候,无意间与卡图卢斯、但丁、彼特拉克、莎士比亚、勃洛克等各个时代各个民族的作家在描绘各自独特的女性形象时,形成了一种心灵的呼应和隔世的对话。

甚至是平时对洛丽塔的简单的一句喊叫,在作品中也具有超越时空的重要作用:

> "洛！洛拉！洛丽塔！"我听见自己在门口对着阳光喊叫,带着时间,圆顶笼罩着的时间的音响效果,这种效果赋予我的喊叫及它那泄露内情的嘶哑声那么无限的焦虑、热情和痛苦,因此,纵然她死了,那声喊叫在扯开她那尼龙寿衣的拉链方面也会起到重要的作用。①

这只是他们在草地上游玩时,亨伯特寻找洛丽塔的一声普通的叫喊,但是,作者却富有太多的联想,并赋予这声对洛丽塔名字的喊叫一种丰富的内涵。从中也不难看出纳博科夫的卓越的艺术才华,尤其对姓名和声音的感悟力。

就小说情节而言,由于情节基于亨伯特对洛丽塔的特殊恋情,所以,不少学者总是将亨伯特归于"恋童癖者"(pedophile),或是认为是在探索孩童的性萌动,但也有些学者在探究亨伯特对洛丽塔所具有的恋童情感时,认为这并不是寻找精神病例,而是关注其中所体现的世界文学传统。埃伦·皮佛在分析《洛丽塔》时认为:"亨伯特真正的先驱并不是精神病例中的恋童者,而是那些浪漫主义的幻想家——从艾玛·包法利到埃德加·坡,从堂吉诃德到杰伊·盖兹比,在数不

---

① 纳博科夫:《洛丽塔》,主万译,上海译文出版社,2005年版,第375页。

胜数的小说和诗歌中,他们经受了无穷渴望和超常欲念的折磨。"①

20 世纪 60 年代后期,纳博科夫亲自将《洛丽塔》这部小说从英语译成了俄语。这是他亲自动手翻译的为数不多的长篇小说之一,由此可见,他本人对《洛丽塔》这部长篇小说是何等器重,他对俄译本的读者是多么在意!当然,他也为自己没有直接以母语俄罗斯语言创作这部小说作品而感到深深的困惑和莫大的遗憾。亲自翻译也是一种弥补。在他看来,如果用他的母语俄语进行创作,也许更为顺畅,更为得心应手。在为美国出版的《洛丽塔》俄文版所作的后记中,作者不无忧伤地写道:"这是我个人的悲剧——这事儿不涉及任何别的人,我不得不拒绝自然的语言,抛开没有什么可感到窘迫的、我用起来极为顺手的丰富的俄语,而去使用我那二流水准的英语……"②这么说来,相对于自己的英语水平,他更认可自己在母语——俄语方面的应用能力,他之所以自己亲自翻译这部作品,是因为他觉得他所翻译的俄文译本,相对于原著而言,语言应该更为自然,更为生动,更为优美,也更能体现他的创作思想。事实也许确实如此,不过我们丝毫没有贬低他的英语创作水准。其实,这部英文小说无论是语言的表述或是技巧的运用都极为成功,堪称经典。作者尤其善于运用姓名的象征,使得作品充满了抒情诗的特质。

我们不妨来看看小说的经典的开篇:

Lolita, light of my life, fire of my loins. My sin, my soul. Lo-lee-ta: the tip of the tongue taking a trip of three steps down the palate to tap, at three, on the teeth. Lo. Lee. Ta.

She was Lo, plain Lo, in the morning, standing four feet ten in one sock. She was Lola in slacks. She was Dolly at school. She was Dolores on the dotted line. But in my arms she was always Lolita. ③

洛丽塔是我的生命之光,欲望之火,同时也是我的罪恶,我的灵魂。洛—丽—塔;舌尖得由上颚向下移动三次,到第三次再轻轻贴在牙齿上:洛—丽—塔。

早晨,她是洛,平凡的洛,穿着一只短袜,挺直了四英尺十英寸长的身体。她是穿着宽松裤子的洛拉。在学校里,她是多莉。正式签名时,

① Vladimir E. Alexandrov ed. *The Galand Companion to Vladimir Nabokov*, p. 312. 转引自刘佳林:《纳博科夫的诗性世界》,上海人民出版社,2012 年,第 196 页。

② Владимир Набоков. *Лолита*. Перевёл с английского автор, Анн Арбор: Ардис, 1979, c. 295.

③ Vladimir Nabokov. *Lolita*, London: Penguin, 2000, p. 5.

她是多洛蕾丝。可是在我的怀里,她永远是洛丽塔。①

这一开篇,一下子就使得作品和场景充满了浓郁的抒情气质,作品中三个音节重音相同的这一名字,无疑给人无限的愉悦。作品中的男主人公亨伯特更是将洛丽塔的姓名"多洛蕾丝·黑兹"看成是一种诗化的象征。于是,亨伯特称她为"忧伤、朦胧的宝贝儿",在因她所写的诗篇中,也曾写道:"多洛蕾丝·黑兹,她那朦胧的灰色目光从不畏缩。"②因为该名字的"多洛蕾丝"(Dolores)与英文的"忧伤"(dolorous)极为相近,而"黑兹"(Haze)则与英文的"朦胧"(hazy)相近。由此可见,纳博科夫对英语语言的掌控达到了极为娴熟的程度,对用英语进行创作也达到了炉火纯青的地步。

但是,尽管英语创作已经非常成功,纳博科夫依然惦记着自己的母语版本,并且怀念着自己的母语能力,也许他害怕别人的翻译难以传达他的文学技巧和文学风格,于是他自己亲自着手翻译,而且在翻译过程中进一步提升这部作品的艺术魅力。我们不妨看看他所写的翻译这部小说时的生动的感受:"翻译的过程,就是我大失所望的过程。唉,让我甘拜下风的是,那个'优美神奇的俄罗斯语言',竟然还在某个地方等着我,绽放光彩,如同忠诚的春天等待在紧紧关闭的大门口,而我却拥有那扇大门的钥匙,它似乎丢失了,然而,在大门口什么也没有,唯有烧焦的树桩以及无望的秋天的空旷,而我手中的钥匙却更像一把铁锹。"③由此可见,虽然经历了多年的流亡生涯,俄罗斯精神文化依然在纳博科夫的心目中占据着难以取代的重要位置。

综上所述,俄罗斯的小说艺术成就,少不了俄罗斯侨民作家的辛劳耕耘。就小说创作方面的艺术成就而言,俄罗斯侨民作家的艺术贡献是极为显著的。许多侨居国外的俄罗斯作家,在流亡生涯中铸造辉煌,取得了非凡的艺术成就。

不过,对于俄罗斯侨民文学这一概念的界定,随着时代的变更和发展以及作家本人居住地的变动,也是不断发生变化的,尤其是就个体作家的身份变更而言,就显得更为难以界定了。譬如,曾经属于俄罗斯侨民文学重要代表的索尔仁尼琴,随着他在晚年回归到他的祖国俄罗斯,于是,他的创作就不再是属于一般意义上的俄罗斯侨民文学的范畴了。诚然,即使是一直侨居国外的俄罗斯作家,哪怕他们加入了其他国家的国籍,可是,他们依然在创作中坚守着俄罗斯文学的优秀传统,他们的创作成就无疑是俄罗斯文学的有机组成部分。

---

① 纳博科夫:《洛丽塔》,主万译,上海译文出版社,2005 年,第 9 页。

② 纳博科夫:《洛丽塔》,主万译,上海译文出版社,2005 年,第 408—409 页。

③ Владимир Набоков. *Лолита.* Перевод с английского автора, Москва: издательство *Известия*,1989, с. 358.

其实,在一定程度上,俄罗斯侨民作家与流亡这一概念是有密切关联的,只不过流亡的动因各不相同,有的作家是出于自身的主动的意愿,有的作家则出于所遭遇的被动的驱出。所以,流亡这一词语的概念也在一定程度上近似于流放这一词语的概念。两者所不同的是,流亡是指离开原生地而流落异国,流放则是指离开原生地流落异乡。俄罗斯文学是有较为悠久的流放和流亡历史文化传统的,许多杰出的作家都有过流放或流亡的经历。普希金、莱蒙托夫、屠格涅夫、陀思妥耶夫斯基、蒲宁、茨维塔耶娃、曼德尔施塔姆、帕斯捷尔纳克、纳博科夫、索尔仁尼琴、布罗茨基……我们可以列举出一长串的杰出的姓名,他们都是曾经与流放或流亡发生过密切关联的。

流放或流亡的目的,在一定程度上是抑制被流放者/流亡者的声音,通过地理位置以及文化语境的变更,使得他们离开自己所熟悉的生活圈子,不再发出不该发出的声音,不再影响以及左右文坛,然而,这些俄罗斯作家却在流放/流亡中获得了不同的生命体验,如同在流放中创作了杰作《神曲》的但丁一样,他们反而跳出了狭隘的生活圈子,拓展了自己的视野,丰富了创作的素材,提高了认识,升华了思想,以更具特色的作品赢得了世人的爱戴。俄罗斯侨民小说的丰硕成就,更是充分地阐明了这一道理。

第五编　俄罗斯小说的当代探索与文化转向

第二十章　20世纪50年代后期至60年代的小说创作

　　1945年,苏联人民终于战胜了德国法西斯,将德寇赶出了苏联的国土,反抗法西斯的卫国战争以胜利告终。在战争结束之后的几年中,有关卫国战争题材以及战后重建题材的作品在苏联文坛占据了重要的地位。但是,由于胜利与和平来之不易,再加上在卫国战争中斯大林所树立的至高无上的地位,所以,社会生活中诸多矛盾一时得以掩盖,"无冲突论"的倾向一时显得较为严重。

　　1953年,斯大林逝世,引发了苏联政局的强烈波动以及社会生活中的一系列矛盾的爆发。尤其是1956年所召开的苏共第二十次代表大会,对斯大林的个人崇拜倾向等问题展开了激烈的批判。紧接着,到了20世纪50年代的后期,苏联政府开始为在过去的历次运动中,特别是在肃反运动中遭受打击和迫害的人们进行了平反昭雪。跨入60年代之后,苏共更是在1961年的第二十二次代表大会上,通过了新的《苏共纲领》,提出了"和平、劳动、自由、平等、博爱、幸福"等一些新的口号,同时展开了更大规模的反对个人崇拜的运动,开始全盘否定斯大林,这一行为,引发了更为激烈的争论和社会的动荡,也导致了思想的活跃与混乱。

　　20世纪五六十年代的苏联文学,在俄罗斯文学发展史上,是一个重要的转折点。无论是思想倾向还是创作方法,都发生了鲜明的变化和转型。而这一变化和转型,与当时的苏联社会政治生活所发生的一系列巨大的变更以及由此而引起的思想的活跃,还有紧接在斯大林逝世之后召开的第二次全苏作家代表大会,都有密切的关联。尤其对第一次作家代表大会所确立的社会主义现实主义创作原则,文学界也开始进行了重新审视,赋予其新的内涵。

第一节　20世纪五六十年代小说创作概论

　　苏联反抗法西斯的卫国战争的胜利,在一定程度上激发了苏联人民的爱国激情,但是,战争创伤的医治以及遭受破坏的苏联经济的重建,依然是国家和人民所面临的一个极为严重的问题。可是,在20世纪40年代末和50年代初,却存在"无冲突论"的思想倾向,具体在文学创作中的体现,是歌功颂德类的作品较为泛滥,与此同时,正视现实问题的作品则被贬为"歪曲现实",于是,在一定程度上掩盖了社会矛盾和复杂的社会问题,使得小说艺术的发展受到了一定的阻碍,使得潜在的社会矛盾得以加深,也使得不满情绪得以增长。

一　影响文学进程的历史语境

对 20 世纪五六十年代苏联文学进程发生重要影响的,主要有四个事件,即 1953 年的斯大林逝世、1954 年召开的第二次全苏作家代表大会、1956 年召开的苏共第二十次代表大会,以及 1961 年召开的苏共第二十二次代表大会。

1954 年,在斯大林逝世一周年之后,第二次全苏作家代表大会得以在莫斯科召开。这是距第一次作代会相隔整整二十年后所召开的会议。在这次会议上,对自第一次全苏作家代表大会起二十年来的文学发展过程进行了总结。在肯定二十年来主要文学创作成就的同时,会议就文学创作的一系列问题展开了激烈的讨论,并对文学创作中所出现的一些公式化、概念化,以及粉饰现实的现象以及"无冲突论"观点提出了尖锐的批评,对社会主义现实主义创作原则也进行了新的审视,要求文学揭示生活的矛盾和冲突,真实反映社会现实。苏联学界有人认为,这次作代会是苏联文学新的时期开始的标志。

自 1953 年 3 月 5 日斯大林逝世之后,苏联社会政治发生了一系列深刻的变化。1956 年,苏共第二十次代表大会的召开,无论对于苏联历史还是苏联文学史,都是一个极其重要的历史事件,其精神深深地渗透到思想文化领域,对其后的社会生活和文学创作都产生了深远的影响。由于在这次会议上苏联政坛开始公开反对个人崇拜和批判斯大林的错误,并与个人崇拜的不良后果进行斗争,因而引发了文学领域中的"解冻"思潮。苏共严厉"谴责个人崇拜",因为它"不符合马克思列宁主义的精神"。[①] 赫鲁晓夫有针对性地指出:苏联共产党"坚决反对和马克思主义精神不相容的个人崇拜。因为个人崇拜把这个或那个活动家变成创造奇迹的英雄,而同时缩小党和群众的作用,降低他们的积极性和创造性。个人崇拜流行的结果就是降低了党的集体领导作用,有时给我们的工作带来了严重的损失"[②]。

这次会议对个人崇拜的集中而严厉的批判,触动了人们固有的思维定式,引起苏联社会生活的剧烈震荡,人们的思想也陷入一时的迷惘和混乱,然后经历了逐渐摆脱极度紧张和困惑的阶段,开始对苏联社会现实和意识形态进行反思和探索。同时,也正是在反对个人崇拜的前提下,人们开始将注意力转移到现实生活之中,关注现实生活中的问题和矛盾,揭露社会上存在的弊端。

---

① 《人民日报》1956 年 2 月 18 日。

② 《人民日报》1956 年 2 月 22 日。

1961 年,苏共第二十二次代表大会召开。这次会议延续了苏共二十大所确立的路线,继续严厉地批判斯大林的错误,并且提出了"一切为了人,一切为了人的幸福",以及"人与人是朋友、同志和兄弟"等口号,①从而在引起人们对传统的意识形态和思想倾向进行深入思索的同时,也引发了作家在文学创作领域对人道主义思想的重新关注。

斯大林逝世后社会政治生活的巨变也反映在文学创作领域,一度引发了文学艺术界的混乱和激烈的论争,并且促使文艺界对过去的文艺工作进行深刻的反思。尤其对过去文艺工作中行政干预过多,对文艺创作规律不够重视,以及片面强调思想性而忽略艺术性等一系列问题,进行了深刻的反思,并展开了激烈的论争。还有人针对文学创作中喜欢歌功颂德而回避生活中的实际问题和矛盾等方面的倾向,进行思考,并且提出了尖锐的批评。

所以,斯大林逝世以及苏共第二十次代表大会召开,是影响文学进程的重要事件。

在 20 世纪 40 年代末和 50 年代初,小说创作,尤其是长篇小说创作,依然受到卫国战争这一重要事件的影响。有的作品也真实地反映了这一时期的百姓生活和精神状态。如安德烈·普拉东诺夫 1946 年发表的《伊万诺夫之家》就是根据战争的材料和印象所创作的,反映战争给普通百姓的日常生活和精神世界带来的沉痛苦难和浓重阴影;尤里·杨诺夫斯基的长篇小说《和平》描写的是积极参战的普通男女在经历战争创伤之后又不得不与自然灾害以及官僚主义作风进行斗争。此外,巴巴耶夫斯基的长篇小说《金星英雄》(1947)、加琳娜·尼古拉耶娃的长篇小说《收获》(1949)等,都不同于歌颂太平盛世的平庸之作,在反映战后现实生活方面具有一定的开拓精神。

自 20 世纪 50 年代中期开始,针对过去粉饰现实的创作倾向以及回避现实矛盾的弊端,在"积极干预生活"的口号之下,苏联文坛出现了一系列真实反映社会现实状况的作品,吻合了当时的社会语境和思想探索。尤其是"奥维奇金流派",在客观反映乡村等生活真实方面,成就显得较为突出。

稍后,爱伦堡的小说《解冻》因揭露过多、基调低沉而引发了苏联文学界激烈的争议。然而,正是这一争议,使得人们习惯于将斯大林逝世后的揭露性、批判性的作品统称为"解冻文学",这一名称甚至成了一个时代的标志。

20 世纪五六十年代的苏联文学,除了"奥维奇金流派"突出描写农村题材的作品,以及"解冻文学"等暴露性的文学作品,另一个重要的成就便是战争题材的创作。由于卫国战争给人们所留下的创伤记忆依然十分明晰,特别是斯大林逝世之后,不少作家从各个不同的侧面以及不同的思想层面对这场战争进行书写。

---

①　马家骏等主编:《当代苏联文学》上册,河南大学出版社,1989 年,第 236 页。

首先应该提及的是肖洛霍夫的《一个人的遭遇》(1956),这篇短篇小说的特性是不再局限于对苏联卫国战争的歌颂,而是反思战争给普通百姓带来的伤害以及给人类带来的灾难。20 世纪 50 年代末 60 年代初,苏联文坛所出现的以邦达列夫等作家为代表的"战壕真实派"也在一定程度上片面描写了战争的残酷。

进入 20 世纪 60 年代之后,苏联战争题材的作品,从"战壕真实"转向"全景小说",主要的作品有西蒙诺夫的三部曲《生者与死者》、恰可夫斯基的《围困》、邦达列夫的《热的雪》等等。

20 世纪五六十年代的主要的小说创作成就是以帕斯捷尔纳克、列昂诺夫、爱伦堡、柯切托夫、田德里亚科夫、阿勃拉莫夫、格罗斯曼等作家的创作来体现的。格拉宁、柯热夫尼科夫、瓦西里耶夫等作家的小说创作也颇有贡献。格拉宁的《探索者》(1954)和《迎着雷电》(1962),柯热夫尼科夫的《迎着朝霞》(1956—1957)、《盾与剑》(1965)等,都是较为出色的小说作品。此外,索尔仁尼琴也开始登上文坛,发表了《伊凡·杰尼索维奇的一天》等受到广泛关注的短篇小说。

二　瓦西里耶夫的小说创作

鲍里斯·利沃维奇·瓦西里耶夫(Борис Львович Васильев,1924—2013),出身于斯摩棱斯克的一个军人家庭。他从小受到部队生活的影响和熏陶,后来自己也成为一名军人。1941 年,在读中学九年级时,卫国战争爆发,瓦西里耶夫志愿参军,奔赴前线,在炮火硝烟中度过了自己的青春岁月。"当时同瓦西里耶夫一同参军的四十个青少年中,只有瓦西里耶夫一人生还。"[①]但是他也是死里逃生,1943 年 3 月,他身负重伤,住进医院,1943 年秋天伤愈后,他没有重返前线,而是进入斯大林装甲兵军事学院学习。1946 年从军事学院工程系毕业,到乌拉尔地区任工程师。1954 年以上尉军衔退伍。

瓦西里耶夫的文学活动始于剧本创作。1954 年,他创作了剧本《坦克手》(Танкисты),受到好评。就小说创作而言,他的第一部作品是中篇小说《伊万诺夫汽艇》(Иванов катер),1967 年被《新世界》杂志所接受。

瓦西里耶夫最著名的作品是发表于 1969 年第 8 期《青春》杂志的中篇小说《这里的黎明静悄悄……》(А зори здесь тихие…)。这部作品不仅受到文坛的一致好评,而且被搬上了银幕,赢得了广泛的观众,得到世界各地爱好和平的人们普遍的喜爱。

《这里的黎明静悄悄……》写的是苏联卫国战争期间苏军一位准尉带领五位女兵阻击潜入的德寇以及五位女兵英勇牺牲的故事。故事发生的地点是在一个密林里,当时,女兵丽达发现两个敌寇潜入了密林,企图炸毁铁路时,她立刻向上

---

① 马家骏等主编:《当代苏联文学》下册,河南大学出版社,1989 年,第 371 页。

级报告,于是,由准尉瓦斯科夫率领五位毫无实战经验的女兵,前去密林阻击敌人。但是,实际上,潜入密林的敌寇根本不是两个,而是装备精良的十六个,而且佩着十六支冲锋枪。由于双方力量悬殊,派去报告敌情、请求支援的女兵又在途中淹死在沼泽里,苏方援兵未能及时到达,剩下的四位女兵经过顽强的奋战,也都全部壮烈牺牲。但是受伤的准尉瓦斯科夫孤军奋战,最后终于战胜了敌人,并且俘获了四个残敌,出色地完成了这一次的阻击任务。在瓦西里耶夫的笔下,这五位女兵塑造得最为感人。在她们中间,有尽职尽责的班长丽塔,有勤劳质朴的李莎,有无比娇美的冉卡。

丽塔参军前是中学九年级的学生,她在一个联欢会上与边防军中尉相识并结婚,还生了一个可爱的儿子。但是,卫国战争爆发的第二天,她的丈夫就英勇牺牲,丽塔怀着对德寇的满腔仇恨,义无反顾地接过丈夫的枪杆,对敌作战,报仇雪恨。她受了重伤后,为了不连累战友,毅然决然地朝自己开枪……

李莎这名女战士是在泥沼中不幸牺牲的,她即使在陷入泥沼的时候,信念也没有消失:"李莎久久地凝望着这美妙的碧空。她嘶嘶地叫着,嘴里吐着泥浆,她向往着这片碧空,向往着,坚信不疑。朝阳冉冉升起在树梢上空,阳光照耀着泥沼,李莎最后一次看见阳光——温暖而又光耀夺目,正如充满希望的明天。她到生命的最后一瞬,还坚信她的明天必然到来……"[①]

五位女兵中,最令人难以忘怀的人物形象是叶甫金妮娅——一位小名叫冉卡的漂亮姑娘。冉卡本是将军的女儿,在优裕的生活环境中成长,她热情似火,生性爱美,但是,战争的爆发改变了她生活中的一切,她亲眼看到自己的父母和妹妹死在法西斯的枪弹之下,无比悲痛。十九岁的个头高挑的冉卡不仅相貌美丽,而且头脑极为聪明机智,在阻击敌人的过程中,她看到了十米开外的树丛中闪着寒光的冲锋枪口,于是,为了迷惑敌人,她义无反顾地脱掉了身上的衣裳,纵身跳进冰冷的河水之中,佯装游泳,并且高唱着《喀秋莎》这首歌曲,拍溅水花,终于迷惑了敌人,摆脱了险情:

> 对岸的树枝抖动了一下,两个灰绿色的身影闪了进去。叶甫金妮娅不慌不忙地抖抖两膝,脱下了裙子、衬裙,双手抚平了黑色的内裤,突然用高亢响亮的嗓子大声唱了起来:

> 正当梨花开遍了天涯,
> 河上飘着柔曼的轻纱……

---

①　瓦西里耶夫:《这里的黎明静悄悄……》,王金陵译,人民文学出版社,2012 年,第 123 页。

啊，此时此刻她是多么美啊，简直是美得出奇！她是多么婀娜、白皙和矫健——距冲锋枪却只有十米啊。她停住歌唱，一头钻进水中，嘴里还高声叫喊，双手喧闹而愉快地拍打河水。水珠从她那温暖而有弹性的躯体坠落，在阳光的映照下，闪闪发光。①

这一举动，所需要的不仅仅是智慧，而且需要多大的镇定和胆略啊。冉卡拥有这样的胆略。她确实异常聪明，异常勇敢，为了大家的安全，她毫不顾及自己的生命，在后来的战斗中，为了将敌人从指挥员瓦斯科夫和受伤的丽塔身边引开，她奋不顾身，故意将自己完全暴露在毫无遮挡的空地上，边跑边唱，并朝敌人射击，直到弹尽，在敌人密集的子弹射击中壮烈地牺牲。

人们常说，战争中没有女性，战争似乎只是男人的专利，但是，在瓦西里耶夫的笔下，在"静悄悄"的黎明中，五位女性却表现出了难以想象的坚强和刚毅，战争迫使这些美丽的女性奔赴战场，浴血奋战，一夜之间就全都献出了自己宝贵、美好的生命，使得读者在惋惜这些美好生命的同时，对发动战争的侵略者充满了愤恨，同时更为珍惜来之不易的和平，或许，这也是这部小说的艺术感染力所在，也是它受到读者喜爱的一个重要原因。

三 巴克兰诺夫的《一寸土》

格雷戈里·雅科夫列维奇·巴克兰诺夫（Григорий Яковлевич Бакланов，1923—2009），出身于沃隆涅什的一个犹太家庭，原姓弗里特曼。父亲是位职员，母亲是牙科医生。在他的父母于 20 世纪 30 年代初双双离开人世之后，巴克兰诺夫主要由其叔父抚养成长。他的童年和少年时代主要是在沃隆涅什度过的，九年一贯制的小学与初中教育结束后，他考入航空技术学校学习。卫国战争爆发的时候，他是航空工厂的一名钳工。他随后积极投身于卫国战争，在炮兵部队服役，参加过激战，多次负伤，也多次荣获嘉奖。

战后，他进入高尔基文学院学习，于 1951 年毕业。同一年，他所创作的短篇小说开始在杂志上发表。1956 年加入苏联作家协会。他的小说，以卫国战争为主题，1959 年发表的中篇小说《一寸土》（Пядь земли），给他带来了极大的声誉。该作品着力描写炮兵连队在狭小的阵地上的浴血奋战，被誉为苏联文学"战壕真实派"的代表作之一。他于 1979 年发表的中篇小说《永远十九岁》（Навеки девятнадцатилетние），被誉为苏联战争文学"第三次浪潮"的代表作之一。该小说写的是十九岁的中尉三次负伤，最后英勇牺牲的故事。

---

① 瓦西里耶夫：《这里的黎明静悄悄……》，王金陵译，人民文学出版社，2012 年，第 101 页。

中篇小说《一寸土》所描写的,是解放摩尔达维亚首都的战役中与德国法西斯为争夺德涅斯特河畔的据点——一个桥头堡而展开的一场战斗。作品突出"战壕真实",以年轻的炮兵营长莫托维洛夫中尉为第一人称的笔记形式,书写坚守在桥头堡战壕里的苏军官兵的艰辛,展现战地生活的真实情景,表达为解放祖国的"一寸土"所要付出的巨大的牺牲。苏军不畏艰难,与装备和人力都强于自己的德军展开殊死的搏斗,最后终于打败了德寇,夺回了据点。

四　纳吉宾的小说创作

纳吉宾是以短篇小说的创作登上文坛的,他不仅以小说家闻名,而且是著名的影视剧编剧,创作和改编过 30 多部电影剧本。

尤里·马尔科维奇·纳吉宾(Юрий Маркович Нагибин,1920—1994),生于莫斯科,1938 年中学毕业后,以优异的成绩考入莫斯科第一医学院。但不久就转入国立全苏电影学院,然而,由于卫国战争的爆发,他未能完成学业。他自 1940 年开始发表小说作品。卫国战争期间,他于 1941 年秋天自愿参军,奔赴前线,英勇作战,曾经身负重伤。痊愈后,他担任《劳动报》(Труд)随军记者。1942 年,加入苏联作家协会。1943 年出版第一部短篇小说集《来自前线的人》(Человек с фронта)。

纳吉宾主要文学成就是中短篇小说的创作。他出版了数十部小说集,其中包括《生命的种子》(Зерно жизни,1948)、《制高点》(1951)、《战争的故事》(Рассказы о войне,1954)、《冬天的橡树》(Зимний дуб,1955)、《节日之前》(Перед праздником,1960)、《遥远的和最近的事》(Далёкое и близкое,1965)、《童年的小巷》(Переулки моего детства,1971),以及中篇小说《远离战争》(Далеко от войны,1964)等。

纳吉宾的小说尽管题材广泛,但是语言质朴、优美、生动、自然,都来自生活的体验。在题为《冬天的橡树》的短篇小说中,作者就叙写了课堂上的语言与自然界的活生生的语言之间的差异,自然界的语言比人类的语言更为丰富多彩:

　　小径绕过了一片山楂林,树木立刻退到两边去了:一棵庞大而像教室一般庄严的橡树,披着白色的耀眼的服装,屹立在空地的中央。其他的树木好像都虔诚地退避着,好让这位老前辈尽量地舒展起来。它的下面的树枝笼罩在空野上,有如一重天幕。树皮的深深的皱纹里满都是雪,三抱粗的树干好像绣满了银线。秋天干枯了的树叶差不多没有脱落,所以一直到树顶都为积雪的树叶覆盖着。

　　⋯⋯⋯⋯⋯

　　橡树的树脚下还栖居着许许多多的旅客:甲虫、蜥蜴、瓢虫。有些隐藏在根下,有些钻在树皮的裂缝里;它们变得瘦瘦的,内部空虚,在沉睡里挣扎着过冬。强大的、充满了生机的橡树,在自己周围集聚了那么多的生命的温暖,那些可怜的小动物再也找不到别的更好的住所了。①

可见,纳吉宾的小说以小见大,富有思想的深度,他不仅关心伦理道德、社会风气等话题,而且在 20 世纪 50 年代,就已经对人与自然以及相应的生态问题发出了积极的声音。

五　巴巴耶夫斯基的小说创作

谢苗·彼德罗维奇·巴巴耶夫斯基(Семён Петрович Бабаевский,1909—2000)是一位自 20 世纪 20 年代末登上文坛并在 80 年代还出版了长篇小说《野茫茫》的著名小说家。

巴巴耶夫斯基出身于乌克兰哈尔科夫州的一个农民家庭,早年只受过小学教育,但刻苦自学。1929 年,他的处女作——短篇小说《购买伏特加》(Водка довела)在《罗斯托夫农民报》上发表。登上文坛之后,他又进入高尔基文学院学习,并于 1939 年毕业。卫国战争爆发后的 1941 年,他到部队服役,直到 1946 年退伍。他先是在保卫北高加索的部队服役,后来担任《红军战士报》战地记者。

战后,巴巴耶夫斯基的第一部长篇小说《金星英雄》(Кавалер Золотой Звезды,1947—1948)面世,获得 1949 年斯大林文学奖一等奖。其续篇《阳光普照大地》(Свет над землёй,1949—1950)获 1950 年和 1951 年斯大林文学奖。

《金星英雄》与《阳光普照大地》这两部长篇小说的基本内容都是描写苏联人民战后不畏艰难重建集体农庄的故事,被视为"无冲突论"的代表作。《金星英雄》的主人公谢尔盖·屠塔林诺夫是一位在苏联反法西斯战争中获得金星奖章的英雄,可是,他不愿躺在功劳簿上,而是自愿回到农村,发动群众,克服种种困难,建立起了水电站,为改变农村的落后面貌做出了巨大的贡献。斯大林对这部作品颇为赞赏,他认为,《金星英雄》虽然没有一个字说到爱国主义,但是通篇都洋溢着爱国主义精神。② 在续篇《阳光普照大地》中,谢尔盖·屠塔林诺夫当上了区执行委员会主席,于是信心十足地提出改造大自然、实现电气化的计划。尽管小说充满着乌托邦色彩,但是在当时的评论界,这种乌托邦理想也受到了推崇和好评。当然,与此同时,他的这些作品也受到了一些较为强烈的指责。不少评论家认为他的作品粉饰现实,对此,巴巴耶夫斯基即使到了晚年,也坚持进行反驳,他说:"我力图揭示出苏维埃人身上一切好的、高尚的东西,而这样的人当时

---

① 纳吉宾:《纳吉宾短篇小说选》,张孟恢等译,作家出版社,1955 年,第 241—242 页。

② 参见张捷:《晚年的巴巴耶夫斯基》,《外国文学动态》2000 年第 4 期,第 42 页。

到处都有,这怎么能说是粉饰呢?"①

在 1955 年至 1956 年,巴巴耶夫斯基曾作为《文学报》派驻中国的记者,在我国生活工作了一年多,为我国读者所熟知。这或许也是他的作品在我国大量翻译出版的一个原因。他 20 世纪 60 年代的主要作品《故乡》(*Родимый край*,1964)和后期创作的长篇小说《野茫茫》(*Приволье*,1980)等等,同样受到我国读者的欢迎。长篇小说《野茫茫》是一部抒情小说,以报社记者米沙·恰佐夫为第一人称,书写他为了创作农村题材的作品而离开城市的报社回到乡村的所见所闻,记录乡村中的安德烈等优秀人物的改革主张以及所面临的激烈的矛盾和斗争,叙写对生活和写作的感悟,而最后米沙·恰佐夫的意外牺牲,更是引发了人们的无尽的思考。

第二节　"奥维奇金流派"与日常生活书写

20 世纪 50 年代,最早出现的书写日常生活的作品,是奥维奇金(Валентин Владимирович Овечкин,1906—1968)的农村题材中短篇小说集《区里的日常生活》(*Районные будни*)。奥维奇金的《区里的日常生活》,与潘诺娃的《一年四季》、爱伦堡的《解冻》(*Оттепель*)、尼古拉耶娃的《征途中的战斗》(*Битва в пути*)等当时著名的作品一起,对苏联新时期文学的发展,产生了重要的影响。

一　奥维奇金及《区里的日常生活》

《区里的日常生活》(*Районные будни*)依次包括《波尔佐夫和马尔登诺夫》(*Борзов и Мартынов*,1952)、《在前方》(*На переднем крае*,1953)、《人类灵魂的工程师》(又译作《在同一区里》,*В том же районе*,1954)、《亲自动手》(*Своими руками*,1954)和《艰难的春天》(*Трудная весна*,1956)等篇章。奥维奇金的这些小说先是以单篇形式在《新世界》等杂志上发表,后结集出版。这部作品以基层干部马尔登诺夫为主要人物,通过他将书中各篇章有机地联结起来。马尔登诺夫有思想、有魄力,是一个勇于开拓的人物形象,作者以马尔登诺夫与其他难有作为的官员进行对照,批判官僚主义的作风,并且引导读者思考现实背后的一些深层次的问题。这类作品反映了工农业生产中的实际问题,揭露了官僚习气,因而被称为"奥维奇金流派"。

二　潘诺娃及《一年四季》

潘诺娃(Вера Фёдоровна Панова,1905—1973)是苏联时期俄罗斯著名的女

---

① 转引自张捷:《晚年的巴巴耶夫斯基》,《外国文学动态》2000 年第 4 期,第 43 页。

作家。她于 1905 年 3 月出生于顿河罗斯托夫。她幼年丧父,家境贫寒,少年时代因交不起学费而辍学。20 世纪二三十年代,她曾在罗斯托夫市的几家报社和杂志社工作。30 年代,她以剧本创作开始了自己的文学生涯。1940 年,她迁到列宁格勒。卫国战争期间,她在彼尔姆市工作。一次偶然的机会,她随同卫生列车度过了两个月的战斗和采访生活。在隆隆的车轮声中,她创作了苏联战争文学的杰作之一———长篇小说《旅伴》(Спутники,1946),赢得了广泛的声誉,并于 1947 年获斯大林文学奖。战后她的主要作品有长篇小说《克鲁日利哈》(Кружилиха,1947)、《一年四季》(Времена года,1953)、《感伤的罗曼史》(Сентиментальный роман,1958)。后两部长篇小说都曾引起苏联文艺界的激烈争论。《感伤的罗曼史》被认为是"新现实主义"的代表作,有人赞扬它"以生活本身的形式表现生活","从小事物中看大事物,从日常平凡的现象中看生活"。相反,有人则批评它"不能表达出这一时期的历史特征和时代精神","企图通过自发的人性来描写人"。战后她还创作了中篇小说《光明的河岸》(Ясный берег,1949)、《谢廖沙》(Серёжа,1955)。60 年代,她转向历史题材的创作,如在中篇小说《谁在死亡?》(Кто умирает)中,她描述了瓦西里三世统治的灭亡。潘诺娃于 1973 年 3 月在列宁格勒逝世。

潘诺娃的长篇小说《一年四季》所描写的是苏联时期人民群众普通的日常生活。

新年来临,恩斯克市的人们举杯祝酒,欢度佳节。有人在新年来临之际出生,有人在旧岁逝去之时去世。

出生于萨拉尼村的农村姑娘多罗菲娅从小失去双亲,跟着姨妈过着俭朴的日子,一年冬天,多罗菲娅站在车站上,挤在一堆姑娘和妇女中间。一列火车路过此地,车上走下一名红军战士,和她相识了。他叫库普里扬诺夫。姑娘接受了他的邀请,离开故乡,乘上火车跟他走了,后来他们结为夫妻。途中,在与敌人的战斗中,库普里扬诺夫负了伤,多罗菲娅精心护理。从恩斯克市的军医院伤愈出院以后,他们夫妇俩在半节旧车厢里定居下来。她走进课堂学习文化,当上了铸造工人,还被工人们选为铸造厂的工会委员。后来,她顺应时代的潮流,紧跟社会的发展,终于成长为市执委会副主席,但她在对儿子甘纳吉的教育上,却过于溺爱。由于母亲的溺爱,甘纳吉成了个花花公子,他被开除团籍,由于母亲的说情又被恢复,他抛弃了自己的妻子拉莉莎,过着放荡的生活,被赶出家门之后,他与别的女人同居。他欲壑难填,在歧途上越滑越远,直到后来遭受犯罪团伙的暗害、险些送命时,方才醒悟过来。

恩斯克市商业局局长鲍尔塔舍维奇是苏联国内战争期间打过白匪的老红军战士,在战斗中负过伤,复员后到油脂厂工作,工人们是把他当作功臣来欢迎和看待的。不久之后,他便被任命为副主任。开始,他工作起来热情奔放,不遗余力,是一个出色的组织者和领导者。后来,他的官职越来越高,他渐渐觉得自己是一个不同凡响的有才华的领导者、大人物、大丈夫,理所当然地应该拥有富丽堂皇的办公室和美丽温柔的女秘书。他终于经不起女人和金钱的引诱,抛弃了妻子,娶了女秘书娜佳。这位新妻子娜佳是个"不露笑脸的涂脂抹粉的偶像",过着随心所欲的生活,而且"能够毫不犹豫地出卖丈夫"。为了贪求更加奢侈的生活,鲍尔塔舍维奇开始受贿和贪污,从此开始逐步堕落。后来他终于成为贪污盗窃集团的首犯。娜佳得知丈夫即将身败名裂的时候,便编造谎言,寻找理由,要与他离婚。鲍尔塔舍维奇的犯罪事实终于败露,在被捕之时,他开枪自杀。他那正直的子女谢廖沙和卡佳承受了难以想象的巨大的痛苦,把母亲隐藏起来的赃物交了出来,气得母亲娜佳歇斯底里大发作,在屋内大叫大喊。只有卡佳独自一人给父亲送葬,谢廖沙重病卧床。娜佳不愿为丈夫送葬,她在丈夫葬后的第三天就扔下了卡佳和病重的谢廖沙,离开了这个家庭。后来,受到欺骗和凌辱比谁都深的谢廖沙和卡佳,也得到了人们的关怀和爱,走进了新的生活。

文学是社会生活的折射。一年四季中的普普通通的日常生活,被细心的、对现代生活有独特感受力的俄罗斯女作家潘诺娃巧加剪裁,细心织为《一年四季》这部长篇小说。其中没有惊人的业绩,也没有风云人物,这里所描写的是恋爱、婚姻、住房、日常工作、家庭琐事、儿女教育等种种平凡的生活现象。然而从这些普通日常现象中却十分明显地映射出苏联社会的剧变。

这部长篇小说写于 20 世纪 50 年代初期,发表于斯大林逝世不久的 1953 年底。从时间来看,这部小说的写作与发表正值苏联社会生活发生重大变化的前后,不管是从历史上看,还是从文学史上看,都是处于两个时期的交接点上。旧的事物、传统的生活概念面临着严峻的挑战,新的价值观念、现代的思想意识尚处在形成之中,整个社会在急剧地变化,人们生活在紧张而激烈的矛盾之中。小说没有对此进行宏观的叙述和描写,而是以小见大,以几个家庭的变迁,来映射社会及时代的剧变;以多罗菲娅、鲍尔塔舍维奇等人的复杂形象和丰富多变的内心活动来映射当时人们矛盾的心理状态。小说能够抓住某些具有典型意义的时代冲突,直言不讳地批判某些领导干部,特别是经济部门的领导干部的改变,揭露领导阶层中所普遍存在的问题,对整个苏联社会生活产生了一定的影响,无怪乎引起了人们对这部小说的争议,有人责备作者"走的是一条自然主义的路子",更有人批判这部作品"诽谤现实"。然而,从以后的苏联文学进程来看,这部小说是"解冻文学"的先声。

《一年四季》这部小说在人物描写方面,克服了简单化、公式化的缺陷,如在塑造多罗菲娅这一正面形象时,没有把她塑造成完美无缺的人,而是写出了人物性格的复杂性。例如,她能和一个毫不相识的人一起出走,却又固守传统,对女儿的恋爱加以阻挠;她能正确严肃地教育儿子,认为"人的价值决定于他对人们的贡献",却又在儿子被开除团籍之时,教他如何申诉,她本人又是向学校团组织施加压力,又是逼团市委改变学校开除她儿子团籍的决定。作品中的另一主人公鲍尔塔舍维奇更是一个复杂的形象。作者没有简单化地把他写成天生的坏蛋,而是十分成功地刻画了他的双重性格。他曾经性格开朗,聪明淳朴,具有才干,工作出色。然而他又具有浓厚的市侩意识。他经历了战火的考验,在和平环境中却禁不起金钱的腐蚀,发生改变,贪污受贿,成为罪人。然而在描写这一罪犯时,作者也表现了他身上尚存的善良:他为自己的罪恶而羞愧,他追忆过去的纯真的生活,他意识到自己在伸手接钱的时候,自己的生活就宣告结束了,他害怕白天,害怕光明,而且疼爱子女,为自己的行为感到内疚。最后,他终于在悔恨和恐惧之中自杀而死。

小说在结构上也颇具特色,其中既有许许多多断断续续、互相联系但关系并不密切、各自相对独立的事件,又有适成对照的多罗菲娅一家和鲍尔塔舍维奇一家的事件。断断续续的事件使得小说恰似许多社会生活剪影的集结,两个家庭事件的主线又使得断断续续的事件有了围绕的中心,从而引出许多发人深省的社会和家庭问题,使得小说统一和谐。此外,这两条并列的主线又由萨沙·柳比莫夫一家联结起来,使得小说的两部分情节结构浑然一体、天衣无缝。

三 尼古拉耶娃及《征途中的战斗》

加琳娜·叶甫盖尼耶芙娜·尼古拉耶娃(Галина Евгеньевна Николаева)以长篇小说《收获》(*Жатва*,1950)和《征途中的战斗》(*Битва в пути*,1957)以及中篇小说《拖拉机站站长和总农艺师的故事》(*Повесть о директоре МТС и главном агрономе*,1954)在20世纪50年代的苏联文坛享有盛誉。

长篇小说《收获》是以反映战后农村经济恢复和发展为题材的作品,具体描写落后的"五一"农庄如何经过努力,成为先进农庄,借此反映苏联人民在战后面对一片废墟,怀着极大的信念和责任感,在重建家园方面所付出的艰辛以及所具有的能量。

尼古拉耶娃的中篇小说《拖拉机站站长和总农艺师的故事》是斯大林逝世后所出现的大胆"干预生活"的重要作品之一,描写了发生在苏联边远地区一个叫作茹拉文诺的拖拉机站上的故事。作品的主人公是刚刚大学毕业来到拖拉机站工作的女生娜斯嘉。她不畏权势,敢说真话,勇于抗争,甚至在前来视察的省委第一书记面前慷慨陈词、据理力争,她也不顾个人安危,一心为群众着想,终于使粮食获得大丰收,使拖拉机站成为先进典型。

尼古拉耶娃的长篇小说《征途中的战斗》(*Битва в пути*,1957)是在苏联政府提出反对个人崇拜之后出现的一部全景性地描绘20世纪50年代苏联社会现实生活的长篇小说。这部小说"通过某拖拉机厂总工程师巴希列夫与厂长瓦利甘的矛盾冲突,表现了改革意识的胜利和具有高度事业心和责任感的新型知识分子的追求精神"①,也真实而鲜明地展现了现实生活中的人际关系。

长篇小说《征途中的战斗》不仅折射了苏联政坛反个人崇拜的倾向,而且反映了改革的主题,是一部以工业改革为题材的作品。这部小说通过对拖拉机工厂总工程师巴希列夫与厂长瓦利甘之间的矛盾冲突,以及与工厂有联系的集体农庄的描写,表现个人与集体以及领导与群众之间的新型关系,表现了新型知识分子的精神追求。

第三节　列昂诺夫

列昂诺夫曾被誉为"社会主义现实主义的大师"②,他的作品曾获得列宁文学奖、斯大林文学奖、苏联国家奖,他也因此荣获"苏联社会主义劳动英雄"的称号。

一　从红军部队通讯员到职业作家

列奥尼德·马克西莫维奇·列昂诺夫(Леонид Максимович Леонов,1899—1994),出身于莫斯科的一个知识分子家庭,他的父亲马克西姆·列昂诺夫曾经是一位自学成才的农民诗人。1910 年至 1918 年,列昂诺夫在莫斯科第三中学学习。中学毕业后,原本计划到莫斯科大学学习,但是,由于国内战争的爆发而未能如愿。

国内战争期间,他担任红军部队的通讯员。1921 年,他从部队复员后,在他叔叔的商店做过一段时间的店员,并且逐渐结识一些文人,开始文学创作的职业生涯。

实际上,他自从十五岁就开始在杂志上发表诗作和短文。专事文学创作后,他成就突出,1922—1923 年发表了《布雷加》(Бурыга)等优秀的短篇小说、《彼都希哈村的裂口》(Петушихинский пролом)等中篇小说。1924 年,他在《红色处女地》杂志上发表的长篇小说《獾》(Барсуки),使他一举成名,这部作品成为他文学创作上的一个重要起点。长篇小说《獾》以 20 世纪 20 年代初发生在俄罗斯中部地区的沃雷村的事件为创作题材,书写了农民因反对征粮以及某些领导干部的过"左"行为而发生的武装暴动,反映了农民对苏维埃政权的偏见和落后意识,强调无产阶级领导的必要性。所以,当时的苏联评论界认为:"这部长篇小说的

---

① 马家骏等主编:《当代苏联文学》上册,河南大学出版社,1989 年,第 152 页。

② Malcolm V. Jones, Bobin Miller eds. *The Cambridge Companion to the Classic Russian Novel*, Cambridge: Cambridge University Press, 1998, p. 13.

基本思想是：在农村，必须在联共布尔什维克的领导下，战胜小资产阶级作风。"[1]

列昂诺夫 20 世纪 20 年代的重要作品还有长篇小说《窃贼》(Bop, 1927)。这部长篇小说反映了苏联新经济政策时期的一些消极现象，着重书写了当过红军骑兵团政委的德米特里·维克申(Дмитрий Векшин)由英雄堕落为新社会罪人的经历。在艺术上，列昂诺夫在描写主人公悲剧的时候，较好地借鉴了陀思妥耶夫斯基式的心理分析手法。

进入 20 世纪 30 年代之后，列昂诺夫首先以长篇小说《索契河》(Comь, 1930)赢得了文坛广泛的关注，这部长篇小说是 20 世纪俄罗斯文学史上最早塑造鲜明的社会主义劳动英雄，描写轰轰烈烈的社会主义建设的重要作品。作品歌颂了主人公乌瓦杰夫这一社会主义建设工程组织者的形象。乌瓦杰夫在征服自然，以及在索契河畔建设造纸厂的过程中，依靠党组织，艰苦奋斗，领导群众取得了重大的建设成就，这正是俄罗斯边远地区工业化进程的一个缩影。

列昂诺夫紧接其后所创作的长篇小说有《斯库塔列夫斯基》(Скутаревский, 1931—1932)和《通往海洋之路》(Дорога на Океан, 1933—1935)。

长篇小说《斯库塔列夫斯基》是一部描写知识分子的作品。这部作品书写主人公斯库塔列夫斯基教授从开始对苏维埃政权的怀疑和动摇，到后来努力发挥自己的聪明才智，积极参加社会主义建设事业的过程。作品以此描写知识分子所喜爱的那个改造过程，以及揭示布尔什维克党及其领导尊重知识的意义。

在长篇小说《通往海洋之路》中，作者思考了社会主义事业的过去以及将来发展的图景。尤其在描写发展远景的内容中，作者书写了中国革命的胜利，以及中国在世界的未来中将要发挥的重要作用。作品的主人公库里洛夫，不仅是沙皇专制制度的坚强不屈的反抗者以及社会主义事业的积极组织者，而且是一位知识渊博、兴趣广泛的思想家。在这部作品中，"通过对过去、现在和未来的描写表现了新旧两种社会、新旧两种思想的矛盾冲突，提出了同旧'残余'进行斗争，用无产阶级的道德品质和社会主义精神教育人、改造人的问题"[2]。小说中的主人公库里洛夫的言行体现了作者的思想倾向，在一定意义上而言，作品主人公是"列昂诺夫的一个化身"[3]。

在 20 世纪三四十年代，列昂诺夫不仅从事小说创作，并且从事戏剧创作，而且，在文学活动方面，也是一个积极的组织者，尤其是在 1934 年，列昂诺夫协助高尔基组建了苏联作家协会。

---

[1]　*Большая советская энциклопедия*(1-е издание)，т. XXXVI (1938)，с. 596 - 597.

[2]　孙尚文主编：《当代苏联文学》，辽宁大学出版社，1987 年，第 89 页。

[3]　Edward J. Brown. *Russian Literature Since the Revolution*，Cambridge：Harvard University Press，1982，p. 101.

二　长篇小说《俄罗斯森林》

列昂诺夫的长篇小说《俄罗斯森林》(*Русский лес*,1950—1953)是作者的代表作。这部小说所反映的是苏联卫国战争初期的一些事件,因而被认为是描写第二次世界大战的一部典范之作。然而,在作品中,通过倒叙等手法以及主人公的回忆,作品涉及了自19世纪90年代到卫国战争初期五十多年的历史事件和思想的发展。

列昂诺夫的长篇小说《俄罗斯森林》塑造了优秀知识分子维赫罗夫的形象,通过他与格拉茨安茨基之间的斗争,表现了苏联老一代爱国主义知识分子的优秀品质。尤其是通过他有关合理利用森林资源的可持续发展的理念,反映了作者对人与自然之间相互关系的探讨,表现出难能可贵的生态思想。

维赫罗夫充分认识到森林合理利用的必要性,坚持可持续性发展,反对乱砍滥伐。可是这一主张遭到了林业界的猛烈批判,有人认为他的理论观点违反了社会主义建设事业的根本利益,将森林与其合法的主人——俄罗斯人民隔绝开来。在相关的杂志上,更是有许多篇文章以政治的高度严厉地批判维赫罗夫的学术立场。

批判维赫罗夫的,主要是格拉茨安茨基。他与维赫罗夫曾经是大学同学,两人一起在林学院学习,而且一度是密切的朋友,尽管两人家庭的社会地位悬殊。维赫罗夫是农夫的儿子,格拉茨安茨基出身于一个富裕的圣彼得堡神学院教授的家庭。格拉茨安茨基不仅批判维赫罗夫,而且打击维赫罗夫的老师托里亚柯夫。

在小说中,维赫罗夫是一个思想纯洁、品德高尚、热爱祖国、献身科学事业的工人阶级知识分子的典型形象,即使是在长期遭受诬陷和无端打击的时候,也坚信真理,坚守自己的爱国主义的学术立场。这部小说"是一部塑造典型、反映生活的文艺作品,它的主人公已经不再是某个别人的肖像或传记,而是苏联千千万万优秀知识分子的写照,他们在几十年如一日为人民、为子子孙孙谋幸福,他们献身于祖国的事业,他们做出了卓越的贡献"[1]。

而格拉茨安茨基则恰恰相反,他利欲熏心,随机应变,见风使舵,手段卑劣。早在十月革命前,虽然他与维赫罗夫一起参加布尔什维克的活动,但他曾经叛变投敌,向沙俄的宪兵上校昌德维茨基出卖过维赫罗夫和另一位革命同志维克克拉依诺夫,使得他们遭到逮捕和流放。十月革命胜利之后,他利用在档案馆工作之便,不仅销毁罪证,隐瞒历史罪行,而且摇身一变,成了革命者和进步的知识分子。他没有真才实学,全靠投机和整人而获得机遇,以"学术权威"自居,疯狂迫

---

[1]　马家骏等主编:《当代苏联文学》上册,河南大学出版社,1989年,第79页。

害正义的知识分子。但是,谎言终究掩盖不了事实,在事实面前,经过时间的考验,布尔什维克党和苏联人民终于看清了格拉茨安茨基的嘴脸,也终于理解了维赫罗夫的忠诚。后来,在苏联卫国战争开始之后,一直在西方流放的原沙俄宪兵上校昌德维茨基突然归来,神秘地出现在格拉茨安茨基的住宅。格拉茨安茨基知道自己过去的罪恶已经暴露,末日来临,因而自杀身亡。

《俄罗斯森林》还通过波丽娅对她父亲的认知,表现了苏联一代青年的成长历程。年轻姑娘波丽娅从外地的中学毕业后,来到莫斯科,试图求学深造。她知道父亲维赫罗夫是著名的林学专家。但她不想见到自己的父亲,所以住在朋友瓦利亚的家中。因为波丽娅是一名坚定的共青团员,她在报刊上看到了对父亲进行批判的文章后,对他产生憎恨,将他视为新生活的敌人。其实,大量批判文章只是出自格拉茨安茨基一人之手。波丽娅在密友瓦利亚的帮助下,以及与婶婶的接触中,渐渐地明白了她父母的经历以及她父亲的真实境况。尤其是听了父亲的学术报告后,消除了误解,认识到父亲是一名正直的知识分子。1941年初,德国法西斯飞机突然向处于沉睡中的苏维埃城市投下了第一批炸弹。苏联卫国战争爆发。波丽娅改变初衷,不再求学,而是参加了红军,上了前线,为保卫祖国而浴血奋战,并且立下了功勋。

长篇小说《俄罗斯森林》的独特意义还在于对森林的描绘。作者将森林的命运与在森林中成长起来的俄罗斯民族的命运紧紧联系在一起。列昂诺夫在作品中动情地写道:

> 在历数我们民族的养育和为数不多的保护人时,忘记森林,就是忘恩负义。如同草原曾经培育我们祖先向往自由,在斗争中寻求欢乐一样,森林曾经赋予他们缜密的思维、敏锐的眼力,养成他们热爱劳动和不达目的誓不罢休的顽强、坚定的性格。我们是在森林中成长的民族,在祖国的大自然中,没有任何一种元素像森林这样,深深地影响着我们祖先的生活方式。树木是一种立见功效的原料,一块装上把柄的锋利的铁能变成原始生活中的珍宝。确切些说,俄国人坠地伊始,首先看到的就是森林。森林陪伴他走完生命的全部历程……[①]

仅从作者对待森林的这种态度,我们就可以看出他对自然的关注,以及他所拥有的深邃的生态思想。在这部作品中,森林不再是人物活动的场景或事件发生的背景,而是独立存在的形象。所以有学者认为:"森林是作品中的中心形象,是人物活动和思想斗争的场所,是俄罗斯五十多年社会变迁的见证人,是俄罗斯

[①]　童道明:《阅读俄罗斯》,上海三联书店,2008年,第21—22页。

人民的物质财富,是俄罗斯民族传统的象征,是故事情节、人物命运不可分割的组成部分。作家正是以森林的形象为中心安排情节、刻画人物和提出主题的。根据情节发展的需要,森林曾多次改变自己的面目和角色。"①更有学者认为:"《俄罗斯森林》可以说是俄罗斯最早保护生态的长篇小说,是俄罗斯生态文学的奠基之作,是保护大自然的宣言书。"②

早在 20 世纪 40 年代,列昂诺夫就以哲学家的眼光,意识到了保护森林及保护自然的重要意义。"列昂诺夫在 1947 年发表了《保护绿色之友》一文,提出保护、合理使用森林资源的主张。这篇文章乃是《俄罗斯森林》的前奏和先声。"③作者无疑具有作为一个作家所应该具有的超前的思想意识,列昂诺夫充分意识到现实中所存在的种种违背自然规律,对大自然无休止索取现象的弊端所在,他认为:"人与自然的相互关系是我长期思考与探索的一个主题,我越来越为俄罗斯森林的命运忧虑不安。……人们到处都在滥砍滥伐。不仅在俄国,而且在世界各地森林都面临着一场浩劫。"④可见,列昂诺夫是多么富有先见之明!列昂诺夫也直截了当地表明了这部长篇小说的创作意图:"森林是人类的绿色之友,是值得大力讴歌的。正是对俄罗斯森林的命运的思考,对人与自然、人与历史这一主题的思考,促使我构思和写出了《俄罗斯森林》这部小说。"⑤所以,列昂诺夫无疑是生态批评的先驱,而《俄罗斯森林》中的维赫罗夫形象,无疑是列昂诺夫的化身和代言人。

综上所述,列昂诺夫坚守社会主义现实主义为创作原则,贴近生活,无论是反映 20 世纪 20 年代初苏维埃政权建立之初的长篇小说《獾》,还是反映苏联新经济政策时期的《窃贼》,或是塑造社会主义建设时期劳动英雄的《索契河》,以及描写知识分子改造过程的《斯库塔列夫斯基》,列昂诺夫都能紧扣时代的脉搏,以自己的作品参与祖国的社会主义建设事业。尤其是他的代表作《俄罗斯森林》,以高度的社会责任感,经过对林学理论和林学问题的充分的考察和研究,借主人公维赫罗夫之口,提出了在祖国的建设过程中合理使用森林资源的问题。而且,这部长篇小说的意义远远超出了"合理使用森林资源"的范围,列昂诺夫通过森林问题,对俄罗斯的历史命运和俄罗斯民族性格进行了审视和沉思。更为重要的是,列昂诺夫无疑是一位深邃的思想家,早在 20 世纪 50 年代初期,就以预言家的眼光,对后来困扰整个世界的生态问题进行了深入的研究,强调了保护自然以及可持续发展的生态意义所在。

---

① 孙尚文主编:《当代苏联文学》,辽宁大学出版社,1987 年,第 94 页。

② 杨素梅、闫吉青:《俄罗斯生态文学论》,人民文学出版社,2006 年,第 189 页。

③ 马家骏等主编:《当代苏联文学》上册,河南大学出版社,1989 年,第 77 页。

④ 刘宁:《"今天的作家应当成为哲学家"》,《世界文学》1987 年第 2 期,第 282 页。

⑤ 同上,第 283—284 页。

第四节　爱伦堡

爱伦堡是苏联时期杰出的俄罗斯小说家、诗人、翻译家和社会活动家,他不仅创作了一系列优秀的小说作品,也是"二战"时期的优秀的战地记者,为苏联反法西斯战争的胜利以及世界的和平事业做出了应有的贡献。

一　从战地通讯员到知名作家

伊里亚·格里戈里耶维奇·爱伦堡(Илья Григорьевич Эренбург,1891—1967),出身于沙俄乌克兰基辅的一个犹太人家庭,是四个孩子中唯一的男孩,父亲是个工程师兼商人。1895 年,伊里亚·爱伦堡五岁的时候,全家迁居莫斯科。1901 年,他进入莫斯科第一中学学习。1905 年之后,爱伦堡参加了社会民主工党的有关工作。1908 年 1 月,因参加革命活动而遭逮捕,被监禁半年后,经家庭周旋得以保释出狱,同年 12 月流亡法国巴黎。他在巴黎居住了七年,逐渐远离了革命活动,开始专心从事文学创作。1910 年起,他出版了多部诗集,包括《诗选》(Стихи,1910)、《我生活》(Я живу,1911)、《蒲公英》(Одуванчики,1912)、《日常生活》(Будни,1913)、《前夜之诗》(Стихи о канунах,1916)。与此同时,在1914 年至 1917 年间,他还受聘担任莫斯科《俄罗斯晨报》(Утро России)和彼得格勒《市场新闻》(Биржевые ведомости)驻巴黎的战地采访员。

1917 年 2 月,俄国爆发二月革命,结束了沙皇专制制度。同年夏天,爱伦堡随同其他政治流亡者绕道英国和斯堪的那维亚半岛回到俄国。然而,到了 20 世纪 20 年代,爱伦堡再度出国,长期住在比利时、巴黎、柏林等地,直到第二次世界大战爆发前夕,他才回到苏联。

在卫国战争期间,爱伦堡作为《红星报》的战地通讯员,一直坚守在反法西斯战争的最前线。他经常冒着生命的危险,到前沿阵地采访,掌握第一手资料,为《真理报》《消息报》等苏联许多重要媒体撰写新闻通讯或特写,为鼓舞人们的战斗意志,做出了应有的贡献,他还将这些通讯和特写汇集成册,出版了三卷集的《战争》(Война,1942—1944)。

卫国战争结束后,爱伦堡集中精力从事文学创作,完成了一系列重要的作品,其中包括自卫国战争开始就已经动笔的长篇小说三部曲:《巴黎的陷落》(Падение Парижа,1941)、《暴风雨》(Буря,1946—1947)、《巨浪》(Девятый вал,1950)。爱伦堡在生命的晚年还出版了长篇回忆录《人·岁月·生活》(Люди, годы, жизнь,1961—1965),记叙了战争年代以及战后的许多重要事件。

二　《解冻》

爱伦堡的《解冻》(Оттепель,1954),不仅是一部中篇小说的名称,更是苏联文学一个历史时代的名称和象征。爱伦堡在这部题为《解冻》的中篇小说中集中揭示了苏联社会中所严重存在的官僚主义作风以及个人崇拜等弊端，因而小说被视为苏联文学中以暴露为特征的"解冻文学"的开端。

《解冻》的故事发生在1953年冬天至1954年初春这段特定的历史时间里，书写这一历史阶段伏尔加河沿岸城市里的一家工厂所发生的变化，而这一系列的变化，恰恰是苏联社会当时发生剧烈变动的一个缩影。在这部小说中，工厂厂长茹拉甫辽夫不顾天气因素以及工人的实际生活状况，只是一味地追求生产任务的完成，被人们称为"典型的官僚主义者"。他从不关心职工的居住条件和生产安全，任凭他们住在破草房和工棚里。但是，他的行为最后被人所唾弃，他终因三排工棚倒塌而被撤掉了厂长的职务。就连他的妻子也称他为"个人主义者"，与他的感情逐渐疏远，最终离他而去。不仅官僚主义者茹拉甫辽夫逐渐被社会所淘汰，文学艺术界也相应发生变化。靠粗制滥造而获得一时名声的画匠，终于名誉扫地，而尊重艺术创作规律，坚持艺术原则，不愿赶潮流的穷画家却逐渐被人们所接受。作品中传达了社会氛围的转变，正如作品中的一个人物所说："你看，到解冻的时节了。"可见，"解冻"并不是某一生产领域的事件，而是整个社会和时代发生变革的一个代名词。

第五节　柯切托夫

弗谢沃罗德·阿尼西莫维奇·柯切托夫（Всеволод Анисимович Кочетов，1912—1973），出身于诺夫哥罗德的一个农民家庭，是八个兄弟姐妹中最小的一个，但是，八个兄弟姐妹中，有五个在第一次世界大战中因为饥饿或者疾病而夭折。

一　影响肖洛霍夫创作的作家

1927年，柯切托夫迁往他哥哥所居住的列宁格勒，并且进入农业技术学校读书，1931年毕业后，作为农艺师，他曾在农村工作数年，也曾在造船厂工作。1938年，开始作为《列宁格勒真理报》通讯员，从事相关工作。在卫国战争期间，主要从事新闻工作，担任战地记者，为《列宁格勒前线报》撰稿。战后，他开始从事文学创作。1946年，他以卫国战争为题材，创作并发表了中篇小说《在涅瓦平原上》（На невских равнинах）。1952年，他出版长篇小说《茹尔宾一家》（Журбины），引起文坛关注，并被译成英语、法语等多种外文出版。这部作品被誉为20世纪50年代描写普通工人生活的最成功的作品之一，并且影响了肖洛霍夫等作家的相关题材的创作。由于长篇小说《茹尔宾一家》的成功，他于1953年担任列宁格勒作协执行书记，1954年起，担任苏联作家协会理事。

自 1955 年起，柯切托夫迁居莫斯科，在从事文学创作的同时，还承担了文学组织工作，担任《文学报》主编，直至 1959 年。自 1961 年起，柯切托夫担任《十月》杂志主编。

柯切托夫在 20 世纪五六十年代的重要作品中还有描写苏联青年科学工作者的生活和斗争的长篇小说《青春常在》(Молодость с нами，1956)，以及长篇小说《叶尔绍夫兄弟》(Братья Ершовы，1958)和《州委书记》(Секретарь обкома，1961)。长篇小说《青春常在》描写的是科研机构中的知识分子的生活，而后两部作品反映了斯大林逝世后苏联社会中所发生的一系列变化，对全盘否定斯大林持保留态度，对文艺界出现的"解冻"现象进行了一定的谴责，与当时的主流意识背道而驰，从而引发了文坛强烈的争议。肖洛霍夫等作家对柯切托夫表示赞赏，而特瓦尔多夫斯基等作家则对柯切托夫进行严厉的批判，认为他的小说是"文学界胆大妄为的现象"。

对柯切托夫创作的争议也波及了中国。在 1963 年至 1964 年间，由于政治立场的原因，中国文学批评界极力赞赏柯切托夫，认为柯切托夫是"现代唯一的一位革命作家"[1]。与此同时，美国的苏联问题专家则认为中国学界的这一赞赏适得其反，对于苏联来说，无异于使得柯切托夫丧失政治地位的"死亡之吻"[2]。

尽管柯切托夫在生命的最后几年遭受着疾病的折磨，但他依然创作了《落角》(Угол падения，1967)和《你到底要什么？》(Чего же ты хочешь?，1969)等长篇小说，体现了一个作家献身文学艺术的崇高品格。在柯切托夫的最后一部长篇小说《你到底要什么？》中，作者通过几个外国冒牌"艺术家"在苏联的间谍活动，展现了当时苏联社会的真实情形，暴露了社会上的一些阴暗面，同时揭示了一些青年人的不良精神状态，从而触及了苏联 20 世纪 60 年代的一些尖锐的现实问题。

二 《叶尔绍夫兄弟》

柯切托夫的代表性长篇小说《叶尔绍夫兄弟》是一部描写工人阶级生活与斗争的作品。这部长篇小说既以叶尔绍夫一家的经历为作品的情节基础，同时在小说中也展开了具有政论特性的关于种种社会问题的讨论。由于该作品创作于苏联社会政治生活强烈动荡的 20 世纪 50 年代，所以在一定意义上折射了当时复杂多变的苏联社会现实。而且，面对复杂的社会政治语境，作者有着坚定的立场，努力塑造普通工人群众的崇高形象，讴歌他们积极向上的精神境界和优秀品

---

[1]　Михайло Михайлов. *Лето московское* 1964，Посев，1967，с. 31.

[2]　Peter Henry Juviler. *Soviet Policy-making：Studies of Communism in Transition*，1967.

质,以及富有人道主义理想的乐观信念。尤其是叶尔绍夫家的老四季米特里,是作者心目中的理想。作者精心塑造了这样一个现代知识工人的典型,在他的身上所集中体现的,是工人阶级的优秀的道德品质。

在结构上,这部长篇小说是通过女工程师卡扎柯娃和阿尔连采夫等外乡人来到冶金城市的所见所闻以及亲身经历而展开的,通过卡扎柯娃这一线索,歌颂了普通百姓的精神境界,而通过"部里来的"阿尔连采夫,则呈现了官僚主义和因循守旧的力量。尤其是通过卡扎柯娃的活动这条线索,读者认知了叶尔绍夫一家。作者从而书写了叶尔绍夫这一钢铁之家的生活和斗争,以及这些普通百姓的崇高的精神面貌。

叶尔绍夫兄弟们的崇高的爱国主义和集体主义精神源自卫国战争的洗礼。老叶尔绍夫是一位朴素诚实的普通劳动者,在卫国战争中,为了保护工厂,为了让高炉不落入德寇手中,他与德寇展开了英勇的斗争,最后遭到德寇的杀害,被敌人残忍地扔进了料坑。叶尔绍夫兄弟们也是如此,老四季米特里曾被德寇枪杀,最后人们把他从池沟里拖了出来,他在里头已经躺了十几个钟头了,却奇迹般地活了下来。经过痛苦磨炼的季米特里,在社会主义建设事业中,无比坚强,对未来也充满了乐观的信念。

女工程师卡扎柯娃的成长以及情感经历,也是深受劳动景象感染的。书中有着对高炉出铁的壮丽场面的描绘:"灼热的铁水在出铁槽里翻滚着,缓缓地流入铁水包。烟团和火焰在出铁槽上盘旋飞舞,冲过浇铸场上那薄薄的棚顶,像霞光一般腾上八月的夜空。"[①]正是这样的劳动场面,使得刚从大学毕业的卡扎柯娃感受到了劳动的欢乐,树立了正确的人生观,也奠定了作品乐观、昂扬的基调。

第六节　田德里亚科夫

田德里亚科夫是 20 世纪五六十年代苏联文坛注重乡村书写和道德精神探索的优秀作家之一。在苏联文学反映社会尖锐的伦理道德问题以及青少年的教育问题等方面,也做出了积极的贡献。

一　伦理道德问题的真挚的探索者

弗拉基米尔·费奥多罗维奇·田德里亚科夫(Владимир Фёдорович Тендряков,1923—1984)出身于沃罗格达州的马卡洛夫斯卡亚村的一个农村法官家庭。他在当地接受了基本的中小学教育,1941 年,刚刚走出中学校门的田德里亚科夫,就遇上了反抗法西斯的卫国战争,他毅然参军,奔赴前线,参加第二

---

① 柯切托夫:《叶尔绍夫兄弟》,龚桐、荣如德译,作家出版社,1962 年,第 8 页。

次世界大战,反抗德国法西斯的入侵。1942年,在著名的斯大林格勒保卫战中,他英勇作战,并首次受伤。1943年8月,在哈尔科夫市附近的一场战斗中,他再次受伤,经过在野战医院的治疗,得以痊愈,并于1944年1月复员退伍,到基洛夫州的一所学校任军事课程教员,后来又担任区团委书记。

1945年秋天,在卫国战争结束之后,田德里亚科夫到了莫斯科,进入苏联国立电影学院艺术系读书,一年之后,又转入高尔基文学院读书,并于1951年毕业。

在大学读书期间,田德里亚科夫就开始从事文学创作。1948年至1953年,他主要创作短篇小说,其作品主要发表在《星火》等文学杂志上。1953年,他以中篇小说《伊凡·楚普罗夫的堕落》(*Падение Ивана Чупрова*,1953)引起文学界的强烈反响,受到极大的关注。1955年起,他成为专业作家。

田德里亚科夫在20世纪五六十年代的苏联文坛,以多篇中篇小说的创作,成为人们所喜爱的作家。他的作品题材广泛,范围并不限于乡村或城市,但是都富有道德探索方面的启迪意义。美国学者布朗(Deming Brown)认为:"在50年代和60年代,田德里亚科夫是以价值和行为的探索者和拷问者而确定文学创作声誉的。他的散文体作品运用乡村和城市的场景和人物,表现现实生活中的各种职业以及情形。……他的作品中最显著的地方是对职责、个体责任心、无法解释的邪恶以及人的行为主要根源这类问题的深入的探索。田德里亚科夫的作品有时并不凝练,也不精细,但是其道德探索方面的诚挚以及对悲剧的敏锐的意识,使得他的作品显得精彩,富有力度。"[1]

田德里亚科夫的小说艺术成就是多方面的,就题材而言,他的小说创作成就主要体现在以下三个方面:

一是乡村叙事题材的创作,重要作品有《伊凡·楚普罗夫的堕落》《不称心的女婿》《死结》《蜉蝣命短》等;

二是道德探索题材的创作,重要作品有《三点,七点,爱司》《审判》《短路》等;

三是青少年教育题材的创作,重要作品有《追随飞逝的光阴》《毕业典礼之夜》《惩罚》《六十支蜡烛》等。

作为一位积极进行道德探索的作家,田德里亚科夫是苏联伦理道德探索题材的重要开拓者之一。

在田德里亚科夫著名的中篇小说《三点,七点,爱司》(*Тройка,Семерка,Туз*,1961)中,作者所讲述的,是一个严重的现实问题,即普通公民惧怕说出真相的问题,他们明哲保身,甚至不愿拯救被判谋杀罪的无辜者。

---

① Deming Brown. *The Last Years of Soviet Russian Literature*, 1975—1991, Cambridge: Cambridge University Press, 1993, p. 32.

在这部中篇小说中,被迫自卫却被判谋杀罪的是作品主人公亚历山大·杜比宁。

作者在描述主人公亚历山大·杜比宁时写道:

> 当过浮运工,后来成了一位工长,一生中没有遇见多少大事,也没有发生过什么不幸,甚至连前线都没有去过——亚历山大·杜比宁的一生就是这样平平常常地度过的。他没有读书的习惯,从来没有从书本上感染到什么高尚的激情,没有为自己发现过崇高的理想,不知道(即便知道一些,那也是十分模糊的,道听途说的)世界上有一些具有伟大心灵的人,他们为了别人的幸福不惜赴汤蹈火,忍受鞭笞,透过囚室的墙迫使后代的人们倾听他们的声音。
>
> 当过浮运工,后来成了一位工长——不过如此而已。①

然而,作为工长的亚历山大·杜比宁,却总是遇到各种难以称心如意的事情。他安排了雅沙·索罗金的工作,可是后者在工作中意外遭遇事故,失去了双腿,并且怪罪到杜比宁的头上。还有,工友们在水中拯救了一个名叫尼古拉·布舒耶夫的人物,杜比宁也让他在浮运站干活,不过,安全起见,扣了他的护照。然而,这是一个骗人钱财的赌徒,在通过作弊赌博的方式骗取了大家的钱财之后,他拿着斧头,找亚历山大·杜比宁索取自己的护照,妄图拿到护照后带着钱财溜之大吉。他首先以斧头逼迫亚历山大·杜比宁,并且砍伤了杜比宁的手臂。在这种生死攸关、你死我活的情况下,杜比宁奋起反抗,结果杀死了尼古拉·布舒耶夫。可是,亚历山大·杜比宁却被当作谋财害命的杀人犯而被捕。浮运站的职员廖什卡·马林金掌握着亚历山大·杜比宁无罪的重要证据,可他却在良心和私利之间进行艰难的伦理抉择。

田德里亚科夫以道德和精神探索为题材和创作特色的作品还有很多,包括20世纪五六十年代创作的《路上的坑洼》(*Ухабы*,1956)、《审判》(*Суд*,1960)、《蜉蝣命短》(*Подёнка — век короткий*,1965),以及70年代创作的《六十支蜡烛》(*Шестьдесят свечей*,1972)、《毕业典礼之夜》(*Ночь после выпуска*,1974)等一系列中篇小说。这些小说在六七十年代的苏联文坛产生了重要的影响。

二　《审判》

《审判》是田德里亚科夫道德探索题材作品中的一部杰出的中篇小说。在这

---

① 田德里亚科夫:《三点,七点,爱司》,衷维昭译,见田德里亚科夫:《审判》,安徽人民出版社,1981年,第337—378页。

部小说中,作者描述了一起意外误杀人命的案件,描写了案件的发生和审理过程,并通过案件的审理来进行道德层面的探索,让作品中的人物在法律和良心的层面上接受应有的审判。在审理过程中,由于受到职位和权势的影响与左右,误杀者杜德列夫作为"区里的头面人物",却逃脱了法律的惩处,而地位低下的无辜的米佳金则只能被诬陷。然而,在田德里亚科夫看来,有人虽然逃脱了法律的审判,却无法逃脱比法律惩处更为严厉的"良心的审判"。

谢明·吉捷林与杜德列夫和米佳金一起进入茂密的森林打猎。在黑暗的森林里,受伤的熊逃到了河边斜坡上的灌木丛中,猎熊的三个人同时端起枪进行瞄准。突然,谢明·吉捷林听到从灌木丛中传出了欢快的手风琴声,于是发出大声叫喊,让另外两人不要开枪。但是,已经晚了,两支枪同时响了起来,一支枪射中了大黑熊,另一支枪意外射中了弹手风琴的小伙子。

在事故现场,被打死的小伙子的父亲米哈伊洛是个老农,他过度忧伤,默不作声,强忍痛苦,他的两个大儿子在卫国战争中牺牲了,如今这个唯一的小儿子又遭遇意外死亡。

究竟是谁射死了那个拉手风琴的小伙子呢? 执法者在现场调查时,就明显将责任推卸给地位低下的米佳金,而偏袒杜德列夫。只是根据米佳金枪法不够熟练以及所占据的位置易于将人击中等理由,就做出了米佳金将人误杀的结论。然而,谢明·吉捷林在死熊身上找到了米佳金枪口射出的子弹,这一事实充分证明拉手风琴的小伙子是杜德列夫误杀的。究竟该不该说出这一真相,谢明·吉捷林在内心进行了痛苦的搏斗。虽然他下决心找到检察长,说明了自己找到子弹的经过,但是,迫于权势的压力,他最后只得将作为铁证的子弹扔进了森林,并且昧着良心否认了自己曾经找到过子弹:

> "这就是说,这个弹头不是从熊身上取下来的,是您直接从自己的弹袋里拿出来的,不是这样吗?"
>
> 谢明不作声了。他感到自己整个地被击垮了,身子变得沉重了,不听话了,腿瘫软了,膝盖紧张得发抖。他彻底地搞糊涂了。如果他说出了真情,说是他从熊身上取下来的,是他在颅骨下面颈椎骨里找到了它,是他自己把它轧圆了的,那么,人家就要问:为什么早先吞吞吐吐? 在想什么事? 为什么这么久都在糊弄法庭和侦讯? 子弹在哪儿? 为什么您把它扔掉? 这样讯问就会没完没了。反正实情已经和弹头一块被埋葬了。
>
> 法庭等待着,无限地沉默下去是不行的,于是谢明深深地吸了一口气,使劲地挤出了一个字:"是。"——这个用低沉的声音发出来的骗人

的字。[①]

案件最后当然是按照检察长以及杜德列夫的心意而结案的,于是,杜德列夫逃脱了法律的惩处。然而,想到死者的父亲米哈伊洛以及死者悲痛欲绝的母亲,想到米佳金可怜的贫苦的家庭,违心隐瞒了事实的谢明·吉捷林却感到自己的良心遭受着更为严厉的审判。而田德里亚科夫在作品中则坚持认为,对于这些当事人来说,"再也没有比自己良心的审判更严厉的审判了"[②]。

由此可见,田德里亚科夫在此突出并深化了"审判"的内涵,强调超越法律和权势的更为严厉的良心审判的作用,从而加深了道德探索的现实意义。

第七节　阿勃拉莫夫

阿勃拉莫夫是以文学批评为起点而登上苏联文坛的。他是在文学评论方面小有成就之后才开始从事小说创作的,是一位学者型作家。他以农村题材的小说创作为主要成就,对农村生活以及相关问题的深入观察和细致思考,使得他在同类题材的小说创作中占有突出的地位,被誉为俄罗斯文学20世纪60年代至80年代"乡村叙事派"(*деревенской прозы*)的代表作家之一。

一　农村题材的学者型作家

费奥多尔·亚历山德罗维奇·阿勃拉莫夫(Фёдор Александрович Абрамов,1920—1983),出身于俄罗斯北方阿尔汉格尔斯克州维尔科尔村的一个农民家庭。他是家中五个兄弟姐妹中最小的一个。可是,在他刚满周岁的时候,他的父亲就去世了。

阿勃拉莫夫在维尔科尔村的小学读了四年之后,到了离家四十多公里的区中心学校读书。1938年,他以优异的成绩从中学毕业后,直接被保送到列宁格勒大学语文系读书。1941年6月,上完大学三年级之后,他放弃学业,自愿入伍,投身于卫国战争的洪流。同年9月,他在战斗中手臂受伤,但经过短暂治疗后,他重上前线,参加战斗。同年11月,他遭受重伤,多亏被收尸的士兵发现,才得以死里逃生。在列宁格勒的医院,他经历了艰难的遭受围困的冬天时光,后来通过生命之线——拉多加湖,被送往后方。

经过养伤,身体得以恢复之后,阿勃拉莫夫随即返回部队,依然积极从事力

①　田德里亚科夫:《审判》,众智译,见田德里亚科夫:《审判》,安徽人民出版社,1981年,第90—91页。

②　同上,第100页。

所能及的相关工作,直到 1945 年卫国战争胜利结束后他才退伍。退伍后,他重返校园,1948 年,阿勃拉莫夫以优异的成绩从列宁格勒大学语文系毕业,而后继续在列宁格勒大学深造,攻读副博士学位研究生。1951 年,他以肖洛霍夫的创作研究为选题,撰写了学位论文,并顺利通过了副博士学位论文答辩,获得副博士学位。其后,自 1951 年至 1960 年,他一直在列宁格勒大学从事教学与研究工作,担任过副教授和苏联文学教研室主任。

在列宁格勒大学供职期间,阿勃拉莫夫于 1954 年在《新世界》杂志上发表了题为《战后散文中的集体农庄的人们》(*Люди колхозной деревни в послевоенной литературе*)的论文,批评农村题材的创作中所存在的粉饰现实的倾向,从而引起了文坛极大的争议。1958 年,阿勃拉莫夫在《涅瓦》杂志上发表了他的第一部长篇小说《兄弟姐妹》(*Братья и сёстры*),受到文坛的好评。于是,1960 年,他辞去了列宁格勒大学的教职,成为职业作家。

阿勃拉莫夫的主要的文学创作成就是他的《普里亚斯林一家》(*Пряслины*)三部曲。该三部曲包括《兄弟姐妹》(*Братья и сёстры*)、《两冬三夏》(*Две зимы и три лета*,1968)、《十字路口》(*Пути-перепутья*,1973)。《普里亚斯林一家》三部曲于 1975 年获得苏联国家奖。1978 年,他又创作了续篇《房子》(*Дом*),使《普里亚斯林一家》成为四部曲。

阿勃拉莫夫的小说有着"奥维奇金派"描写苏联农村日常生活,反映农村现实矛盾和斗争的传统,善于对农村的生活进行深入的审视。除了长篇小说,阿勃拉莫夫还创作了不少中短篇小说,其中包括中篇小说《没爹的孩子》(*Безотцовщина*,1961)、《彼拉盖雅》(*Пелагея*,1969)、《木马》(*Деревянные кони*,1970)、《阿利卡》(*Алька*,1972)等。在这些作品中,阿勃拉莫夫展现了俄罗斯北方农村日常生活中的喜怒哀乐以及普通百姓的心灵世界和对生活的独特感受。

二 《普里亚斯林一家》

阿勃拉莫夫的《普里亚斯林一家》三部曲,包括《兄弟姐妹》《两冬三夏》和《十字路口》等三部长篇小说。三部曲获得苏联国家奖之后,他依然眷恋于此,又于1978 年在《新世界》杂志上发表了续篇《房子》,于是,又将三部曲改称为《普里亚斯林一家》四部曲(*Тетралогия*)。《房子》这部作品书写的是俄罗斯北方农村的生活。

阿勃拉莫夫在《情节与生活》一文中谈到了他创作《普里亚斯林一家》的生活基础和动机:"那是个可怕的年代,刚刚开始干枯的南方草原在战斗的轰鸣中颤抖着——敌人正在向伏尔加河方向冲击。而我的家乡皮涅加在进行着一场战斗,为粮食,为活命而战。这里虽然没有炮弹爆炸,也没有子弹呼啸,但却有许多阵亡通知书,还有可怕的贫困和劳动。从事劳动的都是些处于半饥饿中的老太婆、老头子和小孩子。那个夏天,我们看到了许多人间的痛楚和灾难,但我见得更多的还是人的勇敢、坚韧以及俄罗斯的豁达的胸怀。正是基于我亲眼看到和亲身体验过的这一切,后来才产生了我的第一部小说《兄弟姐妹》,随后又产生了它的续篇《两冬三夏》。"①

在第一部小说《兄弟姐妹》中,作者所描写的是战争开始之后的最为残酷的年代。在佩卡希诺村,斯捷潘在山坡上搭建了一间屋子,屋子搭建在被巨大的落叶松所遮掩的寒冷的阴影下。但是,战争爆发了,整个佩卡希诺村只剩下了老人、妇女和儿童。很多房屋都毁坏了。战争导致了无数家庭的痛苦和不幸,斯捷潘的房屋虽然牢固,但是,当他收到他儿子阵亡通知书的时候,他整个人都垮了。他只有跟老伴以及孙子相依为命了。安娜·普里亚斯林也没有躲过灾难,她的丈夫——全家唯一的依赖,在前线阵亡了,留下六个未成年的孩子,他们一个小于一个:米哈伊尔、丽兹卡、费久申卡、塔季雅卡、双胞胎彼得和戈里高里。她收到阵亡通知书已经两天了,大儿子米哈伊尔坐在桌边空着的父亲的位置上,安娜用手从脸上抹去了眼泪,点了点头。生活还要继续下去,前线还需要后方生产粮食,米哈伊尔虽然才十四岁,但他和其他兄弟姐妹承担着支持前线的农业生产甚至伐木等艰苦的劳动。

第二部长篇小说《两冬三夏》所描写的是佩卡希诺人关于战后过上好日子的理想终于破灭。由于粮食征购额度的增加,佩卡希诺的人们陷入日益深重的贫困之中。

第三部长篇小说《十字路口》所书写的是对现行政策的反思和抗争,在改革与守旧的十字路口,人们期待新的时代的到来。主人公米哈伊尔·普里亚斯林更是感到自己所负有的使命:

> 他站在涅焦索夫家门口的台阶上,叉开两条结实有力的腿,像一般农民那样手搭凉棚,望着排列成人字形的鹤群渐渐远去,这时他的眼前出现了祖国。辽阔的祖国,到处是一片青青的冬小麦的幼苗。
>
> 在这些艰难的年月里,是他和佩卡希诺村的妇女们使祖国从废墟中站立起来,重建了城市,养活了城市。于是,一种新的主人翁的自豪感在他心中生长、壮大。②

在第四部长篇小说《房子》中,主人公米哈伊尔·普里亚斯林的家乡在三年

---

① 阿勃拉莫夫:《情节与生活》,苏联《文学报》1971年1月13日,转引自马家骏等主编:《当代苏联文学》下册,河南大学出版社,1989年,第617页。

② 费·阿勃拉莫夫:《普里亚斯林一家·第3卷 十字路口》,卫懿等译,上海译文出版社,1984年,第379—380页。

前发生变化以来,尽管集体农庄已经变成了国营农场,但是农业生产经营等方面的状况并没有发生根本的好转,农场不能完成生产指标,只能依靠国家的财政补贴才勉强维持。可是,农场场长塔鲍尔斯基却心安理得,安于落后的现状,不思进取,不求进步。有了这样的领导,人们的劳动热情也不高涨,许多人忙于私事,毫不关心集体的事业。米哈伊尔·普里亚斯林则毫不安分,敢于顶撞场长,表达自己的看法。在他看来,在经济建设中,关键在于有好的领导,而不作为的领导只会破坏经济:

> "我们分析了近几年佩卡希诺的经济从几个最重要的指标中得出了结论:我们的工作显然很不妙……"
>
> "不妙?"米哈伊尔气呼呼地叫道。"你最好是说:一团糟。"
>
> 维克托等着,让米哈伊尔稍微平静下来,还是用同样的文绉绉的字眼儿(他一定是在背诵自己的那封信)接着说道:
>
> "特别是,我们详细地叙述了饲料基地的问题,这是我们整个经济的关键问题……"
>
> "这是屁的关键问题!"米哈伊尔又忍不住了,"你知道咱们这里的关键问题是什么?是塔鲍尔斯基!只要塔鲍尔斯基和他那一帮还在佩卡希诺当权,那么谈什么关键问题都是胡说八道……"[①]

后来,场长被撤职,年轻能干的维克多当上了新的场长,农场开始着手整顿秩序,期待新的发展。在这部作品中,佩卡希诺村可以说是苏联农村战后建设和发展以及相关矛盾冲突的一个缩影。

第八节　格罗斯曼

格罗斯曼是一个极其具有哲理深度的俄罗斯作家,更是一位"铁骨铮铮的伟大作家"[②]。他的长篇小说《生活与命运》在 20 世纪后半叶享有广泛的声誉。

一　与《战争与和平》进行世纪对话的作家

瓦西里·谢苗诺维奇·格罗斯曼(Василий Семенович Гроссман,1905—1964),原名约瑟夫·索罗莫诺维奇·格罗斯曼(Иóсиф Соломóнович Грó

---

① 费·阿勃拉莫夫:《普里亚斯林一家·第 4 卷　房子》,叶灵春等译,上海译文出版社,1984 年,第 300 页。

② 力冈:《生活与命运·译本序》,见格罗斯曼:《生活与命运》(《力冈译文全集·第 11卷》),力冈译,安徽师范大学出版社,2018 年,第 1 页。

ссман），出身于乌克兰别尔季切夫的一个深受犹太文化影响的知识分子家庭。1912 年，格罗斯曼六岁的时候，跟随母亲到了瑞典，并在瑞典读小学。1914 年，他们到了基辅，格罗斯曼进入基辅实验学校学习，直到 1919 年。国内战争期间，他与母亲住到了别尔季切夫。1921 年，格罗斯曼中学毕业后，进入基辅高等学校预科班学习，后来又转入莫斯科大学数学物理系，并于 1929 年从莫斯科大学毕业。毕业后，他一度从事工程师工作。20 世纪 20 年代起，他开始从事文学创作，自 20 年代末开始在《星火》《文学报》等报刊上发表作品。在高尔基的支持下，格罗斯曼描写矿工生活的中篇小说《格柳卡乌夫》在《文学顿巴斯》杂志发表，取得了最初的成功。他所取得的这一切文学成就坚定了他成为职业作家的决心。1935 年至 1937 年，他出版了多部短篇小说集，1937 年至 1940 年，他的四卷集长篇小说《斯捷潘·科尔丘金》得以出版，这部描写青年工人斯捷潘的成长、走上革命道路的作品，使他一举成名。

1941 年，苏联卫国战争爆发之后，格罗斯曼即刻参军，投身到反法西斯战争的第一线。自 1941 年 8 月至 1945 年 8 月，他一直担任《红星报》的战地记者，无论是在斯大林格勒保卫战期间，还是在白俄罗斯和乌克兰的前线，他的身影都频频闪现，他因此获得了红星勋章，1943 年，他被授予中校军衔。

格罗斯曼不仅撰写了多篇战地报道，而且创作了多部以亲临战争经历为基础的文学作品。他所创作的中篇小说《不朽的人们》（*Народ бессмертен*）是苏联描写卫国战争题材的最早的杰作之一。在卫国战争期间，格罗斯曼本人也遭受了重大的灾难，他的母亲在 1941 年 9 月被德国法西斯残忍地杀害，格罗斯曼深深爱着自己的母亲，不仅在长篇小说《生活与命运》中对此做了反映，而且在他母亲死后，他还给他逝去的母亲写了好几封信。他在战争期间所创作的作品，于 1945 年汇集在题为《战争年代》（*Годы войны*）的书中。

战争结束之后，从 1946 年至 1959 年，格罗斯曼主要忙于两部曲《为了正义的事业》（*За правое дело*）和《生活与命运》（*Жизнь и судьба*）的创作。这两部长篇小说，虽然所书写的是同样的事件，而且写作的时间跨度也不是很大，但是，两者的内涵有所不同。前一部写在斯大林逝世之前，后一部写在斯大林逝世之后。因而，在思想观念方面，两部长篇小说存在着一定的区别。

格罗斯曼的前一部长篇小说《为了正义的事业》继承了列夫·托尔斯泰的现实主义描写战争的传统，同时正面书写了斯大林格勒保卫战。而后一部长篇小说尽管所书写的依然是斯大林格勒保卫战，但是其中已经有了对斯大林时代的深刻的反思和强烈的批判的色彩，所以，后一部作品的出版也并非一帆风顺。从思想层面而言，《生活与命运》是一部与列夫·托尔斯泰的《战争与和平》进行对话的作品。于是，该书于 1988 年在苏联得以出版后，有评论家写道："我们的评论家们常常叹息:为什么见不到描写 1941—1945 年战争的《战争与和平》呀? 瞧,这就是!"①

二 《生活与命运》

《生活与命运》是格罗斯曼最为重要的长篇小说,它虽然完成于 20 世纪 50 年代末,但是,这部作品的出版却颇费周折。1961 年,这部长篇小说的手稿被苏联克格勃所没收,但是,作品却神奇地流传下来,并且以缩微胶卷的形式被带到国外,于 1980 年在瑞士以俄文原文出版。1985 年,该书的英文本面世。

这部作品所蕴含的社会历史方面的意义已经被学界所充分认知,德国俄罗斯文学史家克劳斯·施塔特科(Klaus Städtke)更是看到了这部小说中所蕴含的巨大的政治意义,他认为:"《生活与命运》是一部多层次的长篇小说。在这部小说中,'托尔斯泰式'的情节中渗透着作者关于极权主义本质的思考,贯穿着关于斯大林的苏联与希特勒的德国之间的类同与差异,以及关于在极权体制下的个体生活道路选择的可能性等问题的探究。格罗斯曼的主人公逐渐意识到自己的信念与苏联现实之间的矛盾和冲突,正是这一冲突成为他们的悲剧所在。"②应该说,施塔特科的这番评说是切中作品实质的。

这部长篇小说的主要故事情节发生在斯大林格勒保卫战期间,具体时间是从 1942 年 9 月至 1943 年 2 月。斯大林格勒保卫战在这部长篇小说的情节中占有中心的位置,小说中所描写的很多事件以及所塑造的大多数人物形象都是与这一战役发生一定关联的,他们的命运也是与战役紧密地联系在一起的。

除了斯大林格勒保卫战,这部长篇小说中还有两个较为次要的情节,一是书写俄罗斯的劳改营,另一个是书写俄罗斯的一家物理研究所。但无论是从作品中的主要情节还是从次要情节来看,这部长篇小说的轴心是沙波什尼科夫一家。无论是书中人物的刻画还是所书写的事件,大多是围绕着这一轴心所展开情节或者进行叙述的。"作品以斯大林格勒保卫战为中轴,以沙波什尼科夫一家的活动为主线,描绘出从前线到后方、从战前到战后、从城市到乡村、从高层到基层、从莫斯科到柏林、从希特勒的集中营到斯大林的劳改营……的广阔社会生活画面。正因为作家有敏锐的目光、无所畏惧的胆量和深厚的功力,他所描绘的画卷是真实的。评论者称《生活与命运》是当代的《战争与和平》,就是说,和托尔斯泰的《战争与和平》一样,为我们提供了一幅真实的当代社会生活画卷。"③甚至有

---

① 力冈:《生活与命运·译本序》,见格罗斯曼:《生活与命运》(《力冈译文全集·第 11 卷》),力冈译,安徽师范大学出版社,2018 年,第 3 页。

② K. Штедтке. *Жизнь и судьба*, *Неприкосновенный запас*. M., 2005. Вып. 2 - 3, с. 40 - 41.

③ 力冈:《生活与命运·译本序》,见格罗斯曼:《生活与命运》(《力冈译文全集·第 11 卷》),力冈译,安徽师范大学出版社,2018 年,第 4 页。

西方学者认为,《生活与命运》与《战争与和平》在艺术结构方面也是具有相同之处的。英国学者罗伯特·钱德勒认为:"在结构上,《生活与命运》与《战争与和平》差不多:聚焦一个家庭,家庭成员各有各的故事,这些故事合在一起,全国的大千世界就一览无余了……托尔斯泰再现了奥斯特利茨战役,格罗斯曼再现了斯大林格勒保卫战,生动的手笔至少不亚于托翁。"①

这个家庭中的核心人物之一是亚历山德拉·沙波什尼科娃,她在十月革命前毕业于高等女子学院。在丈夫死后,她一度从事教学工作,然后在细菌研究所从事化学等领域的研究工作,最后又担任了实验室的负责人。她共有三个女儿(柳德米拉、玛鲁霞、热尼娅),还有一个儿子(德米特里)。她的这些子女的命运是这部小说情节内容和思想呈现的一个重要的组成部分。不过,他们的命运以及与他们密切相关的人物的命运,都是极为凄凉的。

譬如大女儿柳德米拉的命运就令人极为痛心。柳德米拉与第一任丈夫所生的儿子托利亚在 1942 年的卫国战争中牺牲在前线。柳德米拉还处在儿子托利亚哺乳期间,她那个丈夫就抛弃了她。但她丈夫本人也在恐怖时期被捕,并在1937 年或 1938 年的时候在牢房里被一个刑事犯给杀害了。柳德米拉的第二任丈夫维克多是犹太人,理论物理学家,科学博士,苏联科学院院士,完成了多项重大的研究,但是,由于犹太人身份而时不时受到排挤和迫害。

有一次,当维克多受到不公的待遇,做好心理准备,打算接受被捕这一事实的时候,他却突然接到了一个电话,电话中传出了一个极为熟悉的声音,这是他经常在广播里听到的斯大林的声音!斯大林在电话中鼓励他从事进一步的科学研究。正是斯大林的这个电话,使得他在研究所里的地位发生了根本性的变化,赢得了研究所里同行的尊重。

柳德米拉和维克多的女儿娜佳与父母住在一起,维克多的母亲死在别尔季切夫,死在犹太人大屠杀中。

二女儿玛鲁霞的命运同样显得极为凄凉。玛鲁霞死在保卫斯大林格勒保卫战中,她的丈夫和女儿维拉幸运地活了下来。维拉在野战医院工作,结识了一名受伤的飞行员——维克多罗夫。可是,维克多罗夫出院后立刻被派往前线,两个年轻人甚至没有来得及告别。很快,维克多罗夫在空战中英勇牺牲。

格罗斯曼的《生活与命运》语言极其简朴,如在作品的开端部分,作者写道:

> 在千百万俄罗斯农村的房屋中,没有也不可能有两座完全一模一样的。凡是有生命的东西,都各有各的特性。两个人不可能一模一样,

---

① 罗伯特·钱德勒:《生活与命运·导读》,见格罗斯曼:《生活与命运》,力冈译,广西师范大学出版社,2015 年,第 xi 页。

两丛蔷薇也不可能一模一样。如果强行消除生命的独立性和各自的特点，生命就会消失。①

格罗斯曼总是善于在平凡的事物中发现朴实的真理。他也总是在平凡的景象中展开丰富的联想：

> 两只吃得肥肥的红腹灰雀儿停在枞树枝上。那红红的肥胖的胸脯就像是在带有魔法的雪中绽开两朵花儿。此时此刻的宁静是奇异的，美妙的。
>
> 在这种宁静中，会想起去年的树叶，想起过去的一场又一场风雨、筑起又抛弃的窠巢，想起童年，……想起世间万物的互相残杀，想起产生于同一心中又跟着这颗心死去的善与恶，想起曾经使兔子的心和树干都发抖的暴风雨和雷电。在幽暗的凉荫里，在雪下，沉睡着逝去的生命——因为爱情而聚会时的欢乐，四月里鸟儿的悄声低语，初见觉得奇怪，后来逐渐习惯了的邻居，都已成为过去。②

格罗斯曼的《生活与命运》这部史诗性长篇小说的语言尽管极其简洁、朴实，书中所描写的一些事件也大多来自真实的生活，但是，小说语言显得极为优美，其中还充满了哲理，无疑会引发人们对时代的反思。可见，他用简朴的语言表述了深邃的思想，用朴实的现实主义风格传达了震撼人心的艺术力量。

总而言之，在20世纪五六十年代，在苏联政坛发生巨变之际，作家们面对新的历史语境，积极探索新的创作方法，在乡村题材、卫国战争题材等创作方面都取得了不俗的成就，出现了爱伦堡、列昂诺夫、格罗斯曼等一些优秀的小说家，尤其是帕斯捷尔纳克、格罗斯曼的小说创作，再次为苏联小说赢得了世界性的声誉。

---

① 格罗斯曼：《生活与命运》（《力冈译文全集·第11卷》），力冈译，安徽师范大学出版社，2018年，第3页。

② 同上，第1106页。

第二十一章 帕斯捷尔纳克的小说创作

帕斯捷尔纳克在俄罗斯文学史上既是杰出的小说家,也是诗人兼翻译家,他不仅以优美的风景抒情诗为俄罗斯抒情艺术增添了绚丽的光彩,还以莎士比亚、歌德、席勒等欧洲经典作品的翻译丰富了俄罗斯文坛,而且以长篇小说《日瓦戈医生》的创作在世界文坛赢得了广泛的声誉。1958 年,帕斯捷尔纳克由于"在当代诗歌和伟大的俄罗斯散文传统上取得了重大成就"荣获诺贝尔文学奖。

第一节 用诗歌谱写人生

鲍利斯·列奥尼多维奇·帕斯捷尔纳克(Борис Леонидович Пастернак,1890—1960),出身于莫斯科的一个艺术气氛很浓的知识分子家庭。他的父亲列昂尼德·奥西波维奇是著名的画家,曾任莫斯科美术、雕塑、建筑学院的教授,并为托尔斯泰的作品画过插图。他的母亲罗莎·考夫曼是一位杰出的音乐家,经常举办音乐会。鲍利斯·帕斯捷尔纳克可谓美术与音乐的复合体。

鲍利斯·帕斯捷尔纳克自幼受到艺术的熏陶,从小醉心绘画,也酷爱音乐,系统学习过音乐理论和作曲。1900 年,他进入莫斯科第五中学学习。1908 年以优异的成绩自中学毕业后,进入莫斯科大学法律系学习,随后于 1909 年转入历史哲学系,并在 1912 年赴德国马堡大学专攻哲学。第一次世界大战期间,帕斯捷尔纳克放弃了在德国攻读哲学博士的机会,毅然回到俄国。

鲍利斯·帕斯捷尔纳克之所以走上文学创作的道路,与他在家庭中所受到的艺术熏陶密切相关。他的父亲列昂尼德·奥西波维奇与列维坦、列夫·托尔斯泰等著名画家和作家之间的密切交往,则直接作用于鲍利斯这个年幼孩子的成长。譬如,他的家庭与列夫·托尔斯泰交往甚密,对此,帕斯捷尔纳克曾经写道:"小说家列夫·托尔斯泰是我们家庭的挚友。我的父亲给他的作品画插图,常去看望他,尊崇他,整个家庭中充满了他的精神。"[①]可见,帕斯捷尔纳克从小就崇尚艺术创作,对托尔斯泰这样的小说家充满了崇拜之情。"1910 年 11 月,

---

① Boris Pasternak, *I Remember*; *Sketches for an Autobiography*, New York: Pantheon Books,1959, p.26.

当托尔斯泰离家出走,并且死在阿斯塔波沃车站的时候,列昂尼德·奥西波维奇接到电报后,立即带上了他的儿子鲍利斯,动身前往该地,并且画了托尔斯泰的临终画像。"[①]

帕斯捷尔纳克家中的常客,还有著名音乐家拉赫曼尼诺夫(Сергей Васильевич Рахманинов)、著名钢琴家斯克里亚宾(Александр Николаевич Скрябин)、著名哲学家施瓦尔茨曼(Иегуда Лейб Шварцман),以及著名德语作家里尔克(Rainer Maria Rilke)。

帕斯捷尔纳克后来献身于文学创作,把自己在美术与音乐方面的禀赋以及他独到的哲理性的思辨,都成功地移植到他的文学作品中,尤其移植到风景抒情诗的创作中。他在文学创作领域表现出了独具的描绘景色的才能,在逼真细致的风景抒写中注入音乐的成分,而且常常从哲学的意义上以这种外部世界的描绘来揭示人类灵魂的深沉复杂的内部世界。

帕斯捷尔纳克于1908—1909年就激发了对现代诗的浓厚兴趣,并且开始了他与一些现代派诗人之间的密切接触,但直到1913年,他才发表诗作,同年加入阿谢耶夫、勃布洛夫等领导的处于象征派和未来派之间的"离心机"小组。他的第一部诗集《云中的双子星座》于1914年出版,1917年又出版了诗集《越过壁垒》。这两部诗集表现了诗人对自我的声音、生活的观点以及在五色缤纷的文学潮流中的自我位置的探讨,抒发了对生与死、爱与恨以及大自然的感受。这两部诗集文字晦涩难懂,联想古怪奇特,但遣词审慎,格律严谨,比喻新鲜,思想深沉,所以他被马雅可夫斯基称为"诗人的诗人"。

1922年《生活——我的姐妹》和1923年《主题与变奏》两部诗集的出版给诗人带来了巨大的声誉,使他进入了俄罗斯最为杰出的诗坛巨匠的行列。《生活——我的姐妹》在对大自然和宁静生活的描绘方面,具有独到的创新之处,表现了人生与大自然的一体性。爱情的主题形成了大自然的配合旋律。他通过描绘风雪雷雨等自然现象来间接地表达情感和心境。《主题与变奏》更趋成熟,但情绪较为阴郁。爱情的主题更加戏剧性地呈现出来。在这部诗集中,作者采用类似变奏曲的技巧,强调了情侣的冲突与分离的母题。

20世纪20年代后期,帕斯捷尔纳克被书写历史主题的普遍倾向所深深吸引,从而转向重大的社会主题以及史诗体裁的创作,写下了著名的长诗《一九〇五年》和《施密特中尉》。长诗《一九〇五年》将青年时代的回忆与激动人心的革命战斗场景以及大段大段的抒情插笔交织在一起,引起了人们极大的关注。《一九〇五年》问世后不久,曾经认为他的诗里"感受与诗歌形象之间的联系太隐晦"

---

① Olga Ivinskaya. *A Captive of Time*；*My Years with Pasternak*，Translated by Max Hayward，New York：Doubleday，1978，p. Ⅻ.

的高尔基便致信帕斯捷尔纳克,表达了那时读者的共同看法:"……这是一部杰出的作品,它的价值是一时难以估定的,但必将具有长久的生命力……《一九〇五年》中,您显得矜持而朴实了,您在这本书中变得更趋古典化了,充满激情,这种激情迅速地、轻易地、有力地感染了我这个读者。是的,这显然是一部佳作,这是真正诗人的声音,而且是一位有社会意义的诗人的声音,这里的社会意义是取其最好、最深的含义而言的。"①著名文艺评论家楚柯夫斯基也认为帕斯捷尔纳克的这部作品"找到了令人陶醉的、无可辩驳的诗的形式,这种形式与其内容是水乳交融的"②。不过,这只是相对而言,长诗的晦涩程度虽然有所减弱,可仍有一些至今啃不动的"硬胡桃"③。

20世纪30年代初,帕斯捷尔纳克出版了诗集《第二次诞生》。诗集中有对自然景色的细致入微的描绘,也有对爱情的真挚细腻的赞颂,尽管仍不时流露出一种深沉的忧郁和哀怨,但总的来说,这部诗集中洋溢着一种新的情调。爱情诗占有相当多的篇幅,诗中吟咏的对象主要是两个女性:一个是他的妻子叶甫盖妮娅,另一个是后来成为他第二任妻子的齐娜伊达·尼古拉耶芙娜·涅伊哈乌斯。30年代初,他与齐娜伊达共赴格鲁吉亚。高加索的瑰丽风光,与齐娜伊达的新的爱情,都化为特别的诗的火焰燃烧着他的心灵。他后来说,格鲁吉亚如同大革命,给他留下了强烈的印象,打开了他的新的个人世界,成了他的新的生命的开端。

20世纪30年代和40年代,帕斯捷尔纳克的文学创作受到一定的冲击,他的诗歌几次受到责难与批判,他因其诗歌被谴责为"无思想性、非政治化和缺乏人民性"而几次放弃诗歌创作,利用自己的外语知识,埋头翻译外国名诗和格鲁吉亚诗人的作品。他翻译了莎士比亚的《哈姆雷特》等多部剧本,歌德的《浮士德》,以及席勒、魏尔伦的作品。

在创作后期,经过长期的探索和不懈的努力,他作品中的文字逐渐趋于简朴清新,不再沉溺于渺茫的描绘,从而克服了早期诗中的晦涩朦胧。他自己后来也曾经直截了当地说:"我不喜欢自己1940年以前的风格……"④诗集《在早班车上》和《雨雾》以及小说中的诗都表现了他诗歌风格上的新特点。在许多诗中,他以纯朴而富有诗歌激情的语言,描绘大自然的景色和自然界的现象,并把对大自

---

① М. Горький. "Пастернаку", *Литературное наследие*, АН СССР. Ин-т мировой лит. им. А. М. Горького Ред. Том 70. "Горький и советские писатели: Неизданная переписка", М.: Изд-во АН СССР, 1963, с. 300.

② 楚柯夫斯基:《鲍利斯·帕斯捷尔纳克》,《外国文艺》1985年第6期,第104页。

③ 柯瓦辽夫:《帕斯捷尔纳克的诗歌特色》,引自《国际诗坛》第1辑,漓江出版社,1988年,第24页。

④ В. Пастернак. *Стихотворения и поэмы*, в 2-х т. т. 2, Москва: Советский Писатель, 1985, с. 256.

然的描绘与普通的日常生活结合在一起,表现人们对色调柔和的大自然和周围人们日常关系中成千个瞬间和细节的细致感受,把风景抒情诗变为揭示人类灵魂的工具。他晚期的诗集同样受到人们的极大关注,他最后的诗集《雨霁》被人们认为是他诗歌创作的高峰。

除了诗作之外,帕斯捷尔纳克在晚年还完成了长篇巨著《日瓦戈医生》,并被授予诺贝尔文学奖,可是,这却给他带来了一系列的打击。一年多以后,即 1960年 5 月 30 日,这位俄罗斯大自然的歌手终于因病默默地躺在了倾注着他的泪水却又被他深深热爱的俄罗斯大地。

第二节　中短篇小说创作

帕斯捷尔纳克的小说创作是他一生文学创作的最主要成就的组成部分。其实,他的文学创作"最初的体验"就是小说创作。在 1910 年至 1912 年间,他陆续创作了由四十五个长短不一的片段所组成的《最初的体验》(Первые опыты)。在这篇作品中,通过主人公列里克维米尼的形象,作品叙述了作家本人在青少年时代的生活经历以及情感体验,同时折射了作家关于生活与自然、艺术与爱情,以及文学创作等一系列问题的探究和思考,是他创作思想的最初的萌芽。在艺术方面,这部作品以自然景色的描绘为特色,体现了作者后来得以拓展的绘画修养以及作为抒情诗人的精神气质。

如果说《最初的体验》所体现的是帕斯捷尔纳克在绘画艺术方面的修养,那么,他的中篇小说《一个大字一组的故事》则展示了他在音乐文化方面的良好素养了。

中篇小说《一个大字一组的故事》(История одной контроктавы)中的主人公克瑙尔是一个富有才华的管风琴师。这篇小说的基本情节也是基于音乐而展开的。管风琴师在一座小城的教堂演奏时,在临近结束的时候,从管风琴的大音箱里突然间传出了一声尖锐的喊叫。琴键顿时就失去控制,不再弹出任何乐声。原来,是管风琴师的儿子不小心钻到管风琴里面去了,于是他被挤压而死。面对孩子的死亡,他的父母悲痛欲绝,克瑙尔几乎精神失常,是他将儿子带在身边以感受音乐的熏陶,结果遭到不测,他也只得离开这一令他伤心的小城。他后来颠沛流离,再度回到这一小城的时候,由于发生在过去的那场悲剧,他被禁止在该城居住。于是,"这位把音乐艺术看得比生命本身还重要的管风琴师,无论在艺术上还是在生活上,都落得了一个凄惨的下场"[①]。

---

① 　汪介之:《诗人的散文:帕斯捷尔纳克小说研究》,北京大学出版社,2017 年,第 108页。

在具体描写中,小说充分展现了帕斯捷尔纳克对音乐的感悟以及音乐方面的素养:

> 悦耳的创意曲优美动听的旋律每时每刻都更趋完美,它越来越扣人心弦,充盈着成熟的力量,而当一种孤独的情绪从它内部透射出来,一股令人不快的、尚未找到表达途径的力量强行拂过它周遭时,管风琴师出于只有艺术家才熟悉的那种情感而哆嗦了一下;他因此刻存在于他和那优美动听的旋律之间的那种默契而震颤,由于朦胧地领悟到彼此之间深入理解、心意相通而震颤……①

从以上的描写中,我们不难看出帕斯捷尔纳克对音乐艺术的敏锐的诗意感悟,以及独特的艺术表现力。

帕斯捷尔纳克的诗歌创作与小说创作几乎是同步进行的。在他出版了《云中的双子星座》等诗集之后,又创作了《阿佩莱斯线条》《柳维尔斯的童年》《空中之路》等中篇小说。

《柳维尔斯的童年》(*Детство Люверс*,1918)是一篇心理小说,作者注意心理遗传学因素的作用,所关注的是革命前一个出身于知识分子家庭的小女孩的成熟的心智。作品对女主人公含混的心理意识的描写,也是与当时的社会历史语境相吻合的。

在帕斯捷尔纳克的中篇小说《空中之路》(*Воздушные пути*,1924)中,主人公的命运是不能自由悬着的。作品描写了发生在波利瓦诺夫身上的命运劫数的作用。他尽管是一个海军军官,后来又成为苏维埃执行委员会主席团的成员,可是,对于自己亲生儿子所受到的革命判决,他却无能为力。

帕斯捷尔纳克在具有自传性特质的随笔《安全证书》(*Охранная грамота*)中,回顾了自己1930年以前的生活,陈述了自己所坚持的艺术创作原则。他认为艺术从自然界中找到隐喻并予以再现。因此,"艺术记录为感情所取代的现实,现实的经验乃艺术的起源"②。

第三节　长篇小说《日瓦戈医生》

帕斯捷尔纳克不仅在中短篇小说创作中取得了不俗的成就,而且在长篇小

---

① 帕斯捷尔纳克:《最初的体验——帕斯捷尔纳克中短篇小说集》,汪介之等译,译林出版社,2014年,第122—123页。

② 薛君智:《回归——苏联开禁作家五论》,社会科学文献出版社,1989年,第76页。

说创作领域也为俄罗斯文学的发展做出了杰出的贡献。他在晚年所完成的长篇巨著《日瓦戈医生》（*Доктор Живаго*），无疑是俄罗斯文学中的现代经典。这部小说为他赢得了世界性的巨大的声誉。然而，这部小说的出版也同样颇费周折。由于政治等方面的原因，苏联出版界对这部小说曾经存有偏见，拒绝这部小说的出版。帕斯捷尔纳克在国内出版无望的情况下，同意将小说在意大利出版。1957 年，小说俄文版在意大利出版，随后被翻译成多种其他文字的版本。1958年，帕斯捷尔纳克由于"在现代抒情诗和俄罗斯伟大叙事诗传统方面所取得的重大成果"，而被授予诺贝尔文学奖。

一　主题与变奏

帕斯捷尔纳克在他题为《主题与变奏》的诗集中，不仅表现了时代的声音，而且采用了类似变奏曲的技巧，强调了情侣的冲突与分离的母题。在这一小节，我们借用帕斯捷尔纳克诗集的名称，来强调长篇小说《日瓦戈医生》的成功之处正是体现在两个方面的主题上：一是通过主人公尤里·日瓦戈的命运折射他所处的时代及其知识分子的命运；二是通过对日瓦戈医生和拉拉感人至深的悲剧爱情的描写，来体现人类的爱情在逆境中所具有的神奇的魔力。

首先，这部长篇小说通过主人公尤里·日瓦戈的命运，折射了 20 世纪俄罗斯时代的变更以及在特定历史语境下的俄罗斯知识分子的悲剧命运。有学者认为："《日瓦戈医生》是一部历史小说。因为其中反映了时代的重要事件。"[①]但是我们认为，尽管这部小说中涉及战争与革命等众多历史事件，然而相对而言，尤其是与索尔仁尼琴等作家的历史小说相比，《日瓦戈医生》中所涉及的历史事件是不算多的，作者的目的也不是陈述历史真实，其主要创作目的还是书写同名主人公日瓦戈医生的悲剧命运。

帕斯捷尔纳克在提到《日瓦戈医生》的创作初衷时，曾在给奥·弗雷登伯格的信中写道："要像狄更斯或是陀思妥耶夫斯基那样，写出沉重或忧伤的情节的所有方面。"[②]这部小说不仅写出了俄罗斯知识分子共同具有的悲剧命运，也在一定的意义上反映了作者自己的命运。从这一方面而言，《日瓦戈医生》确实具有自传色彩。所以，利哈乔夫说："《日瓦戈医生》是帕斯捷尔纳克的'精神自传'。在主人公的身上寄托着帕斯捷尔纳克孤独的精神探求。"[③]俄国著名作家梅列日科夫斯基也说："俄罗斯知识分子的生活从头到尾是波折，从头到尾是悲剧。看

---

①　См. Л. П. Егорова. *История русской литературы XX века. Первая половина В 2 кн. Кн. 2*, М. : ФЛИНТА，2014，с. 584.

②　张晓东：《生命是一次偶然的旅行：〈日瓦戈医生〉的"偶然性"与诗学问题》，黑龙江人民出版社，2006 年，第 124 页。

③　同上，第 49 页。

来,世界上没有谁的处境比俄罗斯知识分子陷入的处境更绝望的了。"①梅列日科夫斯基对俄罗斯民族知识分子的这番感叹,用在身处重要历史转型和变更时期的尤里·日瓦戈的身上,一点也不为过,显得恰如其分。帕斯捷尔纳克的《日瓦戈医生》创作于1945年至1955年,按作者的说法,这部长篇小说是他散文体作品创作的高峰。《日瓦戈医生》的情节紧扣主人公尤里·日瓦戈而展开,既是一部具有一定史诗色彩的作品,也是一部带有浓郁的自传性色彩的小说。小说通过尤里·日瓦戈的一生经历,反映了从世纪之初到卫国战争之前发生在俄国和苏联的一系列重大历史事件,其中包括1905年革命、第一次世界大战、二月革命、十月革命、国内战争,以及战后重建等一系列重要的历史事件,反映了在特定的重大历史事件发生的时候俄国和苏联社会生活发生的重大变革,以及戏剧性转折过程中一个知识分子的坚定的选择、执着的追求、无奈和痛苦的思索以及个体的渺小所导致的凄凉的命运。

俄国学者伊凡诺娃(Н. Иванова)就特别强调日瓦戈医生这一形象与帕斯捷尔纳克本人之间的关联性,认为作者在日瓦戈医生的身上倾注了复杂的思想和情感,她写道:"帕斯捷尔纳克对自己的生活、自己的状况、自己的创作都极为不满。于是,在创作这部小说时,他将自己的血液——自己的诗篇——输入作品的主人公身上,输入尤里·日瓦戈身上,过着他的那种既不感到羞耻,也不感到后悔的生活。"②

日瓦戈的悲惨命运似乎是与生俱来的。而且,民族的命运和家庭的不幸也是紧紧相连的,甚至是接踵而至的。尤里·日瓦戈虽然出身于一个百万富翁的家庭,但是,社会的巨大变更以及家庭的变故却使他很快成为失去了母亲又被父亲所遗弃的无所依靠的孤儿。在小说的开头部分,作品的主人公尤里·日瓦戈出现的时候,是走在送殡队列中的一个不满十岁的小孩。葬礼之后,成了孤儿的尤里,被舅父领出了墓地。尤里的父亲虽是富商,却挥霍无度。父亲"一个人在西伯利亚的各个城市和国外寻欢作乐,眠花宿柳,万贯家财像流水一般被他挥霍一空"③。他的一切家产突然间就烟消云散了。

然而,失去双亲的孤儿日瓦戈得到舅父的格外关照。他在舅父的照应下,在俄国南方生活了一段时间,后来,舅父把他寄养在莫斯科格罗梅科教授家中。格罗梅科夫妇将他像亲生儿子一样看待。

正是在格罗梅科教授的家中,日瓦戈得到了良好的教育,并且得到了教授的女儿东尼娅的真挚的爱情。尤里·日瓦戈尽管很早就表现出诗歌创作的才能,

---

①　梅列日科夫斯基:《先知》,赵桂莲译,东方出版社,2000年,第119页。

②　Н. Иванова. "Искупление", *С разных точек зрения*：Доктор Живаго Бориса *Пастернака*，М.：Советский писатель, 1990. с. 193.

③　帕斯捷尔纳克:《日瓦戈医生》,蓝英年、张秉衡译,漓江出版社,1997年,第5页。

但是,还是跟随格罗梅科教授的步伐,上大学学习医科,在医学方面,同样表现出与众不同的出色才能。大学毕业后,他与东尼娅结了婚。婚后生有一个儿子,取名萨沙,一家人生活得融洽、幸福。

可是,第一次世界大战很快爆发,日瓦戈医生应征入伍,在前线野战医院工作。作为一个正直的知识分子,他天资聪颖,有着丰富的内心生活,不仅医术精湛,而且对哲学和文学有着浓厚的兴趣。在野战医院,他遇到了以前曾见过两面的女子拉拉。此时,拉拉在野战医院做护士。日瓦戈医生被美丽的拉拉所深深迷住,对她有着难以言说的好感。可是不久之后,他们便分开了。十月革命胜利以后,日瓦戈医生从前线回到了莫斯科的妻儿身边。由于痛恨旧制度的腐败,此时日瓦戈医生渴望革命,为苏维埃政权的诞生欢呼,赞赏革命所具有的摧毁旧社会的力量。当他得知圣彼得堡成立了人民委员会,无产阶级政权得以建立的时候,他尤为激动地向他的岳父发表议论:

> 多么了不起的手术! 巧妙的一刀,一下子就把多少年发臭的烂疮切除了! 痛痛快快,干脆利索,一下子就把千百年来人们顶礼膜拜、奉若神明的不合理制度判了死刑。这种无所畏惧、讲究彻底的精神,是我们固有的民族精神。这是来自普希金那种毫无杂念的光明磊落和托尔斯泰那种一丝不苟的精神。①

可见,日瓦戈在此是将革命的胜利与传统文化以及民族文化精神紧密联系在一起的,这充分表明了他对十月革命真挚的欢迎态度。但是,作为一名资产阶级知识分子,他对革命的波折以及相应的困难也没有足够的认识。他们全家在革命后的生活,一时显得异常艰难。莫斯科的日常商品供应显得极度紧张,日瓦戈一家几乎濒临饿死。1918 年 4 月,为了生存,全家决定东迁,动身前往乌拉尔地区,住到东尼娅外祖父的领地瓦雷金诺村去。在途中,尤里·日瓦戈目睹了发生在俄罗斯大地上的战乱以及遍地荒凉的景象,由于不理解革命的艰巨性,他开始对新的苏维埃政权逐渐产生了迷惘甚至不满的情绪。所以,尽管路途漫长而又艰难,但是,当他们远离是非,到达瓦雷金诺村的时候,他还是感到格外开心,觉得在生活上有了保障。在这里,没有了纷争,仿佛获得了新生:"从清晨到黄昏,为自己和全家工作,盖屋顶,为了养活他们去耕种土地,像鲁滨逊一样,模仿创造宇宙的上帝,跟随着生养自己的母亲,使自己一次又一次地得到新生,创造自己的世界。"②

---

① 帕斯捷尔纳克:《日瓦戈医生》,力冈、冀刚译,漓江出版社,1986 年,第 236 页。
② 帕斯捷尔纳克:《日瓦戈医生》,蓝英年、张秉衡译,漓江出版社,1997 年,第 328 页。

作者以瓦雷金诺村世外桃源般的生活与革命的疾风骤雨相比较。然而，即使在瓦雷金诺村，日瓦戈也无法逃离时代的车轮。他在瓦雷金诺村附近，被红军游击队抓住了，要他在游击队里担任军医。

时代的变革对个人命运的作用更典型地体现在巴维尔·安季波夫身上。安季波夫是作品女主人公拉拉少女时代的好友，后来成为她的丈夫。国内战争期间，他化名斯特列利尼科夫，成为红军的高级将领。但是，后来，随着红军的胜利，斯特列利尼科夫，作为党外军事专家，已经成为红军的镇压对象，只得东逃西躲，最后在绝望中自杀。

其次，《日瓦戈医生》这部长篇小说的感人之处在于对日瓦戈和拉拉之间悲剧爱情的描写，尤其是两人之间在乌拉尔山区的意外相逢，以及感人至深的乌拉尔的分离。

在第一次世界大战期间，在前线野战医院里，日瓦戈就对拉拉这名护士产生了一定的爱慕之情。到了乌拉尔山区之后，由于在瓦雷金诺村没有机会行医，也无法进行创作，日瓦戈感到心情沉闷。有一次，他骑马到附近的尤里亚金市，以便在图书馆看书。正是在这个图书馆里，日瓦戈与以前的护士拉拉重逢。他们的恋情持续数月之后，日瓦戈觉得对不起自己的妻子东尼娅，就向拉拉提出分手。离开拉拉，在回瓦雷金诺村的途中，他被游击队抓去做了军医。他在游击队里待了一年多，直到红军与白军的战争结束，才得以回到瓦雷金诺村和尤里亚金市去寻找东尼娅和拉拉。但是，他岳父和妻子东尼娅以及两个孩子已返回莫斯科，又从莫斯科流亡到了法国。尤里·日瓦戈与东尼娅婚后生有两个孩子，儿子舒拉和女儿玛莎，然而，命运使得他们永久地分离，而且，他与东尼娅别离之后所生的小女儿玛莎，日瓦戈连一面都没有见到。东尼娅生玛莎的时候，还多亏相依为命的拉拉的照应。

日瓦戈与拉拉在尤里亚金住了几个月后，便躲藏到了瓦雷金诺村。因为拉拉的丈夫斯特列利尼科夫已经成为红军的镇压对象，并且已经逃跑。拉拉遭受株连，随时都有被捕的危险。在他们躲藏的瓦雷金诺村，曾经伤害过拉拉的科马罗夫斯基律师来到此地，趁机带走了拉拉和她的女儿。日瓦戈一人留在瓦雷金诺村。为了活下去，日瓦戈医生决心回到莫斯科。日瓦戈克服种种困难，一大半路程他都是徒步而行的，只是在靠近莫斯科的最后一段路程，他才坐上了火车。到达莫斯科后，他过着普通而又艰难的生活，与昔日一位朋友的女儿马琳娜生活在一起，又生了两个孩子，夫妻两人靠做零工维持生计。后来，在同父异母的弟弟叶夫格拉夫的帮助下，他被安置在一家医院里当医生。然而，意想不到的是，他在第一天上班的途中，就因心脏病发作而死在人行道上。在日瓦戈灵柩停放的屋子里，拉拉突然露面，悲伤地与日瓦戈的遗体告别。

安葬日瓦戈之后，在叶夫格拉夫的请求下，拉拉留在莫斯科住了几天，帮助整理日瓦戈的遗稿。然而,后来她又神奇地消失了,而且,极有可能是死在集中营里了。

在乌拉尔山区分离的时候,日瓦戈医生完全是为了拉拉的安全,为了她不受丈夫斯特列利尼科夫的株连,才不得不与她分手的,而且,此次离开的还有拉拉所怀上的他们的孩子,也是他此生从未谋面的孩子。这一分手,本来就是生死离别,然而,命运却让他们在莫斯科再次意外相聚,尽管这次相聚拉拉所能见到的只是日瓦戈的灵柩。

可见,在《日瓦戈医生》中,拉拉是一个令人难忘的形象,她作为日瓦戈形象的补充,进一步揭示了知识分子在特定历史时期的悲剧命运。可以说,拉拉这一形象是 20 世纪俄罗斯文学中最为感人的女性艺术形象之一,她身上有着俄罗斯传统文学中达吉雅娜等优美女性形象的影子。作为从旧时代过渡到新时期的女性知识分子,她优秀、善良,有着独立顽强的品性,善于思考,忠于爱情,疾恶如仇。她以顽强的毅力承受着本来不该由她来承受的巨大的灾难。少女时代所遭受的身心的摧残,与安季波夫结婚后随着丈夫命运的转折所受到的株连,她都顽强地承受,她以自己独特的方式维系着心灵的纯洁。对于这样一位女性形象,帕斯捷尔纳克借用作品中的人物——拉拉的丈夫巴维尔·安季波夫之口做了概述:"这个时代的一切问题、时代的眼泪和屈辱、时代的追求、时代的积怨与骄傲,都表现在她的脸上和她的举止中,表现在她那少女的羞怯和优美洒脱的体态中。她完全可以充当这个世纪的控诉状。"尤其是她对日瓦戈的恋情,感人至深,令人难以忘怀。

二 叙事与结构

《日瓦戈医生》这部作品在叙事技巧方面体现出了抒情诗的特质以及艰难时世中艺术所展现的动人心魄的魅力,体现了帕斯捷尔纳克作为抒情诗人与小说家的独特的一面。这部长篇小说中渗透着的抒情诗的品质,深刻地体现了作者作为抒情诗人的一面,尤其是最后一章所附的日瓦戈的诗作,更是将作品中所具有的抒情诗的动人心魄的魅力发展到了极致,体现了抒情诗在这部长篇小说中所起到的结构功能。

可见,《日瓦戈医生》这部小说所具有的抒情诗的特质首先体现在小说的构思和诗化语言的运用方面。小说中处处可以看到诗化的构思和诗化语言的描述:

> 晴朗的寒夜。有形的东西显得特别真切和完整。大地、空气、月亮和星星都凝聚在一起,被严寒冻结在一起了。……大星星挂在林中枝叶当中,宛如一盏盏蓝色的云母灯笼。小的则有如点缀着夏天草地的

野菊,缀满整个天空。

> 阳光和空气、生活的喧嚣、物品和本质冲进诗歌之中,仿佛从大街上穿过窗户冲进屋里。外部世界的物体、日常生活的用品和名词挤压着占据了诗行,把语言中语意含混的部分挤了出去。物体,物体,物体在诗的边缘排成押韵的行列。①

作家就是这样在日常的生活中,在普通的物体中,在大自然的意象中,发现诗的特质,感悟诗的灵感。

其次,帕斯捷尔纳克的《日瓦戈医生》所具有的诗的特质体现在与诗歌相近的比喻体系中。这部小说中的诗的特质是被学界所广泛关注的。俄罗斯有学者认为:"在《日瓦戈医生》中,有着抒情性和史诗性相结合的新的创作特性及自传色彩,长篇小说的结尾是一卷独特的诗集,在这部诗集中,汇入了以尤里·日瓦戈的名义而"奉献"的帕斯捷尔纳克最优秀的抒情诗。这二十五首抒情诗是长篇小说的一个有机的组成部分。……其中的一些诗篇与小说的情节有着直接的关联。"②我国也有学者认为:"在《日瓦戈医生》中,我们还是不难看到,其实这部小说真正要说的话,最精彩的部分,正是浓缩在小说的最后一章,尤里·日瓦戈的《诗集》中。"③尤为重要的是,作为抒情诗人兼小说家,帕斯捷尔纳克一直追寻人与自然的契合,在他的作品中,自然界的意象常常不是描绘的客体,而是行为的主体,事件的主角和动力。他很少以自己的身份叙述自己,而是企图把"自我"隐藏起来。他作品中的景色描绘,常会使人产生一种假象,仿佛作家是不存在的,而是由自然以自己的名义在倾吐情愫或表达思想。有时,风景与作家——观赏者之间甚至调换角色。帕斯捷尔纳克坚持认为,在文学作品中,"不是作家自己发明了比喻,而是在自然中发现了它并且虔诚地复制它"④。各式各样的自然意象都被他信手拈来,作为比喻,奇特而又恰如其分地运用于他的作品之中。具体的从自然界捕捉的意象被用来比喻各种具体的或抽象的物体或事件。这些自然意象总是被巧妙地发现与其他意象或行为之间有互比性。在他的作品中,抒情主体和抒情客体的角色时常进行互换,人的意象与自然意象时常通过角色互换,

---

① 帕斯捷尔纳克:《日瓦戈医生》,蓝英年、张秉衡译,漓江出版社,1997 年,第 336—337 页。

② *История русской литературы XX века. Первая половина. В 2 кн. Под ред. Л. П. Егоровой*, М：Флинда, 2014, с.595.

③ 张晓东:《生命是一次偶然的旅行:〈日瓦戈医生〉的"偶然性"与诗学问题》,黑龙江人民出版社,2006 年,第 119 页。

④ Peter France：*Poets of Modern Russia*，Cambridge：Cambridge University Press，1982，p.77.

相互成为对方的喻体,构成独特的比喻体系。甚至连描述恋人的话语用的也是自然意象的比喻。这样,自然风景栩栩如生,难以捉摸的抽象的自然意象成了人化的、有灵性的自然,成为与人类生活有着不可分割的联系的世界。从而,"自然在人类事务中扮演着积极的角色"[①]。

作为小说家,帕斯捷尔纳克将抒情诗的写作技巧,尤其是独特的比喻体系,充分地运用在长篇小说《日瓦戈医生》中。这部作品自始至终都体现着小说与诗歌的融汇。叙事作品的客体性和抒情文学的主体性,在这部长篇小说中以独特的方式融为一体。

如在这部小说的开头部分,在描写暴风雪的时候,作为人物形象的意象的尤里·日瓦戈与作为自然意象的暴风雪,通过主体与客体的角色互换,更加突出了暴风雪的神奇与灵性:

> 窗外看不见道路,也看不到墓地和菜园。风雪在院子里咆哮,空中扬起一片雪尘。可以这样想象,仿佛是暴风雪发现了尤拉[②],并且也意识到自己的可怕的力量,于是就尽情地欣赏给这孩子造成的印象。风在呼啸、哀号,想尽一切办法引起尤拉的注意。雪仿佛是一匹白色的织锦,从天上接连不断地旋转着飘落下来,有如一件件尸衣覆盖在大地上。这时,存在的只有一个无与匹敌的暴风雪的世界。[③]

在帕斯捷尔纳克的笔下,暴风雪就是行为的主体,他有着自己的独立的"意识",他有"发现"的能力,他有自己独特的存在。

当然,暴风雪的存在与人类的存在是相互映衬的。暴风雪的世界与人类的世界在帕斯捷尔纳克的笔下是密切契合的:

> 日瓦戈从这条胡同拐进那条胡同,已经忘记自己拐了几次,这时候一团一团的大雪忽然扑了下来,暴风雪真的来了,这样的暴风雪在旷野里会呼啸着在大地上飞驰,然而在城市里像迷了路似的,在狭窄的街道上团团乱转。
>
> 在精神世界和物质世界,在近处和远处,在地上和空中,出现了类似的情形。在有些地方,被击溃的抵抗的一方的最后的枪声零零落落地响着。远处有些地方,被浇灭的大火的微弱的余火像冒泡一样一下

---

① Evelyn Bristol: *A History of Russian Poetry*, Oxford: Oxford University Press, 1991, p.239.

② 尤拉是尤里·日瓦戈的小名。

③ 帕斯捷尔纳克:《日瓦戈医生》,蓝英年、张秉衡译,漓江出版社,1997年,第5页。

一下地蹦跳着。暴风雪也一阵一阵地打着旋儿,在湿漉漉的马路上和人行道上,在日瓦戈的脚下旋起一阵一阵的雪雾。[1]

再者,帕斯捷尔纳克小说中的诗歌特质还体现在矛盾冲突以及哲理色彩上。帕斯捷尔纳克的这一特质常被学界所误解,正如贝斯特斯坦(Виллем Вестстейн)所做的陈述:"众所周知,帕斯捷尔纳克时常受到指责,认为从技术层面来说,《日瓦戈医生》是一部相当蹩脚的长篇小说,因为其中有太多的偶然性(包括人物的偶然相逢),还有情节笨拙的发展,以及陈旧的观念和单调的人物性格的描绘。"[2]

贯穿于帕斯捷尔纳克诗歌创作中的一个显著特征就是他诗学观点中的两种矛盾倾向的冲撞与和谐。他作品中的冲撞是多方面的,包括传统与现代意识的冲撞,他并没有像某些现代派作家那样要把普希金"从现代轮船上抛下去",而是继承了普希金、莱蒙托夫、丘特切夫等 19 世纪俄罗斯作家的优秀传统,又从 20 世纪俄罗斯现代派作家中汲取了"现代意识";也包括理性与非理性的对抗,虽说他攻读了多年的哲学,作品富有哲理,但非理性却又是他作品中的一个重要因素。还有情感上的幸福与忧伤的交融,他的作品虽说时常流露出凄凉孤独的情调,但给人总的印象是深沉的郁悒而不是悲观失望。所有这些相反因素的冲撞,造成张力,反而使他的作品更具灵性,更具魅力。

在《日瓦戈医生》中,帕斯捷尔纳克总体上表现了两种矛盾倾向的冲撞与和谐。主人公尤里·日瓦戈对待十月革命的态度便是十分矛盾的:一方面,他欢迎十月革命,为新的政权努力工作;另一方面,他并不真正理解这场革命的历史意义,甚至当红军游击队的胜利已成定局的时候,他却选择了逃离,不去享受胜利的果实。

日瓦戈在爱情生活方面也是如此。对于他生命中的至关重要的三个女性,一方面,他倾心爱恋,为了爱情宁愿舍弃一切,另一方面,他又处在极度的矛盾之中,并且听从命运的拨弄,妥协退让,从而导致一个又一个悲剧。他的第一个女人东尼娅,是他所挚爱的妻子。当他在乌拉尔山区小城与拉拉发生恋情之后,他甚至打算向东尼娅坦白一切,以便守住这份爱情。然而,他在返回瓦雷金诺向妻子坦白的途中,却遇到了红军游击队,被抓入伍。当他熬过了两年艰难的岁月,终于逃离了游击队的时候,却再也没有找到东尼娅。她已经流亡法国,连同日瓦戈的儿女,甚至包括他从未见过面的女儿。

———————————

①　帕斯捷尔纳克:《日瓦戈医生》,力冈、冀刚译,漓江出版社,1986 年,第 233 页。

②　Виллем Вестстейн. "Описание персонжей в романе ДОКТОР ЖИВАГО", *Любовь пространства... Поэтика места в творчестве Бориса Пастернака*, Москва: Язык с лавянской культуры, 2008, c.296.

失去东尼娅之后,大病一场的日瓦戈医生又与曾经的护士拉拉走到了一起。他们一起生活在瓦雷金诺,度过了充满诗意的漫漫冬天。然而,尽管他深深地爱着拉拉,将拉拉视为自己生命的全部意义所在,他却又能忍住悲痛,自以为是地为了拉拉的安全,残忍地与她分手,让科马罗夫斯基将她带到了远东地区。同样,日瓦戈也永远没有见到他与拉拉爱情的结晶——他们所生的女儿,不仅让拉拉受尽苦头,而且让他们的女儿孤苦伶仃,遍地漂泊。

日瓦戈的第三个女人马琳娜的命运更是凄凉。为了照顾日瓦戈,马琳娜辞去了电报局的一份体面的工作,与丈夫过着没有着落的艰苦的生活。当丈夫终于找到了一份工作的时候,他却在上班的第一天就离开了人世,丢下她和两个弱小的女儿。

如果说《日瓦戈医生》通过日瓦戈在爱情生活方面与三个女性的交往,反映了日瓦戈医生的悲剧命运,那么,同样可以说,这部小说通过女主人公拉拉与三个男性之间错综复杂的关系,反映了在特定时代又一个知识分子的悲剧命运。在帕斯捷尔纳克的笔下,拉拉不仅是他理想的动人的女子形象,而且是一个神秘女郎的形象,她的一生充满了神秘,在颠沛流离中度过,而且最后下落不明,没有人真正知道她最后的去向。"天知道战争会把她和她那具有神秘色彩的生活抛向何方,但她与人与事无争,几乎对自己的痛苦从不表露,她那沉默尽管令人不解,然而却又如此强劲有力。"①

拉拉所接触的三位男性分别是科马罗夫斯基、帕沙·安季波夫、尤里·日瓦戈。在小说前部分的一个场景中,即在小说的第三章中,这几个人物是在同一个场景中同时出现的。而且,这三个男性分别代表了不同的社会阶层和不同的人物个性特征。科马罗夫斯基无疑是一个阴险、自私的律师,无耻、卑鄙的政客;帕沙·安季波夫是一个与科马罗夫斯基迥然不同的意志坚定的革命者;而尤里·日瓦戈则是一个既反对旧的社会制度,又与新的革命政权格格不入的知识分子的典型形象。三种形象作用于拉拉,使得拉拉的命运显得极为悲惨。是科马罗夫斯基使得拉拉在少女时代身心遭受摧残,又在身处绝境时被他再次占有;是帕沙·安季波夫这位忠心耿耿的革命者让拉拉颠沛流离,为寻找他这样的丈夫而历尽了艰辛;是尤里·日瓦戈使得拉拉在与倾心所恋的他终于重逢的时候却又遭受生离死别的无尽折磨。

最后,帕斯捷尔纳克小说中的诗歌特质还体现在意象的使用方面。即使在小说中,帕斯捷尔纳克也特别喜欢使用诸如"暴风雪""蜡烛"这类充满诗情画意的意象。

尤其是"蜡烛"这一意象,在作品的结构中起着重要的作用。作品中的女主

---

① 帕斯捷尔纳克:《日瓦戈医生》,蓝英年、张秉衡译,漓江出版社,1997年,第186页。

人公拉拉便是一个对"蜡烛"情有独钟的女性,在作品情节的起始阶段,她与帕沙·安季波夫在位于卡梅尔格尔斯基街的出租房里交谈时,便关掉了电灯,点燃了蜡烛:

> 拉拉喜欢在烛光下面谈话。帕沙总为她准备着整包没拆封的蜡烛。他把蜡台上的蜡烛头换上一支新的,放在窗台上点着。沾着蜡油的火苗噼啪响了几声,向周围迸出火星,然后像箭头似的直立起来。房间里洒满了柔和的烛光。在窗玻璃上靠近蜡头的地方,窗花慢慢融化出一个圆圈。①

这一景致,却被从此地路过的尤里·日瓦戈所遇见。尤里·日瓦戈与东尼娅穿过卡梅尔格尔斯基大街时,注意到:"一扇玻璃窗上的窗花被烛火融化出一个圆圈。烛光从那里倾泻出来,几乎是一道有意识地凝视着街道的目光,火苗仿佛在窥探往来的行人,似乎正在等待着谁。"②于是,对大自然有着极为敏锐的感悟力的尤里·日瓦戈,受到这一场景的启发和感染,产生了灵感,低声吟出了"桌上点着一根蜡烛。点着一根蜡烛……"这样的诗句。

"桌上点着一根蜡烛。点着一根蜡烛……"如同全书的主旋律,无论是作为优美的诗句还是作为难以忘怀的意境,反复在《日瓦戈医生》这部作品中出现、回旋,并且作为诗歌作品,附在第十七章"尤里·日瓦戈的诗作"中的《冬夜》一诗中。

然而,更为巧合的是,在作品的结尾部分,在作品情节的终结阶段,女主人公拉拉在位于卡梅尔格尔斯基街的同一间出租房里,奇迹般地见到了日瓦戈医生的灵柩:

> 于是她尽量回忆,想回想起圣诞节那天同帕沙的谈话,但除了窗台上的那支蜡烛,还有它周围玻璃上烤化了的一圈霜花外,什么也回想不起来。
>
> 她怎么能想到,躺在桌子上的死者驱车从街上经过时曾看见这个窗孔,注意到窗台上的蜡烛?从他在外面看到这烛光的时候起——"桌上点着蜡烛,点着蜡烛"——便决定了他一生的命运?③

---

① 帕斯捷尔纳克:《日瓦戈医生》,蓝英年、张秉衡译,漓江出版社,1997年,第91页。
② 同上,第94页。
③ 同上,第574页。

"燃烧的蜡烛"是乌拉尔山区皑皑白雪的夜晚的希望之光,是日瓦戈与拉拉的激情之光,是他们心心相印的心灵之光,更是旨在燃烧和奉献并且渗透到读者心灵深处的生命之光。

长篇小说《日瓦戈医生》面世以及帕斯捷尔纳克获得诺贝尔文学奖之际,苏联文学界对这部杰作有过种种误解,也有过不公正的批判,1958 年 10 月 26 日,《真理报》甚至发表著名评论家萨拉夫斯基的文章,在该文中,作者指责帕斯捷尔纳克是"社会主义革命的诬蔑者和苏联人民的诽谤者",然而,随着时间的推移,这部杰作的艺术魅力和认知价值不断被人们所认可,帕斯捷尔纳克不仅作为杰出的抒情诗人,也作为俄罗斯杰出的小说家被人们所接受和记忆。

第二十二章　索尔仁尼琴的小说创作

索尔仁尼琴不仅是一位杰出的小说家,而且是一位著名的社会活动家。在苏联时期,他曾经受到过不公正的待遇,遭到严厉的批判,并被驱逐出境,不得不离开祖国,在瑞典和美国等国家流亡多年,然而,在苏联解体之后,他却不顾年迈,又毅然回到了祖国俄罗斯的怀抱,并在自己的晚年努力为民族文化事业做出应有的贡献。

索尔仁尼琴的长篇小说等文学成就在世界文坛享有盛誉,1970 年,他因“在追求俄罗斯文学不可或缺的传统时所具有的道义力量”而获得诺贝尔文学奖。“索尔仁尼琴的作品是一种独特的文学和文化现象,在 20 世纪俄罗斯文化生活史上是不可忽视的。”[①]

与此同时,索尔仁尼琴更是一个备受争议的作家,不仅在俄罗斯,而且在美国等西方国家,索尔仁尼琴及其文学创作都是毁誉参半,他既受到了热切的赞颂,也遭受过激烈的批判和恶意的诽谤。他甚至因为文学创作而被剥夺了国籍、驱逐出境,却同样又因为文学创作而获得了至高无上的荣誉。

第一节　索尔仁尼琴小说创作概论

亚历山大·伊萨耶维奇·索尔仁尼琴(Александр Исаевич Солженицын,1918—2008),出生在北高加索的基斯洛沃茨克(Кисловодск)。他的父亲伊萨阿基是北高加索的一个普通的农民,而他的母亲塔伊霞则是乌克兰人。

由于革命和国内战争,索尔仁尼琴家庭破碎,父亲去世。1924 年,母亲领着他迁居顿河畔的罗斯托夫市。自 1926 年至 1936 年,他就读于当地的第十五学校。在学校的影响下,他树立了共产主义世界观,并于 1936 年加入共青团。从第十五学校毕业后,他进入国立罗斯托夫大学数理系。在大学期间,他被文学所吸引,开始创作散文和诗歌,并且对历史和社会生活发生了浓厚的兴趣。在1937 年的时候,他就计划创作有关 1917 年十月革命的长篇小说。1941 年,他以

[①]　С. И. Кормилов ред. *История русской литературы XX века*(20 — 90-е годы),Москва：Издательство Московского Университета,1998，с.252.

优异成绩从大学毕业。与此同时,他于 1939 年进入莫斯科文史哲学院函授班,攻读文学专业,但是,由于苏联卫国战争爆发,他中断了学业。

苏联卫国战争爆发后,索尔仁尼琴应征入伍,曾任大尉炮兵连长,他英勇参战,受到嘉奖。1943 年 8 月,他荣获卫国战争二等勋章。1944 年 6 月,他又荣获"红星"勋章。

虽然是处在战争年代的艰苦条件下,但是,索尔仁尼琴仍然坚持"舞文弄墨",尤其是没有放弃写日记的习惯,而且对社会政治越发产生浓厚的兴趣。1945 年 2 月,在写给自己的故友尼古拉·维特科维奇的一封信中,索尔仁尼琴与他讨论起政治问题,在信中对斯大林的体制表现出了不满的情绪,甚至将其与农奴制相提并论,并且主张在战后建立"列宁主义"政体的"组织"。这封信件引起了军队检查机构的怀疑,索尔仁尼琴也因此遭到逮捕,取消军衔,关进监狱。关于这次逮捕的细节,索尔仁尼琴记忆犹新,在《古拉格群岛》第一部第一章中,他写道:"我所受到的大概是所能想象的最轻一种形式的逮捕。它不是把我从亲人的怀里夺走,不是迫使我离开人们所珍惜的家庭生活。它是在萎靡的欧洲的二月天里,从我方插向波罗的海的、不知是我们包围了德军还是德军包围了我们的一支狭长的箭头上把我揪出来的,使我失去的只是混熟了的炮兵连以及战争最后三个月的景象。"[①]

经过长达数月的审判,1945 年 7 月,索尔仁尼琴以"进行反苏宣传和阴谋建立反苏组织"的罪名被判处八年劳改。1953 年 2 月获释后,他被派到哈萨克斯坦南部地区"永久流放"。斯大林逝世后,1957 年 2 月,他获得平反,恢复了名誉,解除流放后他定居了梁赞市,在一所中学任教,从事物理等课程的教学工作。

索尔仁尼琴自 1959 年起,开始专心从事文学创作。在起始阶段,他的主要成就是写了短篇小说《854 号犯人》(Щ-854)。后来根据《新世界》杂志主编特瓦尔多夫斯基的建议,这篇小说的篇名改为《伊凡·杰尼索维奇的一天》,经特瓦尔多夫斯基推荐,并经赫鲁晓夫亲自批准,这篇小说在 1962 年《新世界》第 1 期上发表。

索尔仁尼琴的处女作《伊凡·杰尼索维奇的一天》是一篇反映斯大林时代劳改营生活的小说。这篇小说面世之后,不仅特瓦尔多夫斯基对此给予极高的评价,而且引起了文坛强烈的反响。同年 12 月,索尔仁尼琴加入了苏联作家协会。

紧接着,在 1963 年第 1 期《新世界》杂志上,索尔仁尼琴发表了《马特辽娜的家》(Матрёнин двор)和《科切托夫车站上的故事》(Случай на станции Кречетовка)等短篇小说,这些小说都是属于批判社会现实、暴露斯大林时代社会阴暗面的作品。

然而,好景不长,索尔仁尼琴一系列批判斯大林时代阴暗面的小说发表不久

---

① 索尔仁尼琴:《古拉格群岛》上册,田大畏等译,群众出版社,2006 年版,第 18 页。

之后，苏联的政治形势发生了迅速逆转和较大的变化，1964年，赫鲁晓夫下台，因赫鲁晓夫的偏爱而在《新世界》杂志发表作品并一举成名的索尔仁尼琴自然也受到株连，遭到批判，甚至连《新世界》杂志都被勒令停刊。

从此之后，尽管索尔仁尼琴仍然坚持创作，但是他的作品无法获得在苏联国内首次发表和出版的机会。于是，他将目光转向了国外的一些出版机构。1968年，他所创作的暴露莫斯科附近一个政治犯特别收容所的长篇小说《第一圈》以及描写苏联形形色色癌症患者精神状态的长篇小说《癌症楼》，因为题材原因未能获准在国内出版，于是，他将两部作品分别送往西欧的出版机构出版。

长篇小说《第一圈》（*В круге первом*）所书写的监狱是地处莫斯科郊区的一所特殊的监狱——玛尔菲诺监狱。在这部作品中，作者着重描写的是一群并没有罪行而遭逮捕失去自由的生活的人。书名源自但丁的《神曲·地狱篇》。但丁将地狱分为九圈，亡灵按照罪孽的深重程度分别被安排在地狱不同的圈中，索尔仁尼琴借用这一名称，喻指囚犯如同地狱一般的生活状况。

《癌症楼》（*Раковый корпус*）共分两部，三十六章。这部作品以他于1955年在塔什干治疗癌症的亲身经历为情节基础，具有较为鲜明的自传性质和象征色彩。在这部作品中，主人公科斯托格洛托夫在遭遇七年的牢狱生活之后，又被永久地流放到苏联中亚地区。

长篇小说《癌症楼》的出版，在西方文学界引起了巨大的反响，1970年，索尔仁尼琴因为"在追求俄罗斯文学不可或缺的传统时所具有的道义力量"获得了诺贝尔文学奖。

获得诺贝尔文学奖之后，索尔仁尼琴依然坚持他固有题材的创作，并且在苏联国内难以出版面世的情况下，将作品陆续送往国外出版。1971年6月，他未在苏联获准出版的新作——属于《红轮》第一单元的长篇小说《1914年8月》（*Август Четырнадцатого*）在法国巴黎出版。他在这部作品中表现出了信奉东正教的爱国主义观点。1973年，他的长篇小说《古拉格群岛》（*Архипелаг ГУЛАГ*）第一卷也在巴黎出版。

索尔仁尼琴一系列持不同政见的作品在国外出版以后，极大地激怒了苏联当局，在苏联媒体遭到了空前的批判。1974年2月，索尔仁尼琴被捕，被送至列福尔托沃监狱。第二天，他被剥夺苏联国籍，驱逐出境。

从此，索尔仁尼琴开始了长达二十年的西欧和美国流亡生涯。索尔仁尼琴作为一名作家，值得我们敬佩的是，他在获得诺贝尔文学奖之后，并没有停留在功劳簿上，享受已经获得的荣耀，而是毫不停步，依然按照自己的想法，坚守自己独立的思想，艰辛地从事文学创作活动，尤其是创作了规模庞大的史诗性长篇小说《红轮》（*Красное Колесо*）。直到苏联解体之后，他才得以恢复俄罗斯国籍，1994年6月，他终于回到他的祖国俄罗斯，在此度过了一生中的最后时光，并于

2008 年 8 月在莫斯科与世长辞。

索尔仁尼琴的史诗性长篇小说《红轮》所书写的是发生在俄国 1914—1917 年间的史实,主要包括第一次世界大战、二月革命、十月革命等重要事件。

作者在《红轮》这部作品中,使用大量的日记、档案报告等原始文献,力图以中性的笔触描绘发生在 20 世纪的历史事件和历史进程。但是,其创作目的却是极为深刻的,俄罗斯《红轮》权威研究专家涅姆泽尔对《红轮》的主题进行了中肯的概述,将《红轮》的主题概括为对三个彼此相关联的问题的追问:"为什么革命征服了俄罗斯? 对于我们的国家和整个世界而言,革命的这一胜利意味着什么? 我们(或者我们的孩子、子孙)能否让疯狂旋转的红轮停下来?"①涅姆泽尔关于《红轮》主题方法三个问题追问的概念,对于我们理解这部史诗性著作或许提供了一条较为明晰的思路。

索尔仁尼琴将自己的史诗性长篇小说《红轮》分为两个系列。分别为《革命》和《人权》。他计划写二十个单元(Узел),实际完成四个单元。第一单元为《1914 年 8 月》(Август Четырнадцатого),第二单元为《1916 年 10 月》(Октябрь Шестнадцатого),第三单元为《1917 年 3 月》(Март Семнадцатого),第四单元为《1917 年 4 月》(Апрель Семнадцатого)。尚未完成的单元包括《1917 年 7 月》(Июль Семнадцатого)、《1917 年 8 月》(Август Семнадцатого)、《1917 年 9 月》(Сентябрь Семнадцатого),《1917 年 10 月》(Октябрь Семнадцатого)、《1917 年 12 月》(Декабрь Семнадцатого)等等。在他已经完成的四个单元中,第一单元共有两卷,第二单元也是两卷,第三单元最多,共有四卷,第四单元也是两卷。索尔仁尼琴为什么如此关注 1917 年? 他的目的其实是探寻和思考俄罗斯革命的根源。他在 1983 年的一次访谈中说道:"在写作过程中,我发现俄罗斯的 1917 年是加速的、压缩的 20 世纪世界史的概要。也就是说,很直观:从 1917 年 2 月到 10 月的 8 个月里疯狂地转动着,然后慢慢地重复着整个世界 100 年里发生的事……近年来,我完成了几个大部头作品,我惊奇地看到,我正以某种间接的形式在写 20 世纪的历史。"②由此可见,他之所以对 1917 年发生浓烈的兴趣,并且不遗余力地书写这个年份,是因为他将这一年份看成是 20 世纪世界史的一个缩影。

《红轮》尽管是长篇巨著,但叙述格外凝练,显现出纪事风格的特征,如在《红轮·往日叙事》的第二部,书写沙皇政府被推翻时,作者大多是记叙一幕幕的

---

① А. Немзер. *Красное Колесо* Александра Солженицына: Опыт прочтение, с. 12. 转引自龙瑜宬:《巨石之下——索尔仁尼琴的反抗性写作》,浙江大学出版社,2015 年,第 109 页。

② 索尔仁尼琴:《索尔仁尼琴政论》第 3 卷,第 142 页,转引自科尔米洛夫主编:《二十世纪俄罗斯文学史:20—90 年代主要作家》,赵丹、段丽君、胡学星译,南京大学出版社,2017 年,第 523 页。

街景：

> 一辆汽车在涅瓦大街上飞驰，车中一名军官戴着银肩章，袖子上是大幅的红绦带。看得出：他归顺了。
>
> 一个没戴帽子的女人骑马跑过，她那张脸因高兴而显得神采飞扬，头发被风吹得飘飞起来。
>
> 一辆汽车在街道中间陷进了一个坑里，后面跟着的一辆载着记者的车撞上了它。旅行到头了，采访也停止了。
>
> 街上有一些摩托车兵！看样子他们是新编部队的人。他们的装束很特殊，长长的皮手套套在袖头上，制帽的皮帽带耷拉在下巴领下面。那样子颇为自信，而且显得强壮有力。①

史诗性长篇小说《红轮》无疑是俄罗斯文学史上最长的一部作品，而且在这部作品中，索尔仁尼琴将文学创作与历史研究融汇在一起，形成了一部既有文学的宏大想象又有历史纵深感的鸿篇巨著。不过，在阐述历史真实的同时，艺术的魅力和语言的技巧相应也就稍逊一筹了，这使作品在传播方面受到一定的限制，结果，这部迄今为止俄罗斯文学史上最长的长篇小说，恐怕所拥有的读者群也是长篇小说发展史上最为稀少的了。

第二节　中短篇小说创作

在索尔仁尼琴的中短篇小说中，最为著名的是《伊凡·杰尼索维奇的一天》。

索尔仁尼琴的《伊凡·杰尼索维奇的一天》将许许多多的内涵浓缩在一天之内。这篇短篇小说中的"一天"，所指的是 1951 年元月的某一天，是斯大林执政时期，主人公伊凡·杰尼索维奇·舒霍夫在西伯利亚一个劳改营里从早上起床开始到晚上熄灯时分所度过的一天时光。

这篇小说就思想意义而言，主要是对斯大林时代的监狱制度的不完善性进行了陈述和批判。

首先，在他这篇基于亲身经历所书写的作品里，劳改营中的犯人并非都是真正的犯罪者，各种冤案大量存在。作品主人公伊凡·杰尼索维奇被判十年徒刑，完全是因为他曾经被德军俘虏。他于 1941 年应征入伍。在战争期间，1942 年 2 月，他所在的军队被敌军包围，陷入了弹尽粮绝的境地，他和其他一些军人一起，

---

① 　索尔仁尼琴：《红轮·往日叙事·第 2 部·上》，江苏文艺出版社，2013 年，第 1101 页。

在森林里不幸被德军俘虏,但是他历尽艰难,终于逃回苏军部队。然而,当他死里逃生,回到祖国的部队之后,却被指控"向敌人投降,出卖祖国,现在(回来)执行德国人的命令"。对于这样不合常情的指控他是完全可以不予理睬的。然而,为了活命,他唯有"认罪",唯有在"坦白书"上签字画押。因为,如果他不签字认罪,他就会被当作顽固分子立即枪毙,反之,就可以活上更多的一些时间。他因为认罪,所以被判处十年徒刑,在劳改营中度过了三千六百五十三天。劳改营中的冤狱绝非伊凡一例,还有很多。譬如有一个上尉,被判二十五年徒刑,获罪是因为他作为战时联络官,与英国海军上将的特使有过联系,从而得到过题有"以资感激"之类的纪念礼品。再如泰厄林,在 20 世纪 30 年代,人们发现他是"富农的儿子",于是他随之遭殃。

其次,在作者看来,苏联当时的监狱管理制度存在着严重的缺陷。规章制度极不完善,在劳改营里,犯人们经常挨冻受饿,生活条件极为恶劣。书中写道:"在劳动营外面的冷风中,连舒霍夫那张饱经风霜的脸都感到被寒气扎得难忍的疼痛。"[1]即使在遇到如此恶劣气候的劳动途中,囚犯们依然严格执行各项规章制度,警卫队长命令他们:"走路时严格遵守纵队秩序!不要拉得太远,也不要靠得太紧,不要从这一排窜到那一排,不要说话,不要左顾右盼,手只准放在背后!向右一步或向左一步,都算逃跑,押送人员不预先警告就会开枪!"[2]有了如此苛刻的条件,囚犯们的生命根本得不到保障。天寒地冻的时候,还得提心吊胆地从事繁重的体力劳动,而且饮食得不到保障。食物以及包裹等东西在交到犯人手里的过程中,雁过拔毛,每一个环节都要克扣。劳改营里的医务人员根本就不是学医的,而是学艺术的。但是,即使是这样,要想看到学艺术出身的医生,也绝非易事,需要排队,受到看病名额的限制。

最后,也是这篇小说最感人的地方,是作者描写了在特定的生存条件下的各式各样的人物形象。在劳改营里,有的犯人欺软怕硬,在管理者面前唯唯诺诺,显得生性怯懦,但是,到了同监难友面前,则耀武扬威,不可一世,他们还专爱打小报告,甚至欺压别的犯人。如名叫克罗穆伊的犯人,当上了饭厅勤务员,当其他犯人去取食物时,他甚至用棍棒殴打同监难友。索尔仁尼琴对这类犯人深恶痛绝,在小说中,他称这些受优待的犯人为"最优秀的杂种们"。不过,这类人毕竟只是少数,在小说中,尤其是在遭受冤狱的犯人身上,体现了面对一切艰难和繁重劳动而适应生存的人类价值和不可磨灭的人性的力量,他们的行为中,有一种凌驾在混乱之上的自发的道德准则,他们的语言也是即使遭受压迫和冤情也依然不可压抑、生动有力的语言。

---

① 索尔仁尼琴:《伊凡·杰尼索维奇的一天》,斯人译,作家出版社,1963 年,第 40 页。
② 同上,第 40—41 页。

这篇小说在苏联引起过激烈的争议。特瓦尔多夫斯基对此高度赞扬,认为这篇小说是一种"艺术性的文献",表现出"深厚的人道主义"。[①]《新世界》杂志载文认为,该小说的作者以其精湛的艺术技巧,仅在短暂的一天内就向读者刻画了许多各有特点的典型人物,从而能够帮助读者理解时代的精神面貌,而《俄罗斯文学》杂志载文认为这部作品的内容过于贫乏,描写过于片面,不足以全面反映当时的社会现实。但无论如何,这篇小说所展示的劳改营的现实,是有史料价值的,小说中所塑造的劳改营中的各种人物以及相应的心理特征,无疑也是具有文学性的,而这篇小说中对劳改营这一主题的介入,为索尔仁尼琴其后类似主题的文学创作,奠定了坚实的基础。

第三节 《癌症楼》

索尔仁尼琴的长篇小说《癌症楼》(Раковый корпус)创作于 1963 年至 1966 年,他自己称之为中篇小说,作品所描述的是他 1955 年在塔什干的一家医院的回忆。这部小说原计划在当时由特瓦尔多夫斯基主编的《新世界》杂志发表,杂志社甚至与作者签订了合同,小说的第一部分也在苏联作家协会莫斯科分会小说创作委员会上展开过正式的研讨。但是,小说的刊发却一波三折,没有如期发表,虽然经过《新世界》主编特瓦尔多夫斯基的多方努力,并在 1966 年 12 月底进入了排版程序,但是最终未能及时在苏联面世。小说的译本及俄文本自 1968 年起分别在西方出版机构首先出版,成为世界文坛的重要事件,作者索尔仁尼琴也因此获得 1970 年度的诺贝尔文学奖。这部小说直到苏联解体前的 1990 年才得以在苏联国内面世,在《新世界》杂志第 6 至 8 期刊载。

《癌症楼》这部长篇小说分为两部,共有三十六章,作品所叙述的是苏联中亚地区塔什干一家医院 13 号楼——癌症楼中几个癌病患者的故事。突出表现这些癌症患者面对死亡时独特的人生感悟以及对生命苦难的各自不同的承受方式。事情发生在 1955 年,书中描绘了一系列人物,包括遭受冤屈的人们,也包括在斯大林时代受益的人们。

小说的情节聚焦于几个患者在条件极差的医院里所接受的粗暴而又令人恐惧的医治。文学评论家梅耶斯(Jeffrey Meyers)强调这部作品的疾病书写,认为这部小说"描写了癌症的特征,癌症对患者所产生的生理的、心理的、道德的影响;描写了医院的环境,以及医患之间的关系;还描写了恐怖的医治以及死亡的可能性"。科斯托格洛托夫的中心问题是:什么样的生命是有意义的? 当我们为

---

① 特瓦尔多夫斯基:《代序》,见索尔仁尼琴:《伊凡·杰尼索维奇的一天》,斯人译,作家出版社,1963 年,第 2—3 页。

此付出了惨痛代价的时候,我们该怎样知道其意义所在?

这部小说具有半自传色彩,小说主人公科斯托格洛托夫的某些经历与作者索尔仁尼琴较为相似,尤其是他们从流放地被送到医院医治癌症的经历。主人公科斯托格洛托夫如同索尔仁尼琴,在流放中亚之前,曾作为"反革命分子"在劳改营里度过了不少时光。

科斯托格洛托夫在医院里有过两次罗曼史:一次是与医学院学生卓娅,她对他的吸引主要是生理方面的,另一次是与薇拉,他的一个医生,一位从未结过婚的中年女子,相对而言,他对薇拉的爱情显得更为认真,他甚至想象过向她求婚。

如果说具有作者半自传色彩的科斯托格洛托夫代表了普通民众的生活经历,那么,斯大林时代的官僚主义和权力至上的特性,则主要体现在书中所描写的"主管人事的官僚"鲁萨诺夫身上。这是与科斯托格洛托夫形象相对的官僚主义者的代表,是一个坚守等级原则、反对平等和自由的政治奴仆。

小说的第一章就是以鲁萨诺夫的就医经历而开始的。尽管他拥有别人所没有的权力,但是,在患了癌症这样的特定的情形下,权力也是无济于事的,他不得不住进13号楼——专门医治癌症病人的医院大楼,不得不忍受着医院里的恶劣的环境,不得不住进治疗癌症的普通病房。当他住进13号楼的一间癌症房之后,他因为身份的高贵而觉得自己无法融入"癌友"的群体。小说中出色地描写了他当时的处境:

> 一个出乎意料、莫名其妙、对谁也没有好处的坚硬肿瘤,像钩子拖鱼似的把他拖到了这里,并且扔在这张又窄又小、铁网吱轧作响、垫子薄得可怜的铁床上。自从在楼梯底下换好了衣服,告别了亲人,上楼走进这个病房,先前的整个生活就仿佛砰地关上了大门,而这里突出的俗不可耐的生活简直比肿瘤本身还使人感到可怕。再也不可能选择令人愉快、得到慰藉的景物看了,而只能看那八个此时似乎跟他平起平坐的沮丧的可怜虫——八个身穿褪了色的、破旧而又不合身的粉红色条纹睡衣的病人。①

进入病房后,他即刻与同病房的科斯托格洛托夫发生了本能的冲突。两者之间对死亡问题的不同意识,体现了各自不同的社会身份。因为享受着特权,鲁萨诺夫因而对死亡有着本能的恐惧。权力的腐败体现在他既想成为"工人"又想得到"特殊津贴"的双重愿望上。政治上的解冻使他感到狼狈,他害怕他十八年前曾经告发的但现在恢复名誉的人会对他进行打击报复。他的癌症无法根除,

---

① 索尔仁尼琴:《癌症楼》,姜明河译,译林出版社,2007年,第11页。

正如他所属的阶层的腐败无法根除一样。在小说的最后,鲁萨诺夫的妻子从车窗朝外扔垃圾,象征着执政者对国家的漠视。

　　就这部长篇小说的意义而言,在一定程度上学界存在着偏见,尤其是美国的一些学者,对于这部小说的意义,所强调的是不同政见,甚至美国学者理查德·杰姆比斯特直接声称:"在美国的学校里,这部小说是被当作反斯大林、反集权的教材而被阅读的。"①这无疑忽略了作品的基本精神,忽略了文学所具有的自身的文学价值,其实,索尔仁尼琴在《癌症楼》中使用隐喻等大量艺术手段,表现了对人类命运的关注以及对和谐的理想世界的憧憬和追求,"索尔仁尼琴及其创作在当代文学中的地位和贡献取决于他对艺术真实性和艺术感染力的重视和推崇"②。莫斯科艺术出版社在 2000 年版的《癌症楼》的推荐词中写道:"人会死于不治之症。国家也会毁于不治之症。只有出现奇迹才会痊愈。假如不是人,那么一个国家怎么能够从恐惧的不治之症中得到拯救呢?"③可见,即使是政治性解读,也充分体现了索尔仁尼琴对人类命运的关注以及对拯救的憧憬。

第四节　《古拉格群岛》

　　长篇小说《古拉格群岛》(*Архипелаг ГУЛАГ*)中的"古拉格",是苏联当时的国家管理机构"劳动改造营管理总局"(*Главное управление лагерей*)的俄文单词首字母缩写"ГУЛАГ"的译音。这部作品的副标题是"文艺性调查初探"。从该长篇小说的名称以及所使用的副标题便可以看出,这部作品是一部集文学创作、社会调查、历史研究于一体的著作。从内容上看,这部作品卷帙浩繁,涉及面广,极为庞杂,由作者的个人经历、回忆、报告、书信,以及苏联官方和西方的相关资料等多种形式所组成。全书共分三卷七部,写于 1958 年至 1968 年,所叙述的事件不同于《伊凡·杰尼索维奇的一天》以及《第一圈》那样集中,而是 1918 年至 1956 年近四十年间的人与事,尤其是苏联全境数百万人受关押、迫害的集中营里的相关情景。

　　具体而言,上卷包括第一部和第二部,主要介绍从逮捕到进入劳改营的各个阶段;中卷包括第三部和第四部,主要陈述劳改营里的囚犯的精神状态以及一些人员的具体遭遇;下卷包括第五部至第七部,着重描述的是劳改营中囚犯的反抗和逃亡等事件。全书尽管内容庞杂,但紧扣劳改营以及相应的监狱和法制等问题,书中描写了遍布全苏的劳改营以及数百个人物的命运,而且对逮捕、侦查、监

---

①　冯玉芝:《〈癌症楼〉的文本文化研究》,中国社会科学出版社,2014 年,第 32 页。

②　同上,第 193 页。

③　转引自刘亚丁:《俄罗斯文学(1760—2010)感悟录》,中国社会科学出版社,2016 年,第 119 页。

禁、法律、极刑，甚至押解囚犯的方式等许多与监狱相关的问题做了具体的阐释，可以说这是苏联四十年间劳改与监狱生活的百科全书。

作者索尔仁尼琴不仅以社会历史学者的视角关注逮捕、收监、审判、处决等相关的法律程序，而且以文学家的独特视角关注笔下人物的精神状态以及心理变化。如在第一部《监狱工业》（*Тюремная промышленность*）中的题为"逮捕"的一章中，作者聚焦于"逮捕"这一概念在不同年代所具有的不同内涵，以及形形色色、五花八门的逮捕方式。"有时，逮捕好像是一种游戏，在这上面用了多少过分多余的奇思巧想，花了多少吃饱了没处消耗的精力，其实，不这样做遭难者也不会作什么抵抗的。"①在苏联的那个特定的时期，遭到逮捕，在多数情况下，往往不是因为犯罪，而是因为要满足逮捕名额的需求。书中陈述，在 1937 年的时候，有一名妇女为了反映问题，到了新切尔卡斯克的内务人民委员会接待站，她询问接待站应该如何处理她的被捕邻居所留下的没有奶吃的婴儿。接待站的人跟她说："稍等一等，我们查一下。"于是，她坐在那儿等待了两个多钟头，然后，她就从这个接待站被人抓进了牢房。"正急需凑满数字，可又派不出那么多工作人员到全城去抓，而这一位已经自己送上门来！"②

对于作为文学家的索尔仁尼琴，更为重要的，是他在这部作品中着重描写了各个被捕者的各种不同的心理体验：有的被捕者在听到"你被捕了"的时候，顿时感到天崩地坼般的绝望，可是有的被捕者则表现出无动于衷的坦然，更有被捕者觉得被捕是一种解脱，所以感到如释重负。"在逮捕大流行时期：当四周围正在把像你那样的人一个个抓起来的时候，而不知为了什么缘故却老不来抓你，不知为什么老是拖延——须知这种困扰、这种煎熬要比任何逮捕都叫人受罪。"③正因如此，当伊拉克里神父终于被捕的时候，他竟然高兴地唱起了赞美诗。

在作品第二部《永恒的运动》（*Вечное движение*）中，作者所集中叙述和详尽记载的，是押解囚犯所采用的途径和押解的具体过程。在这一部中，作者特别注重描写将囚犯往岛屿押解的过程。对于俄罗斯的核心城市莫斯科和圣彼得堡（列宁格勒）而言，荒漠的岛屿是一种极为遥远的地理概念，书名《古拉格群岛》中的"群岛"二字也正是体现了这一理念。在《永恒的运动》这一部中，作者结合自己的亲身经历，详尽地记述了红色列车运输队、驳船运输队等各种运输队伍运送囚犯的过程，以及在既无轨道又无水道的地区所组织的步行运输的囚犯大队。在索尔仁尼琴看来，当时囚犯能得到的最好的待遇，就是"简单地用一叶扁舟载着犯人从'群岛'的某一岛屿直接摆渡到另一岛屿"④。相比于拥挤不堪、臭气熏

---

① 索尔仁尼琴：《古拉格群岛》上册，田大畏等译，群众出版社，1982 年，第 11 页。
② 同上，第 12 页。
③ 同上，第 14 页。
④ 同上，第 576 页。

天的囚犯专用火车车厢,能够乘坐扁舟确实是一种难得的享受,因为在火车的囚犯车厢里,人们所"梦想的是伸直一下双腿的幸福,是解过手以后的轻松"①。而乘坐扁舟这样的"享受"机会,不是每人都能轻易得到的,索尔仁尼琴本人一生也只"享受"过三次而已。

《古拉格群岛》的中卷包括第三部和第四部,在这一卷中,作者更着重从文化的层面上关注俄罗斯"群岛"所形成的历史,也更加关注囚犯们的精神状态。

第三部题为《劳动消灭营》(Истребительно-трудовые),作者在其中剖析了发生在劳改营的一些悲剧事件,反思一些历史问题,并且书写了各式各样人物的心理活动。譬如,在1930年夏天,有几十名"教派分子"被押到索洛维茨,为了保护自己最后的精神家园,为了坚守自己人格的尊严,他们拒绝在表格上签收口粮,结果全都饿死在小岛上,只剩下一具具被鸟雀啄得不成样子的尸体。而在第二章"群岛露出海面"(Архипелага возникает из моря)中,作者详尽描述了"索洛维茨劳动营"的形成以及营内发生在普通囚犯身上的一些琐碎的真实情形:

> 索洛维茨劳动营的面貌,自二十年代末起,逐渐变化。从一个为必遭灭亡的反革命分子准备的无声陷阱越来越变为对当时说来是新式的,对我们现在说来是旧式的普通人的劳改营的模样。国内"劳动人民中特别危险分子"的人数急剧地增长。普通刑事犯和无赖们大量地送到岛上来。老资格的惯窃和初出茅庐的扒手们登上了索洛维茨的土地。这里的营地里灌进了大股的女扒手和妓女的水流。(她们在克姆中转站相遇的时候,前者向后者喊着说:"我们偷东西,可是不卖身!"后者也给她们以响亮的回答:"我们卖的是自己的,不是偷来的!")原因是,当时全国宣布了(当然不见报)开展消灭卖淫现象的斗争。各大城市大抓妓女,按统一规格一律判三年,其中许多人被轰到索洛维茨群岛上来了。从理论上说是明明白白的,正当的劳动很快就能把她们改造过来。可是不知道为什么她们总抱着自己低贱的社会职业不放,在押解途中就死气白赖地要求给押解队营房擦地板,趁机勾引红军战士,破坏押解勤务条令。她们也同样轻而易举地和看守员交上朋友,当然不是免费的。在女人奇缺的索洛维茨,她们被安顿得更好。分配给她们最好的宿舍,每天有人给她们送来穿戴和礼物,"尼姑们"和其他女反革命给她们的汗衫绣花,借以从她们手里挣一点钱。刑满之后,她们比以往任何时候更阔气地拎着装满绸缎的箱子;出发到苏联各地去开始她

---

① 索尔仁尼琴:《古拉格群岛》上册,田大畏等译,群众出版社,1982年,第579页。

们的正当生活。①

只有亲身体验过劳改营生活的人，才能写得如此具体、如此真切。从上一段的描写中，我们也可以看出，索尔仁尼琴不是带着偏见来抱怨或者一味地批判劳改营制度的，而是尊崇现实，真实地记录劳改营的生活状况，竭力展现劳改营的全貌。所以，这类描述有着独到的文献史料方面的意义和价值。譬如，"劳动人民中特别危险分子"的人数急剧增长的描述，是苏联当时社会政治的一种折射。而女贼"我们偷东西，可是不卖身！"的见解和妓女"我们卖的是自己的，不是偷来的！"的信念，不仅反映了当时社会治安方面的复杂状况以及法律惩罚的随意性，而且反映了身处下层的平民百姓的苦难和生存原则，她们即使走上了歧途，却依然有着自己独到的人格尊严。

第四部《灵魂与铁丝网》（Душа и колючая проволока）叙写的是劳改营内犯人们的扭曲的心理状态，以及劳改营外一般公民所普遍存在的恐惧心理和互不信任的人际关系。

《古拉格群岛》下卷包括第五部至第七部。在这一卷中，作者着重陈述了一些刑罚的种类，如第五部《苦役刑》（Каторга）所写的作为刑罚的苦役，而第六部《流放》（Ссылка）则是集中阐述作为刑罚的流放。该卷还书写了劳改营中囚犯的反抗和逃亡等事件，以及斯大林逝世之后苏联社会的法制情况。如第七部《斯大林死后》（Сталина нет）主要书写《伊凡·杰尼索维奇的一天》发表之后的反应，强调指出"统治者易人，群岛依然在"的基本状况，而且描述了工人游行以及遭受镇压等事件。

可见，《古拉格群岛》是一部具有史诗性质的作品。虽然这部作品中大量涉及一些负面的现实，所表现的是悲怆的历史，但是，索尔仁尼琴所要承担的是探索人类真理、呼唤世间正义这一责任。他时不时地在作品中阐述自己的理想以及对现实的观感，如在第三部第18章"古拉格的缪斯"中，索尔仁尼琴阐述了自己对作家和对文学创作等问题的看法，充分展现他作为思想家的一面。

综上所述，索尔仁尼琴是一位对历史政治发生浓厚兴趣的作家，从《伊凡·杰尼索维奇的一天》到《癌症楼》《古拉格群岛》以及《红轮》，索尔仁尼琴力求以文学的形式和批判的思维来反映社会，书写真实，反思历史，剖析过去，承担作家为人类社会探索真理、美化与净化人类社会的重任。从这一意义而言，索尔仁尼琴是传承了19世纪俄罗斯文学传统的胸怀使命，并且具有良知的优秀作家。

---

① Александр Солженицын. *Архипелаг ГУЛАГ*，Ⅲ-Ⅳ，Екатеринбург：Издательство *У-Фактория*，2006，с. 54－55.

第二十三章　20 世纪七八十年代的小说创作

自 20 世纪 70 年代起,苏联社会在经历了五六十年代的动荡不安之后,开始逐渐趋于稳定,文学创作界也一改五六十年代那种思想活跃而混乱的局面,出现了一时的相对的平稳和宁静,尽管这种宁静只不过是 80 年代末和 90 年代初暴风雨来临之前的短暂的宁静。从苏联文学的对外交流来看,这一时期是从 70 年代初的停滞逐渐向 80 年代戈尔巴乔夫执政时期对外开放转型的一个时期。所以,这一时期的文学创作,是苏联文学发展进程中一个相对成熟的时期,小说创作领域也不例外,出现了较为繁荣的景象。

第一节　20 世纪七八十年代小说创作概论

1971 年 3 月至 4 月召开的苏共第二十四大会议,明确要求在文学创作上反对"两个极端",既反对给现实"抹黑",又反对粉饰过去。苏共领导在二十四大总结报告中进一步肯定了社会主义现实主义的创作原则:"我们主张以社会主义现实主义为基础的丰富多彩的形式和风格。"①随后,1971 年 6 月至 7 月召开的第五次苏联作家代表大会所通过的作协章程,对创作原则进一步做了定义:"以党性和人民性为原则的社会主义现实主义,是苏联文学久经考验的创作方法,是在现实的革命发展中真实地、历史地、具体地描写现实的创作方法。"②但是,关于社会主义现实主义理论内涵的争议,尤其是对创作方法多样化问题的讨论,依然伴随着整个 20 世纪七八十年代。

进入 20 世纪 80 年代之后,在 1981 年苏共召开的第二十六次代表大会上,勃列日涅夫在总结报告中要求文学创作人员积极塑造当代人的鲜明形象,并且强调文学的思想性。勃列日涅夫在总结报告中指出:"缺乏思想性的表现,世界观的混乱,对个别历史事件和人物缺乏明确的阶级评价等,甚至会使很多有才华的人的作品受到损害。我们的批评家、文学杂志、创作协会,首先是他们的党组织应该善于纠正那些走错方向的人。当然,当出现污蔑我们苏联现实生活的作

---

① ②　转引自李辉凡、张捷主编:《20 世纪俄罗斯文学史》,青岛出版社,1998 年,第 293 页。

品时,就应该作积极的、原则性的表态。"①

由于文学界的争论相对趋缓,再加上苏联在政策方面放宽了对公民的限定,如索尔仁尼琴等一些"异己者"被驱逐出境,另有一些持不同政见的作家纷纷移居海外,从表面上看,持不同政见的活动相对减少,因而文学界开始处于一个相对的稳定和活跃的时期。以主流思想为主体的文学取得了显著的成就,巩固了其应有的地位。另一方面,文学界所存在的思想混乱的倾向依然没有根本改变,尤其是到了20世纪80年代末期,创作中的失望和不满的情绪有所增长,对社会主义现实主义创作原则,也出现了一些批判的声音。

20世纪七八十年代的俄罗斯小说创作,就数量而言,成就是较为显赫的。1981年的苏联作家协会第七次代表大会的总结报告中特别强调,在各种文学创作体裁中,长篇小说与中篇小说的创作成就最为突出,这份报告统计指出,在20世纪70年代,"值得一提"的中长篇小说就高达"三百余部"。

在这一时期的小说创作中,三类题材的作品成就较为突出。一是以卫国战争为题材的作品,二是反映农村和工厂生活的作品,三是反映伦理问题和道德探索的作品。

前两类题材的主要成就有:恰可夫斯基的五卷巨著《围困》(1975)、《胜利》(1978—1981),阿勃拉莫夫的四部曲《普里亚斯林一家》(包括1958年的《兄弟姐妹》、1968年的《两冬三夏》、1973年的《十字路口》、1978年的《房子》),斯塔德纽克的《战争》(1970—1980),贝可夫的《方尖碑》(1972),普罗斯库林的长篇小说《命运》(1973)和《你的名字》(1978),利帕托夫的长篇小说《伊戈尔·萨沃维奇》(1977),巴巴耶夫斯基的长篇小说《野茫茫》(1979),巴克拉诺夫的中篇小说《永远十九岁》(1979),阿纳尼耶夫的长篇小说《没有战争的年代》(1975—1982),阿列克西耶维奇的《战争中没有女性》(1985),卡尔波夫的长篇纪实小说《统帅》(1982—1984)等,同时,格罗斯曼的长篇小说《生活与命运》也在1988年回归苏联出版。

这一时期的小说创作,除了卫国战争以及战后工农业生产方面的重大问题等宏大题材,反映普通百姓日常生活并进行伦理道德探索的题材,也取得了辉煌的成就。在反映伦理问题和道德探索题材的作品创作方面,这一时期的作家经过共同努力,也有了重大的突破。别洛夫、普罗斯库林、利帕托夫、舒克申、罗佐夫、阿尔布佐夫、特里丰诺夫、艾特玛托夫、阿斯塔菲耶夫等许多著名的作家都在这一题材的创作方面,有所开拓,有所贡献。

即使是卫国战争题材的作品,小说家们也善于从伦理道德的视角进行审视。

---

① 苏联《文学报》1981年2月25日,转引自张捷主编:《苏联文学最后十五年纪事(1977—1991)》,中国社会科学出版社,2011年,第102页。

如拉斯普京的《活下去，并且要记住》(1974)，巴克拉诺夫的《永远十九岁》(1979)，邦达列夫的知识分子三部曲《岸》(1975)、《选择》(1981)、《人生舞台》(1985)等，尽管也是卫国战争题材，但是，这些作品不仅有别于其他直接描写战争的作品，而且对战争与人的命运，以及爱情、婚姻等许多社会现实问题，都进行了伦理道德范畴的反思和审视。

20世纪七八十年代的作品中，"乡村叙事派"(Деревенская проза)的成就尤为突出。"乡村叙事派"主要起源于50年代的"奥维奇金流派"，60年代有所发展，到了七八十年代达到该流派艺术的高峰。比较著名的"乡村叙事派"作家有阿勃拉莫夫、拉斯普京、阿斯塔菲耶夫等。主要作品除了拉斯普京的《告别马焦拉》、阿斯塔菲耶夫的《鱼王》、阿勃拉莫夫的《兄弟姐妹》，还有扎雷金(Сергей Павлович Залыгин)的《额尔齐斯河上》(На Иртыше)、别洛夫(Василий Иванович Белов)的《凡人琐事》(Привычное дело)、莫扎耶夫(Борис Андреевич Можаев)的《庄稼汉和娘们儿》(Мужики и бабы)、阿库洛夫(Иван Иванович Акулов)的《冷淡的卡西扬》(Касьян Остудный)、克鲁宾的(Владимир Николаевич Крупин)的《活水》(Живая вода)。

20世纪80年代后期，在苏联的政治社会生活中，开始出现了思想活跃甚至混乱的一面，后来发生了疾风骤雨般的变化。所有这一切，在文学界也都有所反映，在文学作品中也都有所体现，文学作品中出现了多种声音交织的局面。

1986年2月至3月，在苏共召开的第二十七次代表大会上，当时的苏共中央总书记戈尔巴乔夫在总结报告中提出在转折时代文学要高度真实地反映现实的问题，而且突出强调文学的社会功能："只有具有高度思想性、艺术性和人民性的文学，才能培养出正直、意志坚定、能挑起自己时代重任的人。"[①]

随后，1986年6月，第八次苏联作家代表大会在莫斯科举行。在代表大会开幕之前，苏共中央总书记戈尔巴乔夫在会见作家时，号召作家"进行大胆的、灵活的思考，理解生活深层的现象与进程。今天迫切地需要这样的艺术作品，其中能以高超的艺术揭示当前的各种冲突和实际矛盾"[②]。戈尔巴乔夫的这番讲话是在为自己的"改革"理念制造舆论，不过，也对作家的创作倾向产生了不小的影响。"这次讲话使得不少作家改变了对'改革'的观望态度，积极行动起来。……在创作方面，暴露性的作品有所增加。"[③]同年10月，戈尔巴乔夫在与作家的交

---

① 《真理报》1986年2月26日。转引自张捷主编：《苏联文学最后十五年纪事(1977—1991)》，中国社会科学出版社，2011年，第212页。

② 转引自张捷主编：《苏联文学最后十五年纪事(1977—1991)》，中国社会科学出版社，2011年，第216—217页。

③ 张捷主编：《苏联文学最后十五年纪事(1977—1991)》，中国社会科学出版社，2011年，第209页。

谈中,开始强调"新思维"以及"全人类价值"等观念,这些都对其后文学的进程产生了一定程度的影响。

在随后的几年中,直到 1991 年苏联解体为止,围绕着"改革",文学界同样出现了激烈的争论,同时,如索尔仁尼琴等一些过去被排斥的作家纷纷被恢复名誉,恢复作协会籍,索尔仁尼琴的长篇小说《古拉格群岛》等作品也得以"回归",在苏联发表。新的创作开始处于衰落状态。西方一些学者认为自 1985 年至 1990 年这一时期最大的文学成就是"延宕文学"(delayed literature)的出版。所谓"延宕文学",也就是如同《古拉格群岛》这样的以前对苏联读者禁止的文学,到了这一时期集中对苏联读者开禁。[①]

一 恰可夫斯基

恰可夫斯基在俄罗斯小说史上的主要贡献是他所创作的"全景性"战争文学。在善于描写战争题材的作家中,他享有极高的声望,取得了突出的成就。

亚历山大·波利索维奇·恰可夫斯基(Александр Борисович Чаковский,1913—1994),出身于彼得格勒(彼得堡)的一个医生家庭。中学毕业后,就积极参加社会主义建设事业,在电器厂当工人的同时,热心参与各项社会活动,并且为工厂的刊物撰稿。工作几年后,他进入高尔基文学院学习,并于 1938 年毕业。随后进入莫斯科哲学与文学学院攻读研究生,在学习期间,就在《十月》杂志社工作。1941 年,卫国战争爆发后,他奔赴前线,担任《前线真理报》等报刊的战地记者。他多次进入被围困的列宁格勒进行采访。他根据战地见闻和感受,创作了长篇小说《这事发生在列宁格勒》(Это было в Ленинграде,1945)。这部小说尽管描写的内容很多,但小说最后部分对于在列宁格勒栽树重新建设公园的描写,格外出色。尤其是小说结尾所传来的说话声,不仅使得人们看到了和平的愿景,也表达了人们对大自然复苏的期待:

> 那里将来是一带金合欢和耐冬树的活篱笆。那里将来是一片草坪,周围是玫瑰。几个水池将要汇合成一条宽阔弯曲的河流。现在正运来银柳准备栽在河岸上……[②]

恰可夫斯基就是以这样的对大自然复苏的期待来体现经过战争洗礼的人们对美好的和平生活的憧憬。恰可夫斯基自 1937 年开始发表文学作品,1941 年

---

① Deming Brown. *The Last Years of Soviet Russian Literature*,1975 - 1991,Cambridge:Cambridge University Press,1993,p. 2.

② 恰可夫斯基:《这事发生在列宁格勒》,傅昌文译,时代出版社,1955 年,第 601 页。

加入苏联作家协会。卫国战争结束后,他创作的长篇小说《我们这里已是早晨》(*У нас уже утро*,1949)是当时反映战后生活的优秀作品之一,为他赢得了广泛的声誉。恰可夫斯基的文学创作曾经获得过斯大林文学奖(1950)、列宁文学奖(1978)、苏联国家文学奖(1983),并且荣获"苏联社会主义劳动英雄"称号(1973)。

恰可夫斯基的代表性长篇小说包括《围困》(*Блокада*,1969—1975)和《胜利》(*Победа*,1979)。

《围困》共分五卷,主要围绕列宁格勒被围困以及突破围困这一线索展开情节,如同编年史一般,这部史诗性作品从 1941 年 6 月卫国战争爆发前四天开始写起,一直写到 1943 年 1 月列宁格勒方面军在朱可夫和伏洛希洛夫亲临督察下联合作战,冲破围困为止。但是,该作品又不是孤立地描写列宁格勒保卫战,而是将此作为整个卫国战争以及第二次世界大战的一个环节,从宏观的层面来看待这一战役,所以,《围困》是一幅气势磅礴的卫国战争的全景图。

二 斯塔德纽克

伊万·斯塔德纽克(Иван Фотиевич Стаднюк,1920—1994),出身于乌克兰文尼钦州卡尔迪希弗克村的一个农民家庭。1939 年进入乌克兰新闻学院,但同一年应征入伍。卫国战争期间,担任前线报刊的编辑和撰稿工作。1957 年毕业于莫斯科印刷学院编辑系。1965 年至 1972 年间,担任苏联重要期刊《星火》杂志的主编。他的主要文学成就是史诗性长篇小说《战争》(*Война*)。

斯塔德纽克的《战争》是宏观描写战争的具有纪实特性的作品,获得 1983 年度的苏联国家奖。该小说共分三部,第一部写于 1967 年至 1969 年,第二部写于1970 年至 1973 年,第三部写于 1980 年。小说第一部书写战争初期的情景,在卫国战争的初期,一个机械化部队在西部边境遭遇到敌军的突然袭击而溃散,不久,他们冲出重围,随即被重新编成混合作战兵团,在斯摩棱斯克会战中再次投入艰险的战斗,为粉碎希特勒的闪电战奠定了基础。第二部书写战局的扭转,以斯大林为首的最高统帅部,在战争中掌握了主动权,部队官兵情绪稳定,整个战争也从战略防御逐渐转变为战争进攻。

作者后来所创作的长篇小说《莫斯科—1941》(*Москва, 41-й*, 1985)和《剑悬莫斯科》(*Меч над Москвой*, 1990)也被视为是《战争》的续集。

斯塔德纽克的长篇小说《莫斯科—1941》主要描写 1941 年 7 月所发生的事件。当时法西斯军队企图占领斯摩棱斯克的北部地区,而后布以重兵以便"最终出现在西部战场的整个军队的后方,之后,再彻底打通通往莫斯科的通道"①。正是苏联士兵宁死不屈的战斗精神,以及苏联指挥官的灵活的战略战术,沉重打击了侵略者的嚣张气焰,粉碎了敌人进攻莫斯科的企图。

三　卡尔波夫

弗拉基米尔·瓦西里耶维奇·卡尔波夫(Владимир Васильевич Карпов,1922—2010)出生在奥伦堡,青少年时代主要在塔什干生活。他是一个颇具传奇色彩的人物。他于 1939 年进入塔什干列宁军事学校学习,但是,在校期间,他曾经因为"反苏宣传"而被捕,判处五年徒刑,并在劳改营服刑。他后来积极参加苏联卫国战争,勇敢作战,并多次负伤。他因在卫国战争中战功卓著而于 1944 年被苏联最高苏维埃授予"苏联英雄"称号。战后,他又刻苦学习,于 1947 年毕业于伏龙芝军事学院,又于 1954 年毕业于高尔基文学院(夜校部)。他不仅担任过军事要职,也担任政府要职,1991 年苏联解体前,他是苏共中央委员,还是重要的文学组织者,担任过苏联时期重要文学期刊《十月》杂志副主编(1973—1981)、《新世界》杂志主编(1981—1986),并且于 1986 年起直到 1991 年担任苏联作家协会第一书记。

弗拉基米尔·卡尔波夫在部队服役长达二十五年,所以,他的作品题材大多是军事题材,就小说形式而言,他的作品主要是中短篇小说以及长篇传记小说,包括《中尉的照片》(*Портрет лейтенанта*,1972)、《统帅》(*Полководец*,1982—1984)、《朱可夫元帅》(*Маршал Жуков*,1989)等作品,以及苏联解体后出版的两卷集《大元帅》(*Генералиссимус*,2002)等作品。

不同于斯塔德纽克战争小说的宏大叙事,卡尔波夫的战争书写常常是紧扣人物形象的。如在卡尔波夫的长篇纪实小说《统帅》中,他着重书写的是参战者的个性发展,作者本人也在作品中述说自己的创作主张:"我不是写一部保卫敖德萨、塞瓦斯托波尔、高加索的长篇英雄史诗,我的任务仅仅是再现彼得罗夫将军亲自参加的,并足以表现其个性的那些大规模战役中的一些情节。"②《统帅》共分为三部,第一部题为《在保卫敖德萨的战斗中》,主要描写了彼得罗夫从 1941 年 7 月到 1941 年 10 月的战斗情景;第二部题为《高加索之战》,主要记述了彼得罗夫将军在高加索地区指挥战斗的经历;第三部题为《最后的交战》,从 1944 年 2 月彼得罗夫将军在莫斯科的战斗生活开始,一直写到柏林战役、布拉格战役,以及其后的凯旋。由此可见,卡尔波夫通过彼得罗夫个人指挥战斗的经

---

① 伊万·斯塔德纽克:《莫斯科—1941》,王建勋等译,花山文艺出版社,1994 年,第 2 页。

② В.卡尔波夫:《统帅》,何金铠、刘善继译,解放军文艺出版社,1988 年,第 7 页。

历,所反映的是整个卫国战争的进程,如在第三部描写 1945 年来临时,卡尔波夫写道:

> 一九四五年来临了,人人相信,这是战争的最后一年。最高统帅向全体人民宣布了赋予我军的一九四五年的任务:
>
> "……同我们盟国的军队一起,粉碎法西斯德军,将法西斯野兽消灭在它自己的巢穴中,把胜利的旗帜插上柏林城头。"
>
> 彼得罗夫大将怀着喜悦、激动的心情,等待着战争的胜利结束。他已经清楚看到,现在正进行着最后的几个战役。乌克兰第三方面军和南斯拉夫人民解放军一起进入南斯拉夫首都贝尔格莱德。布加勒斯特已经解放,罗马尼亚已向法西斯德国宣战。到十二月底,乌克兰第二和第三方面军完成了对布达佩斯德军集团的合围。乌克兰第一方面军和白俄罗斯第一方面军已经向柏林挺进。①

如果说卡尔波夫的长篇小说善于描写宏大的战争场面,以及战争的整体进程,那么他的中篇小说,如《中尉的照片》等,所描写的则是具体的时间,他尤其善于将军事题材与道德探索密切结合起来,表现了在特定的战争年代在服从国家利益的前提下,个人的伦理冲突与艰难抉择,而他所著的长篇传记小说主要对包括斯大林在内的苏联将领进行书写和歌颂。

四　普罗斯库林

彼得·普罗斯库林(Пётр Лукич Проскурин,1928—2001),出身于苏联布良斯克州一个农民家庭,并且主要是在农村锻炼和成长的。作为著名的小说家,他曾经荣获苏联国家文学奖(1979 年),并且获得"社会主义劳动英雄"称号(1988 年)。1950 年之前,普罗斯库林主要在集体农庄劳动,1950 年至 1953 年,他在远东地区的苏联部队服役。退役之后,他留在远东地区从事多年的伐木以及木材运输等工作。20 世纪 60 年代初期,普罗斯库林曾在高尔基文学院学习,并于 1964 年毕业。晚年,他主要生活在莫斯科。

普罗斯库林自 1958 年开始从事文学创作。主要作品有长篇小说《苦草》(Горькие травы,1964)、《结局》(Исход,1966)和长篇小说三部曲《命运》(Судьба,1973)、《你的名字》(Имя твоё,1978)、《弃绝》(Отречение,1987—1990),以及长篇小说《黑鸟》(Чёрные птицы,1983)等。

普罗斯库林长篇小说三部曲以作品中的中心主人公扎哈尔·杰留金一家生

---

① 　B.卡尔波夫:《统帅》,何金铠、刘善继译,解放军文艺出版社,1988 年,第 388 页。

活的变迁作为主要情节线索,反映了苏联自 20 世纪 30 年代至 80 年代的社会变化。

长篇小说三部曲的第一部《命运》所书写的是苏联社会主义建设时期以及 1941 年至 1945 年卫国战争时期的历史进程和历史事件,并且在此语境中展现主要人物的命运。出身贫苦的扎哈尔·杰留金积极投身于农业集体化运动,敢于作为,并且乐善好施,收养了因为饥饿而被抛弃的婴孩。他经过不懈的努力,当上了集体农庄主席,但是,由于生活不太检点,遭到撤职。他汲取教训,在普通的岗位上努力工作。1941 年卫国战争爆发后,他应征入伍,全家积极投入反抗法西斯的战争,经历了许许多多的磨难。而长篇小说《你的名字》所书写的是战后的日常生活。战后,扎哈尔·杰留金由于受到诬告而判刑,在西伯利亚的大森林里伐木,进行劳动改造。他积极改造,受到嘉奖,劳改释放后回到家乡,与妻子团圆,使得自己的家庭逐渐兴旺起来。他的女儿阿莲卡成了出色的医生,他的养子叶果尔当上了集体农庄的生产队长,他的一个儿子尼古拉成为航天科学家……在尼古拉进行宇航探索的时候,扎哈尔·杰留金甚至受到政府的邀请,前往莫斯科,等待尼古拉顺利返航,然而,"命运"如此不公,他们所等到的却是尼古拉的遇难。

长篇小说三部曲的第三部《弃绝》主要反映的是当代生活,书写杰留金和勃留汉诺夫的后代——新的一代人在面临社会问题时的新的抉择。这一部的故事情节尤为曲折,涉及苏联七八十年代的许多现实问题,其中最为主要的,是生态平衡问题。正是在生态问题上,政府以及重要研究机构产生了一系列的隔阂,发生了一系列的矛盾和曲折的斗争。尤其是扎哈尔·杰留金老人在护林所为保护自然而尽自己应有的力量,奥布霍夫院士更是不顾个人安危,为保护地下水源,为维护生态平衡而顽强斗争,尽管他为此付出了沉重的代价。作家普罗斯库林还借助奥布霍夫院士为保护生态平衡而遭遇的打击,对 20 世纪 80 年代的苏联社会现实以及官僚主义作风进行了严厉的批判。

五 特里丰诺夫

特里丰诺夫(Юрий Валентинович Трифонов,1925—1981)是 20 世纪六七十年代苏联文坛的一名干将。早在中学时代,特里丰诺夫就对文学产生了浓厚的兴趣,担任班报的编辑。1942—1945 年,他在一家飞机制造厂当钳工,并兼任厂报的编辑。1944—1949 年,他进入高尔基文学院学习,在学习期间,撰写的短篇小说在《莫斯科共青团报》《青年近卫军》等报纸杂志上发表。

1950 年,他撰写的中篇小说《大学生》(Студенты)发表在当时苏联文坛重要的文学期刊《新世界》杂志上,并于第二年获得斯大林文学奖,使得这位只有二十多岁的青年作家一举成名。

特里丰诺夫的主要小说创作成就出现在 20 世纪六七十年代,包括长篇小说《解渴》(*Утоление жажды*,1963)、短篇小说集《篝火与雨水》(*Костры и дождь*,1964)、中篇小说《篝火的反光》(*Отблеск костра. Документальный очерк*,1966)、中短篇小说集《长久的离别》(*Долгое прощание*,1971)、中篇小说《另一种生活》(*Другая жизнь*,1979)、长篇小说《滨河街公寓》(*Доме на набережной*,1976)和《老人》(*Старик*,1979)等。

《篝火的反光》是一部历史题材的作品,主要反映的是他父亲所经历的坎坷人生。

中篇小说《另一种生活》构思独特,书写一位失去丈夫的女主人公在梦境中表达对亡夫的思念以及追寻生命的意义。

长篇小说《滨河街公寓》所描写的是 20 世纪 30 年代普通百姓的日常生活和伦理道德理念。

而他最具代表性的长篇小说《老人》以独特的叙事时空以及相应的结构特征而受到好评。历史与现实相交织的时空,主要是通过作品的中心人物——革命老人列图诺夫的回忆和思考而串联起来的。作品通过个人的命运再现了苏维埃政权建立前半个世纪的历史文化,以及这一历史文化在现代社会的传承。

六 莫扎耶夫

莫扎耶夫(Борис Андреевич Можаев,1923—1996),出身于梁赞省皮捷利诺村的一个农民家庭。1940 年中学毕业后,进入高尔基水运工程师学院船舶制造系学习。随后,在 1941 年参军。在部队期间,进入海军高等工程技术军官学校学习,于 1948 年毕业。1954 年从部队退役后,他曾在《建筑报》(*Строительной газеты*)和《消息报》(*Известиях*)担任新闻记者,走上了从文的道路。他从 1949 年开始发表作品,1955 年出版第一部作品集——诗集《海上朝阳》(*Зори над океаном*)。在 20 世纪 60 年代,他开始发表一系列农村题材的作品,其中包括《大地等待》(*Земля ждёт*,1961)、《大地上的实验》(*Эксперименты на земле*,1964)等小说。

莫扎耶夫最负盛名的作品是他的长篇小说《庄稼汉和娘们儿》(*Мужики и бабы*,1976)。1989 年,莫扎耶夫因这部长篇小说获得苏联国家文学奖。

他的其他重要作品还有中篇小说《活的》(*Живой*,1968)、《没有尽头的日子》(*День без конца и без края*,1972)、《一个半平方米》(*Полтора квадратных метра*,1982),以及长篇小说《被抛弃的人》(第一卷)(*Изгой*,1-я книга,1993)。

长篇小说《庄稼汉和娘们儿》是对 20 世纪 30 年代苏联农业集体化运动进行深沉反思的作品。作品中的主要人物梁赞州季哈诺夫区的执委会主席沃兹维舍夫,为了完成征购余粮的任务,率领工作队下乡,强行征购余粮,全然不顾老百姓的意愿,对拒交余粮以及不愿加入集体农庄者进行打击和惩罚。结果,引发了农民暴动以及农民与警察之间的暴力冲突。在这场冲突中,有多人伤亡,也有多人遭到逮捕。但沃兹维舍夫由于过于冒进,受到了审判,以他为首的十二人被送上了被告席。违反农民意愿通过强制手段建立的集体农庄也随之解散。

这部作品通过区执委会主席沃兹维舍夫与农民们之间的矛盾冲突,对一个特定的时代以及农业政策进行了深刻的反思。

七　贝可夫

瓦西里·弗拉基米尔罗维奇·贝可夫(Василь Владимирович Быков,1924—2003),出身于白俄罗斯维捷布斯克州的一个农民家庭,参加过卫国战争,1984 年获"社会主义劳动英雄"称号,1974 年获苏联国家文学奖,1986 年获列宁文学奖。

贝可夫于 20 世纪 50 年代末 60 年代初登上文坛,他的中篇小说《第三颗信号弹》(Третья ракета,1961)是"战壕真实派"的代表作品之一。

贝可夫最著名的作品是中篇小说《方尖碑》(Обелиск,1972)。这部中篇小说主要书写了一个名叫莫洛兹的乡村教师与敌斗争的故事。作品以原区教育局局长特卡丘克追忆的方式,讲述三十年前莫洛兹的事迹。莫洛兹是一名普通的教师,他极为关心自己的学生,就像对待自己的孩子一样。他决心将孩子们培养成真正的人。在卫国战争期间,白俄罗斯的领土被德国法西斯占领。尽管处于德寇的统治之下,可莫洛兹通过言传身教,依然培养了学生们强烈的爱国主义意识。有一次,在针对敌人的复仇过程中,有五个孩子因为缺乏经验而被捕,莫洛兹则侥幸逃到了游击队中。抓到孩子的敌寇声称,如果莫洛兹投案,就放掉这些孩子,如果苏维埃不交出莫洛兹,就将孩子们全都绞死。在明知这是敌人圈套的情况下,莫洛兹全然不顾游击队领导的劝阻,前往敌方,自投罗网,结果与孩子们一同殉难。卫国战争胜利后,孩子们的事迹被人传颂,并且树了方尖碑进行纪念,但是,方尖碑上却没有前去向敌人投案的莫洛兹。直到三十多年后,经过幸存者的多方努力,莫洛兹才得以享受了烈士的名誉。于是,在五个孩子的方尖碑的上方,又用白色油彩填上了一个新的名字:莫洛兹。

这部作品在塑造英雄形象方面是较为成功的,所歌颂的就是并没有直接杀敌,而且自愿当了俘虏,因而在很长的时间内没有被人们所认可的英雄。莫洛兹不顾个人的安危和同胞的误解,坚持在敌占区办学校,因为他有着强烈的信念,要让孩子们接受应有的教育。他认为:"学校是必须办的。我们不去进行教育,他们就会去加以愚弄。两年来我把这些孩子教育成人,不是为了让人们现在再把他们变成牲口。"①正是他所培养的这些学生,后来敢于对敌斗争。而莫洛兹最后"自投罗网",虽然没有打死一个鬼子,但是,"他的贡献比打死一百个德国鬼子还要大"②。在作者看来,这类英雄是同样值得纪念和歌颂的。

八　别洛夫

瓦西里·伊万诺维奇·别洛夫(Василий Иванович Белов,1932—2012),出身于北部边疆区季玛尼赫村(现沃洛格达州哈罗夫区季玛尼赫村)的一个农民家庭。因中篇小说《凡人琐事》(Привычное дело,1966)而享誉文坛,成为"乡村叙事派"最杰出的作家之一。

他的其他重要作品还有多部长篇小说,包括《沃洛格达小港湾》(Бухтины вологодские,1969)、《前夜》(Кануны,1972—1987)、《一切都在前面》(Всё впереди,1986)、《伟大的转折年代》(Год великого перелома,1989—1991)等。

中篇小说《凡人琐事》通过对琐碎的日常生活的书写,表现了人类生存与人的命运等宏大主题。

集体农庄中的普通农民伊万,在卫国战争中受过伤,回到偏僻的家乡之后,他经过一番坎坷,娶了勤劳善良的同村姑娘卡捷琳娜为妻。他们婚后生了九个子女。为了养活一家人,夫妇两人起早摸黑,辛勤劳动。伊万以外出打工、赶马车等多种形式维持生计,还通过砍柴、捕鱼等方式补贴家用,而且养了奶牛,以便挤出奶水给孩子们提供营养。妻子卡捷琳娜由于过度操劳,几次晕倒在地,后来,终于有一天,由于通宵劳作,瘫倒在地,离开了人世。做丈夫的悲痛欲绝,但是,为了孩子们,只能艰苦地生存下去。

别洛夫在作品中涉及很多现实的农民问题,他借此思考战争、集体化、都市化,以及变化无常、随心所欲的政策给农民生活带来的困难,思考农村如何变革,通过普通农民家庭的日常琐事来折射人类生活的艰辛和生命的本质特性。在别洛夫看来,正是琐碎的日常生活,才是生活的全部真实。普通农民伊万更是以朴素的话语道出了生活的真谛:"这事儿很平常。生活嘛,到处都在生活。披着羽毛的在生活,穿着衬衫的在生活。这不,女人们都点着了炉子,正围着炉灶忙活着,这也是生活。一切都是美好的,一切都合乎常理,人投身在世间是合乎常理的,儿女成群也是合乎常理的,生活嘛,就是生活。"③

---

① 贝可夫:《方尖碑》,王燎等译,《世界文学》1978年第4期,第193页。

② 贝可夫:《方尖碑》,王燎等译,《世界文学》1978年第4期,第229页。

③ 别洛夫:《凡人琐事》,转引自刘佳林:《和谐:从存在到解体——试论别洛夫〈凡人琐事〉》,《扬州师院学报》1992年第4期,第46页。

九 比托夫

安德烈·比托夫（Андрей Георгиевич Битов，1937—2018）被誉为俄罗斯后现代主义文学的奠基人。他出生于列宁格勒。父亲是建筑师，母亲是律师。他毕业于位于芳坦卡河畔的第 213 中学。1957 年考入列宁格勒矿业学院，1962 年毕业于该校地质勘测系。

比托夫自 1956 年开始文学创作。他时常称自己是一个非专业作家。自 1960 年至 1978 年近二十年的时间里，他出版了近十部作品。1965 年，他加入了苏联作家协会。1978 年，他在美国出版的长篇小说《普希金之家》（Пушкинский дом），赢得了广泛的声誉。

《普希金之家》创作于 1964 年至 1971 年间，1978 年在美国出版后，也在苏联被禁，直到 1987 年获准在苏联面世。这部长篇小说被誉为俄罗斯后现代小说的开山之作。它先后获得过德国阿·托普福尔基金会的普希金奖（1989）、法国年度外国书籍奖（1990），还获得了圣彼得堡安德烈·别雷奖（1990）等多种文学奖项。

长篇小说《普希金之家》塑造了奥多耶夫采夫一家祖孙三代知识分子的形象，"描述了三代知识分子在不同的历史时期的不同的命运和生存状态"[1]。在这部长篇小说中，作者所着重描述的是 20 世纪 60 年代知识分子的典型代表——语言学家廖瓦·奥多耶夫采夫的形象，书写他生命中的重要的一段经历，从他从中学毕业开始，直到进入俄罗斯文学研究所也就是"普希金之家"的这段工作经历。

比托夫这部长篇小说的一个显著特点是作品的整体结构极为独特，全书由"序幕"开始，以"注释"结束，主体内容共分三部分，包括序幕和三个部分的篇名，都是以一部俄国文学名著的名称来命名的：序幕为《怎么办？》（Что делать？），第一部分为《父与子》（Отцы и дети），第二部分为《当代英雄》（Герой нашего времени），第三部分为《穷骑士》（Бедный всадник）。而且每一部分中也有不少章节直接取自俄国经典作品名称，尤其是普希金和莱蒙托夫作品的名称，如第一部分中有《暴风雪》，第二部分中有《宿命论者》，第三部分中有《射击》，等等。在第一部分《父与子》中，作者主要描述廖瓦·奥多耶夫采夫与祖父以及父亲等家庭成员之间的关系，以"父与子"的关系来折射时代的变迁。廖瓦的祖父在斯大林执政时期因学术问题而受到迫害，被流放到穷乡僻壤。但是他祖父与他父亲之间的关系并不融洽，为了能够在学术界获得他所向往的地位，不惜与自己的父亲断绝关系，对其父亲的学术观点进行激烈的批判。当老奥多耶夫采夫从流放地归来的时候，他不愿见到自己的儿子，却想能够与孙子见上一面。于是，廖瓦·

---

[1] 赵丹：《多重的写作与解读》，黑龙江人民出版社，2005 年，第 19 页。

奥多耶夫采夫怀着异常激动的心情,前去看望自己的祖父。而且,为了讨好自己的祖父,廖瓦在祖父的跟前说起了自己父亲的坏话。这是一种极为不端的行为。像他父亲当年背叛他爷爷那样,这一行为同样触犯大忌,意味着他背叛了自己的父亲。他的祖父当然容不得家族中的这一背叛行为,于是,他将孙子轰了出去。小说的第二部分《当代英雄》聚焦于"当代",紧贴"当代"的生活,所描写的是廖瓦·奥多耶夫采夫与非家庭成员之间的人际关系,尤其是描写他与法伊娜、阿尔宾娜以及柳芭莎等三名女性之间的暧昧关系,以其映照"当代"的伦理道德和社会现实。在第三部分《穷骑士》中,所叙述的一些内容与"普希金之家"这一场景更为有关。其中包括十月革命节期间廖瓦·奥多耶夫采夫被安排在"普希金之家"值班。他尽管很不情愿,但是由于学位论文答辩在即,他不得不服从。在值班之夜,米季沙季耶夫和弗兰克先后来到"普希金之家",于是,值班以纵情狂饮开始,以普希金的捍卫者廖瓦·奥多耶夫采夫与亵渎普希金的米季沙季耶夫之间的决斗而告终。

作品在结构上还有一个有趣的特征,就是在小说的末尾使用了"注释"(Комментариями),来对正文中出现的各种人物和一些历史事件进行了进一步的解释,并且对该小说的创作过程等方面进行说明。类似于学术著作的"注释",实际上是作品内容的有效组成部分。

十　韦涅季克特·叶罗费耶夫

韦涅季克特·瓦西里耶维奇·叶罗费耶夫(Венедикт Васильевич Ерофеев, 1938—1990)出身于苏联卡累利阿的一个普通的铁路工人家庭,因为家庭兄弟姐妹多,再加上父亲曾经被捕入狱,他少年时代的生活异常艰难。1955 年,他以优异成绩从中学毕业后,到了莫斯科,进入莫斯科大学语文系学习,但是未能完成学业。

叶罗费耶夫的主要文学成就是他所创作的著名作品《从莫斯科到佩图什基》(Москва - Петушки)。这部作品也被誉为俄罗斯后现代主义小说的开山之作,写于苏联时期的 1969—1970 年。一开始,这部小说以地下出版物的形式流传,后于 1973 年在以色列的一家杂志上发表,随后又于 1977 年在法国出版,直到 1989 年,这部作品才作为"回归文学",正式在苏联出版。

作品的主人公是一个酗酒的知识分子韦涅奇卡,他从莫斯科乘坐电气火车前往一百多公里之外的佩图什基,去看望自己的恋人和三岁的儿子。作品叙写的依然是在火车上的酗酒以及各种感悟。然而,作为目的地的佩图什基,从叙述者的口中可以看出,似乎完全是一个不可能到达的乌托邦。"在佩图什基,鸟儿从未停止歌唱,不管白天还是黑夜,在佩图什基,茉莉花从未停止开放,不管春秋还是冬夏。也许世上真有原罪这么回事,但是在佩图什基,没有人会觉得有心理负担,在那儿,即使那些没把自己一天到晚泡在酒坛里的人,他们也有一双清澈见底的眼睛。"①正是因为总是处于醉酒的状态,所以即使在偶尔清醒的时候,他也时常出现种种奇特的幻觉。

十一　波波夫

叶甫盖尼·阿那托里耶维奇·波波夫(Евгений Анатольевич Попов,1946—　),出生于西伯利亚克拉斯诺雅尔斯克。他在克拉斯诺雅尔斯克接受中学教育之后,曾两度报考高尔基文学院,但是均未成功。1968 年,他毕业于莫斯科地质学院,毕业后,曾在西伯利亚从事地质方面的工作多年。自 1978 年起,迁居莫斯科生活。波波夫自 20 世纪 60 年代开始创作,1976 年,他在《新世界》杂志第 4 期发表的短篇小说选,引起文坛关注。1978 年,他加入苏联作家协会,但是数月之后的 1979 年,他因参与编辑文学丛刊《大都会》,与维克多·叶罗菲耶夫等作家一起,被开除出作家协会,直到 1988 年才重新加入苏联作协。80 年代之后,他成为"新自然主义"的主要代表作家。

波波夫的主要作品有短篇小说集《等待真挚的爱情》(*Жду любви не вероломной*)、《前往科隆的飞机》(*Самолет на Кельн*),中篇小说《爱国者的灵魂,或致菲尔·费奇金的各种信件》(*Душа патриота, или Различные послания к Ферфичкину*)、《光明之店,或诸神的黄昏》(*Магазин Свет, или Сумерки богов*)、长篇小说《前一天》(*Накануне накануне*)等等。

中篇小说《爱国者的灵魂,或致菲尔·费奇金的各种信件》由两个部分组成,即过去和现在。作品的主人公与作者同名,也叫波波夫,而菲尔·费奇金则是陀思妥耶夫斯基作品《地下室手记》中的一个人物。第一部分是对过去的回忆。主人公不仅在作品中回忆自己的童年,同时回忆自己的父辈等亲人。作品第二部分的主要事件是苏共总书记勃列日涅夫的葬礼,小说的主人公从外地乘车到莫斯科,碰巧遇上了勃列日涅夫的葬礼,他在工会圆柱大厅外耐心地排队,等候与遗体告别,但是被有礼貌地拒绝。他充分感受这一天的历史性气氛,写道:"……我作为一个无足轻重的人物,从来没有像现在这个悲伤的值得纪念的日子里一样,在地理空间的层面上如此接近世界历史事件的中心。"②在这部作品中,作者主要表现个人与历史的关系,期待个人的逝世将会引发的历史的转折。

---

① 叶罗菲耶夫:《从莫斯科到佩图什基》,张冰译,漓江出版社,2014 年,第 46 页。

② Евгений Попов. "Душа патриота, или Различные послания к Ферфичкину", 1-я публикация — *Волга*. 1989. № 2.

第二节 艾特玛托夫

钦吉斯·托瑞库洛维奇·艾特玛托夫(Чингиз Торекулович Айтматов,
1928—2008),苏联吉尔吉斯斯坦籍作家,在三十多年的创作生涯中,共创作了
各类小说二十多部,多次荣获各种奖项。他的小说集《草原和群山的故事》
(*Повести степей и гор*)于 1963 年获列宁文学奖金;中篇小说《永别了,古里萨
雷!》(*Прощай,Гульсары!*)获 1968 年苏联国家文学奖;1977 年,他因电影剧本
《白轮船》(*Белый пароход*)再次获得苏联国家文学奖;1983 年,他凭长篇小说《一
日长于百年》(*И дольше века длится день*),第三次获得苏联国家文学奖。1978
年,他因创作成就,获得苏联"社会主义劳动英雄"称号。

艾特玛托夫出身于苏联吉尔吉斯州塔拉斯山区的一个牧民家庭。他的父亲
受过很好的教育,并且担任过重要的领导职务。艾特玛托夫在童年时代,虽与父
母住在城里,但经常被祖父祖母接到乡下生活,因此,从小受到吉尔吉斯和俄罗
斯两种文化的熏陶,养成了朴实善良而又豪情奔放的气质。艾特玛托夫的少年
时代是不幸的。1937 年,艾特玛托夫任州委书记的父亲,在苏联的政治运动中
受到清洗,被捕入狱,1938 年,他父亲被处决,这给少年艾特玛托夫的心灵造
成了难以平复的创伤。在父亲蒙冤而死之后,他的孤苦的母亲领着四个孩子,无
奈地回到乡下老家生活,不久,身患重病,全靠亲戚和乡亲们的帮助,一家人才得
以生存。艾特玛托夫饱尝了少年时代的苦难。

艾特玛托夫曾经就读于畜牧技工学校,卫国战争期间,当所有的青壮年男性
都上了前线的时候,年仅十四岁的艾特玛托夫中断学业,担任了村秘书以及区收
税员等工作。卫国战争结束后,他曾就职于一家畜牧养殖场,但酷爱文学,博览
群书。1948 年,他进入吉尔吉斯农学院学习,并于 1953 年毕业。毕业后,他从
事了三年的兽医工作。

1952 年 4 月,艾特玛托夫在《吉尔吉斯共青团报》上发表了第一篇短篇小
说,从此开始走上了文学创作的道路。1956 年,他到了莫斯科,进入高尔基文学
院学习,并于 1958 年毕业。

经过数十年的文学创作活动,并且取得辉煌的文学创作成就之后,艾特玛托
夫步入政坛,他曾经担任戈尔巴乔夫总统委员会成员。自 1990 年起,他开始担
任苏联驻外大使,苏联解体后,又担任俄罗斯驻外大使。自 1994 年至 2006 年,
又先后出任吉尔吉斯斯坦驻比利时、卢森堡、荷兰等国大使。2008 年,在德国纽
伦堡逝世。

艾特玛托夫的成名作是 1958 年发表的中篇小说《查密莉雅》(*Джамиля*)。
这部作品所描写的是一个普通的农村年轻妇女查密莉雅冲破封建宗法意识,勇

敢追求人格独立和爱情自由的故事。故事描写苏联卫国战争时期,吉尔吉斯的一个乡村姑娘查密莉雅年轻貌美,心灵手巧,她在后方帮助婆婆一起打理家庭事务。但是,在前线打仗的丈夫却对她毫不在意,每每给家里寄来信件的时候,也从不提及一声对查密莉雅的问候。查密莉雅在缺乏爱的滋养的情况下,与村里的身体伤残但是有着丰富的内心世界生活的复员军人丹尼亚尔发生恋情,并最终与他私奔。当全村人打着火把,去追逐这对情侣的时候,丹尼亚尔的弟弟却将村民们引向了相反的方向,拯救了他的嫂子和丹尼亚尔。这部作品洋溢着浓郁的抒情格调,是对真挚爱情的讴歌。

艾特玛托夫的中篇小说《永别了,古里萨雷!》(Прощай, Гульсары!)所叙写的是吉尔吉斯农民塔纳巴伊的坎坷的命运,以及他的浅黄色骏马古里萨雷的故事。塔纳巴伊是一个普通的劳动者,但是他没有沉浸在战争胜利之后的欢乐中,而是脚踏实地地劳动,为创造新生活而付出了艰辛的努力。他服从组织上的分配,到山里牧马,驯养了一匹骏马——古里萨雷。牧马的工作尽管非常艰难,但他坚忍不拔,克服重重困难。后来他又被安排去牧羊,同样积极苦干。然而,羊圈条件十分恶劣,饲料匮乏,他带领大家拼命干活,也难以改善。他与区里的领导发生冲突,成了区委内部斗争的牺牲品,他蒙受冤枉,被开除党籍,身陷逆境,仍不忘牧场,一如既往地忘我劳动。

古里萨雷是与塔纳巴伊有着同样命运的被人格化的一匹骏马。古里萨雷由原先驰骋原野的矫健剽悍的骏马,到后来被迫离开主人的马群,并被钉上脚镣,遭受毒打,变成骑马,最后因衰老,腿变僵硬,只落得套上快散架的颈轭,拖着四轮大车,死在古道上的结局。

在小说结尾,主人流着眼泪,最后一次弯下腰去,合上了古里萨雷的冰冷的眼皮。"这不仅写出了塔纳巴伊向同命相连的老伙计古利萨雷告别,还寓意着塔纳巴伊在向古利萨雷般的屈从、苦难的生活告别,这苦难既有物质生活的苦难,也有横遭冤屈的精神苦难。小说以急急飞翔追赶前面雁群的孤雁,象征不懈追求美好未来的塔纳巴伊。"[1]

《一日长于百年》(И дольше века длится день)是艾特玛托夫的第一部长篇小说,于1980年在《新世界》杂志上发表。后来又以《布兰内会让站》为名,以书的形式出版。《一日长于百年》这一书名,源自帕斯捷尔纳克于1959年所写的一首抒情诗《唯一的日子》。帕斯捷尔纳克在该诗的最后一节写道:

> 睡眼惺忪的时针
> 懒得在表盘上旋动,

---

①　韩捷进:《艾特玛托夫》,四川人民出版社,2001年,第86页。

一日长于百年，

拥抱无止无终。①

　　艾特玛托夫这部小说的结构显得十分独特，在时间的纵坐标上，由现实中一天内所发生的事件向历史与未来两极延伸，回顾远古和现代历史上的传说和重要事件，并且瞻望遥远的未来可能出现的生活状态。在空间的横坐标上，由布兰内会让站的狭小世界，扩大到当时两个超级大国——苏联与美国，叙述了苏美两国对全球军事活动的掌控，从而将繁杂、重要的历史事件浓缩在布兰内会让站的一日时间之内，突出"一日长于百年"的内涵。

　　艾特玛托夫也是一位关注人与自然关系，具有生态意识的作家。他的电影小说《白轮船》(*Белый пароход*)和《断头台》(*Плаха*)就是反映人与自然关系问题的作品。

　　《白轮船》中的主人公是一个七岁的小男孩，他和自己的爷爷奶奶一起住在吉尔吉斯偏僻山区的一个护林所里。小男孩的妈妈离婚后将他抛给了爷爷奶奶，自个儿去了城里，从此再也没有回来。小男孩从不知道父母的模样。他没有别的伙伴，而林中的一切自然意象，一山一水，一草一石，都成了他游戏的伴侣，他给他们取了可爱的名字，充分受到大自然的陶冶。他听说自己的父亲是一个船员，所以，他从爷爷那里得到了一个奖品——望远镜之后，总是希望用这副望远镜看到远处湖面上偶尔路过的白轮船，他相信自己的父亲会从那儿经过。他喜欢听外公给他讲述救了人类孩子的长角鹿妈妈的故事，并希望长角鹿妈妈能够为姨夫送来神奇的小花篮，让姨妈生出一个可爱的小宝宝。当护林所所长阿洛斯吉尔残杀了长角鹿妈妈的时候，小男孩无法忍受这一事实，他跳进了冰冷的河水，去寻找心中的幸福。

　　在《白轮船》中，作者将人性的善与恶充分体现在对大自然的态度和行为中，将对待动物的态度与人类的伦理道德准则紧密地连接起来，有学者认为："《白轮船》是艾特玛托夫最为典型的自然哲理小说。……在表现人与自然关系方面，体现了深刻的伦理道德意义。"②

　　《断头台》是艾特玛托夫继《一日长于百年》之后的又一部重要的长篇小说。这部作品于1986年首次发表于《新世界》杂志。这部长篇小说书写了精神世界的阿夫季·卡利斯特拉托夫和现实世界的鲍斯顿两个人的命运，而他们两人的命运又与母狼阿克巴拉的形象紧密联系在一起。这部长篇小说共由三个部分所

　　①　帕斯捷尔纳克：《第二次诞生——帕斯捷尔纳克诗选》，吴笛译，上海人民出版社，2013年，第281页。

　　②　杨素梅、闫吉青：《俄罗斯生态文学论》，人民文学出版社，2006年，第257页。

组成，前两部分所描写的是阿夫季，他从前是神学院的学生，很早就失去了母亲，靠从事牧师工作的父亲抚养成人。他因反对神父的宗教教条而被学校开除。他为毒品蔓延问题感到忧虑，于是打入贩毒团伙的内部，想劝说贩毒者改邪归正，然而，他没有获得成功，反而差点丢了性命。他与母狼阿克巴拉一家曾经相遇，但相互之间都没有发生伤害行为。第三部写阿克巴拉与公狼来到阿尔达什湖畔，又生下五只小狼。但是因为开矿，沿湖的芦苇被毁，狼崽死的死，散的散。阿克巴拉与公狼又来到了伊克塞湖畔，又生了四只狼崽。酒鬼巴扎尔拜伊却掏了狼窝，将四只狼崽偷走换酒。善良的鲍斯顿队长规劝巴扎尔拜伊将狼崽放生，但后者没有答应。两只老狼对人类进行报复，叼走了鲍斯顿的小孩子，鲍斯顿不得不朝母狼开枪，虽然打中了母狼，却误杀了自己的孩子。鲍斯顿一气之下开枪打死了引发事件的巴扎尔拜伊，然后骑马前去投案自首。"《断头台》是作者悲剧色彩最浓烈的一部小说。借善与美毁灭的悲剧，唤醒人们的世界责任感，呼吁弘扬善与美的永恒精神，是艾特玛托夫的创作意图。"[①]

第三节　邦达列夫

在俄罗斯当代文学史上，邦达列夫是一位积极参与卫国战争并且以战争小说享有盛誉的作家。由于文学创作方面的突出成就，他于1972年获得列宁文学奖，1977年和1983年，两度获得苏联国家文学奖。1984年，他还获得了苏联"社会主义劳动英雄"的称号。

尤里·瓦西里耶维奇·邦达列夫（Юрий Васильевич Бондарев，1924—2020），是俄罗斯当代著名的小说家。他生于奥伦堡州奥尔斯克市，1931年随家迁居莫斯科。卫国战争爆发的1941年，他作为共青团员，与成千上万的莫斯科青年一起参加了防御工事的加固，战争爆发的第二年，1942年夏天，中学毕业之后，他就应征入伍，先是被派往步兵学院学习，同年10月，即被派往斯大林格勒，在前线参加战斗。在卫国战争期间，他随部队转战于库尔斯克、基辅，以及波兰、捷克等地，曾经两次负伤，住进部队野战医院。1944年冬，他被抽调到炮兵学校受训，毕业后被授予少尉军衔，不久，他因健康问题而复员。战后，自1945年至1951年，他入高尔基文学院学习，并于1951年毕业。

尤里·邦达列夫自1949年开始发表文学作品。他的第一部作品是短篇小说集《在大河之畔》（*На большой реке*），出版于1953年。他的主要作品还有中篇小说《营请求炮火支援》（*Батальоны просят огня*，1957）、《最后的炮轰》（*Последние залпы*，1959）、《亲属》（*Родственники*，1969）；长篇小说《热的雪》

---

①　韩捷进：《艾特玛托夫》，四川人民出版社，2001年，第151页。

（Горячий снег，1969）、《寂静》（Тишина，1962）、《岸》（Берег，1975）、《选择》（Выбор，1981）、《人生舞台》（Игра，1985）等。苏联解体之后，邦达列夫依然保持旺盛的创作热忱，创作了《诱惑》（Искушение，1992）、《不抵抗》（Непротивление，1995）、《百慕大三角》（Бермудский треугольник，1999）、《毫不留情》（Без милосердия，2004）等长篇小说。

邦达列夫的作品是时代精神的体现，也是20世纪50年代以后苏联文学发展的一个缩影。在他的早期作品《营请求炮火支援》和《最后的炮轰》，体现了当时"战壕真实派"的艺术成就，并且对斯大林逝世后的许多社会现实问题进行了反思；他的长篇小说《热的雪》则是苏联战争文学中的"全景文学"的第一部代表作。而知识分子三部曲《岸》《选择》《人生舞台》典型地反映了七八十年代对战争的反思以及冷战时期对文化交流以及知识分子命运的思考。苏联解体后他所创作的长篇小说《百慕大三角》，"对1993年10月发生的'十月事件'以及戈尔巴乔夫和叶利钦所进行的苏联和俄罗斯的'改革'作了彻底的反思，体现了作家对当代俄罗斯社会现实的鲜明立场"①。

邦达列夫在卫国战争中经受了血与火的考验。战场上的亲身经历以及面对战争的特殊体验在他后来所创作的作品中留下了深深的痕印。他所创作的中篇小说《营请求炮火支援》和《最后的炮轰》等作品，都是直接描写战争的小说。作品面世后，由于描写了战争的本来面目，邦达列夫作为"战壕真实派"的作家而享有盛名。

《最后的炮轰》作为"战壕真实派"的代表作之一，其中一个显著的特色就是对战争场面的细节描绘：

> 在高地的前面，一切东西都在燃烧，被炮弹割成一条条的连接不断的废墟上冒着滚滚的浓烟。前面有几辆重型坦克聚集在洼地的边缘；几辆被炮弹打中的坦克已经起火，乱七八糟地挤成一堆，它们的履带都缠在一起了，但是它们还在熊熊燃烧着。坦克的弧线已经打散了，不见了，火舌冲天，黑烟乱卷，只有右边几辆坦克正绕过高地，抖动着车体开走了。而左面，也就是在洼地里，还有几辆笨重的有伪装花纹的装甲运输车在滚动，德国鬼子正直着身子朝灌木丛跑去，既没有站住，也没有卧倒，只是用冲锋枪不停地扫射着。是呀，他们也想活下去。那些坐在装甲运输车和坦克里进行扫射的德国鬼子想活下去；那些遍地乱窜，企图打死阻挡他们突围的人也想活下去。②

---

① 陈敬咏：《邦达列夫创作论》，译林出版社，2004年，第179页。

② 邦达列夫：《最后的炮轰》，吴笛等译，花山文艺出版社，1983年，第275页。

当然,《最后的炮轰》不仅注重战壕的细节描写,而且在一定程度上反映了斯大林逝世之后的思想解放以及对战争的反思。作品不再一味地歌颂卫国战争,或者拘泥于战争的正义与非正义,而是渲染人类战争的残忍。作品的主人公诺维科夫大尉是炮兵连长,在指挥作战的同时,也在思考着战争中的善与恶的问题。尤其是大量战友的牺牲,使得他产生战争中没有善的想法。"纯洁的善行、真挚的爱情、愉快的生活——这一切在人类和平时期都会是美好的东西,他皆置之于战后,寄托于未来了。"①然而,就在这时,连队卫生员莲娜与他产生了缠绵的战地爱情,使得他意识到战壕中也有美好事物的存在。然而,为了渲染战争的残酷,作品最后以莲娜的眼光,看到诺维科夫被苏联自己的喀秋莎炮弹击中:"巨大、沉重而又黑乎乎的东西随着轰隆一声巨响铺天盖地地压向高地,扬起了一个橙黄色耀眼的倒立圆锥体,高地消失了。浓烟遮蔽了整个高地,一团团乌烟翻腾着,推移着,沿着斜坡滚动,很快又熄了下去,被晨风吹散了。她不禁打了个冷战,喉咙哽塞住了,她模糊看到有一个白影伏倒在胸墙上。"②诺维科夫死在莲娜的眼前,莲娜"失声痛哭起来,热泪刷刷地往下直淌,她全身哆嗦着,她叫喊着,祈求着命运的公正"③。

在描写"战壕真实"之后,邦达列夫在战争题材的小说创作方面逐渐转向了全景描写,创作了长篇小说《热的雪》(Горячий снег,1969)这样的具有立体镜一般深度的"全景小说"。

邦达列夫的长篇小说《热的雪》取材于斯大林格勒保卫战,是苏联"全景文学"的第一部代表作。在这部作品中,作者在有意识地强调"战壕真实"的战争细节描写的同时,又注重"司令部真实"的高级将领的运筹帷幄,将两者密切地结合起来,由此构成了这部长篇小说的两条主线,一条情节线索是以炮兵排长库兹涅佐夫为主体的前沿阵地的战事,另一条情节线索是描写以集团军司令别宋诺夫为代表的司令部的活动,从而将前线士兵的激烈战斗与决定个人命运的高级将领指挥谋略有机地交织在一起,描绘出战争气势恢宏的全景场面。

如果说邦达列夫在 20 世纪五六十年代是一位着力于战争题材的作家,是苏联文学中"战壕真实派"和描写"全景文学"的一名代表性作家,那么,进入 20 世纪 70 年代之后,邦达列夫的创作发生了根本性的变化,他从自己所擅长的战争题材转向了对社会伦理道德题材的创作,加深了人类命运的哲理思考和探索。他所创作的知识分子三部曲《岸》(1975)、《选择》(1980)、《人生舞台》(1985),便充分代表了他的这一新的创作倾向。

---

① 邦达列夫:《最后的炮轰》,吴笛等译,花山文艺出版社,1983 年,第 271 页。

② 同上,第 276—277 页。

③ 同上,第 277 页。

邦达列夫的长篇小说《岸》共分三部分："到彼岸""疯狂"和"怀旧"。其中第一部分和第三部分写苏联作家尼基金应邀赴西德汉堡访问的经过。插在第一部分和第三部分之间的"疯狂"，则是回溯过去，描写作为炮兵排长的尼基金在卫国战争中的一系列经历。作者正是通过"时空交错""时序颠倒"以及意识流动等艺术的手段，把相隔四分之一世纪的历史与现实、战争与和平等重要事件联结在一起，浓缩在一起，对关乎社会生活和人类命运的一些重大问题进行哲理的探索和深入的反思，并广泛涉及真理、善恶、政治、理想、知识分子、创作自由等种种问题。

邦达列夫这部长篇小说的中心情节是第二次世界大战末期，在柏林郊外，作为苏联炮兵中尉的尼基金与十八岁德国少女艾玛之间所发生的一段爱情故事，以及二十六年之后作为苏联作家的尼基金与作为汉堡书商赫伯特太太（昔日艾玛）的再次相逢，引发了尼基金对往事的深切回忆。由于身处不同的阵营，尼基金与艾玛的爱情被战争所破坏。尼基金中尉当年从欲行非礼的麦热宁中士手里救出了这位德国少女艾玛，随后，属不同阵营的俄国军官和德国少女之间，产生了爱情。但是，这种爱情中间的隔阂和鸿沟是难以逾越的。"她在那一边，在彼岸，在崩裂的万丈深渊的那一边，而他自己则在洒满鲜血的此岸……任何情况都没有给他权利……用竹竿撑到那危险的对岸。"战争的结束也没有给他们的爱情带来任何机遇，战后的冷战，将他们分隔在不同的世界，无法交往。只是到了 20 世纪 70 年代，在"缓和"的浪潮下，苏联与西德之间实现了对话和文化交流，年过半百的昔日情侣才得以重逢。

这部长篇小说在结构方面颇具特色，也充满隐喻。开篇写的是苏联作家尼基金所乘坐的巨型客机在苍穹中飞行，他应汉堡书商赫伯特太太的邀请前往联邦德国进行访问。而结尾写的则是尼基金在回国的机舱中心脏病复发与人世告别时的顿悟："生活的本质就在生活本身之中，它毫不迟疑、毫不停顿，以闪电般的速度奔向不可知的、幸福的'后来'。"他在朦胧中驶向"那绿色的、神秘的、美好的、使他一生充满了希望的彼岸……"[1]最终，"他在死前终于到达了他在青年时代的梦想中所承诺的'彼岸'"[2]。

长篇小说《选择》（*Выбор*，1981）对知识分子的命运以及生与死、战争与和平、苏联与西方等重大问题进行哲理性的深入探索，但是这部作品依然离不开卫国战争这一背景。正是卫国战争，导致了作品中两个主人公的不同命运以及其中一个主人公的被动的选择，并且最终饱尝了选择的恶果。

---

① 邦达列夫：《岸》，史钟译，花山文艺出版社，1994 年，第 490 页。

② Victor Terras. *Handbook of Russian Literature*，New Haven：Yale University Press，1990，p.59.

在《选择》中,两个主人公瓦西里耶夫和伊利亚·拉姆津本是儿时伙伴,从小就在同一幢旧式楼房里一起玩耍一起成长,后来又上了同一所学校,一起读书学习,他俩甚至爱着同一个漂亮的女同学,即后来成为瓦西里耶夫妻子的玛莎。然而,卫国战争爆发,改变了他们两人的命运。两个主人公都奔赴抗击法西斯的战场,而且在同一个炮兵连里并肩战斗,由于表现突出,两人都当上了排长。1943年,在乌克兰的一次充满血腥的激烈战斗中,两人分开了,自那以后,瓦西里耶夫再也没有见到伊利亚·拉姆津。人们都以为伊利亚·拉姆津牺牲了。卫国战争结束之后,瓦西里耶夫也找过伊利亚,但未能如愿,他给伊利亚的母亲回信说过,伊利亚·拉姆津"未列入生者的名册"①,瓦西里耶夫也渐渐地忘记了这一战友。其实,拉姆津在那次战斗中受了重伤,被敌人俘获,关进了集中营,后来,一个驼背的德国女人将他从集中营里挑出来,他做了她的用人,战后又做了她的丈夫,在适者生存的竞争中,成了一个富裕的商人。而瓦西里耶夫在那次战争中同样受了重伤,但是没有成为俘虏。战争结束后,他上了美术学院,还同玛莎结了婚,生有一个美丽的女儿维克多利亚。分别四十年后的 20 世纪 80 年代初,瓦西里耶夫已经成为著名的画家,在意大利罗马举行的画展上,伊利亚·拉姆津见到了玛莎,知道了他们的现状,并提出在威尼斯与瓦西里耶夫会面。

两人终于见面的时候,瓦西里耶夫对伊利亚·拉姆津的隔阂和偏见是显而易见的:

> 他下意识地认出是伊利亚的这个人正慢条斯理地从座位上站了起来,把烟头放在烟灰缸里灭掉了;这个人看上去并不是伊利亚,不是伊利亚·拉姆津中尉,而完全是另一个人,一个高个子,头发灰白,仔细刮过的脸,穿着紧身的、按时髦习惯只扣了一个纽扣的灰色便服,这是个他并不认识的爱整洁的外国人,是他从未见过面的人。但是,这个外国人同时又是伊利亚,在他那大概由于日晒而变成咖啡色的脸上似乎保留了过去那种令人生畏的眯缝起黑眼睛凝视人的习惯,但这个伊利亚不是自己人,不是童年时代的挚友,而是再生的,被暗中偷换过的,在陌生的遥远的异乡度过了不可理解的生活的人,是另一个星球来的人。②

不仅是瓦西里耶夫对伊利亚存有偏见,当伊利亚·拉姆津返回祖国旅行的时候,尽管他将苏联视为自己的祖国,可是祖国的人们却把他视为外国人。尽管伊利亚·拉姆津当时是受了重伤,失去知觉,被敌人俘获,但是,正如拉姆津本人

---

① 邦达列夫:《选择》,王燎、潘桂珍译,安徽人民出版社,1983 年,第 49 页。
② 同上,第 61 页。

所说:"这有什么区别:'被俘''当了俘虏''被抓住'……只有那些被俘前开枪自杀,被俘后用生了锈的钉子割断血管,扑到电网上和在石头上撞碎头颅的人才不是俘虏……可那些人都死了。而那些想活下来的人,不管他是自己投降的还是被敌人俘虏的,都一样是俘虏。"①

正是因为人们对俘虏存在的偏见,所以,伊利亚·拉姆津与瓦西里耶夫之间再也没有过去推心置腹的谈心,而是相互戒备。甚至连伊利亚·拉姆津的七十多岁的老母亲拉伊萨·米海洛夫娜也无法原谅她的这个独生儿子。

最后,拉姆津认识到,一个人失去了祖国和母爱,失去了生活的理想该是多么的可悲。在看不到生活理想的情况下,他在莫斯科做出了最后的"选择",在下榻的宾馆里自杀身亡,并且给瓦西里耶夫留下了一封信,祈求他将他安葬在自己的祖国。

邦达列夫的长篇小说《选择》正是通过两个主人公的不同选择而导致的不同命运,对人生的意义和自我认知的问题进行了深刻的思索,对艺术、政治、社会阵营等问题进行必要的探索,并以人道主义的立场对卫国战争以及战后的冷战进行反思,是一部充满了哲理探索的长篇小说。尤其是作品结尾部分所描写的伊利亚·拉姆津的死更是给人们留下了无限的思考空间。邦达列夫在作品中写道:"整个一生中,人都在无休止地进行选择。"而这些选择,不仅关乎个人的命运,也关乎家庭、祖国,甚至人类的命运。

长篇小说《人生舞台》(*Игра*,1985)中,所呈现的依然是生活的意义和目的、善与恶、生与死、战争与和平、爱与恨、物质文明与精神文明、生态平衡等永恒的命题,给读者留下了充分思考和想象的空间。长篇小说的主人公克雷莫夫在卫国战争结束之后,经过自己不懈的努力,终于成为一名著名的导演。克雷莫夫作为一个导演,在一定意义上不仅在探索导演艺术,而且在探索生命的意义,同时寻求着人类生活中的一系列重大问题的答案。

克雷莫夫是一个才华横溢、正直善良的艺术家,他参加过卫国战争,可是,他最后却是死在人们的流言蜚语之中。克雷莫夫选定了一个名叫伊琳娜的演员,担任他正要执导的新影片中的女主角。伊琳娜是莫斯科大剧院的一名芭蕾舞演员,美丽纯洁,颇具艺术天赋,是饰演新影片女主角的合适人选。虽然伊琳娜对克雷莫夫极为崇拜,但是,她善良正直,勇于克制,恪守道德原则。她曾对克雷莫夫说:"您知道吗,您的妻子是一个很有魅力的女人,叫人不能不爱她,真的,我不能对您说假话。而我呢,却是一个不能做妻子的人,我又永远不想做任何人的情妇。这是个多么肮脏的令人厌恶的字眼儿……"②

①　邦达列夫:《选择》,王燎、潘桂珍译,安徽人民出版社,1983年,第66页。

②　邦达列夫:《人生舞台》,王燎译,外国文学出版社,1987年,第48页。

但是,在影片摄制的起始阶段,周围一些心怀叵测的小人便大造谣言,对克雷莫夫的选择进行攻击,说克雷莫夫之所以选定了伊琳娜演女主角,"是因为她是克雷莫夫的情妇"[①]。天真纯洁的伊琳娜无法承受谣言的压力和侮辱,跳河自尽。

克雷莫夫受到这个女演员自杀案件的牵连,命运发生了根本的转折,被那些小人安上了一些莫须有的罪名。他被舆论一步一步地逼向了无法承受的深渊……最后,这位曾经在国际影坛享有盛誉的优秀导演饮恨而死。

这部小说的艺术结构显得颇为独特,作品的主要情节是描写克雷莫夫在巴黎参加电影节回到莫斯科之后的几天之内的生活经历。但是,在按时间顺序所描写的这几天的生活中,作者又打破了时空限定,穿插了大量的回忆性资料,丰富了作品的内容,拓展了叙事空间,延伸了作品的时间,同时说明了主要情节的背景,连接了所发生的事件片段,解释了发生的来龙去脉。

这部作品的最现实的意义在于对国际政治及生态平衡这两个方面的问题的极大关注,邦达列夫在作品中揭示了核战争的阴影和生态失衡的后果,以及对人类生存所造成的威胁。

自 20 世纪五六十年代登上文坛的邦达列夫,始终保持着旺盛的创作热情,在七八十年代的文学创作中,以其出色的长篇小说创作成为苏联小说创作领域的一位主将。即使在苏联解体之后,他依然坚守自己的创作理想,出版了《百慕大三角》等重要的长篇小说,对人与社会、民族出路、国家命运等重大问题进行深入的探讨。

第四节　舒克申

瓦西里·马卡罗维奇·舒克申(Василий Макарович Шукшин,1929—1974),出身于农民家庭,幼年时代,1933 年,他的父亲因反对集体化以及"富有"而蒙冤被捕入狱,并被处决(1956 年恢复名誉)。舒克申在单身母亲的抚养下,度过了艰难的少年时代。舒克申青年时代做过农民,当过钳工。1949 年,他应征入伍,先后在波罗的海舰队和黑海舰队服役。在部队服役期间,开始尝试短篇小说创作。后来,他在电影方面的天赋被米哈伊尔·罗姆发现。1954 年,他到了莫斯科,进入苏联国立电影学院导演系学习,1960 年毕业。在 1957 年由谢尔盖·格拉西莫夫执导的电影《静静的顿河》中,舒克申初次登场,饰演一个配角。随后,在五六十年代的《两个彼得》等多部电影中,他成功地饰演主角。

舒克申在小说创作方面的成就主要体现在反映农村生活的中短篇小说创作

---

① 邦达列夫:《人生舞台》,王燎译,外国文学出版社,1987 年,第 48 页。

领域。他自 1958 年发表第一篇短篇小说,1963 年,他的第一部短篇小说集《乡村居民》(*Сельские жители*)得以在青年近卫军出版社出版。他的重要作品有:小说集《在那遥远的地方》(*Там, вдали*,1968)、中篇小说《红莓》(*Калина красная*,1973)等。1975 年 10 月,舒克申年仅四十五岁时,被人们发现神秘地死在伏尔加河上的游艇中。他的长篇小说《我来让你自由》(*Я пришёл дать вам волю*)在死后出版。

舒克申在 20 世纪的世界文坛享有一定的地位,他的长篇小说和短篇小说被译成三十多种语言,总印数达数千万册。

舒克申的代表作《红莓》描写了北面一个劳改营里一个名叫叶戈尔·普罗库金的劳改犯在刑满释放之后的不幸遭遇。作为作品的主人公,普罗库金曾是一个流氓盗窃集团的骨干,在劳改营的五年服刑期间,他积极改造,还给素不相识的农妇柳芭写了一些令他自己都为之感动的谈论生活意义的信件。正是他写的富有才华和人生哲理的信件,深深地打动了柳芭。

刑满释放后,普罗库金找到了柳芭,与柳芭结为情侣,并在爱情的感召之下,感受到生活的美好,决心改邪归正,弃旧图新。他还与柳芭一起去看望住在乡下的干瘦、孤寂的母亲,深受震撼。他积极对待生活,选择了自己所喜爱的职业,当上了一名拖拉机手,驾着拖拉机,"在自己的一生中犁开了第一道垄沟",他热烈地迎接新的生活,高声唱起了在这部作品中被反复吟唱的歌曲《红莓呀红莓》:

> 红莓呀红莓,
> 成熟的红莓多水灵,
> 这个外乡人哪,
> 我摸透了你的心……①

但是现实生活中,依然存在罪恶,阻碍他实现自己的愿望,他最后惨遭以"马林果"集团为代表的社会恶势力的迫害,在他刚刚翻耕的土地附近的树林里,他不幸中弹身亡。

在这部小说中,叶戈尔·普罗库金的形象尤为感人,他被塑造为一个身处逆境依然追求理想的典型形象,正是对这一改过自新的典型的心灵历程所做的深刻而微妙的探究,深深地感动着读者。

在小说中,叶戈尔·普罗库金被描绘成一个与大自然极为亲近的人物,他感受到大自然的妩媚,他会给小白桦系上领结,欣赏其优美的形象。舒克申也善于

---

① 舒克申:《当代苏联中篇小说选辑·红莓》,韦范序等译,上海译文出版社,1987 年,第 95 页。

以自然景色的描绘来衬托人物的心境。在叶戈尔决心与过去诀别,开始诚实的生活的时候,尽管面对"马林果"集团成员的威胁,但他依然充满对生活的乐观信念:

> 世界上什么都没有变。耕地上面是一片耀眼的晴空。田边那一丛丛小树仍然嫩绿嫩绿的,刚刚被昨天的雨水冲洗过。泥土散发着浓郁的气息。潮湿的泥土味这样强烈,这样浓郁,让人感到头都有点晕乎乎的。大地把自己春天的精力,全部生命的精髓都集中起来,准备再一次培育新的生命。远处的青色的树林带,树林上空的缕缕白云,还有俯视万物的太阳——这都是生命,它有无限的精力。无忧无虑,也无所畏惧。①

叶戈尔·普罗库金最后死在离故乡不远的草原上。他的死亡不仅令柳芭无比伤心,也令读者甚为痛惜和疑惑:一个已经改过自新,决心以诚实的劳动开始真正生活的人,为什么反而难以生存? 为什么在一个法治的社会里,恶势力竟然如此嚣张? 这些,正是舒克申留下的思考,也是读者对舒克申小说以及舒克申自身命运的思考。

第五节 拉斯普京

瓦连京·格里戈里耶维奇·拉斯普京(Валентин Григорьевич Распутин,1937—2015),生于西伯利亚伊尔库茨克州乌斯基-乌达村(Усть-Уда)的一个农民家庭。

在伊尔库茨克大学文史系学习期间,拉斯普京就开始接触社会,他到伊尔库茨克青年报社当了临时工。1959 年大学毕业后,他被分配到克拉斯诺亚尔斯克青年报社工作。1961 年,拉斯普京发表了第一篇短篇小说《我忘了问廖什卡》(Я забыл спросить у Алёшки)。1966 年出版了两部特写集,并发表了中篇小说《为玛丽娅借钱》(Деньги для Марии)。他的其他著名的中篇小说包括《最后的期限》(Последний срок,1970)、《活下去,并且要记住》(Живи и помни,1974)、《告别马焦拉》(Прощание с Матёрой,1976)等。

拉斯普京于 1967 年加入苏联作家协会,作为"乡村叙事派"(деревенской прозы)的代表作家之一,拉斯普京于 1977 年和 1987 年两次荣获苏联国家文学奖,于 2012 年荣获俄罗斯国家文学奖,并于 1987 年荣获苏联"社会主义劳动英雄"称号。

---

① 舒克申:《当代苏联中篇小说选辑·红莓》,韦范序等译,上海译文出版社,1987 年,第 98 页。

一　乡村叙事与历史记忆

拉斯普京创作的中篇小说等主要形式的作品都是以乡村生活为题材的。中篇小说《为玛丽娅借钱》是一部反映人间冷暖、世态炎凉的道德题材的小说。作者通过为农村商店售货员玛丽娅借钱这一平平常常的故事,对玛丽娅的亲戚朋友进行伦理道德的审视。玛丽娅身处逆境,为了免受牢狱之苦,急需用钱,但是,对她寄予同情之心,并且愿意解囊相助的人却寥寥无几。

中篇小说《最后的期限》所审视的是离开家乡在城里工作的人们与在农村的家乡长辈之间的关系问题。一位年过八旬的乡下老太婆安娜患了重病,在她弥留之际,住在城里的子女得到通知纷纷赶回故乡准备为她送终。这时,处于昏迷状态的老太婆听到子女回来的声音,竟然奇迹般地苏醒过来,精神状况也逐渐开始好转。而回到乡下的子女们原是来奔丧的,希望办好丧事后尽快回城工作。可是,老母的身体却逐渐好转,于是,等了三天之后,他们便纷纷不耐烦了,按捺不住各自不耐烦的心情,将安娜老人看到子女后的回光返照理解为病情转好。他们以老母亲病情已经好转为借口,全都匆匆地回城了。而在子女回城的当天夜里,这位为了养育子女而艰辛了一辈子的安娜老太就离开了人世。

拉斯普京的中篇小说《告别马焦拉》所描写的是在古老的小村庄马焦拉,因为水电站建设的需要,村民不得不搬迁他乡的故事。这个已经存在了三百年的村庄将要永远沉入水底。所以,面对搬迁,村民们表现出了完全不同的态度,有人赞成,有人反对。尤其是村中的一些老年人,对搬迁表现出了强烈的反对态度。作为老人的代表,达丽娅一生辛劳,在这个村子里养育了六个儿女,其中有两个牺牲在战场,对村庄有着独特记忆和深厚的感情。她迟迟不肯搬离这块地方,直到该村庄快要被淹没时,才与它做最后的告别。而且在明知第二天就要离弃这个地方时,却依然精心地粉刷、清洗自己的老屋,将老屋当作珍贵的记忆,并且与此进行虔诚而郑重的道别。她的恋恋不舍和反对声中,有着对即将失去的家园的留恋以及对昔日生活和情感的文化记忆。

在这部小说中,马焦拉实际上是旧的传统农村的一个象征,在一定意义上表现了乡村的历史传统与现代生活之间的强烈冲撞,告别马焦拉,实际上就是告别旧的生活方式,并且向新的生活方式转型——而且正是在这一转型中,体现了人的意识的转换以及道德力量的变化。当然,其中也蕴含着对人与自然的疏远以及对科学技术与生态环境之关系等方面问题的深入思考。"《告别马焦拉》在我国引起了一些学者的注意,将它作为俄罗斯生态文学的一个重要文本认真加以阐释。"①

---

① 刘亚丁:《俄罗斯文学(1760—2010)感悟录》,中国社会科学出版社,2016 年,第 133 页。

二 《活下去,并且要记住》

拉斯普京的中篇小说《活下去,并且要记住》(Живи и помни)是他最具影响力的作品之一。在 20 世纪七八十年代,这部小说无论在苏联文坛还是在中国文坛,都具有广泛的读者并且产生了深远的影响。小说中所描写的是男主人公安德烈因为思念妻子而当了逃兵,以及由此而导致的他与妻子的全部悲剧。

对于军人而言,军令如山,不容违抗,服从命令是军人的天职,容不得一点差错。这部小说的男主人公安德烈的致命缺陷就在于违背了作为军人的这一最为重要的戒律。安德烈在卫国战争的战场上打仗已经打了三年多,到了 1945 年,在卫国战争已经接近尾声,胜利的曙光开始展现在苏联大地上的时候,这名浴血奋战三年多的战士却因为思念妻子而当了逃兵。小说的开头部分,在西伯利亚安加拉河畔的阿塔曼村,古斯科夫家中发生了一件奇怪的失窃事件,藏在澡堂地板下的一把斧头被盗了,猎用滑雪板和烟叶也被偷走了。古斯科夫的儿媳纳斯焦娜以女性特有的敏感,发出了可怕的猜测:别人不可能对她家的情况如此熟悉,只有可能是在部队服役的丈夫安德烈的行为。事情后来得到了验证,取走东西的正是她日夜思念的丈夫,一个当了逃兵的丈夫!

纳斯焦娜不但没有向当地政府举报,反而瞒着公婆,陆续将生活用品和食物偷偷地送到安加拉河对岸的安德烈的藏身之处。由于丈夫是出于对她的思念才逃回家乡看她,她决定与丈夫一起,共同分担这份罪责,不管发生什么情况,都听凭命运的安排,尽到妻子的责任,与丈夫风雨同舟。

纳斯焦娜终于怀孕了。她与安德烈结婚多年以来梦寐以求的愿望终于即将成为现实了。同样,安德烈因为终于将有传宗接代的亲生骨肉而欣喜若狂。

卫国战争终于胜利了。在人们载歌载舞、庆祝胜利的欢乐时刻,纳斯焦娜却没有与大家共享胜利的喜悦心情,她那个逐渐隆起来的肚子也开始引起人们的注意和怀疑。当她又一次划着小船,准备渡过安加拉河与丈夫相会的时候,她发现监视她行动的人们紧随而来。为了丈夫的安全,不暴露他的藏身之处,纳斯焦娜带着肚子里结婚八年以来第一次怀上的婴儿,勇敢地跳进了滔滔的安加拉河之中……

不过,拉斯普京的这部中篇小说的创作意图并不是在于一味地谴责男主人公的"逃兵"行为,而是在一定程度上为他的这种行为寻找客观的原因。

首先,在具体的时间上,作者给安德烈的逃脱行为所安排的时间是令人深思的。时间是卫国战争即将结束的 1945 年。而且作品开头的第一句话,就是强调这一时间节点,强调事件发生在"1945年的冬天,战争的最后一年"①。按照常理来说,已经坚持战斗了三个年头的士兵,一般是不会选择在胜利在望的最后关头去当逃兵的,更何况他在过去的战斗中也是一个不怕牺牲的合格的战士,他也即将要分享胜利的果实了。如果要谴责临阵逃脱行为,那么,选择在战争最为艰难的阶段安排发生这类行为,则显然更具力度。

其次,部队医院的领导对待安德烈的态度也是造成他当"逃兵"的一个重要原因。在三年的战斗生涯中,安德烈曾经几次受伤,在部队医院痊愈之后,他都是立刻返回前线参加战斗的,但是,1944年夏天的一个日子里,安德烈所在的炮兵连遭到了敌人坦克的偷袭,安德烈受了重伤,被送往新西伯利亚医院治疗。本来,在住院期间,他的妻子纳斯焦娜是打算去探望他的,可他没有同意让她去,因为按照常理,他在伤愈后是会得到一段时间的探亲假的,他想,到时候他可以回家看望妻子。可是,事与愿违,他住院三个月后的一天,院方不顾他的要求和实际情形,突然强迫他办理出院手续,立即返回部队。安德烈是在思妻心切的情形下,不满医院首长不近人情,终于违抗军令,逾越了战争中不可逾越的戒律,犯下了不可饶恕的错误。

所以,这部作品主要的创作目的不是在于谴责安德烈的逃脱行为,更不是为了塑造安德烈作为"逃兵"的反面典型,而是以此为例,对战争的残酷性进行不同角度的反思,并且突出这件事情对其他人所具有的伦理教诲作用,正如俄罗斯作家阿斯塔菲耶夫(В. Астафьев)所说:"人啊,活下去,并且要记住,在灾难中,在悲伤中,在考验你的位置的最为艰难的时日中,要与你的人民站在一起,任何形式的背离,无论是出于你的软弱,还是出于缺乏理智,都会为你的国家和人民,以及为你自己,导致更大的痛苦。"

在拉斯普京的中篇小说《活下去,并且要记住》中,他所塑造的女主人公纳斯焦娜,是一个感人至深的艺术形象。作为小说的中心人物,在塑造她的时候,作家同样不是为了谴责她的"窝藏"行为,而是挖掘她作为普通女子的本性与艺术力量。她在得知丈夫当了逃兵之后,没有举报,也没有对丈夫进行规劝,而是尽自己的所能,对丈夫提供应有的帮助,最后,为了使得丈夫不被暴露,毅然决然地跳进汹涌的河流。她的悲剧命运尽管没有一般人们所理解的"英雄"本色,但是,她敢于担当,安于命运的安排,最后不得不做出痛苦的抉择,使得这一悲剧形象有着感人至深的力量,而且,这一形象的伦理价值无疑也超越了时代,具有经久不衰的艺术魅力。

---

① 　Валентин Распутин. *Век живи - век люби : повести, рассказы*, М: Известия, 1985, с. 5.

第六节　阿斯塔菲耶夫

维克多·彼得洛维奇·阿斯塔菲耶夫（Виктор Петрович Астафьев，1924—2001），出生于克拉斯诺亚尔斯克边疆区的一个名叫奥夫相卡（село Овсянка）的小村庄。作为一名作家，他获得了极大的成功，他以自己的作品呼唤人与自然和谐关系的建立，弘扬生态意识，他的作品不仅有着哲理的深度，而且有着现实的关怀，体现了作家的职责。阿斯塔菲耶夫曾经两次荣获苏联国家文学奖（1978，1991），三次荣获俄罗斯国家文学奖（1975，1995，2003），并且于1989年荣获苏联"社会主义劳动英雄"称号。苏联解体后，他创作的主要作品是长篇小说《该诅咒的和处死的》（Прокляты и убиты）。

一　战场经历与战争书写

阿斯塔菲耶夫的少年时代是极为不幸的。他在家中排行老四，但是，他的两个姐姐在幼年时代就夭折了。阿斯塔菲耶夫出生后没过几年，他的父亲彼得就莫名其妙地因为从事"破坏活动"而被捕入狱。1931年，阿斯塔菲耶夫七岁的时候，他的母亲在探监回来的途中因翻船而溺水身亡。父亲出狱后，患病住院，后来带着阿斯塔菲耶夫，以捕鱼为生。然而，一次鱼汛后，父亲病逝，阿斯塔菲耶夫也被后母所抛弃，流落街头，后被孤儿院所收留。

1941年，阿斯塔菲耶夫进入技工学校学习，1942年参军，在前线投入战斗，他曾经两次身负重伤。在野战医院，他结识了玛丽娅护士，并与她结婚。1945年夫妇俩退伍之后，居住于妻子的故乡彼尔姆州的丘索瓦娅。在1945年至1951年期间，他做过钳工等工作，后进入青年工人学校学习，而且进入了《丘索瓦娅工人报》的文学圈，开始在这家报社工作，撰写相关报道和评论。1951年，他的第一篇短篇小说《公民》（Гражданский человек）刊登在《丘索瓦娅工人报》上。1953年，他的第一部长篇小说《下一个春天之前》（До будущей весны）顺利出版。1958年，他被吸收为苏联作家协会会员。1959年至1961年间，他在莫斯科高级文学培训班学习。

阿斯塔菲耶夫早期发表的中篇小说《老橡树》（Стародуб）、《陨星雨》（Звездопад）和《隘口》（Перевал）等作品引起了文学批评界的关注。1962年，批评家库茨米娜（Эдварда Кузьмина）在《新世界》（Новый мир）杂志上刊载了评论文章，赞赏阿斯塔菲耶夫小说中的"活生生的词语感觉，清新的领悟，敏锐的视野"[1]。

---

①　Э. Кузьмина. "Таёжные звёзды", Новый мир. 1962. № 7，с. 255.

其中的中篇小说《陨石雨》所写的是战争与爱情这一被许多作家涉足的主题。但是,与同一题材的作品相比,阿斯塔菲耶夫更加强调战争与爱情之间的悲剧冲突,以及参战者应有的职责和义务。这部作品的主人公米沙如同作者阿斯塔菲耶夫本人一样,在战斗中受伤之后,到了野战医院疗伤,从而结识了护士莉达,并且对她产生了真挚的爱情。然而,这只能是一时的陶醉。米沙的伤口还没愈合,就不得不与莉达分别,又被派往部队继续战斗。

书写战争与爱情冲突这一主题的,还有阿斯塔菲耶夫著名的中篇小说《牧童与牧女》(Пастух и пастушка,1971)。从《牧童与牧女》这部作品的标题来看,作品所要书写的似乎应该是和平而宁静并且充满浪漫气息的田园生活,但是,事实恰恰相反,这部作品却是描写与田园的浪漫相悖的残酷的战争,并且围绕卫国战争中一个步兵排的战斗来展开悲剧故事,通过中尉排长鲍利斯与柳霞的邂逅,书写了战争中的爱情,以及战争与爱情的悲剧冲突。

这部中篇小说《牧童与牧女》由"战斗""相逢""离别""死亡"等四章所组成。每一章的开篇部分都有切合本章内容的题诗。全书的开篇引用的是戈蒂埃的诗句:

> 我的爱情留在了久远的往昔,
> 那里有深渊、茅舍、教堂的圆顶;
> 我曾化作飞鸟、花团、珍珠和宝石,
> 一切、一切代表着你的象征。[1]

在阿斯塔菲耶夫看来,即使在充满死亡和鲜血的残酷的战场上,美好的温柔的爱情也是不会缺失的。这部小说是用倒叙的形式写的,在作品的开头部分,女主人公柳霞在人迹罕至的荒原上步履艰难地寻找,她终于找到了自己的恋人鲍利斯的墓地。于是,她跪倒在恋人的墓前,向他倾诉了自己的无尽的思念。她将自己的脸贴在坟头,感到大地还存有余温,而她的脸边的一棵枯草则在沙沙地摇曳。"这棵小草把世上的一切风雨、人间的一切狂暴,全吸收到自己的身上,用自己的力量使它们平息下来;而在钻入泥土的苍白的根部,小草却小心翼翼地珍藏着它的,也是我们的复苏的希望。"[2]

在"战斗"和"相逢"两章中,阿斯塔菲耶夫以现实主义的笔触描写了卫国战争的真实场面,然而,"战斗中也会有陶醉的时刻",正是因为战争,中尉排长鲍利斯与柳霞邂逅,真诚相爱,他们的恋情非同寻常,短暂而又炽热、悲惨。在一次歼

---

① 阿斯塔菲耶夫:《牧童与牧女》,白春仁、王忠琪译,吉林人民出版社,1986年,第1页。
② 同上,第5页。

灭战结束之后,部队迅速向前方开拔,鲍利斯同柳霞不得不就此分别。而且,这一分别,竟成了生离死别。在一次战斗中,中尉排长鲍利斯遇到地雷爆炸,不幸受伤,不久,在身体上的战争创伤与对柳霞的思念带来的痛苦中,他与世长辞,被葬在寂寞的荒野上。柳霞姑娘一如既往,仍然忠实于他们的爱情,经过长途跋涉,来到了恋人的墓前,倾诉自己无尽的思念。

二 《鱼王》与生态文学

陈建华先生在总结俄罗斯当代小说的创作时,写道:"苏联当代小说中的人与自然主题包含着丰富的社会历史和道德哲理的内涵,特别是这一时期这一领域中不断有优秀的作品问世,成为一个令人注目的现象。"①而阿斯塔菲耶夫的《鱼王》,则更是令人注目。

1976 年,阿斯塔菲耶夫最著名的作品《鱼王》(Царь-рыба)得以出版。这部作品写于 1972 年至 1975 年,虽然名为长篇小说,但是实际上是由十三篇中短篇作品构成的一部合集。1975 年首次出版时,只有十二篇,未收入后来版本中的《没心没肺》这篇小说。《鱼王》这部作品共分两部,第一部包括同名的中篇小说《鱼王》等八篇小说,第二部包括《白色群山的梦》等五篇小说。各篇作品之间虽然相对独立,没有统一的情节结构,但是,有关人与自然之关系的线索却贯穿始终。因而《鱼王》被认为是俄罗斯文学中描写人与自然的关系、保护自然资源、保护生态环境、维护生态平衡这一主题的最为突出的代表性作品之一。

开篇的《鲍耶》写的就是人与自然之间的微妙关系。标题中的鲍耶本是一条狗的名字。在当地埃文基族的语言中,"鲍耶"就是"朋友"的意思。在这篇作品中,鲍耶确实是人类的朋友。作为柯利亚的一条爱犬,它爱着自己的主人,依恋自己的主人。鲍耶也被作者当成大自然秉性的化身。柯利亚的父亲因为贪污渎职被判徒刑,和其他犯人一起正被押解去服苦役。为了能够看上一眼父亲,柯利亚带着鲍耶在路边守候,由于过度伤心,泪水遮住了视线,他没有立即认出路过的犯人队伍中的父亲。可是这时,鲍耶却马上认出了柯利亚的父亲,欢腾地吠叫着,冲进了犯人的队伍,扑到柯利亚父亲的怀里。这时,响起了押解人员上枪栓的声音。柯利亚的父亲立即用身体挡住了鲍耶,央求押解人员不要开枪射击。柯利亚好不容易把鲍耶拖到一旁,可是它不明白这是怎么一回事儿,挣脱了柯利亚,又冲向了犯人的队伍。押解人员飞起一脚,将狗踢到一边,并对准它打出了一梭子弹。鲍耶在还没有明白人们为什么要打死它的时候,就悲惨地死去。

在题为《鱼王》的一篇中篇小说中,作品的内容开始于对主人公伊格纳季伊奇的描写。他在村民中间是一个大公无私的人物,乐于助人,聪明机智,而且是

---

① 陈建华:《丽娃寻踪》,中央编译出版社,2014 年,第 30 页。

其他村民无法企及的捕鱼能手。他总是以善心对待一切,不求回报地帮助别人。作为捕鱼能手,伊格纳季伊奇终于有一天夜里捕到了一条被称为"鱼王"的大鳇鱼。于是,像海明威的《老人与海》中所进行的描写一样,在阿斯塔菲耶夫的笔下,人鱼展开了一场生死搏斗,"鱼王"成了大自然的一个化身,人性的主题,大自然的惩罚和报复的主题,都在这一场大搏斗中纷纷展现出来。不过,正是在搏斗过程中,在濒临灭亡的关头,伊格纳季伊奇的良心制服了贪欲,开始忏悔起过去的罪孽,联想起了他在年轻的时候曾经蹂躏过的姑娘格拉哈,意识到他今天又是以一种不同的方式在粗暴地蹂躏大自然这样的一个"女性",同时意识到践踏人性和大自然不可避免将要受到应有的惩罚。于是,他放掉了这条大鳇鱼,他也由此得到拯救,并且恢复了内心的宁静。

阿斯塔菲耶夫的作品充满了对人与自然之间和谐关系的沉思和憧憬,他的作品中具有鲜明的生态意识。早在20世纪70年代,在后来风靡世界的生态批评以及文学生态学尚未兴起的时候,在人们依然对人类的工业革命津津乐道的时候,他就以自己独特的创作呼唤对自然万物的尊崇以及在此基础上的人性的复苏。他崇尚自然,追求人与自然的平等关系以及和谐状态。

对于自己小说创作中的自然书写,阿斯塔菲耶夫的观点十分明确。他曾经鲜明地表示了其创作目的:"我写有关大自然的作品既是为了孩子,也是为了成年人。我想让人们懂得:我们周围的一切,从绿色的草地到羼弱的小鸟,从原始森林里的野兽到种满庄稼的田野,直到我们赖以呼吸的天空和供给我们温暖的阳光——这一切的一切都是我们生命的一部分,也就是说,是我们本身,因为人类是大自然的儿子,既是儿子,当然就属于自己的地球母亲,须知我们是她的灵魂,她也永远活在我们的心中,没有地球母亲,我们是无法生存的。"[①]从阿斯塔菲耶夫的这番话中,我们更能体会《鱼王》的意义所在。在他看来,人与自然是一荣俱荣、一损俱损的辩证关系,保护自然,其实质就是保护人类自己。

可见,阿斯塔菲耶夫对生态问题的关注和思考是极其具有先见之明的,体现了一个作家的超前意识、时代的担当和深邃的关爱思想,以及对人类社会应当负有的职责。从作品中的环境危机和生态失衡中,我们更能看出作者的生态思想的重要意义所在。《鱼王》这部作品在《小说报》上转载时,苏联著名作家萨雷金在该小说的前言《谈谈作者》中,也对阿斯塔菲耶夫作品中的这一特性做出了鲜明的评论:"《鱼王》是阿斯塔菲耶夫一部最具阿斯塔菲耶夫特点的新作。这部新作最能体现阿斯塔菲耶夫的才能:以一个艺术家的眼光看待世界。人与自然看起来没有什么不可分的,而实际上,人与自然一直是互为作用、相互影响、相互渗

---

① 谈天辑录:《当代苏联作家谈人与自然的关系》,《苏联文学联刊》1992年第2期,第70页。

透的。一个人对周围环境的态度——这正是人的本身,这是一个人的性格,一个人的精神和哲学。河流、森林、果园、天空、土壤、野兽、鱼,以及各种各样的生物——所有这一切必定是形成阿斯塔菲耶夫主人公的性格和他们的处世态度,这些决定了主人公对人的态度。"①

正是因为人与自然之间如此密切的相互关系,阿斯塔菲耶夫才在《鱼王》中将大鳇鱼的生命置于与人的生命同等重要的地位,人与自然之间是一种相互依存的关系,毁坏大自然,也就是毁坏人类本身,尊重大自然,也就是尊重人类自己。阿斯塔菲耶夫的作品所给予我们的生态启示是极为深刻的。

正因为尊重自然,所以阿斯塔菲耶夫的《鱼王》充满了对自然的赞美,在写作过程中,作者淡化故事情节,器重抒情风格,抒发对自然的赞美。譬如,在题为《一滴水珠》的一篇小说中,作者以饱满的抒情笔触活灵活现地抒写了从露珠到河流等各种大自然的意象。如在抒写露珠时,作者感叹:"一滴椭圆形的露珠,饱满凝重,垂挂在纤长瘦削的柳叶的尖梢上,重力引它下坠,它凝敛不动,像是害怕自己的坠落会毁坏这个世界。"②作者不仅以细腻的笔触描写露珠的存在,而且,就连露珠也以自己的独特的方式呵护着共同的世界。同样,在描写河流时,作者写道:"叶尼塞河老爹在一个很突出的长形白石沙嘴上稍微停顿了一下,使强大的水流激起汹涌的波涛,随后又把一条小溪纳入它的怀抱,它把这条小溪和另一些湍急清澈的小河汇在一起。它们从千百里外川流不息地奔赴而来,为的是一点一滴地用青春的活力去充实这条伟大河流的永恒运动。"③在阿斯塔菲耶夫的笔下,作为自然意象的河流,不仅具有人类的情感,而且也懂得"团结就是力量"的人间哲理。

正因为人与自然之间所达成的和谐的关系,所以产生一种神秘的理想的境界:

> 森林的深处好像听得到一种神秘的气息,轻微的足音。甚至觉得天空中浮云也像是别有深意,同时神秘莫测地在行动,也许,这是天外之天或者"天使翅膀"的声响?! 在这天堂般的宁静里,你会相信有天使,有永恒的幸福,罪恶将烟消云散,永恒的善能复活再生。④

阿斯塔菲耶夫心中有着这一神秘的理想境界,所以他关注人与自然的和谐

---

① 阿斯塔菲耶夫:《鱼王》,《小说报》1977年第5期,第3页。转引自杨素梅、闫吉青:《俄罗斯生态文学论》,人民文学出版社,2006年,第214页。

② 阿斯塔菲耶夫:《鱼王》,夏仲翼等译,广西师范大学出版社,2017年,第94页。

③ 同上,第93页。

④ 同上,第94页。

关系的建构,以便在嘈杂的人类世界,也能够倾听到永恒的天堂般的宁静。

综上所述,20世纪七八十年代的俄罗斯小说,不仅艺术成就显得异常突出,而且小说家们不断进行新的探索,表现出新的价值取向,尤其在伦理意识、生态意识等方面,突出体现了文学家作为思想家的独到之处与超前理念。

第二十四章 苏联解体以来的小说创作

　　以前，一些文学史家总是喜欢借用金属的属性来形容文学的发展，于是，就有了文学的"黄金时代"等一些称呼。俄罗斯文学也不例外，相对繁荣的文学发展时期也都被冠以金属的名称。普希金时代的文学被冠以"黄金时代"，19世纪末至20世纪20年代的文学，被冠以"白银时代"，20世纪六七十年代的文学被冠以"青铜时代"。按照这样的逻辑，文学的发展似乎就是从辉煌走向衰落了。即使再度辉煌，也没有合适的金属来对此进行形容了。

　　这一用金属对应文学发展期所表现出的特性对于俄罗斯文学来说，倒是在一定程度上应验了。因为，自从1991年底苏联解体之后，俄罗斯文学无论从体量上还是从文学在社会生活中的地位上，都无法与苏联时代的文学相提并论了。但是，在文学领域所发生的各种变化和转型以及相应的成就也是我们不能忽略的。苏联解体之后的几十年间，"科技、媒介、政治、经济政策、艺术、普通公民的日常活动等等，都在不断地重塑着俄罗斯及其文化"[1]。解体后的俄罗斯文学也以新的姿态谋求在社会生活中应有的地位，努力折射社会生活的发展与变更。

　　因此，苏联解体后，不仅仅是政治以及经济体制发生变更，更为主要的，是俄罗斯人们文化层面的身份认同危机的产生，固有的民族性格特征，以及相应的"历史使命"，都发生了突然的变更，人们必然为新的文化身份的建构而探寻。与此同时，即使意识形态及经济体制发生了重大变革，苏联时期的一些文化传统也根深蒂固地作用于作家的创作，尤其是影响着在苏联时期富有成就的老一辈作家的创作，从而形成了多元的文化格局。

第一节 苏联解体后小说创作概论

　　随着20世纪80年代末90年代初苏联社会政治的巨变以及随后苏联的解体，延续了七十余年的苏联文学随着苏联的解体而不复存在，被俄罗斯文学以及其他各个民族的文学所取代，同样，作为主导的社会主义现实主义创作方法也相

---

　　① Mark Lipovetsky and Lisa Ryoko Wakamiya eds. *Late and Post-Soviet Russian Literature：A Reader*，Boston：Academic Studies Press，2014，p. 10.

应地完成了自己的历史使命,逐渐让位于后现代主义、新现实主义等各种思潮。

一 苏联解体后的小说创作倾向

苏联的解体,虽然是一场政治事件,但是对俄罗斯文学创作所产生的影响却是翻天覆地的。文学已经不像苏联时代那样受到社会的关注,文学家本身也不再像苏联时代那样作为"人类灵魂的工程师"而受到人们的尊敬,而是从"高雅的殿堂"被无情地抛向了世俗的人间。正如我国学者黎皓智先生所述:"苏联解体后文学的首要变化就是:它再也不必像过去那样与国家的整体事业联系在一起,文学再也不受国家的监督、扶植与保护,而是抛向了'野蛮的'市场。"[①]更何况作为原苏联民族文学组成部分的乌克兰文学、白俄罗斯文学、拉脱维亚文学、爱沙尼亚文学等等,纷纷成为独立国家的民族文学,就连与文化生活密切相关的语言,也发生了相应的变更。这些独立的国家纷纷在文化和教育中推行自己的民族语言,不再使用统一的俄语,甚至连地名也发生了变化,纷纷恢复了过去的地名,很多具有苏联以及革命色彩的地名也全都回到了十月革命以前或者沙俄时代的状态。

所以,本章所述的苏联解体后的文学,实为苏联不复存在之后的俄罗斯民族文学。苏联时代的一些作家,如著名作家艾特玛托夫的创作,已经成为吉尔吉斯斯坦国家的文学了,更不用说与俄罗斯文学有着千丝万缕的联系的乌克兰等国家的文学了。

即使是属于真正意义上的俄罗斯民族文学,由于受到政治巨变以及社会生活变更的影响,在新的历史语境下,其在社会生活中的作用以及相应的地位也发生了根本性的变化,很多过去依靠国家财力支持的文学社团已经不复存在,包括小说这一艺术形式在内的严肃文学受到了空前的挑战,一些刊载严肃文学作品的文学刊物依靠自身力量已经难以维持。我们仅以 1991 年苏联解体后直到世纪末的 1999 年为例,来看看刊载小说的主要文学刊物的发行量的变化[②]:

单位:册

刊物名称	1991 年 1 月	1993 年 1 月	1996 年 1 月	1999 年 1 月
《旗》	421000	72500	34000	11800
《新世界》	926000	74000	30200	14500
《我们的同时代人》	275000	88200	21200	12000
《青年近卫军》	418000	69000	13000	6500

---

① 黎皓智:《俄罗斯小说文体论》,百花洲文艺出版社,2001 年,第 293 页。

② 张捷:《苏联解体后的俄罗斯文学(1992—2001 年)》,中国社会科学出版社,2011 年,第 131 页。

从上述主要文学刊物发行量的逐渐萎缩可以清楚地看出苏联解体后作家的处境以及文学与社会不能适应的局面。

其实,1991 年文学刊物的发行量就已经不如以前的苏联时代了。譬如,《新世界》杂志在 1990 年的发行量是 266 万册,到了 1991 年已经下降了三分之二,到了 1995 年已经下降到 2.5 万册[①],进入新世纪之后,情况就更为糟糕了。以著名的文学刊物《旗》为例,在苏联解体之前的 1990 年,发行量达到了 100 万册,可是苏联解体后,到了 20 世纪的最后一年,下降到 11800 册,进入新世纪之后,更是迅速地少于万册,2006 年为 4600 册,2016 年为 2000 册,2018 年则已经下降到了 1300 册。[②]

不过,尽管文学创作受到了相当严重的影响,但是,并没有出现完全停滞的局面,而且,随着时间的推移,一部分作家慢慢走出了政治巨变的阴影,开始意识到文学反映现实的意义以及应当发挥的社会作用和教诲功能,以作家的独到的眼光来重新审视社会现象,拓展文学创作的空间,适应时代的发展变化。由于受到时代的影响,文学回归本体,从苏联时期的崇高地位上跌落下来,开始受到市场规律的支配,文学作品成为供人消费的商品,文学家不再是"人类灵魂的工程师",而是降为商品的生产者。一些严肃的作家为了生存的需求,也不得不开始撰写一些博取眼球的低俗作品。甚至有些作家无视文学作为精神产品的属性,丧失了人格的尊严,为适应市场需求,出卖自己的灵魂,看风使舵,追名逐利,制造文学垃圾,以凶杀、色情等强烈感官刺激的描写,来满足部分读者的低俗需求。当然,也有一些作家在新世纪的新的语境下,坚守自己的文学理想,牢记文学家的良心所在,创作出了许多重要的作品。

就创作主题而言,具有优秀传统的战争题材的小说、反思以及反映新的社会问题的小说、伦理道德探索主题的小说、生态危机问题的小说,以及科幻题材的小说等等,都占有一席之地。如果说战争主题、道德探索主题的小说是苏联时期成名的作家的领地,那么,反映当代社会现实问题主题、生态主题、伦理身份探索与身份认同主题,以及科幻主题等,则是新时代作家所涉及的领域了。但总体而言,与苏联时代相比,俄罗斯作家小说创作的热忱有所下降,尽管在西方艺术技巧的借鉴方面,取得了可喜的成就,但是像苏联时期那样群星灿烂的景象,已经不复存在。以科幻小说而言,已经没有了 20 世纪二三十年代别利亚耶夫等科幻小说家的气势,成就主要是以斯特鲁加茨基兄弟(братья Стругацкие)来体现的,但即使是他们的科幻作品,也不及他们六七十年代的创作。

---

① 此处统计数字来源于:Cornwell, Neil. *The Routledge Companion to Russian Literature*, London: Routledge, 2001, p. 235.

② 具体参看俄文网站 https://ru. wikipedia. org/wiki 中的 *Знамя* 条目。

斯特鲁加茨基兄弟是指阿卡迪·斯特鲁加茨基（Аркадий Натанович Стругацкий，1925—1991）和鲍里斯·斯特鲁加茨基（Борис Натанович Стругацкий，1933—2012）两兄弟。他们最为著名的作品是长篇小说《路边野餐》（Пикник на обочине）。这部作品被安德列·塔科夫斯基以《潜行者》为名搬上了银幕。

就创作思潮而言，苏联解体之后的小说创作，不再是现实主义的一统天下，而是大休具有二种创作倾向。一是传统现实主义小说，在苏联时代成名的一批作家，依然坚守传统现实主义的创作手法，在经过短暂的磨合和转型之后，重新投入小说创作之中。二是后现代主义小说，一些作家在借鉴西方后现代主义文学的创作手法的同时，也热衷于对俄罗斯传统文化进行解构。三是新浪潮小说，一些作家对后现代主义等理论逐渐失去兴趣，于是开始在文学创作中进行新的探索，寻找适应于自身需求的新的表现手段和新的思维方式。

二　传统现实主义小说

传统现实主义小说的主要作家是指在苏联时期已经以现实主义创作手法获得一定成就的一批著名作家，在苏联解体后，这些作家经过一段时间的沉默，接着便逐渐适应了新的形势和新的导向，其中包括列昂诺夫、邦达列夫、斯塔德纽克、卡尔波夫、普罗斯库林、拉斯普京、阿列克谢耶夫等一批优秀的作家。他们这些在苏联时期就享有盛名的作家依然坚守自己的文学理想，在新的历史语境下寻找自己的地位，充分意识到文学家的历史作用以及文学作品所具有的伦理教诲功能，继续以现实主义的手法从事文学创作。列昂诺夫于 1993 年出版了长篇小说《金字塔》（Пирамида），邦达列夫出版了长篇小说《不抵抗》（Непротивление，1994—1995）和《百慕大三角》（Бермудский треугольник，1999），斯塔德纽克出版了带有自传性的中篇小说《无悔的自白》（Исповедь без покаяния，1991），卡尔波夫出版了书写斯大林的传记体长篇小说《大元帅》（Генералиссимус，2002），普罗斯库林出版了长篇历史小说《兽的数目》（Число зверя，1999），拉斯普京出版了中篇小说《伊万的女儿和伊万的母亲》（Дочь Ивана，мать Ивана，2003），阿列克谢耶夫出版了长篇小说《我的斯大林格勒》（Мой Сталинград，1993—1998）和《占领者》（Оккупанты，2002）。

尤其是邦达列夫等作家，面对新的历史语境，依然拿起自己的笔杆，表达对新的社会问题的关注。邦达列夫的长篇小说《百慕大三角》（1999），是作者在苏联解体后所创作的一部重要作品。这部作品表达了俄罗斯知识分子对苏联解体的迷惘和不满。作品所描写的是 1993 年 10 月至 1996 年 10 月所发生的政治事件和社会现实生活，特别是苏联解体后俄罗斯最危险的 1994 年的处境。作品通过年轻记者安德烈和他的恋人所受到的 1993 年震惊世界的炮轰俄罗斯议会的"十月事件"的影响，以及思想的发展和命运的变故，表达了对解体后的俄罗斯命运的担忧,认为俄罗斯犹如一艘驶入百慕大三角的巨轮,失去了控制。在小说发表后,作者说:"俄罗斯的大船实际上在百慕大群岛那里,在大西洋中这个神秘的三角区一动不动地停住了……我亲爱的祖国这艘船的螺旋桨勉强转动着,罗盘指针不动,仪器显示着零。我的小说不愉快的标题和其中反映出的不愉快情绪就是由此而来的。"①邦达列夫的这番话充分表明他作为一名作家而始终一贯的爱国热忱以及对祖国命运的关切。

拉斯普京的中篇小说《伊万的女儿和伊万的母亲》(*Дочь Ивана,мать Ивана*),依然坚守他的社会探索、伦理探索的主题。

作品的女主人公塔马拉·伊万诺夫娜,有一个尚未成人的女儿斯维特佳,她读完九年制的商科学校之后,想在城里找一份售货员的工作。但是,在找工作的过程中,却遭到了一个阿塞拜疆店主的强暴。在诉诸法律的过程中,受到重重阻力,法检机关歪曲事实而做出医疗检查报告,检察院的工作人员在接受贿赂之后,决定不予起诉。塔马拉·伊万诺夫娜在正义没有得到伸张的情况下,包里藏着手枪,潜入检察院大楼,在罪犯就要被释放前,开枪打死了罪犯。经过审判,塔马拉·伊万诺夫娜被捕入狱。在小说的结尾部分,这位作为老伊万的女儿和小伊万的母亲的女主人公,在牢中待了四年半之后,被提前释放,获得自由,她怀着些许希望,去面对新的生活。

虽然拉斯普京始终一贯地坚守其道德探索主题,但是,在具体描写中,我们也不难看出苏联解体后社会政治语境对他思想和创作的影响。譬如,关于斯维特佳遭到强暴的描写,如果在苏联时代,可能就不会特别注明施暴者是哪个民族的人了,以免引发民族矛盾,而在苏联解体后,拉斯普京特别强调施暴者是阿塞拜疆人,这其中的政治和宗教方面的寓意还是较为明显的。

传统现实主义创作中,值得一提的是女作家托卡列娃。她在苏联时期就开始出版小说,但数量有限,从开始出版第一部作品的 1969 年到苏联解体前,她一共出版了四部小说作品,所以在当时声誉有限,然而,苏联解体后,直到 2017 年,她出版了近二十部作品,引起了俄罗斯文坛以及西方文坛极大的关注。

托卡列娃

维克托里亚·萨莫伊洛夫娜·托卡列娃(Виктория Самойловна Токарева,1937—)出身于列宁格勒的一个工程师家庭,由于她的父亲过早去世,主要靠伯父抚养成人。1958 年,她毕业于列宁格勒音乐学校,随后又进入列宁格勒国立音乐学院学习,其后在莫斯科的一家音乐学校从事音乐教学工作。1962 年,她又进入全苏国立电影学院学习,并于 1967 年毕业。

---

① 《苏维埃俄罗斯报》2000 年 8 月 31 日。转引自陈敬咏:《苏联解体后的邦达列夫及其新作〈百慕大三角〉》,《当代外国文学》2002 年第 3 期,第 135 页。

托卡列娃很小就在母亲的影响下，对文学创作产生了浓厚的兴趣，在电影学院读书期间，她就开始发表作品。她的第一篇小说《无谎言的一天》(*День без вранья*)于1968年发表，她的第一部短篇小说集《未曾发生的故事》(*О том，чего не было*)于1969年出版。1971年，她加入了苏联作家协会。

苏联解体后，托卡列娃的主要作品有：《快乐的结局》(*Хэппи энд*，1995)、《长翅膀的马》(*Лошади с крыльями*，1996)、《幸运鸟》(*Птица счастья*，2004)等。

托卡列娃的文学创作以中短篇小说为主，篇幅不长，语言简洁，生动流畅。就题材而言，她大多书写生活中司空见惯的平凡事件。她小说的主人公多半是读者所熟悉的普通人物，而且大多是女性。"(她)描写女性命运的题材的小说同全人类共同面对的问题密切相关。作家试图回答这样的问题，如'女性如何在这个世界上生存？如何生活？为何而活'等。"①托卡列娃总是善于揭示这些普通人物身上所具有的道德的力量和永恒的价值。

三　后现代主义小说

俄罗斯后现代主义文学思潮形成于20世纪七八十年代，到了苏联解体后的90年代，达到了其发展的鼎盛时期，然而，进入21世纪之后，其热潮开始逐渐消退。

俄罗斯后现代主义小说的产生和发展，既是对流行于世界的后现代主义思潮的一种呼应，也是适应俄罗斯社会历史语境的一种需求，所以，这一思潮在一定程度上具有了俄罗斯本土文化的特性。"俄罗斯后现代主义文学作为从西方引进的一种文学品种，一方面，它保存着原有的特点，另一方面，它被移植到俄罗斯的土壤后，由于这里的社会生活基础和文学传统有所不同，就不能不发生某些变异，有时这种变异甚至是不以作家们的意志为转移而发生的。"②

俄罗斯后现代主义文学最主要的代表是索罗京和佩特文，其他重要的后现代主义小说家有哈里托诺夫、库拉耶夫、皮耶楚赫、叶罗费耶夫、沙罗夫、马卡宁、希什金、托尔斯泰娅等作家。

(一)哈里托诺夫

哈里托诺夫(Марк Сергеевич Харитонов，1937—　)出身于一个职员的家庭，1960年毕业于莫斯科师范学院。曾经从事过中学教师以及出版社编辑等工作。自1967年开始发表作品，比较重要的第一部中篇小说《二月的日子》(*День*

---

① 孙超：《二十世纪八九十年代俄罗斯中短篇小说研究》，人民文学出版社，2014年，第49页。

② 张捷：《苏联解体后的俄罗斯文学(1992—2001年)》，中国社会科学出版社，2011年，第188页。

в феврале）发表于 1976 年第 4 期的《新世界》杂志。这篇作品受到文坛的关注。该小说中有着对巴赫金的狂欢、游戏、面具等概念的回应,作品的主要情节基础是巴黎的狂欢节,狂欢节的参与人之一是果戈理,他声称自己知道普希金的命运悲剧。作品的主人公跳出狂欢,进入现实社会,回想起不久前在彼得堡与普希金的相逢……作品中渗透着狂欢与现实的冲撞。

尽管在 20 世纪 70 年代就引起文坛关注,但是,哈里托诺夫的作品大多出现在苏联解体之后。他最具代表性的作品是长篇小说《命运线,或米拉舍维奇的小箱子》(*Линии судьбы, или Сундучок Милашевича*,1992)。在这部长篇小说中,主人公利扎文(*Лизавин*)是一名语文学者,他在撰写副博士学位论文的时候,发现了 20 世纪初期外省一位名叫米拉舍维奇的作家所留下的小箱子,而箱子里所存的是背面写满文字的糖纸。通过对这些糖纸的研究,利扎文力图梳理死于 20 年代的这位作家的"命运线"。利扎文与米拉舍维奇之间的意识层面的对话构成了这部作品的主要情节线索。然而,小说的作者竭力将个人的"命运线"与时代和国家的"命运线"连接起来,将过去与现时、他者与自我、外省与都市等要素连接起来,思考自世纪之初至六七十年代的全部的历史真实,传达不同时代知识分子的共同的精神探索和理想的道德追求。

（二）库拉耶夫

米哈伊尔·尼古拉诺维奇·库拉耶夫（*Михаил Николаевич Кураев*,1939— ）,出身于列宁格勒的一个工程师家庭。孩提时代,他就经历了列宁格勒的围困。1961 年,他毕业于列宁格勒戏剧音乐电影学院艺术系。曾在列宁格勒电影制片厂担任编剧等工作,是多部电影和电视连续剧的编剧,20 世纪 80 年代末,他开始从事小说创作。1987 年,他的处女作——中篇小说《杰克什坦船长》(*Капитан Дикштейн*)发表在著名的《新世界》杂志上,获得了一定的成功,赢得了不小的声誉,随后它被翻译成英法等多种外语出版。其后,他还创作了中篇小说《夜间巡逻》(*Ночной дозор*,1988)、《家庭小秘密》(*Маленькая семейная тайна*,1990)、《别佳去天堂的路上》(*Петя по дороге в Царствие Небесное*,1991)。苏联解体后,他创作了多部长篇小说和中篇小说,其中包括长篇《蒙坦奇卡的镜子》(*Зеркало Монтачки*,1993)、《241 支签》(*Жребий—241*,1995)、《迎接列宁!》(*Встречайте Ленина!*,1995),以及中篇小说《自鸣钟在敲响》(*Куранты бьют*,1992)、《围困》(*Блокада*,1994)等。1998 年,因三部曲《家庭编年史》(《杰克什坦船长》《围困》《241 支签》),库拉耶夫获得俄罗斯国家文学奖。

库拉耶夫的贡献在于小说艺术模式的创新,在消解传统的思维方式和创作模式的同时,注重新的文化理念以及新的历史文化价值的重构,尤其是关注在客观历史条件下人的个性价值的意义和作用。

（三）皮耶楚赫

皮耶楚赫（Вячеслав Алексеевич Пьецух，1946—2019）生于莫斯科，父亲是一名试飞员。1970 年，皮耶楚赫毕业于莫斯科国立师范学院历史系。大学毕业后，当过十年左右的中学历史教师，随后到电视台和杂志社等新闻部门担任新闻记者等工作。早在 1978 年，皮耶楚赫就开始发表作品，1983 年出版第一部小说集《字母表》（Алфавит），但是直到苏联解体后他才得以成名，并于 1993 年 1 月至 1995 年 7 月担任重要期刊《各民族友谊》杂志主编。他的主要作品有长篇小说《莫斯科新的哲学》（Новая московская философия，1989）、中篇小说《中了魔法的国家》（Заколдованная страна，1992），以及长篇小说《浪漫唯物主义》（Роммат，1990）等。

长篇小说《莫斯科新的哲学》所探讨的是文学与生活的关系问题。小说的主要人物普姆皮扬斯卡娅，是孤身一人的老太婆，她所住的公寓楼里一套一百多平方米的房子里，陆续搬进新的住户，她只能退居到很小的一间屋子里，但是，作为本来的房屋主人，她依然负责整套房子的卫生等杂事。可是，在一个寒冷的冬天的夜晚，她失踪了，后来被发现冻死在公园的长凳上。在调查中发现，屋子里近期有很多反常的现象，譬如，普姆皮扬斯卡娅早已死亡的父亲会在门后一闪而过，此外还有匿名信以及奇怪的电话等等。后来真相大白，造成普姆皮扬斯卡娅死亡的，是一个十年级的学生米佳的恶作剧。他偷了普姆皮扬斯卡娅父亲的一张全身照片，用自己设计制造的一架投影仪，趁普姆皮扬斯卡娅在夜里走出房间检查火烛时，让其看到她父亲的形象，将她引到户外，终于冻死。而那些匿名信和奇怪的电话，则是米佳的女友柳芭的行为。

可见，上述事件的发生，与陀思妥耶夫斯基的长篇小说《罪与罚》中的情形十分相似，普姆皮扬斯卡娅如同那个放高利贷的老太婆，米佳如同穷学生拉斯柯尔尼科夫，而柳芭对米佳的态度则类似《罪与罚》中的索尼娅。在作者看来，普姆皮扬斯卡娅的悲剧根源，正是在于米佳等人没有阅读文学经典《罪与罚》，正是文学经典所具有的道德教诲功能未能发挥作用，才导致悲剧事件的发生。小说中的一个人物别洛茨维托夫震惊于这一事件，连夜写出了自己的感想："在人类道德发展过程中，文学在某种程度上甚至被赋予基因的意义，因为文学是人类浓缩了的精神经验，因此它是对理性生物的基因密码最重要的添加剂，没有文学，人不能完全成为人……"①

《中了魔法的国家》创作于 1992 年，后于 2001 年出版同名作品集。这部作品以五个人物聊天的方式，以及作品中"我"的思维活动，审视了俄罗斯的历史以及人类的历史，当然，他在审视俄罗斯历史和人类历史的时候，大多采取嘲讽、抨

---

① 转引自许贤绪：《当代苏联小说史》，上海外语教育出版社，1991 年，第 475—476 页。

击甚至否定的态度。在五人聊天的间隙中,男主人公"我"展开了自身思维的漫游,在"我"的头脑中,不仅出现了 20 世纪之前的俄罗斯历史文化,而且追溯到了人类的起源,以及世界上古埃及、古希腊、古印度、中国等一些文明古国。该作品正是在聊天和思维漫游中对俄罗斯以及人类文化进行深刻的审视和讽喻。

(四)叶罗费耶夫

维克多·弗拉基米洛维奇·叶罗费耶夫(Виктор Владимирович Ерофеев,1947—   ),出身于名门,他的父亲是一名外交官,1970 年毕业于莫斯科大学语文系,随后进入苏联科学院高尔基世界文学研究所攻读研究生,1975 年以《陀思妥耶夫斯基与法国存在主义》(Достоевский и французский экзистенциализм)为题通过副博士学位答辩。

叶罗费耶夫是一位学者型作家,苏联时期,曾经因为以地下形式出版相关作品被作家协会开除。他获得知名度和主要文学成就是在苏联解体之后。他的主要作品有《俄罗斯美女》(Русская красавица,1989)、《俄罗斯灵魂百科》(Энциклопедия русской души,1999)、《X 神:爱情故事》(Бог X. Рассказы о любви,2001)、《球状闪电》(Шаровая молния,2005)、《粉红色老鼠》(Розовая мышь,2017)等。

叶罗费耶夫的重要作品之一——长篇小说《俄罗斯美女》创作于 1980 年至 1982 年,于 1989 年出版,随后被译成二十多种外语语种。这部长篇小说的女主人公名叫伊莉娜(Ирина Владимировна Тараканова),她出生在一个偏僻的小城,在那里有过一段不成功的婚姻,后来迁居莫斯科,当上了时装模特。作品以伊莉娜为第一人称,主要叙述她在莫斯科所经历的艰难复杂的情感历程和婚恋生活,并在一定层面上传达了因社会突变而出现的玩世不恭、喜怒无常的社会群体意识。

叶罗费耶夫对俄罗斯后现代主义小说也有自己独到的见解,在为文集《俄罗斯的恶之花》(Русские цветы зла,1997)所写的前言中,他写道:"新俄罗斯文学无一例外地怀疑起了一切:怀疑爱情,怀疑儿童,怀疑信仰,怀疑宗教,怀疑文化,怀疑美,怀疑崇高,怀疑母爱,怀疑民众的智慧……而晚些时候,又对西方产生了怀疑。"[1]他的这段话在一定程度上阐述了他自己的小说以及俄罗斯后现代主义文学的创作特征。

(五)沙罗夫

沙罗夫(Владимир Александрович Шаров,1952—2018)生于莫斯科的一个知识分子家庭。从莫斯科第二数理中学毕业之后,他进入普列汉诺夫学院学习,

---

① 叶罗费耶夫:《俄罗斯的恶之花》,转引自孙超:《二十世纪八九十年代俄罗斯中短篇小说研究》,人民文学出版社,2014 年,第 8 页。

但被迫离校,后来于 1977 年毕业于沃隆涅什大学历史系,获得历史学副博士学位。毕业后,他从事过装卸工、秘书等工作。

他于 1974 年开始从事文学创作,1980 年,他的作品开始在《新世界》杂志上发表,登上文坛。1978—1984 年,他创作第一部长篇小说《跟踪与足迹:思考、注释及重要日期中的一个家族史》(*След в след:Хроника одного рода в мыслях,комментариях и основных датах*),于 1991 年面世。1986 年至 1988 年,他创作了第二部长篇小说《排演》(*Репетиции*),并于 1992 年面世。他的其他比较重要的作品还有长篇小说《此前和此时》(*До и во время*,1993)、《我不后悔》(*Мне ли не пожалеть*,1995)、《圣女》(*Старая девочка*,1998)、《乞丐复活》(*Воскрешение Лазаря*,2002)、《就像孩子一样吧》(*Будьте как дети*,2008)、《返回埃及》(*Возвращение в Египет*,2013)。他的最后一部,即第九部长篇小说《阿伽门农的王国》(*Царство Агамемнона*)于 2018 年面世。其中,《返回埃及》获得 2014 年度俄语布克文学奖。

沙罗夫的长篇小说《排演》通过排演末日宗教剧这一情节,将俄罗斯三百年间的人与事串联起来,对此进行解构和颠覆。而长篇小说《圣女》则通过女主人公薇拉的个人悲剧命运,对苏维埃的历史进行反思,甚至怀有否定的态度。

长篇小说《返回埃及》是一部书信体小说。该小说以 20 世纪的一些历史事件为基础,书写知识分子的精神探索。作品的主人公科里亚是俄国著名作家果戈理的后裔,由于他从小就表现出文学天赋,整个家族便对他寄予厚望,期盼他能够完成果戈理《死魂灵》的第二部和第三部。小说于是便通过科里亚续写《死魂灵》,来对俄罗斯在新的历史时期民族出路问题,进行思考,进行探索,塑造了全新的乞乞可夫的形象。然而,令人遗憾的是,1991 年,科里亚去世,未能完成续写《死魂灵》这一家族使命,也未能完成对民族出路问题的探索。这部小说以科里亚的经历,折射了 20 世纪 20 年代至 90 年代苏联自建立到解体的历程,反映了俄罗斯知识分子的历史命运与不懈追求。

（六）马卡宁

弗拉基米尔·谢苗诺维奇·马卡宁（Владимир Семёнович Маканин,1937—2017）,也是俄罗斯文坛一名较为重要的后现代主义作家,他出身于奥伦堡州奥尔斯克市的一个知识分子家庭。他的父亲是一名建筑工程师,他的母亲则在中学教授文学课程。正是受到父母的影响,马卡宁对数学和文学同时产生了浓厚的兴趣。1960 年,从莫斯科大学力学数学系毕业后,他曾在高等院校任教,同时在高等电影学院学习。1965 年,他在《莫斯科》杂志上发表了他自 1963 开始倾心创作的长篇小说《直线》(*Прямая линия*),从此,马卡宁弃理从文,开始走上了小说创作的道路。

弗拉基米尔·马卡宁重要的作品包括他的长篇小说《地下人,或当代英雄》

(*Андеграунд，или Герой нашего времени*，1998)、《阿桑》(*Асан*，2008)，以及中篇小说《铺着呢子、中央放着长颈玻璃瓶的桌子》(*Стол，покрытый сукном и с графином посередине*，1993)。

马卡宁的中篇小说《铺着呢子、中央放着长颈玻璃瓶的桌子》曾经获得过俄语布克文学奖。他的长篇小说《地下人，或当代英雄》获得了1999年度俄罗斯联邦国家文学奖。

马卡宁最著名的作品是长篇小说《地下人，或当代英雄》。从这部作品的题目来看，很容易令人联想起陀思妥耶夫斯基的《地下室手记》的主人公"地下人"以及莱蒙托夫《当代英雄》中"多余的人"毕巧林，似乎是这两部作品名称的叠加。在陀思妥耶夫斯基的《地下室手记》中，主人公是一个不得志的八等文官，可见，"地下人"是没有父母、没有姓名的"小人物"形象，而在莱蒙托夫的《当代英雄》中，莱蒙托夫时代的"当代英雄"是出身于贵族家庭、受过良好教育但是没有行动能力的"多余的人"。陀思妥耶夫斯基的人物与莱蒙托夫的人物似乎出自两个不同的社会阶层，因此，似乎两者很难"叠加"。不过，这部作品中的"地下人"指向是明确的，是指勃列日涅夫时代从事"地下文学"创作的作家。2004年，在圣彼得堡与俄罗斯师范大学学生进行交谈时，马卡宁曾经谈到了这部作品的创作动机，他说：

> "地下人"——是一个复杂的现象，具有两面性。首先，是指对当局持反对态度的人。这个当局呼出的气息让人们明白，它不会长久。这是在民主社会缺失情形下俄罗斯反对派的变异。一旦发生变更，这样的地下人便成为权力机构，而且以适当的方式，占据我们的钱财和最高的位置。但是也有另一种"地下人"，代表着在任何政权变更的时候都不可能占据最高位置的人们。这是整整一代牺牲的，但是拥有精神力量的英勇的人们。为了怀念这些人，我创作了这部长篇小说。[①]

可见，"地下人"是具有20世纪新的时代特征的人物典型，是在继承莱蒙托夫、陀思妥耶夫斯基等经典作家传统艺术技巧的基础上所进行的富有特性的新的开拓。这些地下人的作品虽然得不到发表的机会，也不被当时的社会所接受和承认，因而过着似乎与世隔绝的地下的生活，但是，他们坚守自己的立场和观点，坚信自己的创作成就，憧憬自己的未来，因而有着自己的真正的生活，也是真正意义上的"时代的主人公"。这样的地下人的代表是彼得罗维奇。在这部作品中，彼得罗维奇这个"时代的主人公"既不想丧失自己的个性，又不愿意同当时的

---

① *Учительская газета*，(14 декабря 2004)。

社会现实进行面对面的抗争。于是,他只得选择转入地下。与此同时,这个人物的身上,还有许多的缺点,甚至是劣迹。所以,这是一代人的共同的性格特征,正如马卡宁在该小说的题词中所引用的莱蒙托夫《当代英雄》中的话语:"英雄……是一幅肖像,但不是一个人的肖像,而是我们整整一代人及其全部发展史上的劣迹所构成的肖像。"①彼得罗维奇也像陀思妥耶夫斯基笔下的人物一样崇尚超人,并且两次杀人,不过他没有悔意,反而有拉斯科尔尼科夫最初所坚持的"杀人者未必有罪"的超人理论的意味:"大家都杀人。在世界上,现在杀人,过去也杀人,血像瀑布一样地流,像香槟酒一样地流,为了这,有人在神殿里被戴上桂冠,以后又被称作人类的恩主。"②

当然,与陀思妥耶夫斯基的"地下人"相比,马卡宁的"地下人"已经被赋予了当代的特色,内涵已经得到深化。马卡宁也在作品中不断探索"地下人"的新的确切定义:"地下人就是社会的潜意识。地下人的意见无论怎样都是集中的。它无论怎样都是有意义的,有影响的。即使它永远(就连无意的言论)也不会出现在光天化日之下。"③作者有关地下人是社会的潜意识的观念是非常重要的定义。

(七)希什金

米哈伊尔・帕夫洛维奇・希什金(Михаил Павлович Шишкин,1961—　　),生于莫斯科,毕业于莫斯科师范学院。毕业后从事过养路工、新闻记者、教师等多种工作。1993 年在《旗》杂志上发表短篇小说《书法课》,登上文坛。1995 年起,迁居瑞士苏黎世。

希什金公开反对俄罗斯现政府,称其为"腐败的犯罪政权"。希什金的小说被译为多种外语出版。他的主要作品中,作为小说体裁的有:长篇小说《等待我们大家的是黑夜》(Всех ожидает одна ночь,1993)、中篇小说《盲音乐家》(Слепой музыкант,1994)、长篇小说《攻克伊兹梅尔》(Взятие Измаила,1999)、长篇小说《过坛龙》(Венерин Волос,2005)、长篇小说《尺牍》(Письмовник,2010)等等。

希什金的长篇小说《攻克伊兹梅尔》,是后现代文学的一部力作,给希什金赢得了巨大的文学声誉,2000 年,该作品获得俄语布克文学奖。伊兹梅尔是乌克兰的港口城市,"攻克伊兹梅尔"是一种象征,表示主人公战胜生活。伊兹梅尔历

---

①　侯玮红:《自由时代的"自由人"——评马卡宁的长篇新作〈地下人,或当代英雄〉》,《俄罗斯文艺》2002 年第 4 期,第 73 页。

②　陀思妥耶夫斯基:《罪与罚》,朱海观、王汶译,人民文学出版社,1982 年,第 511—512 页。

③　马卡宁:《地下人,或当代英雄》,田大畏译,外国文学出版社,2002 年,第 633 页。

史上归属土耳其,是战争重镇(现为乌克兰的港口城市)。在 1787 年至 1791 年间,在俄国与土耳其的战争期间,以亚历山大·苏沃罗夫为统帅的俄国军队,曾经攻占了伊兹梅尔要塞,因而俄罗斯人引以为豪。"希什金借古寓今,借题发挥,并以亚历山大·瓦西里耶维奇来为自己的主人公命名(与苏沃罗夫同名),所不同的是,小说中的伊兹梅尔要塞只是玩具模型,攻克它的既不是过去的苏沃罗夫统帅,也不是今天的主人公,而是一群训练有素的米老鼠。"[①]

这部小说涉及的内容很广,虽是一部多线条情节结构的小说,却没有主要的情节线索,从最开始描述的法律案件,到奥尔加死于癌症以及病理解剖学家莫得因见死不救而判刑,整部作品没有首尾相贯的情节,线索似乎很多,但总是中途中断。如果说该作品一定有一个什么主题的话,那么这个主题就是相互审判。如果说这部作品有什么思想意义的话,那么正如该作品中译本的译者所言,这部小说"所影射的是俄罗斯 20 世纪的历史,尽管由于时空排序的错位,情节线索的杂交,历史构图显得'杂乱无章',但作者笔到之处的事件和场景都让人不难想起 20 世纪的俄罗斯:战争年代的饥饿与寒冷、鲜血与死亡,和平年代的镇压与流放、冤假错案,70、80 年代的性病、酗酒、贫穷、杀人放火、道德滑坡等等,所有这些构成一个非人的环境"[②]。

不过,从小说开头的法律案件的审判程序开始,我们始终感受到小说中审判的存在。而且,审判者的腐败更是加深了人们的思索:"这些个所谓腐败透顶的社会精英,在法庭上拿人命当儿戏,庭外,您看看,小奴婢们骂街撒野,现淫呈凶,这些不开化的人质哪有资格来回答庭长先生所提出的问题——什么是真理? 您只要打听一下就知道这些法官都尽力回避这个问题:他们弄来一些流行的和连科学都弄不明白的病历证明,弄个出差证明、真真假假的婚丧证明,而且,这对谁来说都不是什么秘密,办事员只为一点蝇头小利就愿把您的名字列入预备兵的名单。"[③]所以,尽管情节结构具有强烈的反传统的性质,充满着后现代的特色,语言表述有时也显得晦涩难懂,但是,不可否认的是,作品中依然有着对现实生活的影射以及对社会阴暗面的谴责。

(八)托尔斯泰娅

塔吉娅娜·托尔斯泰娅(Татьяна Никитична Толстая,1951—)出身于列宁格勒的一个知识分子家庭,她的父亲是物理学教授。而且,托尔斯泰娅是俄罗斯著名小说家——《苦难的历程》的作者阿·托尔斯泰的孙女儿。她于 1974 年

---

① 吴嘉佑:《〈攻克伊兹梅尔〉·译本序》,见希什金著:《攻克伊兹梅尔》,吴嘉佑译,桂林:漓江出版社,2003 年版,第 14 页。

② 同上,第 6 页。

③ 希什金:《攻克伊兹梅尔》,吴嘉佑译,桂林:漓江出版社,2003 年版,第 42 页。

510

毕业于列宁格勒大学(现圣彼得堡大学)古典语文系。大学毕业后,她到莫斯科科学出版社从事编辑工作。1983 年起,她在《阿芙罗拉》(*Аврора*)杂志上发表第一篇小说《坐在金色的台阶上……》(*На золотом крыльце сидели…*),从此开始从事文学创作。她早年主要创作短篇小说,如《彼杰尔斯》(*Петерс*,1986)等,她还在《文学问题》(*Вопросы Литературы*)等杂志上发表文学评论,引起文坛关注。1987 年,她出版了以《坐在金色的台阶上……》为名的第一部小说集,其中收了《可爱的舒拉》(*Милая Шура*)、《苦行僧》(*Факир*)等作品,同年加入苏联作家协会。

1990 年,托尔斯泰娅迁居美国,在纽约的斯基得摩学院(Skidmore College)教授俄罗斯文学和写作。1991 年之后,她在美国主要从事新闻和编辑工作,直到 1999 年返回俄罗斯。回到俄罗斯之后,她主要从事文学创作活动,2001 年,她出版了第一部长篇小说《野猫精》(*Кысь*),引起关注,成为新世纪的著名作家。

除了长篇小说《野猫精》,她的主要创作成就是中短篇小说。她的主要中短篇小说集有:《白色的墙》(*Белые стены: Рассказы*, 2004)、《夜》(*Ночь: Рассказы*,2007)、《河流》(*Река: Рассказы и новеллы*,2007)等等。

托尔斯泰娅的短篇小说虽然篇幅短小,但讲究使用华丽的辞藻,她喜欢用华美的词语抒写阴郁的故事情节,从而构成强烈的矛盾冲突,以此体现对现实环境所抱有的美好的幻想。如在短篇小说《彼杰尔斯》中,作者在描写彼杰尔斯的沉闷的生活的同时,不时地以抒情的笔调赞美周边的世界:"夏在窸窣作响,在花园里自由自在地游荡——坐到长椅上,摇晃着沾满灰尘的赤脚,呼唤彼杰尔斯到晒热了的街上去,到暖和的街心去;它低声细语着,在菩提树叶的波浪中、在白杨树叶的摇摆中闪着光;它呼唤着,得不到问答,就走了,拖着衣襟,到明亮的地平线那边去了。"①

托尔斯泰娅的《野猫精》是她倾注了十多年心血而创作的一部长篇小说。这部作品以国家的政权作为情节得以展开的语境,并以童话语体的形式,对历史上的重要事件进行影射,对俄罗斯历史文化进行深刻的反思。小说中所叙述的重要事件是一场大爆炸,在大爆炸之后,整个俄罗斯退回到了蛮荒时代,不仅人们生活在爆炸之后的恶劣环境中,而且社会道德极度退化,甚至人的身体也发生了蜕化和变异。于是,故事又充满着神秘色彩:

> 费多尔-库兹米奇斯克城坐落在七个山丘上,周围是无边无际的原野,神秘莫测的土地。北方是昏昏欲睡的森林,被狂风吹折的树木,枝干交错,难以通行;带刺的灌木抓住裤子不放,枯枝把人头上的帽子扯

---

① 转引自许贤绪:《当代苏联小说史》,上海外语教育出版社,1991 年,第 460—461 页。

下来。老人们说,有一只野猫精就住在这样的森林中。他蹲在黑糊糊的树枝上,粗野地、怨声怨气地叫喊:"咪一噢!咪一噢!"可是没人能看见他。若是有人走进森林,他就呼的一声从后面扑到他的脖子上,用锋利的牙齿咯吱一声咬下去,用爪子摸到主动脉,将它抓断,而人马上就变得神志模糊。他若是回家去,人不再是原来的人,眼睛不再是原来的眼睛;他认不出道路,活像月光下的梦游者,伸着双手,手指不住颤抖:人在行走,真实是在睡觉。①

发生蜕化和变异之后,有人浑身长满耳朵,有人长着鸡冠,还有人长着猫爪。人们的生活习性也发生了巨大的变化,他们喜欢食用老鼠,饮用铁锈水。在伦理道德方面,更是发生了根本的变化,人们变得残忍,以别人的苦难为乐,对权贵者阿谀奉承,对弱小者无端欺凌。小说打破时空的界限,以蛮荒时代的种种荒诞的故事来影射当代人们的生存困境以及人性的扭曲,审视如何传承俄罗斯传统精神文化等命题。

(九)斯拉夫尼科娃

奥利加·亚历山大罗芙娜·斯拉夫尼科娃(Ольга Александровна Славникова,1957—)出身于斯维尔德罗夫斯克(现叶卡捷琳堡)的一个工程师家庭,童年时代对数学颇有兴趣,1976年,进入乌拉尔大学新闻学系学习,1981年毕业后,曾经在《乌拉尔》杂志社从事编辑工作。1988年,她的处女作——中篇小说《一年级女大学生》(Первокурсница)面世。

她发表了多部长篇小说,其中《2017》(2017)荣获2006年度俄语布克文学奖。她的主要作品还有长篇小说《像狗一样的蜻蜓》(Стрекоза, увеличенная до размеров собаки,1997)、《镜中人》(Один в зеркале,1999)、《不朽的人》(Бессмертный,2001)等等。

长篇小说《不朽的人》发表于《十月》杂志2001年第6期,获得2012年度的高尔基文学奖。这部作品讲述的是苏联解体后普通百姓艰难的现实生活以及与命运抗争的故事。作品中的老退伍军人哈利托诺夫,曾经浴血奋战,在卫国战争中英勇杀敌,建立了功勋,然而,这样的"老革命",却与妻子尼娜以及尼娜的非婚生女儿玛利亚生活在狭小的住房里,在勃列日涅夫的改革时代,他中风偏瘫之后,就卧床不起。苏联解体之后,他的生活越发艰难。家人害怕社会生活的巨变超出老人的心脏承受能力,于是就想方设法在家里尽可能地营造苏联时期的生活氛围,墙上挂着苏联时期的领导人勃列日涅夫的肖像,电视里也播放着经过家人剪辑的过去的人们为建设发达的社会主义事业而努力奉献的苏联新闻,使得

---

① 塔吉亚娜·托尔斯泰娅:《野猫精》,陈训明译,上海译文出版社,2005年,第3页。

这个老军人生活在虚拟的"红色角落"。在艰难的社会现实面前，甚至连尼娜等人也在虚幻的时空中寻求心灵的慰藉。

然而，虚幻毕竟是虚幻，最后，这个"不朽的人"还没有来得及做自我了结，就因听到了关于俄罗斯现实的谈话，现实超出了他心脏的承受能力，便告别了真实的世界。

四　新浪潮小说

随着坚守传统现实主义创作手法进行创作的苏联时期的作家逐渐老迈，以及后现代主义的热潮逐渐消退，在俄罗斯文坛，一些作家开始进行新的探索，因此出现了多种新的思潮平行发展的现象，各种不同的小说创作流派活跃在苏联解体后的俄罗斯文坛，尤其是进入 21 世纪之后，这种倾向愈发明显。

在新涌现的小说流派中，比较典型的有：以卡拉肖夫为代表的新现实主义小说、以彼特鲁舍夫斯卡娅为代表的新自然主义浪潮、以乌利茨卡娅为代表的新感伤主义文学，以及以亚历山大·普罗汉诺夫为代表的新民族主义文学。

（一）新现实主义小说

苏联解体之后，到了 20 世纪 90 年代中期，随着俄罗斯国内形势的变化和社会历史的发展，以及新的社会思想的弥漫，曾经一度时髦的后现代主义等理论逐渐失去应有的吸引力，于是，现实主义这一概念又被重新提出。在一些老作家坚守传统现实主义手法进行创作的同时，一些年轻作家也开始尝试用新的创作方法，来反映社会现实，一些批评家和学术刊物开始了有关"新现实主义"的讨论。1997 年，在《莫斯科通报》杂志工作的一些评论家举行了首次关于新现实主义的研讨会，提出了"新的现实——新的现实主义"这一口号。

关于这一思潮，俄罗斯文坛有学者中肯地概括道："'新现实主义'（Новый реализм）这一术语，自其最初的出现，就伴随着在报纸杂志上的激烈的争辩。年轻一代作家和评论家竭力提倡和推崇的这一新的文学思潮，其根基是对后现代主义的反抗，或者说得更宽泛一点，是对旧的文学传统的否定。"[1]其实，早在苏联刚解体之后的 1992 年，就有学者提出过"新现实主义"这一概念。不过，其内涵在不断地发生演变。1992 年，卡连·斯捷班尼扬（Карен Степанян）就在题为《作为后现代主义终结期的现实主义》一文中，阐述了"新现实主义"的创作倾向，而且，对这一倾向还下了定义："即后现代主义因素有机而深入地渗透到现实主义诗学传统中，两种好像完全对立的艺术体系相得益彰。"[2]而塞罗娃（Анастасия

①　Инна Калита. "Новый реализм русской литературы в зеркале манифестов XXI века", *Slavica Litteraria*, 2016 № 1, c. 69.

②　侯玮红：《当代俄罗斯小说研究》，中国社会科学出版社，2013 年，第 63 页。

Алексеевна Серова)在题为《新现实主义:作为 21 世纪俄罗斯文学中的艺术倾向》①的博士论文中,列举了一些俄罗斯新现实主义的代表作家,其中包括普里列宾(Прилепин)、萨尔古诺夫(С. Шаргунов)、申琴(Р. Сенчин)、莎杜拉耶夫(Г. Садулаев),并对这些作家的创作进行较为详尽的评述。

"新现实主义"这一概念目前依然得到弗拉基米尔·邦达连科、斯维特兰娜·瓦西莲科等许多作家的坚守。

1. 卡拉肖夫

亚历山大·弗拉基米罗维奇·卡拉肖夫(Александр Владимирович Карасёв,1971—   ),与阿尔卡迪·巴勃琴科、普里列宾一起,被视为 21 世纪俄罗斯文学"新现实主义"的代表作家。

卡拉肖夫出身于克拉斯诺顿的一个工程师家庭,毕业于苏联库班国立大学法律系。自 2003 年起,他在俄罗斯文学期刊上发表作品。2007 年,他从克拉斯诺顿迁居圣彼得堡,主要从事文学创作。

卡拉肖夫的重要作品有《车臣故事》(Чеченские рассказы,2008—2018)、《背叛者》(Предатель,2011)、《艾尔维拉》(Эльвира,2014)、《两名上尉》(Два капитана,2018)等。

卡拉肖夫的《车臣故事》已经出版四部。第一部于 2008 年由文学俄罗斯出版社出版;第二部于 2011 年由流浪艺人出版社出版;第三部于 2016 年由版本决策出版社出版;第四部于 2018 年也由版本决策出版社出版。在小说集《车臣故事》中,作者对现代军队的形象做了全方位的审视,并且常常借助作品中的人物之口,对此进行评说,譬如,作品借助小说的主要人物之口,对现代部队进行评说,而这些评说,都体现了卡拉肖夫的独特的战争观感。

2. 普里列宾

叶甫盖尼·尼古拉耶维奇·普里列宾(Евгений Николаевич Прилепин,1975—   ),出生在梁赞州的伊利尼克村。他的父亲是一名中学历史教师,他的母亲是一名护士。普里列宾不仅是一位作家,而且是一位社会活动家。他常用"扎哈尔·普里列宾"(Захар Прилепин)为笔名进行创作活动。他于 1996 年参加俄罗斯布尔什维克党。1992 年中学毕业后,普里列宾迁居下诺夫哥罗德,1994 年参军,与此同时,进入下诺夫哥罗德大学语文系,于 1999 年毕业。在部队服役时,他参加过 1996 年和 1999 年的车臣战争。1999 年之后,他从事新闻工作,并且进行文学创作活动。2000 年,他进入下诺夫哥罗德的《事业》报社工

---

① Анастасия Алексеевна Серова. "Новый реализм как художественное течение в русской литературе XXI века", Нижегородский государственный университет им. Н. И. Лобачевского,2015.

作,2001 年担任该报主编。

普里列宾的主要作品有长篇小说《尚克亚》(Санкя,2006)、《病理学》(Патологии,2005)、《罪孽》(Грех,2007)、《黑猩猩》(Чёрная обезьяна,2012)、《修道院》(Обитель,2014),以及中篇小说集《八字形》(Восьмёрка,2012)等。

长篇小说《尚克亚》对一些社会政治进行了深刻的反思,也对新的社会状况表示出担忧,所以有评论家认为这部作品"令人联想起一个新的马克西姆·高尔基的创作"①。

3. 瓦尔拉莫夫

阿列克塞·尼古拉耶维奇·瓦尔拉莫夫(Алексей Николаевич Варламов,1963—　)1985 年毕业于莫斯科大学语文系。后来他继续研究俄罗斯文学,并以普里什文的创作研究获得博士学位。他是一位学者型作家,在莫斯科大学担任教授,从事 20 世纪初期俄罗斯文学教学工作,2016 年起,他开始担任高尔基文学院院长职务。

瓦尔拉莫夫在苏联时期就开始发表文学作品。1987 年,他的第一篇短篇小说《蟑螂》(Тараканы)发表在《十月》(Октябрь)杂志上。他的第一本短篇小说集《奥斯托日耶的房子》(Дом в Остожье)于 1990 年出版。

1995 年,瓦尔拉莫夫因在《十月》杂志上发表长篇小说《傻瓜》(Лох)以及在《新世界》杂志上发表中篇小说《诞生》(Рождение)而享誉文坛,成为一位知名作家。他的主要作品还有长篇小说《教堂圆顶》(Купол,1999)、《臆想之狼》(Мысленный волк,2014)等。在小说创作方面,瓦尔拉莫夫继承了俄罗斯文学的形式主义传统,并且有所开拓,被俄罗斯的一些文学评论家视为新现实主义的代表作家之一。除了小说,他还写过多部名人传记,包括《普里什文传》《阿·托尔斯泰传》《布尔加科夫传》等等。

长篇小说《傻瓜》的主人公杰兹金,表面上似乎浑浑噩噩,实际上很有智慧,他的有关世界末日的预感以及他在 1991 年的逝世,在一定程度上影射了苏联的解体,以及末日意识在这一解体中的作用。

如果说《傻瓜》主要思考的是民族文化和民族命运,那么,瓦尔拉莫夫在其中篇小说《诞生》中所关注的则是当代的现实生活以及现世爱情。这部小说所叙写的是男人和女人不再相爱的时候孩子所能起到的恢复爱情的独特作用。在瓦尔拉莫夫的这部小说中,因为妻子怀孕和孩子的诞生,孩子成为一条纽带,重新联结起夫妇之间的爱情。夫妇两人因为有了自己的孩子,所以感恩上帝的恩赐,从而转变了思想上的认识,坚定了两人的东正教信仰。在这部小说中,孩子所诞生的时间是具有特殊意义的,孩子诞生于 1993 年俄罗斯政局动荡、信仰丧失的生

---

① Владимир Бондаренко. "Иди и воюй", Завтра, 22 декабря 2004.

死存亡的关键时刻,正是孩子的诞生给男人和女人带来了安抚和希望,带来了宗教的复归,这在一定程度上折射出俄罗斯东正教虚幻的复兴,使得俄罗斯走出困境的一丝渺茫的希望。

1997 年,瓦尔拉莫夫在《新世界》杂志第 9 期上发表的中篇小说《乡间的房子》(Дом в деревне),更是继承了乡村叙事的优秀传统,以娴熟的抒情笔触描绘了俄罗斯北方的自然风光,也书写了对大自然的无序索取所造成的生态环境的恶化,以及 20 世纪末受到市场经济冲击的俄罗斯乡村生活的真实图景。

瓦尔拉莫夫的长篇小说《臆想之狼》(Мысленный волк,2014)以第一次世界大战和俄国十月革命为时代语境,以乌利娅为中心主人公,书写了历史转折时期的独特的俄国社会生活场景以及作为俄罗斯化身的乌利娅的悲剧命运和苦苦探索。这部小说的标题出自古老的东正教祈祷文:"愿我躲开臆想之狼。"有人认为,"臆想之狼就是撒旦",也有人认为,"它是最黑暗最凶恶最谄媚的灵魂之一"①。但是,其中"隐藏着另一层含义,就是人会因臆想之狼而蒙受苦难"②。女主人公乌利娅就是一个受到臆想之狼巨大伤害的人物,她从小就体弱多病,亲生父亲在亲情和政治之间选择了后者,弃她而去,养母维拉与她之间也存在隔阂,但乌利娅坚持抗争,力图摆脱臆想之狼的伤害。在作品的最后,"她的身体已经受尽凌辱、疲惫不堪、千疮百孔,轻到几乎没有重量……乌利娅在深渊上方摇摇欲坠,她在等待,等着刮起一场大风,把她轻轻一推,这样她就永远与这血腥、肮脏的大地诀别了。她不想再属于这片土地。不想再做谁的缪斯、情人或者妻子。她想离开,不留下名字和血脉,就像是那个孤独地在古墓中玩骨牌的小女孩"③。乌利娅被剥夺了一切,她将她自己以及历代俄罗斯作家一直在探索的俄罗斯何去何从这一命题留给广大的读者进行思考。

4.巴勃琴科

阿尔卡迪·阿尔卡吉耶维奇·巴勃琴科(Аркадий Аркадьевич Бабченко,1977—　),生于莫斯科,父亲是工程师,母亲是教授俄罗斯语言文学的大学教师。他于 1995 年参军,曾在北高加索服役,参加过车臣战争,当过战地记者。

1999 年,巴勃琴科毕业于现代人文大学法律系。他多次担任报社战地记者,同时创作战争题材的作品,主要是在《新世界》等杂志上发表中短篇小说,其中包括《战争十集》(Десять серий о войне,2001)、《小规模的所向无敌的战斗》(Маленькая победоносная война,2009)等作品。巴勃琴科是 21 世纪以来创作俄罗斯战争小说的主要代表之一。他的《一个战士的战争》(One Soldier's War in

---

①　瓦尔拉莫夫:《臆想之狼》,于明清译,北京十月文艺出版社,2018 年,第 237 页。

②　于明清:《臆想之狼·译序》,见瓦尔拉莫夫:《臆想之狼》,于明清译,北京十月文艺出版社,2018 年,第 1 页。

③　瓦尔拉莫夫:《臆想之狼》,于明清译,北京十月文艺出版社,2018 年,第 537 页。

Chechnya)等多部作品已经翻译成英文出版。

《一个战士的战争》是参战者以第一人称书写的非凡的战争小说,其中记录了年轻的俄罗斯士兵在车臣战争中从天真的新兵到富有作战经验的老兵独特的体验。尤其是现代战争的恐怖、沉闷、残忍,都在这部小说中出色地呈现。

(二)新民族主义文学

新民族主义文学的主要代表是亚历山大·普罗汉诺夫。他是俄罗斯左派报纸《明天报》(*Завтра*)的主编,被评论界视为"极端民族主义者"。作为一名小说家,他的创作成就极为丰硕,著有三十多部长篇小说和短篇小说集,在俄罗斯文坛具有一定的影响,而且担任俄罗斯联邦作家协会书记处书记等社会职务。

普罗汉诺夫(Александр Андреевич Проханов,1938—　)出生在格鲁吉亚的第比利斯,1955年考入莫斯科航空学院,在大学期间开始从事诗歌和散文创作。大学毕业之后,他在国防部的工厂担任工程师。20世纪60年代后期开始发表文学作品。1967年,他的短篇小说《婚礼》赢得了评论界的赞赏。两年之后,开始为《真理报》和《文学报》撰稿。他作为驻外记者,访问了阿富汗、尼加拉瓜、埃塞俄比亚等国家,为后来的文学创作积累了丰厚的素材。

1971年,他的第一部短篇小说集《走我自己的路》(*Иду в путь мой*)出版。这一时期,他是"乡村书写"的积极倡导者。1976年,他的第一部长篇小说《流浪的玫瑰》(*Кочующая роза*)出版。该书主要书写西伯利亚以及远东地区的生活。20世纪80年代,普罗汉诺夫利用驻外记者的资源,作品所涉及的主要是战争与政治题材,其中包括《喀布尔中心的树》(*Дерево в центре Кабула*,1982)、《岛上的猎人》(*В островах охотник*,1984)等作品。2002年,他的长篇小说《黑索金先生》(*Господин Гексоген*)获得国家最佳作品奖,从此,他成为文坛关注的作家。这部长篇小说所书写的是俄罗斯1999年发生的事件,表现了作家对国家命运的关注。小说主人公之一别洛塞尔泽夫(Белосельцев),原是克格勃将军,他与另一个将军格列奇什尼科夫为了实施"斯瓦希里"计划,策划了一系列行动,而这一系列行动非常接近于发生在当时俄罗斯政坛的一系列事件。当然,作者也在基于现实的同时,增加了不少虚构和想象的成分,对一系列事件进行了文学层面的独特的阐释。

在普罗汉诺夫的长篇小说《克里米亚》(*Крым*,2014)中,主人公叶甫盖尼·莱梅霍夫的角色是俄罗斯的副总统,他曾是总统拉巴佐夫的心腹(拉巴佐夫暗喻总统普京)。不过,莱梅霍夫对于国家的武器工厂疏于监管。普罗汉诺夫笔下的当代俄罗斯,武器工业很难满足新的潜水艇、激光武器、坦克等方面的巨大需求,与西方阵营的武装冲突随时都会发生。面对美国强大的军事以及蓄意破坏俄罗斯的西方帮凶的威胁,俄罗斯坚持强国复兴,以其"英雄工厂"挑战一系列危险,工厂里的工人和工程师为国积极奉献,坚持技术创新,使得"神圣的俄罗斯武器"

能够保障国家实现自己的"历史使命"。

《克里米亚》的情节围绕莱梅霍夫试图创立新的政党——胜利党而展开。其政治纲领灵感特别得益于亚历山大·普希金的作品。普希金是作为俄罗斯的关键象征而出现的,也是民族自豪感的主要渊源。按照该政党追随者的观点,普希金的作品蕴含着"全部俄罗斯的行为准则,以及俄罗斯关于自然、国家和天道的全部信仰"[①]。

然而,人们可以看到,莱梅霍夫的政治夙愿得罪了俄联邦当政总统。莱梅托夫后来失宠,他丢掉了工作,失去了特权,甚至连爱戴他的人们也不再支持他。他如同被放逐一样,在俄罗斯广阔的大地上四处游荡,直到作品的最后,他才被召回莫斯科。

第二节　彼特鲁舍夫斯卡娅

彼特鲁舍夫斯卡娅(Людмила Стефановна Петрушевская,1938—　　),出身于莫斯科的一个知识分子家庭。她出生时,父母尚就读于文史哲学院(ИФЛИ)。父亲后来成为哲学博士,母亲后来从事编辑工作。她的外祖父是苏联著名的语言学家亚科夫列夫(Н. Ф. Яковлев)。彼特鲁舍夫斯卡娅出生后不久,卫国战争爆发,她在战争年代经历了极为艰难的时期,一度离开了莫斯科,住在外地的亲戚家,挨过了饥饿的时日,直到战后才回到莫斯科生活。她20世纪50年代就读于莫斯科的一所中学,毕业时,获得银质奖章。1961年,彼特鲁舍夫斯卡娅从莫斯科大学新闻系毕业后,到报社和出版社从事新闻工作,后于1972年担任电视台编辑。

彼特鲁舍夫斯卡娅很早就开始从事文学创作,1957年起,她就在《莫斯科共青团员》《莫斯科真理报》等报纸杂志上发表短评,1968年她撰写了第一篇短篇小说,题为《这样的姑娘》(Такая девочка),但是这篇小说直到二十年后才得以在《星火》杂志上发表。她最早发表的文学作品是1972年在《阿芙罗尔》(Аврора)杂志上发表的两篇短篇小说:《克拉利斯的历史》(История Клариссы)和《讲故事的姑娘》(Рассказчица)。

彼特鲁舍夫斯卡娅的文学创作包括诗歌、戏剧和小说三个方面,但是主要成就还是在小说领域。在苏联解体之前,她的作品较少发表,其后则断断续续。虽然在苏联时期她偶有戏剧作品发表(剧本《爱情》发表于1979年,剧本《三位蓝衣姑娘》发表于1984年),但是较少有小说作品面世。在她1988年第一部作品集

---

① Алекса́ндр Проха́нов. *Крым*, Москва:Издательство:Центрполиграф, 2014, с. 294.

《永恒的爱情》(*Бессмертная любовь*)出版前,她一共只发表过七八篇短篇小说。然而,自从 1991 年苏联解体后,尤其是到了 20 世纪末和跨入新世纪之后,她的小说创作逐渐进入一个辉煌的发展时期,她在俄罗斯文坛迅速走红,不断有佳作面世,创作了《夜深时分》(*Время ночь*,1992)、《异度花园》(*Номер Один,или В садах других возможностей*,2004)、《两个王国》(*Два царства*,2009)、《我们被盗:犯罪史》(*Нас украли. История преступлений*,2017)等多部优秀的作品,从而受到了文坛极大的关注。彼特鲁舍夫斯卡娅的作品被翻译成三十多种语言在全世界发行。1991 年,她获得了第二届普希金文学奖;1992 年,她的长篇小说《夜深时分》获得首届俄语布克文学奖提名。她还获得了"凯旋"奖、斯坦尼斯拉夫斯基戏剧奖、世界幻想文学奖等多种其他文学奖项。

彼特鲁舍夫斯卡娅的小说以残酷和阴暗的社会现实描写见长,主要书写的是苏联时期最后二十年间以及苏联解体后的社会生活场景。"彼特鲁舍夫斯卡娅经常被一些批评家视为新自然主义浪潮的领袖人物,然而,她的小说和戏剧创作的目的不是仅仅揭示苏联时期以及苏联解体后的现实生活中的阴暗和令人厌恶的一面。她的大多数作品的情节聚焦于因贫困、住房问题、疾病、酗酒以及恋爱事件所引发的日常生活中的悲剧。"① 之所以西方有学者将她视为"新自然主义"作家,主要是因为她在作品中常常有意地站在一旁,以旁观者的角度不加渲染地具体展现平凡的琐事和种种阴暗的社会现实。

彼特鲁舍夫斯卡娅比较重要的作品有中短篇小说集《永恒的爱情》(1988)以及长篇小说《夜深时分》《异度花园》等。

彼特鲁舍夫斯卡娅的长篇小说《夜深时分》是她在苏联解体后所创作的第一部具有代表性的同时引起文坛极大关注的作品。这部小说是以第一人称进行叙述的,也就是由主人公安娜·安德里阿诺夫娜的视角进行叙述的,所关注的是俄罗斯妇女的命运以及她们的生存状态,尤其是关注处于社会底层的普通俄罗斯女性的生活和情感世界。这部作品真实地展现了苏联解体前后安娜一家四代人的痛苦的生活境况。在这部长篇小说中,这位毕业于师范学院的知识分子,拥有母亲、外婆、女儿三重身份。她不断地为四代人的生计而四处奔波,为生活的琐事费心操劳,家庭成员之间的纷争、患有精神分裂症的母亲,以及生活条件的窘迫,使得安娜·安德里阿诺夫娜心力交瘁。她常常为了一家人能够填饱肚子而煞费苦心。但是,女主人公以自己对待家庭成员的爱心和责任心,忍受委屈,顽强地生存。

从作品所描述的内容中,我们不难看出,彼特鲁舍夫斯卡娅所力图展现的,

---

① Mark Lipovetsky and Lisa Ryoko Wakamiya eds. *Late and Post-Soviet Russian Literature：A Reader*,Boston：Academic Studies Press,2014,p.51.

是苏联"辉煌"时期人民大众生活的真实情景。过去,这一时期,尤其是勃列日涅夫时代,苏联的社会现实被过于美化,而在彼特鲁舍夫斯卡娅这部作品的描述中,普通百姓在表面繁荣的苏联社会中,依然过着极为艰辛甚至痛苦的日子,人与社会的关系,人与人之间的关系,以及亲情关系,还有人们的道德伦理观念,并非像其他一些粉饰现实的作品中所表现的那么美好,作品基调甚至显得阴暗,与一味粉饰的美好现实有着根本的区别。

彼特鲁舍夫斯卡娅的长篇小说《夜深时分》中的女主人公安娜·安德里阿诺夫娜,既受到俄罗斯文化传统的影响,又有着新的独立的女性意识,在艰难的人生中,她虽然穷困潦倒,却具有女诗人的气质。在大学毕业之后,她曾在一家报社当见习记者,但是,由于她听任情感的召唤,与一个已婚同事发生了婚外恋情,因而被报社除名。她生下了儿子安德烈和女儿阿廖娜。但是,那个报社的同事此后却又移情他人。安娜只能依赖自己微薄的收入,想方设法养活自己的子女。安娜为自己在情感方面的轻率行为、为自己错误的伦理选择付出了沉重的代价,但是,她有着传统的深厚的母爱,不顾自己生活如何艰辛,都义无反顾地将子女抚养成人。

可是,她的儿女在成长方面又难以尽如人意,他们不仅不能报答母亲的养育之恩,反而给母亲增加了不少负担和烦恼。她的儿子安德烈长大后因与人斗殴而触犯法律,被捕判刑。他出狱后没有任何生活来源,仍然不务正业,只有死乞白赖地不断地对母亲进行榨取。她的女儿阿廖娜比她儿子也好不了多少,她无休止地更换丈夫和情人,持续不断地结婚离婚,以至于与三个不同的男人生下了三个不同的儿女,全都挤在安娜狭窄的两居室的住房里。在这个如同"幼教中心"的家中,生活的艰辛我们可想而知。为了能够安身,安娜甚至不得不送走自己患病的没有容身之处的母亲,让其长年住在精神病院里。安娜只有在夜深时分,才能感受到属于她自己的时间。"暗夜沉沉,与星星和上帝会面,是对话的时间,我把什么都记录下来。"①生活如此艰辛的又何止安娜一人。在小说的结尾处,安娜所记叙的邻居纽拉的生活,更是让人心酸。为了给长身体的孩子们弄到吃的东西,她不知从什么地方弄来了没有肉的骨头,然后为孩子们熬汤做骨冻。每当夜深时分,邻居纽拉总是用刀剁着无肉的骨头,发出咚咚的声音,这"仿佛是命运脚步似的声音"②,在深夜敲打,让人无法入眠。

彼特鲁舍夫斯卡娅的长篇小说《夜深时分》在艺术上同样显得高超。这部作品艺术特色鲜明,创作方法独特。该书中文版译者沈念驹先生的概括是极为中肯的:"作品里多处采用了意识流的手段,时空颠倒混淆,现实叙事和人物心理活动(想象的情节)交错,同一章节或段落里出现不相关联的情节和人物,然而这样

---

① ② 彼特鲁舍夫斯卡娅:《夜深时分》,沈念驹译,浙江文艺出版社,2013年,第154页。

的表现手法对于揭示人物的心理状态、烘托即时的情景是十分必要和生动有效的。"①

彼特鲁舍夫斯卡娅的长篇小说《异度花园》中，所描写的是一个转世变身的故事。转世变身的故事本属于大众文化的范畴，可是，"彼特鲁舍夫斯卡娅大胆尝试，将一个'大众文学主题'引入其创作，写出了这部小说"②。在这部小说中，名为"一号"的作品主人公，为了拯救自己的同事，回到莫斯科，不得不与名叫潘卡的所长签下了以房产做抵押的字据，筹集了五千美元的赎金。然而，他在去北方营救同事的途中，遭遇了盗窃，为了使自己的妻儿不至于失去房屋而流落街头，他进行了一系列的抗争，甚至在生死之间两进两出。

第三节　乌利茨卡娅

柳德米拉·叶甫盖尼耶夫娜·乌利茨卡娅（Людмила Евгеньевна Улицкая，1943—　）是第一位获得布克奖的当代俄罗斯女作家，被认为是俄罗斯文学中新感伤主义文学的代表。

乌利茨卡娅于卫国战争期间出生在俄罗斯巴什基尔的达夫列卡诺沃城。卫国战争结束之后，她跟随全家迁回到了故乡莫斯科。她毕业于莫斯科大学生物系。大学毕业之后，她曾在苏联科学院普通遗传学研究所从事过一段时间的科学研究工作，直到1970年辞职，其后有一段时间在家中担起了家庭主妇的角色。待到孩子长大后，她又开始工作，曾在音乐剧院从事文学编剧工作，并且在编剧方面取得了不小的成功。

乌利茨卡娅于20世纪80年代末开始发表短篇小说，但她成名于苏联解体之后。其文学声誉主要得益于她1992年在《新世界》杂志上发表的中篇小说《索尼奇卡》（Сонечка）。她的其他重要作品有短篇小说集《穷亲戚》（Бедные родственники，1993）、《姑娘们》（Девочки，2002）、《我们沙皇的臣民》（Люди нашего царя，2005），以及长篇小说《美狄亚与她的孩子们》（Медея и её дети，1996）、《库科茨基医生的病案》（Казус Кукоцкого，2001）、《您忠实的舒里克》（Искренне ваш Шурик，2003）、《翻译家丹尼斯·斯泰因》（Даниэль Штайн，переводчик，2006）、《绿亭》（Зелёный шатер，2011）、《雅科夫的梯子》（Лестница Якова，2015）等等。

中篇小说《索尼奇卡》是乌利茨卡娅的成名之作，这部作品描写的主要是普

①　沈念驹：《繁荣后面的另一种生活（译序）》，见彼特鲁舍夫斯卡娅：《夜深时分》，沈念驹译，浙江文艺出版社，2013年，第7页。

②　陈方：《〈异度花园〉译序》，见彼特鲁舍夫斯卡娅：《异度花园》，陈方译，重庆大学出版社，2012年，第4页。

通百姓的家庭生活以及人民大众的普通的婚恋纠葛,但是,作家在作品中所要竭力传达的是新的社会语境下俄罗斯女子的独立人格和独立思想。

作品中的同名主人公索尼奇卡是作者乌利茨卡娅着力刻画的俄罗斯普通女子的典型形象。"索尼奇卡最主要的性格特征是其独特的内在精神品格。而且,她的高尚品德和美好心灵并没有随着年龄的增长以及生活中发生的变故而有丝毫的变化,它是主人公的本质属性。"①作为一个普通的俄罗斯女子,索尼奇卡既朴实平凡、性情温顺,又不惧磨难、顽强不屈。面对命运的变迁和时代的更替,她坚守人格的尊严,信奉传统的美德。她虽然相貌平平,但有着深邃的内心,热爱文学,身上有着俄罗斯传统女性的善良品质,又有着不愿随波逐流,努力探寻人生意义的新时代女性的独特气质。索尼奇卡酷爱阅读,"一翻开书就像是失去知觉似的,一直读到最后一页才苏醒过来"②。

与一个刑满释放的画匠罗伯特相恋后,索尼奇卡格外忠诚于这一爱情,为了这份爱情,她放弃了与书为伴的爱好以及宁静祥和的生活,离开父母的庇护,毫无怨言地跟随爱人颠沛流离,甚至住在没有窗户的地下室里。她无微不至地照顾着丈夫和孩子,并且为了改善家庭的生活条件,不顾一切地拼命工作。

然而,当家境得到了明显的改善,作为画家的丈夫开始享有盛誉、受人崇拜的时候,别的惯于利用男性来达到自身目的的年轻女子,出现在索尼奇卡的丈夫身边,进入了他的生活,激发他的创作灵感。面对丈夫情感方面的背叛,索尼奇卡竭力承受,没有抗争,更没有自暴自弃,而是以自己的方式理解事情的实质。她为了丈夫,表现出超凡的宽容,承受命运的无情打击,以极为善良的心态对待新出现的年轻女子,不顾舆论压力,接受了这种微妙的生活。不久之后,她的丈夫因体力衰竭猝然逝世,她则坚持为丈夫的事业而操劳,成功地为他举办了画展,宽慰他的在天之灵,使得她丈夫罗伯特的画成了收藏家争相收藏的珍品。罗伯特的画卖到了世界各地。"现代艺术拍卖会上,只要出现其中一幅,就会诱发收藏家们发生心肌梗死的前期症状。"③

索尼奇卡还想方设法安排好了自己的女儿以及"养女"的生活,尤其是她们幸福美满的婚姻。然而,在晚年,她婉拒了女儿以及"养女"的邀请,不愿享受荣华富贵,更不愿成为她们的负担,而是孤独地留在自己简陋的住所,过着简朴而平静的生活。

可见,《索尼奇卡》是其女主人公一生经历和情感体验的浓缩,作者通过这一形象的塑造,突出了在新时代俄罗斯文化与传统文化之间的关联,表现了在新的

---

① 孙超:《当代俄罗斯文学视野下的乌利茨卡娅小说创作:主题与诗学》,北京大学出版社,2012年,第47页。

② 乌利茨卡娅:《索尼奇卡》,李英男译,《世界文学》1997年第6期,第8页。

③ 同上,第66页。

社会语境下,俄罗斯女子基于传统文化的独立的思想意识,以及对心灵自由的不懈追求,也在一定程度上对新时期伦理道德等一些社会问题进行了独特的探索。索尼奇卡还是一个被赋予神化色彩的女性形象,在她身上,不论从行为还是从名字("索尼奇卡"Сонечка 是"索菲亚"София 的指小表爱),都体现了与俄罗斯传统宗教观念以及传统文化内涵的关联。

乌利茨卡娅在她的长篇小说《美狄亚与她的孩子们》中,借用古希腊的神话传说,对传统的神话模式进行重构,赋予其新的文化内涵,借用希腊神话中的美狄亚的故事,塑造了新时期的俄罗斯的美狄亚形象。

作品中的女主人公名叫美狄亚·西诺普里,她是居住在俄罗斯克里米亚海岸的希腊族后裔。这位希腊族后裔美狄亚是一个宽厚善良,并且有着丰富的内心世界和传统美德的女性形象。她从小吃尽苦头,她的父亲,一个军舰机械师,在有人蓄意制造的军舰爆炸中死亡,母亲也紧随父亲离开了人世。本来还能依靠的两个哥哥,也都意外身亡。她的大哥被苏联红军打死,二哥则被白军杀害。在父母双亡、兄长也相继去世的情形下,她独立担负抚养弟妹的责任,为了支撑起全家的生活,她任劳任怨,由此耽搁了青春年华,直到年近三十时才嫁给名叫萨穆伊尔的医生。她忠诚于自己的丈夫,深深地爱着这一家庭。然而,她丈夫却在晚年身患绝症。美狄亚对他悉心照料,陪伴他走完他人生的最后一段旅程。

可是,令人难以想象的是,在丈夫去世之后,美狄亚在整理自己丈夫的遗物时,竟然意外地发现了她的丈夫与小姨子——美狄亚妹妹亚历山德拉——私通的事实。她发现了亚历山德拉写给萨穆伊尔的信件,并且从信中得知了他们私通的结晶——私生女妮卡。可以想象,这一打击对于美狄亚而言是多么沉重!这时,现代的美狄亚是否会像古希腊悲剧《美狄亚》中的同名女主人公一样进行残酷的复仇呢? 答案是否定的。与古希腊悲剧中的美狄亚截然不同,俄罗斯的美狄亚不仅没有复仇,而且抑制住自身的痛苦,真心实意地对待丈夫与亚历山德拉的私生女妮卡,体现了这位美狄亚的高尚品质。

同样,美狄亚的宽厚善良也得到了人们的尊敬,她的美德也深深地感染了一代新人。在这部以倒叙为结构方式的作品中,开头就记叙了美狄亚的亲朋探望美狄亚的情景,尽管她没有亲生的子女,但是,每年都有后辈来看望这个可敬的长辈。

美狄亚的丈夫萨穆伊尔是犹太人,而美狄亚则是希腊人的后裔,可是他们却生活在俄罗斯的社会环境中。从主人公所做出的选择来看,作者强调了多元文化融合这一新时代的要素,突出多民族文化在美德方面所呈现的共同特性。

在艺术手法方面,这部长篇小说不仅采用了对古希腊欧里庇得斯的《美狄亚》进行戏仿的手法,而且掺杂了梦境、幻觉等多种手法,突出了作品的神秘气息。如在美狄亚丈夫萨穆伊尔去世快一周年的一个日子里,美狄亚做了一个奇怪的梦：

> 美狄亚梦见萨穆伊尔身穿白衫——这很好——双手都给石膏或者白垩弄脏了，脸色也特别苍白。他坐在写字台旁边，用小槌子在敲打什么让人讨厌的、尖利的金属物品，但这并不是牙套。然后他朝她转过身子，站了起来。原来，他手里拿着一张斯大林像，不知怎么搞的，人像两腿朝上。他拿起槌子，用它敲打玻璃边，然后整整齐齐地取出人像。但是就在他摆弄玻璃时，斯大林消失不见了，在他先前的位置上出现了亚历山德拉年轻时的大照片。

> 当天就公布了斯大林患病的消息，几天之后又宣告他逝世。美狄亚看到了深切的悲伤和真挚的眼泪，也看到了不能分担这一痛苦的人内心无言的诅咒，她本人对这一事件漠然置之。美狄亚更为急切挂念的是后一半梦……亚历山德拉做了什么事？她的出现预示着什么？美狄亚隐隐不安，甚至准备去邮电局往莫斯科打个电话。①

乌利茨卡娅在《美狄亚与她的孩子们》中所描述的这一梦境不仅在情节结构上起着制造悬念、解开谜底的作用，而且以家庭事件反映和折射了充满变幻的 20 世纪俄罗斯的社会现实。

第四节　索罗京

索罗京是在苏联解体后登上文坛的新一代作家的重要代表。在后现代主义作家群中，他享有很高的知名度，被誉为俄罗斯后现代主义文学的主要代表之一。

弗拉基米尔·格奥尔吉耶维奇·索罗京（Владимир Георгиевич Сорокин，1955—　）出生在莫斯科州贝科沃村。由于父母工作地点的变更，他曾在若干所中小学读书。他在大学所学的是机械工程专业，1977 年，他毕业于莫斯科石油工业学院，毕业后，他在杂志社工作过一年。他也曾经从事过图书插图等工作。在 20 世纪 70 年代，他多次参加画展。而作为画家，他是当时"概念艺术"的一个重要代表。1985 年，他在巴黎出版的俄文杂志《从头至尾》（А—Я）上发表了一组短篇小说，同一年，他在巴黎句法出版社出版了长篇小说《排队》（Очередь）。

作为小说家，在苏联时期，索罗京的作品是地下文学中的一个灿烂的榜样，

---

① 乌利茨卡娅：《美狄亚》，李英男等译，此处转引自黄铁池主编：《外国小说鉴赏辞典·20 世纪后期卷》，上海辞书出版社，2009 年，第 271—272 页。

尽管他的作品独具一格,但是一直未能获得在国内出版和发表的机会。与此同时,索罗京在国外出版的俄文版小说作品也鲜为人知,在苏联国外没有任何影响力可言,只是在很小的朋友圈子里传阅而已。索罗京在苏联文坛正式发表作品是在 1989 年。那是 1989 年 11 月,他的一组短篇小说在当时仍然属于苏联的拉脱维亚文学杂志《泉源》(*Родник*)上发表。随后,1990 年,他的剧本《饺子》在《电影艺术》(*Искусство кино*)杂志上发表,这部剧本当时对他而言算是比较重要的作品了。苏联解体之后,情况发生了变化,他于 1992 年 3 月在《电影艺术》杂志上发表了原来在巴黎已经出版过的但重新经过删节的长篇小说《排队》,算是一种"回归",从而赢得了广泛的读者。长篇小说《排队》的基本内容是由排长队买东西的人们断断续续的对话以及队伍里发出的各种声音所构成的,作品中没有一句作者——叙述者的话语,也没有说明人们排着长队究竟是为了购买什么商品。小说的独特之处是将苏联时期人们日常的生活比拟成没完没了的排队。在《排队》获得成功之后,索罗京创作了十多部长篇小说,以及一系列中短篇小说。其中包括《四个人的心》(*Сердца четырёх*,1994)、《马琳娜的第 30 次爱情》(*Тридцатая любовь Марины*,1995)、《蓝色脂肪》(*Голубое сало*,1999)、《暴风雪》(*Метель*,2010)、《地动仪》(*Теллурия*,2013)、《玛纳拉加》(*Манарага*,2017)等,以及"冰封三部曲"(*Ледяная трилогия*,包括《冰》《勃罗之路》和《23000》)。索罗京在新世纪俄罗斯文坛占据了应有的地位,他的作品被译为二十多种文字出版。

《四个人的心》采用侦探小说的叙述方式,书写了四人联盟所经历的一连串历险。

索罗京的长篇小说《马琳娜的第 30 次爱情》写于 1982 年至 1984 年,并于 1995 年在俄罗斯首次面世。这部作品讲述了女主人公玛丽娜·阿列克塞耶夫娜通过被拯救而逐步丧失个性的故事。这位女主人公是一位音乐教师,尽管有过多次的性体验,但是,真正使得她感到满足的却是女伴,尤其是第 29 次恋情。

《蓝色脂肪》是最为典型的后现代小说。作品的主人公就是"蓝色脂肪",这是一种在作家进入休眠状态时才能流出的物质,是创作的源泉,也是一种引起人们为此而产生纷争的物质。

不过,索罗京作品中的后现代元素有时过于随意,有时甚至显得荒诞不经。例如,在他的小说《定额》和《吃了我吧》中,都有吃屎的情节的描写。在《定额》中,所指的定额竟然是指吃屎需要有定额。而在《吃了我吧》中,作者对西蒙诺夫的著名诗篇《等着我吧》(*Жди меня*)这一名称进行戏仿,改为《吃了我吧》(*Жри меня*)。再如,索罗京的长篇小说《罗曼》(*Роман*,1994)所书写的是一个年轻人辞掉城里的工作,迁居乡下,过上了田园生活的故事。从作品结构来看,仿佛是对屠格涅夫等经典作家的戏仿,但是,故事大相径庭,尤其是小说结尾部分出人意料,充满血腥。而在长篇小说《马琳娜的第 30 次爱情》中,马琳娜的贞洁就是被她父亲所剥夺的,女主人公是在被她父亲奸污后发生了深刻的思想变化,并过起了放荡的生活。

在小说创作领域,索罗京被视为俄罗斯后现代主义文学的代表作家。他在一系列长篇小说和中短篇小说作品中,娴熟地运用各种后现代主义的文学技巧,但是他的小说中的情节多次引发读书界的争议,甚至导致法庭的介入。

索罗京的"冰封三部曲"包括《冰》(Лёд,2002)、《勃罗之路》(Путь Бро,2004)、《23000》(23000,2005)三部长篇小说。其中长篇小说《冰》最为著名,被人们誉为"后现代主义文学的经典"[①],索罗京在这部小说中强调需要唤醒地球上的"沉睡的人",从而寻找精神的天堂。

在具体创作技巧方面,索罗京的三部曲充分借鉴了惊险小说的一些创作手法,所以,有学者认为索罗京"把后现代主义的玫瑰嫁接到通俗文学的野生小树上"[②]。

索罗京著名的中篇小说《暴风雪》承袭了俄罗斯文学传统题材,尤其是承袭了普希金、托尔斯泰、帕斯捷尔纳克等优秀作家的传统,甚至连作品名称也与 19 世纪的经典作家普希金、托尔斯泰的作品以及 20 世纪的经典作家布尔加科夫的作品相同。在创作手法方面,他在承袭传统的同时,更强调具有创新意识。我国有学者在评价《暴风雪》时,认为:"索罗京的《暴风雪》糅合了真实与虚幻,在不失经典味道的同时又加入了后现代的元素。"[③]

后现代的元素充分体现在这部作品的结构方面,小说尽管承袭了 19 世纪的文学传统,但是多半是对 19 世纪文学经典的戏仿。甚至在时空方面,这部作品也充分体现了"无序"的特性,完全颠覆了传统文学中的逻辑概念。19 世纪的"驿站",20 世纪的电话、电视频道,以及 21 世纪的一些要素都同时出现在作品的时空中,通过过去时空、现实时空、未来时空的交织,体现西方后现代主义文学中对传统思维模式进行颠覆、否定和重构的特性。

后现代性也体现在知识分子形象加林身上,作品主要通过这一形象来展现人性和道德的荒谬。作品的开篇,是俄罗斯大地的冬天,四十二岁的加林医生必须乘车出诊,他拿着手提包,前往流行病暴发的偏远乡村。他本是一位心系病人的医生。由于下起了暴风雪,驿站又没有马车了,尽管病人在等着他,可是他无法乘车给自己的病人送去疫苗,因而心急如焚。他思考着人们的病情,以及如何

---

① 侯玮红:《当代俄罗斯小说研究》,中国社会科学出版社,2013 年,第 142 页。

② 张捷:《苏联解体后的俄罗斯文学(1992—2001 年)》,中国社会科学出版社,2011 年,第 191 页。

③ 任明丽:《〈暴风雪〉译者前言》,见索罗京:《暴风雪》,任明丽译,人民文学出版社,2012 年,第 3 页。

拯救村庄。因为村里所感染的是"玻利维亚黑死病"（боливийская чёрна），患上这种病的人会具有一种特殊的魔力，能从坟墓里钻出来，吃自己的同类。

他想方设法，终于乘上了由五十四袖珍马一起拉着的雪橇车。路途艰难，在途中，雪橇车撞了一个透明物体——金字塔，并且撞坏了滑板前端。雪橇车出现了故障，他只得在磨坊主家里过夜。这时，急于赶路救人的医生，却全然不顾自己的职责以及道德底线，对磨坊主的妻子产生了性欲，他一看到并不好看的磨坊主的妻子，就感到"心怦怦乱跳，饥渴的热血不断翻涌着"①。加林医生没有抵御住性欲的诱惑，与年轻的磨坊主的妻子发生了一夜情。对于金钱，他同样怀有贪婪。当他得知在途中所扔掉的"金字塔"其实就是维他命人所研发的一种新型毒品时，他立即因为失去了赚钱的机会而感到十分难受。

这部作品于2010年面世之后，引起了强烈反响。关于这部作品中的"暴风雪"意象，索罗京在一次采访中对此做了阐释："暴风雪既是主体又是客体，既是人物又是舞台，既是主人公又是布景，在暴风雪中一切得以发生。这是一种决定人类生存及命运的要素，我主要想阐述的并不是国家制度而是某些原质的事物，是俄罗斯广袤的空间和在这种空间内人的自我迷失，暴风雪定是这种空间所酝酿出来的唯一主角。"由此可见，"暴风雪"这一意象被作者索罗京赋予了多重的文化内涵。

第五节　佩列文

维克多·佩列文（Виктор Олегович Пелевин，1962—　）是苏联解体后，俄罗斯后现代主义文学的一个重要的代表，他出身于莫斯科的一个知识分子家庭，1979年，从中学毕业后，考入莫斯科动力工程学院，在电力设备与工业及交通自动化系学习。1985年大学毕业后，他从事过一段时间的工程师工作，后攻读莫斯科动力工程学院研究生，直到1989年，但是未能通过研究生学位论文答辩。同一年，他进入高尔基文学院函授部学习，两年后因旷课而被除名。

在高尔基文学院学习期间，他结识了一些青年作家朋友，开始在《面对面》（Face to Face）、《科学与宗教》（Наука и религия）等一些杂志社工作，并在这些杂志上发表短篇小说。1991年，佩列文出版了第一部短篇小说集《蓝灯》（Синий фонарь），受到欢迎。他在20世纪90年代接连出版《奥蒙·拉》（Омон Ра，1991）、《夏伯阳与虚空》（Чапаев и Пустота，1996）、《"百事"一代》（Generation „П"，1999）等长篇小说，更使得他声名远扬，成为俄罗斯文坛耀眼的新星，在俄罗斯文化界产生了一定的影响。

《奥蒙·拉》是佩列文所创作的第一部长篇小说，属于成长小说的范畴，书写

① 索罗京：《暴风雪》，任明丽译，人民文学出版社，2012年，第51页。

的是作者所认为的一个惊天骗局。同名主人公姓名奥蒙·克里沃玛佐夫（Омон Кривомазов）中的"奥蒙"是特警队的缩写，而书名中的"拉"（Ра）则是古代埃及太阳神的名称。小说从奥蒙的童年时代开始写起。他出生在第二次世界大战之后，十多岁的时候，他就产生了一种要冲破地球的引力，前往太空，以摆脱苏联社会限制的愿望。中学毕业后，他考入一所培养飞行员的军事学院。但是他很快发现，这所学校里根本培养不了飞行员，为了培养像阿列克赛·马列西耶夫一样的"无腿飞将军"和"真正的人"，学员将被截去下肢，不过，奥蒙被选拔到由莫斯科克格勃总部管理的绝密军事基地，开始接受"无人驾驶"的登月训练。实际上，本来应该以机器进行实验的项目，苏联政府却用人来代替，以便训练其"英雄主义"。奥蒙也是一样，他本以为真的会驾驶宇宙飞船奔向月球，历尽艰险，谁知他所进行的，只是在一段被废弃的地铁隧道内的虚假的表演，而且为了这种虚假的表演，学员们所付出的常常却是真实的生命。他是因为执行自杀指令的枪支启动失败才免于灾难，死里逃生。可见，这部作品有着对苏联时代意识形态中的"真正的人"以及"英雄主义"的戏仿。

在长篇小说《夏伯阳与虚空》中，作品展现出两个时空层面，即十月革命不久后的夏伯阳部队和苏联解体后的莫斯科疯人院。1919 年的历史事件，折射出发生在当代的 1991 年的转变。

这部长篇小说是以第一人称叙事的。作品的主人公名叫彼得·虚空，在 1919 年的时候，他是著名的夏伯阳红军师里的一个政委，可是，当时间流逝到了 1991 年的时候，他却成为疯人院里的一个患者。作者通过主人公的这两种存在方式的对比，来突出主人公的身份含混和自我迷失，以及对内在现实与周围外在真实的迷惑。

这部作品中的"我"不断地做梦，作品也是在两个时空层面展开情节，"我"既与夏伯阳讨论着什么是真实、什么是虚空的话题，也与精神病院里的几个病友讨论和交流各自的梦境，在寻找精神寄托时，也总是陷于虚空之中。

而且，与真实和虚空相对应的是，作品中的梦境描绘也经常是充满着不同时空的对照：

> 前方横亘着两座不高但却陡峭的山丘，中间是一条狭窄的过道。两座山丘构成一道浑然天成的大门，而且相当对称，俨然两座耸立了许多世纪的古塔。它们犹如一条分界线，过了这条线地形与这边的就不一样，尽是连绵起伏的山冈。好像不一样的不只是地形，一方面，我分明感觉到有风扑面而来，另一方面，却又分明看到显然离我们已经很近

的篝火升起的烟柱是笔直笔直的,这让我困惑不已。①

真实与幻境,过去与现在,无论是否有着对应的经历,都会给人一种对应的感悟。如西方学者所说:"小说中的大部分内容无疑是以对偶这一'诗学'原则进行组织的,一系列的联结并不构成线型情节,而是强调俄罗斯历史上的两个历史时期的相似性和类比性。当然,最为突出的回声是心理层面的,以及伴随这两个社会政治变革时期所出现的社会断层和迷惑。"②

《"百事"一代》所描写的是选择喝"百事可乐"的年轻一代。作品通过神话时空与现实时空的相互交织,糅合了神话要素,书写了主人公瓦维连·塔塔尔斯基从一个颇有潜质的文学青年变身为广告界首富的经历。出于对文学的喜爱,他从一所技术学校毕业后,考上了文学院。然而,在苏联解体之后,他发现文学的意义已经丧失,于是,抛开了文学事业,做起了售货员的工作,后来又通过同学的引荐,进入一家公司,在广告公司担任策划,在权力与欲望所主宰的都市社会里,他经过磨炼,终于获得事业上的成功。

进入 21 世纪之后,佩列文依旧笔耕不止,他保持着极其旺盛的创作激情,在长篇小说创作方面突飞猛进,成就斐然,他在新的世纪陆续出版了小说集《从无所来到无所去的转型时期的辩证法》(ДПП（nn）: Диалектика Переходного Периода из Ниоткуда в Никуда ,2003),以及《吸血鬼帝国》(Empire V ,2006)、《T 伯爵》(t ,2009)、《看守》(Смотритель, 2015)、《玛士撒拉之灯》(Лампа Мафусаила ,2016)等多部长篇小说,受到文坛广泛的关注。

佩列文的小说集《从无所来到无所去的转型时期的辩证法》中,也包含一部他新创作的长篇小说《数字》(Числа)。这部长篇小说叙写的是一个名叫斯焦帕的主人公的成长经历。早在孩提时代,斯焦帕就表现出对数字格外入迷的倾向,他依靠数字魔法的帮助进行命运的选择,从此开始了一场依靠数字来决定自己命运的游戏生活。关于这部小说的主题,我国有关学者的论述十分中肯:"小说的主题依然接近于作者此前所表达的关于现实世界的虚幻性的思想,即我们身处的当代世界是一个荒诞的世界,人的一切都不知道由什么决定,所看到和感觉到的都不一定是真实,都可以任意取代。"③

佩列文是俄罗斯后现代主义代表作家之一,他的作品"以鲜明的后现代主义风格颠覆了强权主义的话语模式,但在其荒诞的艺术世界背后却隐藏着俄罗斯

---

① 佩列文:《夏伯阳与虚空》,郑体武译,此处转引自黄铁池主编:《外国小说鉴赏辞典·20 世纪后期卷》,上海辞书出版社,2009 年,第 280 页。

② Boris Noordenbos. *Post-Soviet Literature and the Search for a Russian Identity* , New York：Palgrave Macmillan, 2016, p.34.

③ 侯玮红:《当代俄罗斯小说研究》,中国社会科学出版社,2013 年,第 137 页。

作家所特有的对民族历史、对俄罗斯人的悲剧性命运的探索和体悟"①。

因此,我们可以看出,佩列文的作品以后现代主义的情节结构以及荒谬的风格见长,混杂着佛教母题,汲取了神秘主义传统以及讽刺科幻小说的营养,从而受到读者一定的追捧,作品被翻译成多种文字出版。佩列文以自己的创作力图传达他所理解的 20 世纪以及苏联解体后的俄罗斯社会生活的现实图景,"流露出作者对整个 20 世纪俄罗斯社会历史的虚无主义态度"②。

综上所述,1991 年苏联解体之后,俄罗斯文学一度陷入了低谷,由于社会政治生活的彻底转型,俄罗斯文坛很多作家也一度陷入迷茫,无论是创作思想还是作家本身,都面临着一种新的抉择。由于身份认同、原先所坚持的文学主张、所想象的作家的"历史使命",都遭遇到了前所未有的全面的危机,于是,传统的现实主义创作方法以及相应的创作主题都受到了严重的冲击,后现代主义等各种文学思潮和创作方法开始波及整个俄罗斯文坛,与原有的文学格局形成了强烈的冲撞。经过一段时间的徘徊,俄罗斯小说创作逐渐地恢复了元气,走出了低谷,在传统的现实主义作家取得成就的同时,各种新的文学思潮开始不断涌现。随后,各种新的文学思潮逐渐取代了传统的现实主义创作,新现实主义、新自然主义等文学思潮引起人们极大的关注,形成了自身的特色,尤其是乌利茨卡娅、索罗京、佩列文等许多小说家的作品从传统的审美转向了文化认知,而年轻的作家群的涌现更为解体后的俄罗斯文学的生存努力开拓新的空间,积极探寻新的途径。

---

① 赵杨:《维克多·佩列文和他的自由王国——后现代元素与民族文化底蕴的结合》,见森华编:《当代俄罗斯文学:多元、多样、多变》,外语教学与研究出版社,2010 年,第 240 页。

② 李新梅:《现实与虚幻:维克多·佩列文后现代主义小说的艺术图景》,复旦大学出版社,2012 年,第 68 页。

结　　语

　　我们谈论俄罗斯小说发展的历程，还得从文类学的视野来审视"小说"这一名称在俄罗斯文学中所具有的特性。按文类学的理解，文学体裁的分类大致可以分为四个方面：按题材分类，按认识容量分类，按价值分类，以及按形象模式分类。

　　就认识容量而言，我们所说的"小说"可以分为"长篇小说""中篇小说""短篇小说"。跨入 21 世纪之后，由于阅读时间的限制和快餐文化的兴起，又出现了"小小说"。这些名称在不同民族不同语种的小说作品中，有时是很难对应的。譬如，在英语中，对应长篇小说的是"novel"，对应短篇小说的是"story"，甚至当代小小说也能找到对应的单词"short-short story"，然而，对应中篇小说的，却没有合适的词语，只能用"novella""novelette"或"short novel"来凑合，但是也很不普及。好在英语中有"虚构"与"非虚构"之分，所以，具有"虚构"特性的"fiction"，可以用来泛指"小说"这种艺术形式了。

　　然而，类似于"fiction"这样的单词，在俄语中却没有对应，区别于韵文的"проза"或"повествование"也难以胜任。而在俄语中，"长篇小说""中篇小说""短篇小说"的概念都有对应严谨的词语，而且是词根不同的词语，分别为"роман""повесть"和"рассказ"。而其中英语无法对应的"повесть"在俄语小说类型中则是一个十分重要的概念。尽管俄罗斯学界没有宏观意义上的小说史研究，但是，自 20 世纪 60 年代以来，对上述体裁的分类研究却有所加强，出版了数部有关俄罗斯长篇小说发展史的研究著作，如布什敏（А. С. Бушмин）的两卷集《俄国长篇小说发展史》（*История русского романа в двух томах*，Москва：Издательство Наука，1962—1964）、科罗文（В. И. Коровин）主编的《19 世纪俄国文学史》（*История русской литературы XIX века*，Москва：Гуманитар，изд. центр ВЛАДОС，2005），以及涅兹维茨基（В. А. Недзвецкий）主编的《19 世纪俄国长篇小说史》（*История русского романа XIX века*，Москва：Издательство Московского Университета，2011）等等，都是这方面的重要成果。

　　尤其是对于"повесть"发展史的研究，成果更为突出。"повесть"的历史，极为悠久，就连最早的文学成就之一《往年纪事》，标题中所用的也是"повесть"。关于中篇小说发展史的研究，20 世纪 70 年代以来可谓汗牛充栋，譬如，70 年代多位作者合著的《19 世纪俄罗斯中篇小说：发展史与体裁问题》（*Русская повесть XIX века. История и проблематика жанра*,1973）、《1941—1970 当代苏维埃俄罗斯中篇小说》〔*Современная русская советская повесть （1941—1970）*,1975〕以及《二三十年代的苏维埃俄罗斯中篇小说》（*Русская советская повесть 20－30－х годов*,1976）。在 20 世纪 80 年代,有库兹明（Кузьмин）所著的《作为文学体裁的中篇小说》（*Повесть как жанр литературы*,1984）、瓦纽科夫（Ванюков）所著的《20 年代苏维埃俄罗斯中篇小说：体裁诗学》（*Русская советская повесть 20－х годов：Поэтика жанра*,1987）。在 20 世纪 90 年代,有苏尔科夫（Сурков）所著的《19 世纪前期俄国中篇小说》（*Русская повесть первой трети XIX века*,1991）、果罗夫柯（В. Головко）所著的《俄罗斯中篇小说诗学》（*Поэтика русской повести*,1992）和《俄罗斯现实主义中篇小说：诠释学与体裁类型学》（*Русская реалистическая повесть：герменевтика и типология жанра*,1995）。进入 21 世纪之后,主要专著有屠日科夫（С. А. Тузков）所著的三部专著:《20 世纪初期的俄罗斯中篇小说：自蒲宁到别雷》（*Русская повесть начала XX века：от И. Бунина до а. Белого*,2004）、《20 世纪初期的俄罗斯中篇小说：自高尔基到古米廖夫》（*Русская повесть начала XX века：от М. Горького до н. Гумилёва*,2006）,以及《20 世纪初期的俄罗斯中篇小说：体裁类型学视角》（*Русская повесть начала XX века. Жанрово-типологический аспект*,2016）,还有塔玛尔琴柯（Н. Тамарченко）所著的《白银时代的俄罗斯中篇小说：体裁与情节诗学问题》（*Русская повесть Серебряного века：Проблемы поэтики сюжета и жанра*,2007）。

除了小说专题研究,在文学史类著作中,对小说家以及重要的小说作品同样有深入的研究。

国外俄罗斯小说发展史的研究主要分为两个部分,一是俄罗斯本土学者有关俄罗斯小说史的研究,二是欧美学界有关俄罗斯小说史的研究。

俄罗斯学界有关本民族小说发展史的研究,不仅体现在俄罗斯专门的小说史研究著作中,也体现在一些重要的文学史类著作和小说史类著作中。最早的俄罗斯文学史著作出现在 18 世纪中叶。特列佳科夫斯基的《论俄国古代、中期和最新的诗歌创作》(1755)被视为第一部俄国文学史著作。从此开始,二百六十多年来,俄罗斯文学史著作呈现出与俄罗斯文学创作平行发展的格局,数量极为可观,尤其是从 19 世纪末 20 世纪初起,大规模的文学史写作蔚然成风。其中颇有影响的有佩平的四卷本《俄国文学史》(1898—1899)、奥夫相尼科-库里科夫的五卷本专著《19 世纪俄国文学史》(1908—1910)。第二次世界大战结束后,文学史的规模不断壮大,如阿列克谢耶夫和别里奇柯夫主编的十卷本《俄国文学史》(1941—1956)、普鲁茨科夫主编的四卷本《俄国文学史》(1980—1981)等等。

　　进入 21 世纪之后,断代文学史的编撰趋势更为典型,如科罗文主编的三卷本《19 世纪俄国文学史》(2005)、佩捷林的两卷本《20 世纪俄罗斯文学史》(2012—2013)等等。

　　由于在文类学层面的差别,尽管俄国学界有多种诗歌史类研究著作,但是,相对而言,却没有真正意义上的小说史类研究著作,虽有科学出版社出版的两卷集《俄国长篇小说史》等一些论述长篇小说史的著作,但是这些著作都未涉及占重要地位的中短篇小说的创作,反之,虽然有《19 世纪俄罗斯中篇小说:发展史与体裁问题》等著作,但是,在类似的著作中,却没有涉及长篇小说的创作。

　　欧美国家的俄国小说史研究著作也主要体现在文学史研究著作和小说研究两个方面。其中比较重要的有法国著名的斯拉夫学者乔治·尼瓦(Georges Nivat)主编的六卷集《俄国文学史》(1987—2005)。这六卷集巨著是欧洲的俄罗斯文学研究界的重要成果。美国学者莫瑟(Charles A. Moser)主编的单卷本《剑桥俄国文学史》(1989—2008)是一部影响较广的文学史著作。

　　我国学界有关俄罗斯小说史的研究主要体现在三个方面。

　　一是小说史研究夹杂在俄罗斯文学史著作中。我国第一部俄罗斯文学史出现在 20 世纪 20 年代,即郑振铎的《俄国文学史略》(1924)。尽管我国学者在 20 年代就开始著述俄罗斯文学史,但是,真正有学术分量的俄罗斯文学史直到改革开放之后才出现。比较重要的有曹靖华主编的三卷本《俄苏文学史》(1992—1993)、叶水夫主编的三卷本《苏联文学史》(1994)。21 世纪以来,任光宣、张建华、刘文飞、刘亚丁、汪介之、郑体武等学者都著有相应的俄罗斯文学史著作。

　　二是俄国小说史著作。这类著作目前国内有四部。第一部是彭克巽所著的《苏联小说史》(1988)。该书共分六章,从 20 世纪初期写到 20 世纪 70 年代。第二部是许贤绪所著的《当代苏联小说史》(1991),时间跨度较短,限于苏联解体前的当代小说。第三部是任子峰所著的《俄国小说史》(2010)。该书共分十二章,主要是写 19 世纪以前的俄国小说史,旨在勾勒小说思潮、流派嬗变轨迹,阐明其思想特质,特别注重对小说艺术的审美透视,对小说艺术大师和重点作家进行详尽评述,对作家作品的艺术成就进行品评和赏析。第四部是由张存霞主编的《俄苏小说史》(2017),共分四章,第一章为 11 至 17 世纪,第二章为 18 世纪,第三章为 19 世纪,第四章为 20 世纪,时间跨度全面,但由于受到篇幅的限制,著作结构以作家为主,每小节以作家名为题,如第三章论及普希金等九位作家,第四章论及高尔基等十六位作家。

　　三是俄罗斯文学史类译著。新中国成立以来,俄苏文学史译著成就突出,是我国俄罗斯文学研究者学术研究和文学史撰写的必备学术资源。重要的俄罗斯文学史译著有布罗茨基主编的三卷本《俄国文学史》(蒋路等译,1954—1962)、季莫菲耶夫主编的两卷本《苏联文学史》(叶水夫译,1949—1956)、叶尔绍夫主编的

《苏联文学史》(谭得伶等译,1982)。进入新世纪以后,主要有俄罗斯科学院编的《俄罗斯白银时代文学史》(谷羽等译,2006)、米尔斯基所著的《俄国文学史》(刘文飞译,2013)和科尔米洛夫主编的《二十世纪俄罗斯文学史》(赵丹等译,2017)。

此外,获得国家社科基金重大招标项目立项的普鲁茨科夫的四卷本《俄国文学史》(汪介之主持)、九卷本《剑桥俄罗斯文学史》(林精华主持)也将在未来五年左右的时间陆续完成汉译工作,多卷本《俄国文学通史》(刘文飞主持)也已获得了国家社科基金重大招标项目立项。这些项目的立项将为我国的俄国文学史研究提供丰厚的学术资源。

从已有国外相关研究成果来看,主要是全面的文学史类著作,缺乏专题性的小说史类专著。俄罗斯学者的两卷集《俄国长篇小说史》和《19世纪俄国长篇小说史》等数部小说史类著作,仅限于研究19世纪及以前的创作,而且仅限于长篇小说,未能涉及中短篇小说。我国学者彭克巽所著《苏联小说史》、许贤绪所著《当代苏联小说史》和任子峰所著《俄国小说史》是这一领域的突出成就,但前两部出版较早,而且仅限于苏联时期的小说,后者仅限于19世纪之前的俄国小说,因此,可以说,迄今,国内外还没有一部真正反映俄罗斯小说发展全貌的俄罗斯小说史著作。

因此,撰写这部《俄罗斯小说发展史》,所追求的学术价值以及研究意义主要体现在以下三个方面:

首先,相比较已有成果对18世纪之前的小说创作基本忽略或一笔带过的倾向,本书以较多的篇幅探究18世纪之前的俄罗斯小说艺术的文本源头、生成渊源、发展轨迹,这对于俄罗斯文学研究以及体裁文学史研究而言,具有学科基础建设方面的学术价值。

其次,中国是俄罗斯文学研究的强国,是全世界翻译俄罗斯小说最多的国家,中国的俄罗斯文学研究也走在世界的前列,但翻译与原创极不平衡,由中国学者所撰写的《俄罗斯小说发展史》将有益于巩固我国在这一领域的优势地位。

再者,根据有关资料,俄罗斯文学翻译作品约占我国所有外国文学作品的三分之一。当然,这一比例,基于20世纪50年代对苏维埃俄罗斯文学铺天盖地的翻译。自苏联解体以来,对俄罗斯文学的翻译呈现出急剧下降的趋势。但是,无论如何,俄罗斯文学对中国读者的影响是根深蒂固的,俄罗斯文学对中俄文化交流以及中国文化建设已经发挥重要的借鉴作用。《俄罗斯小说发展史》的撰写对于我国文化强国建设,尤其是文学、文类学研究和中外文化交流,都力图体现重要的借鉴价值。

最后,自苏联1991年12月26日解体以来,由于世界格局的变化以及我国文化发展的新局面,包括俄罗斯小说史在内的俄罗斯文学发展历史都面临反思和重写。过去的小说史或文学史类著作在新的历史语境下,已经无法适应科研和教学的需求,迫切需要具有创新意识的新的俄罗斯体裁文学史类著作,正本清源,适应我国新时代文化建设需求。

这部《俄罗斯小说发展史》,依照中文"小说"理念,以包括长篇小说、中篇小说、短篇小说在内的俄罗斯小说为研究对象,对 10 世纪以来俄罗斯文学中的代表性小说家和小说作品进行研究,对俄罗斯小说创作在不同历史时期的主导意涵、叙事策略、话语特色和建构模式等进行相应的分析研究,从而揭示俄罗斯小说这一艺术文类的生成渊源,并对其叙述策略、历史进程、文化转向,以及对历史文化以及民族意识的深刻影响进行深入探究。

本书基于小说艺术的发展进程,主要从五个发展阶段来梳理和探究俄罗斯小说艺术的发展轨迹。

在第一阶段"俄罗斯小说的源头"中,主要发掘俄罗斯小说的源头与雏形,尽管小说作为艺术门类尚未出现,但是,小说的元素已存在于各种体裁的文学作品中,尤其是存在于"编年史"和"圣徒传"中,为后来小说艺术的发展,起到了源头的作用。在英雄史诗《伊戈尔远征记》和编年史《往年纪事》等一些作品中,已经有了鲜明的叙事色彩。尤其是《往年纪事》中的故事(Повесть),与现代小说在名称方面有着密切的关联。而 13 至 17 世纪的《拔都侵袭梁赞的故事》《亚历山大·涅夫斯基传》《关于康士坦丁大帝的传说》《关于苏丹穆罕默德的传说》《萨瓦·格鲁德岑的故事》等作品,叙事色彩逐渐增强,主题也逐渐鲜明,如 14 世纪的《拔都侵袭梁赞的故事》这部作品中洋溢着强烈的爱国主义和英雄主义精神,书写了俄罗斯人民反抗异族入侵的英勇斗争,而 17 世纪的《萨瓦·格鲁德岑的故事》更是具有道德教诲意义的长篇小说的雏形。

在第二阶段"俄罗斯小说的成型"中,主要探究 17 世纪后期至 19 世纪 20 年代俄罗斯小说成型过程,其中包括"18 世纪俄罗斯小说的成型""亚历山大一世统治时期的小说创作"等章节。18 世纪前半叶,一些作家向西欧国家的文学创作借鉴,西欧长篇小说的一些译本开始在俄国文坛出现,由于翻译小说的兴起,它们在俄罗斯民族文学发展以及民族审美情趣的形成方面,发挥了应有的积极作用。随后,18 世纪 60 年代,属于俄罗斯民族的长篇小说开始出现。到了 18 世纪八九十年代,小说这种艺术形式得以真正被俄国文坛所认可。于是,卡拉姆津和拉吉舍夫的小说创作,与罗蒙诺索夫、杰尔查文等诗人的诗歌创作,以及冯维辛等剧作家的戏剧创作,共同构成了 18 世纪后期俄罗斯文学三足鼎立的基本格局。在俄罗斯小说发展史上,经过费多尔·艾敏、米哈伊尔·楚尔科夫、马特维伊·科马洛夫等作家的努力,尤其是卡拉姆津的创作,使得小说这种文学体裁终于在俄国文坛得以成型,为 19 世纪俄罗斯小说的繁荣,奠定了应有的基础。在俄罗斯小说成型过程中,亚历山大一世统治时期的小说同样历来受到忽略,实际上,亚历山大一世统治时期,主要的格局是启蒙主义小说、感伤主义小说、浪漫主义小说等三种倾向的小说创作平行发展,有时相互交织,并且出现了伊兹梅洛夫、纳列日内、别斯土舍夫等相对而言比较重要的小说家以及《俄罗斯的吉尔·布拉斯,又名契斯佳科夫公爵奇遇记》等较为重要的作品。

在第三阶段"俄罗斯小说艺术的辉煌"中,主要论述自 19 世纪 30 年代至 90 年代俄罗斯小说的繁荣。着重论述普希金以《别尔金小说集》《上尉的女儿》《叶甫盖尼·奥涅金》为俄罗斯小说创作所树立的典范意义,并分别探究果戈理、屠格涅夫、陀思妥耶夫斯基、托尔斯泰等小说大师在俄罗斯小说发展进程中在艺术形式、叙事技巧等方面为俄罗斯小说艺术的繁荣和辉煌所做出的艺术贡献。在普希金之后,莱蒙托夫、果戈理等作家进一步确立了俄罗斯小说中的民主立场和现实主义创作主张。屠格涅夫的创作能够紧扣时代焦点主题,反映特定的时代精神。陀思妥耶夫斯基的小说创作,主要在心理探索和心理分析方面,取得了卓越的成就,他善于通过梦境和幻觉来展现人物的内心世界。他的《罪与罚》等长篇小说,在通过人物内心的激烈矛盾冲突来揭示人物性格的同时,更特别注重宣扬自己的宗教救世思想。托尔斯泰的小说创作则以不断变化的处于矛盾状态的世界观来表现处于矛盾中的不断变化的俄国社会现实。

在第四阶段"俄罗斯小说艺术的现代转型"中,主要探究自 19 世纪末至 20 世纪 50 年代初期的俄罗斯小说在现代主义和社会主义现实主义领域所进行的拓展。其中包括"白银时代的小说创作"等章节。在现代转型过程中,象征主义小说尤为典型,在象征主义小说中,现实的形象失去了具体的含义,被富于暗示和联想的象征意象所取代,真实的形象成了抽象的、神秘的观念。梅列日科夫斯基的《基督与反基督》长篇小说三部曲、别雷的长篇小说《彼得堡》、勃留索夫的长篇小说《燃烧的天使》、索洛古勃的长篇小说《卑微的魔鬼》以及长篇小说三部曲《创造的神话》等都体现了这些特性。

而在第五阶段"俄罗斯小说的当代探索与文化转向"中,本书主要探究 20 世纪 50 年代中期至 21 世纪的俄罗斯小说在题材、主题样式等方面的新型特质。其中包括"苏联解体以来的小说创作"等章节。在这一发展阶段,帕斯捷尔纳克、格罗斯曼以及索尔仁尼琴等作家所做出的探索,尤其具有代表性。他们都善于以小说的形式来表现对时代和命运的深思。

帕斯捷尔纳克的长篇小说《日瓦戈医生》,通过主人公尤里·日瓦戈的命运,折射了 20 世纪俄罗斯时代的变迁,以及知识分子在特定历史时期的悲剧命运。格罗斯曼的《生活与命运》、索尔仁尼琴的《癌症楼》和《红轮》等,坚守自己独立的思想,审视 20 世纪的历史事件和历史进程。1991 年苏联解体后,由于身份认同、原先所坚持的文学主张、所想象的"历史使命",都遭遇全面的危机,于是,传统的现实主义创作方法受到全面的冲击,后现代主义等各种文学思潮和创作方法开始波及俄罗斯文坛,与原有的格局形成了强烈的冲撞,乌利茨卡娅、索罗京等许多小说家的作品从传统的审美转向了文化认知。

俄罗斯小说的发展与俄罗斯社会政治的变更以及历史文化的变迁密切相关。而且,也是在与世界文化不断交流中发展起来的。正如《剑桥俄罗斯经典小说指南》的编者所言:"俄罗斯文学是在与西欧文学的对话过程中确立自身重要地位的。"①该书编者还以舞蹈中的两个舞伴之间的关系来比喻这一复杂的对话过程:两个舞伴开始的时候轻轻地接触一下,随后相拥,一曲跳完便各自分开。

俄罗斯小说与西欧以及美国等西方国家的小说创作,有时同步发展,有时超越对方,有时坚持己见,各行其道。她既以19世纪的现实主义引领世界文坛,又以20世纪的社会主义现实主义创作独具一格。正是在复杂的交替中,俄罗斯小说不断获得滋养,不断发展成熟。

在本书撰写过程中,作者力图对俄罗斯小说发展史进行连贯的、完整的书写,对俄罗斯小说的源头、从文献到文学的转型、发展过程中所接受的影响等做深入的文本考据。所着重探讨的问题包括:翻译小说对俄罗斯小说艺术形成和发展的历史贡献、俄罗斯小说与世界小说艺术的对峙与接轨等。在撰写中,还特别注意体现中国学者的学术立场。尤其是改变俄罗斯文学研究界长期存在的俄国与欧美、本土与侨民两种倾向矛盾和对峙的局面,力求客观公正,尤其是客观介入被忽略的作家的研究,既汲取俄罗斯和西方学者的研究成果,又充分体现中国学者的学术话语和独立的学术立场,以客观真实地展现俄罗斯小说艺术发展的历史进程为该书的学术追求。

---

①　Malcolm V. Jones & Bobin Feuer Miller eds. *The Cambridge Companion to the Classic Russian Novel*, Cambridge: Cambridge University Press, 1998, p. 1.

附　　录

一　俄罗斯小说大事年表

988　基辅大公弗拉基米尔定基督教(希腊东正教)为国教,逐步形成统一的古代俄罗斯国家——基辅罗斯。

1015　基辅大公弗拉基米尔的儿子之间爆发内讧。

1054　基督教会内部大分裂,基督教会由此分成东部和西部两个教会。主要在拜占庭帝国流行的东部教会在自己的名称里头加上了"正"(正统)字,东正教名称开始出现。

10世纪末—11世纪初　在基辅和诺夫哥罗德,开始撰修编年史。

11世纪70年代　基辅彼切尔修道院编出古罗斯最早的编年史。

1113　俄罗斯编年史中的一种《往年纪事》成书于基辅。

1185年5月—1187年10月　《伊戈尔远征记》成书。

1325　伊凡一世继位(1325—1340)。

1237　蒙古人(或鞑靼人)入侵。从该年至1480年为蒙古人占领时期。

13世纪后半叶　《亚历山大·涅夫斯基传》成书。

14世纪初　《拔都侵袭梁赞的故事》成书。

1389　瓦西里一世开始统治(1389—1425)。

14世纪末　《顿河彼岸之战》成书。

1425　瓦西里二世开始统治(1425—1462)。

1462　伊凡三世开始统治(1462—1505)。

1468—1474　尼基金创作《三海旅行》。

1533　伊凡四世登基,莫斯科公国开始摆脱分裂状态,莫斯科成为新的文化中心。

1547　伊凡四世(伊凡雷帝)成为第一个被加冕的莫斯科公国沙皇。

1613　米哈伊尔·罗曼诺夫登基,罗曼诺夫王朝开始。

1619　斯莫特里茨基的《语法》一书出版。

17世纪70年代　"俄罗斯文学史上长篇小说创作的最初的尝试"——《萨瓦·格鲁德岑的故事》成书。

1667—1671　拉辛起义。

1682　彼得大帝登基。

1689　彼得大帝立志改革。

1700　长达二十一年的俄瑞战争(亦称北方战争)开始,该战争于 1721 年结束。

1703　彼得一世命令在芬兰湾建造圣彼得堡城市。

1709　波尔塔瓦战争胜利。

1712　彼得一世下令将俄国首都从莫斯科迁到圣彼得堡。

1721　俄瑞战争结束,俄国有了波罗的海出海口,沙皇俄国从此正式称为"俄罗斯帝国",彼得一世被称为彼得大帝。

1725　1 月 28 日,彼得大帝逝世。

1725—1727　叶卡捷琳娜一世执政。

1727—1730　彼得二世执政。

1730—1740　安娜女皇执政。

1735　被誉为"俄国第一位长篇小说家"的费多尔·亚历山大洛维奇·艾敏(1735—1770)诞生。

1738　18 世纪后半叶最为流行的小说家马特维伊·科马洛夫(1738? —1815?)诞生。

1740—1741　伊凡六世执政。

1741—1761　伊丽莎白女皇执政。

1749　拉吉舍夫 (1749—1802)生于萨拉托夫省库茨涅佐夫县上阿勃里雅佐沃村的一个地主家庭。

1759　俄国最早的文学刊物之一《勤奋的蜜蜂》开始创刊。

1761—1762　彼得三世执政。

1762　6 月 28 日,叶卡捷琳娜依靠近卫军发动了宫廷政变,推翻了其丈夫彼得三世的统治,开始了长达三十四年的叶卡捷琳娜二世的执政时期。

1763　艾敏的《反复无常的命运,或密拉蒙德的历险》等长篇小说面世。

1766　俄罗斯第一部书信体小说——艾敏的最后一部长篇小说《欧内斯特与多拉夫拉的书简》出版。

1766　尼古拉·米哈伊洛维奇·卡拉姆津(1766—1826)诞生。

1766—1789　楚尔科夫的故事集和童话集《讥嘲者,又名斯拉夫童话》面世。

1768　赫拉斯科夫的长篇小说《努玛·蓬皮里,又名繁荣的罗马》面世。

1770　楚尔科夫的代表作品——长篇小说《标致的厨师,或荡妇历险记》出版。
　　　小说家艾敏逝世。

1773—1775　普加乔夫起义。

1775　1 月 10 日,普加乔夫在莫斯科惨遭杀害。

1779　马特维伊·科马洛夫的长篇小说《骗子万卡·凯恩的故事》出版。

1790　5 月,拉吉舍夫的《从彼得堡到莫斯科旅行记》出版。

1791　卡拉姆津创办并主编俄国文学期刊《莫斯科杂志》。

卡拉姆津在《莫斯科杂志》上开始刊载《一个俄国旅行者的书简》。

1792　卡拉姆津的中篇小说《可怜的丽莎》发表于《莫斯科杂志》。

小说家楚尔科夫逝世。

1796　叶卡捷琳娜二世逝世,保罗一世开始执政(1796—1801)。

1798　纳列日内所创作的第一部小说——中篇小说《罗格沃尔德》发表,该小说
带有感伤主义创作倾向。

1799　5月26日(公历6月6日),普希金在莫斯科诞生。

1799—1801　伊兹梅洛夫的长篇小说《叶甫盖尼,又名不良教养与交游不慎之致
命后果》出版,该小说被誉为俄罗斯第一部教育小说。

1801　保罗一世逝世,亚历山大一世开始执政(1801—1825)。

1802　拉吉舍夫逝世。

1803—1815　卡拉姆津出版了十一卷集的《文集》。

1812　6月12日,拿破仑率领近七十万兵力,对俄国不宣而战。俄国卫国战争
开始。

1814　亚历山大一世战胜拿破仑,率军进入巴黎。

纳列日内的长篇小说《俄罗斯的吉尔·布拉斯,又名契斯佳科夫公爵奇遇
记》出版。

1814　著名作家米哈伊尔·尤利耶维奇·莱蒙托夫(1814—1841)生于莫斯科的
一个退役军官的家庭。

1818—1826　卡拉姆津的十二卷《俄罗斯国家史》出版。

1823　普希金开始创作《叶甫盖尼·奥涅金》。

1824　纳列日内后期创作的长篇小说《神学校学生》出版。

1825—1855　尼古拉一世执政。

1825　纳列日内逝世。

十二月党人起义。起义失败后,五位主要领导人被沙皇处以绞刑,并有一
百多人被流放。

1826　卡拉姆津逝世。

1830　普希金创作《别尔金小说集》,并完成诗体长篇小说《叶甫盖尼·奥涅金》
的最后一章。

1832　作于1830年的普希金《别尔金小说集》面世。

1833　普希金《叶甫盖尼·奥涅金》出版。

普希金《黑桃皇后》面世。

别斯图热夫的中篇小说《"希望号"军舰》面世。

1835　果戈理《涅瓦大街》《狂人日记》面世。

1837　1 月 29 日,普希金在圣彼得堡逝世。

1840　莱蒙托夫的长篇小说《当代英雄》面世。

1841　莱蒙托夫逝世。

1842　果戈理《死魂灵》第一部面世,《外套》面世。

1845—1847　赫尔岑《谁之罪?》面世。

1846　陀思妥耶夫斯基《穷人》面世。

1847　冈察洛夫《平凡的故事》出版。

1848　陀思妥耶夫斯基《白夜》面世。

　　　　别林斯基逝世。

1852　果戈理逝世。

　　　　列夫·托尔斯泰《童年》面世。

　　　　屠格涅夫《猎人笔记》面世。

1853　10 月,土耳其对俄宣战,克里米亚战争(1853—1856)爆发。这一战争削
　　　　弱了俄国在欧洲的霸主地位。

1854　列夫·托尔斯泰《少年》面世。

1855—1881　亚历山大二世执政。

1856　屠格涅夫的长篇小说《罗亭》出版。

1857　列夫·托尔斯泰《青年》面世。

1858　皮谢姆斯基《一千个农奴》面世。

1859　冈察洛夫的长篇小说《奥勃洛莫夫》出版。

　　　　屠格涅夫的长篇小说《贵族之家》出版。

1860　屠格涅夫的长篇小说《前夜》出版。

1861　2 月 19 日(公历 3 月 3 日),俄国实行农奴制改革。沙皇亚历山大二世正
　　　　式批准了改革法令,同时签署了废除农奴制度的特别文告。一千多万农
　　　　奴得以"解放"。

　　　　陀思妥耶夫斯基的长篇小说《被侮辱与被损害的》出版。

1862　屠格涅夫的长篇小说《父与子》出版。

1865—1869　列夫·托尔斯泰《战争与和平》出版。

1866　陀思妥耶夫斯基的长篇小说《罪与罚》出版。

1867　车尔尼雪夫斯基的长篇小说《怎么办?》出版。

　　　　屠格涅夫《烟》出版。

1868　陀思妥耶夫斯基的长篇小说《白痴》出版。

1869—1870　萨尔蒂科夫-谢德林的长篇小说《一个城市的历史》出版。

1871—1872　陀思妥耶夫斯基的《群魔》出版。

1875—1880　萨尔蒂科夫-谢德林的长篇小说《戈洛夫廖夫老爷们》出版。

1877　列夫·托尔斯泰的长篇小说《安娜·卡列尼娜》出版。

　　　屠格涅夫的长篇小说《处女地》出版。

1880　陀思妥耶夫斯基的长篇小说《卡拉马佐夫兄弟》出版。

1881　亚历山大二世遭暗杀。

　　　陀思妥耶夫斯基逝世。

1881—1894　亚历山大三世执政。

1883　屠格涅夫逝世。

1889　车尔尼雪夫斯基逝世。

　　　萨尔蒂科夫-谢德林逝世。

1890　2月10日,帕斯捷尔纳克生于莫斯科的一个犹太人家庭。

1891　冈察洛夫逝世。

1893　梅列日科夫斯基发表论著《论当代俄国文学衰落的原因及其新流派》。

1894　最后一代沙皇尼古拉二世登基,统治时期为1894—1917年。

1895　彼得堡工人阶级解放斗争协会成立。

　　　列斯科夫逝世。

1896　梅列日科夫斯基《基督与反基督》三部曲第一部《诸神之死》出版。

1898　知识出版社成立以及《艺术世界》创刊。

　　　俄国社会民主工党成立。

1899　列昂诺夫出生在莫斯科。

　　　托尔斯泰的长篇小说《复活》出版。

1903　俄国社会民主工党分裂为孟什维克和布尔什维克。后者以列宁为领导。

1904—1905　俄日战争爆发。

1904　契诃夫逝世。

1905　1905年革命爆发。短暂的杜马成立。

　　　肖洛霍夫出生在顿河边的一个哥萨克村子里。

1906　高尔基长篇小说《母亲》出版。

1908　安德列耶夫的《七个绞刑犯的故事》出版。

1910　托尔斯泰逝世。

1911　11月,谢维里亚宁《自我未来主义序幕》出版。

1912　俄国社会民主工党"六大"召开,布尔什维克党成为独立的马克思主义
　　　政党。

　　　12月,诗文集《给社会趣味的一记耳光》在莫斯科出版,其前言是与书名
　　　同名的重要宣言。

1913　高尔基《童年》出版。

1914　第一次世界大战爆发,至1918年结束。

1915 蒲宁《从旧金山来的先生》出版。

1916 别雷的长篇小说《彼得堡》出版。

1917 3月,二月革命爆发。

沙皇统治终结。

11月7日,十月革命爆发,推翻了以克伦斯基为首的资产阶级临时政府,建立了苏维埃政权。

1918 国内战争开始,至1921年结束。

12月11日,亚历山大·索尔仁尼琴出生于北高加索的基斯洛沃茨克。

1920 全俄无产阶级作家协会成立。

1921 3月,俄共(布)"十大"召开,通过了实行新经济政策的决定。

1921—1941 阿·托尔斯泰《苦难的历程》出版。

1922 皮里尼亚克的长篇小说《裸年》出版。

年底,苏维埃社会主义共和国联盟(苏联)正式建立。

1923 富尔曼诺夫长篇小说《夏伯阳》出版。

1924 1月,列宁逝世。斯大林开始领导苏联进行社会主义改造和建设。

扎米亚京的长篇小说《我们》在国外出版。

文学杂志《十月》和《星》创刊。

费定《城与年》出版。

绥拉菲莫维奇的长篇小说《铁流》出版。

1925 文学刊物《新世界》创刊。

肖洛霍夫开始创作长篇小说《静静的顿河》。全书共分四部八卷,历时十五载,1928年出版第一部,1929年出版第二部,1933年出版第三部,1940年出版第四部。

1926 肖洛霍夫的短篇小说集《顿河故事》出版。

皮里尼亚克的中篇小说《不灭的月亮的故事》面世。

1927 法捷耶夫的长篇小说《毁灭》出版。

1929 巴赫金《陀思妥耶夫斯基诗学问题》出版。

1930 文学刊物《旗》创刊。

1932 肖洛霍夫《被开垦的处女地》第一部出版。

1933 高尔基文学院成立。

《文学评论》创刊。

蒲宁获得诺贝尔文学奖。

马卡连柯《教育诗》出版。

1934 苏联作家协会成立。

奥斯特洛夫斯基《钢铁是怎样炼成的》出版。

1936　高尔基逝世。

1937　扎米亚京逝世。

1939　8 月,苏联为了自身安全,同德国签订了《苏德互不侵犯条约》。

1940　布尔加科夫《大师与玛格丽特》完稿;布尔加科夫逝世。

1941　6 月 22 日,德军集中大量兵力,突然对苏联发动全面进攻,苏联卫国战争
　　　爆发,至 1945 年结束。

　　　阿·托尔斯泰三部曲《苦难的历程》的最后一部《阴暗的早晨》出版。

1941—1944　列宁格勒被"围困"。

1941 秋—1942 初　苏联经历莫斯科保卫战,并取得胜利。

1942　彼得·巴甫连科的中篇小说《俄罗斯的故事》面世。

　　　万达·瓦西里耶夫斯卡娅的中篇小说《虹》面世。

1942 夏—1943 春　苏联经过艰苦努力,取得斯大林格勒保卫战的胜利。

1943　戈尔巴托夫的中篇小说《不屈的人们》面世。

　　　安德烈·普拉东诺夫的中篇小说《保卫七家村》面世。

1944　列昂诺夫的中篇小说《攻克维利科舒姆斯克》面世。

1945　法捷耶夫的长篇小说《青年近卫军》出版。

1946　波列沃依的长篇小说《真正的人》出版。

1949　绥拉菲莫维奇逝世。

1952　奥维奇金的特写《区里的日常生活》发表。

　　　蒲宁的长篇小说《阿尔谢尼耶夫的生活》面世。

1953　3 月 5 日,斯大林逝世。

　　　列昂诺夫的长篇小说《俄罗斯森林》出版。

　　　特罗耶波利斯基《一个农艺师的札记》出版。

1954　5 月,爱伦堡的中篇小说《解冻》第一部在《旗》杂志上发表。

　　　12 月,第二次全苏作家代表大会在莫斯科召开。

1955　文学刊物《青春》杂志创刊。

1956　法捷耶夫逝世。

　　　2 月,苏共第二十次代表大会召开。会上,赫鲁晓夫发表"秘密讲话",对
　　　斯大林的个人崇拜倾向展开了激烈的批判。

　　　4 月,爱伦堡的中篇小说《解冻》第二部在《旗》杂志上发表。同年 9 月,作
　　　品单行本出版。肖洛霍夫的短篇小说《一个人的遭遇》于 1956 年 12 月
　　　31 日和 1957 年 1 月 1 日刊载于苏联的重要报刊《真理报》。

1957　文学评论杂志《文学问题》创刊。

　　　尼古拉耶娃的长篇小说《征途中的战斗》出版。

　　　11 月,帕斯捷尔纳克长篇小说《日瓦戈医生》在意大利米兰出版。

1958 10 月,帕斯捷尔纳克获得本年度诺贝尔文学奖。

柯切托夫《叶尔绍夫兄弟》出版。

艾特玛托夫《查密莉雅》发表。

1959 西蒙诺夫《生者与死者》出版。

巴克兰诺夫《一寸土》面世。

邦达列夫《最后的炮轰》面世。

肖洛霍夫《被开垦的处女地》第二部面世。

1960 5 月 30 日,帕斯捷尔纳克逝世。

1961 苏共第二十二次代表大会上通过了新的《苏共纲领》,提出了"和平、劳动、自由、平等、博爱、幸福"等口号。

柯切托夫《州委书记》出版。

1962 1 月,索尔仁尼琴的小说《伊凡·杰尼索维奇的一天》在《新世界》杂志第 1 期发表。

1963 巴赫金的《陀思妥耶夫斯基的诗学问题》再版。

1964 10 月,赫鲁晓夫下台。勃列日涅夫任苏联最高领导人。

西蒙诺夫《军人不是天生的》面世。

1965 肖洛霍夫获得诺贝尔文学奖。

1966 勃列日涅夫任苏共中央总书记。

1966—1967 布尔加科夫《大师与玛格丽特》出版。

1967 爱伦堡逝世。

1968 索尔仁尼琴《癌症楼》在西方出版。

1969 邦达列夫的长篇小说《热的雪》出版。

索尔仁尼琴《第一圈》在西方出版。

瓦西里耶夫《这里的黎明静悄悄……》面世。

1970 10 月,索尔仁尼琴获得诺贝尔文学奖。

艾特玛托夫《白轮船》出版。

1971 6 月,索尔仁尼琴的《1914 年 8 月》俄文版在巴黎出版。

1972 贝可夫《方尖碑》面世。

1973 舒克申《红莓》面世。

普罗斯库林《命运》出版。

1973—1975 索尔仁尼琴《古拉格群岛》出版。

1974 索尔仁尼琴被驱逐出境。

拉斯普京的中篇小说《活下去,并且要记住》面世。

1975 阿斯塔菲耶夫的长篇小说《鱼王》出版。

恰可夫斯基《围困》第 5 卷出版。

特里丰诺夫《滨河街公寓》出版。

邦达列夫《岸》出版。

巴赫金逝世。

1976　拉斯普京的中篇小说《告别马焦拉》面世。

　　　伊凡诺夫《永恒的召唤》出版。

1977　2月,《莫斯科》杂志自第2期起,连续四期连载普罗斯库林的长篇小说《你的名字》。

　　　3月,苏联作家协会召开有关领导人会议,讨论贯彻纪念十月革命六十周年的相关议题。

　　　4月,《旗》杂志刊载艾特玛托夫的中篇小说《花狗崖》。

　　　7月15日,俄罗斯小说家费定逝世,终年八十五岁。勃列日涅夫等联名发表的悼词中称费定是"苏联文学的奠基者和创始人之一"。

　　　7月,《旗》杂志开始连载利帕托夫的长篇小说《伊戈尔·萨沃维奇》。

　　　11月,本年度苏联国家文学奖揭晓。艾特玛托夫的《白轮船》、邦达列夫的《岸》、拉斯普京的《活下去,并且要记住》等小说获奖。

　　　著名小说家纳博科夫逝世。

1978　4月,本年度列宁文学奖评奖结果公布,恰可夫斯基的长篇小说《围困》获奖。

　　　5月,贝可夫的中篇小说《一去不返》发表。

　　　11月,本年度苏联国家文学奖揭晓,阿列克辛的《剧中人物和演员》等中篇小说、阿斯塔菲耶夫的《鱼王》、格拉宁的中篇小说《克拉夫吉娅·维洛尔》等小说作品获奖。

　　　比托夫在美国出版长篇小说《普希金之家》。

1979　2月8日,著名作家吉洪诺夫逝世。

　　　5月1日,小说家利帕托夫逝世。

　　　8月28日,著名作家康斯坦丁·西蒙诺夫逝世。

1980　格罗斯曼的长篇小说《生活与命运》在瑞士出版。

　　　10月,邦达列夫的长篇小说《选择》在杂志上发表。

　　　11月,艾特玛托夫的长篇小说《一日长于百年》发表。

　　　斯塔德纽克《战争》出版。

1981　2月23日—3月3日,苏共第二十六次代表大会召开。

　　　3月,著名小说家特里丰诺夫逝世。

　　　6月30日—7月4日,第七次苏联作家代表大会召开。

　　　7月12日,著名小说家波列沃依逝世。

　　　10月—11月,叶甫图申科的长篇小说《浆果之乡》发表。

艾特玛托夫的长篇小说《一日长于百年》出版。

1982 苏共中央总书记勃列日涅夫逝世,由安德罗波夫继任。

1983 5月14日,著名小说家阿勃拉莫夫逝世。

11月7日,苏联国家文学奖揭晓,艾特玛托夫的长篇小说《一日长于百年》、邦达列夫的长篇小说《选择》、斯塔德纽克的长篇小说《战争》、恰可夫斯基的长篇小说《胜利》等作品获奖。

1984 2月21日,著名小说家肖洛霍夫逝世。

2月,白俄罗斯女作家阿列克西耶维奇的纪实小说《战争的面貌不是女性的》在《十月》杂志上发表。

8月3日,著名小说家田德里亚科夫逝世。

苏共中央总书记安德罗波夫逝世,由契尔年科继任。

1985 契尔年科逝世。3月11日,苏共中央举行非常会议,选举戈尔巴乔夫为苏共中央总书记。

戈尔巴乔夫与里根在日内瓦会面。

7月,拉斯普京的中篇小说《火灾》发表。

《帕斯捷尔纳克作品选》(两卷集)出版。

1986 2月25日—3月6日,苏共第二十七次代表大会召开,戈尔巴乔夫做政治报告。

4月12日,小说家卡达耶夫逝世。

6月24日—28日,第八次苏联作家代表大会召开。

6月—9月,艾特玛托夫的长篇小说《断头台》在《新世界》杂志上发表。

1987 4月—6月,雷巴科夫的长篇小说《阿尔巴特街的儿女们》在《民族友谊》杂志连载。

6月,布尔加科夫遗作《狗心》在《旗》杂志发表。

10月,美籍俄裔作家布罗茨基获诺贝尔文学奖。

1988 1月—4月,《新世界》杂志第1—4期连载帕斯捷尔纳克的长篇小说《日瓦戈医生》;《十月》杂志第1—4期连载格罗斯曼的长篇小说《生活与命运》。

4月—5月,《旗》杂志第4、5两期连载扎米亚京的长篇小说《我们》。

1989 5月,戈尔巴乔夫访问中国,艾特玛托夫、拉斯普京、扎雷金等作家陪同访问。

5月2日,小说家卡维林逝世。

8月—11月,《新世界》杂志连载索尔仁尼琴《古拉格群岛》中的部分章节。

叶罗费耶夫的重要作品之一——长篇小说《俄罗斯美女》出版。

1990 3月,苏联人民代表大会举行非常会议,选举戈尔巴乔夫为苏联总统;苏联成立总统委员会,十六名成员中包括两名小说家:艾特玛托夫、拉斯普京。

1991	8 月 24 日,苏共中央总书记、总统戈尔巴乔夫发表声明,宣布辞去总书记职务,并且建议苏共中央委员会自行解散。

12 月,俄罗斯总统叶利钦、乌克兰总统克拉夫丘克、白俄罗斯最高苏维埃主席舒什克维奇签署了关于成立"独立国家联合体"的协议。

12 月 25 日,苏共中央总书记、总统戈尔巴乔夫发表告人民书,宣布辞去苏联总统职务。次日,苏联最高苏维埃宣布苏联解体。

叶利钦被选为苏联解体后的俄罗斯总统。

俄罗斯布克文学奖设立。

1992　1 月,"作家协会联合体"召开成立大会,取代原苏联作家协会,普拉托夫为执委会第一书记。

2 月,邦达列夫的长篇小说《诱惑》在杂志上发表。

9 月,本该在 1991 年召开的第九次苏联作家代表大会在莫斯科召开。会上成立了"国际作家协会共同体"。

12 月,首届俄语布克文学奖评奖结果揭晓。获奖作品为哈里托诺夫的长篇小说《命运线,或米拉舍维奇的小箱子》。

同年,彼特鲁舍夫斯卡娅的长篇小说《夜深时分》出版。

1993　6 月,1992 年度俄罗斯联邦国家文学奖评奖结果公布,获奖作品包括比托夫的长篇小说《普希金之家》和《飞走的莫纳霍夫》。

12 月,1993 年度的俄语布克文学奖评奖结果揭晓,获奖作品为马卡宁的中篇小说《铺着呢子、中央放着长颈玻璃瓶的桌子》。

12 月,扎雷金在《新世界》杂志发表长篇小说《生态小说》。

1994　别洛夫作于 1989—1991 年的长篇小说《伟大的转折年代》第三部在《我们的同时代人》杂志第 1、2 期连载,该作品当年由声音出版社出版。

6 月,索尔仁尼琴回到俄罗斯。

12 月,1994 年度俄语布克文学奖评奖结果揭晓,奥库扎瓦的长篇小说《被取消的演出》(第一部)获奖。

1995　10 月,邦达列夫的长篇小说《不抵抗》第二部在《青年近卫军》杂志第 10 期刊载。

12 月,1995 年度俄语布克文学奖评奖结果揭晓,弗拉季莫夫的长篇小说《将军和他的部队》获奖。

1996　6 月,1995 年度俄罗斯联邦国家文学奖评奖结果揭晓,获奖的作品包括阿斯塔菲耶夫的长篇小说《该诅咒的和处死的》。

9—11 月,《新世界》杂志第 9、10、11 期连载乌特金的长篇小说《圆舞》。

12 月,1996 年度俄语布克文学奖评奖结果揭晓,谢尔盖耶夫的小说《集邮册》获奖。

同年,维克多·佩列文的长篇小说《夏伯阳与虚空》出版。

乌利茨卡娅的长篇小说《美狄亚与她的孩子们》出版。

1997　12月,1997年度俄语布克文学奖评奖结果揭晓,阿佐利斯基的长篇小说
《笼子》获奖。

1998　1—4月,马卡宁的长篇小说《地下人,或当代英雄》在《旗》杂志第1、2、3、4
期连载。

12月,1998年度俄语布克文学奖评奖结果揭晓,莫罗佐夫的作品《他人的
信件》获奖。

1999　6月6日,普希金二百周年诞辰,俄罗斯文化界举行了一系列隆重的纪念
活动。

8—11月,《莫斯科》杂志第8、9、10、11期刊载波利亚科夫的长篇小说《我
想要逃离》。

11月,俄罗斯联邦作家协会在莫斯科召开第十次代表大会。

11—12月,邦达列夫的长篇小说《百慕大三角》在《我们的同时代人》杂志
第11、12期连载。

12月,1999年度俄语布克文学奖评奖结果揭晓,布托夫的长篇小说《自
由》获奖。

维克多·佩列文的长篇小说《"百事"一代》出版。

2000　普京被选为俄罗斯总统,并于2004年连任。

6月,1999年度俄罗斯联邦国家文学奖评奖结果揭晓,马卡宁的长篇小说
《地下人,或当代英雄》获奖。

12月,2000年度俄语布克文学奖评奖结果揭晓,希什金的长篇小说《攻克
伊兹梅尔》获奖。

2001　3—4月,贝可夫的长篇小说《证明有理》在《新世界》杂志第3、4期连载。

6月,2000年度俄罗斯联邦国家文学奖评奖结果揭晓,沃伊洛维奇的长篇
小说《纪念像的宣传》和沃洛斯的长篇小说《胡拉马巴德》获奖。

12月,2001年度俄语布克文学奖评奖结果揭晓,乌利茨卡娅的长篇小说
《库科茨基医生的病案》获奖。

塔吉娅娜·托尔斯泰娅的长篇小说《野猫精》出版。

2002　索罗京的长篇小说《冰》出版。

2003　拉斯普京的中篇小说《伊万的女儿和伊万的母亲》面世。

2004　索罗京的长篇小说《勃罗之路》出版。

彼特鲁舍夫斯卡娅的长篇小说《异度花园》出版。

2006　索尔仁尼琴获得2006年度俄罗斯联邦国家人文成就奖。

奥莉加·斯拉夫尼科娃的长篇小说《2017》获俄语布克文学奖。

2007　普里列宾的长篇小说《罪孽》出版。

2月—3月,伊利切夫斯基的长篇小说《马蒂斯》在《新世界》杂志第2期和第3期连载。该小说获得第16届俄语布克文学奖。

2008　8月3日,索尔仁尼琴在莫斯科逝世。

米哈伊尔·叶利扎洛夫的小说《图书管理员》获俄语布克文学奖。

2009　彼特鲁舍夫斯卡娅的长篇小说《两个王国》出版。

2010　叶莲娜·科里亚京娜的小说《花十字架》获俄语布克文学奖。

2011　乌利茨卡娅的长篇小说《绿亭》出版。

亚历山大·丘达科夫的小说《暗雾笼罩着古老的阶梯》获俄语布克文学奖。

2012　普里列宾的长篇小说《黑猩猩》出版。

安德烈·德米特里耶夫的长篇小说《农夫与少年》获俄语布克文学奖。

2013　沙罗夫的长篇小说《返回埃及》出版。

安德烈·沃洛斯的长篇小说《回到潘日鲁德》获俄语布克文学奖。

2014　9月,亚历山大·普罗汉诺夫的长篇小说《克里米亚》出版。

普里列宾的长篇小说《修道院》出版。

瓦尔拉莫夫的长篇小说《臆想之狼》出版。

沙罗夫的长篇小说《返回埃及》获俄语布克文学奖。

2015　乌利茨卡娅的长篇小说《雅科夫的梯子》出版。

2016　佩列文的长篇小说《玛士撒拉之灯》出版。

彼得·阿列什科夫斯基的小说《城堡》获俄语布克文学奖。

古泽尔·雅辛娜的长篇小说《祖列伊哈睁开了眼睛》出版。

2017　叶罗费耶夫的《粉红色老鼠》出版。

彼特鲁舍夫斯卡娅的《我们被盗:犯罪史》出版。

亚历山德拉·尼古拉延科的小说处女作《杀死博布雷金:杀人故事》获俄语布克文学奖。

2019　列克曼诺夫等的《维涅季科特·叶罗菲耶夫:局外人》获2019年度大书奖。

古泽尔·雅辛娜的长篇小说《我的孩子们》出版。

二　作者索引

A

B

三 主要作品索引

A

B

C

D

E

F

Z

四　主要参考文献

中文文献

阿尔志跋绥夫.萨宁[M].王之,译.北京:外国文学出版社,1988.

阿勃拉莫夫.普里亚斯林一家:第三卷·十字路口[M].卫懿,黎青,包也直,译.上海:上海译文出版社,1984.

阿格诺索夫.俄罗斯侨民文学史[M].刘文飞,陈方,译.北京:人民文学出版社,2004.

阿斯塔菲耶夫.牧童与牧女[M].白春仁,王忠琪,译.长春:吉林人民出版社,1986.

阿斯塔菲耶夫.鱼王[M].夏仲翼,等,译.桂林:广西师范大学出版社,2017.

艾布拉姆斯,哈珀姆.文学术语词典[M].吴松江,路雁,等,编译.北京:北京大学出版社,2014.

安德列耶夫.安德列耶夫小说戏剧选[M].鲁民,译.北京:外国文学出版社,1984.

奥斯特洛夫斯基.钢铁是怎样炼成的[M].王志冲,译.上海:上海译文出版社,2011.

奥捷洛夫.富尔曼诺夫评传[M].陈次园,译.北京:作家出版社,1958.

巴赫金.巴赫金全集:第三卷[M].钱中文,主编.石家庄:河北教育出版社,1998.

巴赫金.巴赫金全集:第四卷[M].钱中文,主编.石家庄:河北教育出版社,1998.

巴赫金.陀思妥耶夫斯基诗学问题[M].刘虎,译.北京:中央编译出版社,2010.

邦达列夫.最后的炮轰[M].吴笛,等,译.石家庄:花山文艺出版社,1983.

邦达列夫.岸[M].史钟,译.石家庄:花山文艺出版社,1994.

邦达列夫.选择[M].王燎,潘桂珍,译.合肥:安徽人民出版社,1983.

邦达列夫.人生舞台[M].王燎,译.北京:外国文学出版社,1987.

鲍戈斯洛夫斯基.屠格涅夫传[M].高文风,王端仁,译.哈尔滨:黑龙江人民出版社,1984.

彼特鲁舍夫斯卡娅.夜深时分[M].沈念驹,译.杭州:浙江文艺出版社,2013.

彼特鲁舍夫斯卡娅.异度花园[M].陈方,译.重庆:重庆大学出版社,2012.

别雷.银鸽[M].李政文,吴晓都,刘文飞,译.昆明:云南人民出版社,1998.

别雷.彼得堡[M].靳戈,杨光,译.北京:作家出版社,1998.

别雷.彼得堡[M].靳戈,译.杭州:浙江文艺出版社,2018.

别林斯基.别林斯基选集:第1卷[M].满涛,译.上海:上海译文出版社,1979.

别林斯基.别林斯基选集:第2卷[M].满涛,译.上海:时代出版社,1952.

别林斯基.别林斯基选集:第4卷[M].满涛,辛未艾,译.上海:上海译文出版社,1991.

波普拉夫斯基.自天堂回家[M].顾宏哲,译.成都:四川人民出版社,2017.

波斯纳.法律与文学[M].李国庆,译.北京:中国政法大学出版社,2002.

勃留索夫.燃烧的天使[M].周启超,刘开华,译.杭州:浙江文艺出版社,2017.

布尔加科夫.大师与玛格丽特[M].徐昌翰,译.杭州:浙江文艺出版社,2017.

布尔加科夫.布尔加科夫文集:第二卷[M].曹国维,戴骢,译.北京:作家出版社,1998.

布斯.小说修辞学[M].华明,胡晓苏,周宪,译.北京:北京联合出版公司,2017.

草婴.我与俄罗斯文学——翻译生涯六十年[M].上海:文汇出版社,2003.

曹靖华.俄苏文学史:第一卷[M].郑州:河南教育出版社,1992.

车尔尼雪夫斯基.怎么办?[M].蒋路,译.北京:人民文学出版社,1990.

车尔尼雪夫斯基.艺术与现实的审美关系[M].周扬,译.北京:人民文学出版社,2009.

陈建华.人生真谛的不倦探索者:列夫·托尔斯泰传[M].重庆:重庆出版社,2007.

陈建华.丽娃寻踪[M].北京:中央编译出版社,2014.

陈敬咏.邦达列夫创作论[M].南京:译林出版社,2004.

杜勃罗留波夫.文学论文选[M].辛未艾,译.上海:上海译文出版社,1984.

俄罗斯科学院高尔基世界文学研究所.俄罗斯白银时代文学史:第2卷[M].谷羽,王亚民,等,译.兰州:敦煌文艺出版社,2006.

冯春.普希金评论集[M].上海:上海译文出版社,1993.

冯玉芝.《癌症楼》的文本文化研究[M].北京:中国社会科学出版社,2014.

弗里德曼.意识流:文学手法研究[M].申雨平,等,译.上海:华东师范大学出版社,1992.

冈察洛夫.奥勃洛莫夫[M].陈馥,郑揆,译.北京:人民文学出版社,1997.

高尔基.论文学:续集[M].冰夷,等,译.北京:人民文学出版社,1979.

高尔基.俄国文学史[M].缪灵珠,译.上海:上海译文出版社,1979.

高尔基.高尔基短篇小说选[M].瞿秋白,等,译.北京:人民文学出版社,1980.

高尔基.高尔基文集:第十七卷[M].靖宏,译.北京:人民文学出版社,1982.

高尔基.高尔基文集:第十八卷[M].靖宏,译.北京:人民文学出版社,1982.

高尔基.高尔基文集:第十九卷[M].贾刚,译.北京:人民文学出版社,1984.

高尔基.高尔基文集:第二十卷[M].贾刚,译.北京:人民文学出版社,1985.

高尔基世界文学研究所.世界文学史:第 5 卷·下册[M].戚德平,等,译.上海:
　　上海文艺出版社,2013.

高尔基世界文学研究所.世界文学史:第 7 卷·上册[M].蔡捷,等,译.上海:上
　　海文艺出版社,2013.

格罗斯曼.普希金传[M].李桅,马云骧,译.天津:天津人民出版社,1996.

格罗斯曼.生活与命运[M].力冈,译.芜湖:安徽师范大学出版社,2018.

果戈理.死农奴[M].娄自良,译.上海:上海译文出版社,2012.

果戈理.死魂灵[M].满涛,许庆道,译.北京:人民文学出版社,1983.

管海莹.建造心灵的方舟——论别雷的《彼得堡》[M].北京:人民出版社,2012.

韩捷进.艾特玛托夫[M].成都:四川人民出版社,2001.

何雪梅.俄罗斯白银时代文学史[M].哈尔滨:黑龙江人民出版社,2008.

赫尔岑.赫尔岑中短篇小说集[M].程雨民,译.上海:上海译文出版社,1980.

侯玮红.自由时代的"自由人"——评马卡宁的长篇新作《地下人,或当代英雄》
　　[J].俄罗斯文艺,2002(2):71—73.

侯玮红.当代俄罗斯小说研究[M].北京:中国社会科学出版社,2013.

黄铁池主编.外国小说鉴赏辞典·20 世纪后期卷[M].上海:上海辞书出版
　　社,2009.

季莫菲耶夫.苏联文学史:上册[M].水夫,译.北京:作家出版社,1957.

吉皮乌斯.鬼玩偶[M].赵艳秋,译.成都:四川人民出版社,2017.

迦尔洵.迦尔洵短篇小说集[M].高文风,译.哈尔滨:黑龙江人民出版社,1981.

卡尔波夫.统帅[M].何金铠,刘善继,译.北京:解放军文艺出版社,1988.

科尔米洛夫.二十世纪俄罗斯文学史:20—90 年代主要作家[M].赵丹,段丽君,
　　胡学星,译.南京:南京大学出版社,2017.

科斯莫杰米扬斯卡娅.卓娅和舒拉的故事[M].苏卓兴,陶薰仁,译.南京:译林出
　　版社,2017.

柯罗连科.盲音乐家[M].傅文宝,译.杭州:浙江文艺出版社,2002.

柯切托夫.叶尔绍夫兄弟[M].龚桐,荣如德,译.北京:作家出版社,1962.

龙飞,孔延庚.讽刺艺术大师果戈理[M].北京:商务印书馆,1984.

拉吉舍夫.从彼得堡到莫斯科旅行记[M].汤毓强,等,译.北京:外国文学出版
　　社,1982.

莱蒙托夫.莱蒙托夫小说选[M].文秉勋,译.重庆:重庆出版社,1985.

莱蒙托夫.当代英雄[M].瞿松年,译.北京:人民文学出版社,1956.

黎皓智.俄罗斯小说文体论[M].南昌:百花洲文艺出版社,2001.

黎皓智.高尔基[M].成都:四川人民出版社,2001.

李辰民.走进契诃夫的文学世界[M].香港:香港天马图书有限公司,2003.

李辉凡,张捷.20世纪俄罗斯文学史[M].青岛:青岛出版社,1998.

李辉凡.俄国"白银时代"文学概观[M].北京:中国社会科学出版社,2008.

李新梅.现实与虚幻:维克多·佩列文后现代主义小说的艺术图景[M].上海:复旦大学出版社,2012.

李宜兰.索洛古勃象征主义小说中假定性形式的诗学特征[M].广州:广东世界图书出版公司,2010.

李兆林,徐玉琴.简明俄国文学史[M].北京:北京师范大学出版社,1993.

李毓榛.反法西斯战争和苏联文学[M].北京:北京大学出版社,2015.

列宁.列宁全集:第16卷[M].中共中央马克思恩格斯列宁斯大林著作编译局,编译.北京:人民出版社,1988.

列斯科夫.左撇子:列斯科夫中短篇小说选[M].周敏显,魏原枢,译.上海:上海译文出版社,1987.

洛穆诺夫.托尔斯泰传[M].李桅,译.天津:天津人民出版社,1996.

刘保端.俄罗斯的人民诗人——莱蒙托夫[M].北京:北京出版社,1985.

刘佳林.纳博科夫的诗性世界[M].上海:上海人民出版社,2012.

刘锟.圣灵之约:梅列日科夫斯基的宗教乌托邦思想[M].哈尔滨:黑龙江人民出版社,2009.

刘宁."今天的作家应当成为哲学家"[J].世界文学,1987(2):276—291.

刘文飞.文学的灯塔[M].广州:花城出版社,2015.

刘亚丁.肖洛霍夫研究文集[M].南京:译林出版社,2014.

刘亚丁.顿河激流:解读肖洛霍夫[M].成都:四川教育出版社,2001.

刘亚丁.俄罗斯文学(1760—2010)感悟录[M].北京:中国社会科学出版社,2016.

龙瑜宬.巨石之下——索尔仁尼琴的反抗性写作[M].杭州:浙江大学出版社,2015.

吕绍宗.我是用作实验的狗:左琴科研究[M].郑州:河南人民出版社,1999.

福建师范大学中文系.鲁迅论外国文学[M].北京:外国文学出版社,1982.

鲁迅.鲁迅全集:第10卷[M].北京:人民文学出版社,1982.

马卡宁.地下人,或当代英雄[M].田大畏,译.北京:外国文学出版社,2002.

马家骏,等.当代苏联文学[M].开封:河南大学出版社,1989.

马努伊洛夫.莱蒙托夫[M].郭奇格,译.北京:北京出版社,1988.

麦基恩.英国小说的起源[M].胡振明,译.上海:华东师范大学出版社,2015.

梅列日科夫斯基.先知[M].赵桂莲,译.北京:东方出版社,2000.

梅列日科夫斯基.反基督:彼得大帝和皇太子[M].刁绍华,赵静男,译.哈尔滨:
　　黑龙江人民出版社,1997.

梅特钦科.继往开来——论苏联文学发展中的若干问题[M].石田,白堤,译.北
　　京:中国社会科学出版社,1983.

米尔斯基.俄国文学史:上卷[M].刘文飞,译.北京:人民出版社,2013.

米尔斯基.俄国文学史:下卷[M].刘文飞,译.北京:人民出版社,2013.

森华.当代俄罗斯文学:多元、多样、多变[M].北京:外语教学与研究出版
　　社,2010.

纳博科夫.尼古拉·果戈理[M].金绍禹,译.上海:上海译文出版社,2013.

纳博科夫.洛丽塔[M].主万,译.上海:上海译文出版社,2005.

纳博科夫.文学讲稿[M].申慧辉,等,译.北京:生活·读书·新知三联书
　　店,1991.

纳吉宾.纳吉宾短篇小说选[M].张孟恢,等,译.北京:作家出版社,1955.

尼古拉耶夫,等.俄国文艺学史[M].刘保端,译.北京:生活·读书·新知三联书
　　店,1987.

倪蕊琴.俄国作家批评家论列夫·托尔斯泰[M].北京:中国社会科学出版
　　社,1982.

聂珍钊.文学伦理学批评导论[M].北京:北京大学出版社,2014.

帕斯捷尔纳克.第二次诞生——帕斯捷尔纳克诗选[M].吴笛,译.上海:上海人
　　民出版社,2013.

帕斯捷尔纳克.最初的体验——帕斯捷尔纳克中短篇小说集[M].汪介之,等,
　　译.南京:译林出版社,2014.

帕斯捷尔纳克.日瓦戈医生[M].蓝英年,张秉衡,译.桂林:漓江出版社,1997.

帕斯捷尔纳克.日瓦戈医生[M].力冈,冀刚,译.桂林:漓江出版社,1986.

彭克巽.苏联小说史[M].北京:北京十月文艺出版社,1988.

皮利尼亚克.不灭的月亮的故事[M].石枕川,王少孔,译.杭州:浙江文艺出版
　　社,2002.

皮谢姆斯基.陪嫁:一千名农奴[M].斯庸,译.北京:外国文学出版社,1989.

蒲宁.米佳的爱情——蒲宁中短篇小说选[M].戴骢,译.兰州:敦煌文艺出版
　　社,2014.

蒲宁.蒲宁文集:第1卷[M].戴骢,译.合肥:安徽文艺出版社,1998.

蒲宁.阿尔谢尼耶夫的一生[M].梁晴娜,译.北京:北京理工大学出版社,2015.

蒲宁.幽暗的林荫小径——蒲宁中短篇小说选[M].冯玉律,冯春,译.上海:上海
　　译文出版社,2007.

契诃夫.契诃夫文学书简[M].朱逸森,译.合肥:安徽文艺出版社,1988.

契诃夫.契诃夫论文学[M].汝龙,译.北京:人民文学出版社,1958.

契诃夫.契诃夫小说全集:第8卷[M].汝龙,译.上海:上海译文出版社,2000.

齐广春,郑一新.法捷耶夫[M].沈阳:辽宁人民出版社,1985.

恰可夫斯基.这事发生在列宁格勒[M].傅昌文,译.北京:时代出版社,1955.

钱善行.当代苏联小说的嬗变:主要倾向、流派及其它[M].北京:社会科学文献
　　出版社,1994.

钱中文.果戈理及其讽刺艺术[M].上海:上海文艺出版社,1980.

邱运华.蒲宁[M].成都:四川人民出版社,2003.

日丹诺夫.《安娜·卡列尼娜》的创作过程[M].雷成德,译.呼和浩特:内蒙古人
　　民出版社,1980.

日丹诺夫.《复活》的创作过程[M].雷成德,译.呼和浩特:内蒙古人民出版
　　社,1982.

任光宣.俄罗斯文学简史[M].北京:北京大学出版社,2006.

任子峰.俄国小说史[M].北京:北京大学出版社,2010.

斯塔德纽克.莫斯科—1941[M].王建勋,等,译.石家庄:花山文艺出版社,1994.

斯捷潘诺夫.果戈理传[M].张达三,刘健鸣,译.哈尔滨:黑龙江人民出版
　　社,1984.

盛宁.世界经典短篇小说:上卷[M].北京:文化艺术出版社,2011.

沈念驹,吴笛.普希金全集:第6卷[M].杭州:浙江文艺出版社,2012.

沈念驹.果戈理全集:第6卷[M].石家庄:河北教育出版社,2002.

宋兆霖.诺贝尔文学奖文库:第8卷[M].杭州:浙江文艺出版社,1998.

寿静心,张来民.复活的苏联作家群作品选[M].开封:河南大学出版社,1988.

孙超.当代俄罗斯文学视野下的乌利茨卡娅小说创作:主题与诗学[M].北京:北
　　京大学出版社,2012.

孙超.二十世纪八九十年代俄罗斯中短篇小说研究[M].北京:人民文学出版
　　社,2014.

孙尚文.当代苏联文学[M].沈阳:辽宁大学出版社,1987.

舒克申.当代苏联中篇小说选辑:红莓[M].韦范序,等,译.上海:上海译文出版
　　社,1987.

舒聪.中外作家谈创作[M].太原:山西人民出版社,1980.

索尔仁尼琴.古拉格群岛:上册[M].田大畏,等,译.北京:群众出版社,1982.

索尔仁尼琴.伊凡·杰尼索维奇的一天[M].斯人,译.北京:作家出版社,1963.

索尔仁尼琴.癌症楼[M].姜明河,译.南京:译林出版社,2007.

索尔仁尼琴.红轮·往日叙事:第二部[M].何茂正,等,译.南京:江苏文艺出版
　　社,2013.

索罗金.暴风雪[M].任明丽,译.北京:人民文学出版社,2012.

田德里亚科夫.审判[M].衷维昭,译.合肥:安徽人民出版社,1981.

田德里亚科夫.三点,七点,爱司[M].衷维昭,译//田德里亚科夫.审判.合肥:安徽人民出版社,1981.

童道明.阅读俄罗斯[M].上海:上海三联书店,2008.

童道明.我爱这片天空:契诃夫评传[M].北京:中国文联出版社,2004.

童道明.契诃夫名作欣赏[M].北京:中国和平出版社,1996.

苔菲.苔菲回忆录[M].李莉,译.成都:四川人民出版社,2017.

托尔斯泰.托尔斯泰中短篇小说选[M].草婴,译.上海:上海译文出版社,1986.

托尔斯泰.战争与和平[M].娄自良,译.上海:上海译文出版社,2010.

托尔斯泰.安娜·卡列尼娜[M].力冈,译.杭州:浙江文艺出版社,2010.

托尔斯泰.复活[M].李辉凡,译.北京:中央编译出版社,2010.

托尔斯泰娅.野猫精[M].陈训明,译.上海:上海译文出版社,2005.

陀思妥耶夫斯基.白夜——陀思妥耶夫斯基中短篇小说选[M].吴笛,译.兰州:敦煌文艺出版社,2014.

陀思妥耶夫斯基.死屋手记[M].侯华甫,译.上海:上海译文出版社,1986.

陀思妥耶夫斯基.被侮辱与被损害的[M].臧仲伦,译.南京:译林出版社,2010.

陀思妥耶夫斯基.罪与罚[M].岳麟,译.上海:上海译文出版社,1979.

陀思妥耶夫斯基.卡拉马佐夫兄弟[M].徐振亚,冯增义,译.杭州:浙江文艺出版社,1996.

陀思妥耶夫斯基.卡拉马佐夫兄弟[M].徐振亚,冯增义,译.北京:中央编译出版社,2011.

图尔科夫.萨尔蒂科夫-谢德林传[M].王德章,杜肇培,译.哈尔滨:黑龙江人民出版社,1987.

屠格涅夫.猎人笔记[M].牛震,译.北京:中国工人出版社,2014.

屠格涅夫.罗亭[M].陆蠡,译.北京:人民文学出版社,1957.

屠格涅夫.屠格涅夫中短篇小说选[M].沈念驹,译.桂林:漓江出版社,2012.

瓦西里耶夫.这里的黎明静悄悄……[M].王金陵,译.北京:人民文学出版社,2012.

拉夫列尼约夫,瓦西列夫斯卡娅.第四十一·虹[M].曹靖华,译.合肥:黄山书社,2015.

汪介之.诗人的散文:帕斯捷尔纳克小说研究[M].北京:北京大学出版社,2017.

汪介之.俄罗斯现代文学批评史[M].北京:中国社会科学出版社,2015.

王思敏,石钟扬.绥拉菲莫维奇(1986—1949)[M].沈阳:辽宁人民出版社,1988.

王学川.现代科技伦理学[M].北京:清华大学出版社,2009.

王钺.《往年纪事》译注[M].兰州:甘肃民族出版社,1994.

魏磊杰,张建文.俄罗斯联邦民法典的过去、现在及其未来[M].北京:中国政法大学出版社,2012.

温玉霞.布尔加科夫创作论[M].上海:复旦大学出版社,2008.

吴笛.街上的面具:俄罗斯白银时代短篇小说选[M].郑州:河南大学出版社,2014.

吴笛.外国文学经典生成与传播研究:8卷集[M].北京:北京大学出版社,2019.

吴元迈.俄苏文学及文论研究[M].北京:中国社会科学出版社,2014.

吴晓都.俄国文化之魂:普希金[M].济南:山东画报出版社,2006.

乌利茨卡娅.索尼奇卡[J].李英男,译.世界文学,1997(6):6—66.

杨思聪.《安娜·卡列尼娜》鉴赏[M].重庆:重庆出版社,1988.

杨素梅,闫吉青.俄罗斯生态文学论[M].北京:人民文学出版社,2006.

希什金.攻克伊兹梅尔[M].吴嘉佑,译.桂林:漓江出版社,2003.

夏仲翼.契诃夫讽刺小说[M].上海:上海文艺出版社,1995.

肖洛霍夫.静静的顿河[M].力冈,译.南京:译林出版社,2010.

肖洛霍夫.静静的顿河[M].力冈,译.桂林:漓江出版社,1986.

徐家荣.肖洛霍夫创作研究[M].兰州:兰州大学出版社,1996.

徐振亚.陀思妥耶夫斯基集[M].广州:花城出版社,2008.

许贤绪.当代苏联小说史[M].上海:上海外语教育出版社,1991.

许志强,葛闰.布尔加科夫魔幻叙事传统探析[M].北京:人民文学出版社,2013.

薛君智.回归——苏联开禁作家五论[M].北京:社会科学文献出版社,1989.

薛君智.欧美学者论苏俄文学[M].北京:社会科学文献出版社,1996.

叶尔绍夫.苏联文学史[M].北京师范大学苏联文学研究所,译.北京:北京师范大学出版社,1987.

叶罗菲耶夫.从莫斯科到佩图什基[M].张冰,译.桂林:漓江出版社,2014.

查晓燕.普希金——俄罗斯精神文化的象征[M].北京:北京大学出版社,2001.

扎米亚京.我们[M].顾亚铃,等,译.南京:江苏文艺出版社,2013.

张存霞.俄苏小说史[M].银川:阳光出版社,2017.

张建华,王宗琥.20世纪俄罗斯文学:思潮与流派[M].北京:外语教学与研究出版社,2015.

张建华.俄国知识分子思想史导论[M].北京:商务印书馆,2008.

张捷.苏联文学最后十五年纪事(1977—1991)[M].北京:中国社会科学出版社,2011.

张捷.苏联解体后的俄罗斯文学(1992—2001年)[M].北京:中国社会科学出版社,2011.

张晓东.生命是一次偶然的旅行:《日瓦戈医生》的"偶然性"与诗学问题[M].哈尔滨:黑龙江人民出版社,2006.

张宪周.屠格涅夫和他的小说[M].北京:北京出版社,1981.

赵丹.多重的写作与解读[M].哈尔滨:黑龙江人民出版社,2005.

郑体武.俄罗斯文学辞典[M].上海:复旦大学出版社,2013.

朱宪生.外国小说鉴赏辞典:19世纪下半期卷[M].上海:上海辞书出版社,2009.

朱耀良.走进《神曲》[M].天津:天津社会科学院出版社,2004.

英文文献

ALEXANDROV VLADIMIR E. Andrei Bely, the Major Symbolist Fiction[M]. Cambridge:Harvard University Press,1985.

BANERJEE ANINDITA. Russian Science Fiction Literature And Cinema:A Critical Reader[M]. Boston:Academic Studies Press,2018.

BEAUJOUR ELIZABETH K. Review of Moscoviana:The Life and Art of Ivan Shmelyov by Olga Sorokin[J]. The Slavic and East European Journal,1990,34(2):226.

BETHEA DAVID M. The Shape of Apocalypse in Modern Russian Fiction[M]. Princeton:Princeton University Press,2014.

BRISTOL EVELYN. A History of Russian Poetry[M]. Oxford:Oxford University Press,1991.

BROWN DEMING. The Last Years of Soviet Russian Literature,1975—1991[M]. Cambridge:Cambridge University Press,1993.

CHANDLER ROBERT, MITCHELL STANLEY, WOOD ANTONY. Brief Lives:Alexander Pushkin[M]. London:Hesperus,2008.

CLAYTON J. DOUGLAS. Towards a Feminist Reading of Evgenii Onegin[J]. Canadian Slavonic Papers,1987,29(2/3):255—265.

CORNWELL NEIL. The Routledge Companion to Russian Literature[M]. London:Routledge,2001.

DEBRECZENY PAUL. The Other Pushkin:A Study of Alexander Pushkin's Prose Fiction[M]. Palo Alto:Stanford University Press,1983.

DOMINICZAK MAREK H. Physician Writers:Anton Chekhov[J]. The Clinical Chemistry,2014,60(4):703—704.

EMERSON CARYL. The Cambridge Introduction to Russian Literature[M]. Cambridge:Cambridge University Press,2008.

FERBER MICHAEL. A Companion to European Romanticism[M]. Oxford: Blackwell Publishing Ltd, 2007.

FLEMING SVETLANA LE. Bulgakov's Use of the Fantastic and Grotesque [J]. New Zealand Slavonic Journal, 1977(2): 29—42.

FRANCE PETER. Poets of Modern Russia[M]. Cambridge: Cambridge University Press, 1982.

FRANK JOHN G. Pushkin and Goethe[J]. The Slavonic and East European Review, 1947, 26(66): 146—151.

GAMSA MARK. The Reading of Russian Literature in China: A Moral Example and Manual of Practice[M]. London: Palgrave Macmillan, 2010.

GREENE ROLAND. The Princeton Encyclopedia of Poetry and Poetics[M]. Princeton: Princeton University Press, 2012.

HABER EDYTHE C. The Social and Political Context of Bulgakov's "The Fatal Eggs"[J]. Slavic Review, 1992, 51(3):497—510.

HAGBERG GARRY L. Fictional Characters, Real Problems: The Search for Ethical Content in Literature[M]. Oxford: Oxford University Press, 2016.

HAMMARBERG GITTA. From the Idyll to the Novel: Karamzin's Sentimentalist Prose[M]. Cambridge: Cambridge University Press, 1991.

HOOKER MARK T. The Military Uses of Literature: Fiction and the Armed Forces in the Soviet Union[M]. Westport, CT: Praeger Publishers, 1996.

IVINSKAYA OLGA. A Captive of Time: My Years with Pasternak[M]. Max Hayward, trans. Carden City: Doubleday, 1978.

JONES MALCOLM V, MILLER BOBIN FEUER. The Cambridge Companion to the Classic Russian Novel[M]. Cambridge: Cambridge University Press, 1998.

KAHN ANDREW. Cambridge Companion to Pushkin[M]. Cambridge: Cambridge University Press, 2006.

KAHN ANDREW, LIPOVETSKY MARK, REYFMAN IRINA, et al. A History of Russian Literature[M]. Oxford: Oxford University Press, 2018.

LANG DAVID M. Radishchev and the Legislative Commission of Alexander I [J]. The American Slavic and East European Review, 1947, 6(3/4):11—24.

LEVING YURI. Keys to The Gift: Aguide to Nabokov's Novel[M]. Boston: Academic Studies Press, 2011.

LEZHNEV I. The Father of Modern Russian Literature[C]//USSR Society for Cultural Relations with Countries. Collection of Articles and Essays on Great Russian Poet A. C. Pushkin. Stookton: University Press of the Pacific, 2002.

LIPOVETSKY MARK, WAKAMIYA LISA RYOKO. Late and Post-Soviet Russian Literature: A Reader[M]. Boston: Academic Studies Press, 2014.

MARTINSEN DEBORAH A. Literary Journals in Imperial Russia [M]. Cambridge: Cambridge University Press, 1997.

MCCONNELL ALLEN. A Russian Philosophe Alexander Radishchev[M]. The Hague, Netherlands: Martinus Nijhoff Publishers, 1964.

MCCONNELL ALLEN. The Empress and Her Protégé: Catherine II and Radischev[J]. The Journal of Modern History, 1964, 36(1): 17—24.

MCMILLIN ARNOLD. From Pushkin to Palisandriia: Essays on the Russian novel in honor of Richard Freeborn[M]. New York: St. Martin's Press, Inc. , 1990.

MIRSKY D. S. A History of Russian Literature: From Its Beginnings to 1900 [M]. Francis J, ed. Whitfield, New York: Alfred A. Knopf, 1958.

MOSER CHARLES A. The Cambridge History of Russian Literature[M]. Cambridge: Cambridge University Press, 1996.

NABOKOV VLADIMIR. Nikolai Gogol[M]. New York: New Directions, 1961.

NABOKOV VLADIMIR. The Gift[M]. London: Penguin, 2001.

NABOKOV VLADIMIR. Lolita[M]. London: Penguin, 2000.

NOORDENBOS BORIS. Post-Soviet Literature and the Search for a Russian Identity[M]. New York: Palgrave Macmillan, 2016.

PASTERNAK BORIS. I Remember: Sketches for an Autobiography[M]. New York: Pantheon Books, 1959.

REYFMAN IRINA. The Emergence of the Duel in Russia: Corporal Punishment and the Honor Code[J]. Russian Review, 1995, 54(1): 26.

RUKALSKI Z. Maupassant and Chekhov: Similarities[J]. Canadian Slavonic Papers / Revue Canadienne des Slavistes, 1969, 11(3): 346—358.

SHEVCHENKO T. G. The Selected Works in 5 Volumes[M]. Moscow, 1956.

SHRADER-FRECHETTE KRISTIN. Ethics of Scientific Research [M]. London: Rowman & Littlefield Publishers, Inc. , 1994.

STONE JONATHAN. Decadence and Modernism in European and Russian Literature and Culture: Aesthetics and Anxiety in the 1890s [M].

London：Palgrave Macmillan，2019.

STRADA V. Saggio Introduttivo' in Iu. Lotman[J]. Da Rousseau a Tolstoj.
Bologna：Il Mulino，1984：9—39.

TERRAS VICTOR. Handbook of Russian Literature[M]. New Haven：Yale
University Press，1990.

THALER R. P. Catherine II's Reaction to Radishchev[J]. Slavic and East-
European Studies，1957，2(3):154—160.

THOMPSON DIANE OENNING. The Brothers Karamazov and the Poetics of
Memory[M]. Cambridge：Cambridge University Press，1991.

THORLBY A. K. The Penguin Companion to Literature：European[M].
London：Penguin Books，1969.

TOSI ALESSANDRA. Waiting for Pushkin：Russian Fiction in the Reign of
Alexander I(1801—1825)[M]. Amsterdam：Rodopi，2006，

VOLKOV SOLOMON. Shostakovich and Stalin：The Extraordinary
Relationship Between the Great Composer and the Brutal Dictator[M].
New York：Alfred A. Knopf，2004.

俄文文献

АКСАКОВ С Т. История моего знакомства с Гоголем [M]. Москва：
Издательство Правда，1960.

БЕЛИНСКИЙ ВИССАРИОН. Полное собрание сочинений в 13 томах[M].
Москва：Издательство Академии наук СССР，1953 - 1959.

БЕРКОВ П Н. "Державин и Карамзин в истории русской литературы конца
XVIII-начала XIX века". XVIII век, Сборник 8[M]. Л. : Издательство Наука，
Ленинградское отд-ние，1969，с. 5 - 17.

БЕРКОВ П Н. Основные вопросы изучения русского просветительства. - В кн. :
Проблемы русского Просвещения в литературе XVIII века[M]. Москва -
Л. : Издательство Академии Наук СССР，1961，с. 18-20.

БЕСТУЖЕВ-МАРЛИНСКИЙ АЛЕКСАНДР АЛЕКСАНДРОВИЧ.
Кавказские повести[M]. Санкт-Петербург：Издательство Наука，1995.

БУНИН И А. Воспоминания[M]. Париж：La Renaissance，1950.

БУШМИН А С. и др. История русского романа в двух томах[M]. Москва：
Издательство Наука，1962—1964.

ВИНОГРАДОВА В В，ТОМАШЕВСКИЙ Б. Вопросы языка в творчестве
Пушкина[C]// Пушкин：Исследования и материалы / АН СССР. Ин-т

рус. лит. (Пушкин. Дом). —Москва；Издательство АН СССР，1956.

ГАЗДАНОВ ГАЙТО. Собрание сочинений В 5 томах［М］. Москва：Эллис Лак，2009.

ГАРИН-МИХАЙЛОВСКИЙ Н Г. Собрание сочинений В 5 томах［М］. Москва：Государственное издательство художественной литературы，1957.

ГЕРЦЕН А И. Собрание сочинений в тридцати томах［М］. Москва：Издательство АН СССР，1954.

ГОГОЛЬ Н В. Полное собрание сочинений в 14 томах［М］. Москва：Издательство Академии наук СССР，1937 – 1952.

ГОРОДЕЦКИЙ Б П. ред. История русской поэзии в двух томах. Том 1［М］. Ленинград：Издательство Наука，1968.

ГОРЬКИЙ МАКСИМ. Собрание сочинений В 30 томах［М］. Москва：Государственное издательство художественной литературы，1952.

ГУДЗИЙ Н К. История древней русской литературы［М］. Москва：Издательство Наука，1976.

ГУБИАНУРИ Л В. Михаил Булгаков［М］. Киев：Юма Пресс，2004.

ДЁМИН А С. ред. Древнерусская литература［М］. Москва：Издательство МГУ，2000.

ДОСТОЕВСКИЙ Ф М. Полное собрание сочинений в тридцати томах / под ред. А. С. Долинина и Е. И. Кийко［М］. Ленинград：издательство Наука，1972.

ЕГОРОВА Л П. История русской литературы XX века［М］. Москва：Издательство Флинда，2014.

ЖИРМУНСКИЙ В М. Байрон и Пушкин［М］. Ленинград：Издательство Наука，1978.

ЖИРМУНСКИЙ В М. Введение в литературоведение：Курс лекций［М］. СПб.：Издательство Санкт-Петербургского университе，1996.

ЖИРМУНСКИЙ В М. Теория литературы. Поэтика. Стилистика［М］. Л.：Издательство Наука，Ленинградское отделение，1977.

ЖУКОВСКИЙ В А. Полное собрание сочинений и писем В 20 т.，Том 10. Проза 1807—1811 гг. Кн. 2.［М］. Ред. И. А. Айзикова. — М.：Языки славянской культуры，2014.

ЖУКОВСКИЙ В А. Сочинения в 3 томах［М］. М：Худ. литература，1980.

ЗАПАДОВ В А. Русская литература XVIII века，1770 – 1775［М］. Хрестоматия，Москва：Издательство Просвещение，1979.

ЗОБНИН Ю В. Дмитрий Мережковский: жизнь и деяния [М]. Москва: Издательство Молодая гвардия, 2008.

ИВАНОВА Н. Искупление С разных точек зрения: Доктор Живаго Бориса Пастернака[М]. Москва: Советский писатель, 1990.

ИЗМАЙЛОВ АЛЕКСАНДР. Евгений, или Пагубные последствия дурного воспитания и сообщества[М]. Санкт-Петербург, 1799—1801.

ИНСТИТУТ РУССКОЙ ЛИТЕРАТУРЫ (Пушкинский дом). История русской переводной художественной литературы[М]. Санкт-Петербург: Издательство дмитрий буланин, 1995.

ИНСТИТУТ РУССКОЙ ЛИТЕРАТУРЫ (Пушкинский дом). История русской литературы в четырех томах. Том первый [М]. Лениград: Издательство Наука, 1980.

ИНСТИТУТОМ РУССКОЙ ЛИТЕРАТУРЫ, АН СССР. История русской поэзии в двух томах, Том I[М]. Ленинград: Ленинградское отделение издательства Наука,1968.

КАЛАУШИН М М. Пушкин в портретах и иллюстрациях [М]. Москва: Государственное учебно-педагогическое издательство, 1954.

КАЛИТА ИННА. Новый реализм русской литературы в зеркале манифестов XXI века[J]. Slavica Litteraria, 2016 (1):67 – 80.

КАНУНОВА Ф. З. А. А. Бестужев-Марлинский и его Кавказские повести [М]. Санкт-Петербург: издательство Наука, 1995.

КАРАМЗИН Н М. Избранные сочинения в двух томах[М]. Москва; Л.: Издательство Художественная литература, 1964.

КИТАНИНА Т А. Еще раз о старой канве[С]//Пушкин и мировая культура. Материалы VI Международной конференции. Санкт-Петербург: Издательство Симферополь, 2003.

КОРМИЛОВ С И. ред. История русской литературы XX века (20 – 90 – е годы)[М]. Москва: Издательство Московского Университета,1998.

КОКОРЕВ А В. Сост. Хрестоматия по русской литературе XVIII в. [М]. Москва: Просвещение, 1965.

КОРОВИН В И. ред. История русской литературы XIX века[М]. Москва: Гуманитар, изд. центр ВЛАДОС, 2005.

КОРОВИН В И. История русской литературы XIX века. В 3 ч. Ч. 1 (1795 – 1830 годы)[М]. Москва: Гуманитар, изд. центр ВЛАДОС, 2005.

КОРОВИН В И. Сост. История русской литературы XX — начала XXI века:

Учебник для вузов в 3 – х частях［М］. М. : Гуманитарный изд. Центр, ВЛАДОС，2014.

КУСКОВ В В. История древнерусской литературы［М］. Москва: Издательство Высшая школа，2003.

ЛЕВИН Ю Д. ред. История русской переводной художественной литературы. Древняя Русь. XVIII век. Проза. Том 1［М］. СПб. : Дмитрий Буланин，1995.

ЛЕВИТОВ А И. Сочинения. Сост. , вступит. статья и примеч. Е. Жезловой ［М］. Москва: Государственное издательство художественной литературы，1977.

ЛЕСКОВ Н С. Собрание сочинений в 11 томах［М］. Москва: Государственное издательство художественной литературы，1956—1958.

ЛИХАЧЕВ Д С. ред. История русской литературы X – XVII вв［М］. Москва: Просвещение，1980.

ЛИХАЧЕВ Д С. Повести о Николе Заразском(тексты). – ТОДРЛ，т. 7［М］. Москва – Л. : Издательство АН СССР，1949.

ЛИХАЧЕВ Д С, ДМИТРИЕВ Л А, ПОНЫРКО НВ. ред. Библиотека литературы Древней Руси，Т. 1—15［М］. СПб. : Наука，2006.

ЛОТМАН Ю М. "Карамзин Николай Михайлович"，Русские писатели. 1800—1917: Биографический словарь. Т. 2.［М］. Москва: Большая Российская энциклопедия，1992.

ЛОТМАН Ю М. О русской литературе: Статьи и исследования（1958—1993） ［С］//. История руссской прозы. Теория литературы，Санкт-Петербург: Издательство Искусство—СПБ，1997.

ЛУНАЧАРСКИЙ А. Русская литература［М］. Москва: Государственное издательство художественной литературы，1947.

МАКАШИН С А. Ред. Л. Н. Толстой в воспоминаниях современников: В 2 т. ［М］. Москва: Государственное издательство художественной литературы，1978.

МЕРЕЖКОВСКИЙ Д С. Собрание сочинений в четырёх томах［М］. Москва: Правда，1990.

МИРСКИЙ Д С. История русской литературы с древнейших времен до 1925 года［М］. Лондон: OPI(Overseas Publications Interchange)，1992.

НАБОКОВ В В. Комментарий к роману А. С. Пушкина Евгений Онегин ［М］. СПб: Издательство Искусство-СПб，1999.

НАБОКОВ ВЛАДИМИР. Лолита. Перевёл с английского автор［М］. Анн Арбор: Ардис，1979.

НАРЕЖНЫЙ В Т. Сочинения в двух томах[M]. Москва: Художественная
　литература, 1983.

НЕДЗВЕЦКИЙ В А. История русского романа XIX века [M]. Москва:
　Издательство Московского Университета, 2011.

НИКОЛАЕВА М Ф. Михаил Юрьевич Лермонтов: жизнь и творчество[M].
　Москва: Государственное Издательство Детская литература, 1956.

ОДОЕВСКИЙ В Ф. Русские ночи[M]. Ленинград: Издательство Наука,
　Ленинградское отделение, 1975.

ОПУЛЬСКАЯ ЛИДИЯ. Л. Н. Толстой в воспоминаниях современников
　[M]. Москва: Государственное издательство художественной литературы, 1960.

ОРЛОВ ВЛ. Радищев и русская литература [M]. Ленинград: Советский
　писатель, 1952.

ОРЛОВ П А. История русской литературы XVIII века: Учеб. для ун-тов[M].
　Москва: Издательство Высшая школа, 1991.

ПИСЕМСКИЙ А Ф. Избранные произведения[M]. М. — Л.: Государственное
　издательство художественной литературы, 1932.

ПРОКОФЬЕВ Н И. Сост. Древняя русская литература. Хрестоматия[M].
　Москва: Просвещене, 1980.

ПРОХА´НОВ АЛЕКСА´НДР. Крым [M]. Москва: Издательство
　Центрполиграф, 2014.

ПРУЦКОВ Н И. гл. ред. История русской литературы в четырех томах. Том 1
　[M]. Ленинград: Издательство Наука, Ленинградское отделение, 1980.

ПРУЦКОВ Н И. гл. ред. История русской литературы в четырех томах. Том 2
　[M]. Ленинград: Издательство Наука, Ленинградское отделение, 1981.

ПРУЦКОВ Н И. гл. ред. История русской литературы в четырех томах. Том 3
　[M]. Ленинград: Издательство Наука, Ленинградское отделение, 1982.

ПРУЦКОВ Н И. гл. ред. История русской литературы в четырех томах. Том 4
　[M]. Ленинград: Издательство Наука, Ленинградское отделение, 1983.

ПУШКИН А С. Собрание сочинений в десяти томах [M]. Москва:
　Государственное издательство художественной литературы, 1959 – 1962.

РАДИЩЕВ А Н. Сочинения[M]. Москва: Государственное издательство
　художественной литературы, 1988.

РАДИЩЕВ А Н. Полное собрание сочинений в трех томах, Том Третий[M].
　Москва: Издательство Академии Наук СССР, 1954.

РАСПУТИН ВАЛЕНТИН. Век живи - век люби: повести, рассказы[M].
　Москва: Известия, 1985.

РЕШЕТНИКОВ Ф М. Повести и рассказы [М]. Москва: Издательство Советская Россия, 1986.

САЛТЫКОВ-ЩЕДРИН М Е. Собрание сочинений в 20 томах[М]. Москва: Государственное издательство художественной литературы, 1965 – 1977.

САХАРОВ В И. М. А. Булгаков в жизни и творчестве[М]. Москва: Русское слово, 2013.

СЕРГЕЕВ-ЦЕНСКИЙ С Н. Собрание сочинений в двенадцати томах [М]. М. : Правда, 1967—1968.

СИПОВСКИЙ В В. ред. Русские повести XVII – XVIII [М]. СПб. : Издание А. С. Суврина, 1905.

СМИРНОВА Е А. Поэма Гоголя Мёртвые души [М]. Л. : Издательство Наука, 1987.

СМИРНОВА-ЧИКИНА Е С. Поэма Н. В. Гоголя Мертвые души. Комментарий[М]. Л. : Издательство Просвещене, 1974.

СМОЛЯНОВ И Д. Великий писатель-революционер Александр Николаевич Радищев. К 200 — летию со дня рождения [М]. Псков: Псковиздат, 1949.

СОКОЛОВ БОРИС. Михаил Булгаков: загадки судьбы [М]. Москва: Вагриус, 2008.

ТАМАРЧЕНКО Д Е. "Мертвые души". История русского романа, т. 1[М]. Москва: Издательство АН СССР, 1962.

ТОЛСТОЙ Л Н. Собрание сочинений в 22 томах [М]. Москва: Государственное издательство художественной литературы, 1978 – 1985.

ТУЗКОВ С А. Русская повесть начала XX века. Жанрово-типологический аспект[М]. Москва: Издательство Флинта, 2016.

ТУРГЕНЕВ И С. Собрание сочинений в двенадцати томах, Том 1 [М]. Москва: Государственное издательство художественной литературы, 1953.

ТУРГЕНЕВ И С. Полное собрание сочинений и писем в тридцати томах. Том 6[М]. Москва: Издательство Наука, 1981.

ШЕЛЕМОВА А О. История древней русской литературы [М]. Москва: Издательство Флинта, 2015.

ШМЕЛЁВ ИВАН. Богомолье. Лето Господне[М]. Москва: Издательство Даръ, 2011.

ШМЕЛЁВ ИВАН. Солнце мертвых [М]. Москва: Издательство Согласие, 2010.

ШМЕЛЁВ ИВАН. Сание сочинений в 5 томах[М]. М. : Русская книга, 1998.